IN THE AIR UP IN THE SKY

目录

第一章

秦芸弯腰穿上了玻璃丝袜，然后套上合身的制服，柔柔的光影里晃动着她的曼妙身姿。每次出发前她都在自己家化妆室这样地重复着。现在，她又伸出白皙的手，轻柔地进行着熟练的动作。描眉，刷睫毛，涂口红。她轻轻地抿抿嘴唇，嘴角微翘，色泽丰润，性感程度不亚于妮可·基德曼，整体却又显得安静和优雅。温和的镜前灯光让秦芸的脸清爽美丽，且无可挑剔。她知道自己又要去飞翔了。飞翔，也许是岁月的姿态。岁月之上的飞翔呢？有什么样的姿态？是不是总有些逗留的时候？

秦芸常常这样想，她是玫瑰航空公司的乘务长。

妆毕，秦芸戴上贝雷帽。她淡淡一笑，转过身，悄悄望一眼门口。

卧室门口，很安静。她悄然步出。

客厅，妃色的墙上有一幅大照片，照片拍的是花样游泳的一个造型，女孩看上去像是少女时的秦芸。客厅的边上，有一个健身房，房门虚掩着，秦芸走过。俄顷，她转过身，从门缝里望进去，地毯上有个男人蜷缩着，一动不动地躺在那里。

这个男人是她的丈夫李云亭。

秦芸轻叹一声，转过身，她好像看见了什么，有惊讶甚至惊恐之感。

她看见茶几上有一个方形礼盒，包装彩带没有解开，静静地放在那里，仿佛一个谜。秦芸眉头一皱，上前将礼盒揣入怀中，准备打开房门，似乎又感觉到什么，她略一停顿，眼神里浮上淡淡的哀怨。

在她的身后，丈夫李云亭抬起头来，他睡眼惺忪，但默默无语。

秦芸收回目光，她不知道是在收回生活，还是去投入生活，她没有回头，推开门，大步跨出房门。应该去投入了，或者说去飞翔，她明白。身后传来门关上的声音，轻轻的。

不知道为什么，这个声音响若雷霆，在秦芸心里，也许也在她的记忆深处。

响若雷霆的东西只是个起始，很快，如诗如歌的音乐便翩然而至，在早晨的机场弥漫。一队着装整齐，拉着统一航空箱的空姐鱼贯而入，款款而来。常坐飞机的人都会注意这一道在候机厅的独特风景，对空姐来说，这也是一种飞翔的姿态。

像一行飞翔的大雁。领头的就是典雅庄重的秦芸，她的脸上已完全没有了清晨离开家时的忧郁。她走着，望着远处的登机作业区，目光中没有丝毫飘忽，只有温和坚定。一个个空姐走过，轻盈地。有英姿焕发，不经意间转一下脖子，却性感得恰到好处的乘务员戴露；有面容清纯、身线流利、眼神清澈的乘务员胡英子……

她们是玫瑰航空公司乘务大队六分部的秦芸乘务组。十来个身高一米六五以上的空姐走过，像飘动的云一般，吸引了很多人的目光。其中，就有一个叫方波浪的学者，在远处凝望。他看见了秦芸的优雅和把握有度的魅力。只是现在，很多人不知道，秦芸当然更不知道了，秦芸知道方波浪是在很久以后了。

这一队空姐飘然步入长长的廊桥。

廊桥口，一个上了年纪的女人站在那里，看上去慈祥又不失漂亮女人的魅力，看得出她年轻时的姿色不输秦芸。她是乘务大队政委姬水娟，在廊桥门口笑吟吟地迎接秦芸乘务组的到来。姬水娟身旁还有一位微笑的空姐，笑得矜持又透出点魅惑，眼睛很亮。她是张莹莹，姣好的身材可以与走近她身边的戴露一比，她们俩被誉为“玫瑰双娇”。

两人拥抱。就像她们的身姿一样，她们的声音也是软软的。

戴露：“真的调来了。啊，真的，我们可以天天在一起了。”张莹莹：“太好了，露露。我们一个组了。”戴露兴奋地笑着，还想说什么，却停了下来。

秦芸伸出手：“欢迎你，莹莹。”

张莹莹：“乘务长，你好。”

秦芸："大家都叫我芸姐，以后你也叫我芸姐吧。"

乘务组已在廊桥口整齐站立。她们微笑着，看着政委姬水娟。

姬水娟："姑娘们，给你们介绍一个新成员，玫瑰航空的玫瑰小姐张莹莹，大家应该都认识吧，她可是我们第十二届玫瑰小姐比赛的新科皇后呢。在我们乘务大队，美女如云，遍地缤纷，有人说这是世界上最养眼的地方。但我多次说过，真正健康的花朵，应该是漂亮加才干。张莹莹就是这样的，她的乘务经验非常丰富。由于秦芸乘务组经常执行重要任务，所以调她来加强你们的力量。"姬水娟是在鼓掌声中讲完这一番话的。她笑眯眯地与大家逐一击掌，然后从廊桥口走向候机厅。秦芸追了上去。

在廊桥里，秦芸扯住了姬水娟，从挎着的坤包里取出早晨在茶几上拿走的方形礼盒，往姬水娟手上一放。

秦芸："姬老师，你看，他就这样。你该相信了吧，就是朽木不可雕。我，我真的没有信心了。"姬水娟疑惑，手上托着的方形礼盒，也像一个精致的问号。

秦芸："我听了你的劝导，也想修复我们的关系，可是他，整整一周没有打开我送他的生日礼物。姬老师，你看看，这，这能叫丈夫吗？"姬水娟："礼物？"秦芸："江诗丹顿，新出的运动型手表。他本来应该喜欢。"

姬水娟："好贵重。好吧，交给我，你不要着急。云亭是个好人，他毕竟在小时候受过地震刺激，你要理解他。"

秦芸："理解，理解，我都理解多少年了。这几年读心理学专业，我都拿到硕士学位了，可这个人，我还是理解不了。"

姬水娟："你必须去理解，你也只有去理解，你们是有基础的。"秦芸即刻回答："老师总讲基础基础的，基础到底是个什么东西？"

是啊，基础到底是个什么东西？姬水娟愣了一下，秦芸很少有这样的疑问，连她自己也没有这样问过自己。但姬水娟仍然清晰地说："现在，你马上要执行任务，先抛开这一切，带着纯净的空气上场。你应该明白，我多次讲，进入机舱只能带一件东西，只能是一件，就是纯净的空气。"

秦芸的眼睛里已蓄满泪水。

姬水娟欲言又止。

秦芸也许不想听老师的又一次唠叨，转身走向机舱。

望着秦芸的背影，姬水娟心生忧虑。

舱内，空姐们正在摆放自己的行李，或者整理着自己的发型、妆容、衣着。罗大河机组的男子汉们大步跨入机舱。

机长罗大河，一米八的个子，制服穿在这位男子身上显得更为挺拔，当然，更重要的是他帽檐下的自信和帅气。跟在他身后的小个子机械师显得狡黠又很灵光，秦芸用目光迎接了他们。戴露转身看见了罗大河，连走几个快步，移动着的身子透着逼人的青春气息："……机长大人，这是进入机舱呀，又不是去T型台，不要这么帅好不好，哦，帅得不要不要的……"

罗大河可能也在欣赏戴露飘移间某些富有韵致的摆动："机舱？哦，当然是我应该帅的地方。现在？帅，帅吗？哦，有点帅，是因为看见你了吧。"

戴露觉得有一种潮湿的幸福袭来，她开心地笑了。

小个子机械师在后面也嘿嘿笑，罗大河的眼睛已经转向别处，像是有新的发现。他看见了张莹莹的笑，笑得可人，也感觉到了可人背后的周全和对他的某种信息。张莹莹上前一步，礼貌地伸出手，罗大河感觉到了这双手的柔软。罗大河收回手，但是没有收回目光，他显然有点走神。

张莹莹楚楚动人。

粗心的戴露此刻完全不知道她对罗大河的追求将会多一重温柔的障碍。小个子机械师先知先觉似的朝戴露鬼笑。

戴露意识到什么："大河，她就是张莹莹，我同班同学哪。调我们乘务组了，怎么样，大美女吧？"罗大河大笑："听说了，早听说了，戴露、张莹莹，都获得过我们公司'玫瑰皇后'的称号，你们走到了一起，那是我们的'玫瑰双娇'嘛。"

从这一刻开始，有了"玫瑰双娇"的说法。戴露和张莹莹站在罗大河的两侧，笑得迷人。罗大河伸开了双臂，滑向两位美女的身后："本机长有这样美丽的双翼，这一趟长空万里，嘿嘿，多漂亮的飞翔。"

张莹莹感觉到身上肯定有一个什么地方在微妙地颤动，她有了新的发现："罗机长，你也说飞翔？"

罗大河想回答，被小个子机械师狡黠地打断："罗大机长，可不要弄成比翼齐飞哦！比，比赛的比哦。”

戴露盯了一眼小个子机械师。罗大河注意到了。

张莹莹：“罗机长，初次相见，果然名不虚传，坐你的班飞翔，我很放松很愉快。”

小个子机械师又诡笑。罗大河也注意到了。

戴露递上一串珠子：“大河，这是普陀山的千年老木磨的，观音娘娘前开过光哟，戴上……一路保佑哦。”

罗大河：“戴上露珠……戴露，呵呵……放心，你的小命攥在我的手心里。”

戴露很熟悉也很自然似的拍拍罗大河的肩，又对张莹莹笑得满面春风：“嘿嘿，罗大机长，正合我意……莹莹，跟着我，飞大河的班，我最清楚啦。教官出身的飞行高手！”

罗大河紧接着，有打断的意味：“进入计时准备。我的美丽双翼，听没听女政委经常性的指令？带着纯净的空气上场啦！”

张莹莹注意到了罗大河转身时的目光。

还有一个人注意着她们，她是秦芸。她显然明白戴露在追罗大河，她也读到了张莹莹注意罗大河的目光。秦芸看着罗大河的背影，心中有一丝丝担忧。也许美女的战争也是美丽的跳跃，在空姐圈子里，任何情感的战争也应该当作美丽来对待。她也注意到罗大河和张莹莹都说到了飞翔，这让她顿时有了一种腾空而起的感觉。她转身进入了头等舱。

乘客们开始登机了。方波浪步入头等舱，秦芸对他行注目礼。胡英子站在秦芸的身旁面带微笑。乘客一路走入客舱，秦芸丈夫李云亭的弟弟李云川也步入客舱，走过秦芸身边时低声叫了声嫂子，秦芸笑笑，伸手示意他快进。

经济舱的空姐也在自己的位置上笑迎大家。

李云川与张莹莹擦身而过时，突然有感应似的，侧脸瞟了一眼张莹莹。张莹莹若无其事一般，继续迎接大家。

又过了几排座位，戴露看见了李云川，他们很熟悉了，戴露笑笑：“调皮鬼，又要去三亚？”李云川却没有回答，朝后面的张莹莹瞥一眼：“新来的？”戴露冲一句：“没你什么事儿，请尽快到自己的座位坐好。”李云川低首自语：“怎么像在哪儿见过？”

这么说着的时候，李云川已经走到自己座位旁，还回头张望着。世界上的人就这么奇怪，后来当李云川和张莹莹能够深谈的时候，他们对这一次邂逅都语焉不详，李云川是因为对此印象太深，张莹莹则是因为一点儿也没有印象。

客舱内回响着胡英子的声音：“我们的飞机很快就要起飞了，请您系好安全带……”

李云亭坐了下去。

罗大河坐在驾驶舱内，在他的操作下，飞机移动了轮子，巨大的机翼旋了过来。飞机滑上了起飞航道。

波音 747 飞出一个漂亮的弧度，上了天空。

秦芸走进了舱门，无可挑剔的美使头等舱明亮起来。

这时，有个人一抬头，见到秦芸。很久以后她才知道，这个人就是方波浪。一个漂亮女人，竟可以让人在没有任何交流的情况下就意味到某些深刻和吸引，方波浪觉得有点奇怪，不觉翘了翘嘴角，算是自嘲。他的黑发间有些银丝，但对于这个男人来说，这些都不显示苍老，只显示风度。秦芸瞟了他一眼，感到有一种不易察觉的瞬息而过的颤动，一个知性男人的品位可以这样在无言间实现，为什么？很久以后她明白了，明白之后也有了深刻的理解。那也是很久以后的事了。现在，她弯下腰问方波浪需要什么。

方波浪稳稳地说：“一杯咖啡，还要一瓶矿泉水。”

有磁性的声音，有阅历的声音，有情愫的声音。

秦芸的心里又有一阵颤动，很长时候了，她在任何男人面前都不会有这样的感受，今天是怎么啦？不过，她没有再看方波浪一眼，转身进了操作间。这种偶然的遭遇，每个人都会有，结果一般是擦肩而过。而对于方波浪和秦芸，却不是。

头等舱操作间里，秦芸完全进入工作状态了，她熟练地操作着。

胡英子在一旁，她看一眼秦芸，有点犹豫："芸姐，今天返航后，我想请个假，不去培训中心听讲座了，可以吗？"秦芸："听说是大学的心理学教授啊……你有事？"胡英子："……老家来人了，要去安排一下。"秦芸："老家？从山西来，谁呀？"胡英子略一迟疑："……是，是我爸。"

秦芸稍作观察，这个说话声音很轻的姑娘，是全组唯一的从山西小镇上来的，细眉细眼，窄窄的鼻梁挺拔得有点不太真实。不知是胆小，还是太善良，她的神情总带有一种舍不得散发的味道。很长时间了，秦芸总感觉胡英子有什么事一直压在心里。她移近一步，轻声地说："哦……英子，你一个人在这里，有什么要帮忙的尽管跟我说啊！"

"……嗯。"胡英子点点头，带着淡淡的忧虑。

戴露和张莹莹在进行起飞前的巡舱操作，两位美女步态轻盈，笑容轻松，移动时云一般地美丽。李云川抬头又看见了张莹莹，目光竟有点不一样了。他看着张莹莹，越看越觉得似曾相识，所以更有一点点这样的暧昧。张莹莹的微笑洒向所有的乘客，仿佛人间到处都美好。就这样，她轻盈又挺拔地走过了李云川身旁。

李云川回头望望张莹莹的背影，还在从想象和回忆中寻找着什么。

波音 747 在静静地飞行。

淡淡的云絮抹在辽阔的蓝空，像一望无际的水面。

这里的水面也像蓝天一样，如一匹平撒的绸缎。这是在少体校的游泳馆。

泳池边上，助理教练做了一个手势，四位少女摆出美丽的姿势，然后跃入泳池，水花溅起。有人在游泳馆办公室的大玻璃前看着，她是姬水娟。身旁还有一个人坐着，是秦芸的丈夫李云亭。姬水娟回头看看他，脸色中有着疼爱，尽管她绷着脸。

李云亭满面委屈。他身后的大玻璃外，有花样游泳姑娘们活动的身影。他似乎想冷静一下，望望窗外，想站起来，看看姬水娟的脸色，只好又坐下来。

姬水娟："……当初我就告诉你，对生活要有信心，对女孩子要有爱心，对事业要有恒心，你怎么会这样对待秦芸！"李云亭："我怎么啦？一个小礼物，我就一定要这样吗？十来年夫妻了，还要那么多浪漫，干哈嘛！"

"干哈嘛"，是李云亭的口头禅。现在，他完全不重视姬水娟特地赶过来给他指出问题，免得酿成不幸。他着急地去看窗外，助理教练正盯着水面，水面上的美少女恰如芙蓉花开。

姬水娟注意到这一细节，她站了起来："你要是忙，我就不说了，当初我撮合你们俩的时候，哪会想到这么过不来。""没事儿，姬老师……我们没有过不去的事啊。""你们不是分居多时了吗？我说服了秦芸，她才有了念头，想修复你们的感情，你懂不懂啊？"她说完坐了下来，李云亭倒站了起来，面朝着大玻璃窗。

"分居？秦芸告诉你的？咳，这个秦芸……姬老师，感情又不是洗脚盆，可以修补的。再说了，和秦芸的感情，我没有扔掉啊。"姬水娟又站起来："秦芸在外面，想到了你的生日；秦芸在外面，想到了你会喜欢运动型的手表；秦芸在外面，花很多钱买了这个江诗丹顿的名牌。你呀……真的不会是一段朽木吧。"

"你这是秦芸的意思……"李云亭想继续说下去，大玻璃窗外的助理教练又在泳池边伸直了双臂向他示意。李云亭看看表，朝向窗外伸开手掌又紧紧握住，显然又在传递着一个旨意，助理教练在池边上将手臂放平在胸前，又做了一个扩胸动作，然后向池边上跑去。

姬水娟看到了："好好好……我不再跟你啰唆了。我想个办法再告诉你。你们不能再这样下去了。"

她没有等待李云亭的反应，从自己的包里取出还是包装得好好的方形礼盒，放到桌上，便推门离去。

李云亭回过身来，自言自语："干哈嘛……"

桌上的方形礼盒静静地放着，江诗丹顿手表还闷在里面。在李云亭身后，大玻璃窗外的美丽身姿继续摆出各种花样。

屋外的阳光亮得刺眼。

这是在空姐培训中心。林小洁，一个新班毕业的学员，坐在窗前，有点愁容，但丝毫不影响她完美得体的面庞，它秀丽得没有任何地方需要改动，皮肤也吹弹可破。她似乎在思忖着自己的处境，想着什么应付的办法。

有个男人从她身后悄悄走近，这是培训长。他的手从林小洁的肩上慢慢移过来。林小洁一颤。

培训长：“小洁，我来了。”

林小洁又一颤。

培训长：“小洁，我把你留下了。”

林小洁再一颤，这个纯洁的姑娘有点警惕了。培训长突然转到林小洁面前，两手都架在她的肩上：“留下吧，小洁！”

林小洁一震，站了起来，看着这个四十来岁的男人，有点儿同情，但是旋即平静下来：“培训长，我明明白白告诉过你，我不喜欢大我十七八的男人，我感谢你对我的培育，但我不可能嫁给你。放开吧，让人看见了不好。”培训长不肯放下自己的手，远处有音乐声飘来：“小洁，我从来都是追求纯洁的，十多年前，我曾热情地追求过一个纯洁的空姐，但是她不愿意对不起一个她曾经允诺的男人。我从此又开始漫长的寻找……一直到你的出现。你知道吗，一直到你出现，我才觉得生活有了意义，我认定的所有意义也才有了生活的质感。小洁，不要离开我，我，我真的是属于你的男人。”林小洁听着这一腔倾诉，毫无反应。但是培训长说着说着声泪俱下，林小洁又有所不忍，她低声喃喃：“不要再说了，培训长。”

培训长泪流满面，他的双手已经无力地移开。林小洁几乎不忍再看下去，转过身去，很无奈地摇摇头，逃一般地离去。

林小洁奔进了培训礼堂。

许许多多的美女坐在那里，一个个都充满生机，每一个都美得不可取代，这是国际运动大会的礼仪小姐来接受航空公司的友情培训。也许是礼仪小姐的原因，这些美女的坐姿都训练有素。有一个美女闪着眼睛，引人注目，她是江天芳。林小洁走过来，白色的衣裙在全场的繁多花色中尤为夺目，她的目光与江天芳有瞬间的相遇，她和她似乎都谨慎地收住了眼光。美女对美女总是这样。

林小洁走到台前，欲言又止，她看见礼堂的侧门有一个人影，他是培训长。远远看过去，他那愁容满面的脸上却飘着更多的渴望。

林小洁定定神，显然已放下了刚才一幕对她的影响，开始演讲了：“今天，我要讲的内容是先有尊重后有美。在我们空姐队伍的建设中，关于美的话题是永恒的。美到底是不是脸蛋上和体形上的客观因素，说不是好像是不准确的，就像挑选空姐和挑选礼仪小姐一样，一定是有美的标尺，比如一米六八的个子，比如 84、61、88 的三围，比如笑容的规范，对不起，连笑容我们也在说规范，这不是笑话啊，课堂上很多老师这样在说，比如嘴型，比如嘴角上翘的幅度，等等。但我想说这些物质因素不是决定性的，根本的作用在于精神。精神何以呈现为可以观赏到的美，今天我想专门从‘尊重’二字说起……”

林小洁环顾四周，目光又落到了侧门处的培训长身上，她略作停顿。姬水娟这时也从门外步进落座，她的身旁，恰好是有着一双美丽眼睛的江天芳。培训长也见到了姬水娟进来，他神色有些不安，退了出去。

培训中心的门口，培训长匆匆离去。

这时，保时捷、宝马、奔驰、沃尔沃……一批名牌车依次而来。从缓缓停下的劳斯莱斯里，走出了时装大亨家的“富二代”——著名时装设计师石智明。他看了一眼培训中心，又看了一眼跟前的一些名车。石智明低头想了一想，又钻进劳斯莱斯。车子发动后转头离开了培训中心门前空地，停在了不远的高处。

这时林小洁站在讲台前继续演讲着，神态特别认真：“……就是从这一层意思出发，我更加确信了先有尊重后有美的理念。大家可以想想，作为在空中为大家提供服务的乘务员，如果在心里头不存在对乘客实实在在的尊重，美又何在？美又为了什么而存在？我们中心对学员的培训就在这一点上做了课题调研，我作为航空学院的研究生，参加了这一工作。我相信，在国际运动大会上做礼仪小姐，也不仅仅是美貌的展示，对自己服务对象的尊重，是美的规则，说到底也是做人的规则。接下来，是我们交流的时间。”姬水娟频频点头，她身旁的江天芳突然站了起来：“请问主讲人，我们严格训练的微笑原理、鞠躬原理、向前一步原理、手势之轻之重原理，等等，可以弃之不顾吗？”

林小洁含笑应答：“不，正相反，我以为更要懂得这些原理。我对指导你们的老师深表佩服，将我们的服务原则分解成那么多细微的原理，不容易啊。但我相信所有原理的根源，一定是出于心中的东西，在为你的服务对象提供服务时，你心中的尊重是激活所有原理的力量。与此同时，我要特别肯定地说，你也赢得了尊重。”

鼓掌声四起，江天芳有点不自然，但也鼓了掌。江天芳看一眼身旁的姬水娟，揣摩着：“这位老师，你们这位学员，不得了！”

姬水娟笑了：“她前年就毕业了，去乘务组实习后，又因为成绩优良，留在中心搞课题研究了，学院很支持我们。这个林小洁，过去还说过这样一句话：‘美貌是推荐信，善良是信用卡。’说得多好。小洁所说的尊重后面，还有一个重要的善良呵。”她说着说着自言自语起来：“唉，这一会儿，该让她下组了。”

姬水娟这么说着的时候，又去望望台上的林小洁，她当然看见了林小洁纯纯的笑，远远地看去，像一朵刚刚开放的白莲。

江天芳说：“她看上去挺柔弱的样子，发表观点却自信明朗，不听她讲话，绝对难以想象。”姬水娟回道：“哦，她爸爸是建筑师，妈妈是传媒大学的艺术系主任，也许有爸爸妈妈的因子吧……哦，这位姑娘，看上去也蛮有学问的样子，是从大学挑来的吧。学什么的？”

“是，社会学。”

江天芳已经站了起来，课已经结束，她和姬水娟告别后向门外走去。姬水娟望着她的背影，似乎打定了一个主意。

听课的姑娘们从培训中心门口拥出，这些经过挑选的美女，有着作为美女的自我确信。在这样一段温煦的时光，倩影妖娆，明眸流盼，是很自然的事情了。很多人跳上了大巴，也有很多人接连跳上那些等候在那里的名牌车。这些景致均在石智明的视野中，他看见了小车一辆辆驶去，也看见了大巴的驶离，空旷的门口只剩下一个美女了，她是江天芳，看来有点着急。石智明看见了，急忙坐上车，沿着下坡的弯道，把劳斯莱斯稳稳地停在了江天芳面前。少顷，石智明走下车，很潇洒，为江天芳打开了车门。

江天芳面露愠怒，跳上车，车向前驶去。

车内，石智明看一眼江天芳：“天芳，你可不能这么轻易地就动了你脸上的比例哦，碰上这么难得的机会，我站在城头……嘿嘿，观风景啊！”

江天芳：“就喜欢看美女。”石智明：“错，我是在看时尚风，你看今天，美女成群，清爽靓丽，其风姿绰约之态大部都落在裙装上，而且又盛行连衣裙加风衣，多好的创作启迪啊。”江天芳：“又狡辩，就是看美女。”石智明：“当然看美女，现在就在看哪！而且……从现在起一直看到明天早晨。”

江天芳被逗乐了。在劳斯莱斯车内，江天芳笑得无所顾忌。不过眼睛里还是有一点点打探的意味。石智明开着车，好像不敢接茬似的，但是脸上的兴奋显而易见。江天芳很满足似的闭了闭眼睛。

培训中心花园的小道上，姬水娟和林小洁走来。

林小洁：“姬老师，我本想将课题做完再走的，现在我想走了，你们乘务大队赶紧来要我吧，秦芸找过我呢。”姬水娟：“那要服从组织安排，本来你不想走，这一会儿为什么又这么急着走呢？小洁，我今天来听你与为体育服务的礼仪小姐交流，也是来考察你哟。我当然欢迎你，只是你要将课题做完，这是整个公司的大局，你要安心和理解。”

林小洁欲言又止。

姬水娟：“怎么啦，有什么不便说的？”

林小洁想说，又欲言又止。

姬水娟：“尽管说吧，是课题上的事吗？不着急嘛，培训空姐的课程也要与时俱进，你大可以提意见。而且我们整个公司也在提倡创新，你大胆完成你的课题。”林小洁：“不是，不是因为课题的缘故，我……”姬水娟笑了：“哦，是开始恋爱了。”林小洁：“也不是恋爱啦，反正我不知道怎么处理了，干脆逃之夭夭。”姬水娟：“逃之夭夭……我听出点意思了，什么人在打你的主意？”林小洁慌神：“也不是啦，是……”

姬水娟警觉地问：“告诉我，是不是培训长？”

林小洁一颤："不是啦，不是啦……姬老师，再见！"

姬水娟想拉住她，但是林小洁已疾步离去。姬水娟自知追不上，叹一声，忧虑爬上了她的脸。

培训中心的办公室里，培训长显然有些紧张："姬老师，请坐。"姬水娟一副公事公办的态度，随意坐了下来，眼神里有一些不易察觉的打量："培训长，我还是为林小洁的事来，我们都以不影响中心的课题研究为前提。乘务大队六分部的秦芸组要加强力量，已经调去了一个主力，还想安排林小洁去，你觉得……现在有可能吗？"培训长斟字酌句："研究需要深化，中心决定留一段时间。"姬水娟："是林小洁吗？"培训长："是，我指的就是她。"姬水娟："哦，我们会支持培训中心的工作。培训长，林小洁是个非常勤奋的姑娘，而且我还很欣赏她那纯净的感觉。现在，漂亮姑娘容易引起一些麻烦，你们要好好保护，也要培养好她。"培训长还在斟酌着字句："……培训中心漂亮姑娘多着呢，我们很注意保护工作的，我们也明白，培养是最好的保护。"姬水娟："好，我也去和秦芸说说，林小洁缓一会儿再去吧。培训长，我走了。"

培训长突然急起来："等等，是秦芸要她？"姬水娟："是啊，怎么啦？"培训长又镇定下来，换了口气："哦，秦芸组是主力组，应该会要林小洁这样的优等生。"

姬水娟看一眼培训长，又生疑虑。但不再问了，她点点头，回身走去。

培训长有一点点发愣。这个林小洁为什么又和秦芸纠结在一起？很久以后他都这样在纠结着，对于秦芸，他知道这种纠结只有他一个人忍受。秦芸对于他的尊重他心里非常清楚。他对秦芸的爱护，也从来没有变过。他们的往事只属于他们。

江天芳睁开眼来，此刻她躺在柔软的床上。他们来到了一处幽静的别墅。石智明在她身旁，睡得很甜。江天芳悄悄坐起，想了一会儿，下床来。她用毛巾裹着自己的身体，走进了盥洗室，关上了门。

床上的石智明侧一下身，依然沉沉地睡着。

江天芳在盥洗室的玻璃镜前打量着自己。她当然对自己标准的体形充满了自信，只是在眼睛深处，仍有着对自己未来的担忧。这一切，看着看着，她给了自己一个笑容，但是却有点恍惚。

江天芳从盥洗室出来，从卧室里走向客厅，从里屋走向繁花盛开的前院。她披着薄薄的轻纱，袅袅娜娜。别墅的清净美丽与江天芳的漂亮身影交融呈现，这一切都在石智明的视野中。他已经起来，穿着浴衣，看着风景中的江天芳，若有所思。江天芳从清幽幽的湖边竹林前回过身来，她看见窗台前的石智明了，往回疾步走着，风中的轻纱飘着一层层的梦幻，也隐约显露着她的体态。

石智明从窗口跑向卧室门，从门口跑下楼梯，从客厅跑到前堂，一把抱起已经跑近的江天芳，跑进了客厅。

他们在大沙发上坐下，江天芳又被石智明示意站了起来。不知其意的江天芳看着石智明，笑得很妩媚。石智明像在观摩一件艺术品似的，突然间大笑起来："好，太好了，太好了。我把我最近的这个设计系列就取个朴素点的大气点的名称，叫大春秋！"

江天芳坐了下来："你在说什么嘛，大春秋？"石智明："有一个电视栏目，叫'女人我最大'，懂得意思吗……嘿，所以我的女装品牌春秋系列干脆叫'大春秋'。"江天芳："你就想你的时装，想你的品牌，你不是带我来看你的世外桃源吗？"石智明："哦，我们就在桃花源中呀。这个楼盘的名称就叫桃花源啊。不过这个桃花源被你这个大美女闯入以后，恐怕我就不能优哉游哉了……也许你也可以成为我的品牌……刚才我观察了你很久，我想到了我即将要完成的春秋系列，你的一步一移又给了我灵感，我在你的领口部位腰臀部位跟踪了半天，我要在领子上再做革新，在腰臀关节处也要稍做改进……天芳，中国姑娘们又要有兴奋的时光了。"江天芳再一次提醒："智明，看你总是注意什么领口啊，腰臀啊，你忘了今天带我来看什么了？"

石智明似乎没听到江天芳的埋怨，沉浸在自己的想象中："我是在用我的服装塑造中国女性的世界形象呵，世界上有很多知名女装名牌，但是在我看来，都不适合中国女性。中国女人有中国女人特有的韵味，中国女人有中国女人特有的不可替代的美。现在大家看惯了外国女人、外国女装，有的人连中国女人都不会欣赏了。还有一个比较普遍的认定，中国女人的胸和臀不行，比不上南美和北欧的，我要用我的服装来弥补这一缺憾。唉，我多辛苦啊，我把所有的中国女人都当成了偶像。”江天芳又站起来，她凹凸有致的身形自是美不胜收：“你的意思是……我的身上有缺憾！”

石智明在沙发上挺起身子，用自己的手掌在空中示意江天芳的体形：“不不，你是标准的亲西方体形，不可以有缺憾，不可以有缺憾。”江天芳又扑进石智明怀里：“本来就没有，什么叫‘不可以有’嘛。”石智明：“我的本意也不是中国女人的身体有缺憾，真的完全不是缺憾啦，我要用我的服装让人们懂得如何欣赏中国女人。”江天芳：“就是嘛，我是地地道道的上海姑娘，我就是地地道道的中国女性嘛。我姆妈年轻时据说比我还漂亮呢。”石智明突然想起：“对了，你妈妈几时到？”江天芳：“明天下午五点半。”石智明：“那好，这个桃花源，这幢别墅，明天等你妈到了以后我要看你妈的态度再作决定。”江天芳：“那也好，我要听我妈的。”石智明：“给她买了头等舱的票了吧？”江天芳：“买了，姆妈过去都是坐火车的，坐飞机头等舱，姆妈还说好浪费。”石智明：“我不是和你说过，这不叫浪费，这是珍惜美妙的机上时光。”江天芳：“那是你，就知道看空姐，头等舱的空姐就是头等美女吧？唉，说起来也是，这次礼仪小姐的选拔，几乎搜罗了十大城市的美女，航空公司怎么不来这里发现一些头等美女呢，你看都让我们去接受他们培训美女的经验了。智明，我们这样五万多人的大学，连我在内也只选了七八个，怎么样，本校花厉害吧。”石智明：“我和你说过了，欣赏美女是我的天职，我欣赏的哪能不是美女！天下哪有女装品牌创造者不关注女人的？”江天芳：“嘿嘿，吹上了。好，以后我去做空姐，而且去做头等舱的空姐。叫你以后坐飞机，只能坐本美女的航班，想见头等美女吗，来吧，上我这里来。”石智明：“好啊，我就去坐，坐你当空姐的航空公司的航班。”江天芳：“而且是头等舱。”石智明：“对，头等舱，一定是头等舱喽。”

这么说着的时候，石智明又抱起了江天芳。

晴朗，望不到边的深邃。

有几片白云，是天上的诗篇。

在波音 747 的机舱里，戴露和张莹莹在收拾着器具。

戴露："莹莹，你的手还是那样，保养得真好。"张莹莹笑了："不用保养，天生的。"呼叫铃响，张莹莹抬头："又是他。"戴露："芸姐的小叔子，嘿嘿，莹莹，上。"

张莹莹也一乐，转身走去。

李云川睁大了眼睛，他看见了张莹莹。张莹莹则觉得有一点奇怪，这个乘客好像很熟悉。

张莹莹已经走到了李云川的面前："先生，需要什么？"李云川："哦，要……你？"张莹莹："先生，您需要什么？"李云川笑了："哦，我想看看你。"张莹莹："好啊，我们相见了。你不是芸姐的弟弟吗？"

李云川稍有惊愕，但马上出击："你没有忘掉我有一个嫂子是空姐中的劳模，叫秦芸，是吧。"张莹莹："不是忘掉不忘掉，秦芸姐是我们的乘务长。"李云川："不，这是现实世界，我们在虚拟世界相遇过，我们聊到过秦芸。还有飞翔飞翔，206，206……"

旁座投过来不解的目光。

张莹莹没有接茬，镇定地俯身，拉起李云川座位的安全带："是的，我们正在飞翔，飞机快到三亚了，请系好安全带。"

她的胸前有标明 206 的铭牌。李云川看见了，还想说什么，张莹莹已转身走去。

在她的性感的背影上，李云川笑得很开心。在 QQ 上，他曾和"飞翔 206"聊天，现在他更加坚定了自己的发现，"飞翔 206"就是这个美丽的女孩。

秦芸在头等舱优雅地巡舱。

她在稳稳地前行，又有一个人的目光对她有所打量，他是方波浪。秦芸注意到了，停下来，稍稍俯身，报以询问似的微笑。

方波浪："小姐，应该快到了吧，我还能要一杯矿泉水吗？"秦芸的眼睛透出一点已经猜到了的意思："可以。"她转身走去。方波浪的眼睛跟着她，也透出一点满足的意思，他看着秦芸的背影，也似乎有一些新的发现。

胡英子在操作间收拾着，秦芸进来了，又倒了一杯矿泉水，胡英子询问：“芸姐，还有人？”秦芸：“三排A座的方先生，需要矿泉水。”胡英子：“哦，这位方先生多次坐我们的飞机了。”秦芸：“是，他还对矿泉水情有独钟。”

秦芸端起水杯，刚想走，有一阵轻微的颤动，她有所警觉，望望驾驶舱的门，胡英子过来接过杯子：“芸姐，我去。”

秦芸点头。

又有一阵轻微的颤动，秦芸又一次看看驾驶舱的门。

胡英子走进头等舱，把矿泉水端到了方波浪面前。

方波浪接过：“谢谢你和你们的乘务长。”胡英子：“方先生，您知道我们的乘务长？”方波浪：“是，我熟悉你们的服装类型啊。”胡英子笑笑：“方先生，我们也熟悉您了。”

方波浪也有了一点笑容，这时，他们都感到了稍强一些的颤动。在经济舱操作间，戴露和张莹莹正在操作台前忙碌，她们也感到了颤动，都用手按住了台上的杯子。她们都意识到了什么。

驾驶舱内，罗大河开启与地面通话系统。小个子机械师在仪表盘前判断着。

罗大河：“塔台，塔台……我是MG8082，我是MG8082，仪表系统出现异常，协调功能已有异动，请调整进港计划，我需要时间。”

通话时，罗大河的手已经搭上了操纵杆。而在地面塔台总控室里，总指挥也神色严峻：“明白，请尽快把握情况，保持密切联系。”

总控室所有坐着的人都站了起来，铃声响起。

这是紧急情况的报告，所有人都神色严峻起来。

在波音747头等舱操作间里，秦芸听到了电话铃声，她似乎意识到什么：“……是我，请讲。”她的神情异常严肃。

在驾驶舱内，罗大河也异常严肃：“出现严重故障，执行1号方案。”

小个子机械师和所有机组成员也都面容严肃。

在头等舱操作间内，秦芸干干脆脆地回答：“明白。”

她放下电话，开启机上扬声系统：“女士们，先生们，我们的飞机已经开始下降，美丽的三亚正在迎候大家的到来。由于气流的影响，机上可能有些颠簸，请您务必系好安全带，洗手间已经停止使用，请不要随意走动。”接着是流利的英语广播。胡英子在她身后，意识到情况的严重性。

在经济舱操作间，戴露和张莹莹飞快地对视一眼，眼睛里仿佛都在说：发生紧急情况了。然后她们向经济舱过道走来。她们的步态依然轻盈，乘客们没有意识到发生了什么。后舱的两位值班空姐也对视一眼，知道执行 1 号方案了，她们互相点点头，然后若无其事一般从后面走来。戴露和张莹莹左右察看着走来，面带着一如既往的微笑。乘客们没有察觉什么，一如往常。

飞机又是一阵颤动。

戴露和张莹莹对视一眼，马上又微笑地面对大家，张莹莹还注意地往上面的行李舱面盖扫视了一遍。

在驾驶舱内，罗大河的额头上已渗出细细的汗珠。小个子机械师那有点滑稽的面孔现在也异常严肃。机组所有的成员都上紧了发条似的，所有的动作都像时钟一分一秒极其准确。轰鸣声中，能看见罗大河向自己的同伴传递着自己操作的旨意。

在头等舱内，秦芸走来，和方波浪相视而笑，环境安静极了。胡英子俯身收走了方波浪的矿泉水杯子，这时又有一点颤动，方波浪感觉到有点异常，面色显得有些沉重。

在经济舱内，张莹莹和李云川相视而笑，环境也安静极了。戴露感觉到了颤动后面的危险，不觉用手挡一挡脸，她倒抽一口冷气，眼睛里闪过一丝紧张。

在头等舱操作间，铃声响起。秦芸迅速拿起了话筒：“是我……”

在驾驶舱内，罗大河表情凝重，他牢牢地握住了操纵杆，眼睛紧紧地盯住仪表盘，极其专注的表情上有着判断……思索……选择……决定……他向秦芸下达指令：“执行 2 号方案，等待塔台命令。”

机组成员全神贯注。

秦芸的忧虑，更深了。

在地面塔台总控室，总指挥也越发严肃。

从大玻璃窗望出去，是晴朗的天空和有着海南特点的建筑群。

已经到了三亚了，这里有着一如往常的美丽。

波音 747 的客舱里，回响着秦芸镇静的声音：“女士们，先生们，我们的飞机正在降落的过程中。请您在原座位坐好，系好安全带，请不要走动，不要使用卫生间。我们也将停止一切服务供应。谢谢……请所有乘务员全部到位。”

接着是流利的英语广播，最后一句显然没有使用英语。

在头等舱内，方波浪意识到情况的严重性，紧了紧自己的安全带。所有的头等舱乘客也紧了紧安全带。

果然，又一阵颤动，颤动得厉害。

在经济舱内，李云川意识到情况的严重性，紧了紧自己的安全带。所有的经济舱乘客也紧了紧安全带。只有戴露和张莹莹仍然若无其事一般，在过道中行走，不时地和乘客低语着什么。

在驾驶舱内，仪表盘上信号的指示出现严重混乱。小个子机械师紧张地看了一眼罗大河。罗大河终于下了决心，打开了呼叫系统：“……我是 MG8082，我是 MG8082，机上计算机降落系统故障无法排除，我的判断是电脑程序紊乱，并非机械故障，请求执行驾驶落地方案……请回答，请回答。”

在地面塔台总控室，总指挥望望身边的几位指挥，大家点点头。

各种仪表的荧光屏闪烁着。

有长者深沉地说：“是罗大河，可以放心。”

总指挥看看手表，毅然地：“执行。18 点 38 分落地。”

在驾驶舱内，罗大河挺直了腰板：“MG8082 明白。”

他的额头已渗出豆大的汗珠。

这个时候的机场，跑道上有飞机启动，向停机坪驶去。许多车轮在急速启动。有一些车辆迅速驶离停泊点。

显然，机场在紧张而有序地做着迎接 MG8082 降落的准备。

在驾驶舱内，罗大河拉着操纵杆，进行着人工驾驶落地的各项程序。机组成员也按程序要求操作，一丝不苟。

在客舱内，秦芸在头等舱过道行进，面容平静。胡英子在过道行进，面容平静。戴露在过道行进，面容平静。张莹莹在过道行进，面容平静。

在驾驶舱内，罗大河面色沉着，全神贯注地看着前方，稳稳地握住操纵杆。

这时，飞机又有一阵颤动，甚至还有一些倾斜……在过道行进着的秦芸突然回过头来，眼光穿过头等舱和走廊，望着驾驶舱紧闭着的门。

机上电话的指示灯又突然亮起。

这一会儿，秦芸的神色也顿时紧张起来。

秦芸是知道的，人生的又一道门槛就这样拦在了自己和机上的所有人面前。秦芸还知道，这也是飞翔的所有内容之一。不知道是因为什么，她和头等舱的方波浪竟然在这时对视了一眼，很多年以后，他们才明白这种眼神的分量。

第二章

蓝天上，波音747穿行而来。担忧，如缠绕在这个庞然大物四周那薄薄的云雾。与这个特殊着落有关的所有人物都在经历着这种特殊，而且这个特殊也和飞翔有关。在一瞬间，秦芸这样想过。后来的日子里，她还把这种关联和人生连在了一起。

现在，在地面塔台总控室，总指挥望着大玻璃窗外的蓝天。远远地，有飞机在盘旋。总控室内不时有人在报告："……1000米，正常……800米，正常……"人们紧紧地盯住雷达的显示屏。

驾驶舱内，紧张依然。罗大河的背，已经湿透了一大片。他目光炯炯，进行此刻必需的操作。

秦芸正在进行机上广播，语气坦然亲切："女士们，先生们，我们马上就要到达三亚机场了。请大家在原座位坐好，系好安全带，不要打开手机。谢谢。"接着用流利的英语重复广播。

在客舱内，从头等舱到经济舱的门帘已经拉开，乘客们井然有序，也许都不知道发生了什么，这里是安静的世界。

窗外的白云，一片片在飞。

在地面塔台总控室，从大玻璃窗望出去能看见空中的飞机在盘旋而下。有不断报告的声音："……300米……280米……"总指挥脸上没有丝毫的放松。

在驾驶舱内，罗大河全神贯注。他身后的机组成员也有人在报告："250米……240米……230米……"操纵杆上紧紧握住的手，透露出他的胸有成竹。他的眼睛里也透出一层层的东西，似乎是纯净的空气，不含半点杂质。

是的，罗大河这时只有一个念头：必须安全落地。

在头等舱内，秦芸坐在那里，眼睛紧盯着驾驶舱的门。胡英子坐在一旁，眼睛里还有一点点恐慌。方波浪非常平静，他从斜对角看过去，恰好看到秦芸不时侧身去张望驾驶舱的门。秦芸的脸上看起来很平静，不过还是有少许难以掩盖的焦虑。但方波浪完全陷在对优雅的秦芸的打量之中，眼下，秦芸脸上的这一点点异常，使得她的优雅带了点深刻，令方波浪更为欣赏了。

秦芸的手已经握成了拳头。在经济舱内，也有两双女人的手握成了拳头。这是张莹莹与戴露，她们也坐在那里，互相看了一眼，也有一些紧张。坐在座位上的李云川捧着电脑，他的脸上流露出来的是着急。显然，他的着急，不是知晓飞机有故障的缘故。他感觉到飞机在机场上空盘旋，他希望飞机尽快落地。

在驾驶舱内，罗大河的背，像被大雨浇过一样。有报告的声音："180米……170 米……160 米……"罗大河突然拉过操纵杆："注意拉起，盘旋！"小个子机械师不免大吃一惊。

在地面塔台总控室，总指挥也一震："……调救护车！"他身旁报告的声音继续："150 米……140 米，又是 150 米，下行……130 米，又拉升至170 米……"

塔台总控室的大玻璃窗外面，有车辆穿梭。

此刻，在空中的机舱内，秦芸能感觉到飞机重又盘旋，也有惊疑。胡英子也有点担忧了。戴露稍有慌神。张莹莹抿住嘴唇，像在警觉地思考着什么。空姐们的这种情绪仅仅出现在瞬间，很快就微笑地面对着所有的乘客。秦芸望望长长的舱内，平静如常。又去看机上电话，电话里她的情绪非常平静。

在驾驶舱内，罗大河露出沉着的表情："减速……对，500……注意风向……平滑 15 度……已纠正偏离……塔台，塔台……MG8082 请求进港，请求进港！"罗大河一边这么吐着短促的语言，一边进行着操作，他身旁的机组成员们也高度集中注意力。看上去，波音 747 的落地过程井然有序。

罗大河的背上依旧大雨浇淋一般。

在地面塔台总控室，仪表显示屏上的指示线，总指挥看看操控台前的工程师，工程师有力地点点头。总指挥会意，显然松下劲来："应该没有问题了……好，做好准备，迎接 MG8082 着落……罗大河，落地！”总指挥的这段话，一句是说给自己听的，一句是命令指挥部成员的，一句是向罗大河喊的。大玻璃窗外，波音 747 更近了。

巨大的轮子放下。波音 747 飞机俯冲下来。

罗大河驾驶飞机，双目射向前方。从驾驶舱的玻璃窗望出去，机场的跑道飞速地往后退去……越来越近……地面越来越近……变得越来越宽的跑道几乎是扑面而来。

黑色的轮胎擦上地面。

在轮胎擦上地面的同一时刻，舱内的戴露几乎想从座位上跃起，安全带拉着她，戴露张圆了嘴，从脖子上扯下了祥云围巾，在手中折叠起来。一旁的张莹莹也面露崇拜之色。前侧的秦芸看到了戴露的动作，也轻松地笑了起来。

胡英子已取下电话：“女士们、先生们，我们的飞机已经安全落地，现在正在滑行的过程中，请大家在原座位坐好。不要解开安全带，也不要打开手机。”接下去是流利的英语广播。

秦芸取过电话，显然是临时加上去的内容：“女士们，先生们，我们现在到达的目的地是美丽的海岛城市三亚。这是一个需要热情的观光城市，这也是一个需要安宁的海边城市，欢迎大家带着热情和安宁的心境来到我们的三亚，我们也热情地祝福大家……平安到达。”

秦芸的声音有点轻微的抖动，方波浪听出来了，他没有问。他当然不知道发生了什么，他感到了这个乘务长不一般，于是又专注地看了看斜对角坐着的秦芸。戴露和张莹莹还坐在那里，她们知道乘务长一般都不做这样的广播，但她们明白秦芸此刻的心情，也知道罗大河一定成功地处理好了一件棘手的事情。她们对视一笑。

戴露手中的祥云围巾已经扎成了一朵大花。

驾驶舱内的罗大河稳稳地停住了飞机。他重重地舒了一口气，往椅背上一靠，一旁的小个子机械师站起来，在罗大河的肩上重重一拍。闭着眼睛的罗大河睁开眼来，又重重地叹了一声。

停机坪上，波音 747 稳稳地停在那里。

舷梯车已经靠上了飞机。

秦芸和胡英子微笑着站在那里，为头等舱的乘客送行。方波浪走过秦芸身旁的时候，稍作停留，微笑作谢。秦芸也报以微笑，目光在方波浪的背影上停留了一会儿。方波浪这会儿已步上舷梯车平台，夕阳洒满了他的一身。

戴露和张莹莹微笑地站在那里，为经济舱的乘客送行。

这里的乘客就显得有点拥挤了，戴露一边说着“大家走好，拿好行李”，一边和张莹莹一起，照顾着乘客走出舱门。李云川急走几步，前面的乘客被撞到，怪怨地瞥瞥李云川，李云川连声道歉，又疾步向前，走到戴露跟前时被戴露揶揄一句“又冒冒失失了吧”，李云川赖皮地眨眨眼，径自走到张莹莹面前，却停了下来，这一会儿他认真地看看张莹莹，又认真地看看张莹莹的胸牌。张莹莹用手势示意他快点走向舱门。李云川冲着她笑：“……哇，对了对了，飞翔206，飞翔206……”戴露不知道李云川的意思，再看看这边，只见张莹莹带着极为公事公办的笑容告诉李云川：“这位先生，请您不要影响大家下飞机，一路走好。”李云川只得移动步子，回头甩了一句：“哈哈，我嫂子的地盘儿，我会来的。小妮子嘴硬，我会来教教你。飞翔206，飞翔206……”李云川已走远几步，还回回头。

张莹莹知道了眼前这个阳光男孩已经认定自己在QQ上使用了“飞翔206”的名字，那么李云川这个名字就应该和“云上河流”对上位了，不错，这是一个阳光、风趣的男孩。现在，不容她多想了，她的注意力落到了驾驶舱里。

乘着空隙，戴露也在望着驾驶舱还没有打开的舱门。

在驾驶舱内，机组成员们都已经站起，在整理着服装、帽子什么的，罗大河最后从机长的位置上站起，也正了正帽檐。从几个男人的目光中可以感觉到机长在这个团队中的威严。

罗大河：“弟兄们辛苦了。”

大家齐声：“机长正确。”

罗大河笑笑：“嘿嘿，小试锋芒……电脑程序要调整，今天恐怕飞不回去了，大家在三亚好好乐乐。”

小个子机械师大声：“机长正确！”

她们又去看舱门。正在此时，舱门打开了，胡英子候在门外，从驾驶舱望出去，秦芸乘务组的所有成员列队站在门外过道，像是在隆重迎接罗大河机组凯旋。

罗大河率先走出驾驶舱，英俊依然。

秦芸乘务组的空姐们鼓掌。

戴露出列，将手中用祥云围巾扎成的花朵插入罗大河左胸的口袋，还拥抱着贴了贴罗大河的脸。

小个子机械师又诡笑了。

罗大河扬起左手，手腕上是戴露送上的珠子。

机组的男人们英雄般地步出机舱。

张莹莹全都看见了，她笑着，目光与罗大河在空中相遇，她又有点儿恍惚，看上去倒有一些妩媚劲儿了。罗大河看着她，也有欣赏的笑。有人抓住这个机会，闪了一下镁光灯，为罗大河机组和秦芸乘务组照了个兴奋的合影。

秦芸上前，与罗大河紧紧握手："我们应该有一场庆祝。"

机场大巴行进在林荫大道上，空姐们笑脸灿烂，有着兴奋的依托。

秦芸也笑着，是一种心安的样子。罗大河倒很沉着，戴露坐在他的身旁，没心没肺地大笑。张莹莹浅浅地笑着。他们都在听着小个子机械师说话。

小个子机械师很有一点表演的才能，像说书一般："现在话说电脑程序开始紊乱，所有的指示云里雾里，与塔台联络，飞行跟踪一切正常，罗大河罗机长的判断那是天才的杰作……电脑失常，机械正常，立马转为人工降落，那罗机长哪，潇洒，真潇洒……当个里当，当个里当，当……"

空姐们脆生生的笑，几乎充满了整个大巴。

胡英子坐在一角，也笑着，但还是看得出一丝丝愁容。

秦芸注意到了，移了几排座位，靠近胡英子："英子，不返航了，无妨。明后天可以赶回的。如果有急事，我给姬政委打电话？"

胡英子连连摇头："不急不急。"

秦芸还是在胡英子的脸上读到了一些忧虑。

小个子机械师的声音又放大了："……万万想不到的是，空中不知从哪个角落……”

戴露打断道：“哈哈，天空中也有角落吗？哈哈哈！”

小个子机械师很严肃的样子：“不许说笑，果然有一股歪风斜刺里翻滚而来，飞机开始颤动……这一回，289 条生命全在罗大河的手里……”

戴露又打趣：“是啊是啊，大河说过，我的小命就攥在他的手里。”

大巴内一阵潮水般的笑声。

秦芸：“戴露，别闹了。”

张莹莹若有所思。

小个子机械师：“是嘛，小戴露就知道捣乱。我们的罗大机长这个时候沉着镇静，在操纵杆上频频发力，气流也好，大风也好，正好助我下青云，哈哈……300，200，100，90，80，70，60……”

罗大河有声音了：“小个子，犯贫。”

小个子机械师缩回了舌头。

戴露又肆无忌惮地大笑起来。

姬水娟在玫瑰航空乘务大队办公室听到了这件事的报告：“由于电脑需要重新设置，飞机重新调排，秦芸乘务组今天留驻三亚。”她处理过很多这样的事情，平静地点点头。突然，她想到了什么，推开门走出。向她报告的秘书不明原委，只得歪一下头。

她来到秦芸家，步进房门，李云亭在那里迎候。

姬水娟坐下来：“就吃这个？”李云亭点点头。桌子上放着盒饭，边上放着一个大大的雪梨。

姬水娟又露出一点心疼的神色，打开盒饭看看，又合上，叹一声：“明天是双休日了，应该休息吧。”李云亭再点点头。

姬水娟看见了茶几上的方形礼盒，包装还是没有打开。她气不打一处来，上前麻利地打开礼盒，取出江诗丹顿手表，一把拽过李云亭的手来，将表戴在了他的腕上。李云亭一笑，用右手抓住了左手腕上的手表，随即又垂下了手臂。

姬水娟又坐下：“唉，是我作的孽啊。当初我把她从花样游泳队带走的时候，看着你对她依依不舍的样子，就觉得你喜欢她。秦芸也很尊敬你，我向她提出你们处对象的建议，她没有反对。你是她的教练啊，你看你还像她的教练吗？”

李云亭这一回倒马上回答了：“不不，这几年是她总是在做我的教练了。”

姬水娟笑出声来：“当初你是教练，她是花样游泳运动员，如今她是教你做一个好丈夫。你接受不就得了？说到底，她不就是想做你的好妻子嘛。”

李云亭淡淡一笑，又去摸腕上的手表：“这个表，看上去还真是很大方。”

姬水娟：“秦芸的眼光肯定不错的，她是什么品位，你还会不知道……云亭，我有个主意，你一定要听我的话，明天一早有飞三亚的航班，你悄无声息地飞过去，去看看她，就这个礼物的事情，给她一个道歉，我通知三亚办事处，给你们安排个家属房，好好去说说，女人家心软，你这一去，事情全了了。嗯，听见了吗？”

李云亭：“……我，我想想。”

姬水娟：“想什么啊，我这个主意，保管有用，你做个准备。本来她今天要返航的，你再带上点她爱吃的，你知道吧，她爱吃那个柿饼，机场有卖的，明天登机前，买上一袋。嘿嘿，管用。”

李云亭：“咳，她早不吃了，我老家就产这个柿子饼儿，她不爱吃了，说是囤胃，不好受。”

姬水娟：“嗨，你还管那么多，收拾收拾，明儿走。”

李云亭：“……我，我还是不去吧？”

姬水娟：“死脑筋，我是替你出主意呢！你要让她感到你的主动，你在努力。这么好的老婆，你上哪儿找啊！”

李云亭：“……我不找到了嘛，干哈嘛，已经是我老婆了嘛，还要那么花心思，干哈嘛……好吧，我去一下，周日晚再赶回来。三亚那里有个民营的花样游泳队，叫了我好几次了，我去看看，兴许有好苗子。”

姬水娟站起来：“我让你去，和工作没关系哦，你就是负荆请罪去的，回来后，你们要是还不在一个屋里睡，我就把你赶跑了，不让你做我们空姐的家属了！”

李云亭抬起头，右手又去摸自己左手腕上的手表：“干哈嘛。”

和李云亭腕上一模一样的江诗丹顿手表现在放在戴露的手掌上。

在三亚航空大厦的前厅花园，戴露已穿上了休闲服，松松垮垮的着装让漂亮女人越发有女人味。不过性格豪爽的戴露一说话，便一点松垮的劲儿都没有了：“你看，气派吧，江诗丹顿。”

站在他身旁的是同样穿着便装的罗大河，俊朗以外又加上了一点随意：“哇，好表。给我戴吧……我就说嘛，估计是给那个人的。”

戴露：“你胡说什么！上次飞国际线，是二大队的机组，你不在。我和芸姐在悉尼的免税店里看见的，我俩立马喜欢上了。我看呀，芸姐试图修复夫妻感情了，她要了一块送给她那还没有开窍的丈夫。我呢，买下一块要送给我未来的丈夫。”

罗大河心里明白着呢，但故意扯开：“就是嘛，给你的那个未来丈夫去。”

戴露不乐意这样的打趣，她拉起罗大河的手：“给你戴上，快，给你戴上。等会儿大家都下来了，眼下我还不想让大家咋咋呼呼的，快……”

她索性帮着把手表往罗大河的左手腕上戴。

罗大河：“哎哎哎，你说了你是给你的丈夫的，我可不想现在就成了别人的丈夫。”

戴露：“你听明白了没有？我说的是给未来的丈夫。”

罗大河：“那……你这是给我上手铐嘛，一边珠子，一边手表，怕我溜啊？”

戴露大笑：“哈哈，太好了！很自觉！就是想铐住你，我的大机长。”

罗大河：“我可没有正式发布新闻。你要是想入非非，我就打开镣铐要解放，穷苦大众要翻身喽！”

戴露大笑：“……哈哈，要翻身要翻身。”

罗大河：“别闹了别闹了，她们来了。”

气派的大堂梯形斜坡上，空姐们笑着下来。此前的制服美女现在一个个花枝乱颤，有的还长发飘逸，很生动。几个机组成员，看上去也像牛仔小伙。小个子机械师三十七八岁，在这些人中间，他其实算是年长的了，也很显年轻。

秦芸走在后面，穿着淡雅的裙装，她注意到胡英子的情绪，赶紧上前一步：“英子，洗过澡了？”

“嗯。”

“今天回不去了，你跟爸妈通上电话了吗？”

“他们没有手机，应该到了吧，我安排好了的。”

“那你的手机号他们知道吗？”

“知道知道，他们看我不回去，会来电话的吧。”

正说着，手机铃声响了，此刻胡英子的手里正攥着手机呢：“你看看，芸姐有感应呢，你一问，手机就响了。”

“快接吧。”

胡英子走到一边，轻声地说着，渐渐走远了。秦芸关切地看着胡英子的背影。

这边，罗大河和戴露已经与大家一起步向大门，门外的海天已一片通红。从一排排宽大的玻璃门飘进来的晚霞，映衬得空姐们格外容光焕发。张莹莹与罗大河的目光又在空中相遇。不知道为什么，罗大河用袖子遮了遮腕上的江诗丹顿，也许这是一种下意识的行为。

可能是第六感的作用，戴露瞥了一眼笑得很有引力的张莹莹。秦芸已与大家一道步出门外。在海滩广场，大家完全沉浸在海天一色的晚霞之中了。

小个子机械师寻觅着：“唉，你们的小英子呢？”

有姑娘喊：“我们只有胡英子，小个子喊得很亲热啊。”

笑声四起，小个子机械师做怪相，罗大河甩过去一拳。张莹莹站在他的对面，看到了罗大河的一招一式，她并不回避地投去欣赏的目光。罗大河似有感觉，却屡屡闪开，又去和小个子机械师打趣：“听见没有，以后只能叫胡英子。哈。”

秦芸：“大家等一下吧，她在打电话呢。”

胡英子还在大厦的门边接电话：“……对，顾师傅人很好的。妈，你们放心住下来，不要再走到别处去，我回来后再送爸爸去医院检查。不是明天就是后天啦。飞机不是火车，快着呢。妈，你们吃点汤面，就早点睡吧。”

在机场生活区的温馨小酒馆内，一个大娘放下了电话，笑得很亲和，向一旁的顾师傅连连道谢：“谢谢，谢谢啦，这么远的电话肯定很贵的。”

“不用啦，你这闺女可孝顺啦！一有空就在这里帮衬。你们要来看病，她早就安排好楼上的房间了。那间空房我都七八年不用了，英子打扫了半天，还喷过那个新鲜什么的，反正是香的啦！你们安心住，我去给你们煮汤面，英子交代的，你们喜欢汤面。”

“不麻烦了，我们带着的煎饼还没吃完呢。”

“方便，吃点热乎的，暖胃呢。你快上楼吧，去照顾老伴要紧。”

大娘走上几级楼梯，就到了楼上的房间，患病的男人躺在床上。大娘在床边坐下：“打通了，你放心吧！英子都安顿好了，要去最有办法治你病的医院呢。唉，我们的英子，真是比亲生闺女还要亲哪！”

小窗，已透夜光。

在三亚海滩夜排档，胡英子和大家在一起。

秦芸举杯：“来，为庆祝罗大河机组成功降落，干杯！”

大家笑着闹着，非常随意的样子。戴露端着酒杯，执意要和罗大河碰杯，小个子机械师也帮着起哄，罗大河站起，拿起啤酒瓶，秦芸注意到了罗大河手腕上的江诗丹顿。她恍然大悟，看着他们干杯……大概想起了自己买的江诗丹顿的遭遇，一层郁闷在脸上浅浅地飞过。

也许为了摆脱什么，秦芸向胡英子做起了介绍：“英子，你吃这个，三亚最著名的鲜鲍，据说全世界都出了名的。你在山区长大，恐怕没见过吧。”

胡英子点头：“没见过。飞过几次三亚，也都是当天返航的。”

小个子机械师凑上去：“那你多吃点。”

有空姐又学着打趣：“那你多吃点。”

大家又笑，戴露回秦芸身边坐下。秦芸拽一下戴露手腕上的表，轻声地：“你原来是这一手啊。”戴露明白秦芸的意思，故意不搭腔，回头向张莹莹举过去酒杯：“来，莹莹，我们姐妹俩的首航，也该庆祝一下，你听见人家说了没有，我们是‘玫瑰双娇’。”

小个子机械师高声回应：“对，太对了，‘玫瑰双娇’！”

张莹莹端杯喝了下去：“其实，我的酒量可不行了。”

张莹莹放下杯子，醉眼中看见了罗大河与别人交谈的脸。她的眼前，频频闪过罗大河的影像：罗大河一身制服，英俊挺拔，走进机舱；罗大河伸开手臂，笑得很爽朗；罗大河从驾驶舱出来，如英雄一般……张莹莹真有点恍惚了。戴露却忙着向大家介绍她：“姐们儿，哦，还有罗大河机组的哥们儿，我这个好同学张莹莹，酒量确实不行。我们在航空学院的时候，有一次来了八十位退岗的老机长，院长要我们女生去陪酒，把莹莹给害惨了。关键时候，是我戴露挺身而出，代莹莹喝了几大杯，是吧……我们的张莹莹才没有做成倒下的英雄。是不是，莹莹……哈哈，我们班流传着一句话，什么啦，莹莹？对对对，坚决做站着的小姐，绝不做倒下的英雄……哈！”

小个子机械师笑得前仰后合，戴露又添了一句：“小个子大师傅，你别不信呵，张莹莹女生，你说是不是？”

张莹莹笑着：“是，是是。不过，小小纠正一下，不是陪酒，是请他们吃饭。”

戴露又说：“可爱吧，张莹莹就是这样的可爱，办事特别认真。我帮她喝酒吧，她也帮我处理过麻烦，属于漂亮女生的麻烦。大家要不要听哪？”

小个子机械师连着声：“要听要听，要听。”

张莹莹晕乎乎地，好想打断，可是她看见了罗大河也在看着自己，又看到戴露饶有兴致的样子，就没再阻止了。戴露也在试探地看张莹莹，显然得到默许，戴露又讲开了：“我们班呵，我们俩一样的高矮一样的胖瘦，一样的……不好意思了，男士们，一样的三围，一样的美腿，可把男人们给整惨了。有个长得高高大大的男生……不说谁了吧，他追我，可我总是逃，我不喜欢那种类型的男人……就是有点酸有点甜啦，以至于发展到我再也不想见到他的地步……”

小个子机械师追问：“怎么发展到这个地步的？你倒是说清楚呀。”

“去去去，我知道你挖的陷阱，就不跳进去。嘿，小个子大师傅。”

罗大河帮着解围：“是，不用说。你说张莹莹怎么帮你了？”

张莹莹看看戴露，倒有点鼓励她说下去了。戴露又站起来，举起酒杯：“张莹莹，我的好同学，今天开心，我们再碰一碰，你不用喝多，我再说下去。”

张莹莹站起，还真的一口喝了杯中的酒。

戴露当然也喝了下去，晃了一晃：“我……我其实也不行了，这个悬念留在以后给你们解开吧。”好在秦芸救了她，把她叫到自己身边坐下。可是戴露醉眼蒙眬，一个劲地朝着罗大河笑，突然，又用双手蒙住了眼睛。正在这时，秦芸的手机响了：“是我，秦芸……好，随时听候命令。”

秦芸：“姐妹们，哦，还有罗大河机组的兄弟们……刚才接到指令，我们要后天返航。”

胡英子的脸上又浮起担忧，秦芸注意到了。

戴露却跳了起来：“太好了！”

她是冲着罗大河喊的，张莹莹注意到了。

戴露的兴奋是有道理的。第二天早晨，性感的戴露又换了一套明黄的衣服，小窄衫，七分裤，坐在高出驾驶室的后座上，兴致浓浓。罗大河刚跳上来，还在一个劲地观察豪车：“哇，好厉害，哪来的保时捷？”

“我爸爸听说我在三亚休整两天，派人送来的。”

“让保时捷坐飞机啊。”

“嘻嘻，爸爸在这里有生意上的朋友。我要来的，跟你玩。”

“你昨天没事吧？”

“没事，要不我还能起来吗？”

“那你后来为什么不说下去呢？”

“后来啊，我想，这是我要感谢莹莹的事，我一个人感恩就是了，不跟大家说了。”

“我也不能听吗？”

“你呀，那要看有没有到可以向你说的时候。”

“哇，这关子卖大了。”

说话间，保时捷弯上了海边公路。

航空大厦窗口，窗帘垂下。

张莹莹站在窗前，显然看见了保时捷和保时捷上的人。姑娘心中的秘密，现在又变成胸中的盘算了。偏偏在这时，秦芸移门走了进来。张莹莹稳定了情绪，上前拉秦芸坐下：“芸姐，你也不多歇一会儿？”

“咳，这电脑程序一乱，把我们的计划也搞乱了，本想今天上午在乘务大队六分部给你再开个欢迎会的，结果在这里休整了，也好，难得清静，我们随便聊聊。”

“好啊，芸姐。”

张莹莹顷刻间仿佛赶走了所有的烦恼，笑眯眯地看着秦芸。秦芸也笑着：“姬老师告诉我你要来我们组，我可高兴坏了，乘务部搞险情处置实战演习的时候我见过你，你在关键时候的纵身一跃，很有魄力。机上颠簸时真的会有这样的情况发生，你这样替乘客着想，等于为乘客当了席梦思，很不容易呵。”张莹莹有点不好意思了：“咳，那是一种设想，就怕有意外发生，我真还没有碰到过。”秦芸淡淡一笑：“不是讲险情处置实战演习嘛，有准备有招数就不怕任何险情了。”

张莹莹听着秦芸说话的时候，还不时地望望窗外，看得出她的内心深处，对早上看到的一幕不能轻松释怀，这会儿听到秦芸提到“险情”，她突然感慨一句：“是啊，要有绝招对付险情。”

秦芸继续着自己的话题：“加强我们组的力量，有一个人是我主动去要过的，就是现在还留在培训中心搞课题调研的林小洁，你可能也听说过。你来我们组我可不敢想，都‘玫瑰皇后’了，以后你也该带组了。听说，是你自己提出要过来的？”

张莹莹：“是的，我，我想飞飞你们的区域，还有大西洋的航线，哦，还有欧洲……我们一分部老飞北美航线。”

秦芸感到了张莹莹的吞吞吐吐，但她没有再扯这个话题，看看窗外，天高云淡：“海南的天空就是蓝。”

张莹莹突然计上心来：“芸姐，今天天气好，我们全组下午去海里游泳吧，对了，把机组的也都叫上，权当班组活动啊。”

秦芸：“嗯，你这个主意好……不过是临时决定在三亚驻休，可能大家没带游泳衣。”

张莹莹："这好办呀，办事处会有办法的。"

胡英子这时走过门口，看见了秦芸停了下来："芸姐，你在这里呀，我正找你呢……嗯，我爸妈已到了，昨天也安顿好了，可是刚才有电话来，说我爸爸老毛病又犯了，恐怕要上医院，可他们又是第一次来……"

善解人意的秦芸立刻明白了胡英子的意思，几步到门口拉着胡英子的手就出门沿走廊而去："我们上楼，去办事处弄一张下午飞回去的机票。莹莹，你也来吧，正好和办事处说说游泳衣去……英子，你看你游不了了。"

这么说着的时候，张莹莹也赶了上来。

罗大河与戴露站在一片被风吹白了的礁石前，面前是湛蓝的大海，身后蜿蜒而来的海边公路上，停着那辆红色的保时捷。

罗大河打趣："我说戴露呵，你们这些富家子弟也太奢侈点了吧，我们劳动人民可经不起你这保时捷呵，都让你转晕了。"戴露大笑："别逗了，大机长还会晕呀。我看你驾着这么大的波音 747，冲着跑道呼呼地下去，还晕？嘿嘿，从天空俯向大地，很有征服感吧，我的罗大机长。"罗大河有点得意："征服大地，是我的爱好，从来都是。别忘了，我是农民的儿子，都说面朝大海，春暖花开，我可是面朝大地，照样春暖花开。"戴露凑近一些："很有诗意呵。大河，我就是你的大地，为什么不来征服我啊？哎，你说为什么啊？"罗大河退一步，他显然明白戴露的意思，却半真半假地说："不敢。刚才说了，我是农民的儿子，不敢动豪门千金。"戴露娇声地："还征服呢……唉，罗大机长，什么叫'农民的儿子'！要这么说，我还是农民的女儿呢，很多人就说我爸爸是农民企业家。农民，农民又怎么啦？中国古代的皇上还做过农民呢。你正经一点好不好，我明明白白地告诉你，我今天是第三次向你正式通告，我爱你，我要得到你。"

"晕，犯晕……小戴露，你不怕晕啊。"

"不许你叫我小戴露，多了一个字。"

"好好，戴露。"

"我想好的事，从来不犯晕，我要清醒地抓住你，你逃不了啦。"

"你，真不犯晕啊，我不相信。"

"你把我转起来，怎么转我都不晕。"

“还真晕不了你了，看我的。”

罗大河转眼间已经托起了戴露，这个英俊挺拔的男人托举着小窄衫七分裤的美人儿，把一抹明黄搅动得飞飞扬扬。戴露只得叫喊了：“不行不行，放我下来。”罗大河也在喊：“慌什么哪，空姐都是长翅膀的，你们没有练过大旋转吗？”戴露几乎喘了：“不行不行，我，我也晕了。”罗大河慢慢地把戴露放了下来，快着地的时候，戴露乘势靠上了罗大河：“你好凶啊，我又不做你的翅膀，我要做你的妻子。哦，好晕。”

罗大河又打趣道：“……哦，好晕。”

戴露的手机响起来：“……哎，真烦。哎呀，是我的芸姐……芸姐，怎么啦……不会是有任务吧……哦，好啊，游泳，太好了，我们去……对对对，我去……那个罗大机长，我哪管得了！你找他啊，好。”

戴露关了手机，嘻嘻地笑。

罗大河问：“安排游泳吧，什么时候？”戴露回答：“下午。你一定要去哦，看我呛你几口水。”罗大河走向保时捷：“好啊，那赶紧走。”

戴露意犹未尽，追上去：“哎……”

在三亚商场，满店面飘着各色泳衣，也飘着几乎所有的色彩。

张莹莹几乎从色彩中钻了进去，在店堂里选着游泳衣，年轻的老板娘上下打量着张莹莹的身子，几乎惊叹：“哇，你这是公主的身材啊，好好挑一件，亮一点的。”张莹莹边挑边轻轻地嘀咕：“什么呀，公主就一定是好身材啊……哎，有明黄色的吗？”老板娘忙着介绍：“有有，有啊，从希腊进口的……怎么样，爱琴海上来的，美死你了。”张莹莹回答：“还知道爱琴海啊，行啊……嘿嘿，拿下了。”

明黄色的游泳衣晃出一片亮色。

在沙滩更衣室，明黄的泳衣已穿在张莹莹的身上，果然漂亮。

围在她周围的空姐们发出一声声惊叹，张莹莹自己也非常满意。秦芸、戴露和其他姑娘都穿着清一色的白色泳衣，张莹莹看起来像是一丛白玫瑰中怒放的黄玫瑰。曲线分明的体形使得她们一个个婀娜多姿。秦芸也欣赏着：“莹莹，我让办事处统一采购了，没想到你有游泳衣啊……没听你说嘛。”

张莹莹平静地：“哦，刚才上街了，看到有卖的，我特喜欢这颜色，就买下了。”戴露却在一旁大大咧咧地搂住张莹莹：“看吧，‘玫瑰双娇’就是‘玫瑰双娇’吧，我也喜欢明黄，刚才我不是也穿了明黄色的吗。嘻嘻，莹莹，好漂亮，我们走，我们是黄玫瑰、白玫瑰，白玫瑰、黄玫瑰，哈哈哈！”

秦芸看了一眼张莹莹。

张莹莹却问起了别的事：“芸姐，英子的事行吗？”

秦芸点点头：“妥了，现在在天上呢。”

碧海。轻波。机组的男人们已经泡在海水里。

罗大河看见了沙滩上走来了秦芸乘务组的美女们，从海面上望过去，果然是大地上一道充满生命力的美景。她们走着，互相嬉戏着，越来越近……美，几乎直逼而来。小个子机械师游近了罗大河：“大河，看风景哪，好看好看。”罗大河甩下一句：“你看什么呀……哈哈，跟你没关系喽。游你的泳去。”小个子机械师突然大笑：“哈哈，我是轻轻松松看风景，你可轻松不了啦，罗大河啊罗大河，我预言一句，你要有麻烦了。”罗大河再甩一句：“去去去，小个子就是脑筋多。”

说话间，美女们已经走到了海边，十来个穿着传统白色泳装的空姐中，张莹莹的明黄色新式泳衣确实撩人眼目。戴露发现了海水中的罗大河，高高地扬起手。罗大河显然被张莹莹吸引了。戴露不可能没看到，只是凭女人的第六感，她似乎收到了张莹莹那独家色彩里咄咄逼人的信息，就回头看了一眼张莹莹。张莹莹明显地在张望海水中的罗大河。

戴露突然大喊：“姐们儿，冲啊，向大海！”

她自己已经扑入大海，秦芸和张莹莹走在最后，听见戴露的喊声，秦芸笑了：“你这个同学戴露，有一个好性格呵。瞧，向大海，那是向着罗大河呢。”张莹莹平静地回答：“看出来了，过去还真没听说。罗机长呢？”秦芸回答：“不清楚这位帅哥的心思……也没听他正经说过。”张莹莹依然平静地：“早听说他好开玩笑的。”秦芸看一眼张莹莹：“不过，戴露好像是认真的。”

张莹莹可能感觉到了，秦芸的这几句话不是随意而言，作为乘务长，秦芸显然把一些善意传递给了她的同伴。张莹莹故意不再将这个话题延续下去：“芸姐，我们下海！”

胡英子赶了回来，她从机舱里走出，不穿制服在飞机上出现，大概是空姐们比较罕见的经历了。出门后胡英子跳上大巴，大巴上只有她一个人，她向司机说：“谢谢师傅啊。”

“没事儿，秦芸交代的，你尽管吩咐。”

“就航空城南街，温馨小酒馆。”

“好，一会儿就到。”

大巴向着温馨小酒馆驶去。

温馨小酒馆，日光融融。疼痛却使得躺在床上的男人扭歪了面孔。大娘手脚麻利地照顾着他。小酒馆主人顾师傅走上来，递上药片：“这药，我用过，止痛很灵，你给英子她爹吃了吧。”

大娘喂着药的时候，门推开了，胡英子疾步进来：“娘，我回来了。我们去医院，下面车子等着。”胡英子上前拉床上的老人，轻声说：“爹，我都安排好了，我们上医院，你就不疼了，好吗？”胡英子笑得很温暖。

大家一起扶起床上的病人。

到了医院，大家又扶着病人走进诊疗室。

小酒馆主人顾师傅站在外面，望着门帘，若有所思。胡英子重又出来，顾师傅拉她在一旁坐下，轻声地：“看来你爹病得不轻，昨晚好像折腾了一夜，恐怕要花不少钱哪，你们有准备吗？”

“有安排了，我爹身子骨硬朗的时候，有采松子的技术，县里办了深加工的厂子以后，收入挺不错。但愿能治好，那样我爹我娘就有盼头了。”

“我看你娘还很硬朗，身手也麻利，她要顶住，在这里，什么病都能治。你也忙，不用总来我这里了，给你爹治病要紧。”

胡英子点点头，站起来看看诊疗室门帘。她穿着素色衣裙，细眼柳眉，窈窕伫立，引来一些路人的眼光。医生走出诊疗室，大娘也随后跟出来。胡英子迎上前来。

医生严肃地说：“要做切片检查，恐怕不是胃的问题。你们去办住院手续吧。”大娘有点紧张：“那，我也在医院照顾……英子，我……”医生和蔼一些了：“不必了，医院有全程护理，你们准备好两万元备用金。”胡英子点头：“娘，听大夫的。我马上去办手续。”

胡英子急急走去。大娘重又闪回门内。

顾师傅看着她们，若有所思。

在海上，一层层细浪漫上来。

秦芸从海水中钻出来，突然又钻进海里，两条长腿渐渐浮出海面，她做了一个飞燕剪浪的花样动作。曾经是花样游泳运动员的秦芸，做这个动作驾轻就熟。在海水中浮着的空姐们发出一阵惊呼。戴露也模仿着钻进海里，两只脚丫只在海面上晃荡了一下，又钻了上来，她可能呛了水，一个劲地摸着面庞。海面上旋即荡起浪花般的笑声。

罗大河趴浮在充气垫上，也笑着。

秦芸招呼大家：“来，大家拉起手，我教你们一个动作，叫芙蓉戏水。”

张莹莹却没有加入，她游过去，游得很美，在罗大河趴浮着的充气垫旁停了下来：“罗机长好心情啊。”罗大河笑着：“那是你们给我带来的。瞧，你第一次跟我飞，就有机会在三亚驻休，多好……美丽的双翼……”张莹莹打断：“不爱听，我调来不是做你翅膀的，我不是你的翅膀。”罗大河惊奇：“哇，你也这么说。”

不远处，秦芸带着大家没入海水中。在小个子机械师的尖叫声中又都冒了上来，手臂在海面上打旋。

张莹莹继续追问罗大河：“就是说，有人说不做你的翅膀了？”罗大河自知失口，连连否认：“不不，不是有人，是有人……”

“我是说有人嘛。”

“是有人在电脑上写。”

“写就是说啊。”

“写是给大家的，说是给一个人的……说说看，为什么不是我的翅膀？”

“我刚来，找不到和你单独说话的机会，但我现在必须明明白白地告诉你，我要做你的爱人，我爱你。”

罗大河显然又晕了：“哇，现在的美女都怎么了……美丽的张莹莹，你可要影响我把握方向盘喽。”张莹莹明白无误地继续表示：“是，本想有充足的时间向你告白，不过我想来不及了，我三个月前已经下了决心。知道吗？那天你到我们那里演讲，我还听说过你的故事，我以后会告诉你。我爱你。我就是为你调来的，我想跟着你飞翔，还有，爱情的飞翔。”罗大河也明白过来：“哇，大美女且慢，你肯定是让大海灌晕了，上去上去，到气垫上慢慢说。”

说话间罗大河已双手托住张莹莹的腰，把美人放上了乳白色的气垫，张莹莹很享受似的斜趴在气垫上，泳衣的明黄和身材的玲珑有致，不用说，自是一种魅惑。罗大河感叹：“嗨，美人鱼。”张莹莹有点羞涩：“翅膀不要……鱼也不要。”罗大河故意打岔：“哈，张莹莹，以后带你去丹麦看哥本哈根的美人鱼！哈哈哈，美人鱼。”

这么喊着的时候，罗大河已奋力游远。气垫上的张莹莹一时摸不着头脑，恍惚间自己也翻入了大海。张莹莹的身影在水中调整，很快地就成了优美的泳姿，明黄色晃晃地升上水面。四周是秦芸乘务组的姑娘们，大家笑着，戴露也调皮地笑着，张莹莹已经调整好了情绪，只是下意识地望了望远处。远处的海面上，罗大河冒了出来，他抹抹脸，一脸无辜的样子。

他显然有点弄不懂了。

这里，张莹莹已完全调整好了情绪。她觉得自己对罗大河突然袭击一般的表达应该清楚了，她以为她完全掌控了戴露对于罗大河可能会有的情绪，她必须直截了当地直捣黄龙府，等着罗大河的决定吧。现在，她拉起了戴露的手：“嗨呀，好开心，要是英子在，我们就是海上全家福了。”秦芸也笑：“英子早该到家了。也不知她爸爸怎样了。”

大娘和胡英子已经回到温馨小酒馆楼上。

她们坐在床沿上，大娘抹着眼泪。胡英子劝着：“娘，不着急，我也是感觉到爹的病有点蹊跷，所以一再催你们来。医生检查清楚了，就好下药了，药到病除，多好。”大娘抽泣着：“病是病啊，总要想法子治好，可是又要很多钱的，一点老底子快要见底了……怎么办啊，顾师傅都跟我讲了，怪不得这两年你寄回那么多钱来，天上飞来飞去的，还在这里忙来忙去打工，真亏了你，这么一个好好的俊闺女呵……他爹也不知要多少时间好起来，我又在这里吃闲饭，怎么办呢？”胡英子安慰：“娘，我会安排好的。你要挺住，你要是倒下了，爹怎么办？你疼我我知道，你硬硬朗朗的就是最好的疼我。娘，喝口水，晚上要多吃点啊，这里是酒馆，做点汤面什么的，方便。”

大娘抬起泪眼，点点头。

楼下，顾师傅将门帘扎扎实实地挂好，朝楼上喊：“小英子，来帮帮我。”

随着应声，胡英子已经步入前间。顾师傅上前拉她坐下：“小英子，这里店堂的改造都好了，这两间包厢一弄，环境好多了吧……你坐啊，我已经弄妥了，我是想跟你说，你爹的病可能不轻，别对你娘说多了。你知道，我们的晋菜系列招人欢喜，我要去城西的新店里去忙了，那里规模大，我顾不上两头了。我看你娘挺麻利的，昨天还知道她有一手好手艺，刀削面两面溜。所以呀，我想你娘就踏踏实实住下来，这个店就由你们来打理，店里的三个工人我都打了招呼了，听你娘安排。这里去医院有专线，方便着呢，她每天下午歇业的时候可以去转一下看看，反正你也常来。再说了，给你爹治病，要花大钱，这爿小店你们经营着，我不要你们的利润，多赚一点儿，你娘也踏实，我看她着急坏了，要你娘小心点呢。”

胡英子闪着泪花：“顾师傅，看你想得多周到！我们也不沾亲带故的，你却帮我们这样的大忙了……怎么感谢你啊……”

顾师傅认真地说：“又不是我给你们帮忙。小英子啊，这两年，你才帮了我们家啊。”胡英子站起来，向顾师傅鞠了一躬，顾师傅连忙挥手：“使不得，使不得。”

胡英子的手机响了。她接起了电话。在这个简朴的小酒馆里，看着这个和美又挺拔的女子身影，还真让人有点莫名的怜惜，顾师傅叹了一声离去。

胡英子边接着电话边向顾师傅挥手告别：“芸姐啊，没事了，已经在医院住下了，你们放心。是啊，下午四点多了，我和娘回来了，有熟人安排了地方，挺好的……游泳了呀，真好……”

在种着棕榈树的海滨路上，秦芸乘务组的姐妹们已经从海滩上回来了，秦芸边走边打着电话："……我们已接到命令了，明天上午返航，你不要着急啊。回去我去看看你爸爸妈妈。"戴露和几位空姐凑上来："我们都去啊，小英子，小英子。"秦芸已关了电话："瞧你们闹腾的，晚上还安排了音乐会，七点钟坐大巴出发。"

张莹莹高兴地说："太好了，快回去吧。"

戴露打量四周："咦，怎不见他们啊？"

有同伴故意打趣："谁呀？"

戴露甩一句："去去。"

秦芸早明白她的意思了："他们男人打扫快，早颠儿了。"

张莹莹转转眼珠子，和大家一道隐入航空大厦广场上的浓荫里。

在航空大厦前厅，李云亭和李云川从沙发上站起。

步入大门的秦芸乘务组，裙裾和长发一起飘拂，像飘进来一片生机勃勃的春光。李云川眼睛一亮，李云亭笑得有点异样。

秦芸愣了一下，看得出来她有点儿出乎意料，但她继续走着。

张莹莹看到了李云川，心里有点惊慌，但仍继续平静地走着。

秦芸停了下来，又去看李云亭，眼神里流露出的是疑惑。

第三章

航空大厦秦芸的房中，李云亭坐在沙发上，手腕上的江诗丹顿很醒目。

秦芸倒上一杯水，同时也注意到了丈夫手腕上的新表："怎么想到来三亚？"

"……我……姬老师告诉我的，你们驻休。这里有一支民间的花样游泳表演队，我来，来看看，也来看看。"

"姬老师上你那儿了？"

"是，到少体校来了。"

"是不是又教训你了？我可不想她这么做。"

"姬老师也是为我们好。"

秦芸淡淡一笑，递上一张彩印的门票："晚上没有安排吧？公司给大家安排了一场音乐会，是挪威的神秘园乐队，挺好的，本来是胡英子的票，她有急事先回去了，你也去听吧。"李云亭接过："哦，不过现在我想马上去一趟游泳馆，晚上我再过去。我到航空大厦的时候，云川也在这里等你们，是你叫他来的？"秦芸摇摇头："他没有和你说为什么来呀？"

李云亭并不是太在意："没有，只说什么来着，他有了伟大的发现，是和你们空姐有关的。我听得云里雾里的，不知道他又发现什么，我看他不是发现是在发疯。"秦芸关切地说："你不要这样说你弟弟，你要多关心他。他开发的旅游软件这么受欢迎，一定有他的道理。我看呀，就是要不断地有新发现，才会不断地有新成功。"李云亭还是一脸漠然："这个我不反对，我看他又在动不正经的脑筋，一脸的坏笑。我们俩虽说是亲兄弟，可隔了十来年，又在完全不同的环境里长大。你做嫂子的，也要看管看管，要关心他，但不是放纵他。"

秦芸站起来："你的判断完全不对，你弟弟做得很好，你要有他的这点热情，你呀，何至于此！"

李云亭也站起："我，我怎么啦……"

"噢，纠正一下，我们何至于此。"

"又来了，又来了吧……好，不说了。我去游泳馆了……对了，这个表我戴上了。"

李云亭这么说着的时候，已经出了房门，扬扬手，回头把门关上了。

重重的关门声里，秦芸又一次怅然若失，一屁股落座在沙发里。嗨，这沙发也像一个云游的醉汉，怎么坐也落实不了。

李云川和张莹莹、戴露正在航空大厦前厅咖啡廊说着什么，只见李云亭快速穿过前厅，戴露有想喊住他的意思，被李云川一把拉住了："随他去。"戴露扭过头来："你这个哥哥啊，和你一点不像。"李云川疑问："你怎么知道的？"戴露直言直语："上次在候机大厅，你哥哥和芸姐……算了算了，不和你说了。你说下去，为什么对飞翔特别感兴趣？"

戴露注意到了张莹莹的眼色，所以没有再说哥俩的话题。李云川一听到"飞翔"二字，立刻来了劲，把哥哥的话题放下了。可是哥哥李云亭又折了回来："云川，我这里有一张晚上的音乐会票，我看你去看吧，你喜欢。"李云川站起，接过票："好啊，太好了，神秘园……太好了。唉，哥，你别走呵，你刚到，谁给你的票呵？"李云亭又回身："你嫂子，还会是谁啊！"

李云川又把票塞了回去："噢，那不行不行，那你拿着，那你必须去，我哪能代替啊！哥，你听着，嫂子给你的票，你必须去，你还必须好好去好好听。"李云亭想想，又看看表。

"那好吧，我去。"他看看戴露，很面熟，笑笑，又看看张莹莹，不太熟，也笑笑，然后快步走去。李云川重又坐下："好险，我嫂子主动安排音乐会，肯定是件大好事。唉，你们都去啊？"戴露会意："是呀。乘务长的小叔子，嗯，成熟了。好，现在继续，说吧。"

"继续什么？"

"你说的那个'飞翔'。"

“嗨，我这个‘飞翔’反正跟你无关，你干吗这么刨根究底？你以为飞在蓝天上就是飞翔啦。”

“跟你就有关了？你不是弄了个旅游软件出了名吗？听说还赚了大钱吧，这和飞翔也没有关系吧。牛什么牛啊？”

“跟我有关，还和一个人非常有关，但不是你。”

“为什么呢？”

“嘻……不要问我为什么……”李云川笑得很诡秘，惹得戴露索性站了起来：“那我走了，要不是看在芸姐的份儿上，我才不听你耍贫嘴呢。”可是张莹莹拉住了她：“戴露，看看这位大设计师说什么飞翔吧？”戴露其实还是粗中有细的，她发现了张莹莹有不想走的意思，有了一点点预感：“好呀，莹莹拉我过来，就是想听听你的飞翔。说吧，我们两个带耳朵听着。”

李云川：“嘿嘿……告诉你们，飞行是技术层面的，飞翔是精神层面的。怎么样？”张莹莹的眼珠子一转，心里有数呢。在 QQ 上，她已经熟悉了李云川的这种句式。戴露听来，颇觉新鲜：“嗯，说得不错。”李云川继续着：“飞行在蓝天，做逍遥游，是因为有逍遥的心情，逍遥是一种飞翔；飞行在云空，做破浪行，是因为有破浪的意志，破浪是一种飞翔。怎么样？”

张莹莹也熟悉这句话，不过是自己按键按出来的，忍不住回过去一句：“哪儿抄来的吧，了无新意……值得你背得这么辛苦吗？”戴露不明就里，也附和一下：“我听听还不错嘛，听话听音听出来一点逍遥的心情，电脑上看来的句子吧，不错啊。”李云川很坦然：“是啊，我承认不是我说的，但我知道是谁说的，更伟大的结论是，写这么美的句子的人是一个美女，不容易吧。”这时，戴露有了一种直觉。她看看李云川，又看看张莹莹：“哇，我走了我走了，我再也不当电灯泡了，哈哈哈！”

张莹莹来不及抓住她了，戴露已在笑声里跑远。

“张莹莹，飞翔吗？”

“对不起，再见。我们本来并不认识。晚上有学习任务。”

“学习？你们不是听音乐会吗？”

“这就是学习啊，公司安排的。”

“这么说，也对。怪不得现在中国的空姐素质大不一样了。”

“再见！”

她说完径自走去。李云川追了两步又停下来，喊了一声：“飞翔206，飞翔206……”

张莹莹的脚步没有停下来，身后的喊声她是听懂了。

火烧云漫上了整个天空。海岸上的椰子树蜿蜒而去，别具风情。航空大厦广场花园里，秦芸乘务组的姑娘们走上大巴。戴露和张莹莹一起走出旋转大门，袅袅娜娜地走着。

罗大河在屋里站着，神情有点无辜，也有点恍惚。窗外传来姑娘的笑声，罗大河撩开窗帘，望着大厦的门前广场。

罗大河望着，突然笑了起来。

笑容里不再是恍惚，还有男人的自得。不过在他放下窗帘的刹那间，还是有一丝丝茫然。

花园里，戴露和张莹莹都站在大巴的门前，戴露回过头看看大厅。秦芸在车里喊她：“快上吧，我们的‘玫瑰双娇’。”戴露轻轻地嘀咕：“机组怎么不来呢？”张莹莹轻轻地递过去一句：“你不知道啊，机组今晚要配合地面，到驾驶舱去做最后调试呢……程序要走到啊。”戴露听明白了，她有点不舍，悻悻地上了车。

张莹莹也有点不舍，她回头看了看，也跳上大巴。

暮色四合。

李云亭早已赶到了三亚游泳馆，看着花样游泳爱好者们在泳池里花姿尽展。他是在这里寻找着自己的发现。一个教练模样的人和李云亭挥手再见时，他才想起了时间已晚。他疾步走向门口，跳上了出租车，赶往三亚音乐厅。

在三亚音乐厅剧场，有很多来欣赏音乐的人们已经坐在那里，非常安静。李云川也来了，他坐在前排，回头笑着看了一眼，在他的目光所及之处，能见到秦芸乘务组的所有空姐正往她们的第九排座位走来。这些女子的飘逸和挺拔，博得了很多人的注目。她们坐下了，秦芸身边的座位空着，这是最佳座位区，空空的椅背很扎眼，李云川皱皱眉，幸亏他很快发现了戴露在朝他摇手，还好像在和张莹莹打趣，李云川才又笑开了。

音乐声响起，李云川赶紧转身坐好，他知道欣赏音乐的基本姿态。在他身后的好几排，秦芸乘务组的姑娘们也被音乐会吸引了，唯秦芸瞥了一眼身边的空座位，嘴角抿得更紧了。

李云亭匆匆跑上台阶，奔进大门，进得音乐厅来，摸到第 9 排，悄悄坐下，他似乎想说点什么，秦芸示意他“不要讲话，注意听”。他注意到，妻子的脸上埋怨的意思很明显。

李云亭的头发还是湿漉漉的。他看着台上，显然心不在焉。

亮若白昼的三亚机场停机坪，罗大河、小个子机械师和机组的其他成员从驾驶舱出来。

“不会再有麻烦了。”小个子机械师和罗大河说，罗大河没有应答，径直走向机场的中巴车。小个子机械师眨了眨眼睛，追上几步：“大河，你今天不对啊，看来我的神机妙算，有点儿准啊。”罗大河怪怨：“扯什么淡，回去，大家早点休息。”

“罗大机长，你的情绪不对啊。我告诉你，机长的情绪不对，我可是有责任阻止机长上飞机的哟。”

“这跟飞行没有关系，你别瞎扯了！该干什么去干什么，动什么小脑筋。”

“大河，兄弟是关心你哟，老大不小了，你就不需要美丽的双翼了？”

“我就知道你抽什么烟吐什么气，告诉你，有麻烦了。”

罗大河说着的时候，跳上了中巴。小个子机械师也跳上来，在罗大河耳边嘀咕：“昨天早上起飞的时候，我就说有麻烦了吧。”

罗大河盯了他一眼。中巴驶过亮若白昼的机场，进入一片阴影之中。

在三亚音乐厅，神秘园的演奏已经渐入佳境。

秦芸在听，李云川在听，戴露在听，张莹莹在听。

音乐大概进入一个乐章的末尾，此时无声胜有声。可是，有一个声音非常不合时宜地蹿了进来，它就在秦芸的身边，还显得那么有节奏，此起彼伏。这是李云亭的鼾声。他后来解释说：“不知怎么一来，就迷糊过去了。”李云亭的鼾声很多人注意到了，戴露听到了，张莹莹听到了，后来连坐在前面的李云川也听到了。秦芸侧脸看看自己的丈夫，很想把他摇醒，可是她没有去做。她几乎要晕了，她不知道身边的这个人究竟是不是自己的丈夫，她好像蒙受了莫大的羞辱，像吃了什么药一样，弯着腰，摸出了第 9 排，然后跌跌撞撞地奔出场外。

李云川看见了，他知道自己不便站起身，紧锁了双眉。

戴露和张莹莹对视一眼，还是戴露干脆，一把推醒了李云亭。恍惚中，李云亭还没有意识到，他的妻子已经离开他的身旁。

秦芸穿着睡裙站在镜前，这是卸了妆的三十四岁的女子，秦芸明白着呢，她用双手抚摸着双颊，又渐渐地将自己的长发往后捋去，目光里显然残留着刚刚遭遇的可以叫作恐惧的东西。她好像笑了一下，捧了一手的水，模糊了眼前的镜子。有人轻轻敲门，秦芸马上开了门，戴露进来了。

秦芸：“我知道你会来。”

后面还跟着一个人，是张莹莹。她们悄悄步入，在床沿坐下。

秦芸：“你们都早点休息吧！戴露，我知道你要说什么，我心里清楚，你总要给我一段时间。知道吗？回去吧。莹莹，你们姐俩住一起，别光顾着聊天了，早点休息。”

戴露直截了当：“芸姐，不是我给你一段时间，是你要给他确定一段时间，不能这样含含糊糊了，上次在候机大厅他已经让你下不了台了，要这个木疙瘩干什么……”

张莹莹打断了她：“戴露，芸姐总有芸姐的安排，再说人家可能今天确实很累了……我们走吧……芸姐，我们去休息了，我刚才就和戴露说，应该是芸姐最清楚情况，再大的事儿芸姐总会有办法的。”

随着她们的离开，门悄悄地关上了。

秦芸靠在门上，鼻翼抽动，两颗泪珠滚落。

在航空大厦李云亭房间，李云川与李云亭兄弟俩都站在窗前，都是气呼呼的样子，看上去已经有过争论。

李云川还在埋怨：“那好，你不去吧，回去再理论也好，估计你现在去敲门，也是吃闭门羹的命。真想不到，你就这个素质。”李云亭紧接：“你闭嘴，弄了两个软件就到处素质素质了，我讲运动员素质课的时候，你还穿开裆裤呢。你是我弟弟，可我看你一点也不像。”

“我才不要像你呢。”李云川重重地说，“哥，我赶过来，是为你好，没想到你已另开了房间。按说哥哥和嫂子的事情，我也不便插嘴，我真的不会和嫂子去啰唆，可我想和你说，我希望哥哥能够快乐，我希望哥哥和嫂子能够相融相通。嫂子爱听音乐会，你可以不懂音乐会，那你至少要懂一点音乐会的规矩嘛，又是迟到又是睡觉，唉！叫我怎么说你……好，哥，这两年我坐了好几趟嫂子当值的航班，我看嫂子很受大家的尊重，性格很好嘛。你可要多加珍惜，别把到手的宝贝又弄丢了。”

李云亭好像完全不予理会：“你小子很会说话了嘛，我们联系上了后，全部加起来的话还没有今天一个晚上的多。嗨，现在我也不了解我那个当年逃跑的父亲和你那个妈，清官难断家务事啊。我的事我清楚，你不用管，我看你在软件上会有大出息，去花那个功夫吧，值。”

李云川走向门口：“好吧，我走了。哥，再说一句，我是为你好。”

李云亭挥挥手。

李云川从大厅里跑出来，沿花园跑了几步就停了下来。他回头望望大厦明明灭灭的窗户，这一回他想望见的当然是另外一个人了，夜色里的大厦很明晰也很朦胧，一如李云川此刻的心情。

张莹莹在电脑前专心致志，神情非常地安静，而她身旁的床上，戴露已经熟睡。

电脑上出现这样的文字：“飞翔206，我是云上河流；飞翔206，我是云上河流……”

电脑上接着出现这样的文字：“我知道你啊，我在飞翔，你怎么了……”

电脑上又有这样的文字：“我今天发现你了，你是玫瑰航空的206号空姐张莹莹，怪不得你很能飞翔，你是这样性感和……”

电脑上接着又有这样的文字：“你发现了啊，那你去找啊，干吗和我聊天呢……”

张莹莹的嘴角挑起一丝浅笑，又送过去一行文字：“飞翔飞翔，飞翔到人生的境界……”

电脑上也送回来一行句子：“记得你的美文，我背诵过哦，在咖啡廊，我愿和你一起去飞翔。告诉你我的真实姓名，我叫李云川，云川云川，云上河流也，被你称为芸姐的丈夫的弟弟……”

张莹莹又浅浅一笑：“我要去飞翔了……”

她关机了，电脑屏幕上出现了蓝底。

李云川在自己房间给“飞翔206”写信，不知道为什么他突然愣住了。

对话框里的头像，已经黑了。

李云川笑起来：“你关了，就露怯了，哈！”

对话框里的头像还是兀自黑着。

张莹莹在自己房间淡淡一笑。她凝视着面前的电脑屏幕，笑得有点诡秘，很快又平静了，平静得像电脑上的蓝屏幕。

驾驶舱电脑屏幕上的指示很正确。小个子机械师在仔细地观察。

廊桥口，罗大河走来，仍然英俊，仍然挺拔。戴露和张莹莹在机舱口迎接。罗大河走近，面对“玫瑰双娇”，又伸开双臂，左右开弓：“我的美丽双翼，大家好啊。”

从容应付的戴露和张莹莹也一个劲地说：“好好好。”

戴露的笑容，藏着一点点调皮。

驾驶舱内，罗大河坐下。

小个子机械师看看他：“……麻烦吧。”

罗大河目不转睛：“你给我住嘴，准备起飞。”

小个子机械师倒抽一口冷气。

头等舱内，方波浪又出现了。看上去保养良好的一个中年女人也在头等舱落座。女人的眼神透出一些免不了的庸俗，着装的色彩搭配也有点问题。这个女人就是后来在秦芸乘务组实习的江天芳的上海母亲。

秦芸步入，和方波浪的目光相遇，然后相视一笑。

在三亚机场，电脑系统经过调整后的波音747又要起飞了。滑行中的飞机像是在海面上大幅度旋转的飞艇。

秦芸走入经济舱，看见张莹莹，好像有一点眼光里可以传神的会意，这是昨晚情绪的延续。走近以后，秦芸拉住张莹莹的手："谢谢你，给了我理解，也给了我时间。"张莹莹低声道："我还不懂事，有得罪处还请原谅。"秦芸会心地答："哪里，你来我这里，来对了，我们可以做姐妹，我还把在培训中心的林小洁也要下了，我们的乘务组以后可以有很好的发展。"

张莹莹莞尔一笑："林小洁呀，我认识……"

林小洁此刻正坐在培训中心办公室，培训长在她身前站着。

有沉默，也有警惕，这是林小洁。

有痛苦，也有不甘，这是培训长。

林小洁突然站起身，对培训长压低了声音地喊："你放了我吧，我的心里早就有人了，你知道吗？"说完她就奔出门去。培训长愣住了，这是一个他最怕听到的回答。

姬水娟在乘务部办公室站起身，迎进林小洁。对于林小洁的欣赏，使得她的微笑很温暖："小洁，怎么又来这里了？你终究要来这里的呀。"

林小洁坐了下来，她很想冲口说出一点什么，但还是冷静了下来："姬政委，我还是想早点到乘务部，我想我的课题在实践中完成比较好。说到底，这些还是要在工作中加以应用。"姬水娟感觉到林小洁的情绪有点异常，但她知道不便追问，就让林小洁坐下来，然后又递上一杯水："那好啊，你说说看你的设想。"

林小洁已经完全平静下来了："我想我们不仅要在尊重乘客上下功夫，还可以在'蹲式服务'上寻找点方法……"

姬水娟疑惑："蹲式？听起来有点别扭嘛。"

林小洁继续着："嗯，实际上主要还是从乘客的心理上来考虑的，不过一定能真正地提高我们的服务水准。"

姬水娟询问道："培训中心有安排吗？"林小洁迟疑地回答："……噢，我想，刚才我已经说了，到乘务部来展开研究。"姬水娟觉察到林小洁的迟疑："秦芸组今天要飞回来，我和她们再商量商量？"

林小洁点点头，期盼的眼神很明显。

秦芸步入头等舱内，江天芳的母亲抬头，看见秦芸走来，她招招手。秦芸看见了，走到她的面前，俯身等着提问。

江天芳的母亲轻轻问：“在头等舱做空姐，比较轻松吗？”秦芸平稳地回答：“只要是工作，都不会轻松的。大姐，我们有饮料提供，需要什么吗？”江天芳的母亲有点茫然又带着点儿轻视，她摇了摇头。

方波浪在一旁也看着听着，对江天芳的母亲投过去一丝丝蔑视。

秦芸转过身来，把方波浪的眼光收在心里：“方先生，还是一杯咖啡，再加一杯矿泉水？”

方波浪笑了：“是，一杯咖啡，再加一杯矿泉水。”

声音的磁性依然。

波音 747 飞行的平静与秦芸的心情一样。

飞机落地了。在机场出口处，江天芳在接客的人群中张望着，她的高挑个儿和几近完美的姿色在这里确实出众，她知道有许多目光在她的身上聚焦，她保持着几乎一成不变的旁若无人的神态。直到她的母亲向她走来，她的眼神才有了变化。江天芳的母亲拉住了女儿的双手，看了好一会儿，才乐呵呵地在女儿的带领下走去。

“妈，走，到车库去……你看什么啊，女儿又没有少了什么。”

“哈，当然啦，芳芳，我看你精神不错……真的很满意？”

“妈，看你急的，到了别墅里，我再和你说。妈还没有说满意呢，我能瞎满意吗！”

“我就知道我的女儿听话。”

她们来到了地下车库，江天芳的母亲打量着白色的宝马。江天芳打开车门，扔进了白色的小坤包，然后请母亲上车：“看什么啊，妈妈，上车。”

母亲上车：“我打听过了，这个叫宝马的车，是好车，安全性能还特别好，他给你了……哦，芳芳，你还学会了开车？”

江天芳发动了车子：“是啊，放假了也没有回去，就为了学驾驶呢……妈，系好安全带。”

宝马驶向出口，很快驶上了机场高速。母亲坐在后座，看着女儿的侧影，笑得很甜。

“妈，今天我带你去的地方，如果你满意，我就要定下了。我跟石智明说清楚的，我们的家，也必须是我妈养老的地方。”

“芳芳，妈哪还管自己啊，我来是看看女儿这一些事儿怎么样了，妈是怕你吃亏。”

“放心吧！我是社会学系的，也就是学社会的，我心里可是越来越明白了。”

“嗨，当初考了这个系，我还觉得不对头呢，学什么社会啊，现在不都说什么计算机啊，什么软件啊，或者什么经济管理，才吃香啊。”

这么说着的时候，宝马已经开上了绕城高速，望过去，城市在绿树丛中。宝马没有驶向市里，直接来到了石智明买下的郊外别墅。

江天芳跳下车，扶母亲下车，走向院子，她在一边介绍着：“妈，你看远处有山，从这里过去，有好几个大池子，那一边，是好大好大的植物园，不会再建房子了，空气多好啊。”母亲点点头，长长地吸一口气：“嗯，这后面看过去，小洋房也不多嘛，住在这里，慌不慌啊？”江天芳笑了：“妈，你怕什么，物业好得很呢！走。”

她们进入屋内。江天芳忙着张罗烧水洗杯什么的，母亲坐了下来，想想又站起来，环顾四周，露出满意的神态，当她看到客厅的一面墙上，挂着十多幅美女的全身照时，不觉蹙起眉头。江天芳已坐上沙发，削起了苹果。

母亲怪怨：“这是你们安家的地方嘛，挂那么多美人干什么啊……我看看，没有一个比得上你的，傻乎乎地站着干吗呢？”江天芳闻言，笑翻：“哈哈哈，妈妈，你也真是的，那是石智明的作品，全是他设计的服装，让模特穿着展示呢，呵呵。”母亲哼一声：“在家里展示什么服装啊，让那么多女人搔首弄姿，不好不好，回头取下了。”她的语气总是这样，明确而不容商量。说完，她坐了下来，很认真地看着女儿。江天芳解释道：“妈，先吃苹果，水还在烧呢。石智明是服装设计师啊，这比他当老板还重要，这些作品都得过奖，是他的命呢。”

母亲接过苹果，没有吃。她有点担忧，笑容已经全部褪去。

江天芳看看母亲，知道母亲有话要说，做倾听状。

“芳芳，最初听说你和一个服装老板处对象，我就有点觉得犯忌，现在好了，老板自己还是个搞设计的，整天在美女堆里打转，你还是要小心。”

“妈，我心里有数。人家结了婚还可以离呢，我又不是不可以再做选择。”

“还没有成呢，就这样想，不合适吧。当然，有这个准备也没有错。我不也是怕你吃亏嘛……妈和你说三点，你要听明白了，有些话不好说出口，但在女儿面前，也没有什么不好意思的。第一，你千万不能和他上床，上床了你就没办法和他谈条件了，女孩子要守住这条底线。第二，你如果要了这房子，这房子的户主必须是你的名字，这样以后要有个风吹草动，你也不至于太吃亏。”

江天芳听得有点紧张，但旋即就平静下来：“妈……我会听你的，刚才我已经说了，我心里有数。”母亲口气放软了：“芳芳，你爸走得早，我得替你做主。第三，听起来有点虚但很重要，我的宝贝女儿不能吃亏，现在的社会很复杂，你要有心理准备……你看，我们都来了好一会儿了，怎么还不见人哪。”

“噢，妈，石智明今天是在发布他的新系列……他会有空时间的。”

“嗨，但愿都顺顺当当的，他的条件还是不错的。”

“放心！妈，我带你去看看你的房间。”

母亲放下手中一直没有吃的苹果，站了起来。

中巴车驶入，秦芸乘务组坐着中巴车驶入公司大院，着装整齐，下车列队而立。姬水娟和玫瑰航空的领导微笑地在她们面前站着。

秦芸报告：“秦芸乘务组执行任务归来，请领导指示。”

公司总裁面色沉毅：“姑娘们，欢迎我们的王牌乘务组回队，你们在遇到特殊的情况下，沉着应对，我感谢你们……”

远远地，只见林小洁走近了，又闪进了停车场。她好像想走进办公楼，见姬水娟步入，又犹豫地走开了。从停车场开出来的银灰色帕萨特停在她身旁，张莹莹摇下车窗探出头来：“小洁，你在啊，我可比你先到一步哟，快来哦，到我们组。”

林小洁微笑："是啊，这不，我去找芸姐呢。"

姬水娟走进秦芸办公室，秦芸站起："姬老师，你好……没想到电脑出了点意外，在外面耽搁了两天。这一回罗大河机组沉着应对，立了大功。"姬水娟在秦芸拉开的凳子上坐下，又看看眼前这位爱将，慢慢道来。

"是啊，公司昨天开飞行例会，董事长说了，要给罗大河记二等功呢。"

"应该的，离地面 200 米的时候，还遇到气流呢，人工驾驶啊，要没有罗大河的高超技术，光颠就要把机舱给颠乱了。"

"你们也行啊，听说没有一个乘客感觉到异常，不容易，刚才总裁都讲了。秦芸，我找个时间召开六分部的会议，总裁办公会已经决定，由你出任六分部部长。乘务组的职务你暂时兼着，到时候你在组里提拔一个上来。"

"这……也好，当部长，我还怕飞不了呢。"

"哈哈，你还没飞够啊。哦，那个张莹莹还不错吧？"

"不错啊，怎么啦，听你口气有什么情况？"

"张莹莹是玫瑰皇后嘛，业务也不错，这我都了解。那天在组里宣布，我说了一方面，有一个情况，我想还是应该和你通个气。这次是张莹莹坚决要求调到你们组的，我们开始不想这么安排，你说一对玫瑰皇后搁一块了，不是浪费资源嘛。可是张莹莹不依不饶，如果不让她来，她就可能跳槽了。为了留住人才，我们还是这样定了。"

"那莹莹为什么偏要来呢？"

"是啊，我也想不明白，她也一直没有说清楚过。所以想看看她怎么样了。你说为什么呢，莫非是你这个乘务长吸引力太大了？"

"姬老师开玩笑了。"

"没开玩笑，乘务大队有好多姑娘想上你组来呢。不过张莹莹好像不像……"

秦芸突然一个激灵，又摇了摇头，似乎悟到点什么。

"……好，你有个数就行了。秦芸，我马上到你这里可不是为了这个啊。你也不想和我说点儿什么？"

秦芸自然明白，淡淡一笑。她知道自己尊敬的老师要说什么，而她其实已经几乎绝望了。

“姬老师……其实也没什么好说了。他到三亚了，今天晚上要回来的。”

“云亭的手上？”

“……戴了。”

“就是嘛，秦芸，我一直不赞成你离婚，就是觉得没有到那一步啊。”

“姬老师，我的主意可没有变，我不是不想努力，我也努力过，如还有可能的机会，我也会再去努力，可是……姬老师，悬。”

“嗨，也要有点耐心。云亭这孩子，当年从唐山大地震里活过来，幸亏遇上了……好人……”

“姬老师，原谅我打断你，他的过去你跟我说过无数遍了，今天我真的不想听。”

大概在姬水娟面前秦芸很少用这样的口气，话一说完，秦芸向自己的老师抬了抬眼皮。姬水娟稍有点奇怪，但很快就转而一笑：“是啊，年纪大了，啰唆了。秦芸，你也三十四岁了，这些事也不该我来操心了，你一点点做妥帖就是。”

“姬老师，我也不是这个意思。有很多事看起来很简单，做起来总好像很复杂，我也常常想不周到，老师您还是要多关心。”

姬水娟站起：“好啦，我走了……哦，还有个事，培训中心的林小洁这两天连续找了我两次，要早点到组里来，我倒没有什么意见，也是怕培训中心不高兴，影响我们两家的关系。不过林小洁好像等不住了似的，你去看看情况再说。”

秦芸也站起：“林小洁……”

在乘务大队门口，林小洁正在不远处张望着呢，看到姬水娟出门，她又赶紧弯进了一旁的停车场，闪在一辆中巴后面，紧张的神色落在林小洁这个二十一岁女孩的纯纯的面容上，让人颇有不舍之感。林小洁就这样紧张地看着姬水娟走过，赶紧进入了办公楼。

秦芸刚想锁门，林小洁已在她的身后轻轻一唤：“芸姐。”秦芸转身：“哟，小洁，我刚想上你那儿去呢！正好，快进来坐。”林小洁轻轻应了一声。

在沙发上坐下，秦芸注意到了林小洁的情绪，她尽可能地选择着合适的句子：“小洁，那会儿你在我们组实习，大家都很喜欢你，听说你在培训中心的课题做得很精彩，给礼仪小姐做的演讲也很有新意。很好啊，小洁，怎么啦？”林小洁尽可能地选择着合适的表达：“我想，还是早点来你这儿，我和姬政委也要求过了。芸姐，你定吧，帮帮我。”

“姬老师答应了？”

“我听不明白她的意思，我想你再帮帮我。”

“小洁，是发生了什么？你可以和我说啊，我能理解你。”

“芸姐，这件事本不该和别人说，可我实在没有办法了，我只有回避了，我……”

秦芸有所估计，依然字斟句酌地问：“是遇到难题了？”林小洁轻叹一声：“唉，芸姐，我和你说吧，你认识这个人的，他一定要我和他明确关系，可我不想谈恋爱，不想比我大十多岁的男人谈恋爱，更不想和不来电的男人谈恋爱，他老是缠着我，我……”

“你说的人是？”

“……培训长。”

秦芸一笑，果然与她的猜想符合：“噢，漂亮姑娘总有的遭遇啊。培训长是我航空学院的同学，一直很敬业，都当培训长了，一直有人说他怎么那么多年没找对象啊。现在，看上你了？”林小洁不直接回答：“我都和他摊牌了，我心里有人呢。”

“你是为了这样回绝他？”

“不，我说的是真摊牌，我一直在等一个人，或者说在找一个人。”

“你看你还那么小，才二十出头，说得好沧桑啊。”

“哎，不说这个人，以后告诉你。那个人怎么办哪？那个培训长……芸姐，你要帮帮我。要不我和中心主任去说，他这么穷追猛打，我受不了，我都快撑不住了。”

“那不行。小洁，我们姐俩，商量商量女孩子的秘密可以，不要捅到领导那里去，我看越捅越麻烦，说不定还害了人家。哦，对不起，我不是说你害，我总是这样想，属于隐私的事情，知道的范围越小越好。”

“我也这么想，这不急了嘛！我找姬政委，她好像也怀疑是这个原因，但我没有告诉她，我也怕她折腾。”

“那好吧，我试试。我是他的老同学嘛。小洁，因为你告诉我你心里已经有人，我想我帮了你，也是帮了别人。我也真想你早点来，我的心理学硕士学位刚刚拿下，我们一起弄个‘空中心理学’出来。”

“我现在提不起精神来，我看最弄不清楚的就是爱情心理学了。”

好像触及什么痛处，秦芸的感慨算是做了回答：“是啊，我刚才说了，女人总要过这一关，但不好过啊，漂亮女人更不好过啊。”

林小洁肃然，她站起来，纯纯的姣好面容惹人心疼。秦芸也站了起来，上前搂了一下林小洁的肩。

银杏树沿街而栽，起风了，有透亮的叶子在黄昏里翻飞。路尽头的夕阳很沉重。更沉重的是在培训中心培训长办公室，秦芸在这里找到了培训长，她刚说明来意，没想到培训长就猛地站起来：“你不要说了，这件事别的人跟我谈都可以，你不能，不不，你不行！”

秦芸坐在他的对面，很惊诧。

培训长又坐下，很激动：“你忘了我们是同学吗？”

“就是啊，所以我才来，和你聊聊对林小洁的感觉。”

“不，不要，我是过了十多年才发现的你啊。”

“我？我们不是当年的同学吗？”

“你不觉得林小洁像当年的你，真的很像很像你，你莫非一点没有感觉？”

“哦，很多人这样讲。不过……”

“所以我才这样追求她。”

“我没有听明白……”

“那你听我慢慢说吧。”

“好。”

“那你不回家了？”

“晚一点没关系。”

培训长看了秦芸好一会儿，终于打开隐藏了十多年的话题。

秦芸虽然没有马上回家，她的丈夫李云亭已经把车开进了小屋的院子，夜幕已经降临。走下车来的是李云亭，他抬头看了看，楼上的窗户黑着。

进了家门后，他习惯性地去看看卧室，床上没有秦芸。远航回来的秦芸常常是先在床上躺一会儿。李云亭又看看腕上的江诗丹顿，坐下来。他看着墙上秦芸的照片，眼眶里竟有些潮湿。

他又站起来，进入卧室。打开灯，温馨的氛围很浓很重。李云亭的嘴角抽动，竟然趴到了床上，从他的背上看到了一个男人的痛苦。

很久，李云亭又站起来打扫房间，健身小间地毯上的毛毯在慢慢卷起。

沙发上堆着的衣服也被李云亭抱起，扔进了洗衣机桶内。

窗外，是对面住宅楼的灯火。

秦芸还在培训长办公室，她的神情显露出一种感动，抑或是一种同情。

培训长竟然在那里剧烈地抽泣。

他突然抬起头来："你莫非不知道那时候，你在模拟舱累得睡着的时候，是我给你盖上了毛毯；你深夜回宿舍的时候，我怕你不安全，是我在后面默默地送你；你感冒的时候，还在坚持上课，是我给你泡的板蓝根……这一切你知道吗？"秦芸尽可能地保持平静："你是我的好同学，我一直知道，我一直心存感激，后来你做了培训长，我也一直为你高兴。这和林小洁，或者说我今天和你谈的林小洁，是两回事。"培训长紧接着说："秦芸，你现在很冷静，可我冷静不了。在大学的四年生活中，由于你的出现，我觉得每天的日子都很有意义，我那时候没有勇气，我不知道如何追求一个我心底里爱上的人。我怕我说出来遭到你的拒绝，我更没有勇气了。后来你告诉我你要嫁给少体校的教练了，我虽然没有向你表白我当时的心情多么痛苦，但是不说明我没有痛苦，我还带着这种痛苦，去了你的婚礼，看见你在婚礼上又美丽又优雅的样子，在教练身旁小鸟依人，我说了'祝你们幸福'，可我心里在流血。"

秦芸认真地看着培训长。培训长的话刺痛了现在的秦芸，不过她还是不想听下去了："不谈我的事吧，我今天来是说你现在和林小洁的关系，你能耐心地听我发表一些看法吗？我想，对你来说，我也是尽到一个老同学的责任。"培训长语气中的埋怨非常明显："我过去一直埋藏在心底的话今天才向你表达。你离开以后我的心一直没有热过，一直到林小洁的出现，她的言谈举止和你像极了，我才知道你其实从来没有在我心里走开过，上帝又把你送回来了，只是把秦芸的名字换成了林小洁，我重新开始燃烧的感情你又要浇灭吗？"

秦芸不觉笑了起来，但她马上感到不妥，用更为关心的口吻叹道："真不好意思，让我充当了这样一个角色。大学的时候，你埋在心里的东西没有吐露，你倒让我轻松了，可在当时，你即使说了，我的心也已有归属。我结婚时还真没有看出来你的心里有我，当时也有人追我，可我不可能属于别人了。你没有说也就少了一些纠结，就当成一种美好的记忆吧，我为自己年轻时有你这样一位曾经暗恋过我的男人而感到了温暖，我会敬重你，也说一声谢谢你，正因为此，我格外觉得有必要告诉你，林小洁……"

培训长再次打断："你不要再说别人了，也正因如此，我后悔当初没有早一点告白，让我失去了机会。迷上了林小洁以后，我明确向她表示了我对她的感觉，我不能再让人家的心里又走进去另外一个男人。我不对吗？"秦芸仍然和缓地说："你没有不对，我今天也不是来批评你的。尽管你动用了你的权力，你想用留人的办法来留住她的心，其实是没有作用的。一个男人到底用什么办法来得到一个女人的心，我也不知道。可感情这东西一旦要用什么办法去获得，恐怕往往事与愿违。"

培训长又埋怨了："那还不是你们女人，尤其是漂亮女人教我们的吗？要说明一点，我从来不是追逐漂亮女人的浪子，我是真心真意地喜欢林小洁，我说林小洁像你，我想你应该明白我喜欢的是哪种类型的女孩。我有错吗？"秦芸和缓的语气中再加上一些同情："我刚才已经说了，你没有错，可是命运可能对你真有点不公，我想告诉你……"

秦芸没有马上说下去，她很想选择一个合适的表达来向培训长表示林小洁的真实心情，可是最终也只能是一句简单明了的话："……我想告诉你，林小洁的心里已经没有你进入的位置，她的心里有着一个白马王子。"

培训长又站起来："不可能，从来没有听她说过，也从来没有见过有小伙子来找她，培训中心的学员都处在花样年华，多少男的上这里来转悠着呢，我观察过很久，没有人来找过她，接过她，这也是我鼓足勇气向她明确表示的原因。你不用拿这个最极端的办法来打发我。"

"我知道你会接受不了，但我必须明白无误地告诉你。我和林小洁谈过，我也很尊重你，作为老同学，我想这也是对你的负责任的态度。"

"不可能，我不相信，我今晚就找她。秦芸，我不想说过去，但是过去你伤过我的心，你今天还要再伤我一次吗？"

"可能实际效果就是这样，我也不能全部都说清楚，一个人的感情开了花，那就是爱情，可是这个花朵没有结果，是不是一种伤害，我真的说不清楚，没有结果的这一方对开花的那一方，是不是一定是伤害，我想绝非全部都是。你说了很多，说我和林小洁很像很像，其实我们最像的就是不想伤害人，也许因为此，事情往往越发复杂和纠结，有时候简单一点可能更好。唉，老同学，我再一次向你表示我的敬重，这些感情的事情是没有一个什么标准的，一定是件难事。你应该想明白，说到底我也是不想让你最终受到伤害。"

秦芸的这段话说得非常艰难和缓慢，显然有着她自己的情感煎熬，陷在失落情绪中的培训长察觉不到，但他为秦芸认真的表述所吸引，神情上多了一些安静和思考。

秦芸说完了，也安静地看着培训长，稍许，她站起离开。

航空城小咖啡屋，柔和的光影里，坐着培训长和穿着一身休闲服的林小洁。

手机铃响，林小洁接电话："……是我……"

秦芸打来的电话："我找过他了，他可能会找你，我已经和他谈过，培训长看上你没有错，你要理解。把你的真实感情告诉他，我相信他是通情达理的……"

林小洁："哦，好的，我会的。"她放下了电话。

培训长出奇地安静："林小洁，谢谢你，这么晚你还答应出来。我想问的是，到底是为什么，你只要真实地告诉我，你心里有人，真的有人？"

“是，有。”

“如果可以的话，可以告诉我他是谁吗，在哪里？”

“我知道他是谁，但我不知道他在哪里。”

“……”

“不好意思，我找不到他。”

“这话我听不明白，你找不到他，他是你心上的人？”

“是。我们是高中的同学，他喜欢我，我也喜欢他。可我爸爸妈妈不同意，为了拆散我们，爸爸甚至调动工作带全家来到这里，没有和任何人说。我们当时都没有手机，我到培训中心以后，去找过他，可是他也搬家了，我现在还在找他，只听说他后来也考上大学去了外地，有邻居说他去国外学什么园艺了。”

“怎么听起来像个现代童话，你忘不了他？”

“嗯，忘不了，我爱他。”

“他呢？”

“他会等我，他说过。我总觉得他也在找我，我也在找他。”

“我明白了，一个女孩子的心上已经有了人，是很难再接受另外一个人了。你应当早点告诉我。”

“你对我的关心我都理解成了师长的关怀，所以一直没有这样去想。一直到最近……”

“对不起，我冒失了。我可以告诉你，我曾经暗恋过一个人，可是失去了表达的机会，这一次本想紧紧抓住你，不要又没有了表达的机会。对不起，还这么幼稚。”

“培训长言重了，是我该说对不起。”

“明天去乘务部报到吧，希望你的童话故事写得漂亮。哦，别忘了把全套资料带上。”

“培训长，你是好人。我错怪你了。”

培训长压上了一张百元人民币，站起来走向门口。

林小洁忽然有一种冲上去拥抱他的冲动，但是她不会或者不敢。转眼间，培训长已走到门外，从窗口可以看到培训长在夜色里踽踽而去。

夜色里，秦芸走到自己小楼的树荫下，停了下来，望着小屋的灯光，做了一个深呼吸。和培训长的交谈，似乎让她对情感的旅程又多了一层思虑。风起，她进楼的步履沉重，但刹那间她竟有一种飞翔的感觉。应该不是空姐的职业习惯吧，她明白。

小屋的门打开了，秦芸步入，放下小包，她发现客厅里异常地整洁，桌上的果盘里也有了水果。她走到健身小间，里面也很明显地整齐了不少，地上的铺盖也没了踪影。秦芸有点诧异，看看四周，然后推开房门。

卧室软软的大床上，李云亭睡着，床的另一侧，壁灯柔和地照着。

秦芸一叹。

第四章

李云亭躺在床上，一动不动。

秦芸在卧室门口愣了半晌，最终还是慢慢地转过身子，走进健身小间，从边上的大橱里取出铺盖，在地毯上铺了起来。她铺着，感觉身后有人，是的，她的丈夫李云亭穿着睡衣站在那里，一脸木讷。秦芸感觉到了，她站起来，低头走出门外，去卫生间洗漱，她的衣裙滑落，但看得出她在注意地听着外面的动静。

莲蓬头的水洒下来，秦芸的手从颈后抚摸着滑向自己的双臂，又压向自己的胸前，她感觉到外面有什么声响，是李云亭在浴帘外面小便，秦芸把水旋到了最大，长发在水中一泻而下，有奔流的声音。她仰着头，闭着眼睛。在水雾和帘影中，她又朦朦胧胧地看见李云亭走向门外。

秦芸披上了浴衣，在镜子前看着自己困倦的面容。她用干毛巾擦着自己的头发，走到客厅时，看见健身小间的门关上了。秦芸注视了一会儿，走向卧室。

卧室的大床上，刚才李云亭躺在床上的身影不见了，只有整齐又掀开一头被角的毯子。床头柜上，赫然在目的是那块江诗丹顿手表。

这一夜，这个家中的一对夫妻，在两个小间里可能都把目光伸向了无边的沉寂。

秦芸的眼睛重新放出光彩的时候，已经站在小小的会议室里，眼光扫向大家。她的两旁是林小洁和张莹莹。秦芸乘务组的所有空姐也都站在桌前的空地上，今天是常规例会，大家都穿着便装。戴露的卡地亚宝蓝长衣惹人注目，低胸的领子是她服装上的常见特点；张莹莹穿得很得体，瘦型夹衣使得她身形协调，仿佛能触摸到音乐；胡英子的素色衬衣也剪裁得体，使她颈与肩的斜滑之处悄然淌下美丽的因子。不知道是不是一种约定，她们都穿着牛仔裤，腿，自然美在其中。

秦芸平静地道来："今天宣布我做六分部部长了，我其实还和大家一起飞呢。现在，我又要给大家介绍一位新成员了，是我们已经熟悉的林小洁。她是带着科研成果来的，相信她的到来会提高我们组的服务水平，我们欢迎她。"鼓掌声中，林小洁笑容嫣然。她今天的眼睛里已没有了昨天的迷茫，神态明朗清爽。她穿着便装，是制服的变异设计，胸脯的丰满显而易见。

秦芸又把手掌放到了张莹莹的肩上："张莹莹也是新来的，在这样的场合，我们再鼓掌正式欢迎一次。"张莹莹点点头，笑得很亲切。戴露看她一眼，亲昵地眨了一下眼睛。

秦芸："好，大家坐，林小洁初来乍到，我也不让大家有熟悉的机会了，直接就发挥我们的好传统。大家是老师，大家也是学员，今天的业务学习，就请林小洁上课。"

戴露的坐姿显得太随意了，显然对这种学习并不在意。秦芸瞟了她一眼。

林小洁："其实大家都是老师，我才是学生，我没有资格来这里上课，我只是提个建议，也是从心理学的角度出发……"

江天芳的母亲在郊外别墅的院子里做着小跑动作，她的身后，白色宝马驶过弯道，进入院子。

从宝马车里跳下江天芳，后面门开了，江天芳的母亲期待地看去，出来的是一个穿戴朴素的女人，拎着一个鼓鼓囊囊的大包。

江天芳的母亲失望地又开始小跑。

江天芳小声地说："阿姨，你进去吧，右边的那个房间是给你住的。"

女人应了一声进门。江天芳走向母亲。

江天芳："妈，我来了。"

母亲停下来："那个人怎么不来？"

江天芳："妈不要急嘛，他的新系列一发布，就忙得不亦乐乎。他说会安排时间的。"

母亲："再忙也得来见我呵，你可是我的宝贝女儿，哪能这样随便！"

江天芳："妈，我说你别急，我和你是一个意思，也想看看他的态度，我不是说我还没有最后决定嘛。"

母亲坐在了院子里的遮阳伞下，看着蓝蓝的游泳池，她又站起来，看上去心神不定。

母亲："我呀，很重视他的态度，实际上是重视你，你应该懂。"

江天芳："懂，妈妈我懂，从小看着你待人接物，我能不懂吗？妈，我们进去，和保姆去交代几句。"

母亲："等等，芳芳，我问你，昨晚我到大卧室去转了一下，见被子什么的很凌乱，枕头边上还有长发，是你的这种棕色的。你告诉我，你们到这一步了？要不是你的，那就更坏事了。"

江天芳略显尴尬："妈，你也太细心了，那个床我就不能去休息啊？呵呵，让妈说得我不小心似的。"

母亲还是心神很不安定。

江天芳："现在呀，有好多女孩子，见到这种'富二代'，还巴不得速战速决，快点成了他的人了。"

母亲："我不赞成这样做，江家好歹曾是上海滩上的名门望族，现在落魄了，可也要撑个大小姐的样子，要找个有财有势的。但也不能便宜了人家，再说了你那么漂亮，还是校花里的第一朵呢，你就是要摆摆架子。找男人，这个男人要在别人面前到处威风，在你的面前，要让他服从你的威风。"

江天芳笑开了："妈妈最威风。"

在六分部会议室，林小洁继续在说："……有些人这样说我们空姐，每天描眉画眼，涂脂抹粉，然后向毫不相关的人贡献微笑，说得难听的还有说媚笑，卖笑的，我认为完全歪曲了我们的工作性质，微笑服务完全出于对乘客的尊重。正是在这个尊重的前提下，我提出一个服务模式，叫作'蹲式服务'。"

戴露："什么？蹲式，蹲式服务，蹲下来服务？"

秦芸含笑看着大家，姑娘们也都觉得有点奇怪，张莹莹的兴致比较明显。秦芸鼓励林小洁继续。这时，姬水娟走了进来，秦芸让座，姬水娟示意林小洁继续讲下去。

林小洁笑了：“……这个‘蹲’字啊，也满好玩，‘足’字边上一个‘尊’，也可以叫屈尊，屈尊听起来不好受，可从心理学角度讲，一定程度的屈尊，有时候是为了实现一种美好的心愿，我也可以这样讲，‘足’字边上一个‘尊’，是立足于一个‘尊’字的内涵，这样的‘蹲’，就是我前面讲的出于对服务对象的尊重。”

张莹莹默默点头。

林小洁：“再从客舱里具体的服务氛围看，我们用弯着腰的方式迎送行走的客人和作为一种姿态是一个意思，具体到关于服务需要的询问、安全方式的交代、服务内容的呈现，蹲下来服务，效果会很不一样。还是从心理学角度来说，你弯腰面对坐着的乘客时，是一种俯视，会产生一种你在施予的感觉。其实，乘客买了机票以后就与航空公司有了权利约定，他本来就理所当然地可以获得。这种俯视还会产生与乘客之间的疏离感，明明是他可以获得的服务，他还需要仰望你，甚至仰望得不好意思，一种看见美女的赏心悦目，反倒成了人家的不好意思，这就很对不住我们的衣食父母了。”

秦芸被林小洁的话吸引了，戴露有点不以为然，胡英子觉得有点深奥，但好像也很在理。

戴露忍不住插嘴：“那你说蹲下来就对得住啦？”

林小洁：“这是我说的一种心理，评价服务水平不需要这些软性语言。但是蹲下来，你便和坐着的乘客有了平视的目光交流，你的微笑也有了更真切的分量。从心理学上说，平视会让对方有更多的沟通感和安全感。请注意，带着微笑的平视，你并没有失去尊重，刚才我说了，恰恰是立足于尊重。大家看看，一个‘蹲’字，好让人咀嚼。”

林小洁往椅背上一靠：“嗨，我可能把问题说重了，新来乍到的，纸上谈兵，请乘务长指正，也请各位姐姐炮轰，我还有一套没有完成的挂图，以后有机会再进行图示说明。大家看，我说的，行吗？”

秦芸带头鼓了掌，但大家的掌声并不热烈。张莹莹鼓了几下也放下了。

戴露没有鼓掌：“就是蹲上蹲下的，累吧，我们设计的制服裙，这臀围本来就紧巴巴的，还禁不起蹲呢。”

大家都笑出了声，又有人进来坐下。

秦芸：“大家不要笑，我觉得小洁的研究是有意义的，先不讲形式层面的，从心理学上研究服务质量，有助于我们的工作，有助于给我们提供新的思维方式。好，今天就不讨论了，姬老师，你要……好，还有昨天的合影发给大家，算是有惊无险的纪念。今天的学习例会结束。”

刚刚进屋的人将手中的一叠相片发给大家。

会后，戴露和张莹莹同行。她们的手上都晃着那张合影。

张莹莹：“戴露，你讲得太直露了，林小洁的想法是有价值的。”

戴露：“有价值没价位有啥用啊，我爸常常说的。我看没人买这种服务，要不，人家新加坡就想不出来？嘿嘿，我想啥说啥，说过就忘。”

张莹莹：“嗨，你还是那样，不过想一点人家没有想过，或者没有想到的挺好啊。有人说，学习使人落后，骄傲使人进步……”

戴露：“等等，是不是说错了啊？”

张莹莹：“就这个意思。学习嘛，也就是学别人的进步，不进步的也就没啥好学了，可是你学了吧，也是在人家的进步后面，不就落后了吗？”

戴露：“哈哈，是有意思。这么说，我们还学习啥，我们要进步。回头和芸姐去说，改革学习制度。对了，我们要进步，进步怎么啦，要骄傲？”

张莹莹：“骄傲，就是骄傲。人家没有的东西你有，你才骄傲，你有了进步你才能骄傲，都有电视台把活动的名字也称为什么什么骄傲了。想进步，就骄傲。”

戴露：“说得好，我投一票。我最烦那些假虚心了，什么虚心什么也要虚心，其实尽想着骄傲呢。”

张莹莹笑着看她：“戴露，我们俩呀，在学校恨不得在一个被窝里睡觉，可讲话好像就这样总是对不上，但我们照样做好朋友，这也挺有意思啊。”

戴露快走几步，转身跳到张莹莹面前，还晃晃手中的合影：“不，你说法比我好，可我想法要比你大胆，我们俩在一起，还是好朋友。我们要进步，我们要骄傲。我拥有了人家没有的东西，你也要拥有；你拥有了人家没有拥有的东西，我也要拥有。莹莹，吃完饭，我带你去一个地方，一个很神秘的地方，我们俩很长时间没有长聊了，我们边享受边聊。”

张莹莹被好朋友的情绪感染着，又被戴露的某些语句触及了什么地方，笑得有点异样，对于戴露的邀请，她连连应答：“好啊好啊。”

戴露：“我走啦，大院挤得要命，车停外面了。”

张莹莹挥挥手，低头看起了合影。

合影上，罗大河犹如英雄一般。现在，张莹莹再一次发现，再一次凝视……

姬水娟留下了秦芸和林小洁在会议室议事。

姬水娟：“小洁，我没有听全，你可以再完善下去，我支持你。多征求那些有多年空龄的乘务员的意见。”

林小洁点点头。

姬水娟：“秦芸，小洁可是高才生，你们要发挥好她的作用。培训中心跟我说了，小洁你从今天起踏踏实实地在这里干吧。我今天来，是想趁你们有空，下午去一趟国际运动大会礼仪训练营，上次她们来听过小洁的演讲，我看有一大批优秀的女孩子，我们去看看，发掘发掘新苗子。”

秦芸：“好啊，小洁也去，我们学学影视界，做个星探。完了再去看看英子的爸爸。”

林小洁点头。

白色宝马驶在大街上。

车内，江天芳驾车，她的母亲坐在副驾驶座上，一边看着街景一边问着。

“这里挺像我们上海了，不过没有陆家嘴一带洋气时尚。他那个公司快到了？”

“快了，在创意中心租了三层，三千多平方米呢，有展示大厅，今天就在那里表演。”

“我想在别墅里见他嘛，非要来这里，我看他显摆装大佬，我才不会犯迷糊呢。”

“妈，人家还是好心好意，你别老是想开去，把女儿的信心都想没了。”

母亲从街上收回眼光，转头盯了女儿一眼。

石智明时装展示大厅的T型台上，模特姿影万千。

时装模特从后台走向前台，一路在造型中进行艺术的表达。模特的造型与石智明的新系列服装主题风格很吻合，使得服装的立体结构塑造了流行趋势。模特的身上弹跳着丰富而强烈的韵律感，感觉到新系列的时尚体现……时装表演中模特就这样把新系列服装中最生机勃勃，也最贴近生活的一面展示给了大家。

通往这个展示大厅的还有石智明的设计厅，中间隔着大玻璃墙。现在，能够看见大玻璃墙后面石智明的得意神情。

在他的后面，江天芳带着母亲走了进来，隐约中看见江天芳在喊着石智明。大玻璃墙的反光使得母亲的表情看上去含含糊糊的。

石智明回身笑笑。

有女秘书引领母女俩来到石智明面前，石智明摆摆手：“坐，这儿已经给你们放好了座位。”

江天芳拉着母亲坐下，母亲朝石智明瞥一眼，这个男人风度翩翩，从外观上看无可挑剔，但是石智明的态度让江天芳的母亲很不爽，她又瞥一眼女儿，坐下。

这时，音乐声有点不合环境了，石智明感觉到后，示意女秘书关了设计厅的音乐按钮。

现在，从这边透过大玻璃墙望出去的展示大厅，模特们变成了无声的表演，唯有色彩和形体继续说明着石智明的新系列。

石智明刚想说什么，又被T型台上的美女造型吸引了。

至少江天芳的母亲这样认为。

石智明面对着大玻璃墙外的表演，讲得有点自我陶醉：“天芳，你看，这个款式就是我那天在航空公司培训中心门口接你的时候，你们这些美女给我的灵感。怎么样？重料的外搭风衣，加上轻纱的百褶裙，构成全新的款式，很有焦点吧。天芳，你说话呀。”

江天芳注意到了母亲的神情，看来有什么地方让母亲不高兴了。所以当石智明讲着的时候，她一句也没有听进去。现在，石智明追问了，她赶紧应付：“是，是啊。”

石智明也觉得有点不对劲，又转过身来，看边上的江天芳。

江天芳：“快结束了吧？”

石智明：“你们前面没有看到，可惜了呢。不过这是排练，已经第七遍了，以后正式演出你们可以再看……”

江天芳：“对对对，妈，以后看正式表演。”

石智明是不明白江天芳将话题引到母亲身上的用意呢，还是心里明白着呢，他是不是特意安排这样的见面，暂时不得而知。他站起来的时候，女秘书又走到他面前：“石董，导演说你上场的环节要开始排练了。”

石智明：“好，我去。你们母女俩恰好做我的观众，哦，不不，做我的评委，观众才是大评委。哈哈，我去了啊……你把音乐再打开。”

女秘书又旋开音乐按钮，设计厅里就听不见别的声音了。江天芳靠近母亲，像在向母亲介绍或者解释着什么。

母亲没有说话，面容是沉重的。这时展示大厅的灯光大亮，夹着很多色彩，穿过大玻璃墙，把母亲的脸搅得晃晃荡荡的，还把说不清楚的色彩全稀里糊涂地堆到了母亲的脸上。

T 型台上，作为设计师的石智明登场了，他在所有模特的簇拥下，向 T 型台前端走来，他走得很稳重。

步子是有乐感的。

更强的灯光透进了大玻璃墙。

外面的 T 型台上，女模特围着石智明，变换着酷极了的造型。

江天芳母亲看着看着，拉住了一旁的女儿的手。

外面台上，有四位女模特极具美感地伸展手臂，它们轻轻地搭上石智明的两侧肩膀。

江天芳在听着母亲的咬耳朵。她点点头，站起来，由于音乐声太响，她们又走进一旁石智明的休息室，门轻掩着，她们也轻声说着。

母亲的脸色更沉重了。

T 型台上的展示结束了，仍然在明亮的灯光里，松弛下来的女模特们全向台旁的座位走去，看得出大家也顾不上此时的“造型”了。石智明也从台上走了下来。在他的背后，女秘书从设计厅和展示大厅的通道进门，向座位区走过来。

石智明：“大家辛苦，布局上我已经满意了。表演上我看除了专业技巧外，主要要看精神状态……”

他注意到已经绕到他身前的女秘书在招呼他。

石智明：“其实表演我是不懂的，我一向强调专业的领域要听专业的，不要叫半瓶子水来这里乱晃，好，现在请导演讲……”

石智明在女秘书的示意下，直接走向两个厅的通道，女秘书紧紧跟上，他们的配合很默契，在闪入门内的片刻，有导演的声音传来：关键要去体会石大师新系列的新意何在……

导演绘声绘色：“……这是对新时代的破译，对新生活的雕塑，对新青年的阐释……”

石智明在通道里听着女秘书的汇报：“江天芳说她接了电话，她妈妈有急事要赶回上海，她们要赶去别墅，还要赶到机场。还有江天芳说她今天下午在礼仪训练营，她会联络你。”

石智明：“嗯，你是女人，你觉得我今天有什么不对的地方吗？”

女秘书：“那要看怎么看，从你的角度看，你很有效果，你也不会伤到你喜欢的江天芳哟。”

石智明：“狡猾！”

他的手指在空中点一下，女秘书诡秘地笑了出来。

石智明走到大窗户前，望着很深很深的大街。他从三十八层的楼上看下去，显然想在远处看清这对母女俩。有阳光处也有些斑斑点点在移动。

大街上，小小的，江天芳开的白色宝马也在移动。

白色宝马开进了郊外别墅的院子。

江天芳和她的母亲先后跳下，步上台阶，走过客厅，弯上楼梯，走进母亲的卧室。江天芳从柜里拉出航空箱，母亲没有马上理东西，她关上门，听听门外动静，然后拉江天芳坐在床上。

“芳芳，我这一离开，是我们母女俩对他的一份宣言书，石智明一定会明白。你还要准备好三条意见。”

“妈，你怎么弄得和你在食品商店当书记似的。”

“只能这样说，发表意见要简洁明了，容易记住。”

“那你也慢慢说，时间来得及。”

母亲又耸起耳朵，听听外面的声音，宁静中的鸟声让人更觉得这里是世外桃源，母亲没有这份闲趣，她把三条意见说得很不冷静：“……第一，今天是你妈到他那里，他连一声称呼都没有，要想再见我，先要学会怎么叫人；第二，不要以为他有钱，一副天下他最神气的样子，不要以为他是设计师，天下美女都可以围着他；第三，你是名校校花，国际性大比赛的礼仪小姐，你是全校选拔第一名，这两个头衔，他可能已经重复了两百遍，可以再重复三百遍。”

江天芳笑得很有趣：“妈，你说的字字珠玑，我会一颗一颗数给他的……”

白色宝马已经行进在去往机场的高速公路上。江天芳的母亲依然坐在副驾驶座上喋喋不休：“……你可以观察一段时间。在对待男人的问题上，你要多征求我的意见，你爸走得早，可你爸是我选来的最好的男人，你的上学的路径都是他亲手设计的……”

她们已经走向安检。江天芳的母亲还在念叨：“……你的丈夫就是未来孩子的父亲，不得大意。”

女儿在听着，看得出她刻意保持着在公众场合下的矜持，高高的，有着健美韵味，同时又兼有知书达理的学院气，使得江天芳吸引着周围人的注意，一队迪拜航空公司的阿拉伯空姐落地后步出专用通道，几乎是齐刷刷地向江天芳看了过来。这种情境在这对母女这里大概已经很熟悉了，她们并不回避，母亲的话题倒和这个有点关系了，她放轻声音：“芳芳，最后再强调一点，是和你一个人说的，你的美是你最大的财富，你比所有富裕的男人都富裕。懂吗？记住。”

说话间已办好手续，江天芳与母亲挥别。

她慢慢地走向透明电梯；她在电梯厢里站着；她走向在地下车库停着的白色宝马；她开着宝马，驶上弯道。音乐，从远远的出口处流泻进来。江天芳也许听得太多了，她一直在思忖。这一会儿，她驾驶着宝马，开出了车库大门，阳光迎面袭来。她的面容中多了一些坚定的东西，妈妈的话可能不无益处，她浅浅笑来，目中有神。

丰润美体沙龙，这里大概就是戴露说的神秘兮兮的地方了。

戴露和张莹莹穿着沙龙提供的薄纱宽袍，像在深山老林里轻盈飘过的一片云，然后她们又在清清的溪流旁坐下，那儿有一片绿绿的坡地。乳白色的长凳上，两人有着极为惬意的姿态，宽袍也在她们变换的坐姿中不时地被调整。在她们的附近，不时有其他穿宽袍的女人在走动。

戴露：“怎么样？没来过这里吧！全部是人工的，这个大园子是个旧厂房改造的，据说原来是麻纺厂。这里面的空气全部有科学配比，所有的声音都是从原始森林中录下来的。我们来这里美体，第一步是香汤沐浴，就是柔软身子啦；第二步是香熏精身，也就是肌肤护理啦；第三步就是这里的香草漫步，实际上就是最后的放松了，主要是休息啦。好朋友在这里聊天，不管多少时间都可以，这叫作大都市中的原野生活，多好，我爸爸的好朋友开的。”

张莹莹：“不错哦，我真还没有听说过，还真有点异域风情呢。这个创意真好，你闻出来了吗，负离子，大森林的情调。戴露，你还和谁来过？”

戴露：“刚发现呢，你是第一个。我悄悄告诉你一个人，我要用最快的速度，把我的白马王子也带来这里玩玩。”

张莹莹：“这里还可以带男士啊。”

戴露：“不能一般地带，有男士来一定要有女士带，女士可以自由来，怎么样，高度尊重我们吧。你没忘吧，学校里我们争论过母系社会，男人要女人带来带去的，其实多累啊，找个喜欢的男人让他带来带去，那才轻松呢。”

张莹莹：“你的白马王子呢？你不说要带来吗。”

戴露：“这就是我今天要和你说的主题了，莹莹，这件事我和爸爸说起过，嗨，老爸可看紧着我，不过也挺宠着我呢。他是同意我的选择的。另外就只有今天和你说了，我碰到了难题。”

张莹莹：“你说的白马王子是谁呀？”

戴露：“罗大河。”

张莹莹："罗大河？"

戴露："是的，罗大河。"

应该说这是一对好姐妹之间的正常对话，但是两人间特别是张莹莹的微妙心理就会耐人寻味了，戴露在寻找捕获罗大河的办法，她在这个时候告诉张莹莹，并非是一种故意，她对张莹莹不设防。张莹莹呢，五味杂陈，她内心的秘密何以面对自己的朋友。

张莹莹："你们……谈上了？"

戴露："我认为我已经谈上了，可是他没有明确表示，不管是语言的还是行动的。在好同学面前我没有顾忌，你说我该怎么办呢？"

张莹莹："他还没有明朗，说明他的心里还在犹豫，或者没有你？"

戴露："不可能，我看得出来，他是喜欢我的。罗大河是我们玫瑰航空出了名的大帅哥啊，我必须得到他。他一定会要我。"

张莹莹："哦……你是哪一天让他知道你的心思的？"

戴露："前天在三亚……"

张莹莹惊讶："前天？"

戴露："对，告诉你一个秘密，他手上的江诗丹顿就是我前天给他戴上的。他戴上了，为什么没有给我一个明朗的态度？"

张莹莹看看四周，果然有一对情侣步入密林，她极力保持着表面的平静："看来你要给他一些时间，我想这么大的事情，你可能会想三个月半年的，甚至更长，一旦向他说破了，要人家马上答复也不现实，其实在爱情的问题上，提出的一方总要多忍受一些痛苦。戴露，你说对吧？"

这句话张莹莹很像在说给自己听，所以一说完，她也再加上了一个叹息。戴露感觉到这是一种比较准确的判断，点点头。她换个角度又问："莹莹，你说我们两个有没有夫妻相？"

这个问题更具有挑战性了，在这样的场合，张莹莹也无法回避，她斟酌了每一个字说："夫妻相的判断，其实在恋爱阶段无从说起，那些恩爱夫妻的夫妻相，都是成了夫妻以后相濡以沫慢慢磨成的。你想去追谁，先研究夫妻相，这好像没必要吧。"

戴露："哎呀，莹莹，你今天怎么咬文嚼字了，我就是问问配不配啦。"

张莹莹："这个，旁人的看法也是外观的东西，配的感觉也是在内心的。只是，配还是不配，确实是个问题。"

戴露："行啊，我在内心认为配就行啦，我才不会像秦芸那样，找个老公怎么配也配不上，我才不呢。"

张莹莹定了定神，赶紧抓住了秦芸的话题，她实在不能在罗大河的名字里打转了："那你说，他们俩谁不配谁呢？"

戴露："不配，还谁配谁啊，那个李云亭啊……"

张莹莹好像很注意地听着，其实她什么也没有听进去。她怎么也没有想到和自己争夺罗大河的是自己的小姐妹。当两个美女争夺一个大帅哥的时候，后面的戏就很难说了。张莹莹倒抽了一口冷气。她知道，自己艰难的人生历程终于开始了。这样想着的时候，张莹莹又有了一点底气。

秦芸、林小洁和姬水娟向礼仪小姐训练营大操场走来。远远地传来教练的口令："眼光平视，面带微笑……挺胸，收腹，脚步匀称，注意腿部挺拔……"

操场上，上百名美女在接受训练。

姬水娟眯着眼望着。

秦芸和林小洁显然看到了一个人，被吸引住了。

那是训练的人群中，江天芳前行的身影。现在是必须提神和展示的时候，从她身上透出的气质非凡。

林小洁很有感觉："那位女生我见过，我当时感觉她的气质与众不同，眼睛里有内容。"

姬水娟已经有了主意："我也注意到了，在那天你的演讲会上。"

秦芸看着江天芳，看来她也非常欣赏。

穿着薄纱宽袍的戴露和张莹莹斜倚在丰润美体沙龙的长椅上，在这样一个容易让人放松的氛围里，她们都酥胸半露，慵懒随意，还在谈论着秦芸的话题，实际上她们又何尝不是在谈论着自己。朦朦胧胧的光影，很适合她们的交流，有一对情侣走近，张莹莹理了理衣领，戴露打趣地看了她一眼。美女的这种微妙感觉她们会意得很快。张莹莹也浅浅一笑。

戴露："李云亭到了候机厅以后，我们刚要从绿色通道进去，芸姐已经在示意他不要阻拦，可是他还是扯住了芸姐，连连说'我要和你讲清楚讲清楚的'，让芸姐好没有面子。那时他们不和的，或者说他们不配的真实情况才暴露在大家面前。"

张莹莹："都五年了，大家没有数？"

戴露："芸姐从来不说，这些明信片的烧毁，芸姐已经很心疼了，不过真正伤她心的，还是李云亭在候机厅的这一闹。芸姐是把面子看得很重很重的。"

张莹莹："芸姐珍藏这些明信片，她老公应该知道啊。"

戴露："是啊，芸姐每住一地，都要搜集的，快十年的积累了。后来芸姐告诉我，李云亭从来不顾不问，有一次秦芸翻明信片，很想和他聊聊这些明信片上的记忆，李云亭毫无兴趣，管自己睡着了。芸姐也就再也不提起了。没想到李云亭在芸姐国外驻休的时候，说是打扫房间，把这一大堆明信片当作没用的东西烧掉了。芸姐大为光火，估计吵了，芸姐也说过绝话，说'再也不回这个家了'什么的。李云亭就跟着闹到了机场。"

张莹莹："……唉，所以说呵，夫妻相是结婚以后的事，不过结婚前还是要看看配不配。他们怎么走到一起的呢？"

戴露："芸姐原来是花样游泳运动员，李云亭是她的教练，不过后来成为夫妻听说是姬政委做的大媒。不说这个了，莹莹，说我们的，配不配的问题确实重要。你说，我和罗大河很配吧。"

张莹莹站起来："嗨，有了秦芸的故事，我更不敢妄加评论了。时候不早了，我们走吧。"

张莹莹又一次巧妙地回避了。

美女们在礼仪小姐训练营纷纷散去，江天芳留在了姬水娟、秦芸、林小洁面前。姬水娟笑着拉住江天芳的手："还记得我吧，社会学的大学生。"

江天芳："记得记得，您是老师，这位是那天给我们演讲的林小洁，是吧。"

林小洁："好记性。她是我们乘务大队的姬政委，这位是六分部部长、我们组的乘务长秦芸，我们是来看美女的，真的都很美。怎么称呼？”

江天芳：“我叫江天芳。”

秦芸：“天芳，好气派的名字。”

姬水娟：“你完成国际运动大会的礼仪任务以后，愿意到我们航空公司工作吗？”

江天芳：“航空……做空姐？”

姬水娟：“我们很需要像你这样气质和相貌俱佳的女孩子，你的社会学常识，在我们这里还很有用呢。你看，秦芸现在是心理学硕士，林小洁在航院毕业以后在我们的培训中心还做了服务课题的研究。到航空公司，一定有你的用武之地。”

江天芳：“一个有吸引力的建议。我会考虑的。”

秦芸看着江天芳，有了一些打量的意思。

江天芳：“要做空姐的话，我想做头等舱的空姐。老师，做头等舱的空姐，有什么条件？”

姬水娟：“问得这么直接啊，看来决定下了？”

林小洁：“我在演讲中提到的那些内容，是进入头等舱的基本准备，你说的起码的条件。”

秦芸点着头，感觉自己的打量有点儿意思了。

姬水娟：“这两位就是在头等舱给客人提供服务的乘务员。”

江天芳似乎这才注意到站在她面前的两位女人，都是训练有素的站姿，也相同地都面带三十度微笑。

江天芳：“哦，好美。”

秦芸：“江小姐，你的美也出类拔萃，我很欣赏。”

江天芳转身：“好啦，这里遍地是美女，我走了。姬政委，你的建议我会考虑的。再见……哦，那边楼里是我们的指挥部，所有的礼仪小姐全归那里管，建议你们去看看。姬政委，你要小心喽，上次来我们学校选礼仪小姐的是一个大胡子导演，后来女生就管他叫采花大盗（导）了，你去了，别让人家叫你采花大娘呵，哈哈，我走啦！再见！”

这几句调皮话让秦芸笑了，这样的女孩一定能打开她的成功大门。她想。

门推开了，张莹莹走了进来，这是张莹莹的家。美发和美体都遮盖不了她纷乱的心绪，她把背着的白色小包往床上一扔，瘫坐在沙发上……她看看四周，突然站起来，坐到了书桌前，她只动了一下鼠标，电脑便亮屏了，显然软件一直挂在网上。接着，QQ 头像便亮了：“飞翔 206，你在吗？”接着又一栏：“你在吗，你在吗，你在吗？”

张莹莹一笑，也开始打字了。

屏幕上跳出的文字是：“飞翔停留在某地了，方向不明，不，是目标不明，或者目标失去方向，飞翔只能停留……”

张莹莹点了发送。

李云川在自己的卧室兼工作室里。

大批的彩色资料，造型别具一格的原木人雕，印象派绘画的壁挂，叠成一大摞一大摞的碟，还有缺乏收拾的生活用具，李云川陷在中央，正低头翻看一本很多人辨别不清的画册。突然，嘀嘀的鸣叫把他拉回到屏幕前。

电脑屏幕上跳出张莹莹的文字。

李云川嘿了一声，也开始聊 QQ 了。

屏幕上跳出的文字：“因为有过停留，飞翔也会更快更高更美；云上的河流叫云川，我明白告诉过你，飞翔叫什么，你应该承认了，206 空姐张莹莹。目标是什么，我会告诉你。”

李云川点“发送”，看看咖啡杯，只残留一点而已，但他还是端起来仰脖喝尽。

屏幕上又跳出文字：“飞翔 206 就是飞翔 206，不是所有的空姐都能飞翔，知道你是云上的河流就够了，知道了名字又不会知道在何方，你省省劲了。目标失去方向目标何在，飞翔失去目标飞翔何在，云上的河流遥看大地，你就看着飞翔迷失方向？”

李云川蹲在电脑前，细细品味，忽然悟性大开。

屏幕上跳出的文字：“飞翔 206，我读懂了，你的飞翔在最近三个月一直有个方向（不要忘了三个月前你说有了飞翔的方向），但是今天失去了这个方向，你又讲目标失去了方向，这是你的思维出了问题，目标本来就是飞翔设定的方向，目标就是方向。飞翔206，为什么迷失方向告诉我，云上的河流既在高处，就有看清的能力，能让你找回方向，让你飞翔到目标方向。方向明确一直在，你尽管去飞翔。”

李云川点一下“发送”，靠上桌背，舒了一口气，很男人地自己击自己一掌。

张莹莹读着屏幕上的文字，眼睛一层层地亮起来，口中也念出了词句：“目标本来就是飞翔设定的方向，目标……在……去飞翔。”张莹莹跳了起来，想想又坐了下去，继续打字。

屏幕上跳出的文字：“很精彩，云上的河流，很及时，我要去飞翔，飞翔有了方向，飞翔没有改变方向。”

张莹莹点“发送”后，站起来去照镜子，美了发、美了容后，容颜短暂地改变。她转到窗前，看天色已晚，就打开了手机：“……小霞吗，我莹莹，没有班吧，你看我离开你们才几天就想你们啦，晚上我们唱歌去，叫上她们三位，好吗？定了哦，我买单。”

张莹莹打完电话，神态又慢慢冷静了下来，她从抽屉里取出在波音747里拍的合影，戴露在罗大河边上笑得很灿烂。张莹莹用她纤细的手指抚摸着照片，一直摸到英雄般的罗大河。

这张合影装在镜框里，放在了桌上。美了发美了容美了体的戴露支着自己的下颏儿，看着照片进入遐想，她的两颊有些潮红，呼吸也有些急促，突然取过照片吻了一下，也打开了手机。

戴露：“我的罗大机长，本小姐邀请你晚上唱歌，全城最豪华歌厅英皇会所，怎么样……可不要让本小姐失望哟，嗯，不要嘛，你会唱歌，你会你会你就是会，公司玫瑰版春晚上你唱过，我听过，一定要来哟……好，晚上见。”

戴露站起来，拉开衣橱，捧出一大堆衣裙，在镜子前试了一件又一件。就一个身材窈窕的美女来说，她穿着维多利亚内衣的躯体已显充分的女性魅力，但是又必须有一件合适的衣裙，使她的女性魅力在公众场合亦若隐若现。

戴露愿意为了罗大河，在穿衣的问题上坚持不懈地战斗下去。

张莹莹看着合影，又打开了手机。

她一个一个地揿着号码，眼神里充满着一种向往。

她的目光很亮。

桌上的手机又响了起来，是《月亮之上》的彩铃。罗大河看看来电显示，有一些迟疑，《月亮之上》的音乐很有一点撩拨的意味，当然，显示的号码更是在呼唤他。

罗大河打开手机："是我，你好，张莹莹同志……哈，就是同志嘛，好好，说吧，肯定答应，我还……什么啊？今天晚上，去……唱……歌，我的妈呀，不好办了。我已有安排，张莹莹，哦，莹莹，我改日请你，怎么样，我请你的时候，我一定到。"

张莹莹接着他的电话说："这是什么话，哪还有你请我你不到的啊……你的心已经乱了，我有感觉。罗大河，接受挑战吧……好，再见。"

张莹莹慢慢地合上电话，她突然又打开，快速拨了号码，大声地："小霞吗，晚上唱歌取消吧……哎，等等，不不不，我们要继续唱歌，我们姐们儿好好乐一乐。"

她也乱了。

胡英子在医院里感激地看着姬水娟、秦芸和林小洁。

秦芸："检查结果还没有出来，那你就再耐心等待吧，有需要尽管和我说，姬政委也很关心你，不要慌。你不是一个人在这里，我们都是你的亲人。"

姬水娟："英子，你自己也要注意身体，挤时间休息啊。"

秦芸："好，我们先走吧，结果出来后，英子，一定告诉我，好吗？"

胡英子点点头。尽管，她知道领导并不了解她的一切，但是这种关心已经足够温暖她了。

秦芸驾车，姬水娟和林小洁坐在后面。

秦芸："大家都挺喜欢英子的，细细的丹凤眼大家都爱看，说她像老上海月份牌上的美人儿。有一次她穿了旗袍出来，真把大家给镇住了。她在老家参加过剧团，还是挺能把握自己的美的，就是不太说话，也不太参加我们组的集体活动，不出班的时候，就不见人影了。她挺勤快，但不知道在忙什么。"

姬水娟："你们还是要多关心她，二十来岁的女孩子，八小时外的安排要有讲究，小洁，你说对吧，你的八小时以外也一样哟。"

林小洁："……是，是是。"

秦芸："我们的小洁啊，心里有着定海神针哪。"

林小洁又一笑。

姬水娟看着秦芸的侧影，脸上又浮上一丝担忧。回到公司以后，她和秦芸又到了办公室。她还想和这个最让她得意的弟子聊聊。

"秦芸，忙了一天的公务，我还得和你再说几句，云亭他……"

"姬老师，我们不说他了吧，你也累了。"

"我想想，也是在为自己求个心安一样。当初你都到了公司，我还让你回去找了自己的教练，说合了你们，我是为云亭这孩子考虑了太多……"

"老师替云亭考虑没有错啊。"

"可是看你们的冷战，我的心里也热不起来，云亭的事不顺，我的心也不顺啊。我看云亭一直在努力，你要看到……"

"是，我知道，我会努力，再去努力。"秦芸见老师总是来谈论自己所谓的婚姻危机，真希望简单结束："姬老师，您请回吧，我收拾收拾，也该回了。"

姬水娟看着秦芸，还是有了一点信心。

现在该说说江天芳和石智明的事了。

在郊外别墅中，精致的西餐桌上已放上了精致的餐具，葡萄酒在缓缓地倒入水晶杯中。石智明坐着，看着江天芳做完所有的准备动作。他穿着白色衬衣和有肩带的西裤，突然变得绅士起来。

江天芳也换了一套很有女人味的丝质衣裙，胸前的 V 字领开得很低，裙子颜色是紫的，紫得深浅得当。

江天芳落座：“来，先干了这一杯，预祝新系列成功。”

石智明一笑：“不是预祝的意思了，肯定会大获成功，呵！”

江天芳：“好，肯定成功，你的自信我非常喜欢……来，干了……很多男人不明白，以为谦恭是美德，结果是让很多人看不到他。”

石智明：“尤其是让你这样的美女看不到了。”

江天芳：“很有自知之明，我喜欢。”

石智明笑得有点开心了：“你把自知之明用在自信的人身上，很有创意，我过去从来都听说有自知之明的人才谦恭呢。”

江天芳：“社会现象千变万化，人的现象也千变万化，自知之明的自信是一种独特的魅力，你就是这种独特的人。”

石智明大笑了：“哇，吹捧过度了吧！我这么优秀的人，怎么让你妈妈不辞而别呀？”

江天芳稳稳一笑，她明白石智明是一定会提出这个问题的：“妈妈才被你的优秀晕了呢，她看到你忙得不可开交，而且还是忙得乐在其中，就不打扰你了。不是让你的秘书转告了吗？”

石智明对这个回答倒有点意外，他瞧着江天芳好一会儿，把江天芳也瞧得有点诧异。石智明很认真了：“天芳，你妈妈这一次来这里，肩负任务吧，她没有留下意见？”

“此话怎讲？”

石智明注意到江天芳也有点认真：“……你是你妈妈的命啊，她是你的护命全权大使。”

江天芳也笑了，她站了起来，举起酒杯，恰到好处地动了一下身子，风情洋溢，然后边说边走到石智明这边：“智明，这不好吗……妈妈的关心嘛……我是被宠爱的，怎么样啊？”

“你说，你妈妈对这里满意吗？”

“满意。”

“对我满意吗？”

“这只需要我的回答吧。”

石智明侧斜着身子，仰看着江天芳：“明白了，我已经让你满意了……

来啊！”

江天芳倒入了石智明的怀抱，一只手高高举着葡萄酒杯，丝质衣袖滑下来，圆润和玲珑的手臂晃着，也晃着葡萄酒和葡萄酒的红。

灯红酒绿的光晕，这是在英皇会所门前。

戴露驾驶着橙色的甲壳虫开上门前广场停下。她兴致浓郁地跳下，步上台阶，朝大街上望去。台阶上不乏俊男靓女擦身而过，但是戴露的姿态很出众，与空姐的训练有素有着一定的联系。

黑色的雷克萨斯以21世纪的速度前行。罗大河驾驶着，他的副驾驶座上，坐着小个子机械师。

银灰色的帕萨特也以21世纪的速度前行。张莹莹驾驶着，车上坐着她原来乘务组的姐妹。

两辆车几乎一前一后开在大街上。

戴露看到了黑色雷克萨斯驶上门前广场。

她从台阶上飞奔而下，美丽的动作晃了很多人的眼。

罗大河跳下雷克萨斯，戴露眼睛放光，但是小个子机械师也跟着跳了下来，她瞥了他一眼，戴露的眼神变了。

在场的三个人都没有想到的是，银灰色的帕萨特给他们又带来了一个意外，张莹莹和三个女伴的出现，使戴露、罗大河、小个子机械师的表情又换成了另外一个模样。

张莹莹和罗大河此中心里五味杂陈。

还是直爽的戴露嚷开了：“哇，太好了，真是有缘分哪！来，我们进去，今晚我们就唱个不休。走啊！”

罗大河：“太好了，走！”

罗大河的这个很男人的口吻，遭到了戴露的白眼。

走在最后的张莹莹瞪了一眼小个子机械师，然后大步跟了上去。

此刻，秦芸到家了，屋子里很整洁，她过去看看健身小间，地毯上没有铺盖，她又去看看卧室，床上也很整洁，被子还掀开一角。

床头柜上，江诗丹顿没有了。

秦芸回头进了厨房，拿出两套碗，又走到客厅，铺好白色的台布，把碗放在桌上。这时，手机的信息铃响了，她翻开机盖。看到手机信息上的文字：“我今晚飞三亚，那里发现一个苗子，领导让我再去做工作。”

秦芸自嘲地一笑，看看白色的台布上的碗具，秦芸又歪歪嘴。

第五章

皇英会所 KTV 厅里，罗大河站在那里唱歌，很潇洒的样子，在座的被他称为“美丽双翼”的女人一定感受到了。他的嗓音果然高亢，一曲《北国之春》，让桌上的酒杯也微微颤动。

戴露端起酒杯，一饮而尽。

张莹莹看看她，竟然有一点怜惜，这种情绪是很自然的朋友的表达，张莹莹明白，戴露是不需要怜惜的。

小个子机械师端着茶杯，做局外人状。

张莹莹的小姐妹更是沉浸在快乐之中。

由此可以说，每个人的内心世界，其他人其实都很难抵达。

门口，霓虹灯的旋转依然如火如荼。

远处已经灯火阑珊。

戴露站起来：“我来唱一首老歌，读中学的时候我经常唱，很多年不唱了，今天突然特别想唱，叫作《其实你不懂我的心》。”

戴露的眼光落在罗大河身上，罗大河是有感觉的，他于是带头鼓掌。张莹莹见了，脸上浮上一丝浅浅的笑。

音乐的前奏响起。

戴露找到了感觉，依然容光焕发，很自信，还朝张莹莹眨眨眼睛。

熟悉的歌词在戴露的唇边流淌：

你说我像云捉摸不定
其实你不懂我的心
你说我像梦忽远又忽近
其实你不懂我的心

你说我像谜总看不清
其实我永不在乎掩藏真心
……

很显然，在座的张莹莹和罗大河都对此有着特别的理解。

小个子机械师基本上是云里雾里，但对戴露的情绪有着自以为是的感觉，不过他总是在朦朦胧胧间也瞟一眼张莹莹。音乐传达着的暧昧在装饰豪华的包厢里浮浮沉沉。

张莹莹从自己的姐妹身旁站起，又悄悄地落座在小个子机械师身旁，恰好与罗大河对视，他们的目光在空中纠缠，最终，罗大河闪避开去，他抬高了眼光。

戴露还在唱，“其实你不懂我的心”是她此时此刻对罗大河的追问。

小个子机械师悄悄贴近张莹莹：“你们‘玫瑰双娇’果然形影相随，太壮观了……嘿嘿。”

张莹莹笑了：“壮观，哈，这个词用得好……你好像也和罗机长形影相随嘛。”

小个子机械师继续低声：“大河隆重邀请，哥们儿愿意奉陪。”

张莹莹意识到什么，神情上明显多了一点明朗。

一曲终了，掌声响起，当然是罗大河带的头。戴露落座，几乎陷入了沙发，把手中的麦克风往沙发上一送。张莹莹起身去点歌了。

长长的沙发上，罗大河侧身，端起了酒杯，戴露也坐直了身子，端起酒杯：“喝。”

罗大河：“等会儿要开车的，有个祝贺的意思就行吧。”

戴露却一口喝了下去。

张莹莹：“戴露，我告诉你，今天只能喝这一杯哦……听我来一曲吧。”

戴露：“美酒当歌，我心里有数。你好好唱，我们‘玫瑰双娇’就是什么都行，呵呵。”

音乐声已经再次响起。

月色皎洁，从落地玻璃窗斜映进来，客厅临窗的小平台上，有两张曲线优美的躺椅，边上一些错落有致的摆设，在月光的映照下别有一番意境。

躺椅上穿着浴衣的人也自在此优美的意境之中。

石智明："天芳，这就好了。你妈妈也来验收过了，你该签字了吧。"

江天芳一喜："签字，需要我来签字吗？"

石智明："嗨，怪不得有人说恋爱中的女人是愚蠢的女人，我讲的签字自然是一个字面意思了。真正的意思是你我的关系可以确定了吧？你不是一直说要等你母亲的态度吗？"

江天芳有点尴尬，但故作莞尔："这是个先后次序的意思，我们的决定由我做啊，叫'我的青春我做主'。我让妈妈来，只是说我要把我妈妈接来住的，爸爸过世早，妈妈很操劳，我要让妈妈过幸福的晚年，她住的地方她要感到落胃才行。这样精装修的别墅可以拎包入住，环境优雅，妈妈很满意，试住的日期快到了，赶紧签字吧，我刚才以为你说的就是这个呢。"

石智明："这，我会办好的。"

江天芳看看石智明的脸色，月光的朦胧遮住了石智明的一丝丝不快，她略作迟疑："我妈妈宠女儿宠得厉害，也把女儿当成她的私有财产，但妈妈又很明晰，女儿要孝顺她她可以接受，她有再多的艰难也不会去依赖谁，但有女儿可依赖，她也落得高兴依赖。所以我想啊，智明，这幢别墅就我去签字吧，我是户主，反正是我们的温柔富贵乡，花柳繁华地。妈妈呢，她的感觉就是住在女儿的房子里，我了解妈妈，这样做，好。"

石智明坐了起来，他先前的一丝丝不快显然不是只有一丝丝了。他很想说什么，但看着倚躺着的江天芳，他可能觉得这个水一样的躯体里怎么搁得下那些算盘，哪怕是小小的算盘，就转而一笑："这还不好办？到时你去签就是了，你呀，还是你妈妈呀，有点多此一举，住女儿房和住女儿女婿房有什么区别吗？真好玩啊，不过我们不能要求我们的长辈，你去签。"

江天芳斜倚的躯体颤动了一下："呵呵，住在女儿的房子，还不是天天要看到女婿的呀，上海有句俚语，叫丈母娘看女婿越看越欢喜，你太太又不会飞的呀。"

石智明又躺下来，仰望着窗外的月亮："这些事统统不会在我的脑海里。父亲创下的基业，到我手里有了这么雄厚的物质基础，我一定要创个世界级品牌出来，一个为美女们服务的产业。你这个美女要英勇献身哟。”

江天芳：“已经献给时装设计师啦，何止英勇，是奋不顾身啊。不过我也得有我自己的工作岗位，国际运动大会九月后就结束了，智明，今天玫瑰航空公司来我们训练营，说是要从我们这些人中挑选空姐，好像还特别看上了我。当空姐，过去高中时想过，你说行吗？”

石智明：“哇，你刚才不是说不会飞吗，真想去飞啊？”

江天芳：“又来耍贫嘴了！你说嘛，好不好？”

石智明：“青春你做主，工作也你做主。我不是你妈妈。我看你可以去，不过我有两个请求：一是做头等舱空姐，以后我坐飞机，由你为我提供服务；二是发现空姐中最适合穿着丝质时装的美女，能穿旗袍的更好，发现一个给十万元奖金，怎么样？”

江天芳被逗乐了：“哈，要太太帮自己去发现美女，我才不干呢。其实我也弄不清，你到底要发现一个怎么样的美女。”

石智明：“是啊，到底是个怎么样的美女……”

月色暗淡，有云层卷过来。

屏幕的画面上，水墨画一般地漫溢润泽，像月光下的水，也像水面上的月光，还有云层。

前奏音乐响起，是流行歌曲《你知道我在等你吗》。

很伤感的歌词，罗大河很熟悉，面对两个已经对他表露过心曲的女孩，内心的兴奋和选择的彷徨都在告诉他，此时此刻只能保持冷静。小个子机械师看他一眼，很诡秘也很甜蜜。

张莹莹唇边的歌词也款款流淌：

莫名我就喜欢你　深深地爱上你
没有理由　没有原因
莫名我就喜欢你　深深地爱上你
从见到你的那一天起
你知道我在等你吗

你如果真的在乎我
又怎会让无尽的夜陪我度过
你知道我在等你吗
你如果真的在乎我
又怎会让握花的手在风中颤抖
……

这样的歌声似乎是戴露和张莹莹一种共同的心声，罗大河的眼光在两者的身上徘徊：戴露的侧影，张莹莹的侧影；张莹莹的面庞，戴露的面庞；戴露眼神中的倾诉，张莹莹眼神中的倾诉……

戴露突然站起来，和张莹莹一起唱着。

“玫瑰双娇”在灯影里的晃动连着歌声的缠绵悱恻，逼人的娇媚看来很难阻挡，罗大河站了起来，走向门外。戴露发现了，她突然停了下来，刚想走，小个子机械师却跟着罗大河也跨出了门外。戴露又收住了脚步，倒在沙发上。这一切，张莹莹看着，她没有走神，仍继续唱着：莫名我就喜欢你……

她的三个小姐妹听得很投入，但也有点莫名其妙。

在走廊里，罗大河站住了：“小个子，你去把车开到门口，然后就冲进门来说，机组有事。我们走，这样下去要出事。”

小个子机械师：“嗯，麻烦越来越大喽……我的罗……”

罗大河：“啰唆什么，快去。”

张莹莹又一曲终了，停了下来，罗大河推门进来了。

戴露鼓掌，又想端起酒杯，罗大河把她摁住了，用眼睛狠狠地盯了他一眼：“不是说好的只喝一杯。”

戴露：“再一杯啤酒而已，有那么讲究嘛！莹莹，祝你演唱成功，我们喝……你要先说谢谢 CCTV，谢谢 MTV，哈哈。”

张莹莹没有阻拦，她只是默立一旁，看着戴露和罗大河的某些微妙的变化……罗大河这回转过身，向着张莹莹，把她当成知己似的挤挤眼：“你

的好姐妹你负责啊。”

被当成知己，让张莹莹有瞬间的满足感，但不知道为什么，她还觉得有必要这样说：“今天是戴露请的你们俩，应该由你们好好负责任吧。我还有这儿我请的姐妹呢。”

罗大河大笑：“好，大家都不准喝，听我来一首流行的，谁说我只能唱老歌。点一首周杰伦的《简单爱》。”

这倒让戴露和张莹莹包括她的朋友都有点惊讶了。

好像减了一层灯光包装，这个夜晚，到了意兴阑珊的时候了。

小个子机械师把雷克萨斯吉普开到了台阶旁，跳下车后往台阶上奔去，奔到大门时，有一大批夜店客人出来，他凭借灵活的身体，从人们的缝隙中迅速钻进大门。

罗大河的歌声与歌的内容居然还统一了起来，看得出他是投入的。戴露、张莹莹和她的朋友都沉浸在他的歌声渲染的情绪里。小个子机械师在罗大河唱的时候进来了，他没有坐下来，面呈焦急之状。罗大河还沉浸在歌声中：

我想就这样牵着你的手不放开
爱可不可以简简单单没有伤害
你靠着我的肩膀
你在我胸口睡着
像这样的生活　我爱你你爱我
想简简单单爱
……

罗大河唱着唱着走神了，回头发现已经进门的小个子机械师，他盯了一眼，小个子机械师会意，上前与他耳语，罗大河突然收住了歌喉：“好，有紧急任务，我的‘美丽双翼’，我得走了，你们还玩吗？”

戴露已经站起：“罗机长，美丽的双翼没有了主干，也是飞不起来的，嘿嘿，走，买单。”

小个子机械师：“我已经买了。”

张莹莹：“罗机长，你的任务也太重了……”

两位向罗大河表达过爱意的美女，现在的每一句话都让他立刻明白里面的含义。罗大河向她们说“走”，眼光的落点却越过了戴露和张莹莹。在屏幕上的周杰伦下方，还有歌词在滚动：“想简简单单爱，想简简单单爱……”

夜已深，温馨小酒馆内还晃着幽幽灯火。胡英子趴在地上擦地板，看上去柔弱的身体因为沉重的动作让人好生怜爱。汗珠子不断掉下来，她脸上、脖子上的肌肤越发显得晶莹剔透。大概是地板上有很重的油迹，她卖力地擦着，让人怜爱的美丽在这个深夜孤独地开放着。

她的妈妈，其实应该说她的婆婆，也在麻利地收拾着，从店堂到包厢到里间。

厨房里步出了顾师傅：“大妹子，走了，你今天第一天在这里张罗，我过来看看，都还顺溜，我就放心了。以后一般就不过来了，你多多保重。”

婆婆鞠躬：“谢谢大师傅，谢谢。”

顾师傅：“不谢，要谢你这个好闺女小英子。”

这么说着的时候，他已走到洗拖把的胡英子身旁，放低了声音：“英子，我走了，有什么事一定跟我说啊。不要让二老急坏了身体。”

胡英子点点头，汗珠子又抖落了几颗。

通往里间的走廊口上，婆婆想起了什么，泪水默默流下。

这时，在航空城中央商务区街道上，一辆普桑开到了一条小弄口，停了下来。车窗摇下，我们见到了小个子机械师，往里弄内看过来。

弄口的一侧墙上，有“温馨小酒馆”的灯箱，现在灯光已灭了。

温馨小酒馆楼上房间里，胡英子已经脱下刚才当工作服穿的运动衣，又穿上了牛仔和旗袍领的紧腰短袄，月白色的，使此刻的胡英子又传统，又时尚。细眉细眼的她朝婆婆笑一下，背上了小包。

“娘，我走了，你也睡了，明天要赶早。爹那里都安顿好的，你管自己休息好了，我走啦。”

“我没事的，精神着呢，有这个小酒馆忙忙，我还带点劲呢。快回去睡，明天有航班。”

“是啊，明天出航。”

街道弄口，小个子机械师从车上跳下，迎上出了里弄口的胡英子。

胡英子略一皱眉，跳上了车。

胡英子有一点轻微的埋怨：“我爸爸来治病，妈妈也来了，不是说好你不要再来等我了吗？真的，你以后不要来了，影响不好。”

小个子机械师已启动车子：“自从发现了你这个秘密后，我就放不下，你又不让我讲，只好充当英雄保护一下柔弱女子。我怕什么影响，老帮菜了，你不必担心，走啰。”

“就怕影响你老帮菜嘛，嘻嘻。”胡英子收住笑，从后座向他斜瞟了一眼。小个子机械师明白胡英子的意思，呵呵一笑而已：“走，早点到家，明天你们飞南方，我们飞北方……”

普桑驶入被称为玫瑰村的宿舍区。

月色深沉。

又一次出航了。秦芸乘务组的空姐们在自己的岗位上迎候客人。秦芸和胡英子在头等舱，戴露、张莹莹、林小洁和其他空姐在经济舱。暂时还没有上客，空姐们在座位旁伫立，清晨的阳光从小小舷窗横溢进来，构成了一个独特的室内风景。这些在生活中有着各种各样境遇的漂亮女人，在统一的着装下，作为统一的空中小姐形象出现了，她们的微笑又和纯净的空气连在了一起。

乘客们开始登机了，首先进入头等舱的客人中又出现了很有风度的方波浪，虽然还不知道他的身份，秦芸却已经很熟悉这位经常在头等舱出现的客人了，微笑间方波浪稳稳入座，他的眼光又在打量侧着身迎接客人的秦芸。

经济舱的客人向机舱深处走去，远远地能够看见戴露、张莹莹、林小洁的身影，远远地也能看见林小洁在招呼着一个让她感到非常惊讶的熟人，而她的神态透露着巨大的幸福感。

是的，这个人就是林小洁苦苦寻找了四五年的初恋情人朱运良，这个二十岁出头的小伙子，已经是国内最年轻的园艺师了。他也发现了林小洁，捋了一下前额的长发，大声喊了出来："小洁！"

林小洁用手指在自己的唇边嘘了一下，本意是告诉朱运良，现在安静。朱运良会意的却是飞吻，所以他也抛了一个飞吻。

一旁的老爷爷盯了他一眼。

朱运良终于走到了林小洁身旁，没想到他的座位就在林小洁伫立的一旁身后的C座，他坐下了，又抬头望着一米六八的林小洁。很显然，林小洁的面庞如一轮皎洁的清月，看着前方微笑，兴奋的朱运良悄悄伸手，扯了扯林小洁的裙沿。

林小洁感觉到了，俯身低语："坐好了，不要吵。"说完她又挺直了腰，挺起了胸，站着迎接客人们从她的身旁走过，不时地点头微笑："欢迎大家。"

朱运良还抬着头，嘴里在复述着"不要吵"，他看着林小洁，很放松地笑了。他突然明白了自己为什么老是下意识地重复着"不要吵"，五年前的林小洁也总是对他说"不要吵"。

林小洁的眼眶里此时已盈满泪水，看着乘客慢慢落座。

头等舱内，胡英子正俯身寻问："方先生，需要喝点什么？"

"一杯矿泉水。"方波浪后来解释过，他知道飞机起飞前是不可以要咖啡的，但是他万万没有想到，秦芸这时给他端来了一杯热咖啡。

"不是不可以吗？"

秦芸一笑："方先生的要求已经重复过好几遍了，一杯咖啡，外加一杯矿泉水，我们发现了也记住了你的需要。请。"

方波浪完全被镇住了，他也有他熟悉的发现啊，这就是眼前这位优雅的女人，他很想表达自己对她的兴趣，胡英子送上的矿泉水打断了他。而秦芸已转过身子，向头等舱操作间走去。他望着秦芸的背影，一头夹带银丝的短发稍稍有些颤动。

秦芸在广播了："女士们，先生们，本次航班马上要起飞了，请各位系好安全带，关闭手机，我们共同的航行就要开始了。"

从方波浪的角度望过去，秦芸工作着的神情似乎更加迷人。看得出来，方波浪有一点兴奋。

秦芸的声音也在经济舱内回响。

戴露、张莹莹、林小洁等人在走道上巡看，这是起飞前的规定程序。

林小洁走到了朱运良身旁，弯腰指示朱运良系好安全带。朱运良系着安全带的时候，林小洁附在他的耳旁低声交代："再次告诉你，我们在机舱只能带着纯净的空气，下飞机时我在出口处送你。"

朱运良想了一下，竟用手指点了一下林小洁的嘴唇："我们园艺师最喜欢纯净的空气了。"

林小洁自然听懂了，悄然一乐，眼睛里的激动难以抑制。她转身跑向尾部。边上的几位乘客蒙了，包括那位老爷爷。

在尾部操作室，林小洁靠在一角，用餐巾纸轻轻地压着眼睛，也压压她的深呼吸，巨大的幸福感和命运的不可知使她有点茫然。大大的泪珠又涌了出来。

一些没有关系的事情往往会叠加起来。这个时候，有人匆匆跑近塔台，向值班总指挥报告了杭州突降大雪，正在清理跑道的情况，请示航班是否推迟起飞。

"推迟，调到西区停泊。"

转动着的雷达，银光闪闪。天空瓦蓝瓦蓝。庞大的波音 747 缓缓地停了下来。

在头等舱操作间，秦芸的眉头一紧。这个时候的熄火意味着延误，机舱内的沉闷使得一切皆有可能。她一转身，又与方波浪的目光在空中相遇。

这个时候，秦芸的脸上有着异常的冷静。

在经济舱操作间，经验丰富的戴露和张莹莹都感觉到了延误的信息。也许昨夜两人都有点累，现在两人都坐在伸缩椅上，互看一眼闭上了眼睛。很快，两人又睁开了眼睛，她们当然感到了问题的严重性，站了起来。林小洁已经完全是一副工作的神态，径直走过朱运良的身旁，迎向从头等舱走过来的秦芸。

南线全面停航，想象中的混乱一定会发生。在地面塔台，总指挥正在发着指令："南方大雪，三个小时内不可能清理出跑道，所有飞往南方的飞机一律等待。候机厅已经人满为患，所有已经登机的航班一律在飞机上等候。候机厅的机场服务员进入一级准备，飞机机舱的乘务员进入一级准备。后勤部门全力以赴，所有当班的统统给我压上去。"

他身旁端着水的秘书知道情势严重，不小心打翻了托盘上的水杯。

水，淌下来。

这不是想象中的混乱，混乱正在发生。在机场候机厅，很多人挤在一起。很多人在往头等舱休息室拥。很多人在咨询台前，结果所有的咨询都听不见回馈。

这种混乱也发生在波音 747 的客舱里，头等舱的门帘突然被掀开，拥进来十几个经济舱的乘客，林小洁在拦，却怎么也拦不住了。就这样，一群人围住了秦芸和胡英子，还包括"我们要下去，要下去"的喊声。

头等舱的方波浪一惊，放下了手上的咖啡杯。

秦芸平稳地说："请大家一定放心，我们会做好所有的服务工作，纯粹是气象原因，我们愿意和大家一起等待，需要什么帮助尽管提出来。"

有乘客大嚷："我们的需要你们飞机上没有，为什么不马上起飞，你们怎么在管的？"

还有这样的声音在重复："既然要延误，为什么要让我们上飞机，我们要下去。"

又有几个经济舱的乘客挤进来，有了更难听的声音："要么快快退款，我们不坐飞机了，总可以吧，我们的需要你们解决不了……你们定不下来，叫你们的领导到飞机上来。"

秦芸在这个当口，挤出人群走到操作间一侧，从电话里要求对方："迅速加送全套饮料，矿泉水再配送十箱，还有，需要大批杂志，最好是《浙商》和《品位》杂志，有多少送多少吧，快！”

这一边，烦躁的乘客还在烦躁中。

胡英子在劝着：“……大家静一静吧，航空管制的事情我们也左右不了，大家静下来，需要服务我们提供，耐心地等待一段时间吧，不要再闹了。”

她说到最后，都有点哭音了。

有个一脸坏笑的男人凑近胡英子，低声地：“太憋气了，我想要你提供服务呢，你能行吗？”

这个一脸坏笑的男人可能没有想到，胡英子会很平静地和他笑笑，笑得很正常，也笑得很有尊严，一直让这个男人把坏笑收了回去。但是周围仍在一片喧闹声中，秦芸回到头等舱。有几个经济舱的乘客索性坐在了头等舱的空位上。胡英子走过来：“对不起，请你们回自己的座位。”

“那就飞啊，要不我们就在这儿了，不可以吗？我们买了票就想飞的，是你们让我们坐坐坐的。”

方波浪站了起来：“乘务员，让他们坐吧，不碍事。”

胡英子：“我们有规定的。”

方波浪：“现在不是有特殊情况吗？让他们坐吧。”

方波浪说着已经走出座位，在人群外发出了他富有磁性的声音：“大家静一静，静一静，我也是乘客，我来说说我们乘客的话。刚才已经广播，南方是遭遇了百年一遇的暴风雪，我也是一早才知道了预报，本来是一般的雨雪，要在傍晚才有可能出现暴风雪，现在看来提前了，我也失去了大雪下观察地上活动的机会。这是突如其来的大自然的袭击，决不是人为原因，我们没有必要埋怨航空公司。据我的观察，航空公司为了我们的起飞，在积极联络，也正是为了争取早点起飞，才让我们在飞机上等候的。这是春雪，只要及时铲除，我们仍然可以起飞！”

这是入情入理，也很有说服力的、很明白的劝说，客舱内果然安静了下来。秦芸透过晃动的人头，看着抑扬顿挫、把握有度的方波浪。慢慢地，一层晶莹的东西在她的眼睛里闪光。

经济舱内，林小洁也被几个乘客围着，她依然平静地、语速和缓地说："各位，我们大家还是安静一点好……你看，又送来了一大批杂志，还有饮料和点心，机上的闭路电视系统也一直打开着，你可以选择看你喜欢的节目。大家安静地度过一段时光，是不是比焦躁和喧哗更好些呢？"

戴露和张莹莹在分发杂志，也把她们的微笑留了一路。美丽有时无声胜有声。

坐在朱运良身旁的一个胖胖的中年妇女站了起来："安静安静，说什么安静安静！航空公司没辙了，叫我们安静，我们不要安静，我们要回家，你一个小姑娘知不知道我们的着急啊！说那么好听干什么！"

林小洁还是一样的平静，一样的语速，一样的微笑："这位阿姨，我能理解你，我只是提个建议，很多时候我们都会碰到这些意外，我想安静总比焦虑好。阿姨，你说是吗？"

胖胖的中年妇女向前倾着身子："我要飞你知不知道，烦死了，哪像你们这样简单，打扮得漂漂亮亮，就可以啦，我们的生意要……"

朱运良有点听不下去了，他站起身挡了一下胖胖的中年妇女："不要吵了，好吧，人家总算苦口婆心了，也就是让我们耐心点啦，你这是干扰了我们的安静时光，你懂吗？"

林小洁倒有点急了，走近了几步。胖胖的中年妇女翻了白眼："哎，你说怪不怪，关你什么事……哦，她是你女朋友啊，嘿嘿，别妄想了，有这么不争气的男人呀，我还从来没有见过呢。奇怪。"

她这么说才有点奇怪呢，周围几个乘客都对她斜了斜眼。

朱运良稍有停顿，突然很认真地对着胖胖的妇女："可以正式告诉你，这位玫瑰航空公司的乘务员林小洁同志，就是我依然深深爱着的女朋友。"

林小洁完全没有想到他会这么回答，很意外，但竟有一种幸福感袭上心头，这一会儿她再也无法保持只有纯净的空气了，整个心间只有浓浓的甜蜜了。

胖胖的中年妇女不以为然，还从鼻孔里吹出一个蔑视来。不过接下来她也完全没有想到，林小洁俯身对她轻轻地说："他是我的男朋友，我替他向你表示抱歉，他不应该这样讲你，对不起……运良，临时调整你的座位，跟我来，你坐后面的空位去。"

朱运良调皮地一乐，既对林小洁，也对胖胖的中年妇女。

胖胖的中年妇女完全疑惑了，看着向后走去的林小洁和朱运良的背影。

过道的远处，戴露和张莹莹已经发完了杂志，回身走过来，远远地，也能感到微笑的温暖。她们和林小洁、朱运良交错的时候，张莹莹稍有诧异，林小洁附在她的耳旁低语："我发现并且抓住我的男朋友了，他乱说话，押他到后排就座。"

林小洁说完继续推着朱运良往前走。

张莹莹也完全傻了，看看身后的戴露，一下子又笑得非常灿烂。

灿烂常常在生活中不经意地发生。延误的风波很快过去了，波音 747 到达了目的地。在一个合适的地方，朱运良和林小洁的拥吻在分别五年后重新开始了。当朱运良背上的包落地的时候，林小洁像忽然清醒一样地挣脱了朱运良，把朱运良的名片小心地在口袋里放好："运良，我必须马上回去，乘务长给了我五分钟时间，反正你后天回来的，回来后给我打电话。"朱运良又一把搂住她："没想到终于找到你了。我下午改机，我今天就要飞回去。"

林小洁笑了，有点晕。

窗外大雪飘飞，秦芸乘务组的空姐们在机场乘务员休息室里。从窗口望出去，灰蒙蒙的天幕倒有一些雪天的空透。

"这样的天，机场能清理出跑道不容易啊。"

"南方的初春有这样大的雪，少见。"

大家议论着，戴露有点打不起精神，靠在沙发上。张莹莹坐了下来，望着窗外呆想。胡英子走到戴露身旁坐下，低声地："累啦，东都房产的大公主，我知道你又在想谁了。人家长春据说反倒阳光灿烂呢。嘻嘻。"

戴露抬眼看看，又看看腕上的小金表，忽然掏出了手机。

张莹莹也站了起来，走到一边的窗前，也掏出了手机。

胡英子在窗前呆想，其他空姐在翻阅杂志。

罗大河站在阳光灿烂的长春机场机组休息室窗前，手机信息声响了。

他翻盖查看。

手机屏幕文字："落地长春了吧，要的就是简单爱，小心我的报复。戴露。"

换一屏，又一行文字："雪中杭州，遥望长春。张莹莹。"

罗大河重重叹一声，他关上手机，伸开双臂做着扩胸动作，又低头打开手机，他想了一会儿，又关上手机。他转过身来，见到小个子机械师，盯他一眼。小个子机械师像明白罗大河的心情似的，嘻嘻一笑。

罗大河想了一想："今天回去，找个地方喝酒，就我们俩。小个子，找个清静的地方。"

"好，我发现了一个僻静的地方，我们去喝一杯，全家常菜，怎么样？"

"家常菜好，我喜欢。"

在机场乘务员休息室，林小洁推门进来，她回来了，笑得纯纯的，脸上的兴奋还是显而易见。张莹莹迎上："小洁，祝福你。"秦芸上来搂了一下林小洁："多好啊，他就是你说过的心里的人吧？你的那一位'猪哥哥'？"

林小洁点点头。戴露和胡英子也都向林小洁投过去艳羡的目光。

张莹莹："怎么会那么巧啊。"

戴露放好了手机，做了一个深呼吸，然后与这几个熟识的小姐妹圈坐在沙发里，好像暂时放开了她的烦恼。林小洁想着想着又笑了，笑得很甜蜜。戴露问她："多甜啊，我们单纯的小洁妹妹，情人的邂逅，天下第一等美事，归心似箭吧。唉，你们几年不见了？"

林小洁回答："高中毕业后他就去了英国读本科，四年，学的是环境艺术，现在做园艺师，他说去年就回来了，算起来快五年了。"

戴露又问："那你们不会用电脑联系啊。"

林小洁再答："那时候我们两家都在温州，是邻居，他走的时候我还没有邮箱，忙着考大学，妈妈不让我玩电脑。后来我们又搬了家，再后来爸爸妈妈换了工作，我们离开了温州，失去了联系。没想到……今天终于等到了。"

秦芸听着林小洁的述说，也听出了林小洁内心的喜悦。她也真诚地替林小洁高兴，拉住林小洁的手，拍了拍。林小洁知道这是大姐的祝福，点着头笑。

“我看保管是爸爸妈妈看出你们的秘密了吧？”戴露打趣。

张莹莹却认真地说：“真好，小洁，你们经受的考验像一个现代童话，但真是值得。你看你刚刚正式走上第一线，一个你等了多年的男人就送到了面前，真好，不用费心去寻找，只要耐心去等待，真好。”

戴露走神了：“你看莹莹都为你激动了，说了那么多‘真好’。”

她和张莹莹其实都有点感慨，为了同一个男人。

胡英子细声细气但颇觉奇怪：“那你们在高中的时候就谈恋爱了？胆子好大。”

戴露不以为然：“哦，高中时候谈恋爱就不纯洁啦？”

胡英子忙着解释：“我不是这意思，戴露姐好性急，我是钦佩小洁的敢爱呢。”

林小洁坦然：“其实也没有那么复杂啦，他要去英国，我说我等他回来，他说要我等他，就这样。真怪不好意思的。”

“还是莹莹说得好，就是一个现代童话。”秦芸说。

这个话题在这样的一群美女中展开，总体上给了大家更多的温馨，尽管感受不一。

窗外的雪空，有了更多的透亮。

这个现代童话的男女主人公回来了。一辆黄色小皇冠急速驶来，在公园门侧的停车场停下。林小洁跳下车就向公园门口冲去，从公园粗粗的木头门柱旁蹿出朱运良，向林小洁奔来。他们不顾一切地拥抱了，他们不顾一切地相吻了，有“运良运良”的呼喊，也有“小洁小洁”的召唤，有路人在闪避，也有人欣赏地看着他们。

朱运良拉着林小洁往公园深处跑去，空中飘荡着朱运良的声音：“这就是我回国后参与设计的第一个园艺作品，这里埋藏着我对你的寻找，你看，那坦坡如流畅的海，弯桥如突起的浪，是我们小时候一起做过的梦，你再看，那边沿地带有遮住水泥结构城区的隔离带，看过去如奔腾的蓝天白云，像不像我们描述过的大海，你看你看，公园的茶室和长廊没有任何中式楼台的痕迹，远看过去有着帆船点点的意思。这就有地中海的风味了，小洁你想起来没有，我们那时候看地球仪的时候……”

空中也飘荡着林小洁的声音：“这么漂亮的地方我都不知道啊，不过即使我来过，也不会想到这个地中海公园是你想着我而设计的呀。”

朱运良在草坡上一倒，拉着林小洁滚了下来，他们再一次拥抱了，紧紧地拥抱着。

朱运良的房间里，林小洁几乎像挣脱一般，跑到了床的一角。

朱运良慢慢地也坐起来，喘气声很重。

林小洁：“啊，运良，你这是暴风骤雨呵！都去了四年英国了，怎么一点儿也不绅士呵。”

“再绅士也架不住这四五年的等待啊。”朱运良突然跳下床，从桌上的小盒子里拿过一个U盘，交给林小洁：“你去看看，我在电脑上写过那么多的邮件，可我不知道发往哪里，我等啊等，等到了今天啊。”

“嘻，还解释干吗？你还那么傻的，真好。”

“不，我不会再傻了，我要盯住你，不能让你再跑了。”

“我从来没有跑过啊，运良，以后我也不会再跑的。那时候爸爸不喜欢你，是爸爸的事，可我等你。我把等你的事和我们的乘务长芸姐说过，她还说我在等我的‘猪哥哥’呢！现在，我也知道了并且证实了你这些年也在等我。运良，我们多幸运呵，我们要记往这一天。”

“小洁，答应我，今晚不走了。”

“不，我要回宿舍的，运良，我爱上你，我也会把自己交给你，今天我都幸福得晕了，我有点手足无措，我不知道行不行，太快了，我……”

朱运良又上前把林小洁抱在了怀里，他弯下头埋向林小洁的发间，他的声音越来越低；“不快啊，那么多年啊……小洁，你不要动不用动的，让我来，一切都听我的……”

林小洁纤细的手臂无力地垂了下来。

有两个男人也回来了，在温馨小酒馆的包间。

罗大河已经喝得有点过量了，男人的此种彷徨其实是自得和欲望的不可调和，小个子机械师心里很清楚，不过看着好朋友受煎熬也真是不忍心。

“再喝一杯，这里的家常菜可口，放开喝吧，反正明天轮空。”

罗大河摇头：“不想喝了，再喝也是酒。”

“难道还能喝成美女？如果连喝酒也喝成了美女，你还能活不？两个大美女已经够让你烦了，喝酒管喝酒。”

“你才烦呢，叫你来是来烦我的呀。”

“好，听清楚了，我不烦你，是有人在烦你，一个大胆美丽、热情似火，一个冰肌玉骨、深藏火山。可都是火，都是‘玫瑰皇后’，美艳异常，独独瞄准了我们的罗大机长，嘿嘿，罗大机长英俊挺拔，堂堂七尺男儿成了招蜂引蝶的主儿，要我出主意，我看呵，两个都要，呵呵，大河，这还真成了你的美丽的双翼。都说爱情是自私的产物，一个人一生只能爱一个，我看是骗人的把戏，谁说大老爷们不能同时爱两个女人。嘿嘿！”

罗大河打断：“这是馊主意，罚你一杯，喝。”

“那不成，你也得喝，可是为你的事儿在绞尽脑汁。”

罗大河又举杯：“喝，我喝。”

门帘轻轻掀起，露出胡英子的婆婆关切的脸。不一会儿，门帘就放下了。

小个子机械师其实是不想罗大河再喝了：“哦，不不，你不喝了吧……呵，喝得好，要不我再献上一计，两个都不要。”

罗大河一愣，反而提了精神：“怎么讲？”

小个子机械师异常清醒：“你看，这‘玫瑰双娇’确实都是好姑娘，戴露性格直爽很阳光，张莹莹优雅体贴很周全，比较严重的问题还有两位都美得出众，我看你一个都舍不得放下，解决的办法却只有一个，那就是两个都放下……嘿嘿，咱们俩私下说，在心里默默地爱着她。”

“我说过什么了，臭主意臭主意。”

“那就自寻烦恼嘛。我该回去照顾孩子了。”

罗大河醉眼蒙眬：“不，再罚一杯，不不，罚两杯，要我两个都放下，不成，罚两杯。”

“行啊，一样的道理，为你的事儿绞尽脑汁，我喝两杯，你也喝两杯。”

罗大河的眼睛已经迷茫：“好，喝，喝两杯。”

门帘又被轻轻掀起，胡英子婆婆的身边站着满脸担忧的胡英子，两个醉醺醺的男人都没有发现。不一会儿，门帘又放下了。

小个子机械师有点怕了：“别，别别，还真喝呀，大河，你是机长中的头号，不是喝酒的头号，可别逞能了。”

罗大河又接连两杯，仍然要求：“两条计谋全部打入冷宫，再说第三条来。”

小个子机械师想了想，看来他还保持着清醒：“那只能再说一条也跟美女有关的意见了。”

“讨论的就是跟美女的事呵，尽管说来。”

“我看另起炉灶，胡英子最合适你。”

罗大河一愣：“胡英子，怎么讲？”

小个子机械师依然清醒地：“这位漂亮姑娘，平时不太响，你没注意罢了，但是她细眉、凤眼、长脖子、溜肩，也就是我们平时讲的美人肩，代表了中国的传统美。三围也没问题啦，我看那叫作真性感，很漂亮啊。更重要的是她贤惠善良，我的观察不会有错，你这样风流倜傥，找一个安静小心的女子比较好……”

罗大河完全听不进去：“好你个小个子，讲不出法子索性来一个搪塞，我揍你，天下好女人多的是，来了两个我已难招架，你还想苦死我呀。”

“好好，算我白说算我白说。”

这时，罗大河的手机铃声响了信息声，接连几下。小个子机械师催着他快看：“又要重复美人逼宫、英雄气短了。”罗大河推他一把：“去你的！我还会气短。”

罗大河打开了手机，见这样的信息：“明天下午涵碧宫见，是我父亲的会所，很清静，一定来。戴露。”

罗大河回复：“欣然前往。”

换一屏，又见：“明天下午航空展览馆见，不见不散。张莹莹。”

罗大河回复，还是：“欣然前往。”

这个内容小个子机械师看不见，但他注意到罗大河已经醉态浓重，他想劝说几句，罗大河自己站了起来，恰好墙上的小窗被风吹开，罗大河刚一动步，突然跌翻在地，门帘掀开了，胡英子和她的婆婆冲了进来。小个子机械师已经在扶罗大河："你们来得正好，帮我扶他起来，我送他回去。"

胡英子盯他一眼："灌他什么酒呵，喝成这个样子……还来这里喝！"

他们扶起哼哼叽叽的罗大河，移向门外。

小个子机械师边走边说着："大河这两天有心事，陪他来解解闷，这不，有心事才这样呢……"

他们把罗大河扶到了门口，胡英子转身说："妈，你收拾了，我们公司的，我送送他们。"

小个子机械师对胡英子的称呼大为惊讶，但罗大河的烂醉使他无法追究什么，他只是疑惑地看了一眼胡英子。

他们扶着罗大河进入房间，让他躺下，把他的外衣卸了下来，刚刚盖上毛毯，醉成烂泥的罗大河突然抻直了脖子，然后就吐了一地。胡英子赶紧抱起罗大河，揉着他的胸口，罗大河睁眼看看她，笑了笑，又笑了笑。小个子机械师赶紧拿着拖把扫帚脸盆收拾。

罗大河喃喃地："你是戴……露，是……戴……露；呵呵，你是张莹莹，张……莹莹。我不行，要睡了。哦，你是胡英子，这小个子说你贤惠善良，还，还有中国，中国的美……"

胡英子埋怨："你看看，醉成啥样了，吐了这一地，还要好好收拾呢！我来弄吧，你们以后不能这样喝了。"

小个子机械师忙着点头："是是，这，胡英子，你就住在宿舍区，他躺下了，你就回自己楼吧。我先走一步了，我那傻孩子在等我呢。"

"好吧，你先回吧，我那小酒馆以后还是不要去好，记住了。"

"好，记住了，你看他睡了，收拾好了就走吧。"

"嗯。"

小个子机械师出了门后，又关上了门。胡英子俯身去擦地板，罗大河突然又支起身子，止不住自己，只好又狂吐一通。

胡英子连忙上前，递过热毛巾，又在他的背上揉搓。罗大河抬起头来，再次想看清什么，但是胡英子、顶上的灯、窗前的布帘，统统成了虚虚糊糊的一片。

航空城又迎来了早晨，抖抖晃晃的新叶间，阳光斑驳。

天边的旭日火球一般。

秦芸刚进办公室，姬水娟就推门进来：“有人说，胡英子昨晚在罗大河的房间过夜了？”

秦芸大惊。

第六章

姬水娟这么早到秦芸办公室已经让秦芸奇怪了，她的问话更让秦芸大为惊讶：“不可能吧！小英子会在罗大河的房间里过夜？你说的是……小英子？”

姬水娟坐下来：“是的，我已证实。有人在罗大河门口碰上的，小英子也承认了，确实在罗大河的屋里过了夜。”

秦芸还是不相信：“姬老师，她也承认？不不，姬老师，你最好不要用‘承认’这样的字眼儿，好像小英子真犯错了……我不相信。”

姬水娟加重了语气：“在人家男人房间里都过夜了，你还怎么的！不是错吗？秦芸，你有时候好感情用事，还是回到现实中来，好好处理吧。”

秦芸还是有疑问：“处理？那也要把事情先搞清楚再说，我会向你汇报的。”

姬水娟站了起来：“好，不过，你也要控制范围，这种事传开来不好听，就算是他们谈恋爱了，这样做，也不好。胡英子还是个乖孩子，你要好好开导她。嗨，我当这个政委，也还当这些美女的婆婆妈妈，不好当啊。当初掺和了一下你的大事，看你们现在不愉快，我也总不愉快，你也还是要多注意改善，云亭一直在努力的。”

秦芸知道自己的老师又要啰唆了，她站了起来：“好吧，姬老师，我马上去处理小英子的事。你看，还需要交代什么吗？”

姬水娟看了她一眼，有点定下心来：“好，没什么了。”

罗大河房间，门大开着，小个子机械师闯了进来。

罗大河正在镜前整理自己的衣领，又容光焕发的样子了，好像准备去开会，还特地带上了钢笔。小个子机械师满脸疑惑地观察着整个房间，房间里整整齐齐，床上床边也完全没有了呕吐的痕迹。

罗大河："看什么？肯定是胡英子仔细收拾过了。你是不是有什么东西落这儿了……唉，你快说啊。"

小个子机械师："我问你，胡英子什么时候离开这里的？"

罗大河："不知道，我睡着了。"

小个子机械师："那我什么时候离开你这里的，你知不知道？"

罗大河："我有点印象，反正是你叫来的胡英子照顾我吧，你这老哥什么阴谋，我昨天就跟你说了，我在那两个中总会选一个的。"

小个子机械师："开什么玩笑！我会把好端端的胡英子送给你服侍你？做梦去吧！是她自己撞上来的。我问你，那我走了以后，你们又干吗了？"

罗大河："什么叫'你们又干吗了'，我只知道自己又吐了，吐得一塌糊涂，然后什么也不知道了。"

小个子机械师："这么说，是胡英子自己决定早上才离开这里的？"

罗大河："真的？那就不好意思了，我一觉醒来天已大亮。那，那还真不好意思了。"

小个子机械师盯着罗大河的脸看了半天，确实相信了他的这位好朋友。他叹一声："那就是我的不好了，可我那家中离不开我啊。"

罗大河："怎么啦？"

小个子机械师："你没有出去过，大院里已经传开了，说她在你的房间里过了夜。"

罗大河："哈哈哈，这不太好玩了吗？让他们传去，传凶了，由你给我证明我的清白身。"

小个子机械师："你呀，我看你伟岸的身躯里跳动着一颗自私的心，你想想，人家黄花闺女，父母早亡，清清白白的名声，在你这个招蜂引蝶的美男子房间里过了一夜，那不全毁了？既然没事了，得还她个清白，胡英子也够辛苦了，不能为这事再害了人家。"

罗大河想定了主意，很想发表什么意见，但又什么都不说了："这样，我的小老哥，就在那个温馨小酒馆，你今晚再给我安排一个饭局，客人由我来请。你不要那么担心，没那么多是非，那些要搅是非的，让他们去搅吧，欲搅是非者，本是是非人。我马上要走了，航协有一场高峰论坛，还是我在当教官时提出的话题，他们还要我去讲一次，走走走……我看你这小个子倒挺照顾胡英子的，再去照顾照顾，就说我向她表示歉意，晚上的饭局请她来。”

小个子机械师：“那恐怕不行，你请别人可以，她不会去那里吃饭。”

罗大河：“那昨晚她不去了吗？请上她。”

小个子机械师：“你还请谁啊？”

罗大河：“暂时不告诉你。走。”

秦芸已经邀上了胡英子坐在公司的花园里：“小英子，来，坐。”

胡英子颇感异常：“芸姐，今天不都休息吗，你还来上班？”

秦芸：“在家待着也气闷，还是到这个大院来，感到很自然，有人说职业妇女是女人中最不够女人的，我们大概是最不够女人的这一群吧。”

胡英子：“芸姐说笑话吧，不说别人了，你就是最女人的，连女人都要为你的女人味吸引呢！而且就算职业妇女太职业了，咱们空姐也不能算。”

秦芸笑了：“都说我们的小英子是善良贤惠的女人，还就是的呢！我就这么看，你来了快三年吧，也二十六岁了，你这档子年纪的才最有女人味呢！你好像还没有考虑找对象吧？为什么呢？”

胡英子有点异样：“芸姐，这个前几天你刚问过我，怎么又问啊？”

秦芸找理由说话：“哦，身边的姐妹啊，总是想你们的大事儿，况且你一人在这里，家里还有老人要照顾，这不又在医院里，怕你没有时间考虑。个人问题也是大事，你有考虑吗？”

胡英子的脸上有薄薄的阴云。

橙色甲壳虫内，戴露开着车，张莹莹坐在后面，车从航空城的街道向乘务部开去。从车里荡漾开来的笑声，一听就是戴露的。

戴露：“刚才去接你晚了点，就是有人扯住我说这个事儿，你说无聊吧，我压根儿不信，罗大河不会，胡英子也不会，嚼舌头的是非精，我真想骂他们一顿。”

张莹莹：“我刚来，不过我相信你的观察、你的判断。”

戴露：“肯定不会，不然我会向罗大河发起进攻的。我告诉你，今天我们去做头发，然后我要他和我一起去选衣服，我已约了他，下午在我父亲的会所涵碧宫喝茶，再去选衣服。我一定要在旅游大使的选拔上把冠军拿下来。莹莹，这种事儿我本来不感兴趣，我是为他去参加比赛的，叫他看看我戴露的厉害。怎么样，这样有节奏一点儿吧。”

张莹莹想起了自己的航博馆的约定，一时有点恍惚。

戴露：“莹莹，在问你呢，你说是不是，那天你说追求的一方要容忍对方有个考虑的时间，我正在容忍呢。不过得不断地给他一点我在爱他的信息，你说对吧？”

张莹莹：“对吧，一个男人在做出他的选择的时候，大概是蛮难的吧。”

张莹莹的这个感叹显然是对自己在说，戴露却为罗大河好好怜惜了一回：“他难什么！我做好了全身心贡献的所有准备，只要他纵身一跃，义无反顾就行啦……莹莹，不瞒你讲，我连床上避免留下后遗症的工具都准备好了，嘻嘻。”

张莹莹：“你什么都敢说，我都不敢听啦。”

戴露：“好，不说不说。”

橙色甲壳虫驶来。在花园的路上，她们先后“劫”上了胡英子和林小洁，后两位好像都没有什么犹豫，没几句话就跳上了车。在两旁尽是新绿的路上，甲壳虫像个快乐的音符。

从车窗看进去，四个美女笑容满面。

橙色甲壳虫驶上机场高速，向城里奔去。

六分部秦芸办公室里，秦芸站起来迎接小个子机械师。

小个子机械师：“秦大部长好，美女指挥部在下很少光顾，谢谢秦大美女开恩，小个子不胜感激。”

秦芸笑起来：“都说机组的命脉大机械师最会犯贫嘴了，今日本乘务长有机会单独领教，幸会幸会，哈哈，我也贫嘴了……坐下坐下，我可是有正经事问你。”

小个子机械师：“遵命，但请赐教。”

秦芸递上水杯：“问你一件事，事关你们机组，也和我们乘务组有关。你如果知道真实的情况一定要告诉我。”

小个子机械师：“我知道了。你倒抓得紧，你一定是问昨夜胡英子在罗机长房间过夜的事吧？”

秦芸点头。

小个子机械师：“此事要我来说，也要问明白一件事，你不找当事人问清楚，为什么要问我？”

秦芸反倒对这一问题更有兴趣了，她看一眼这位体积小了一点的男人，喝口水，慢慢地表示了自己找他的初衷：“我请你来，当然知道你是罗大河的铁哥们儿，我们好几次驻外，你和罗大河可有话说了！今天传出这样的事儿，我不用相信不相信的词儿，这不重要，我只想知道事情的真相。无非两个结论，他们在谈恋爱，或者是他们因为一个什么特殊的原因在同一块天花板下过了一夜。至于找到你，我犹豫了很长时间，但最后还是决定这样做。罗大河和胡英子都是我认为很好的人，现在我又是以单位的一个小领导的身份在了解这个事，我真怕这会伤害了他们中任何一个人。如果他们真是有了感情，我不是在给他们添乱吗？如果是出于正常的原因他们只能在一起，能有什么错呢？我生怕的就是这样，所以找了你。”

小个子机械师愣了半天。秦芸的娓娓道来让他信服。这个优雅精致的女人，是从心里由内而外的优雅，有着对人生分寸的把握上的精致。这话他后来对人说过，现在他没有说，他看着秦芸，心中有一种渐渐热起来的感动。

小个子机械师：“秦芸，我被你说傻了，我不知如何报告了。有你这样的理解，我还真为大河和英子没有恋爱关系而遗憾呢。没有，他们确实没有谈恋爱。大河喝醉了，他们确实在大河的房间一同度过了一夜，我完全知道这件事情的前因后果。”

秦芸却突然摆了摆手：“你不用说了，我已经明白了，不管什么原因，都与真相无关了。不过，小英子不是不会喝酒吗？”

小个子机械师：“这就说来话长了。”

花间美发中心，戴露、张莹莹、林小洁、胡英子四个空姐全部头戴着蒸汽帽，围在一起笑谈。

戴露："英子，我一定把你拉上来，是一直就有的想法，你的发质不是太好，上岗时大家统一了发型还不太看得出，可是平时你随意散开的时候，我看得出来。常来这里做做养护，一定是有好处的，以后一头秀发迷死你那个帅哥。"

林小洁："人家还没有帅哥呢！戴露姐，你爸爸是'企业家五十强'，给我们英子姐介绍个富家子弟哈！"

张莹莹："英子好像不吃这套吧。"

戴露："要是有，我当然会做了，有钱总是好事情，有钱还不够，还要有心，有钱有心还不够，还要有能力，有能力你懂吗？哈哈，基本条件啦。"

张莹莹看她一眼，好像生怕她乱说了什么。戴露朝她笑笑，仿佛说你慌什么，我讲话会不分场合吗？

林小洁："我们良家妇女还是心平一点好，心平也就气和了。"

戴露："小洁你没有权利说话呵，你是童话里的公主，失去联系的王子也回来了，你今天做了新发型，你的王子不要不认识你喽。"

大家又笑，清脆是因为清爽。

秦芸办公室里，她还在询问："温馨小酒馆？我在航空城那么多年也没有听说过呀？"

小个子机械师："是的，在小巷深处。我也是偶然去了一次，没想到在里面厨房里打下手的是胡英子，她不到大堂来，就为了怕见熟人，我知道后她就反反复复交代我要替她保密，要不是刚才听你的一席话，知道你是这样理解人，恐怕我还不会说出来。"

秦芸："她说她这样做是为了替家里还债？"

小个子机械师："是，她说有很多休息的时候，闲着也闲着，小店老板也很照顾她，挣点工钱攒着，过年回家带去。"

秦芸："我们的收入也不少了，英子家肯定出过大事。"

小个子机械师："这我就不太清楚了，我也感觉她有心事，有点苦，所以有时间，我会去接她，送她回宿舍，听她说话，她真是个贤惠善良的人。大河这个人不会喜欢这种类型的女人，否则我还真想给他介绍呢！”

秦芸笑了：“那你说罗大河最后会看上什么样的女人呢？”

小个子机械师：“这个也不好瞎猜的，我看眼下在他面前出现的女人里，他最后恐怕要倒就倒在戴露的怀里。随便一说，不要当真。”

秦芸：“一人配一人啦。英子的事我有责任，自己的姐妹还是要弄清楚原委，我们也好帮助她。”

小个子机械师很感动地点点头。

花间美发中心内，戴露、胡英子、张莹莹、林小洁都躺在那里，长发都在平台上舒展开来，显然在进行着一种特殊护理。在她们躺着的视野里，美女们三三两两地走过。

江天芳走过来，步态飘逸，好像在走向定型大厅。走过她们躺着的整齐的粉色小床，江天芳目不斜视，在林小洁的眼前一晃，就没影了。

林小洁突然想起：“……对，是她，江天芳。”

江天芳已经做完了头发，新的发型很适合她，进了休息厅亭亭玉立。在她面前的戴露、张莹莹、胡英子和林小洁也已整完妆容，长发盘起来后，差不多是一样的发型。她们显然都认出来了，美女们不知道谁在欣赏谁，都笑了。

林小洁：“刚才晃过一个影子，我就想这不是江天芳吗，还真是你呀。做了发型，还挑染过吧，很好看。这几位都是我的同事，说起来该是我的三位姐姐了，玫瑰航空乘务大队的。”

江天芳：“各位好，到底是空姐，看不过来哦。”

林小洁：“在你们礼仪训练营，不也一样看不过来啊……那天姬政委和芸姐带我一起去了那里，想做星探呢，等国际运动大会一结束，让她们上飞机。天芳是我们最中意的了……后来去看了材料，你了不起啊，还是名校校花呢。”

江天芳笑笑，戴露、张莹莹和胡英子也注意到了江天芳的美。胡英子静静地笑着，张莹莹的目光没有在江天芳脸上停留太久，她后来说过，江天芳多少有点做作。戴露倒笑开了，上前就拉住了江天芳的手：“哇，比我们还高一些呢，来吧，我看你天生就是做空姐的料。”

江天芳为戴露爽爽朗朗的热情所感染："啊，你们都是……"

林小洁："天芳，这两位是我们公司的'玫瑰皇后'，合在一起就是'玫瑰双娇'，你也来吧，以后叫黄玫瑰、红玫瑰、白玫瑰，嘻！"

张莹莹："你就不是玫瑰啦？"

戴露："对，上我们公司做空姐的都是玫瑰。"

林小洁："我和英子的风格差不多，我们做不了燃烧的玫瑰，我们可以做静静的百合。"

戴露笑开了："就你，还静静的百合呢。"

林小洁不解地看定了戴露，戴露更笑开了，学着林小洁的口吻："哇，我等你等了那么多年……"

林小洁摁住了戴露的嘴巴。

江天芳却被胡英子吸引住了，她上前拉过胡英子的手，左看右瞧地，还转着身子看，还伸出手在胡英子的脖子上、肩上摸了一下，看着胡英子像有大发现。

戴露打趣："校花这么开放啊，小心人家把你当成'同志'。"

江天芳："不要乱开玩笑，我是得来不费功夫，一直想找这样一个美女，找啊找啊，今天终于发现了。你的眉，你的眼，你的脸型，你的长长的脖子，你的美人肩，还有你的腰臀，你的长腿，包括你的胸，太好了。"

胡英子被说羞了，便也有了一点忸怩，不是做作，而是被羞到了。可是江天芳反而有了新发现："你看看，这个一侧身一扭腰的动作，太好了，你学过戏曲？"

胡英子："在县剧团唱过两年戏。"

江天芳："你看，给我看出来了，你是搞过戏曲的。"

戴露越听越笑，张莹莹和林小洁也忍不住笑出了声。

林小洁："刚才我说了，在我们玫瑰航空个个出众，你来了不要有太多发现。"

戴露："还是我们先发现江天芳同志的吧，哈哈哈！"

江天芳还沉浸在对胡英子的欣赏中："像你这样，一定要天天穿丝质旗袍，可以是高领直抵下颏的，也可以是裸袖直至这里的，大开叉你也合适，小开叉你的小腿也合适，哎呀，你这个人一旦懂得穿旗袍……嗯，一定会把男人迷得七荤八素。”

张莹莹：“你大概在学时装设计吧？”

江天芳眯着眼笑，笑得有滋有味。

中央商务区大街上，四个空姐还在大笑，果真是有声有色。

橙色甲壳虫在车流中非常醒目。

戴露驾驶着车，控制住了自己的笑：“小英子，我们熟，说话不避人，今天是关于你的绯闻的日子，大清早有人说你钻进人家罗大机长的房间过夜了，现在中午时分，又有大美女把你好好调戏了一番，哈哈！”

张莹莹：“戴露你尽瞎说。”

胡英子：“我不信人家会瞎说呢！我昨晚是待在机长房间呢，他喝醉了，醉得不省人事，机械师让我照顾他哩。他吐得一塌糊涂，折腾到后半夜，他才呼呼大睡了，我怕他还难受，所以替他扫了房间，洗了衣服，天就亮了。看他真睡踏实了，我才走的，还告诉了飞行部的人，我还怕罗机长醒过来难受。人家能瞎说什么呢。”

林小洁：“是啊，碰上我我也会这样做的。”

戴露：“他们上哪儿喝了，竟喝成这个样子，还把你折腾了一夜。谢谢你。”

胡英子：“要你谢啥了，你又不是罗太太，嘻！罗机长已经给我打过电话，谢过我了。”

戴露：“……他倒轻松了，让别人瞎忙活。”

张莹莹：“戴露刚才不是问，他在哪儿醉成这个样子吗？”

胡英子：“就航空城的一家店里，我也恰好路过。”

张莹莹：“那罗大河罗机长碰到什么事了，要喝得这样？”

胡英子：“我也觉得机长心里有事。”

戴露：“管不了那么多了。怎么样，比萨还是肯德基？”

航协高峰论坛大厅布置得极具航空特色和学术气氛。罗大河身着制服，在那里侃侃而谈。

有人注意听讲，有人不以为然，有人频频点头，有人陷入沉思。

涵碧宫会所里，石头牌坊在几丛修竹和紫色杜鹃的簇拥之中，不远处有深褐色的木结构中式建筑。橙色甲壳虫驶入修竹和桃树间的停车场，戴露跳下车，沿牌坊下的石子路走向涵碧宫会所。

透过摇曳的竹子，现出一泓湖水。

广场上的航博馆前，银灰色帕萨特驶上停车场。张莹莹跳下车，走向航博馆大门。幕墙玻璃上，映出高空中的飞行器，这是一种特意的设计。

掌声中，罗大河走下讲坛。

他坐到自己的座位，他觉得自己已经流畅地表达了自己的观点，心头有一种悠然自得，而身着制服使得他更有一种成竹在胸的气派。

这时，从台上传下来这样的声音："虽然我是罗大河同志的直接领导，他今天谈到的联盟倡议也可以在内部研讨，但是他放到了公开的讲台上，那么我也要公开地表示，我不同意。我们可以从三方面来看，首先从文化的背景来看……"

罗大河有点惊异地看着台上那个同样气宇轩昂的男人。

涵碧宫会所内，戴露在门楼下揿着手机，只听见这样的声音："您所呼叫的电话不在服务区。我们会点对点地……"

会所内的服务员过来请她入内，她摇摇手。

航博馆大门前，张莹莹在门前揿着手机，也听见这样的声音："您所呼叫的电话不在服务区。我们会点对点……"

张莹莹看看门内，又转身眺望广场边上的大街。有黑色雷克萨斯吉普驶过来，驶上停车场，但是下车的是两个穿着时尚的年轻女子，很可能是正在培训的女飞行员。

她失望地又抬眼看去。

航协高峰论坛已经渐入佳境。那个气宇轩昂的人还在说："好，现在我们从现代民航的发展模式来看，我们与西方的根本区别就在于服务的本质，罗大河提到服务上的全球一体化，是对全球化理论的生搬硬套……”

罗大河在自己座位上一动不动地听着。很多人看不出来他心底深处的抵触。

这不是对于学术研讨的分歧。是的。

涵碧宫会所前，戴露把手机狠狠地关上。她走向停车处，突然又折返，走进门楼，走过长廊，走到服务台：“给我一间贵宾房。”

戴露接过钥匙走向房间。

航博馆大门前，张莹莹把手机关上了。她走向停车场，很快启动了银灰色帕萨特，驶去。

参观的人们也在这个时候散去……

罗大河礼貌地和那个气宇轩昂的人握了手。

气宇轩昂的人：“对不起了，我也必须申明公司的立场，我们为什么没有采纳你的主张。另外，罗大河同志，你是机长，你的思维应当在飞行上展开，这就够了。”

罗大河：“你在讲台上说的，我作为听众尊重你。你现在说的后面这一句话，恕我不敢承接。再见。”

罗大河转身疾步走去，制服的风格凸显了他的性格。

很快，罗大河驾车急驰而去，一脸严峻。

涵碧宫会所中，喷射很急的花洒在戴露的脸上恣意纵横。

柔软的大毛巾也横空飞了过来。

戴露躺在那里接受经络技师的按摩。

张莹莹在自己的小屋里坐着呆想，望着桌上的舱内合影。

合影上的罗大河笑着，张莹莹“哧”了一下。

桌上的电脑在休眠，突然响起QQ的呼叫，张莹莹重新启开，显然，李云川又在呼唤“飞翔206”了。张莹莹笑了，有淡淡的苦涩。

屏幕的聊天框：“飞翔206，据我的情报，你今天停止飞翔，请回复请回复。”

张莹莹又淡淡一笑，点了“关闭计算机”。突然，她又改变了主意，点了“取消”，然后码上了这样一行字：“飞翔206从来不会停止飞翔，生命在于飞翔，生命在于向着一个认定的方向飞翔。”然后她点了“发送”。

李云川在房间的屏幕前面仔细地看着，口里振振有词：“哈哈，露馅了吧，包子要吃到豆沙边了，好……你的飞翔，有飞翔的载体，你不要云里雾里了，你就是玫瑰航空的206号张莹莹，承认了吧，我有心里话告诉你……”什么？退出了……

屏幕上“飞翔206”的QQ头像果然暗了。

李云川又自语：“还摆架子了，大美女，我去找我的嫂子去。看你怎么在我的手下束手就擒。”

黑了的屏幕悄无声息。

在玫瑰村宿舍区停车场，雷克萨斯吉普停稳了，罗大河听到了手机中连续的信息声响，他打开一看，稍一惊，又一条一条地看下去，更为大惊失色。他赶紧摁起了号码。

戴露还躺在按摩床上，白色的大毛巾下是她的懒散或者叫无精打采。手机响了，她闭着眼睛没有接的意思，技师把手机放到了她的手掌上，她才睁开眼来，懒洋洋地一看，不觉一个激灵：“喂，还知道给我打电话啊，我都等了两个多小时了，没想到堂堂大机长，还不守信用……”

罗大河：“不不，昨晚我醉了，所有的事全部失去记忆。今天我一直在航协的高峰论坛上，那大厅里电话屏蔽。这样吧，今晚我请你吃饭……”

戴露坐了起来，搂紧了身上的大毛巾，神情已转为兴奋：“好啊好啊，今天再让你醉翻了，不过说好了，我陪你过夜哟……哈，怕什么，我才不想你醉呢，你不让我心疼死啊。为什么下午约你？见面再跟你说，什么，温馨小酒馆，这么好听的名字啊，好，晚上见。唉唉唉，嗨，关得这么快！”

戴露又躺下来，技师又去按她的手臂。

戴露：“大夫，你教教我，按这里有什么作用呵？”

经络技师是个中年女子，她笑起来，两个眼角上像挑了两朵花："大小姐想学按摩啊。"

戴露："嗯，学……"

她的话一出口，笑声也紧跟着出来了。

罗大河摁好了电话号码，刚想拨出，又关上了手机。他靠上椅背，长叹一声。又打开手机，在张莹莹的信息下点了"回复"，然后码字了："昨夜酒醉记忆空白，今日演讲电话屏蔽，晚上设宴聊表歉意，时间六点地址另附。"然后点了发送。

张莹莹正驾车前行，听见了手机信息的声音，她将车开到路边停下，打开了手机，眼睛一扫便莞尔一笑。

张莹莹掉过了车头，显然，她修改了今夜的计划。

在少体校会客室，姬水娟坐着，面露忧虑，看了一眼玻璃墙上各种各样的奖杯。李云亭进门："姬老师，您来啦，怎么不上游泳馆去了？"姬水娟望望他，看着这个穿着教练服的少体校老师，还是觉得很顺眼，脸上少了一点担忧。

李云亭："我下午备课，无妨的，你说要花点时间和我聊聊，今天就可以。"

姬水娟："所以我特地想在这里谈，在游泳馆，你老惦着训练，不静心，今天你要好好听我说。当然，我并不是来批评你的，想起来我还真舍不得批评你呢。秦芸呵，也是我最欣赏的学生，现在又是我最得力的乘务长，不过我批评她可是真批啊，还不是为了你！"

李云亭坐下："我知道的。"

姬水娟："你们的老校长一直就没有和你联系？"

李云亭摇摇头。

姬水娟："其实他多虑了，当初他把你从唐山地震的瓦砾中抱回来的时候，多少仔细啊，舍不得离开你一分钟，后来有两次是他最开心的时候，一次是你的亲生父亲终于又联系上了，他原以为你在那次大地震中永远不回来了呢，你的父亲还给你带来个小弟弟云川，他真的很开心。"

李云亭：“是，校长和你说过这些事？”

姬水娟：“说过。还有一次是你终于凭着自己的真本领当上了花样游泳的教练，你的老校长离开少体校的时候，说是故意不告诉你他的地址和去向的，他说你已成人，不必要让你记住他这个救你的人，他说整天让你记住甚至整天让你看到一个你想感恩的人，无助于你的健康发展，更无助于你的创造能力，他还说人类文明史上有一种地震孤儿现象，一不小心反而会影响了这些孩子的长大。你们这位老校长啊，交代我帮助你建立个好家庭，他倒好，后来我也联系不上他了。”

李云亭：“是，我也很想他。”

姬水娟：“说来也巧，秦芸就在你们这儿学过花样游泳，后来又成为我的学员，多好啊，你们当初的这一对，在我看来就是金童玉女。你们结婚的时候，我还能联系到你们的老校长，我请他来参加你们的婚礼，他就是不肯来，他又说让你断了对他的感恩心，你的心就会坚强，坚强了你才会幸福地享有丰富多彩的生活。你看看，他对你抱有多大的希望啊。”

李云亭的眼眶已经潮湿：“姬老师，我会努力的。”

姬水娟：“所以我今天想和你好好聊的，就是你和秦芸的关系问题。这些天我和秦芸的接触中，感觉到她还没有回过神来，尽管你已戴上了她给你的生日礼物，可是为什么不能恢复到最初的和和美美呢？你找过原因没有，为什么不行呢？”

李云亭：“其实也没有什么大不了的，我有时候也不明白，很想和她多作沟通，你们空姐这职业吧，时间也没有规律，有时候一驻外，又是一周一周的不回，我们学校，这两年也在下苦功练内功，出实招下绝招，想三年打个翻身仗，一举改变我们的花样游泳没有金牌的历史，所以也顾不上了。秦芸有时候也太不着边际了，过日子嘛，也就是这样。”

姬水娟：“我了解秦芸，每个人的性情不一样，做了夫妻嘛就要互相让着点也互相学着点，你没看有些夫妻，长久了连长相都会接近起来，老百姓叫夫妻相。”

李云亭：“嗯，我再努力努力。”

姬水娟笑了：“跟你谈吧，看你这老实样还真有点心疼。你的老校长想着你的健康发展，还不就是想你方方面面都要会生活，懂生活，你也不能太老实的。”

李云亭抬眼看看姬水娟，有点懵懵懂懂。

姬水娟：“很多家庭有了个小孩就显得生气十足，你们结婚快七八年了，为什么不要孩子呢？开始几年我问过秦芸，她说忙，可是现在再忙也不宜再拖啊，我在想，兴许你们有个娃娃了，你们的关系也改善了。”

李云亭听着想着。

姬水娟看着李云亭：“云亭，你听懂了吗？”

李云亭点头。

姬水娟：“都说一日夫妻百日恩，我看秦芸的心里还是有你的。你要有信心，像对待你的工作一样。”

李云亭：“对待工作一样？好……我安排个计划出来。”

姬水娟“扑哧”一声笑了。

两岸咖啡馆里，秦芸呷一口咖啡：“云川，把我叫到这么抒情的地方来，就为了关心你的哥哥？”

“关心哥哥就是关心嫂子，我在三亚的时候已经直言不讳，不过我观察下来，哥哥对你仍然抱有热情，你也不能要求太严，一切都要从实际出发。”秦芸听出了李云川的油腔滑调，也感到了李云川今天的真实用意还没有说出来，她故意严肃地站起：“云川同志，这个问题由你来发表意见不尽合适，如果没有别的事，我走了，晚上我还有事。”李云川赶紧站起：“不不，我还有一件事请嫂子做主，不知嫂子愿意否？”秦芸知道李云川要表达真实意图了，重又坐下：“说吧。”李云川说了：“这几个月，我为海南设计旅游软件，连着坐了你带飞的航班，前一次发现了一个新来的空姐，说是新来的但一看就知道经验丰富，她是206号……”秦芸抿着嘴笑：“你不说我也知道，是张莹莹。怎么样？软件设计师，有意思了？”李云川做出害羞的样子：“嫂子不要匆忙下结论，我的意思从来要在一定的规程范围内经过设计，选择走通了所有程序以后才会确定的。”

秦芸：“不要啰唆，我看和软件设计师交往，要有耐心。你不会让我介绍吧？”

李云川：“不会，我从来不喜欢通过介绍建立联系，现在是什么都可以链接的时代，需要介绍吗？”

这个话触到了秦芸心中最脆弱的部位，回答也含糊了：“这个话我爱听，介绍的不自然，熟人也会不自然，最好是……唉，不跟你说这个……”

李云川：“等等，我知道，《牡丹亭》里说了，最好是‘情不知所以，一往而深’，怎么样？”

秦芸：“什么怎么样呵，和张莹莹是情不知……”

李云川：“不不，不要太敏感，我换个说法，叫两情相悦，邂逅最拽；网上相知，通信最拽；飞机上相遇，更是有情人最拽。呵，呼风唤雨哪，这个最好吧？”

秦芸：“云川，你想说什么？”

李云川：“不和你说爱情状态了，我想知道你和张莹莹在 QQ 上聊过天吗？”

秦芸：“没聊过。她刚来，我也不太上 QQ，浪费时间。”

李云川：“哦，这样，那我就不问了，不过我要纠正你一点。上 QQ，不是浪费时间哦，‘70 后’和我们‘80 后’不至于有代沟吧。”

秦芸笑了：“你以为我不知道你的鬼心思呵，小鬼当家自作聪明多的是呢，告诉你，戴露是她的好姐妹，接连两届的‘玫瑰皇后’就是她们俩，你去问戴露啊。”

李云川：“哇，戴露，很凶的。”

这倒把秦芸逗乐了。

温馨小酒馆内，罗大河到了包间，电话里在下命令：“你必须把胡英子带过来，不用换地方了，这个地方好，快点来。唉，你这个智多星，我打了好多个电话，我把秦芸乘务组那帮美女的小头目也请来，你看怎么样？”

他在打电话的时候，胡英子的婆婆进来送上一盘瓜子，也有意地瞟了一眼罗大河，又出去了。

藏青色轿车内，小个子机械师在接着电话：“哦，你说的就是请秦芸？很好，这是你考虑到的最完美的办法。而且我认为，这有助于胡英子名誉的全面恢复。哈，全是你造的孽嘛……”他回头看了一下，原来胡英子已坐在他的车上，这个善良的女人在用手势制止小个子机械师往下说。

小个子机械师："……那，我再找找看，要是请不动，那我也没有法子。这就有劳你亲自出马了。"

他放下电话，嘿嘿一笑："故意叫他急急的，你放心，我和大河就这样的，哥们儿！"

胡英子："那，芸姐要是也去，又在那个地方，我是不是就不去了？都是你，昨天带他们来。"

小个子机械师："我看啊，你更要去，事已至此，你也不要顾虑了，让大家知道你有点困难，怕什么，你有难处，大家也好帮帮你。走！医院里都还正常吧？"

胡英子点点头，车子启动了。

今夜无人入睡。

穿着水蓝色衣裙，挎着宝蓝色坤包的张莹莹看到了墙上的温馨小酒馆的小小灯箱，弯进了小弄。

穿着淡黄色衣裙的戴露跳上橙色甲壳虫，只感觉明晃晃的一下，就呼呼地往前冲了。

穿着紫色衣裙的秦芸走出一条商业街，打探着往这边的小弄走来，突然，她的手机响了。

是罗大河在打电话："……秦芸吧，终于打通你的电话了，你快来吧，什么事？哦，请你吃饭，在航空城的温馨小酒馆，你正在过来，那太好了，有你组里的一帮人呢，对对，快来吧。"

他关上电话的时候，才发现张莹莹已经站在他的面前，笑得很矜持。

罗大河："哟，你是第一个到，快坐。"

张莹莹："你今天是请大家啊，你的信息上可没有这么说。"

罗大河："哦，是这样，我请大家都没有这样说。但我想你应该来，今天去参加了活动，结果憋了一肚子气，有个话题倒很想和你聊聊。记得你对我的服务全球化的观点很有兴趣？"

张莹莹："我好像还有过一个更重要的话题，你没有回答。"

罗大河："你说过，重要的话题要有充分的考虑时间。"

张莹莹："你可以考虑，但不可以狡猾，狡猾的不可以。"

罗大河："非常好，我最欣赏的就是狡猾的不可以。"

张莹莹："是，在你面前的张莹莹，从来都不会狡猾，你要记住喽。"

罗大河哈哈地笑起来，戴露突然闯了进来，她惊奇地看看张莹莹，又看看罗大河，然后再看看桌上的六个小酒杯，再惊奇地盯住罗大河。

罗大河："戴露驾到，热烈欢迎。"

戴露"哼"了一声，掉头就走。罗大河赶紧追上去，张莹莹劝住他，自己追了出去。

张莹莹拉住了戴露："你这何必呢，让人看成了小心眼。你戴露从来都是落落大方的。"

戴露："我是气他，我还以为单独请我赔罪呢，到这么僻静的小店来，我还真以为是呢。他请你，和你说了我们一群人啊？"

张莹莹稍稍迟疑："是啊，我知道啊。"

戴露："不管他，我走了。"

张莹莹拦住，加重了语气："戴露，你这样做很不合适。"

戴露索性又匆匆地走回包间，张莹莹看着她进门，想跟上，又停了下来，在门口往小弄外眺望。

温馨小酒馆包间里，戴露在说着："罗大机长，请人吃饭也兴师动众，很好啊，今天还想来个酩酊大醉，是不是？还想请动我们纯洁的小英子啊。"

罗大河："嘿嘿，如果我的精神需要唤醒的时候，不是不可以啊。"

戴露："你敢？"

戴露说着已经到了罗大河的边上，在罗大河的肩上捶了一掌："我今天留下来，给你个面子，你必须答应我，不许耍赖哦。"

罗大河："答应什么？"

戴露："明天上午我们要学习，下午你陪我去选衣服，晚上陪我参加比赛。"

罗大河："好啊，我明天上午也可以陪你……的。"

戴露："那好啊，再给你奖励。不许骗人！"

罗大河："这一回绝对准确，你就准备着加分吧。"

在航空城，秦芸正走向小弄口，小个子机械师的车在后面跟着过来，慢慢停下。胡英子跳了下来，追上几步：“芸姐。”秦芸搂了一下胡英子的肩：“小英子，你也刚来啊。上医院了？都好吗？”

“还好，是机械师专车把我送回，噢，送来的。”

秦芸已经明白，她看看胡英子，怜爱之色很明显。

小个子机械师已停好车，走了过来，快走到门口的时候又碰上了迎上来的张莹莹，几个人一起走向包间。胡英子放慢一步，又往后面瞟了一眼。

后间，胡英子的婆婆在灶间忙碌。胡英子悄悄地过来，轻声告诉婆婆：“娘，今天我们公司好几个人在这儿吃饭，我也在那里，他们不知道我在这里的情况，等会儿我就不过来了。”

婆婆也低声地说：“英子，我看见那个小个子了，他不是知道吗？万一他……”

胡英子：“我和他交代过的，他应该不会说的。”

婆婆：“要是真挑开了，你可千万不要说我们家的事啊！你这么俊的闺女，不能让大家低看一等，知道吗？”

胡英子：“好，我知道了，我来了三年多了，一直没有说，想起来有些后悔，现在还不知道怎样说呢，总有一天要挑开说的，又不能骗了人家。”

婆婆：“嗨，还是苦了你。”

胡英子：“我去了，他们会找我的。”

在温馨小酒馆包间，罗大河已经倒好了酒：“唉，胡英子呢……哦，来了来了，来，我们干一杯……本想就我昨夜的美丽遭遇和大家说说我的感受，刚才听大家一说，那我就什么都不说了，看来我的担忧也是多余的。来，喝一杯。”

戴露抢着说：“不行，停停停。大河你得为小英子罚一杯，不管怎么说人家可是为你牺牲了整整一夜，喝，哈哈哈！”戴露就总是这样，把大家又逗乐了。

张莹莹也有了一点点幽默：“罗机长，你也不要喝多了，没有那么多黄花闺女为你整夜整夜牺牲的。”

胡英子闻言一颤，但她并不直接答话：“大家一起喝吧，罗机长不是说了吗，什么都不要说了。我们挑开心的说，我来了三年多，还没有碰到过这样的聚会。”

大家笑着喝了。

在后间，胡英子的婆婆端起一碗土鸡炖汤，旁边的厨工递上一个大盘，然后又由婆婆托上盘子，走过后间通往前面的走廊。

从前面的包间里传来笑声。

胡英子的婆婆端着大碗进门。

胡英子看了一眼，站起来接过，小心地放到桌上。

婆婆：“大家趁热喝，我们山西的做法，放了大枣炖的。你们老在天上飞，补补身子。”

秦芸和小个子机械师对了一眼。

戴露：“老婆婆眼力好，看出来我们是玫瑰航空的。老婆婆，你好，你眼力真好。”

胡英子：“咳，还看不出来？机长有机长的样，我们芸姐的优雅，大家都说她可以母仪天下，还有，你们这一对‘玫瑰双娇’，谁还看不出来是空中小姐？”

婆婆说着“就是就是”，转身回了厨房。

戴露：“小英子秀外慧中，你也逃不了啦。”

秦芸笑着离席而去，小个子机械师也跟着离去：“这里我来过几次，怕乘务长不熟。”

戴露看着他的背影追了一句：“就你会照顾人。”

她盯一眼转脸过来的小个子机械师，又盯一眼罗大河，然后看着张莹莹大笑，她自作聪明地以为张莹莹最懂得这句话的意思了。

罗大河：“你们女孩子呵，就是好闹，哪有这么多闹的哦。今天我去演讲了，结果憋了一肚子气回来。”

戴露：“怎么了，谁让你生气了？”

罗大河：“就是我那老校友啊，我曾经向他提出过服务全球化的建议，也提过加入国际联盟的事儿，他不理睬。今天我在高峰论坛上公开发表了意见，完全是为了公司的发展，可是他好像很不愉快，散会后还刺了我几句。”

戴露：“哦，你说的是这位老兄啊，领导！不理他嘛，我们公司三巨头，我最不要看这个人了。”

罗大河：“就说你女孩子好轻松呵，我们男人是要做点事情的，哪能什么事儿都一风吹。”

张莹莹看了他一眼，很想看到他的心底。

胡英子有敬佩的神色，不过她自己惴惴不安的，又去望门外。

戴露：“这话我爱听，男人嘛，就要征服世界。大河，你听说过没有，男人要征服世界才能征服女人哦。”

罗大河大笑：“正是，大河不才，所以不能征服女人呵。”

这种巧妙的逃遁不但让戴露不舒服，张莹莹也要发表意见予以反攻了：“罗机长，你还应该知道后面一句话，叫女人是通过征服男人来征服世界的！”

戴露：“太对了，我们‘玫瑰双娇’可是会征服男人的哦。”

罗大河只能呵呵地连声笑。

在后间，秦芸站在胡英子的婆婆身边，劝着抹着眼泪的婆婆，小个子机械师和秦芸使了个眼色，回身走向包间了。

秦芸：“英子妈你不要着急，我是英子的领导，真是不应该那么长时间不知道你们的困难，但我今天知道了，我们就有责任来帮助你。你不要急，英子也不应该，家里负担这么重，都不告诉我。”

婆婆着急了：“英子的领导，你可不要去责怪英子，都是我不好，都是我的瞎主意，连累了她。”

秦芸：“你这说的是？”

婆婆：“没啥啦，我怕你责怪英子。英子可是个好闺女啊。”

秦芸：“是呵，我也是这意思。英子在这里默默打工，公司里也是勤快敬业，人见人爱的，一个善良的女孩呵，不容易。英子妈，您养了个好闺女呵。好，您老保重，以后我们会常来的，说起来也有个聚会的地方。小姐妹们可喜欢啦。”

婆婆又抹眼泪。

温馨小酒馆包间，罗大河又大大咧咧地扯开嗓门：“我的这位满脑袋鬼主意的帮手，也想不出主意来，再干下去吧，我的那位大学长当着我的领导，我得认命。”

戴露：“大河，你这也未免悲观了一点，你这次在电脑程序瘫痪的情况下又偏遇奇怪气流，结果安全落地，已经声震全公司的了，不，扬名整个航空界了，还怕什么，怕他什么。”

张莹莹：“也许这更添麻烦了。”

罗大河看着张莹莹频频点头。

秦芸进得门来，和小个子机械师使个眼色，坐下来：“说什么麻烦呵？”

戴露：“嗨，他们就想不通呵，我们玫瑰航空思想解放大讨论时不常说‘海阔凭鱼跃，天高任鸟飞’嘛，罗大河同志，大不了，跳槽！我看他怎么办？”

跳槽？这两个字迅速地袭击了罗大河和张莹莹，不觉都眼睛一亮。

秦芸：“讲什么跳槽不跳槽啊……”

戴露突然想到什么，竟独自一人笑起来，但她没有说出来。

罗大河：“戴露，你笑什么？”

戴露：“秘密，暂时不告诉你。”

张莹莹看看戴露，若有所思。

秦芸：“好，应该藏在心底的秘密就好好藏着，但是现在我要把一个秘密告诉大家……小英子，来不及征求你的意见了，请你理解，在座的都是你的兄弟姐妹……大家刚才看见端着鸡汤进来的大娘了吧，她是英子的妈妈！”

众人皆惊。

第七章

灯光，温和地照着温馨小酒馆包间。

秦芸用手势止住了胡英子的劝阻："你们慢慢听我说，小英子的困难她一直压着不说，其实她的父亲得病已经三年，在太原的医院已经花掉了十万多，为了还债，她从前年开始就在这里打工了，你们说，这……英子，你妈妈在后面忙着呢，你去帮帮她吧，我在这儿和大家慢慢说。啊，好吗？"

胡英子已经泪涟涟了，她听出了秦芸语音中的颤抖，她像个听话的孩子，站起来不声不响地出门了。小个子机械师站起来，想跟上去，可能又觉得不妥，他又坐了下来。

罗大河看到了，怪怨地瞄了他一眼。

秦芸："你们都知道，我们航空公司是有规定的，不能兼职，有些大公司看上我们的美女了，也不能做他们的产品代言人，小英子不敢说，只要有空余时间，都在这里打下手，这里的老板对她不错，现在她妈妈陪着她爸爸来治病，老人家搞过农家乐，老板索性把这个小店交给了她妈妈管理。但是有多少钱赚啊？小英子的困难一时半会儿解决不了的。我今天听你说了，本来就过来想近距离接触一下的，情况比想象的严重，你说怎么办呢？"

最后一句话是对着小个子机械师说的，大家听了一时也都有些沉重。

胡英子没有到后间去，她来到楼上，推开窗，望着星空，不无惆怅。她还有更大的心事，只有她和她的婆婆知道。

所以她有点儿疲倦了。她倚在窗前，身子水一般柔弱。

楼下的包间里，讨论还在继续。

小个子机械师缓慢地说："胡英子不肯和大家说，其实更重要的原因是不愿让大家知道她的困境，你看她平时都是提着精气神儿上班的。”

秦芸：“所以啊，我心里更难受，很想帮帮她。”

罗大河盯了一眼他的机械师：“你小子，我还以为你真有想法呢，你早知道了，早就该和大伙儿说嘛……”

小个子机械师：“她不是死活不让我说嘛，胡英子好面子，她可能不会要大家的帮助。”

戴露：“我看好办，都说穷啊，穷在债里，我们大家捐钱，把她的债务给抹了，以后就好办了。我捐五万，哎，你们就意思意思哟，你们跟我不一样，我有做大老板的爸爸，回去和他要，爸爸说不定还表扬我呢。”

罗大河点点头，看戴露一眼，戴露好像把握不了自己，不知道自己的主张有没有出错，但看到罗大河赞赏的目光，又嘿嘿一笑。

罗大河：“我完全赞成，我捐一万。”

戴露的笑爽朗多了。

张莹莹：“我来的时间不长，帮助小英子理所当然啊，不过我观察，事情不一定就那么简单，我感觉小英子心里还有事，她好像不快乐。”

小个子机械师频频点头。

秦芸：“这个我也有感觉，我想帮她解决了燃眉之急，她的生活可能会正常起来，都是小姐妹，我们还可以帮帮她。组里就她一个农村里来的，我还特别喜欢她的清纯的样子。现在的问题是，她不是特别好面子嘛，我怕她不肯接受。”

戴露：“这好办，我们大家一凑，往她的卡上一打，汇款人嘛，写上：爱你的人。嘻嘻，说不准小英子还以为有一个暗恋她的男人……你不要笑，反正我们的小英子不会认为是你，哈！”

她当然说的是小个子机械师，后者只好做个怪脸。

罗大河和戴露都笑了。

张莹莹：“戴露你老爱打趣，这是正经事儿哪。不过，芸姐，戴露的办法我以为可行，我们也不要再扩大范围了，凑上十万打到小英子的卡上。”

罗大河：“那我来两万，你们各一万，行了。”

秦芸点头了。

夜已经很深，朱运良在自己的工作室，他趴在沙盘上，调整着什么。

林小洁悄悄地从卧室进入客厅，从身后轻轻地抱住了朱运良，他没有回过身来，但脸上洋溢着巨大的幸福感，林小洁把脸贴在朱运良的背上，同样的幸福在脸上荡漾：“我该回去了，你还没有完？”

“没有，你都读完了？”

说话间朱运良已转过身来，托起林小洁轻盈的身子，他就势坐在了沙发上，林小洁盘在他的身上，脸又贴在了朱运良的胸前，她的手上拿着那个U盘：“我不要读，我要听你说，快五年了，你一个U盘就过了呀……”

朱运良接过U盘，顺势插进了一旁沙发上的电脑：“我会，以后会一篇一篇念给你听的，我也要向你倾诉，把四年多的时间夺回来……你听哦！‘我的青骢马已经跑得很累很累了，可是你的油壁车呢，现在我是伦敦大笨钟下的大笨蛋，我居然没有办法找到你，我的孤独的影子，难道是我唯一的陪伴，小洁，你在哪里？’”

林小洁搂住朱运良的脖子，用自己的唇阻止了朱运良的继续朗读：“不读了，我来了。我坐着油壁车来了，我是你的，我一直在等着你的青骢马啊，我好爱你！”

长长的亲吻……

沙盘上，是一个正在设计中的园艺项目，有一些特别的地方，可是，沉浸在爱情中的这一对年轻人，已经把什么都抛在云外了，晕眩中竟从沙发上滚了下来。

彩色的沙子就这样被爱情浇灌，在他们的拍撒中四处飞扬。

林小洁：“坏了，你的设计！”

朱运良：“没事儿，我有新的发现了。”

他竟然又俯身在沙盘上，用绿色沙子去堆起一个直直的高峰，看上去竟然柔情万种。

林小洁望着他的背影，笑了，笑容很静很纯，又带点慵懒，带点娇弱，她慢慢地，退出了工作室。

静夜，白色的马自达在飞驰。

林小洁驾驶着，神清气爽，路过了繁华的市中心，马自达淹没在闪闪烁烁的霓虹灯光里。

闪闪烁烁的灯火成了明明晃晃的水丝。

水丝似乎模糊着一切。

花洒下的李云亭有着强健的体魄，他关了水源，好像在仔细地听门外的动静。

透过盥洗室虚掩的门缝看到了宁静和整洁的客厅。

从客厅看过去，卧室的门也虚掩着。从虚掩着的门缝看到了床上的秦芸，她已睡了，白皙的面容很安详。

裹着浴巾的李云亭关了客厅的灯，步入卧室。

床头灯发出柔柔的光晕。

李云亭又关了床头灯，瞬间的黑暗以后，夜光勾勒了室内的所有轮廓。

李云亭站在床前，悄悄地掀开了盖在秦芸身上的薄毯。朦胧中，秦芸的睡姿无比柔美，她没有醒来。在温馨小酒馆的晚上，她的沉重已经使她在梦乡里得到了安宁。李云亭显然有冲动了，他身上的浴巾褪了下来，扑到了床上，搂紧了自己的妻子，妻子被惊醒了，然后竟出现了这样的床上对话。

秦芸："啊，你是谁？"

李云亭："是我，云亭。"

秦芸："你，你干什么啊？"

李云亭："不要动啊，姬老师说，我们该有个孩子了。"

秦芸："不！"

秦芸的尖叫很刺耳，朦胧中的挣扎很快就平静了。

床头灯重又亮了，李云亭又披上了浴巾站在床前，秦芸坐在床上，睡衣有点不整，头发有点凌乱。

沉默。

秦芸："你怎么还不走啊？"

李云亭："哦。"

他转过身，走向门口。

秦芸："你等等，给你。"

李云亭以为有转机了，他回转身，秦芸从床头柜抽屉里取出一张纸，交给李云亭："你去看看吧，我现在终于醒了。"

李云亭又失望了，接过纸片，走向客厅，走进健身小间，一屁股坐到了沙发旁的地毯上，屋内的健身器材在夜光里竟面目狰狞。他揿亮沙发旁的落地台灯，展开纸片。纸上的文字这样排列着：

人生小语

林青霞

小时候重复做着同样的一个梦。
墙角有一张又平滑又白的纸，
心里感觉很清凉，很舒服，
因为太喜欢这种感觉，
生怕它会变皱，
它却开始有了皱褶，
那皱褶越来越多，越来越皱，
我那清凉平静的心，
也越来越纠缠，越来越绞痛，
就在这个时候我醒了。

李云亭看来是不会读懂了，很可能一辈子都不可能懂。

但是从卧室传过来的哭声越来越重了，李云亭想站起来，但是又无力地瘫靠在沙发的边沿。

卧室里，秦芸趴在床上，平静之下掀狂风巨浪，这是压抑的哭，痛苦的哭，绝望的哭。

现在，在湿地公园码头，晃晃悠悠的湖水，湖水中也晃着云朵。

风吹来，树叶的声音无边无沿。

秦芸微笑着，昨夜那被她称为"凌辱"的遭遇，已经被她压在了脑后。今天她要在这条船上召开座谈会，她在公众面前，从来都是优雅。

整个秦芸乘务组坐在船上。船停泊在埠头，在等待着什么，戴露兴奋地看岸上，张莹莹也对岸上将要出现的人物有着期待。林小洁和胡英子静静地坐在船尾。她们身旁还坐着她们的政委姬水娟。

岸上驶来几辆车，来的正是罗大河机组的人员。他们跳上了船，招呼间，有戴露清朗的笑声。

船驶入绿坡柿林间的河流，两旁还有一些临水的垂柳和鲜嫩的芦苇。

风光清新，原生态的味道很浓。

船上，秦芸说着："我们的业务研讨会今天来这里开，我想这么幽静的地方会给大家一个好的心境，这里是刚开园不久的湿地，据说在我们国家还是第一个呢。姬老师非常支持，她今天亲自参加，我们欢迎……罗大河机组经常和我们合作执行飞行任务，我让他们来，很想听听男士们的意见。"

戴露向罗大河挤挤眼睛。

秦芸："下面请林小洁继续介绍她的科研成果吧！大家也知道了它有一个很有争议的名字，叫'蹲式服务'，小洁，你的示范图带来了吧？"

林小洁站起，在中间的长条桌上慢慢地摊开她绘就的示范图，图上有穿着制服的空姐各种各样的'蹲式'，有询问、有递杯、有端托盘、有回答乘客问题，还有视线高低以及温和关切之类的要求，还有手势的高低与肩部的放松以及腰部的着力点把握，等等。这一些内容在戴露、张莹莹、胡英子的眼前展现，也落在罗大河、小个子机械师等人的目光中。秦芸已坐到了姬水娟身旁，看着大家，会心一笑。

林小洁娓娓道来："这些设计，归根结底还是要从人在特殊环境下的心态去看，这就接上了上次的话题，我觉得乘客一进入机舱，会有这样几种心态：一个可以称为休息心态，一个可以称为等待心态，一个可以称为紧张心态，一个可以称为放松心态，等等。那么在有情况出现的时候，比如颠簸，比如延误起飞，还比如紧急状况下，乘客的上述心态可以转化为害怕心态、激动心态，再严重一点，也许还有世界末日来临的心态……"

胡英子又钦佩又有点悚然："小洁，不要说得太吓人呀，没有世界末日的。"

张莹莹："林小洁是全面分析乘客心态，有道理的。"

但是胡英子还是看了看林小洁，多了一点钦佩。秦芸用眼神鼓励她继续说下去。

林小洁：“那么多心态也不一一分析了，比如这一图示，是针对怀有期待心理的乘客而言，在飞机上的旅行，短则个把小时，长的可以有十多个小时。期待，是常见的心理，有些乘客，也许要去重要的会议发表演讲，去远方的家乡看望多年不见的父母，也许要去一个多年来盼望到达的名胜古迹，去赴一个美丽的约会，他们与一般的回家和出差的人在心态上是有差异的。过度的兴奋会影响他们在机上的休息，我们蹲在他们的面前，悄声细语外加递上热毛巾，会让他们有片刻宁静甚至由片刻延长至整个航程。又也许他是赶去一个地方看望重病的朋友，他会有焦虑，我们蹲在他的面前，目光也可以低于乘客的视线，说上一句‘先生还需要什么吗’，我相信会有化解焦虑之功能……”

戴露插嘴：“我听明白了。请问尊敬的林老师，如果一个寻找了恋人快五年的人在飞机上突然找到了他的恋人，这个恋人恰恰就是空姐，请回答，这位空姐如何‘蹲式服务’？”

了解内情的人顷刻间大笑起来。

林小洁却认真地回答：“蹲在他面前，用眼光平视，然后告诉他，你现在需要平静，机舱不属于可以激动的地方。”

戴露也大笑：“哈，回答错误，扣十分。”

林小洁有瞬间的不自然，但她马上明白戴露开的玩笑了，转而平静一笑。

木制游船在横过小河的大柿子树下穿过。

秦芸：“小洁，我特别欣赏你从乘客的心态来研究我们玫瑰航空的服务质量。问题是，你说了很多忽轻松忽紧张忽期待忽害怕的心态，还有这种种心态的形成机理，我们的空姐怎么看出来呢？”

林小洁：“这我就想得不多了，容我再作深入研究。我想‘平心而论’四个字非常重要，只要你用心，那么论及之处一定是恰当的。”

张莹莹鼓掌：“讲得好！我一直想说，小洁心肠好，这一套服务程序的基石，必须有一个好的心肠。”

又有人鼓掌了，是罗大河：“我完全赞成林小洁的科研成果，请大家特别注意，这两年我经常发表服务全球化的‘谬论’，被个别领导划归旁门左道，这个‘蹲式服务’说到底还是中规中矩的，但它有人类皆有的普遍价值，我决定用这个来完善我的服务全球化理论。”

张莹莹看一眼罗大河，欣赏的神情很明显。戴露注意到了，反倒有些不以为然。秦芸看着他们，有了然的神情。

林小洁：“也没有那么大的意思啦，我总觉得很容易做到的……”

有空姐打断：“我看没有那么容易呵，谁知道这些人有什么心理！有一次我收拾东西蹲下来，结果客人的眼睛就没有离开过我的这里，还有这里，慌得我赶紧起身逃了。”

她说的“这里这里”之类的，全是女人的敏感部位，其他空姐也频频点头。

戴露：“小洁说了很多心态，就没有说一种心态，我看很多男人都会有的心态……”

胡英子：“什么心态啊，看你说了那么多次‘心态’。”

戴露：“叫猎艳心态。”

罗大河大声笑起来：“戴小姐完全正确，加十分。”

这时候的讨论已经非常热烈，姬水娟站在长条桌前看着图示卷，转过身走向船头，也示意秦芸过去。

在她们的身后，小个子机械师嘟哝了一句：“我也不太赞成，让我们的漂亮妹妹蹲着，心疼！”

罗大河的笑声更大了，戴露也跟着笑起来。她挨到罗大河身边，轻声地说：“散了会，跟我走。”

姬水娟和秦芸已经坐在甲板上的木条凳上。

原生态的湿地风光在缓缓移动，其中的乡野之趣能让人感觉到生命中的盎然绿意。

姬水娟：“到这个地方来，好。你的主意好，我看大家也放松了，敢说也敢想，很好啊。秦芸，你看这个‘蹲式服务’可以实行吗？”

秦芸：“是个好东西，但看来普遍难接受，不从心里接受，会别扭。我刚才问小洁的意思也就是让大家明白我们自身需要的东西，空姐的岗位也就是一个普通的服务岗位，但是完全可以在人类的文明层级上一步步往上走。我们空姐的自身素质还要好好提高，否则，小洁说的在把握了乘客心态以后的服务到位，是很难做到的。”

姬水娟：“我已经和公司分管领导沟通过了，他其实也不太赞成，暂时放一下吧。我个人倒还赞成的，要完善。我看今天的讨论，尤其是关于心态的分析，还是于大家有利的。有种说法，叫‘知人知面不知心’，但是也有一种说法，叫‘察言观色’，效果都是努力出来的。”

秦芸：“好吧，我去做小洁的工作。她很热心地催过我几次，看来统一思想还是很难。”

姬水娟：“不过在飞机上工作时，你倒可以让林小洁先试试，调到头等舱试试也是可以的，小洁这个女孩文化程度高，个人素质好，可以通过试取得一些进一步完善的效果。”

秦芸：“姬老师你总在工作上给我很多指点，每次都很有用，我跟着你学到不少东西呢。”

她说得很真诚，也表述得很真实，在船头的微风里，秦芸愈显优雅的风度。姬水娟看着这位令她满意的弟子，不觉心头又浮上来一层担忧。

姬水娟也挑开耳边的几缕银丝，看着秦芸说：“哪有什么指点啊！我希望能起作用的还是改善你和云亭的关系。你们好一些了吗？”

秦芸像被刺了一下，转过身：“姬老师，我们不说这个吧，不不，不说他了吧。风好像太大了，我们进去吧。”

姬水娟：“唉，好吧，秦芸，没什么大不了的，多年夫妻了，你们没有什么需要试了，好好过日子，早点有个孩子，这个家啊就更有生气了。”

秦芸声音轻轻的语气却重重的：“你让他努力，他却努力过了头。”说完站了起来，有点晕眩。

姬水娟又有点担忧了。

少体校游泳馆。在姬水娟的面前，是李云亭和李云亭老实的笑。

姬水娟什么也没有说，打开手机，她要给一个人打电话。

这个人是方波浪。他在自己家里，手机响了，但他看看来电显示，又合上了手机，两鬓的银丝有了一点点晃动，还有晃动的沧桑。

姬水娟又按了一串号码："喂，秦芸吗？你来吧，我在少体校游泳馆，你一定要来。"

姬水娟坐下，静静地等待。

戴露和罗大河步入阿玛尼精品店中。

所有的衣裳，全部是世界名牌阿玛尼的最新款，他们淹没其间。

戴露很快出现在更衣室，她穿上了一条袒胸露臂的裙子，当然很性感了，乳白色为底，碎花点点。

她走到前厅，罗大河见了，眼睛一亮，任何男人都会因此刻的戴露而觉眼前一亮。戴露知道了罗大河的满意，她拉起罗大河的手，走到男子西服柜台面前，一眼就看中了一套水蓝色的西装，她取下后就拉着罗大河到更衣室面前，把罗大河和水蓝色西服推入门里。

不远处有穿衣镜，戴露跑过去，从镜子里看着自己，她莞尔一笑，细细地察看衣裙的曲线，果然非常适合她，她又莞尔。这时，她从镜中看见一位穿着水蓝色西装的男子走来。

戴露惊叫："哇，大河，太帅了。"

罗大河站在戴露身旁了，导购小姐接着又惊叫："哇，太有夫妻相了。"

这句话太中戴露的意了，她奔进更衣室，捧着一堆她和罗大河换下的衣服，然后推搡着罗大河走向门外。

罗大河："没有付账呢。"

戴露："已经刷卡了，走。"

罗大河："上哪儿？"

戴露："陪我比赛去！"

秦芸慢慢走来，少体校游泳馆这个地方有她的很多记忆。

姬水娟似有感觉，回头看到了自己的弟子，秦芸有了一点点笑意。

李云亭指挥着水面上的花样游泳。他回头，见到了秦芸，大惊。

姬水娟把他们拉到了一起，兴致勃勃地："我在这个地方最初认识了你们，后来，挑了秦芸去做航空学院的学员，专攻乘务。后来我将你们叫在一起在这里交谈。云亭，你老校长给我的任务终于完成了，我做了你们的大媒，我就觉得你们会过完一辈子的。秦芸来这里学习花样游泳的时候，你老校长已经走了，如果他在，想必也会觉得你们很般配的。”

李云亭连声回应：“是是是。”

秦芸没有回应，游泳池的水光晃在她的脸上，似有对往事的回顾，她在这里曾经有过快乐。

李云亭：“秦芸，我在这里做你的教练，是我最愉快的时光呵。”

这句话让秦芸勾起对青春的回忆，她有点恍惚，仿佛到了当年。也许是当年的呼唤，也许是她无法再听下去此刻老师和丈夫的对话，也许是一阵莫名其妙的恍惚，秦芸突然跃入池中。

李云亭一惊，也跃入池中。

姬水娟笑了，对两位当年的水中健儿，她丝毫不担忧他们此刻的“失足”。果然在李云亭的托举下，秦芸又爬上了岸，贴在身上的衣裙使她如美人鱼一般。

秦芸赶紧奔向更衣室。

姬水娟也和刚刚登上岸的李云亭一起乐了：“云亭，好好努力，有小孩就好了。”

“是吗？”李云亭不相信，“我努力了，不行啊。你来帮我，姬老师。”

李云亭到自己的办公室，从抽屉里取出一张纸交给姬水娟：“昨晚我努力，反而让她伤心了，还给了我这张纸片。”

纸片在李云亭手中轻轻颤抖。

姬水娟接过纸片，戴上了老花镜，去看纸片上的文字：“人生小语……”

姬水娟和李云亭相视一下，他们都没有看懂。

看懂的人要很久以后才出现。

张莹莹回到了自己的小屋，她仰面躺在床上，有着自己的盘算。电脑上，QQ 又在呼叫。张莹莹还躺着，不想上网。QQ 还是一个劲地呼叫。

张莹莹坐起来，靠上床背，休眠的电脑被唤醒，屏幕上果然是李云川的召唤。

张莹莹开始打字了：“我在飞翔的间隙休息，为什么吵醒我？”

屏幕上的回复："张莹莹，你好。"

张莹莹回复："张莹莹是谁？"

屏幕上，李云川再回复："是你。"

张莹莹继续："我是飞翔。"

她有一点感觉到不好意思了，又用委婉的语气再回复一条："你不用知道我是谁呀，你说你常常要想起我，这就像想起了早晨想起了昨夜就可以了。你说你的软件设计，是我给了你飞翔的联想，这很好呵，我很开心的，谢谢你。"

然后她还特地打上"飞翔致意"四个字，就关上电脑了，她还是刚才的姿势，仰躺在床。突然，她看看表，从床上跃起，在大橱里寻找合适的衣服。

显然，她要出门。

李云川在自己的房间里，仍旧是在各种资料堆得七高八低的"平洼"地带，李云川趴在地上，想等待回复，但是对方显然"撤单"了，他又失望了。

屏幕上留着李云川最后发送的内容："我的软件想让飞翔来做主，联想集团想要大发展，曾征求天下 IT 精英意见，我受你 QQ 名启发，写上一条意见，叫'联想需要飞翔'。现在著名青年软件师李云川需要飞翔，不是联想式的飞翔，我要见飞翔，飞翔是一个人，飞翔是一个漂亮的女人，飞翔是漂亮的做空姐的女人，飞翔就是你，飞翔 206 就是你，张莹莹，还要躲猫猫吗？"

李云川趴着的姿态已经变成了盘坐的姿态，双手合十，自言自语："啊，谁来救我？"

从杂乱堆放的资料到严谨有序的软件程序，中间需要有一个过程，李云川不会不知道。所以，他的眼光依然充满自信。

穿着水蓝色西装的罗大河和穿着乳白碎花衣裙的戴露出现在选秀赛场，引起一阵喧哗，他们没有在观众席就座，走向了后台。

从后台的门口看进去，有无数的窈窕女郎穿梭其间。

罗大河止住了脚步，但是戴露拉着罗大河进入了后台。

罗大河："这恐怕不行吧，你看看都是女的，不能的。"

戴露："哈，让你观赏风景还不好？喏，坐那里，有工作人员呢。我去去就来。"

罗大河坐下，水蓝色的西装很扎眼，小步快跑的女人们也把跳跃的目光纷纷扬扬地投到了他的身上，罗大河感觉是他在被人观赏，英俊挺拔的做机长的男人嘛，这是后来戴露的结论。

江天芳也在穿梭其间的女人之中，她走过罗大河的身前时，轻盈和飘逸的感觉比她前几次出现时更加强烈了。罗大河这次倒是认真的观察了，江天芳目光中傲视一切的东西，显然有过精心精细的排练，罗大河微微一笑，对于经常做出有备而来姿态的女人，他常常碰到，所以并不介意。

江天芳向化妆间款款而去的背影，圆润得恰到好处，向前移动的韵致和腰臀间的摆动也在吸引着人们，包括罗大河。

戴露匆匆跑来："咳，大河，美不胜收了吧！哈哈，收起来吧……告诉你，总监同意了，我们的秘密武器独一家，我在说的你可不要忘记，每一个程序都要到位。"

罗大河："没有问题，保证完成任务。"

戴露："不准有任务观点，必须全身心投入。"

罗大河："没有问题，保证全身心投入。"

戴露笑了，笑得很甜，这是她在明确表示了自己爱意的男人面前，她似乎认定两人是恋人关系了。虽然，他们现在并不是。

罗大河有所顾忌，所以悄悄移开一些距离。

戴露又贴近一些："大河，我有全胜的把握。"

罗大河："我看差不离，只有刚才过去的一个人有点竞争力，你不可轻敌，要全力以赴。"

戴露："只要你在，胜利在！"

大弧形的台上，参赛选手在各尽所秀。

评委席上一排各色人等，艺术家派头好像十足，长头发的，络腮胡的，一个个煞有介事。

台幕上打出的文字是："现代小姐初赛"。

又一位出场，看上去像是裸着上身穿西式便服的女子，宽体裤像两个风箱在台的中央，很有节奏地在移动，很不容易。

张莹莹已经来到两岸咖啡馆，她得体地点头微笑，西装笔挺的一名中年男子在她的对面坐着。两杯咖啡摆在他们的桌上。

张莹莹慢慢地搅动着小匙：“高总，对不起，这么迟才约你。”

高总：“没关系，我们欢迎人才的态度，叫‘革命不分迟早’。”

张莹莹笑了：“高总又笑话我了，其实我没有你们说的那么好，我是一个普普通通的乘务员。”

高总：“不普通。我们不是不欢迎普普通通的乘务员，我们需要很多很多，但你不普通，她们也会飞翔，但你在飞翔之上。”

张莹莹看一眼对面这名文质彬彬的男子，好像在说：“是不是又在恭维了？”

高总：“我和你说过，你们玫瑰航空选你做‘玫瑰皇后’的终评那一场，我们筹备组的三个人混入了现场，呵呵，发现了你。你在赛场上表现很出色啊……”

张莹莹：“我说了那只是做秀嘛。”

高总：“好眼力在于透过秀场发现真的优秀，你是优秀的，各方面，我们当然了解过，我们需要你，我也需要你。”

这个西装笔挺的男人说得没有半点的犹疑和含糊，并且在说话间眼光绝不飘移，认真地看着张莹莹的眼睛。

张莹莹：“我在玫瑰航空已经多年，如果马上要离开，总好像还有一件事没有办完，等办完了这一件事我就可以走了。什么事呢，我又觉得有很多事似的，真对不起。”

高总：“这是我发现的你的优点之一。”

张莹莹有点招架不住对方这样的内在攻势很猛的谈话，她知道不用绕弯子了，可以直接提出自己的要求。

张莹莹呷一口咖啡：“我到你们东海航空做什么呢？”

高总：“这一点也正是我想告诉你的，上一次我想安排你做首席乘务长，后来我们做了统一的选择和调整，我非常希望你出任东航海空的副总，年薪两百万，统领公司乘务。张小姐，在民营公司，做我的副手，暂时我不会对你提其他要求，你觉得行吗？”

高总的这一番清楚的“陈述”，其实不在张莹莹考虑的范围内，她反倒特别在行地询问了，她清晰地明白自己在这时候需要一点主动出击：“你们东海航空有这样雄厚的资金，但你们的战略布局是怎样的呢？这不是你们现在熟稔的打火机产业，你们的飞行力量如何形成并构筑空中的队伍，你们的营销布点如何设置？将系列布置日常化又是如何考虑的？”

高总这个有着铁青下巴而且微微抬头的男子，这会儿有了笑意：“很好，我没有看错你，听我慢慢道来。”

他喝下半杯咖啡，又召唤侍应生：“给我再来一杯。”

在选秀赛场，节奏鲜明的音乐中，戴露出场了。

她的美，她的气质，与她平时养成的职业素养，包括此刻她对音乐的理解和舞台上的自我把握，使她在这一层面的选秀活动中，显得卓然超群。

她在舞台前沿的造型获得了满堂喝彩。

隐隐绰绰的观众席里，仿佛有石智明的面庞。

音乐声悠扬抒情起来，戴露沿弧形边沿步至舞台右侧，挽着罗大河款款走向舞台中央。

观众又鼓掌。

罗大河显然缺乏舞台秀的专业训练，但是他那英俊挺拔的男子气概非常出众，可能是机长生涯给他的那种善于驾驭一切的气度和他爽朗正直的性格一同形成的独特感觉征服了观众。此刻他轻轻揽住戴露的腰，颇有携归暮雨之感，观众又鼓掌了。

评委席上没有人鼓掌。

有评委轻声在说：“选现代小姐，还是选现代先生啊。”

评委会主任席签前的女士也轻声说：“自选动作嘛。”

舞台中央，戴露倒真似恍然进入了现代生活，她侧脸微抬，笑意荡漾，又靠上罗大河的肩，慢慢步出舞台上的光圈之外。是朦胧地带，两人造型，罗大河俯身，戴露抬脸，以唇相迎，能够感觉到戴露的冲动，相迎变成了相贴，罗大河镇定地锁住了戴露的唇，灯光渐暗。

音乐也悄然消失，几秒钟的无声过渡，突然灯光大亮，水蓝色和乳白色上的碎花点点在台前光彩照人，戴露和罗大河谢幕。

在两岸咖啡馆，张莹莹露出投入的神情，还频频点头。

高总：“所以我就想，我可以占领打火机的世界一半市场，那么飞机的一半市场，我们也不是不可以去想的，其实有个道理是一致的，叫作点亮市场。我们有这个信心，信心比资金更重要。张小姐，这是我关于经营战略的结束语，你看行吗？”

张莹莹：“你说得很好，我基本，或者说我个人已经被你说服了。高总，我还想提醒你的是，办航空公司毕竟是高技术的活儿，按世航组织规定，开办干线航空，必须有一百八十五名有正式执照的机长，开办支线航空，必须有七十名有正式执照的机长，这个你们有准备吗？”

高总：“也正在积极筹划中，张小姐，恕我无可奉告，航空界对机长人才的争夺非常激烈，东海航空一定会揽人才于自己怀中，并且给他们以最大的温暖。”

高总说得很严肃，张莹莹没有感到半点暧昧。

张莹莹：“我理解，今天的交谈很好，我可以这样说，我已经心动了。我突然发现，原来我总觉得没有做完的事其实是可以和新做的事一起去完成的，今天听了高总的意见，我想先为东海航空立一功，如果我真去了，也算是给东海航空的见面礼。高总，我为你们介绍一位机长过来怎么样？”

高总：“那不太好了吗？何止是礼物，你这是参与了我们的创建，谁呵？”

张莹莹：“我要说服了人家，才能定啊。”

高总：“你们玫瑰航空有个机长，可说是德才兼备，航空界很有名，原来是航校的青年教官，前不久在空中处理电脑失常的突发事件时很有准星，这个人能过来就好了。”

张莹莹已经听明白了是谁，她很想说出“机长罗大河啊”六个字，但是出口时却变成了另外六个字：“好机长多着呢。”张莹莹笑得非常平静。

坐在她对面的西装笔挺的高总对她有所打量。

罗大河和戴露坐到了已经上场过的选手席里。在选秀赛场，他们坐着，确实把周围的人比了下去。可在弧形台上，又有一个光彩照人的形象出现了。

这是江天芳，她果然呈现出高贵的风格，音乐是巴赫的独奏曲，灯光转为蓝调，一改舞台上的温馨气氛。江天芳慢慢走来，在缓慢的动作中完成一个造型，然后又纹丝不动，再缓慢地舒展开来，这样循环反复，她完成了一连串的造型，然后在追光的效果里做仰望星空状。

观众席里的石智明能够很清晰地看见她，可他的面部表情里好像找不到该有的兴奋。

罗大河和戴露看着台上，在轻声交谈。

罗大河："这就是刚才我看见的，很特别，有竞争力，跟你有一拼。"

戴露："你就说她漂亮吧，不用吞吞吐吐的，我不会介意啦……哇，是她，是江天芳。"

罗大河："你们认识？"

戴露："在美发时认识的，莹莹、小洁，对了，还有小英子，都见过她。她可厉害了，名校校花呢。"

罗大河："校花？跑这里来？"

戴露："哦，还是国际运动大会礼仪小姐。芸姐看上她了，想拉她来我们公司。"

罗大河："那好啊，这个人气质不一般，她表现的这种冷峻风格是从骨子里出来的，不一般，真是不一般。"

戴露："哟嗬，看进去了呵！"

罗大河转身朝戴露笑笑："你不看看你身边的这位男人可是在美人堆里久经考验的喽。"

戴露："这话我爱听，嘻嘻！"

舞台上灯光大亮，江天芳仍然冷静地收场。然后很突然似的，给了全场一个灿烂的笑。掌声很响。评委席上一阵咬耳朵，亮出打分牌，大多数是九分以上，鼓掌声又起。中间的评委会主任站起来，拿住话筒："现在，我宣布，本场比赛的出线者是……江天芳、戴露。"

这位女士宣布完毕，掉头就走，很有气势似的。石智明从观众席间站起，很轻蔑地瞟了一眼评委席，然后离去。罗大河和戴露也站起来，又吸引了大家的目光，戴露兴奋了，踮起脚尖又吻了一下罗大河的脸颊。罗大河没有躲避，示意戴露离席回家。从后台出来的江天芳，看见了远处的戴露，戴露也正好回头，两人认出来了，远远地挥挥手。

石智明驾着劳斯莱斯车前行。江天芳坐在副驾驶座上，不一会儿就偷偷看石智明的脸色，石智明仍然无语。

江天芳："智明，你怎么啦？我今天出线了，你怎么不高兴啊？"

石智明："没有不高兴，我是觉得这帮评委太烂，什么人哪，噢，有钱有权有势就什么都可以做啦，你看那个奶粉大王的儿子，才进了戏剧学院，怎么进的谁还不知道呵，也是评委了，笑话！我看你都准备好参赛的，也就不较真了，真无聊。"

江天芳："那你也要看结果呵，出线的不就是我和那个玫瑰航空的空姐呵。"

石智明："玫瑰航空，你认识？"

江天芳："偶然碰到过，还不错吧。"

石智明："嗨，选了你们俩出线，也就是常见的水平，我看有另外两个选手，瘦了一些，平胸，连锁骨也很平，培训一下，说不定才是真正的现代的感觉。那些评委算什么啊，白痴。"

江天芳："哎哎，大设计师，你也不要叽叽歪歪了好不好，好歹我也出线了，排名第一，你就不要破坏我的快乐情绪了。"

石智明："明白地告诉你，我今天来，不是为了享受你出线的快乐的。你的出线是可以预料的。我想找我理想中的丝质旗袍模特，可惜没有找到。"

江天芳："玫瑰航空的那位姓……对，姓戴的怎么样？"

石智明："她很漂亮，但不适合做旗袍模特，她倒是穿得西方化一些，可能还会有一些野性的美。"

江天芳对这个男人的看女性的目光还是有些佩服的，她又侧着脸看了一下石智明，仍然发觉石智明还是不高兴的神情。让她惊讶的是，石智明稳稳地开着车，也稳稳地吐出几句话来：“你的上海姆妈给我来了一封信，很严肃的态度呵，她可以不满意我，可是不可以污辱我。信昨天就来了，我怕影响你情绪，就没有跟你说，看来我的估计没有错。”

江天芳完全想象得出妈妈来信的内容，她一时愣住接不上话来。

罗大河穿着衬衣和戴露在碧涵宫会所喝着咖啡。

戴露：“今天让你做了陪衬，让我夺得了出线，真要感谢你！你说怎么感谢呀？等会儿开一瓶路易十三？”

罗大河：“嗐，见外了吧，你不说都是玫瑰人嘛。”

戴露：“那不是一个意思，芸姐关心我，我要感谢她。莹莹去年陪我去英语强化训练三个月，天天晚上练习，我也要感谢她。感谢你就见外了，那么你是我的什么人啦，不见外的人是什么人啦，你说嘛，大河！”

罗大河：“哈哈哈，好你个戴露，又接上在三亚海边的话题啦，你也懂得要狡猾啊！”

戴露：“好，我不感谢了，不说见外的话，大河，你不要这样嘛，我在三亚说的全部是认真考虑过的。你可不要以为我平时大大咧咧的，那是爽快那是大方，我选择我的如意郎君，我是不含糊的，爸爸也为我介绍过，什么海归啦，港澳富商啦，我不要，我为此还和爸爸吵过。现在他听我的啦，我的选择就是对的。”

罗大河：“你这个淘气的女儿，肯定让你爸爸生气了。”

戴露：“你甭管，我以后在你面前也要继续淘气，但不会让你生气啦。”

罗大河：“你现在就很淘气。”

戴露：“那你现在很生气？”

罗大河：“哈哈哈，你这个戴露呀！”

江天芳和石智明已经回到了郊外别墅，坐在院子里的咖啡台旁。

江天芳垂下的手中的捏着一张信纸。她望着远方的树林，一脸落寞。

石智明默无言语。

江天芳：“智明，你真的不必介意，这三条妈妈在这里就和我说了，我跟你说过吗？妈妈把我当成了宝贝，总是这个小心那个不要放松的，我也没有办法，从小学一直到大学，妈妈相信爸爸为我设计的路径，费心地培养我，真的，妈妈其实也不是宠我，她就像要求我一样地要求你了，你不要放到心上去。”

石智明：“不说了吧，你妈妈没有错，她做你的妈妈是你的福气，能够做你的妈妈也是她的运气。你妈妈很为你骄傲啊，安排也是够细心的。”

江天芳：“女儿以学校第一名的成绩考上名校，又数次评上这个校花那个花王的，妈妈每次都开心，不过也越来越看紧我了。智明，你不要有太多负担，我没有不放心你啊。”

石智明：“你妈妈来这里的时候，我就从你妈妈的风格款式里看出了问题，我和你妈妈恐怕合不到一起去。你不要惊讶，做人也有风格也有款式的，我不评价你妈妈，你妈妈要为你做主呢，为女儿做主，也无可厚非。”

江天芳：“其实你还是评价了我妈妈。其实可以不评价的。反正你又不用和上一代人一同生活，我们也选择不了上一代人。”

石智明：“可以想得比较轻松，但生活有时候非常实在，比如我想找个太太，还想她应该是全职太太呢，你妈妈有这态度，你更不可能了。再说了，你妈妈还要住到这里来过晚年的，在这里啊！不是你说的吗？”

江天芳：“看来你还是不能放下，那就由你来做决定吧。我没有意见。”

石智明看着江天芳，许久……他笑得很冷，站起来走了。

江天芳没有拦，她也一时有点蒙，她习惯了在石智明前“摆跷足”。但是，在石智明前对母亲不予置评，或者说她根本就不想表达自己的真实想法，只能无语相送。她站着，风，也有点冷。

劳斯莱斯缓缓地开出院子，然后急速驶去。

罗大河合上手机：“怎么办？我要回去，晚饭有人约了，说有要紧事和我谈。我们改日再聊吧。”

戴露：“大河，有人和我说，男人不是逼出来的，而是宠出来的，只对爱情而言哟，你是千宠万爱死不开口呢。好好，走吧。最后说一句和爱情无关的话，我看你在公司总被你那个同学拖住，挺憋气的，我看干脆让我父亲办个航空公司，现在政策允许了，东部房产也可以有个东部航空的。怎么样啊，你过来当老总，我也过来，做老板娘，我们夫唱妇随，决不孔雀东南飞。嘿嘿，飞机当然要飞向东西南北的，飞向世界各地的，怎么样？”

罗大河大笑起来：“哈哈，这不还是在宠我吗？这可宠大发了。”

戴露：“呜，就是你，你就是个坏蛋。”

罗大河：“好像说了半天还是与爱情有关的吧。”

戴露：“你就是一个大坏蛋！”

罗大河完全没有去想戴露话中的黄金含量，他已经站起来，笑着大步走向门口。刚把雷克萨斯吉普的车门打开，戴露又追了上来，手中拿着阿玛尼的衣袋，到车边把衣袋往车里一扔。

罗大河：“哎，这西装我平时无法穿啦！你拿回去吧，给别人穿。”

戴露：“给你穿过的西装，我永远不会给第二个男人穿。”

戴露的眼中，是一个可爱女人的执着和热情。

罗大河在戴露的肩上搂了搂，然后跳上车，车很快启动驶去。

戴露还在那里伫立。

晚上，在温馨小酒馆包间，张莹莹坐在那里，桌上的红酒已经倒好。

罗大河进门：“哇，这么认真。”

张莹莹：“正好，这是我带过来的波尔多红酒，刚刚醒好酒。”

罗大河：“你怎么来这里？胡英子的妈妈不是和我们认识了吗，老人家还以为……”

罗大河知道无法接下去说了，抬头看张莹莹。张莹莹笑了：“怎么不说下去了？”

罗大河：“呵呵，以为我们俩是什么关系了。”

张莹莹：“罗机长，我不会再主动向你询问我们该是什么关系的了，在这里约你，也说明我们俩现在没有秘密可言，你以为如何呢？不过，我现在倒有另外一层意义上的秘密要和你商量。”

刚刚离开戴露的罗大河现在又与张莹莹扯起了与恋爱相关的事，他实在有点不堪重负了，但面对的都是好姑娘，他真是不好决断了，一听说另外的秘密，他赶紧收了神：“秘密，什么秘密？”

张莹莹凑近：“我们俩一起跳槽，如何？”

罗大河一震：“跳槽？”

张莹莹很重地点头。

第八章

红红的葡萄酒是燃烧的液体。

罗大河完全没有想到两个在追他的‘玫瑰皇后’，竟然在同一天都向他提出了离开玫瑰航空的建议。他一时被镇住了，已经端在手中的葡萄酒杯纹丝不动。

张莹莹：“怎么，把你吓坏了？不应该的啊！上个月你在公司演讲时那个雄心勃勃的样子在哪儿啊？”

罗大河：“和那个演讲无关，这‘跳槽’两个字儿，我很生疏啊，据我的阅读积累，这‘跳槽’的意思，好像是宋元那时候，或者是明清时期那些勾栏瓦舍里的什么人物，奔什么新的鸨母挪挪窝吧。”

张莹莹大笑：“好你个罗大河，都读了什么书了，哈哈。你别王顾左右言他了，告诉你，我给你想了个绝妙的办法，万里长空可以让你展翅飞翔。”

罗大河：“好，你慢慢说来。怎么样？先干一杯。”

张莹莹看看罗大河，笑得有点意味深长。她递上葡萄酒杯，清脆的碰杯声后，慢慢喝下。罗大河也一口喝下了。

张莹莹：“罗机长，我先前也有所耳闻，你的学长可嫉妒你了，好像从他的嘴里传出过你寻花问柳的能耐……”

罗大河：“不不，纯属他的业余创作。”

张莹莹：“不必解释，兴许我对你的循踪而来，起点还在这些业余创作上呢！我认真的是，听你自己的表述，好像这完全已经影响了你的自由发展，对于一个男人来说，这是最不好的环境。所以我说了一个你认为很古老的词语——跳槽。是为了自己发展，而不是为了投奔谁……”

罗大河：“你继续说下去。”

张莹莹："一个人的心境很重要，我很佩服你的，也就是在这样的环境里还有这样的心境，洒脱、大气，并从来没有改变过自己。但是，大河，对不起，让我在这样的场合称呼你大河吧，一个人的心境有时候经不住环境的压力，也可以说一个人的心境本来应当起到创造环境，至少是改变环境的作用。我观察下来，于你而言，个人不足以抵抗强大的机器。"

罗大河："此话怎讲？愿闻其详。"

张莹莹："大河，你真诚，爽朗，还有一些广交天下的侠肝义胆，我毫不怀疑，你真正愿意把自己交给一个女子的话，你对这样的女子也会充满柔情蜜意。"

罗大河："对不起，谈工作环境呢。"

张莹莹："正是在谈如何处环境呢，你不要以为我在向你献媚，我不会恭维人，我也不需要恭维人。"

罗大河听出来一点意思了，自己喝了一口酒："完全相信。"

张莹莹："'性情中人'，很多人用这词儿，褒义贬义混在一块儿了，你应该明白我的意思……你花下去很多功夫，充满善良和真诚，你以为你凭这个就可以所向披靡，其实是不可能的，我们可以热爱善良和真诚，但如果相信了善良和真诚，就是一种可爱的幼稚，你用尽了所有的善良和真诚仍然化不开你的学长——我们的大领导这块石头。大河，跳槽是你最好的选择。"

罗大河："这还是一方面的理由，那还要看你跳过这个槽，那边是一个什么笼子。"

张莹莹："不，应该说是一片什么天地，你是不是对中国的言情小说情有独钟啊？有那么多奇怪的词儿。"

罗大河："错。我对我们伟大祖国的文化情有独钟。"

张莹莹："呵呵，正经事儿中常常犯点贫，也算是你的可爱之处吧。"

罗大河笑了，他很清醒，他在思忖自己该如何把握。

胡英子的婆婆端着一锅鸡汤进来："该给你们上热菜了吧！来，先喝口汤。"

罗大河："谢谢，你们的特色汤，我爱喝。"

张莹莹也笑笑。

胡英子这时候在小弄口拐弯进来，看看停在弄口空地上的雷克萨斯吉普和银灰色帕萨特，转了转眼珠子，走向弄里。

她向小弄深处的温馨小酒馆走去。

包间里，像在进行一场密谋。

张莹莹：“我提出这样一个看法，不是空穴来风。去年秋季航博会的时候，我被抽去搞过一段时间的会务工作。我亲眼目睹了东海航空召开的盛大的新闻发布会，他们的高总在台上侃侃而谈，有学识有见解有底气有胆魄，我听下来，可能航空界都要为之地震。你看有多少新鲜事儿在冒出来，包括你提出的服务全球化。”

罗大河：“东海航空我知道，要搞成民航界的大型民企，不过，雷声大雨点小吧。”

张莹莹：“不是的，在扎扎实实地筹备，已经有一百五十名机务人员和六百名乘务人员在新加坡接受培训。我以为他们现在最缺的就是一位精通飞行业务又具备世界眼光的业务副总裁。”

罗大河显然被吸引了：“你，不会在说我吧？”

张莹莹：“正是你，我以为你是最合适人选。”

罗大河把手中的酒杯往嘴里一送，大半杯葡萄酒不见了。他放下杯子站起来：“好你个张莹莹，你不会是你说的那个有学识有见解有底气有胆魄的高总派来的卧底吧。”

张莹莹：“你又伟大祖国的文化了吧，我为谁去做卧底？不是旧小说，也不是当代传奇，更不是无间道的故事。是真实的现实生活，你，最合适。”

罗大河：“你做卧底我又不会管，你怕什么。我真的离开玫瑰航空，也是你挖的大型国有企业的墙脚，这个你想过没有？这个你不怕？”

张莹莹定神看看罗大河，突然大笑起来。

胡英子已到了温馨小酒馆后间帮着洗菜，她的婆婆在一旁拾掇着芹菜茎儿。

婆婆："就是上次来过的中间的两位，看上去很知心的样子，老是在聊天，男的堂堂正正，女的标标致致，很好的一对哦。"

胡英子："是我们公司的，我看见他们的车了。他们是一对？不对吧。"

婆婆："我看像，挺合适的。"

胡英子："真的没听说，娘，以后可能常会有熟人来了，在这里开饭馆，人来人往的，到了天漆黑店打烊，也都是来无影去无踪的，听到什么看到什么，你不用和人说。"

婆婆："这个我懂。我在乡下搞农家乐都有这个规矩呢。英子啊，看人家成双成对的，你也该考虑考虑了，在你们这帮空姐中的甜妹子中，你怕不算小了吧。"

胡英子："娘，这你不要操心了，在这里说考虑也就考虑了，你不要急，先把爹的病治好。"

婆婆："这又不用分先后的，英子……"

胡英子甩一下手上的水："娘，我上楼去一下，你等一会儿有空也上来一下，有件事我告诉你。"

她说完就登上了木楼梯。

"密谋"还在温馨小酒馆包间进行。

张莹莹："那次峰会以后，我倒有心关注东海航空的情况，他们是充满创新精神的。你精湛的飞行技术，全航空界都了解。再考虑到你的服务全球化的质量理念，以及这一次讨论'蹲式服务'时你的欣赏，我真的觉得你去东海航空非常好。罗大机长，玫瑰航空有什么可留恋的啊？我说了半天了，你好像还不明朗，这不是你的性格。"

罗大河："像我这样的性格，你已经说得很透了。在这儿兜不转，到那里就能周转开了？"

张莹莹："这不一样，像你这样的性格，当个大头目，一定会长袖善舞功德无量，可是像机长，在这里也不就是个生产队长嘛，很可能反要被人欺负了。人最悲哀的，恐怕是一辈子都找不到自己的位置。都快三十而立了，这个年纪已不需要改变自己，但可以改变选择。大河，我的建议怎样？”

罗大河：“看不出来呵，张莹莹同志，你还是一个很有眼力很周全的美女，不容易，不容易啊。”

张莹莹：“那只能说明看不出来的人原来小看人。”

罗大河：“我看不见得，我也不太听到有人这样评价你，你原来的一分部部长我认识，也没有听说。”

张莹莹：“那只能说明我正在等待着被发现。”

罗大河清楚着对方的心理呢：“或者说已经被你发现了吧。是有道理呵，有道理。让我这样的性格到应该发挥作用的岗位上去。”

张莹莹：“是，想明白了，事情就变得简单。”

罗大河：“嗯，不过‘跳槽’的事毕竟太大，会有很大动静，我不得不多加考虑。但是从我目前在这儿的情况和东海航空的全新打造来看，那里当然是有吸引力的，而且可以在副总的岗位上实现我的理想。这，能肯定吗？”

张莹莹：“你的事我不当儿戏，我是得到了高总的允诺才约你到这里谈的。”

罗大河：“那你不是卧底，是说客。”

张莹莹非常严肃：“不和你斗嘴了，你有一天会明白，其实什么都不是。”

罗大河又追问：“东海航空一定也很缺你这样的人才，你为什么不想想跳槽呢？”

这是张莹莹很快就可以回答的问题，但她觉得目前不适合回答。对于罗大河这样的提问，她有些愉快，不禁有了快乐甚至还露出甜丝丝的笑意：“大河先生，今夜讨论你的理想，而我目前的选择是在六分部的秦芸乘务组工作。”

罗大河：“张莹莹小姐，好像有一位‘玫瑰皇后’说过是为了一个机长才调到秦芸乘务组工作的，但是她又要让这个人飞走，这……？”

张莹莹很难继续了，她想了想：“纠正一下，不是‘玫瑰皇后’，这个人是我，‘玫瑰皇后’会越来越多的，我就是我，我的真心日月可鉴。”

罗大河反倒被噎住了。

他们的谈话到了这个时候，谁都明白是在密谋什么了。

婆婆已上了楼上的房间，在藤椅上坐着，胡英子又倚在窗前，望着星空，她回过身，便靠在窗前了，手上有一张银行卡：“娘，跟你说的事暂时就这样吧。刚才我去过银行，他们说打款的人捧着现金来的，没有留下姓名，只要求写下‘爱你的人’，这十万元不是小数目，我想先保管着，如有急用先垫上，以后再想办法还吧。”

婆婆：“你的同事刚知道你在这里有活儿，就发生了这样的事，大概是他们做的吧。你不去问问那个小个子？”

胡英子：“我问了，他说不知道，他家里也很困难的，他不会有那么多钱。”

婆婆已满眼潮湿了，她点点头，站起来：“我得下去了，英子啊，你尽碰见好人了，好世道啊。是的，我们以后想办法还。”

婆婆慢慢地下楼了，胡英子看着她的背影，有着淡淡的忧伤。

现在，戴着贝雷帽的胡英子转过脸来，她又神清气爽了。

着装整洁的秦芸乘务组又要出发了。

自动扶梯作用于这些制服美女，就生出了缓缓移动的美，与任何一次出航一样，她们的脸上有训练有素的微笑。而人生甘苦则在她们的心里移动。

移动的还有蓝天白云上的波音747，遨游长空，有一种宁静的明朗。

秦芸在头等舱内巡视。在工作岗位上出现的秦芸，总是这样的稳重，她的优雅又使这种稳重带着一种宁静的明朗。

方波浪又出现在他曾经坐过的座位上。他看见了秦芸，他的微笑已经很自然也很家常了，秦芸也报以他已经很熟悉的笑意。当然，方波浪在秦芸脸上的停留，绝不是简单的礼貌了。

秦芸：“方先生，还需要吗？”

方波浪摇摇手。

秦芸收走了台板上的咖啡杯。

胡英子也在一旁为一个煞有介事的老太太递上一杯清水。

经济舱内，戴露和张莹莹也在巡视。

“玫瑰双娇”在中间过道上的行走，营造了机舱里的快乐氛围，有时候美丽本身就是一种良好的服务。

乘客们大多比较安静。

空中，云朵有了一些急速的变化。

秦芸在播报：“女士们，先生们，由于我们遇到异常气流，飞机可能会有颠簸，请大家在原座位坐好，不要走动，系好安全带。”接着是英语广播。从语速上，能够感觉出情况有些严重。

头等舱的盥洗室打开了，方波浪从里面走出来，步履有些踉跄。在头等舱过道上走过来的胡英子加快几步，想上来扶他一下，就在这时，严重的颠簸发生了，由于飞机的突然下沉，方波浪像失去了重量，被抛了上去，就在这刹那间，胡英子纵身跃上前来，抱住了方波浪，当方波浪旋即摔下来的时候，胡英子恰如一个软垫，她使方波浪重新站稳了，而胡英子却在晃悠中重重地把自己的肩撞进了椅背之间。

秦芸已经冲到了她的面前，扶起了胡英子，方波浪也急速地转过身子，从另一面扶住胡英子。

胡英子露出强忍疼痛的神色。

胡英子躺在了病床上，秦芸坐在她的旁边。

胡英子的婆婆收拾好一些碗筷，朝秦芸笑笑，但不无担忧地走了出去。

秦芸：“我去了医师办公室了，片子也让许多骨科大夫会诊了。是挫伤，但没有伤到骨头。很快会恢复的。”

胡英子：“太好了，我还真怕伤到了骨头，伤筋动骨一百天，那咋办哪！”

秦芸：“英子，你放心静养几天吧。你爹那里有护工照顾，你也不要太费心，我本来觉得你去人民医院好，但你想和你爹在同一家医院，这是让人无法不答应的要求。可你自己也要注意休息。”

胡英子：“嗯，我知道。”

胡英子的公公和婆婆也在病房里轻声交谈。

婆婆："英子就从来都是为别人急，看见人家可能要遇险，她就冲上去了，儿子在的时候不是说过吗？英子看上去豆芽菜一样的，说话也没有个声气儿，心却硬着呢，怎么折也折不断的。"

公公："这我看得出来，我们够累着她了。我寻思着这样拖下去也不是个事。你还是要托托她的领导，这么水灵的媳妇儿谁不想要？"

婆婆："看你说的，我们家的英子谁敢随便要！一般的人家我们还不给呢，也怪我当初，就算是我们的亲生女儿吧，不能让她受委屈，不让她对外说已过门给了我们儿子的事，她现在反倒不好说了。"

公公："是啊，我本来就不同意。英子这个人实诚，这个假话一说出去，她便不好收了，其实都现在这个年代了，结过婚又怎样呢！"

婆婆："唉，世上没有后悔药。再说吧，我想想办法。你吃了这么多天的药了，好一些吗？"

公公："好多了，我觉着很快就会好的，这个药太贵，你们不要再去配了，我们的钱我还不清楚啊。"

婆婆："你不必担心，我们娘儿俩硬硬朗朗的，那个小酒馆还能攒点钱下来的，你就安下心来。请好大夫，用好药，把病治了，以后还怕什么，人在青山在。"

公公笑笑，有点苦意。

方波浪从计程车上跳下，手中捧着鲜花，走进医院。

方波浪在医院走廊里走来，寻找着病房。

他突然看到了前方有一个女人的背影，他端详了一下，还不敢确定，就在那个女人侧身看病房房号的时候，他看清了是谁，便不再犹豫，回转身走了。

这个女人是乘务大队的政委姬水娟，她手上拿着水果篮，进了病房。

秦芸站了起来："姬老师。"

胡英子坐了起来，有点斜着身子，显然，肩背部的疼痛影响了她的起坐，她的声音更低了："姬政委，您坐。"

姬水娟坐了下来。

这时候，方波浪已走出医院门口，他停了下来，然后步过马路，走进星巴克咖啡店。在临街的大玻璃窗里，看到他挑了靠窗的高脚座位，把花放到了桌上。

病房里，有关怀，更有领导的口吻。

姬水娟："你们六分部所有的乘务组里还没有出过这样的情况呢，要好好吸取教训，要有一套处理紧急情况的过硬本领。据我的经验……"

秦芸："英子，你这样坐着不舒服，躺下吧。"

姬水娟："对，躺下躺下……我的经验呀，会让安全员敲门提醒，然后干脆让他在里面抓紧护栏，等颠簸过了再出来。我曾经建议过里面也可以有安全带装置，但不知道为什么一直没有。千万不能有侥幸心理，颠簸的情况下什么样的意外都有可能发生的。"

胡英子："姬政委，我就一点小伤而已，不要给我们扣分吧，秦芸乘务组的第一位置不能下啊。我……"

秦芸："英子，这不是你的责任，你现在是执行养伤的任务，姬老师是和我们探讨提高空中业务水平的办法，我觉得是要从中得出一点改进的办法。乘客在盥洗室的时候，如果已经接到系好安全带的通知，却匆匆撤回自己的座位，反而有可能发生危险，要是在里面有像汽车里的松紧式安全带装置，不失为一个好办法。我们可以提啊。"

姬水娟："那些飞机设计大师不知道怎么考虑了，我也管不到那里去，所以我们要从人的主观能动性上去堵塞事故的漏洞。"

秦芸："好，谢谢姬老师！英子你休息吧，好好休息。姬老师，我送你回公司吧。"

姬水娟："好，英子呀，年轻人恢复快，但也不要麻痹哟。"

胡英子点点头。

在医院走廊上，胡英子的婆婆走来，看到了姬水娟和秦芸，她们正要向楼梯口弯过去。婆婆跟上，扯住了秦芸。

婆婆：“秦乘务长，你来看英子？”

秦芸：“是，还有我们乘务大队的政委姬老师。”

姬水娟笑笑。

婆婆：“谢谢领导，秦乘务长，家里有些事儿，我想和你聊聊，你有时间吗？”

秦芸：“可以呀，现在我要回公司，对了，我晚上去你那温馨……对对，我去找你，好吗？”

婆婆：“好，好好。”

说话间，秦芸和姬水娟已经出门走向一旁的停车处，她们走得很稳。

秦芸先让姬水娟上了车，然后自己再跳上车。

白色马自达离去。

这一切都在一个人的视野中，从路对面的星巴克咖啡店里，方波浪捧着花出来，急速穿过马路。

方波浪很快到了医院病房。

胡英子：“哟，方先生，你怎么找来的？”

方波浪把鲜花竖放到桌上，然后在凳子上坐下。

方波浪：“这很容易啊，你这里的伤在召唤我。”

胡英子：“方先生有灵感的呀！可惜这里没有咖啡，本来我还可以给你‘一杯咖啡，外加一杯矿泉水’的。”

方波浪：“呵，坐你们的飞机多了，我的口味习惯都让你们记住了，不好意思，总给你们添麻烦。这次还给你添了大麻烦。”

胡英子：“方先生不必在意，本来你也不用惦记我这里的，不过你来让我看到你也好，这两天老是想到你，看到你好好的，呵，很好啊！”

方波浪：“真是个好姑娘，我一直担着心，办完了事就赶回来了，刚才我已问过你的主治医生了，问题不大，那才好呢，呵呵，你这个勇敢的好姑娘。”

胡英子：“方先生，我都吓了一跳，一点都不勇敢。”

方波浪：“你这样说，我更敬佩你了，我在年轻的时候，也抢救过人。有人说我勇敢，我其实没有感到什么特别的力量，我当时也很怕。看来，勇敢是从内心出发的。”

胡英子：“你救了什么人哪？”

方波浪一笑：“嘿嘿，救了一个小男孩。”

胡英子：“看你，自己的英雄壮举，还怪不好意思的，像个大男孩。”

方波浪：“你这个小姑娘，很敢说嘛。”

胡英子：“被你鼓励的。在飞机上见过好几回，感觉你像个大学者，总是在那里想着什么。”

方波浪：“呵，是个学者，不大，学者学者，学习的行者，你看我坐了你们多少趟飞机呵。对了，你们乘务长，还有你们的上面的领导，对你这件事有什么评价？”

胡英子：“对我很好呵，芸姐对我可好了。”

方波浪：“你们的乘务长秦芸，你们叫她芸姐呵，挺好听。”

胡英子：“嘻嘻。”

方波浪：“看上去你们的芸姐对你们这些小姑娘蛮细心的，一定还读过不少书，我看她清清雅雅的，讲话不轻不重，连微笑的嘴角处理和眼神的把握都很到位，这样的人做事想必会很完善妥帖，你们在她组里工作一定很愉快吧。”

胡英子：“方先生坐飞机还这么细致地观察我们空姐呵，我们还真不敢怠慢呢。我正想去报个在职研究生呢，芸姐前年就有了心理学硕士学位呢。”

方波浪：“看得出来。”

胡英子：“刚才芸姐还在这里呢，她要在，你们会聊得很好呢。”

方波浪拿出一张名片：“这是我的名片，上面有我的电话，我有事和你们的芸姐商量呢，你看能不能让她给我打一个电话。”

秦芸与胡英子的婆婆很快见面了，她们在温馨小酒馆楼上交谈。

秦芸万万没有想到：“什么，你不是英子的亲生母亲？”

婆婆：“是，我是英子的婆婆。”

秦芸更惊讶了：“这么说，英子结婚了？”

婆婆抹了一把眼泪：“是结过婚，可我儿子已不在人世了。”

秦芸："这，大娘……大娘，不着急，你慢慢说，这事儿，不不，大娘，我听你慢慢说。"

婆婆："英子的爹妈早就不在了，她是奶奶带大的。她奶奶早年是我们那一带唱晋调的名角呢，可惜在英子十五岁那年就过世了，英子进了县剧团学戏，我儿子也在那里，一个学青衣，一个学武生，他们好上了，后来就在我的农家乐里办了婚礼。我儿子仪表堂堂，英子呢，大家都说她是方圆百里都见不着的美人坯，多好的一对小夫妻呵。"

她说着说着，又去抹眼泪。

秦芸也泪花花了，生怕婆婆说出什么可怕的事来，她的嘴唇嚅动着，结果还是听到了英子的悲惨遭遇。

婆婆："小两口结婚才十多天，他们一起下乡演出，回来的路上翻了车，花了很多很多钱，可我儿子还是说没就没了，英子哭得啊……嗨，儿子没了，我们也不能耽误人家闺女的前程，劝她再找个好人家，可英子不听，县剧团也不去了，说是在那里再也唱不出来。她说，和我也和孩子他爹说，我是你们的媳妇呵，你们不要我了，我是谁了呢？那天我劝她，劝得我自己也哭成泪人了，瘫在那里说不上话来。还是他爹下了主意，说英子啊，你以后就是我们的闺女，我们把你当亲生闺女，你还是要嫁人，我们父母会为你做主的。"

秦芸深知老人当时的心境，隔着眼泪望着婆婆，重重地点头。

婆婆："很快，我们又发现不太对劲了，英子对我们好，百依百顺这是没得说的。在农家乐小饭馆里，她里里外外张罗也没得说，可我好几次看见她一个人还是呆呆地发愣。更不好办的是，英子不是方圆百里没人比得上吗，那来农家乐的，什么男人都有，有些有权有势的人，我们真不知咋办。英子就更不见响也更不见笑了，她最爱在嘴边哼的晋调再也听不见了。"

大概有一种心疼袭来，婆婆又去抹泪，一时有点说不下去。

秦芸走到窗前，望着窗前已掉下来的暮色，唏嘘不已。她倚上窗台，凭栏远眺，空中有远远的飞机滑翔而下，像迟归的孤鸟，勾一番愁绪。

胡英子在医院长长的走廊上走来，也形单影只，轻轻一晃，便晃进了一个病房，靠窗的床位上，她的公公刚刚放下饭碗，胡英子上前就收拾起来。

公公：“英子，你肩上伤着，别动别动。”

护工已经上前，把餐盘收走了。

胡英子：“爹，吃过了，香吗？”

公公：“好，好好。你回屋去歇着吧，肩上……”

胡英子：“爹，不碍事，站着还好一些呢，躺下去要碰到这里的。”

公公：“嗨，那个冒失鬼也真是的。”

胡英子：“怪不得人家，突然而来的异常气流嘛。也好呀，我可以在医院里陪陪爹了，嘻嘻。”

公公也笑了：“你呀，就不要老想着我们老两口了，一半身子入了土，不想啥盼头了，你自己也该考虑了……”

胡英子：“爹，娘都跟我说了，你就不要多想了，放轻松治病，这个药睡觉前要记得吃，进口的，管用。”

公公仍然不无担忧。

温馨小酒馆楼上，婆婆抬头，看看还在窗前的秦芸的侧影，又抽泣起来。

秦芸转过身：“大娘，你不用再往下说了，你们也真替英子着想了。她要是留在你身边，肯定会给你们更多照顾。这样当然要好一些，离开那个环境，总会让她少想起那些伤心事。当时姬老师从山西只挑了三个空姐来，好像你们那地区只有英子一人。在我们这里，大家可喜欢她了，我有责任，一点也没有发现她这段经历，我想，我们要更细心一点……”

婆婆：“秦乘务长，这是我今天向你说出全部真相的原因，我知道你是在单位对英子最好最好的人了。”

秦芸摇手。

婆婆：“英子原想到了你们这里，把她结过婚的情况报告你们的。当初我送她来的，是我拼命拦住她不要说的，你们这里都是漂漂亮亮的美人儿，她才二十多岁就结过婚了，让人家以后怎么看她，她怎么去找好男人？英子那么俊秀的好姑娘，不能随随便便对付。我说了半天，她也依了我，英子也好面子的。”

秦芸：“那你？”

婆婆：“我后来就觉得做了傻事，英子怎么可能在心里抹了这事，在你们面前不明白说了，又好像做错了事，反而让她不敢找男人了。时间久了，我更觉得我这主意会害了她，见了你以后，我觉得你是可以托付的人，所以我约你上这里来，我们英子的大事就托你啦。”

秦芸：“大娘，你们就是英子的亲爹亲妈。你是为英子着想，想想也是人之常情，其实也没有必要，就像找过一回男朋友一样，人家不会在意的。”

婆婆又哭：“我那儿子命苦，刚刚结婚就没了……秦乘务长，我还怕人家，怕人家嫌英子是死过男人的女人，不吉利，人家不要她。”

这个原因一旦被说出口，恐怕很难用恰当的语言来劝慰了，秦芸一边递餐巾纸给婆婆，犹豫着，慢慢地转着圈子劝道：“大娘，那也是意外，事情也过去了好几年，你也不要再伤心。英子对你们百依百顺，也在替你儿尽孝呢，你们有了一个好女儿，你们又那么地照顾着自己的好女儿，我总觉得也是英子和你们的好缘分。大娘，治好了英子爹的病，如果小酒馆这里的顾师傅还交给你们经营，你们可以租过来经营，一家三口做城里人算了，现在都允许的……至于英子的婚事，你不要担心，什么吉利不吉利，现代人不会在意的。要我是男人哪，知道英子的这一段遭遇，我反而更疼英子呢。”

入情入理的一段话，把婆婆说得平静一些了：“都像你这样想就好了。秦乘务长，我看你长得一副善相，大大方方的，这比你的漂亮更可贵啊！我看你，一定有一个好丈夫疼着护着，多好，我们英子以后能像你这样就好了。一个女人，一辈子能和自己的男人相伴到老，是最要紧的了，你的命好，我看得出来你的命好，我就是怕英子碰不上好男人啊。”

这个话让秦芸很难回答了，她只能走为上策。听到窗外风大，她赶紧转身去关上门窗，然后走到床边，扶着婆婆的肩膀说：“大娘，你真的放一百个心，英子只要松开了压在心上的这些东西，她会得到爱的。英子的眼力我知道，她是看准了人才会答应的，她再治疗休息几天就会好了。你放心吧。我走了，有什么事你可以再找我，好吗？”

婆婆："秦乘务长，我告诉你这些事，你最好暂时不要和英子提起，太突然了，她恐怕……"

秦芸："我明白。"

婆婆："哦，还有，你看我说多了，把什么都忘了，有人在英子的卡上给她打钱，这事儿你知道吗？"

秦芸一愣，又笑笑："哦，英子有困难，会有很多人关心她的。"

婆婆："我们英子说了，以后要还给人家的。"

秦芸："大娘，眼下治病疗伤要紧，其他先放放。我，走了啊。"

婆婆站起："好，我送你。"

城市街道，到处是风中翻飞的树叶，撑伞行走的路人。

白色马自达在大街上前行，车窗内的秦芸有专注的神情，能够感觉出来，胡英子婆婆一些无意的言语击中了她。

马自达又慢慢地驶到路边停下，驾驶窗玻璃里，秦芸在看手机信息。

车继续前行，秦芸的专注里还有些忧虑。

雨在风中击打着油亮的绿叶子。

在秦芸小屋。门开了，桌上有鲜红的玫瑰。

姬水娟和李云亭坐在桌前。

桌上还有六盘热菜。

秦芸步入，有点诧异："姬老师，你，你这是……"

姬水娟向李云亭使眼色，李云亭赶紧站起来，上前正好接上秦芸肩上卸下来的小包，走到了卧室里面。

姬水娟："今天是你们的结婚纪念日，你看你们都忘了，我来给你们过。"

秦芸坐下："哦，是，是不记得了。"

姬水娟："你呀，上次在少体校，我看你们都忘不了那时候，该解决了，这么别扭下去，到后来还不是要解决嘛。我看你，什么都很完满，就是家里的问题解决不好，不要再犟下去了。"

李云亭从卧室出来。

秦芸站起："哦，我去洗洗手。姬老师，谢谢你。"

姬水娟拉过李云亭，见秦芸关上了卫生间的门，低声地："云亭，我看能成，你要主动点，多承认错误，你们男人啊，不要在老婆面前摆架子，哄哄就过去了。"

桌上的玫瑰绽放着。

卫生间内。

秦芸把软软的毛巾压上了自己的面颊，她的眼睛却望着镜子里的自己，她显然有点累了，松开毛巾的时候，她做了一个深呼吸，仿佛有一个决定在心中升成。

她在手掌心里倒了点乳液，在手上抹匀以后，她把自己的两只手掌压上了面颊，轻轻转移着。忽然，她的两只手掌完全捂住了自己的整张脸。

这样的停留，持续了一会儿时间。

在涵碧宫会所按摩房，一双女人的手渐渐从一个男人的面庞上移开，罗大河躺在美容台上。美容师坐在床头，做了一个收场的手势，站了起来："好了，罗先生，还满意吗？"

罗大河坐起来："嗯，好，挺好。"

他在这过程中睁开了眼睛，在他的视野里，戴露拍起手来，她穿着白色吊带背心，明黄色沙滩裤，一边拍手一边笑。

戴露："哇，年轻二十岁，罗大河同志。"

罗大河："不切实际，那我成了九岁的毛孩子啦。"

戴露："不要不要，你可不能是九岁毛孩。"

美容师忍不住笑出声来，她松下了口罩，那是一个娇小玲珑的女孩。

罗大河："谢谢你，小师傅，平生第一次享受到这么舒服的体验。戴露，怪不得你们女孩老是美容院美容院的，好享受。"

戴露："什么啦，不是为了享受，是为了年轻。唉，小叮当，你以后教我美容啦，我想学。"

被戴露称为小叮当的美容师笑了："大小姐还学这个呀。嘻嘻，如果罗先生满意了，我就先走了。"

罗大河：“谢谢你，很满意，现在感觉神清气爽。”

戴露：“美死你了，呵呵。小叮当，说好了，我有时间就来学。”

小叮当看着她笑，转身走了。

戴露和罗大河在边上休息区的球形沙发上坐下。

罗大河：“你这么急着催我晚上一定要见面，就为了让我享受啊。”

戴露：“当然不是，我怕你听了心潮太澎湃，先让你冷静冷静。”

罗大河：“冷静什么啊，哪能冷静？”

戴露盯了他一阵，旋即明白了，哈哈大笑起来：“好啊好啊，就叫你不冷静，哈！”

罗大河：“快说话，什么事儿可以让我心潮澎湃的，你莫非在我面前还没有说过让我心潮澎湃的话？”

戴露：“你放心，我的心迹已经向你表白，我才不会死皮赖脸地再向你说什么‘总有一种心情要向你表白’呢。我现在郑重地向你宣布，我父亲已经决定，投资一百三十五亿，组建东部航空公司，特聘你出任东部航空公司总经理。”

罗大河还真的被镇住了，有一个原因戴露目前还不清楚，罗大河怎么也不会想到，下午和晚上，张莹莹和戴露几乎用了同一个办法，在替他的发展考虑，也在向他进一步表达她们的爱。

罗大河：“戴露，不是心潮澎湃，是心跳突然停止。这么大的事情不是儿戏，你和我开玩笑吧？”

戴露：“你，你的脑子进水啦，你……”

戴露突然哭出了声，没有任何的虚饰和故意，她感到了一种巨大的委屈，在罗大河面前的她完全放松了的任性，使她哭得几乎不可收拾。

罗大河也不知如何收拾了。

很晚了，在秦芸小屋，姬水娟送的玫瑰在花瓶里静静地开放。

客厅里完全打扫干净了，灯也已经灭了，从卧室的门看进去，李云亭正在铺床，从卫生间的玻璃门窗可以感觉到，秦芸刚披上了睡衣，打开门走了出来。

李云亭从卧室出来：“你早点歇息吧，我还有点功课。”

秦芸停下来，轻轻地："你也早点睡吧，别累着了。噢，今晚到屋里睡吧。"

秦芸说完就进入了卧室，李云亭有一阵子的发愣，然后冲进了卫生间。

卧室里，秦芸在李云亭铺好的床上，把自己的被子移到了一边，又从大橱里抱出一条蚕丝被，在床上摊放在自己被子的一旁，她钻进自己的被窝，靠在床背上，好像有太多的事儿要她去想了，她叹息了一声，躺了下来，一会儿，她又欠身关了自己的床头灯，想了一想，又把另一侧的床头灯旋亮了。

李云亭在卫生间里三下五除二迅速解决了问题，他也披上了睡衣，走出卫生间，走进了卧室。他看见的可能和他想象的不一样，一时有点发呆。

秦芸已经躺在床上，她看见了李云亭的进入，朦朦胧胧中，她嘀咕了一句："今天很累了，都早点睡吧。"

李云亭已走到床边："好吧。"

他躺到了床上，也关了灯，但是直挺挺地躺着，眼睛也一直睁着，任夜光一层层地擦过。他可能明白了什么，也可能什么也不明白。

秦芸背身躺着，她也没有闭上眼睛，许久，夜光里的两行清泪缓缓而下。

一切悄无声息。

第二天，白色马自达开到了门前，李云亭走了出来。

门打开了，从里面传出来秦芸的声音："上车吧，今天我们在地面，正好送你一程。"

李云亭跳上车，马自达驶去。

秦芸驾车，目视前方。

李云亭坐车，也目视前方。

但他们的对话时不时地响起。

秦芸："天热起来了，你的短袖T恤在健身小间的大橱顶上一格里。"

李云亭："哦。"

秦芸：“月底我要飞一趟国际线。”

李云亭：“哦。”

秦芸：“你不出去吗？”

李云亭：“本来我们月底也有一场锦标赛，在那不勒斯，体委领导不让我走，说有考察组来。”

秦芸：“考察组？”

李云亭：“嗯。”

秦芸：“为什么来？”

李云亭：“校长快退了，听说我被列入了考察对象。”

秦芸：“好事，应该祝贺你。”

李云亭：“千万别，该怎么样就怎么样吧。”

秦芸仍然目视前方：“你的头发有点长了，去剪一剪，你还是留寸儿头比较精神。”

李云亭：“哦。”

说话间快到少体校门口了，李云亭转过了脑袋：“我在这里下吧，学校里还没有领导有私家车呢。”

秦芸大概想说大可不必这样谨慎的，她也转过脸来，看到自己丈夫的认真脸色，她不再说什么，把车开到了路边。

李云亭跳下车，往前走去。

透过前窗玻璃，秦芸看着丈夫的身影，叹了一声。

秦芸又到了医院，胡英子向前支起身子：“芸姐，你又来了，我不要紧的，我娘刚来过呢。”秦芸站在门口，手中拎着水果。她的身后突然响起了一阵喧哗，戴露、张莹莹、林小洁还有罗大河、小个子机械师，大家拥进门来。

胡英子赶紧从床上下来，秦芸上前按住了她。胡英子连连说：“不碍事了，不碍事了，大家好。”

秦芸的心还泡在昨夜胡英子婆婆的倾诉里，她退至一旁的方凳上坐下，耳边是看望胡英子的同事们的声音：“小英子，哇！还好嘛。……哈哈，美女毫发无损。……不着急，还是要休息好。……快点好吧，马上要飞开罗了，那地方好闷，小英子一定要去。……唉，你父亲也在这医院，我们去看看。”

秦芸一直在看着他们，在她的视野里，她看见这些朋友对胡英子关心、亲近，呵护中带着真诚和热情，也看见了小个子机械师与众不同的情绪，看起来有一点怜爱，秦芸有所觉察，但自嘲地笑了：不可能的吧。

他们嘻嘻哈哈的笑声一路飘过走廊，罗大河和小个子机械师在后面跟着。在胡英子公公的病房里，婆婆也在，两位老人感激地看着大家，在戴露的发动下，大家一起向病床而立，共同地说了一句：“祝愿英子爸爸早日恢复健康。”

林小洁又代表大家递上了一只红包。

胡英子和她的公公、婆婆眼睛都潮湿了。

在现场还有一个人的眼眶里也是泪花在打转，她就是秦芸。她无法忍受自己受委屈，更看不得别人的委屈乃至苦难。知道了内情的她，看着大家的关切，被深深感动了。

秦芸与婆婆的眼光对接了，秦芸用眼光在告诉她，英子在我们的团队里会得到温暖。

秦芸与胡英子的眼光也对接了，秦芸用眼光在告诉她，好好养伤呵，生活就这样美好。

胡英子的公公对大家笑得很慈祥。

秦芸对大家说：“我们都回吧，别影响病房的安静了。”

在医院门口，他们从台阶上逐级而下。

罗大河走过戴露身旁时，有与戴露打招呼的意思，但是戴露没有理睬，顾自走向停车场，跳上了橙黄甲壳虫。

罗大河回头看看银灰色帕萨特旁的张莹莹，然后自己跳上了雷克萨斯吉普，在车窗里，他又往外望了一眼。

张莹莹一直在看着他们，这一会儿也跳上了车。

小个子机械师回头看看医院门口，跳上了车。

秦芸正在轻声叮咛林小洁：“感觉在就是成功在。小洁，再一次祝贺你，趁这一会儿在地面上的时间多，和你的良哥哥多接触接触，有好处。”

林小洁嗯一声，也跳上了她的红色小花冠。

不同的车子先后启动，驶去。

秦芸准备跳上自己的白色马自达了，胡英子赶了出来："芸姐，芸姐你等等。"

秦芸又关上了车门。

胡英子走近，递上方波浪交给她的名片："芸姐，方先生来看过我，说了一些感谢的话，临走时他说有事要和你商量，给了这张名片，说你有时间的话就给他打电话，他的时间比较自由。"

秦芸："方先生……估计八成是想感谢你的意思，我还是不联系他吧，这位先生倒是常坐我们的航班。"

胡英子："我也这样想，公司不是还要求我们对常客要格外热情一点嘛。"

秦芸倒有点窘了，胡英子说得在理呢。

胡英子还进言："这位方先生对你有个评价呢。当然，他是说我们这个乘务组在你的领导下一定都很开心的，他还说一个连微笑的嘴角和眼神都把握适度的女人，办事一定会周全的。"

秦芸的内心是有震动的："看你，把人家的话还记得这么清楚啊，好吧，我还是这个结论，一定与你有关。"

胡英子似有所悟。

秦芸又去看手上名片的文字："方波浪"。

秦芸和方波浪很快通了电话。现在，大衣橱被打开了，一大排衣裙挂在那里，不同的色彩总体上在说明着淡雅的风格。女人的纤细手臂在衣裙间摸索，弄得衣服也轻轻摆动。这是秦芸。

她在一件件地选择，有的还放到身前比试，她使用了一种怎样的标准，她也恍惚了，她好像对所有的衣裙都不太满意。

她抬头望见了穿衣镜里的自己，突然又是一个微笑，似乎在笑自己傻，嘴角轻微一抽，仿佛在说，太无厘头了吧。

很多时候就是这样，一种莫名的冲动在起着作用，叫你做这个做那个，当然往往是很久以后，才会明白为什么会这样。

她最后挑了一件淡褐色调子，有隐隐的工笔图案的面料做成的西式套裙。

穿衣镜前，她常穿的黑玻璃丝袜换成了浅色的，衬衣是绸的，更淡的淡褐色，胸前有个小小的机绣圆结。穿上西服套裙以后，秦芸冲着穿衣镜又是一笑。

那个人，不是说自己精致吗？

夏云山庄茶厅，一个非常精致、非常怀旧的大厅。

方波浪在审视着茶厅的摆设，桌上中央摆放的是茶绿色的康乃馨，连进门的摆放候用茶具的桌上，插在花瓶里的也是淡绿的牡丹，这让人觉得这里的气氛沁人心脾，挂下来的方枝吊灯，也是明明晃晃地在微微摇动着近似于白色的绿。

透过半圆的临窗阳台望出去，是垂柳拂动，是垂柳拂动间的湖水，是垂柳拂动间湖水上的斑斑点点。很可能是斜燕插飞，柳絮飞扬。

方波浪满意地笑了。他穿着灰色西服，戴着深蓝色宽纹领带，和飞机上的方波浪比起来，多了一点点兴奋。

门厅边有两位准备着侍候茶道的茶艺师，她们悄悄站在两旁，看着今天这位早到的中年茶客，看着他一一环顾的这种表情，这一会又看他望着墙上半晌不动，都转动着细细的眼睛，有些微好奇。

方波浪：“你们这儿的色调真好，很舒服。”

茶艺师：“听说当年的夏云喜欢这个颜色。”

方波浪：“你们老总说的？”

茶艺师：“是的，我们上班第一天就上这一课，说是来这里的客人一定是‘往来无白丁’，要我们记在心里，喏，那墙上的画是夏云的作品呢。”

方波浪看墙上的一幅工笔花鸟，有一点点斜了，禁不住走过去，又小心地扶正，他仔细地看看画，轻轻一笑。

他退一步再看看这幅工笔花鸟，又满意地一笑。

他又开始环顾四周了。很快，他就终止了这一种环顾。

精致的女人秦芸，出现在门前，当然，也包括秦芸的把握适度的微笑。

第九章

夏云山庄茶厅，方波浪和秦芸在半圆形的窗台前，望着湖光山色。

秦芸：“方先生真会选地方，我在这个城市土生土长，虽知道夏云山庄，但不知道这夏云山庄有这么好的一个喝茶的地方。”

方波浪：“哦，你答应我的邀约后，我就决定了这个曾经有过的主意。”

秦芸：“曾经有过？”

方波浪：“我第一次在头等舱见你的时候，大概是一年多前的时候了吧，那时候我刚回来，开始常常往南边跑。但就在那第一次，我心里就在想，如果和这位女士一起喝茶，我一定会去夏云山庄，我觉得这儿的氛围特别适合你。”

秦芸转过身来，也环顾四周，两位茶艺师已在准备着茶道的服务程序。秦芸身上的淡褐色调子和这里的淡绿色环境包括方波浪的灰色西服确实一起营造了一种安宁淡然的氛围。

秦芸浅浅地笑。

方波浪邀秦芸入座，其方式方法却很西式。他自己坐下后，示意两位茶艺师上茶。

秦芸：“方先生过于隆重了，我们不是就谈个飞行中的意外嘛。”

方波浪：“其实意外本来就是和人生伴随的，当初我就想和你喝茶什么的，随即就否定了，心想这完全不可能，但是今天居然真在夏云山庄喝茶了，这就是个意外。”

这种不切主题的聊天方式，秦芸感觉到了。她的眼光越过方波浪看着墙上的工笔仕女画时，其实是把方波浪的神情也一块收了进来。

秦芸：“方先生好坦率，第一次见到一个不认识的异性，就想到了和她喝茶，方先生不觉得我会感到唐突吗？”

方波浪：“不是坦率，是真实。我是半百过了头的人了，唯一对自己感到满意的就是一直很真实。当然，我这样说，也一定是说给一个我这样说不会感到唐突的人。”

秦芸：“方先生真是有过人的眼光。”

两位茶艺师端上第一杯茶，然后退去。

方波浪：“嘿，我看也不可能吧，过人的眼光一定来自过人的经历，我的日子一直很平淡，只想很真实地生活着，那么多年来一直在努力着做自己想做的事情。就这个地方，我曾经来过一次，是一个做时装设计的朋友介绍的，陪同一个葡萄牙里斯本的学者来这里。我当时就喜欢上了，心想，在这里喝茶最理想的情景应该是什么。”

秦芸心里应该明白方波浪邀请的出处了，她看着对面的这位风度优雅的男士，多少有点恍惚，也多少明白了一点临行前自己为什么精心打扮，也想起了在飞机上见到文质彬彬的方波浪时，曾经有过的一点点恍惚。

她接着又听见对方更为明白的意思了。

方波浪：“和你一起在这里喝茶，应该是一种理想的情景。”

秦芸开始王顾左右而言他了：“这个夏云山庄应该是有个出处的，好像不会是一个随意的由来，夏云还是个明末清初的才女吧。”

方波浪：“你知道夏云？”

秦芸抿着嘴唇点头：“是啊。”

方波浪：“这么说来，这个故事你也听说过，那我们真是来对了。夏云的故事在当时有点悲情，今天看来也算是爱情绝唱了。”

这个话题好像恰好切到了正题，秦芸也一下子沉浸在了她模模糊糊听说过的故事中了。

秦芸：“夏云的墓后来在哪里了？”

方波浪：“这已经不重要了，有这个夏云山庄存在，我看足矣。估摸着那时候一定是个楼台水榭，前面的湖光山色说不定还没有这里精致。当然，乡野景致也很好，或许有一些酥柔的水声。夏云小姐在这里见她的梦中官人时，据说仅十七岁。那时候的女人什么时候开始读书呢，她当时说已读百遍《牡丹亭》，汤显祖老先生泉下有知，不知该如何感怀了。”

秦芸：“那么《牡丹亭》是救了夏云，还是害了夏云呢？”

方波浪：“我看是给了夏云生前死后的所有安宁。明末清初，世道纷乱，与南宋时期有点相像，杜丽娘游园惊园，梦柳梦梅想柳想梅的，以至于死后复生。夏云渴念在这里遇到仅见过一面的漂泊书生，就因为共论《牡丹亭》而引为知己，她一定等待了很久，改朝换代之际，人情世故都可能乱了章法。夏云苦挨岁月，思念旧人，如杜丽娘思念柳梦梅，可是漂泊书生一直没有再来，她是为此在梦中蹈湖而去。据说那个漂泊书生后来出现在湖边，花重金大兴土木建了这个夏云山庄，尽管这里有一种体贴入微的姬妾式的柔媚，装得下中国士大夫两千年的绮梦，他自己倒不敢住上一天，又浪迹江湖去了。”

秦芸：“还算是个有情种。”

方波浪：“我看那是民间说法，据我阅读有关记载，在夏云的词里有一句：‘梦里能载许多愁，丽娘何处游。’很像李清照吧，我猜想夏云还望死而复生呢。漂泊书生没留下片言只语，也不留名于此，连这个夏云山庄都不驻留一夜，我看哪是不敢的缘故，我看是他不忍惊醒夏云的好梦。”

秦芸情不自禁地感叹：“如梦似幻，愁肠百转。”

秦芸如入梦中，看一眼方波浪，她只得在心中留一点敬佩之意。方波浪说在兴头上，望一眼窗外，也叹一声。

秦芸站起来，又去看窗外的景色。

方波浪没有站起来，似乎不忍打扰此时的秦芸，他回头间，两位茶艺师已明白客人的意思，上来的工作便是在他们的杯里上第二道茶了。

秦芸又踱回桌边：“据说喝龙井，喝第二道茶才是最有滋味的了。”

这显然又王顾左右而言他了，其实也很真实，此刻的秦芸也只能如此。方波浪笑了，不过说出来的话又把秦芸吓了一跳：“林语堂曾经把三十多岁的少妇比喻成二道茶，大概就是你说的最有滋味的意思吧。”

秦芸只能回道：“我对喝茶没有研究的。”

方波浪：“请喝，这叫品茗时分，刚才入口是赏一下而已，现在是品的时候。”

秦芸端起青瓷茶杯。

彩色的沙子又在飘飞了，这是在朱运良工作室。

林小洁和朱运良从沙子上坐起来，几乎是相吻着一起坐着。谁也没有想站起来的意思，在那里紧紧地拥吻。

林小洁："……嗯！你好馋，你好馋，快起来吧。"

朱运良："我说过了，你是我的甜点，我要把快五年的时间补回来。"

林小洁慢慢站起来，拍拍衣裙："每次都把你的沙子弄乱了。"

朱运良："不要紧，我不还说过，这沙子被爱情一浇灌，会长出灵感来。"

林小洁拉起了朱运良："你还真学会说话了，小时候没见你这么伶牙俐齿的。"

朱运良在地上跳几下："没有吧，哪伶牙俐齿了，每一个字都是从心里出来的，和牙齿才没有关系呢。"

林小洁："哈哈，又伶牙俐齿了。你真还是我的'猪哥哥'呀，你没看《西游记》里猪八戒多会甜言蜜语。"

朱运良想说什么，结果又是紧紧的拥抱，这是热恋中的表达。

门被人敲响了，他们快速分开。

他们站在那里，看着门被慢慢移开。

一个清秀的中年妇女出现了，她是林小洁母亲，是艺术系的老师。她的面容非常平静，看着朱运良，许久，竟微微一笑。

朱运良很紧张，看看杂乱的四周，不好意思地低头了。

林母看见了一面墙上的大照片：地中海公园。

林小洁悄悄地看母亲的眼色。

朱运良突然想起应该做什么了，冲进了一旁的厨房。

林小洁小声地说："妈，你跟踪我，你不应该。"

林母并不生气，反倒笑开来："我看你这段时间好开心的样子，就想着你遇见这位好同学了，你看，还果然是。你早就应该告诉我，不省去我的工夫了吗？"

林小洁："那你不预约一下就闯上来，也不礼貌吧，人家可是个伦敦硕士哟。"

林母还笑："不要让胜利冲昏头脑，硕士不等于绅士。"

朱运良端了一杯可乐出来，林小洁上前就拿起可乐，自己喝了起来。朱运良愣怔着不知如何是好，林母笑着解围："小洁知道我不喝可乐，你给我倒杯矿泉水吧。"

说话间，林小洁已经进入厨房，朱运良转身跟了进去，林小洁把倒好的矿泉水放进朱运良手上的托盘，对着她的"猪哥哥"还是纯纯地笑，又贴耳低语："不要紧张，你是大人了，是园艺设计师了，懂吗？"

朱运良端着矿泉水出来，林母已坐在沙发上。

林母："你们也坐吧……这里是你的工作室？"

朱运良："嘿，叫叫的，正在运作项目，成熟后再正式成立。"

林母："你设计的地中海公园，我和小洁的爸爸都去过了，很好，我们都很喜欢。她爸爸还看见了'青年园艺设计师朱运良'的铭牌，在介绍里看到你留学伦敦的简历，就认定是你了。我们没有和小洁说，是她爸爸一时还没有想好，我今天见了你们，才觉得这倒是做了一件错事。"

朱运良大为惊诧。

林小洁也有点讶异。

林母："我觉得运良和小洁，你们两个这快五年的努力都是在正道上的努力。小洁，不要怪你父亲，他看似残忍的决定成就了你们的今天。"

林小洁和朱运良对视一眼，显然有点不太接受又顺水推舟地点着头。林小洁还加上一句："爸爸正确，妈妈当初不敢反抗，也无意中做了好事哟。"

林母："调皮，当初把你们生生拆开，我是有点不忍心，可你爸爸的决定是不可更改的。小时候看你们在一起玩得愉快的情景，我还想这一对小鬼将来大起来做成了夫妻有多好呵。其实青梅竹马若能'执子之手与子偕老'是最美满的了。"

林小洁完全放松了下来："妈，那你当初何必呢。"

林母："看到你们今天的成功，我觉得，对了，刚才我说了呀，你父亲的决定是对的，否则这五年你们老粘在一起，说不准是啥样子呢。"

林小洁："唉，爸爸永远正确。"

林母："今天我来这里，再向你们宣布你爸爸的两条决定：第一，同意你们恋爱，恋爱期必须两年，这期间如有分歧，也得同意一方提出分手，这是考虑婚后良好生活品质的需要；第二，是在这期间必须遵守有关规定，至于什么规定，你们也长大了，应该都知道。好，宣布完毕。”

朱远良觉得还没有完，张着嘴巴还想听下去。

林小洁已经听明白了，忍不住大笑起来。

林母的笑，也含有甜蜜的成分了。

在夏云山庄茶厅，方波浪与秦芸交谈甚欢。

方波浪：“很长时间了，我不太提空姐这个话题，说起来也和我曾经的恋爱经历有关。对不起，人生总有一些伤心事，最好不提不问，最好去忘记，好像有什么流行歌曲这样唱的吧，其实很好，但往往又做不到。”

秦芸：“是呵，不必说从前比较好，胡英子在那当口护了你一下，你也把这当成从前吧，不必再提起了。”

就这样，一个可能发现方波浪秘密的机会一晃而过了。第一次接触，个人的情感历史一般不会成为主要话题，就秦芸和方波浪来说，更没有这种诉求。就现阶段来说，他们觉得碰上一个可以对话的朋友，已经足矣。

方波浪：“那不行，这是现在进行时，只是我还想征求你的意见，胡英子小姐为我受了伤，我该如何表示啊？送一束鲜花是应该的，但这不够，我也于心不安，放一沓钱塞进信封交给她，我又怕她不接受，你是她的领导，今天这茶喝到这会儿，我也觉得你能够理解我的心情，你说我该怎么办好？”

秦芸：“我是胡英子的乘务长。一般情况下，我肯定会代她向你表示谢绝，不过以你的心情而言，我看可以寻找一个得体的办法。你是学者，你不会想不出来吧。”

方波浪：“眼下就是一种办法，比如把你和胡英子的小姐妹叫上，也一起喝茶，我的一种谢意在其中，也蛮好的。”

秦芸：“好啊，就在这里，也让大家听听夏云的故事，她们会有兴趣的，进而还可以喜欢《牡丹亭》，我和有些同事提过《牡丹亭》，她们不知道，更不用说什么杜丽娘柳梦梅的了。当然，更不知道汤显祖了。”

方波浪：“这个主意如果在今天以前，当然可以，但是我在今天以后，不会再带别人来这里了，留一点纯粹的我们两人的记忆吧。秦芸，请允许我直呼你的名字，从你今天进门后，我一直在忖度怎么称呼你，一直想不好，叫女士、小姐的太社会化，叫秦乘务长吧又未免格式化了一点，对不起，我这个人不太喜欢格式化。我在想，如果今天以后已经没有我们在一起喝茶的可能了，这里就是我们共同的记忆空间，如果还可能有我们的交流，这里就是我首选的地方。秦芸，你不要以为我在胡思乱想什么，现在什么都被粗鄙化了，总有人会有一点高贵的坚持吧。秦芸，为你这样的精致和优雅坚持一点高贵，是我今天的勇气和心情，真是谢谢你了。”

秦芸的感动非常明显了，她松开了领口的扣子。这是她从来没有听见过的，可以说两个人之间什么也没有说，又好像什么都可以说了。秦芸不知道这个中年男子的经历，也不知道他的家庭情况，甚至到现在还不知道方波浪是干什么的，她只是感到了这个人的不同寻常。她没有必要询问方波浪的个人经历。反之，方波浪除了知道秦芸是空姐以外，也什么都没有问。

秦芸看着方波浪，她的神情方波浪一定读懂了。

但是秦芸只说了一句话：“可以沿着你刚才的思路，安排一次迎接英子出院的派对吧，我一定会去，一定会去的。”

秦芸这么说着的时候，一直看着方波浪的眼睛。夏云山庄的茶厅，淡绿色的氛围，一身灰色的方波浪和一身淡褐色的秦芸，在他们的对话结束了以后，取而代之的是宁静。

宁静中，方波浪听明白了。

林荫大道，也很宁静。

秦芸驾驶着白色马自达静静地前行。

方波浪驾驶着黑色奥迪静静地前行。

秦芸回到了家，进了屋子，环顾四周。

四周整洁安静。

秦芸坐了下来，又静静地环顾四周，想着什么似的，独自一人笑了。

她站起来，走进卧室，很快地卸下了这套大概是很少穿的西式套裙，然后换上家居衣裳，走到客厅时，突然听见了健身小间的声音，她跑过去一看，李云亭笑着站起来。地毯上铺着几大排花样游泳的示意图，是电脑绘制的图纸，有晶晶亮亮的运动员的各种美丽姿势。

秦芸有点受惊吓，肯定不完全是因为健身小间的响动。

秦芸："哦，你回来了呀，吓我一跳……你继续忙吧，我去做饭。"

李云亭又漠无表情了，点点头，然后走到地毯上去了。

白色的宝马缓缓驶来。

车内，驾驶车辆的江天芳和她的母亲在交谈。

江天芳："学校的论文我已交稿，等运动会一结束，我就可以确定我上班的地方了。"

江母："这也是我这趟来的目的之一。先问一下，那幢别墅的户主已确定办好了吗。"

江天芳："办了，昨天下午办的。喏，这里是所有的证，所谓三证齐备。"

江母："怎么才办好？"

江天芳："我不刚回来嘛。"

她从放在副驾驶座上的 LV 大包里抽出一个大文件袋，甩给了后座上的母亲，她没有半点兴奋，继续前行。

江母看看女儿的背影，戴上老花镜，看了一眼文件袋中的房产证，特别是证上的"江天芳"三字，又靠上软背，放心地吐出一个声音来："这就好了。"

江天芳："好什么，我和他如果分开了，还不得改回去。"

江母："这就另说了，从法律上说，这别墅就是你名下的财产。如果你们分手了，不能磨灭你们曾经在一起的历史呵，不能磨灭的标志就是这幢还算漂亮的房子。他很轻松地就给了你？"

江天芳："就是太轻松了，轻松得有点让我恐惧。"

江母："这你慌什么，这是实货，又搬不走的。"

白色宝马驶进了郊外别墅的院子，江天芳和她的母亲从车上下来，走进客厅。

她们在客厅的沙发上坐下，喝了保姆端上的茶水。

她们又走到落地窗前，看着窗外的山野风光。

她们又从客厅走到院子，走到院子一侧的池塘的岸边，看池中的白鹅，和池塘对岸的柿子林。

她们的对话一直在进行。

江天芳：“妈，石智明没有明说，但从他明显消退的热情来看，我看我们俩悬。”

江母：“轧朋友轧朋友，总要有一段辰光轧来轧去的，不要慌，要沉得住气，你要好好观察也好好想想，男怕入错行，女怕嫁错郎，也没有那么容易做决定的，现在就与他分手，也搞不来的，不是合适的辰光。”

江天芳好像被池塘的波光晃了眼睛，回过头看看母亲，母亲的老于世故的表情，让江天芳也多少有点害怕：“妈，你也不要太紧张兮兮的，石智明是个好人，我这一点还不清楚？”

江母：“找爱人又不是找好人。好吧，我反正有三点意见放在你那里了，照此办理大体上差不多了。你的工作问题可以放到第一的位置上了。”

江天芳：“嗯。”

池塘水面的反光再一次晃了这对母女的脸。江天芳索性转过身来，太阳已升至半空，她眼中的郊外别墅，却像在阳光里一层层融化似的淡去。

石智明在自己的时装工作室，他在第三遍审查自己时装品牌的模特表演了，一样的安排，一样的方法，大玻璃墙外的灯光聚焦处，是模特的频频亮相。石智明突然发现什么，朝坐在一旁的方波浪看看，走下高脚圆椅，又从一旁的边门走进表演厅。

方波浪也站起来，看着边上众多塑料模特身上的样服，他对一件旗袍风格的衣裙特地关注地多看了一会儿，他身后的大玻璃墙外一片片明晃晃的灯光，石智明在忙碌着。

边门又被移开，江天芳走了进来。

江天芳：“方老师，你好，智明又把你请来了。”

方波浪：“来看看，有很大进步了。风格上也更接近智明。”

江天芳淡淡一笑，并无太大兴趣，她朝大玻璃墙外看去。

大玻璃墙外的石智明又向这边走来，江天芳赶紧走到边门，把门打开，正好接上：“智明，我来了。”

石智明：“你来干什么，你妈不是来了吗？”

江天芳把他拉到一边，轻轻地：“是啊，你今天回去吃饭吧。”

石智明：“不了，你看我把方老师也请来了，他是一等的美学专家，我要和他讨论正式表演呢。”

江天芳看了他一会儿，有些不满的意思，但还是轻声细语：“智明，上次信上的三条意思，你不要再记挂在那里了，妈又来，你还是要见一下的好。”

石智明毫无犹豫：“不了，我已经说过了，这里忙，我过不去了。”

江天芳无奈，突然转身出门而去。

大玻璃墙外，江天芳在美女模特间穿了过去，走出大门。

石智明一直看她走出门，回转身，朝方波浪双手一摊。

方波浪：“你这是唱的哪出戏？我不是和你说过，我晚上有重要聚会嘛。”

石智明：“唉，说来话长，还真像你当初说的，风格不太统一。”

方波浪：“你的审美在事业上的体现我非常清楚，在选择人的倾向上，你的审美也会起作用的，不要忘了你的‘中国风格’。我仅说到此呵，你的最终选择我可管不了。你可不要受影响，太较真了，就像我，和自己的影子一起生活。”

石智明：“你肯定属于大器晚成之辈，你的学说和你的爱情会共同收获，会有人走进你的影子里。”

方波浪：“又给我吃空心汤圆。”

李云川正埋在书籍资料的“山坳”里，忽然从电脑上听到了“飞翔 206”的呼叫。

软件工程师听到了 QQ 的呼唤，程序化的情绪，也激情飞扬起来。

屏幕上的文字显示：“飞翔是一种自由的状态，但总有人无法自由地飞翔，郁闷。”

李云川码字：“到云上河流来飞翔，自由自在每一天。”

张莹莹蜷缩在宿舍的沙发里，泡泡纱的睡服穿在身上，她怀里夹着电脑在做“沙发土豆”呢。

张莹莹码字：“河流的流淌总有自己的河床，飞翔也应有自己的方向，程序如果出现了紊乱，怎么认清大自然的模样？”

张莹莹伸出长长的手臂，终于够到了长沙发一头茶几上的苹果，一口咬了下去。

屏幕上发送过来的文字：“看来飞翔206又遇到障碍了，亲爱的张莹莹小姐，承认了吧，我就可以让云上河流浇灌你的胸膛，这个世界本没有悲伤，更不必学庸人自扰。有暴风雨也可以照样飞翔，高尔基太爷爷说过，可以成为海燕的。人比飞机厉害多了吧。张莹莹小姐，叫一声张莹莹小姐，你不要让我太迷茫，好不好？”

张莹莹一边嚼着苹果一边看，不觉笑出声来。

张莹莹懒得起来，在沙发上调整着自己的姿势，好像感觉舒服一点了，仍咬一口苹果，又单手码字：“听口气再一次证明你是小孩，高尔基的曾孙呵，懂什么暴风雨，懂什么悲伤。”

李云川看见了这段文字，很微妙地一笑。

“我是谁，早就向你通报过大名。李云川云上河流也。好吧，不管你是谁，把你的障碍从实招来，为什么无法自由地飞翔？”

他点了“发送”，站起来从冰箱中取一瓶可乐，咕咚咕咚喝了大半瓶，又弯腰看桌上的电脑屏幕。

屏幕上的文字：“云上河流有一种俯视天下的空阔，人间总有苦恼事，时间要一分一分走，日子要一天一天过，总是想着飞翔，有时候会感觉失去翅膀。”

李云川回答：“可以暂时歇息，雄鹰也需要在山巅的磐石上眺望，但永远不要失去翅膀。我前面说过庸人自扰，自扰的庸人往往没有翅膀。”

张莹莹还蜷在沙发里，去看斜着的电脑，突然，她坐了起来，把电脑放在中间的大茶几上，突然有神清气爽之感。她俯身又急速打字：“云上河流果然醍醐灌顶，谢谢指导。”

张莹莹抬头想想，嘿嘿一笑，又继续码字：“我是庸人我是庸人我是……”

她的手机信息声响，张莹莹翻盖一看，然后又去码字：“庸人要去派对了，飞翔206向云上河流说再见。”然后她点了“发送”。

李云川读完了QQ上的文字，嘶嘶嘴，算是回答。

他看看四周的资料，呆想了一会，突然觉得时不我待，打开手机，发起了信息：“秦芸大嫂子，急事再次求教，何时有空？”

秦芸将白色马自达开至路边，看信息，然后回了“有时间我约你”后又驶去。她仍然穿着淡褐色工笔浅图的西式套裙。

张莹莹驾驶银灰色帕萨特穿过四岔路口，淡蓝色衣裙很干净。

戴露开着橙黄甲壳虫驶来，精气神儿很足。

红色小花冠里，是林小洁驾车，朱运良坐在后座。他们的开心不言而喻。

到了温馨小酒馆，众姐妹一拥而入，胡英子笑眯眯地在迎候大家。

胡英子的婆婆在其间为大家倒茶和摆放果盘。

秦芸：“来，大家坐下，我们先欢迎一下小洁等了快五年的朱运良园艺设计师。”

朱运良站起来，害羞地面对五位美女笑笑。

戴露：“当初飞走了，飞的是伦敦，现在飞回来了，飞到我们小洁的怀里，你这个‘猪哥哥’，今天要背着我们的小洁走一圈。”

张莹莹和胡英子也跟着起哄：“对，背一个背一个，哈哈，高家庄的，背一个。”

林小洁笑得很甜。

朱运良有点窘。

秦芸：“今天的派对是一位神秘嘉宾安排的，为了庆祝英子的康复出院。大家又一直想为小洁的寒窗苦等终有盼头庆贺一下，所以我就建议安排在了一起。本来是我们小姐妹的聚会，结果进来了你这个小男生，运良，你不必怕，小洁保护着你呢，尽管放开。”

戴露："哦，那这位神秘嘉宾是谁呢？"

秦芸想说什么，但没有说下去，转而又去看看胡英子。

胡英子淡淡一笑："哦，是方先生，就是我在飞机上挡了一下的那个乘客，他一定要感谢我们，芸姐同意了，他来医院看过我，他还是一个学者呢。"

秦芸："这位方先生是头等舱的常客了，我们就作为一次与乘客的交流活动吧。"

林小洁："很好，我们运良今晚也算乘客啦。"

戴露："不不，只能算是小洁的乘客。小洁，你的乘客……哈哈哈。"

哈哈哈，大家都笑，谁也没有发现秦芸已经走出门外。

秦芸已经在弄口，她看见了黑色奥迪已经停稳，方波浪下车来，看看小弄和弄口一侧墙上的"温馨小酒馆"的小灯箱。

他起步向弄口走去时，才发现秦芸已在那里等候，黄昏的光辉里，秦芸的笑安静而温婉。

方波浪走近。

在长长的小弄，他们缓步走着。

长期的空姐生涯，使得秦芸步态优雅，身材挺拔的方波浪也在一旁移步，看上去像是他在有意地与秦芸保持着协调。

方波浪："在这么里面的一个小店啊，很有吸引力？"

秦芸："我们喜欢来，有一些土东西。"

方波浪："'酒香不怕巷子深'，一定有不凡之处。"

秦芸停了下来："很平凡，大学者先生，生活中也没有那么多不平凡，这个温馨小酒馆目前正是胡英子的婆婆在经营。"

方波浪也站住，转过身来，有些疑惑。

秦芸："哦，让她们稍等片刻吧。我先和你说几句，你今天来，表达你一个谢意，我们大家也聊聊，你不要问起胡英子的家庭和婚姻，知道吗？"

方波浪："你是说，胡英子有什么……遭遇？"

秦芸："简单地说，胡英子特别善良和真诚，但也特别不幸，父母早亡，结婚才个把月，丈夫又因车祸离去，她认公公婆婆为父母，为公公治病也有很大负担，她做了很大努力。现在二老都在这里，一个在住院，一个替人在这里经营，也算有一点收入。好了，这些事本不应和你说，胡英子结过婚的事大家也不知道，但我还是和盘托出，你……”

方波浪：“我明白你的意思了，我知道你怕胡英子为难，你真是个细心人。你要早点和我说就好了。行吧，我们走吧。”

他们又向深处走去，交谈还在进行着。

方波浪的声音：“胡英子这就很不平凡哪，她那么文静又那么漂亮，竟能扛起如此的生活重担。”

秦芸的声音：“做空姐的，也有家里老小，也要应付油盐酱醋，同样要去克服生活的艰难。”

方波浪的声音：“你们只有工作是在天上飞，别的也一样要在地面上行走。”

秦芸的声音：“方先生这句话很点睛呵，我要和我的姐妹们讲，我们玫瑰航空有一种要强的企业文化。”

方波浪的声音：“我可没用要强的词儿啊。”

秦芸的声音：“呵呵……”

航空城街道上，雷克萨斯驶来，罗大河的这辆车出现在大街上的时候，表现出来的主要特点，总是稳健和快捷。很快，雷克萨斯驶近了弄口，慢慢停下。只见罗大河从驾驶窗里伸出头来：“哇，全是她们的车嘛，秦芸的、戴露的、林小洁的……还有张莹莹的，她们肯定在这里聚会，怎么办？”

车里有小个子机械师的声音：“怕什么！说好了是后面的小间，晚上最好送送胡英子。”

罗大河：“好吧，我们把车停到前头去。不让‘玫瑰双娇’知道我们的密谋。”

车里有小个子机械师的笑声。

温馨小酒馆包间，方波浪已经坐在那里，除了对秦芸的感觉比较独特，他在这些年轻人面前，有着特别强烈的做长辈的感觉，尽管他很不愿这样，但是话一说出来，还是很有长辈味儿：“大家坐啊，辛苦你们了。秦乘务长选的这个地方很好，很朴素的地方。你们这些很时尚的青年，制服卸下以后，一个个都是小姑娘呵，漂亮的小姑娘……你是，空少，有人说男的就是空中少爷？”

秦芸看着朱运良：“哪里呵，他是青年园艺设计师，知道地中海公园吗？他的作品。”

方波浪：“哦，知道知道，我和一位著名的时装设计师一起去看过，那个地方很有创意，我还建议他在那里搞一次时装晚会，我那朋友力图在中国风格上出时装品牌，我就主张他更要在那里搞，看看中国风格的时装在西欧风格的公园里是否可以融洽，正好检验他的服装品牌可否进入世界。呵，小伙子，你真年轻，很好呵，前程无量。你是……？”

林小洁：“他是我的男朋友，他叫朱运良。”

戴露：“当代童话里的男主角。”

张莹莹：“还有，他是当代薛仁贵，不过不是东征归来，是西欧留学归来。”

林小洁：“不是主角啦，诸位，今天的主角是康复归来的胡英子。”

大家很赞成，看着胡英子的笑。秦芸一直没有插话，她的目光总是落在侃侃而谈的方波浪的脸上，胡英子有所感觉，但很快被大家的笑声打断。

方波浪：“说得好，来，小英子，谢谢你，我敬你一杯。”

温馨小酒馆门廊，罗大河和小个子机械师小心翼翼地进来，一直到走廊的后头，胡英子的婆婆很熟悉他们了，迎上来。

罗大河低声地问：“她们在？”

婆婆点点头。

罗大河：“我们到后面的那间。哎，英子妈，不要让她们知道我们在。”

婆婆再点点头。

罗大河到了后间，就坐下了。

小个子机械师接过婆婆随后带来的茶壶：“就弄碗大鸡汤和一盘拍黄

瓜，再就是两大碗刀削面，今晚我们不喝酒。”

婆婆朝前面努努嘴：“不敢喝了？”

小个子机械师倒着茶水：“什么呀，讨论人生大事。”

婆婆又缩回了嘴：“哦。”退下进了厨房。

罗大河喝一口水：“两个冤家全在，嗨，不过我可一个也没有明确态度。”

小个子机械师：“这不太符合你的风格。”

罗大河：“那怎么办！你别再像上次一样说什么两个全要的馊主意哟。”

小个子机械师：“两个都不要你又舍不得，我只能交白卷了。”

罗大河：“唉，她们两个人同时想到的主张怎么样呢？”

小个子机械师：“好，你算是回到正确路线上来了。我们不妨探讨这个，会有一个答案，而且可以考虑得两全其美。你的两个粉丝变粉头，那是无法两全其美的。”

罗大河：“不要乱七八糟了，说正经的……哦，来鸡汤了，先喝一大碗，还真有点饿了。”

婆婆放好了汤碗，又给他们各盛了一小碗：“趁热喝吧，全是从庄子里抓回来的土鸡，红枣熬的，补身子哩。”

小个子机械师听听前面的动静，也顺手抓了几块放在盘子里的巧果。

在温馨小酒馆包间，方波浪谈兴正浓：“在我看来，做空姐的工作是有自己的优势的，凡成功者也就是抓住优势者。我曾经听说有航空公司的领导教育你们这些年轻人，不要以为空姐有机会走到世界各地，才挤着来航空公司。抱着这种想法来的，肯定搞不好工作，空姐是服务性岗位，首要的是端正服务态度。此话不错，但有些偏颇，我认为走到世界各地恰恰是空姐岗位的重要优势。我们这些经常坐飞机的，经常会碰见一些年龄稍长的空姐，其品质风度总有一些楚楚动人之处，其中的一个缘故，就是走遍世界各地的经历带来的。请注意，我说的是品质风度的楚楚动人，这样做只能让你们的服务性工作态度更好，质量提高。”

戴露鼓掌：“讲得好，我可以肯定你。你讲的前一个领导就是我们的政委，不过后面的观点我们这里也有个小领导讲过了，喏，就是她。”

指的自然是秦芸了，秦芸笑笑。

方波浪并不意外：“这我完全相信。”

秦芸与方波浪相视之间有看不见的闪电。

秦芸开口了，好像是为了闪避一种不敢产生的情绪：“那种老观念也是很久以前的了，现在的领导已不太说了。”

方波浪：“那就好。”

张莹莹：“方先生，品质与风度的楚楚动人你特意点明了，难道青春与明朗的楚楚动人就不可以吗？”

方波浪略作停顿，这显然是年轻一代的挑战了：“呵呵，问得好。两者皆有之就十全十美了。”

胡英子：“我们芸姐就是品质风度楚楚动人的精品空姐。”

林小洁：“‘精品’这个词用得不好，我看两者皆有之确实数我们的芸姐了。”

朱运良：“我看差不多。”

胡英子：“十全十美啦。”

大家这么说着的时候，方波浪又注意地去看秦芸，这个精致的女性在他看来，的确是无可挑剔。

他端起酒杯：“你看你的属下都这样夸奖你，我听起来是真心真意的，来，敬你，祝你幸福。”

秦芸的酒杯端起来有点难度了，但她还是端了起来。

这里，罗大河和小个子机械师完全进入了商量重要问题的状态。

罗大河：“这‘跳槽’的事儿一经传出，肯定闹地震呀。”

小个子机械师：“这个你先放下，回头再作安排。两位‘玫瑰皇后’都建议你离开公司另立门户，倒不是女人的短见，我看是综合了国家大势、经济大势、民航大势三个大势的因素，是有道理的。中国出现大型民营国际化航企，或者是多种所有制的股份制民航集团，可能正当其时。”

罗大河：“她们哪像你有那么多宏观的想法。”

小个子机械师：“不要小看，东海航空的高总早闻其人，这个人今后要列入改变世界的名人行列的，他不疾不徐，筹备了快两年了，一直闷着不发表，现在派张莹莹做说客，我看是他的绝招。东部航空想借助你的‘跳槽’横空出世，我看也是经过深思熟虑的，不是戴露一时心血来潮，不过是天时地利人和罢了，戴老板试图高调亮出绝招。”

罗大河：“智多星这一番分析比较靠谱，问题是，越分析难度越大了。”

小个子机械师：“分析下去正好克难攻坚。张莹莹‘劝君入瓮’之时，表明过她何去何从了吗？”

罗大河：“我问了，她不是刚选择了从一分部调到六分部的秦芸乘务组嘛，大家又处得很好，可能暂时不会动，但这个美女有很过人的素质，我真要去，她去做乘务部的领导倒是绝佳选择。”

小个子机械师：“这一绝佳选择，最终必定成了绝佳伴侣，你想过吗？”

罗大河盯他一眼，算作回答。

小个子机械师：“如果你去东部航空，戴露何去何从？”

罗大河：“那是去她父亲的公司，还要她什么决定吗？”

小个子机械师：“这个回答很清醒。”

罗大河：“你到底有一个怎样的结论？”

小个子机械师：“分析下去更不知道如何克难攻坚了。在这个问题的选择上，你的爱情和事业水乳交融，分不开啦。”

罗大河端起汤碗，又大口喝下。

这里，成了临时的演习场所。

方波浪和朱运良将椅子反过来靠着桌子坐着。

林小洁和胡英子端着盘子蹲在他们面前。

秦芸站在一旁。

戴露和张莹莹缠在一张靠背椅上，笑着看演习。

胡英子蹲在方波浪面前：“方先生，今天我们的航班为你准备了正餐，有牛肉面条、鱼肉米饭，还有蔬菜面条，请问您选择哪一种？”

方波浪欠一欠身：“对不起，小姐，我想休息一会儿，谢谢你。你恐怕蹲得太辛苦了，请回吧。”

戴露大笑了出来：“哈哈哈，我要是蹲着，碰上你这个老学究，一定会笑场的。”

胡英子：“你不要瞎说，人家又不老。”

方波浪看着胡英子，笑得很亲切的样子。他对胡英子的善良有了明彻的了解。秦芸看到了方波浪的笑，觉得这个男人有了一点真实感。

戴露笑得更厉害，直把张莹莹要挤下凳子去了。

张莹莹：“戴露，还要演习呢。”

林小洁蹲在朱运良面前，递上一本代替酒水单的本子：“朱先生，你需要喝点什么吗？”

朱运良正想说什么，又被戴露的大笑声打断了。张莹莹也索性站起来，让戴露抱着椅背咯咯地笑个不停。

朱运良一时也不知如何回答了。

戴露：“哈，小洁，你不如不叫朱先生，你就说，‘猪哥哥’，你是不是口干舌燥啊，想喝点什么？”

秦芸：“戴露，这是正式演习，不要乱搅。”

方波浪看一眼秦芸。

戴露：“好，好好。好玩呗。”

林小洁挺直了腰板地蹲着，望着自己的亲爱的朱运良，等待着，也许想到了干脆再重来一次，她又把朱运良手中的本子拿过来，再递上去：“朱先生，我们为你准备了橙汁、葡萄汁、苹果汁、芒果汁、番茄汁、可乐、雪碧和茶水，你需要用点什么吗？”

朱运良自己笑场了，林小洁抬头看看秦芸，只得无奈地站起来，正在这时，朱运良也冲动地站起来，他突然对着林小洁附耳轻咬：“我需要你，你懂吗？”

林小洁一阵惊慌。

戴露鼓掌：“好。这才像朱先生，比高老庄的‘猪哥哥’强多了，呵呵……芸姐，我不是开玩笑，这也是我反对实行‘蹲式服务’的理由之一，我以为坐着与蹲着之间的沟通是不平等、不合适的，也不便于沟通，而我们略略俯身，语音亲切，内容实在的询问或者征求意见，是礼貌而容易普遍推广的办法。”

秦芸和张莹莹交换了一下眼神，又去扶起了还蹲着的胡英子。

张莹莹：“我那天的船上业务会上就说过，小洁的课题研究主要体现在对乘客的心理研究上。”

秦芸走到坐着的方波浪面前，蹲了下来。

方波浪有一点不安。

秦芸：“方先生，又见到你了，欢迎你经常乘坐我们玫瑰航空的航班，你看，你现在是需要休息呢，还是给你提供今天的杂志或报纸？”

方波浪笑了。

在温馨小酒馆走廊上，胡英子的婆婆端着刀削面走过来。

她在弯道处又停下来，看了看后间。

后间，罗大河和小个子机械师还在交谈，桌上的刀削面没有动过。

罗大河：“你的分析是有道理的。东海航空的高总是德国海归，他原先发展的‘远科畅想’项目是现代意义上的成功，况且筹备两年多了，但毕竟是民企。我这样一个国家培养，做过教官，现在是国企机长的人，奔那里去有点不光彩。”

小个子机械师：“这个话让你那同学说还差不多，对社会的贡献还分什么国企民企，凭你的本事，在民企干好了，钱也拿多了，这又有什么不可以。你真这样想？”

罗大河笑笑：“我是想，他们可能会以这个理由堵我的路。”

小个子机械师：“这倒好办，全是公说公有理婆说婆有理的事儿。”

罗大河：“不见得，不是有人说，好像还是经济学家呢，说国企是公，民企是小老婆，公说公总是有理，婆说婆总是无理。”

小个子机械师：“嗨，这还让他们自己说谁就谁啦，用利润来说话吗？这个倒不怕，就怕上面拿出经济手段来，你恐难应付，前一阵子一个拍婚纱照的摄影师跳槽，人家老板就让他赔付三十万元培训损失费呢。”

罗大河：“恐怕不会用这种锁人的办法吧……”

小个子机械师：“很难说，来吃吧吃吧，这刀削面都要凉了。”

朱运良在吃着刀削面。

林小洁看着他，很甜蜜。

方波浪："我说得差不多了，我认同这位张小姐的看法，空姐工作的进步在于对乘客心理的把握。秦乘务长刚才这一蹲，先把我给一震，这里还有你们空姐的自我风格的把握，像乘务长这样的精致和大方，你给你的服务对象以尊重，像你，英子小姐，你的柔声细语给乘客以安静包括安全之感，林小洁小姐，你的笑容不是你的朋友的私人财产呢，你的被服务者一定会感到亲切甚至有人间无比美好的印象。所以在服务中把握服务者自身的优势、自身的风格也尤为重要。这是我今晚的建议。至于'蹲'还是'不蹲'，这是一个问题，但关键在于一种姿态，在目前我们可接受的人类文明层面上来讨论，就比较容易解决了。"

张莹莹先鼓起掌来。

秦芸也跟着鼓掌，大家都鼓起掌来。

戴露："学者到底是学者，方先生，哦，并不老的老学究，嘻嘻，你研究什么的呀？"

方波浪站起来："我的研究啊，是研究地面上的学问，但现在还没有一个学科的正式命名，等命名下来后我再告诉你们。时间差不多了，我该走了。今天说起来是我请你们大家，但是你们给我带来了快乐。英子，再一次谢谢你。"

说完他就去结了账，走向门外，大家也都跟上去了，朱运良亲昵地拉起林小洁的手也跟上来。

秦芸想拦，结果也没有拦住大家，或者是她又决定了不拦。

秦芸的眼睛看到了一些她一直想看到的东西。

罗大河站起来："听声音，好像她们还没有散啊。"

小个子机械师："尽听见她们嘻嘻哈哈的，好开心的，胡英子在这个团队里，也是她的福气。这个小英子也是够困难的，都说穷就穷在病里，所谓因病致贫……"

罗大河："好像又生怜爱之心。"

小个子机械师："去去，你去选择你的两难选择吧！我告诉你，以航空公司论，东海航空胜于东部航空；以可爱女人论，孰高孰低我便无法判断了，'玫瑰双娇'之美不相上下，性格我看大相径庭，就看你的喜好了。不过现在多了一个复杂的局面，公司和女人又连在一起了，看你的吧。哥们儿事事都可以两肋插刀，唯独选择女人不能提供建设性意见，请老弟见谅。"

罗大河："又白吃一顿，走吧，前面安静了。"

方波浪喊住了秦芸。

其他人已各自离开，胡英子回身走进小巷。

秦芸疑惑地问："方先生？"

方波浪："我看胡英子很需要一些经济上的援助。她的脸色也不好，拜托你把她的银行卡号告诉我，你会有办法吧。"

秦芸稍有停顿，但马上点头了。

小巷里，小个子机械师陪着胡英子走来。

胡英子："罗机长走这么快呵。"

小个子机械师："他说先去发动车子。"

胡英子："知道你们在，干脆都在一块儿玩了，好开心的。"

小个子机械师："我们商量重要事情呢。"

胡英子："又喝酒吧。"

小个子机械师："今天还真没有，问题比较严重，没心思喝酒。"

胡英子："罗机长的心事？"

小个子机械师："男人的烦恼，你就别管了。"

胡英子："呵呵。"

说话间他们已到空地，突然传来一阵疾速而去的汽车发动机的声音。

小个子机械师惊觉，追了几步。

胡英子也一惊，但又平静地一笑。

小个子机械师一跺脚："坏蛋！"

第十章

夜色里，胡英子和小个子机械师一路走来。

小个子机械师："这个罗大河，我明天揍他，明晚再罚他在温馨小酒馆请客，你要来呵。"

胡英子："你在，我也不怕，我们走回去吧。"

小个子机械师："好，走过去吧，太晚了，出租车很少了，如果碰到，叫出租车吧。明早还要上班。"

小个子机械师一脸真诚和呵护有加的神色："你也刚从医院回来，不要累着了……你妈妈在这里做看着还挺在行，虽然替人经营，但收入一定比在农家乐强，你在头等舱，奖金也比人家高一截，我看一切都会好起来的。小英子，你要开心点。"

胡英子："我没有不开心啊，真的，我一直很开心的。"

小个子机械师："可我老觉得你不声不响的，要得忧郁症的。"

胡英子："才不会呢，我心里有满足，有感恩，在芸姐组也很温暖，我忧郁什么呀！我不声不响都是因为你。"

小个子机械师："我？"

胡英子："就是你，把我在这里的秘密泄露了，大家都知道了我家里的困难。"

小个子机械师："嗨，就这啊，当初是我不对，把罗大河带到这里来。不过现在看来也没什么不好呵，你更有温暖感嘛。"

胡英子看看他，停了下来："我问你，往我卡上打钱是不是你做的？"

小个子机械师："往你卡上打钱？我倒是想打，你知道我的情况，我哪有钱给你？"

胡英子："那是你出的打钱的主意？"

小个子机械师："不是我。"

胡英子步步紧逼："露馅了吧，还明晃晃的馅儿呢。那你说谁的主意？"

小个子机械师："我没说有人出主意啊。"

远处有车的灯光，很淡。

胡英子："你不说其实我也猜得到，在我卡上，我也找不到去还的东家，你不要以为我永远不会知道。"

小个子机械师："嗨，你也不是有权有势的人，哪有人会无缘无故地打钱给你，既然有人打，一定是关心你的人，你就用吧！你现在是最缺钱的时候，就你说的，以后有地方还了，你尽管去还就是了。"

胡英子又往前走了："嘿，你甭以为找不到地方还了，我一定会找到的。"

小个子机械师跟上去："好，以后我帮你找……小英子，你那么漂亮，有钱的人往往盯住有色的人呢，你……"

胡英子："哦，我是有色人种，嘿嘿。"

小个子机械师："我也就是一个提醒，你小心点。"

胡英子："嗨，有你一直在保护，我放心着呢。"

小个子机械师看着胡英子，尽管他个子小，真正走在胡英子身旁，个头也差不了多少。他收回目光，夜色里也能感觉到他的深情和无奈。

车灯很近了，一辆出租车驶来，小个子机械师赶紧挥挥手，出租车停了下来。小个子机械师打开门，让胡英子跳了上去，自己也跟着进去，门重重地关上。

很晚了，在郊外别墅，江天芳母女还在大玻璃墙前伫立。

大玻璃墙外的郊外山野，影影绰绰，有点点星空般的灯火。

江母："芳芳，你要坚信自己，美女遍天下，但有时候男人世界就是一片漆黑，你就是美女中最亮的，就像那最亮的一盏灯，你会有你照亮的世界。记住，属于你照亮的世界，这个世界就要属于你，不要看他石智明牛皮哄哄的，接下去你要记住三不放松……"

江天芳："妈，时候不早了，你又要给我三点啊，又要给我当食品商店的书记了。”

江母：“你是我的食品商店里最贵的……”

江天芳：“妈，看你说的！”

江母：“不要打断我，不是三点，是三不放松。第一，任何时候，裤带不能放松，明白这个意思就行了；第二，任何时候钱袋不能放松，这幢别墅已在你的名下，捏紧了房产证，任何时候不能松手；第三，任何时候脑袋不能放松，盯住石智明周围的美女，高度警惕，这种警惕性任何时候不能放松。记住了，三不放松。”

江天芳：“妈，看你搞得跟打仗似的，我是找对象，又不是打仗。”

江母：“讲得好，就是打仗，打赢了，你就站在制高点上了。记住，三不放松。”

江天芳：“妈，好了好了，我记住了，明天我再去找他，你们总要见一见谈一谈，见了谈了，你就不会这样想了。”

江母：“我见过了，不谈也可以，留个空间，到时候我更可以发话。我明天去青岛，去看看那儿的后方基地，有人和我说了，那儿有个人，可能和你更合适，我们不能一棵树上吊死。”

江天芳：“妈，这你就不……”

江母：“好，睡吧，今天就谈到这里。”

江母说完，转身就上楼去了。

江天芳看着母亲的背影，有一阵困惑，她没有跟着上楼，反而走出了大门，步下台阶，在院子里，江天芳不免有点落寞。

淡月疏云。

月亮很快成了太阳。出航执行任务归来的秦芸乘务组从大厅里穿行而过。

尽管很疲倦了，尽管每个人身上都有一言难尽的故事，她们的步态仍然轻盈挺拔。

秦芸今天走在最后，玫瑰色的小围巾扬起。

大厅门口，玫瑰航空的大巴，门渐渐移开，秦芸一行跳上。

大巴的后面，飞速驶来红色小花冠，朱运良跳了下来：“小洁，小洁小洁！”

刚跨上车门的林小洁回过头来：“咦，运良，你来这呀。”

朱运良跑近：“我来接你。”

林小洁低声：“我们有规定的，不能穿制服上街，你到大院里去接我。”

林小洁重新跳上车去。

朱运良挠挠头：“这样的啊。”

大巴车内，姐妹们就不放过林小洁了，笑语声声。

戴露的声音最响：“小洁小洁，猴急猴急，‘猪哥哥’身段灵敏，哪是猪八戒啊。”

大家笑，林小洁瞪了她一眼。

秦芸看着林小洁，也莞尔。

车后的大玻璃窗外，红色小花冠尾随而来。

林小洁望着窗外红色的流动，竟有些感动。

秦芸多少有点恍然，肯定碰到了她心中的某些柔软。

张莹莹望着后车窗，突然冒出一句：“小洁好幸福啊！”

所有的女人都听懂了。

红色小花冠车内，朱运良在开车，副驾驶座上，林小洁看一眼她的“猪哥哥”，甜蜜从心里蔓延开来。她已经换了便装，很青春。

朱运良明显很兴奋。

他们到地中海公园了，在一棵树边停了下来。朱运良看着林小洁，林小洁看着朱运良，甜蜜还在继续。

朱运良：“小洁，我到今天还觉得在做梦啊。”

林小洁：“是啊，我们等待了五年的美梦真正地开始了。”

朱运良：“真是漫长啊！小洁，五年里，你就这样一直很好，很安全吗？”

林小洁：“……”

朱运良：“我怕你……也就是怕你遇到胡搅蛮缠的。”

林小洁：“哦，我心里有你，怕什么呢！倒是遇到一个人，幸亏芸姐帮忙，解脱了。”

朱运良：“谁，我去揍他。”

林小洁笑了：“人家自己退了，你费什么心哪。”

朱运良：“生气。”

林小洁：“我好开心。”

朱运良：“开心什么呀？那个男人怎么啦？”

林小洁：“我学校里的一个老师，可能爱情上受过刺激，看到我像他过去的恋人，追我追得可厉害了……”

朱运良：“怎么追啊？”

林小洁：“追呗。”

朱运良：“他碰过你没有？”

林小洁：“看你急的，哪能乱碰啊，有一天他的手放到了我的肩上……”

朱运良：“啊，后来呢？”

林小洁：“又急了！后来我就把他的手抹下了。”

朱运良松了一口气：“哦，放心了，小洁，以后任何男人都不能碰你的任何部位。坏男人可多了，你要小心。知道吗？”

林小洁笑得更开心了：“当然。”

草坪上阳光灿烂。

戴露和张莹莹在两岸咖啡店聊天。戴露很兴奋，张莹莹一如既往很稳重。

戴露：“……所以，我要拉你出来，我要你再帮我出个好主意，他一直不表态，我还要怎么办？”

看得出张莹莹的内心在翻江倒海，她怎么也不会想到戴露和自己一样，给罗大河出了一个同样的主意，两个“玫瑰皇后”，在爱情的表达上风格迥异，但在本质上竟然如出一辙。

张莹莹：“看来，罗大河的这个决心很难下了。”

戴露：“我看有啥难啊，我爸爸都愿意拿出一百三十八个亿了，让他随心所欲拼一个航空的新天地，多好啊。莹莹，他要真干，我也跟过去，做老板娘，帮他……嘿嘿，做管理我不行的，莹莹，你也过去，做东部航空的乘务部主任，哇，太好了。”

张莹莹：“你又想到后面去了，现在，他第一步还没有想好呢，他很难选择呢，他恐怕还要想一想的。”

张莹莹的话在戴露听来，句句落在罗大河的“跳槽”问题上，可张莹莹表露的，又全在她自己心中为此焦灼的爱情问题上。戴露当然不会明白，所以她更着急了。

戴露：“那怎么办啊，我是如此如此的爱他，他怎么会如此如此的不明白，我这样做，我这样做，莫非他真的不明白我如此如此地爱他吗？”

张莹莹淡淡一笑：“你唱流行歌曲啊，你清楚地想一想，在你向他表示了你爱他的意思以后，罗大河对你的这个表示有没有明确的回音？”

张莹莹说得很艰难但也很清晰，她很需要戴露明确的回答。

戴露：“没有明确的回音，我就苦恼这一点啊。”

张莹莹松下了揪紧的心头：“我也想不出什么建议了，戴露，做你的朋友真的很难。不好意思了。”

张莹莹的这句话倒是说给戴露听的，但其中表示很难的真实意思，戴露在现阶段听不出来。戴露重重地呼出声来。

张莹莹：“戴露，我想，强扭的瓜不甜……”

戴露：“什么，你是说我在强扭他？”

张莹莹：“哦，你弄错了，你不是说让他‘跳槽’的事吗，他还没有想好，你硬要他去恐怕不成，现在急着上航空的大型企业很多，境外资金也有流入，都知道中国会有几十年的大发展。听说过东海航空吗？那里都筹备了两年多，也立了项，听说也在到处网罗人才，罗大河如果要走，说不定东海航空也是他的一个选择呢。”

戴露：“那，也好呵，我就是看着大河在这里憋气，只要有一个天空可以让他自由飞翔，他去哪儿我都支持。”

张莹莹：“戴露，你的这一片心肠，是个男人都要被你感动啊。”

戴露：“没有，他一点也没有，我一点也看不出来，他一点也没有感动，真的，一点也没有。不行，我一定要让他感动。”

戴露说得有点语无伦次了，其实她突然有点悲伤，最后竟哭出声来。

她趴在桌上，在这样清静的咖啡店里，戴露不敢大声哭，肩部抽动得很厉害。

张莹莹轻轻地在戴露的脸颊和手掌之间塞进去一张餐巾纸，她自己的眼睛也潮湿了。

一对漂亮好友为什么爱上同一个男人呢？

张莹莹回到了自己的小屋，打开了电脑，屏幕上出现了她的疲倦："对不起，云上的河流。飞翔 206 飞不动了，现在窝着什么也不想了，你的呼叫让人感动，但是飞翔真的飞不动了。"

张莹莹潮湿的眼睛上，已经溢出了水珠子。慢慢地，从脸颊上滚落下来。

屏幕上出现李云川的回复："啊，飞翔又落地啦，累了吗？不要飞不动啊，你说过，人生就是飞翔。"

张莹莹看见了，她用软纸吸干了泪水，调整了情绪："是的，人生就是飞翔，但是飞翔要有目标，我的目标还没有明朗，我不知道我的目标能不能属于我。"

还是伏在资料的山坳里，李云川一字一句地念完张莹莹的文字，咧嘴一乐，他当然不会知道张莹莹此刻的真实心理，又在键盘上跳开了："你就是我的目标，我内心很明朗，我记起了你最初在 QQ 上说过的话，如果执子之手去飞翔，幸福又理想。我也会努力成为你的目标。张莹莹，你不要隐姓埋名了，我已经经过严格计算，所有文字的信息，形象的信息，时间的信息，空中和地上的信息，都给了同一个答案，你是张莹莹。"

边上的资料山不知道为什么突然塌了下来，李云川站起来，把坍塌下来的资料山推开一旁，从中抽出电脑来，发现屏幕上他的文字一个不少，赶紧点了"发送"。

张莹莹在屏幕上看到了，她只能扯开去："云上河流不会清楚地面上的芸芸众生，也体察不了芸芸众生的内心世界。当然，我是从地面上出发去飞翔，飞翔到云上，没有波音 747，看来也是梦想。"

张莹莹打出了文字，自己也读了一遍，觉得很适合回答李云川，她嘿嘿一笑，点了“发送”。

这样，她刚才默默流泪的感觉大概已经过去了。

罗大河从自己宿舍里大步走出来，跑过一片小松林，一路挥洒着长期驾驶飞机而形成的似乎可以驾驭一切的气概。这一切，都在戴露的视野中，在她的眼里，罗大河的男子气更是有了加倍的效果。

罗大河跳进了停在路边的橙黄色甲壳虫，车迅速启动驶去。

戴露在驾驶：“对不起了，大机长，不过你接受了我的批评，我还得表扬你。上次你答应了要陪我参加决赛的。”

罗大河：“下午是安排机长学习的，我本不该请假的。想想也好，我不能对你食言的，再说那叫什么学习啊，空话套话假话大话那一套，不去也罢。”

戴露：“哦，你是为了逃避学习才答应我呀。”

罗大河：“两件事不要互相联系，我最反感简单事情复杂化。”

戴露：“跟你开个玩笑嘛，那么好，你可以简单一点回答我了，我上次的建议，唔，东部航空大总裁，想好了没有呀？”

罗大河：“这倒是复杂问题了，戴露，复杂事情又不能简单化了。”

戴露：“哎呀，给你弄糊涂了，你到底要简单还是要复杂啊！”

罗大河：“大美女就不要那么复杂啦，开你的车子，快到了，你为什么不邀请你的那些小姐妹？”

戴露：“就想和你一个人在一起。”

罗大河看她一眼，很顺眼。

戴露嘻嘻一笑。

金海岸大舞台，石智明和方波浪也坐在观众席位中。很多人在笑着聊着，很多年轻人，也不乏一些眼光不太正常的家伙。罗大河和戴露从门口走进来，沿着墙边的走廊。他们的对话也在继续。

罗大河的声音：“你那些小姐妹也可以给你提提意见呀。”

戴露的声音：“就一个旅游局组织的小比赛，我不想让大家知道，等拿了冠军再说。”

罗大河的声音：“想不到你还有点小心思啊。”

戴露：“女孩子嘛。”

罗大河的笑容让戴露甜丝丝地进入后台，罗大河走进观众席中。

秦芸回到了家里，推门进来，看了看客厅四周，听见了健身小间内的动静，她走到门边一望，李云亭又趴在地毯上描画着什么，他大概也听到了声响，站了起来。

秦芸：“还在忙啊！你老在家里搞，一个人不会累坏吧？”

李云亭：“不会，累不会累坏人的，闲才闲坏人呢。”

话不投机半句多的情境常常就是这样出现的。秦芸也许习惯了，她不想再说了，转身往卧室走。李云亭一想，也许又想起了姬水娟布置的修复感情的任务，他移动步子跟到了卧室：“哦，今天下午我没有课，我呢又想赶紧完成这一套动作的设计，所以就回来了，这是要像铁桶一样保密的，不能泄露出去，对手盯着我们呢。”

秦芸：“很好啊，你去忙吧。”

李云亭：“嘿嘿，秦芸，我去了。”

秦芸：“我去做饭，家里的蔬菜还有吧？”

李云亭又回过头来：“秦芸，你不忙吧，我们晚上到外面去吃吧。”

秦芸愣住了。这是丈夫从来没有过的邀请或者说安排，她突然笑了，笑出声来，声音还脆生生的：“好呵好呵，云亭，我们可以去夏云山庄，那里也有餐饮呢，我最近才知道，好吗？”

李云亭：“不太好吧，那个地方太奢侈了，人家看见了影响不好。我们到前面的小海鲜饭店吧，那里好。”

秦芸：“……那好吧。”

李云亭：“还有一些时间呢，我再去整一会儿。”

秦芸坐到床沿上，从肩到腰好像整个人都松懈了下来。这样的女性，对生活有着过于精致的要求，有时候是不是也太累了一点，秦芸这样想。她的眼睛有些呆呆的。突然，她又直起了腰，站起走到了书架旁，取出一本书来。

在她手里翻开的书正是《夏云别传》。

金海岸大舞台，台上的主持人是一位白发苍苍的老者，他在重复着：“选手戴露听好了，今天是最后一场决赛，比赛内容是文化素质测试。给你三分钟时间，回答一个问题，请你听好喽。”

台上的戴露点点头，她穿着旗袍风格的衣裙。

罗大河看着她，很期待。

方波浪和石智明也在看着，石智明微微摇头。

方波浪耳语：“这姑娘我见过，有很好的性格。”

主持人的声音：“请表达：说说丹麦哥本哈根的美人鱼的诱惑。”

舞台的LED视屏上，出现了丹麦哥本哈根长堤公园海边美人鱼的雕像。

戴露：“非常遗憾，我没有到过哥本哈根，也没有实地体验的感觉，但是这位海边的女郎，我在图片上看到过。我仅就图片上的感觉说一些想法。一个是自然美，在这样的海边，不远处就是人工雕琢出来的城市，在这里也是人工雕琢的一个美人体，但是她姿态优美，与整个自然景色浑然一体，这是人与自然相融合的杰作。我相信从哥本哈根的街道里走出去看到礁石上的美人鱼，一定有回归自然的冲动。二是线条美，我看这位雕塑家应该是位研究女性的专家，在怎样的一个姿态下，女性的各个部位能够呈现得最美丽。雕塑家完全明白，线条美是整体呈现的效果。三是色彩美，我们看上去这个雕塑好像只有单一色彩，或者没有色彩，但是它能在我们面前搅动起所有的色彩，或者变化原有的色彩，比如鱼尾的这种优美的设计，你能不想到大海的蓝色吗，甚至是大海深处的斑斓绚丽，你看她侧身面向大海，你难道没有看到春暖花开的奇异色彩吗？表达完毕。”

现场响起热烈的掌声。

在戴露表述的时候，在场的方波浪、石智明都不断地在灯光中出现，总体上给予了满意的微笑，台后一侧的候台席上，江天芳也在注意地听着，也不由得在心中表示一点佩服。

戴露还站在那里，向大家再一鞠躬，然后步向后台。

台下，方波浪与石智明耳语：“这姑娘倒把我也骗了，我还以为她只是开朗呢，其实还有自己丰富的内心世界，居然还懂得使用印象学和移情说的原理。”

石智明：“只是穿旗袍还是不太合适。”

方波浪：“这倒是。”

台上，主持人抖动着白发：“应该说，我也被感染了，我看到了这位选手身上的奇异色彩。观众朋友们，现在的年轻人真的是有能耐！刚才五位选手的表达都非常精彩，我也为我们的青年一代感到骄傲。好，下面请今晚最后一位选手：江天芳小姐。”

方波浪看看石智明，又去看台上，石智明的脸上并不见兴奋。

江天芳从台侧款款而来，她穿了比较欧式的低胸垂地礼裙，雍容华贵。

方波浪：“咦，又整一套新服饰啊？”

石智明：“上次那件旗袍效果不好，哦，不是旗袍不好，是她不合适，我看今天的比较适合她。”

方波浪看看他：“不过这好像不是你想要塑造的风格，包括服装，包括人。”

石智明侧脸回看一下方波浪，表情神秘。

在他们的对话过程中，主持人已经例行公事地说完了主持词，现在正好提问：“这是主办方一个特别的安排，第六位决赛的选手需要表达的题目也是：说说丹麦哥本哈根美人鱼的诱惑。”

激烈的掌声。

江天芳一惊，旋即平静，又微微一笑。

台后，戴露与其他四位选手坐在一起，有美女惊叫：“哇，这不是同题比拼？”

戴露一乐。

台上，江天芳上前一步，后面的LED屏幕上再度出现哥本哈根海边的美人鱼雕像。

江天芳：“这座塑像源于安徒生的童话：美人鱼的故事，也有翻译为‘海的女儿’的，请允许我把故事的原型作一简单复述。这是一位海底王国的小公主，因为向往人间而到海面上眺望，给果看到了遭遇风难的王子。小公主拯救了王子以后又不能在王子前暴露自己的美人鱼身体，结果王子把另一个女孩视为救命恩人。小公主为了到人间，不惜按魔女的办法忍痛割开了自己的下肢成为人形，她的美貌和舞姿为大家所震惊。但是由于失去了声音而无法向王子表达，小公主只能眼睁睁地看着王子娶了邻国的女孩。魔女曾经告诉过她，如果王子与别人结婚，她就要变成泡沫而消失。小公主本可以用刀结束王子的性命，那样她自己就可以重归大海。她偷偷进入了王子的卧室，但是望着熟睡的王子，她没有这么做，结果到了天亮的时候，小公主在一片泡沫中消失了。据说后来王子到处找她，而小公主在消失前也带着满足的神情。”

席间响起掌声。台后侧的戴露等五个女孩也在鼓掌。

江天芳：“各位且慢，我们看到的这座雕像是 1913 年丹麦雕塑家爱德华·艾瑞克森完成的。她在哥本哈根的海边究竟在眺望什么，我在高中时代就想过这一问题。她为了变成人形，不惜失去声音，一个无法表达的美女，还如何去争取爱情？她本来就是为了爱情去寻找王子的，但她却把声音交给了魔女，她不懂得爱情的实现途径。当王子不能为她所有时，本来，在她的姐妹们帮助下可以回到她们中间，至少她可以回到出发的地方，但为了王子，她甚至情愿牺牲自己。这实现了她的理想吗？这体现了她的人生价值吗？这是一个完整的人生吗？晚于安徒生一百零三年而在丹麦完成的这座雕像，可以说向我们每一个人提出了疑问，这位美丽的海的女儿究竟在眺望什么？安徒生没有留下答案，艾瑞克森用人的形体在丹麦的海边为我们做出了诠释。主持人先生，表达完毕，谢谢。”

观众一片静寂。

风度翩翩的主持人也一时语塞。

石智明站了起来，神情凝重。慢慢地拍起了手掌，一声，又一声，席间终于响起一片掌声。方波浪在鼓掌间看了一眼石智明。

主持人：“今天的决赛程序全部进行完毕，现在休息半小时，外面前厅有茶歇，半小时后公布大赛结果。”

LED 屏幕上的美人鱼雕像消失了。

前厅，茶歇的人们穿梭其间。

罗大河在窗边的沙发上坐下，喝着矿泉水。

方波浪端着咖啡杯走到石智明身边："你的御用模特好厉害呵，对文学经典的这种解构现在也很时髦呵。"

石智明咬下一块小饼干："听起来，她不像是赶时髦，真有她的思考。不过我可不敢苟同。"

方波浪瞥他一眼，深思着点点头。

石智明："看来她的两种身份都不合适了。我与她的共同生活有些时日了，但听她对一问题直抒胸臆的直接表达还真很少，尤其是涉及本质的内容……有些可怕。"

方波浪又瞥他一眼，笑得有点暧昧。

石智明："此笑不善吧？"

方波浪："你当初以为她可以为你的创新旗袍作专用模特，我倒是觉得不妥，开始我仅是从外在风格上看，看来你想求得的上善若水，或者是温良恭俭让的一些东西，此小姐恐怕难。不过你说两个都不合适了，另外一个角色合适不合适，我就不发表意见了。"

石智明瞥他一眼。

台侧办公室，评委们仍在争论。

某评委："我认为江天芳和戴露的其他评分一致，这场主题表述的测试中，各展风采，平心而论，就思考的力度和表达的准确来看，江天芳棋高一着。"

某评委："水平高出一截可以说是个正常判断，不过其观点表达似乎不太正确。"

某评委："深有同感。"

某评委："我看大可不必，本次选拔看重的是技艺，与认识上的分歧无关。再说了，也要鼓励年轻人敢于怀疑，敢于颠覆……嘿嘿，敢想敢干嘛。"

某评委："不过听起来有些本真的东西被她忽略了，还是要有个导向……"

大概是评委会主任的一个瘦瘦的男人说话了："好吧，出现争议是正常的，我们用选票说话吧。”

工作人员分发选票。

大舞台前厅，有信息声响，罗大河打开手机，见到这样的文字：“今晚有空聊聊东海航空的事吗？”发件人一栏的名字是：“张莹莹”。

罗大河想一想，在沙发上欠一欠身子，回短信：“有事，改日再约。”

这边，两个好朋友还在感叹什么。

石智明：“标准大美女呵，哎，怎么办呢？今晚不是还安排了夏云山庄的聚会嘛，要不，取消吧？”

方波浪：“这不合适，老弟你也不要太情绪化，生活在一起是方方面面的，有些个别的残缺可以得到弥补的。”

石智明：“这不符合你的性格。”

方波浪：“至少你取消今晚的饭局不妥当。”

石智明：“唉，她那位上海老娘对她贻害不浅。好吧，暂时就这样吧，其实她也有感觉了。要不你也带上一个，我们尽兴而归。”

方波浪：“嘲笑我是你的业余爱好吧，我什么时候携一个女子赴宴过？”

石智明：“也该有人与你相伴而来了。这倒是用得上完整人生的考虑了。”

方波浪：“老弟停止，知道你又要发表长篇大论了。”

石智明反而哈哈笑起来，方波浪不解，石智明凑近：“听说您带一神秘女子去了夏云山庄，还特地上了小姐楼茶厅？”

方波浪：“噢，此神秘非彼神秘也，老弟千万不要故作神秘。人家是一典雅女子，不可轻笑。我是万万不会去叨扰人家的。”

石智明仍然大笑。

铃声响。

方波浪：“又开始了。”

金海岸大舞台上，主持人在宣布：“现在，我宣布，最后两个大奖的名单，冠军江天芳，亚军戴露。”

彩带纷纷扬扬时，江天芳的笑脸、戴露的笑脸在她们的拥抱间叠现，有轻轻的声音。

“江天芳，祝贺你，在美容店见你的时候，我就觉得你不同寻常。”

“你也是最棒的，我好喜欢你。”

戴露笑得很灿烂。

橙黄甲壳虫车内，戴露还是灿烂的笑。

罗大河在副驾驶座上，看一眼戴露，仍然很欣赏的神情。

戴露：“江天芳面前，我甘拜下风啦！她的思考，我看一般的女孩子没有，不会有。”

罗大河：“我觉得你表达得也精彩。”

戴露：“真的？”

她把车开到路边停了下来：“你说真的啊？我说得很表面的啦。”

罗大河：“你都把表面表达得那么丰富，再深下去可不得了啦。”

戴露：“嗯，肯定不得了。”

她从座位上侧过身来，凑上去就在罗大河的脸上啄了一口。

罗大河：“好好开车，保持冷静。”

戴露：“冷静不了啦！我告诉你，今天我吻了你，关系升格了，好，就这么定了。”

罗大河盯一眼：“你这是绑架啊。”

戴露：“说对了，爱情就是绑架。”

罗大河：“属于强词夺理。”

戴露：“就强词强词，就夺理夺理。告诉你，英语单词里爱情和绑架是一个意思。”

罗大河：“我看你戴露和爱情也是一个意思。”

戴露：“哈，说得好，就爱听你这样说，再奖励你一个。”

戴露说完又凑上去啄了一口，然后迅速启动车子，驶去。

罗大河笑了。

夏云山庄长廊酒店，沿湖的长廊，沿长廊而摆设的餐桌。

小圆桌旁坐着江天芳和石智明、方波浪三人。桌上放有插着矢车菊小花的腰形长瓶。

方波浪端起茶杯："先以茶代酒，祝贺天芳小姐夺冠。"

江天芳笑嘻嘻地也端起杯子："小打小闹的不足挂齿，我和亚军在前几场打了个平手，这次组委会还专门同题 PK，我原来也不想争个你高我低了，放开说了几句，看来评委们倒是不拘一格。智明，有点意外吧？"

石智明："不在意中，也无所谓意内意外，我本来连续观看几场，也意不在此。"

江天芳："你看人家都拿了冠军了，你也不知道说几句好话。"

石智明："你自己也不在乎，何必计较！美女堆里争个第一第二的，其实也很无聊。"

江天芳："说得更不像样了。方先生，今天听说你也来观看决赛，我们都很兴奋。在审美和评价美女上，你是一把好手哦。所以说如果摘得头牌，我们就上这儿来吃饭。你说智明还不同意我的建议，上夏云楼上去摆一桌，本来今天要在那楼上，有多好呵。"

方波浪看看石智明。

石智明："嘿嘿，那楼上是发生了一个什么样故事的地方呵！带你上那儿喝茶吃饭，还不到时候。"

方波浪无声地点头，他心里更明白了石智明此刻的情绪。

方波浪："这个夏云山庄楼上发生的故事与安徒生笔下的海的女儿倒有一比，她的情怀毫不逊色。天芳小姐的深刻思考，如果夏云知道了，倒不知她如何回答了。"

江天芳："夏云的忠烈故事我知道，都是过去那个年代的产物罢了，都 21 世纪了，应该有新世纪的眼光吧。"

石智明："不说这个话题了。只是比赛比完了，我的目标还没有出现，有点遗憾。"

方波浪有点疑惑。

江天芳："哦，这一会智明盯住每一场，醉翁之意啦，他一直在寻找一个适合他的创新旗袍的专属模特，尤其要内在气质和外在气韵与他的设计风格相吻合，很难呵。"

方波浪："你这个御用模特已经卸任了？"

江天芳："嘿，我可以在这里拿冠军，也可以成为首席礼仪，但他不满意啦，看来只有打入冷宫的分儿了。"

方波浪："'冷宫'这个词建议你慎用哦。我当初评价过呵，你的外表与旗袍可能有不太般配之处，至于其他方面嘛，这个任务确应当由石老弟来完成了。"

石智明苦笑间江天芳走了神，却来了一句："哟，都忘了点菜了。来，小姐！"

桌上的矢车菊有轻微的颤动。

橙黄甲壳虫已驶入航空城宿舍区。

罗大河的手机响了，接起："是我，罗大河。你好……"

戴露驾车已驶近门口，停下。罗大河边接电话边跳下。戴露没有下来，但也没有开走，在车内望着走远的罗大河，突然，她发现罗大河在大院门口停了下来。

大院门口，罗大河似乎怒火冲天："什么玩意儿，我去了，我这是早就答应人家的，我不能失信于人家。你是老总，你也要体谅体谅我们基层一线的弟兄，本来今天飞回来，是我们调整的时间，你们临时安排的什么狗屁学习，有什么用呵，形式主义的一套，我没事儿也不去，你看着办吧……什么什么，女人，这又怎么啦，是呵，就是我女朋友又怎么啦……我什么时候影响空姐生活啦，我和她们融洽得很，我就是喜欢'玫瑰皇后'，你能不能说清楚，我这是什么缺点？好吧……你……有时间会来和你说明的。"

他关了电话，回过头，没想到戴露正站在他的面前。

戴露的表情，好像兴奋快乐愤怒都有："这是你那个混账同学的电话？"

罗大河点点头。

戴露："好呵，终于听到你说女朋友了。"

她冷不防搂住罗大河，又在他的脸颊上啄一口。

戴露："一天之内第三回，一二不过三，这叫铁板钉钉了。大河，我们去涵碧宫吃饭吧。"

罗大河："不去，晚上有事。"

戴露："那好，不要理睬你那混账同学，三十六计，走为上计，再给你三天时间考虑，我走啦。"

戴露跳着跑向橙黄色的甲壳虫。

罗大河有点哭笑不得。

小海鲜饭店内，大厅一侧的僻静处，秦芸和李云亭在吃晚饭。

李云亭："这个饭店，我经常来的，一个人懒得做。你还是第一次来。"

秦芸点头，笑得有点苦涩："没，没来过。味道还可以。我小时候在青岛常常吃海鲜呢。"

李云亭："你看那儿有几个单身汉在吃饭，我都认识他们了，今天大概你在，他们不过来打招呼了。"

秦芸："他们是……"

李云亭的笑有点苦涩了："嘿，大家自嘲是单身汉俱乐部，不是小青年的单身汉哦，全是有家有口有老婆的。"

秦芸微微一震，倒认真起来，看了看吃着饭的几个男人。这些男人看上去风格多样，竟然还悠然自得的样子，端着酒杯，入神地抿一口。秦芸叹一声，无语。

李云亭："秦芸，我们是不是可以结束冷战了？"

秦芸放下筷子："那天去你少体校，我也想起那时候，你多为我操心啊！我真的在告诉自己你是好人你是好人，可又有力量在抗拒，好人有很多，爱人只有一个，爱人也就是好人……想法什么都有，我真不知道是为什么，一时恍惚跳入了游泳池，还把姬老师吓一跳。"

李云亭："这就是为什么说你考虑得多余了，人好不好你还不知道啊？秦芸，我们结束冷战吧，好吗？"

秦芸："……吃饭吧。"

李云亭叹一声，低头扒饭。

秦芸漠然中有一点带着温度的无奈。

在温馨小酒馆后间，小个子机械师走进门来，罗大河已经在那里坐着了。

看罗大河的面色，小个子机械师没敢发出声响，在一旁悄悄坐下。

胡英子的婆婆端进来茶水，朝两位笑笑。两人也不再说什么问候的话，几乎在同时间叫了声“大娘”。婆婆转身退去。

罗大河端起茶就喝，显然烫了口，赶紧放下。

小个子机械师：“大机长，莫慌张。”

罗大河：“去你的。我已经决定了，辞职！”

小个子机械师惊愕，看着罗大河。

罗大河：“有什么好看的！跟好朋友打个招呼，别到时怪我甩身而去，当然，等我落实了下家，你要是愿意跟我，我也欢迎你来。”

小个子机械师：“听起来好像不是一时冲动嘛。落实了？”

罗大河：“这个你不要管。”

小个子机械师：“那么今天这么突然，有什么原因？”

罗大河：“不是今天决定的，是到今天才决定的。”

小个子机械师：“这算是你今天说得比较有水平的话了，那么你如何提出辞职，到底落实了没有，下家？”

罗大河看着小个子机械师，想说什么，胡英子婆婆端着鸡汤进来了：“趁热喝吧，你们今天怎么啦，商量大事儿啊？”

小个子机械师：“没什么事。英子又去医院了？”

婆婆：“刚回来，上楼换衣服去了。”

小个子机械师：“哦，真辛苦，待会儿我送她回宿舍楼吧。”

罗大河：“今天你就别客气了，回去照顾你的孩子吧！我来送，我们本来在一个宿舍区。”

小个子机械师：“那……也好。”

罗大河：“怎么，还不让我照顾照顾？”

小个子机械师：“哪儿啊，为大机长选下家考虑呢。”

罗大河：“去你的。大娘，英子如果没有吃饭，让她一起来吧。”

婆婆：“好，好。”

温馨小酒馆楼上，胡英子将一张医院通知单放入包里，眼泪挂在微微翘起的眼角。她轻轻抹去，转过身时，婆婆已上楼走进门口。

胡英子："妈，我就下去。"

婆婆："他们两位说让你下去，一块儿吃。"

胡英子："哦，不去了吧……也好，我这就去。"

婆婆看看她："医院那边还好吧？"

胡英子："好的好的。"

婆婆又看看她，有点疑惑。

胡英子已走出门外，转下楼梯。

胡英子一步步下来，楼梯板上有沉重的声音。

她身后的楼梯顶端，在斜射的光影里有婆婆伫立的身子。

温馨小酒馆后间，胡英子走进来。小个子机械师为她移开凳子，让她坐下。婆婆跟着进来，加了一副碗筷，又转身出去。

罗大河："英子，上医院了？"

胡英子："嗯。"

小个子机械师："……情况好吗？"

胡英子望望两位大哥关切的目光，抽动了一下嘴角。

罗大河轻声地："怎么啦？"

胡英子突然哭出声来，赶紧又捂住了嘴，看看虚掩着的门。

小个子机械师与罗大河飞快地对视一眼，凑近一点："小英子，不着急，到底怎么啦？啊？"

胡英子低低的哭音："……是，是……晚期胰腺癌。"

小个子机械师一怔。

罗大河："……这有点严重。小英子，不要急不要急。"

胡英子忍住，无声地点头。

小个子机械师："我们大家为你想办法呢，小英子，你自己要注意身体哦。"

胡英子："唉，我爸的病，我就怕这个呵，老是无缘无故的痛……还有我妈，怎么办呢？"

罗大河明白胡英子的意思："英子，我们这个年龄的人，都会碰到这样的问题，你要稳住……还要，还要振作，我们大家会帮你。"

胡英子又点点头，眼睛里却又溢出泪水来。

小个子机械师重重地叹一声。

罗大河看了他一眼。

小巷里只有三两盏黄黄的路灯了，灯光过于昏暗，不过给人很平和、很安宁的感觉。小酒馆门侧的小灯箱，也有黄黄的光晕。远处的地面上，薄薄的亮光渐入夜色。

沿着墙边而栽的植物有暗绿色的幽光，也很平和，也很安宁。

夜的城市，很安详。

洒水车静静驰过，音乐声给人的是宁静。

微风拂过，树叶的声音，很温馨。

叶子间有朦朦胧胧的圆月。

尽管夜已经很深，李云亭趴在地毯上还在忙着，突然，他的整个身体趴下了。

卧室床上，被窝里的秦芸被手机的铃响弄醒。

秦芸："你好，我是秦芸……是，准时到达。"

秦芸跳出被窝，迅速地穿好了衣服，到了外间，看看四周，进入了健身小间。

她拍拍李云亭，没有反应，鼾声已大作。

秦芸又喊一声："云亭。"还是没有反应。秦芸叹了口气，转身开门而去。

张莹莹小屋，铃声响起。

张莹莹醒来，听电话，大惊："好，准时到达。"

她从床上跳下，迅速穿上了衣裳。

胡英子宿舍，她也在接电话："是，我是英子，真的……好，准时到达。"

她还没有睡，看看闹钟，揉了揉哭肿的眼睛，站了起来。

她打开门，门外一片漆黑。

林小洁小屋，漆黑中有手机声响起。

有女孩接电话，听声音是林小洁："是，我是，啊……好，准时到达。"

林小洁揿亮台灯，朱运良还在床上呼呼大睡。

林小洁莞尔，在"猪哥哥"脸上啄一口，下床穿衣服了。

戴露小屋，灯打开，戴露躺在床上接电话："是我，戴露。紧急任务？好，准时到达。"

她哧溜一声下床来。

戴露是裸睡的，朦胧的空间里晃过白皙的背影。

宿舍里，罗大河接的电话已接近尾声："明白，马上到位。"

他的制服已穿在身上。

现在，他戴上大檐帽，由于神情的肃穆，罗大河格外地具有男子气概。

他转身拉开房门。

小个子机械师的家空间有些局促，他接电话的声音有点吵哑："好，当然……准时到达，马上就位。"

他站起来，看看床上的患小儿麻痹症的孩子。

他在桌上留条："阿姨，我要执行紧急任务，这几天拜托了。"

他再看一眼，打开门，听到了巨大的汽车行驶的声音。

机场候机楼门口的弧形车道上，机场大巴停住，第一个跳下来的是胡英子，姐妹们接二连三地跳下。人人神情紧张。但是到了灯光明亮的候机厅，步入大厅的秦芸乘务组依然一个个身姿挺拔，尽管已是深夜了。

停机坪上，巨大的波音 747 像一个沉稳的召唤，在亮如白昼的停机坪上，仿佛让人一百个放心似的。

停机坪上的灯火，反倒像无数求援的眼睛。

第十一章

夜色里的停机坪显得苍茫寂寥，橘红色的灯火是这里的照明，本来很有作用，但此刻像是向四周蔓延的沉重。其间的庞然大物波音 747 也显得异常沉重。

波音 747 前，罗大河机组和秦芸乘务组站立着，机组的制服和乘务组的制服造就着共同的严肃，初夏的凉风也丝毫吹不走这里的沉闷。玫瑰航空瘦瘦的党委书记在做临战动员：“我国西部发生了里氏 8.0 级的强烈地震，现已启动了橙色紧急救灾程序。现在是凌晨两点，灾区的受伤群众在等待着我们，党和人民在期待着我们，不管在哪里战斗，我始终相信你们。现在在飞机上的同志们，是前往灾区的我们这个城市的志愿者，希望你们照顾好大家。好，同志们，现在，出发！”

动员还算简要明了，罗大河机组很快登上了飞机，在机舱口罗大河回头望了一下，夜色里，他神情严峻。姬水娟也和秦芸乘务组的空姐们一一握手，说着她常常强调的名言：“我还是那句话，带着纯净的空气上天，我会在这里欢迎你们安全归来。”她用了“欢迎”这样的字眼，但神情也是严峻的。是的，如此罕见的任务，谁都会神情严峻。

十一名空姐人人神情严峻。她们转身登上飞机。

客舱内，秦芸已经在广播了：“全体志愿者同志，我首先代表灾区的人民和玫瑰航空欢迎你们，大家凌晨好。我们的飞机马上就要起飞了，请大家系好安全带……”

戴露和张莹莹在巡视。在客舱走廊中间碰面的时候，戴露与张莹莹的身高一致，两张美女的脸很接近了，戴露很想与张莹莹说句什么的，但看见张莹莹很平静且又严肃的样子，又不敢说了，她们各自回头，往相反方向走去。

胡英子正弯腰为一个老年女人系安全带。

胡英子："大娘，你都这年纪了，还去灾区啊？"

大娘："当年唐山大地震的时候，我是救护队长，说不上经验，但也有经历啊，能帮上一点是一点的。"

胡英子："大娘您自己也要保重。"

大娘："闺女放心，我硬朗着呢。"

林小洁走过头等舱，见到了方波浪，恰好胡英子也走过来，两人几乎同时喊出来："方先生，你也来了？"

方波浪点点头，几无笑容。林小洁礼节性地一笑，也马上消失了。谁都明白此刻的心情。林小洁的笑尽管很短暂，仍然很纯很美丽，被坐在方波浪身后的年轻人，后来受了重伤的崔啸捕捉到了。这个年轻人一直盯着林小洁看，直至林小洁背身离去。

胡英子："方先生，需要什么吗？"

方波浪："小英子，你们不用管我，忙你们的吧。你这里的伤，完全好了？"

胡英子："没事了，方先生有吩咐尽管呼我。"

她转身走去时，秦芸已完成了广播，也步至方波浪面前，会意地点头。

秦芸："方先生，很好啊，志愿者？"

方波浪站起来，低声地："秦芸，千万别这样说，我不是志愿者，我是忏悔人。"秦芸听罢掠一眼方波浪，有探询的意思。方波浪复又坐下，不再抬头。秦芸的探询也只得中止了。

夜色，墨一样浓重。

飞机呼啸而起，宁静的夜空里，这声音像从人的心弦上痛苦地滑过，又从人的心上升腾起希望。很快，波音 747 已经隐没在空中。这个庞然大物的底下，很快出现了碎裂的山峦，这就是青烟缭绕的震区。

被劈开的山体和狰狞的废墟上，穿梭其间的有橙色的消防队员，有橄榄绿的军人，有穿白大褂的医护人员，有穿灰黑色制服的警察，还有穿着各色服装的志愿者。

还有惊魂未定的灾民和他们脸上的恐惧。

有余震袭来，不断的晃动，是地上也是心上的迹象。

山坡旁，一辆大巴驶到了救灾点，不能再往前走了。

车门移开，秦芸带着大家跳下，在尘土飞扬的山边，这一群天使一样的女人的出现，似乎为这里带来了一点温馨，也许还有美丽。

她们的制服把空姐的救灾形象带到了灾区。

山坡上，躺着被救出来的受伤的灾民。秦芸、张莹莹、戴露、林小洁、胡英子忙碌在他们中间，协助医护人员进行救护。有的伤员开始被抬上大巴。飞机上见过的那个大娘果然在其间指挥，有时候还帮着包扎。

稍有一些空隙，负责的医师和秦芸喝了一口矿泉水，然后给了对方一个苦涩的微笑。

医师："辛苦你们了！你们可真是天上下来的天使啊。好像是玫瑰航空？"

秦芸："是，我们执行转移重伤员的任务，来晚了一步，我们排在清晨运送，所以也来帮个忙……唉，好惨。"

医师："是啊，从来没有碰到过，人类的灾难啊！我看你们的救护很在行，学过？"

秦芸："是，在航空学院，是专门的一项课程。"

医师："哦，这就好，空姐倒是应该有这一门专业课程。"

秦芸突然看到又有人从破裂的溪流旁的道路上抬着伤员过来，赶紧穿了过去。就这样，碎裂的灾难上不断晃过这些身着空姐制服的美女身影。这些身影，都已经灰尘满面，或者沾上血迹，但是她们的优雅、明朗、温和、通透包括矜持、阳光、热情等一些东西和她们一起，给尘土飞扬的灾区带来了少许的慰藉。

秦芸已经跑近了那副担架，与此同时，林小洁也挨近担架，她看到了伤员的肩胛骨旁还在渗着血，情急之中，她干脆扯下了祥云图案的围巾，斜扎在伤员的胸前。

林小洁的这个动作留在了一个人的视野里。他就是飞机上见过的年轻志愿者，现在也正是他在后面抬着担架。尽管灰尘遮面，但看得出小伙子本来的眉清目秀。林小洁现在当然没有注意到在飞机上出现过的这张脸，她也完全没有印象。后来与她有了很多交集以后，林小洁才知道，小伙子是在海外长大的客家人崔啸。

尽管是在紧张的救护中，但是林小洁的纯纯的面容一再闪烁在崔啸的印象中。秦芸上前，和林小洁一起，把担架送到了大巴前的空地上。

医护人员马上上前进行必要的救治。

秦芸和林小洁转身又跑开了。崔啸看了一眼林小洁，仅仅一眼，就蹲下来帮助医师了，医师正好解下了伤员身上的祥云围巾，把专用的医学绷带给伤员扎上。

崔啸拾起了带血的祥云围巾，放进自己的裤兜里。

罗大河机组的人员坐在军用吉普车里。罗大河在开车，绕开裂开的道路，绕开乱石。剧烈的颠簸让小个子机械师的声音也颠簸得厉害："我的妈呀，太惨了。"

副驾驶："听说军用直升机差不多都被调来了，这些山里，不知道伤着了多少万人哪。"

小个子机械师："少不了……前面有个救治点。"

罗大河目视前方，一言不发。

戴露和张莹莹架着一个伤员从山口往救治点走来。

戴露："莹莹，这位老大娘好像没气了呢。"

张莹莹："别瞎说，赶紧走。"

她们踉踉跄跄地走了十几步，医护人员已经围上来，听到医师的声音："快，氧气，抢救！"

罗大河也走近了，他看到了戴露和张莹莹，却低下了头。

戴露却一头奔向罗大河。

戴露："大河，你也来救护？"

罗大河点点头。

张莹莹看见了，知道戴露和罗大河的内心在说另外的内容。

罗大河在张莹莹的目光中又有了一点恍惚。

戴露："大河，'跳槽'想好了没有？"

罗大河："救灾，什么都不想。"

戴露赶紧去看救护中的老大娘，老大娘已经有了呼吸，戴露也松了一口气。

破裂的道路上，小个子机械师搀着一个伤员过来，恰好和赶过来的胡英子打了照面。

胡英子也扶住伤员："你也到现场？"

小个子机械师："你在，我也会在。"

胡英子躲避了他的目光。

小个子机械师："你爸爸的病不要着急，总会有办法的。"

胡英子也护住伤员："现在，什么都不想。快！医生在那里。"

他们到了山边救治点，帮着医生一同处理伤员的伤口。

小个子机械师看到不远处的罗大河在招呼他，便疾步跑了过去。

张莹莹蹲着，也在帮助一个伤员穿上裤子，然后扶着他走向大巴。

她走着，回头间看到了罗大河和小个子机械师又坐上了军用吉普。

军用吉普很快驶去。

罗大河开着车，承受着强烈的颠簸："民航局也抽调了直升机组成救护队赶来了，看我正待命，让我过去商量一下山区飞行抢救的问题。"

小个子机械师："你不是表演过直升机空中礼花吗？会不会抽你去？"

罗大河："听候命令。"

小个子机械师："要去，带上我。"

车窗外尘土飞扬。

山边，戴露也看到了远去的军用吉普，目光中爱意强烈。

又一阵尘土飞扬，还有点绿意的青山和裂开的口子把绝望和希望一起呈现。

入夜，秦芸在等待救治的伤员中蹲了下来。呻吟声让人无法平静，似乎不远处还传来男人的哭声，一声声让人心悸。

秦芸站了起来，看到了黑黑的山坡上有一个男人的背影在晃动，而且有一种很熟悉的感觉。秦芸走过去，经过沟坎，经过碎石。那个男人转过身来，秦芸完全没有想到，他是方波浪。

秦芸："你……"

方波浪："这是我最应该到的地方。"

秦芸："为什么？"

方波浪："我那么多年的努力，全在大地上，但是我还是交了白卷……"

他还没有说完，像有巨大的苦楚袭来，方波浪又哭泣起来。

看着黑黝黝的群山和这个男人的背影，秦芸被吓住了。

秦芸："方先生，你不要太悲伤，这是地震，是人力不可阻挡的，你不……"

方波浪："不，我们必须加紧啊！必须，必须！"

秦芸似有所悟，她上前扶起了方波浪，目光中多了一点崇敬。

方波浪："谢谢！还让你们这些柔弱的女子经受大苦大难，真是不好意思了。"

秦芸望着他，又有些不解了，但她望着方波浪，崇敬之色又油然而生。许多天以后，秦芸对这个知识分子的清醒和痛苦也许会读懂得更多。

救护车的警铃大作。

亮若白昼的停机坪，波音747旁，救护车一辆接一辆地赶到，伤员一个个被抬上了飞机。

几个陌生的机组人员走进飞机。

秦芸乘务组的所有成员也都步上舷梯，她们的身姿仍然挺拔，仍然轻盈。

在很亮很亮的灯光里，在机舱口的平台上，秦芸接到了电话："哦，小个子呵，我们正在登机，好……知道了，你们飞直升机要小心。"

风中的秦芸，做了一个深呼吸，转身跨进机舱。

在机舱里，医护人员安排着伤员，空姐们上来后，也一起忙着。长长的机舱里，伤员们基本挤满了座位。

机舱口又扶上来一个伤员，正是崔啸，他的头上扎着绷带，一旁的医护人员在和秦芸交代："这位伤员一会儿昏迷一会儿清醒，估计要做头部手术，这里没有设施，三小时内送到大医院就好了。他是志愿者呢，抢救别人时被砸了头。唉，他最好躺着，最好不能再受颠簸。"

林小洁过来和秦芸一起扶着崔啸，看看舱内拥挤的状况，她们索性安排崔啸躺在头等舱前侧的地毯上。

医护人员："恐怕还会有晃动吧，他经不起。最好，最好有人抱着，尽可能让他平衡。"

林小洁低声地："芸姐，我坐里侧地上，我来抱吧。"

秦芸看了看她，点了下头。

林小洁半倚着舱壁，坐了下来，让崔啸的上半身靠着自己，然后又轻轻地用手臂挽住崔啸的肩颈部，像一个母亲拥住自己的婴孩。

崔啸动了动眼皮，又昏过去了。

好像感到崔啸还躺得不太踏实，林小洁想到自己的制服和制服上的纽扣会硌人，她没有犹豫什么，轻轻移开一点崔啸的头，然后解开了上衣的纽扣，露出了她淡紫色的内衣，林小洁把崔啸的头抱在了自己的胸前，在这个柔软的怀里，大概是避震的最好地方了。

医护人员赞赏地点头："好，好好，一路上要辛苦你了。"

林小洁抬头，露出纯纯的微笑。

秦芸也满意地看着林小洁，露出温情的目光。

胡英子从后舱里过来，蹲下来替崔啸盖好薄毯。

林小洁："英子，要你多关心点前舱了。"

胡英子："你要是累了，我来换你。"

林小洁还是纯纯地一笑。

飞机开始滑动。波音 747 飞向夜空。这是静夜里的生命之航。

客舱内，呻吟声在安静的客舱里显得异常让人担忧。戴露和张莹莹在为伤员们送水。胡英子把一条毯子轻轻地盖在一个已经睡着的伤员身上。

秦芸也在帮着一个老大娘系紧安全带。林小洁轻拥着崔啸，看看崔啸平静的面容，她的神情也放松了一点。

驾驶舱内，机长全神贯注。

机械师："有气流。"

机长神情严肃地把着操纵杆，显然，他尽可能地在保持着飞机的平稳。

客舱内，飞机有些颠簸，一些医护人员在帮着收拾伤员的呕吐物。

林小洁护着崔啸的头部，她看见崔啸的眉宇间有些收紧。突然，崔啸动了一下，林小洁迅速移动一下自己的手腕，崔啸的脸几乎贴在了林小洁的胸前，他的一侧裤袋里，露出了祥云围巾的一角。

林小洁看见了，她知道这条围巾的出处，大眼睛一转。

胡英子走过来："小洁，我来换你吧。"

林小洁："不用了，多动恐怕不好。"

崔啸的神情又平静了，但他的眼睛一直没有睁开。

秦芸看着她们，感到了一种安详。

飞机稳稳地停上了机坪，晨光里，几十辆救护车驶近，停在空旷的跑道边上。

波音 747 打开了前后的机舱门。

救护车一辆接一辆地驶近飞机。

客舱内，医护人员把担架送进了机舱。

秦芸和医护人员一起，慢慢地抬起了崔啸。

林小洁还侧倚在那里："小心呵，他的头颅受伤，不能震动，医生交代过，最好不要震动。"

医护人员："我们知道，震区救治组有交代。谢谢你呵，一路上一动不动的。"

林小洁看到了崔啸裤袋口子上，还露出的祥云围巾的一角，想了想，她把祥云围巾轻轻地抽出来，攥在手中。

崔啸被轻轻地放到了担架上，然后被抬起，一个机上跟随的医护人员和担架一起走向舱外。

这期间，大部分伤员已撤下飞机。

林小洁却一下子站不起来了，胡英子上前扶着她慢慢站起，活动了一阵筋骨，林小洁的四肢才恢复了正常，和全组姐妹一起步向舷梯。

后勤人员从后门的舷梯上快速冲进机舱。

天边已有东升的旭日。

救护车一辆接一辆离去。

加油车迅速驶到飞机庞大的机身下。

藏蓝的、橙色的、白色的，各色车辆驶近，为飞机做着再度起飞的准备。

玫瑰航空的党委书记和姬水娟等公司的管理干部也在场，缓解着这里的紧张氛围。

秦芸乘务组已经坐上了公司大巴。

姬水娟出现在大巴的车门口："大家这一趟辛苦了。"

秦芸："姬老师，还要飞灾区吗？"

姬水娟："去！这不，他们来了。"

不远处，接替他们的机组和乘务组成员正从另外一辆大巴里跳下，然后列队在飞机前，党委书记好像在动员。

秦芸收回目光："姬老师，我们已熟悉那里的情况了，有紧急需要，我们可以马上出发。姬老师，那边太惨了……"

姬老师听到了秦芸最后的带颤的声音，她看看车内的大家，也都神情肃穆，她好像想豪迈地说几句，结果却用了更轻的声音："我知道，秦芸，你们现在的任务是回去睡觉，有需要，你们当然要上。但公司现在有足够的力量。"

秦芸乘务组的所有成员，疲倦中透出信心和力量。胡英子和林小洁并排坐在一起，胡英子低头看看手表。林小洁转过身，张莹莹在低声询问什么，林小洁听着。戴露在拨手机，但听见了对方关机的提示，她又放下了。

大巴好像要动了，一辆机场摆渡车驶来，下来一大群穿着白大褂的人，奔跑着走上飞机舷梯。

等到机场摆渡车驶开，大巴才开始启动。

窗外，姬水娟已走到党委书记身旁，好像也开始说着什么。

大巴迎着早晨的阳光驶去，像驶进了红红的旭日。

大院门外，胡英子匆匆走来。

白色马自达驶近停下，副驾驶车门从里面打开，胡英子没有犹豫，跳了进去。

车内传出秦芸和胡英子的对话声："快上车……""嗯……""我和你一起去医院……""你休息吧……""小个子告诉我了，老人的情况不好……""谢谢，芸姐。我的卡上又有人打进来五万元，怎么办啊……""哦，以后我们慢慢再说。"

白色马自达急速驶去。

医院病房，胡英子的婆婆正在床边给自己的丈夫喂粥。

病床上传出病人嗫嗫嚅嚅的声音："不好啊……恐怕真的顾不上你们了。你要打起精神来，再找个老伴……"

婆婆用手去堵他的嘴。

胡英子的公公可能明白自己异乎寻常的疼痛与绝症有关："不要以为我说笑话呀。还有英子的婚事，要早点操办，我告诉你，家里的第三只樟木箱底，还有三万块钱，我原想着病治好了，再把农家乐开办起来，恐怕好不了了，你要让英子风风光光地去嫁人……"

突然，他停下了，他看到了进来的胡英子与秦芸。后几句话胡英子是真真切切地听见了。

胡英子："娘，我回来了。芸姐也过来看爸了。妈，我来……"

婆婆站起来和秦芸拉了拉手。

胡英子显然在强忍着眼泪："爸，你在瞎说什么呀！医生又设计了一套治疗办法，把你彻底治好了，回去再办，办一个更红火的农家……乐……"

婆婆完全克制不住了，她转身跑了出去，秦芸也跟着追出去。胡英子回头看一下，也借这个姿势抹一把眼泪，回头继续给公公喂粥。

公公却闭上了眼睛："不想吃了。"

医院走廊上，秦芸轻声地："大娘，你莫急啊，病人的信心很重要。"

婆婆忍住："秦乘务长，英子没跟你说，病已经确诊了。英子早几天就知道了，她怕我难受没有告诉我。我感觉不对，今天去了值班室才明白，怎么办啊？刚才听孩子他爸这样说，怕他自己丢了信心……"

秦芸："哦，我是今天一大早才听到小个子告诉我的，估计英子也怕我着急。大娘，既然已经确诊，我们大家想办法对症下药，你莫急，经济上的负担也不要有，我们会替你想办法，我和公司也说了，工会也会考虑接济，你不要急。你坐一会儿，正好，我去医政科一下。我们一起想办法。"

婆婆："秦乘务长，刚才你也听到了，上次拜托给你的事，还麻烦你多费心呵。"

秦芸："嗯，我一直记挂着呢！好，我去一下。"

医院病房，胡英子正把被子一角悄悄掖好。公公一直闭着眼，眼角却挂着泪水。胡英子回头间，婆婆走过来，胡英子示意她转身，又一同离开了病房。

病床上的公公睁开了眼，泪水滚涌出来。

他的眼神若有所思。

白色马自达车内，秦芸驾车，一言不发。

胡英子和婆婆坐在后排，她把婆婆的手一直抓在自己手里。就这样，她们回到了温馨小酒馆楼上。秦芸看看坐在床上的婆婆，又看看站在婆婆身边的胡英子，鼻翼一酸，也有点控制不住，她故意转到窗前，平静了一下，再反身靠上了窗栏。

秦芸："小英子，你要早点告诉我。早知道就不安排你去灾区了。你不要和我强调理由了，我明白你的心思。现在，大娘也清楚了，我们还是要有信心啊。"

婆婆："唉，孩子他爸命苦啊。"

胡英子："芸姐，我也是这么想的，我本不想又麻烦大家，听到这个消息时我也一时傻了，刚好罗机长和机械师在这里，被他们看出来了，谢谢大家关心。我们送爸来这里治病，就是想让爸彻底治好了病，让爸开开心心，也轻轻松松搞他的民俗农家乐。"

婆婆又抹了一把眼泪，看看秦芸。

秦芸："是呵，大娘，我听说当年有知青插队在你们那个乡，你们的民俗演示方法还是后来回城以后的知青返乡为你们重新做了编排的。据说现在更精彩了？"

婆婆："是呵，孩子他爸可带劲了，他原来和英子的爹……"

婆婆感到了胡英子伸过来的手在肩上的暗示，赶紧止住话题。

秦芸心里已经清楚了。她瞟一眼胡英子，也故意扯回到治病的话题上来："所以呀，我说要有信心，我和医政科的领导与主治医师商量了，争取寻找动手术的最大可能，现在要想方法让他多恢复一点体力，止痛的药还是要用，否则靠他自己的意志力抵抗疼痛，很消耗体力。钱的事情你们不要多担心。英子，最近半个月你就不要上班了，全力以赴管你公公，争取手术。"

胡英子点点头。

在秦芸小屋，李云亭和李云川两兄弟好像争论很久了。

李云川："我本来就不是来看你的，我是想求嫂子帮我找一个人，跟你说说嫂子的好，还不是为了你的幸福！我还想年底父亲七十大寿了，你同嫂子共同回到老家，还不是为你好。好吧，算了算了，本来你这个哥我也是捡来的，就当没有算了。"

李云亭："李云川，你越说越不像话了，反正我有我的母亲，虽然我没有印象，我也有养育过我的父亲，你的父亲你做主就是了。"

李云川："哥，我的父亲不是你的生身父亲吗？"

李云亭："那我怎么成了你捡来的？"

李云川一怔。

在秦芸小屋楼下，白色马自达停下，秦芸下车。

她似乎听见二楼有争吵声，抬头看看飘着淡蓝色窗帘的窗口。她迟疑了一下，但还是往楼内走去。

小屋内，争论还在进行。

李云川："反正上两次我都说了，爸爸花了几年的工夫终于找到了你，你这样的态度是不对的，嫂子是个有情趣的好女人，你这样的不闻不问也是不对的。"

李云亭："你嫂子有没有情趣，有多少情趣，我知道还是你知道啊！上次我就和你说过，我们的事情不要你管。你懂吗？不要你管！我看你一说起你嫂子就眼睛发亮，你，你想干什么？"

李云川："哥！你……无聊！"

李云亭："你给我滚出去！"

李云川完全震怒了，他还是克制住了，他站起来，冷冷地看了半天，转身就打开门，准备离去。

秦芸站在门前。

"哟，嫂子，听说你们回来了，我本想找你……"

"你回去吧，我要休息了。"

"我想问你要206号张莹莹的邮箱。"

秦芸让开一点："你回去。"

李云川看看秦芸，然后出门奔过楼道，奔下楼，跳进一辆白色轿车，他又看了一眼二楼窗口，然后关上门，驱车而去。

楼上屋内，秦芸放下了肩上的小包。

李云亭："你回来了。"

秦芸没有回答，好像点了点头。

李云亭："他说要找你，乘务大队说你们该回去休息了，他又找这里来。"

秦芸还是没有接话，她走进卧室，然后又关上了门。李云亭又蒙了，他上前轻轻推门，但推不开，他又多使一点劲，但仍然推不开，他可能意识到“冷战”又要开始了，在卧室紧闭的门前晃了晃头，又摆了摆双手，走进了健身小间，地上还铺着花样游泳的动作系列图纸，李云亭看看满地的纸质美女，啪地坐到了地毯上。

卧室内，秦芸坐在床沿，她几乎纹丝不动，一脸漠然。

窗帘，淡蓝色的忧伤。

涵碧宫按摩房，戴露和张莹莹躺卧在按摩床上，有技师在为她们做按摩。

戴露趴着在看手机：“……哇，通了通了，大河……你终于接电话了……什么，飞了第九趟了……”

张莹莹一直闭着眼睛，听到这里，她的眼睛突然睁开。

戴露也接着电话和她交流了眼色。

震区山间平地，罗大河在尘土间接电话：“……马上又要进去，山里面有许多受伤群众，只有这条天路能使他们得到最快的救治。你们都好吗？没事儿，我的技术还怕这个？嘿嘿……那就暂时不想啦，今年解决不了，明年解决；明年解决不了，后年解决。哈，就这样，在灾难面前想通了呀，不许闹，唯独不许闹……”

他在接电话的时候，小个子机械师一直在一旁，尘土满面。

涵碧宫按摩房，戴露和张莹莹已坐在了宽大又柔软的沙发里，也穿着宽大柔软的休息服。戴露在接着电话：“说一句好听的嘛，哼，小气鬼。张莹莹，在。英子早去医院看她爸爸了……不知道，总还好吧，我们累死了，骨头酸……对对，不如前方将士，向罗大将，向罗飞行将军致敬，等等……”

她把手机递给张莹莹：“莹莹，你也说一句吧，向飞行将军问好嘛……喏！”

张莹莹开始有点推辞，后来还是接上了：“你好，你们辛苦呵，要注意安全……你们肯定不怕困难的，不过该解决的困难还是早点解决好，估计什么时候结束啊？要有几天，好，等待你们凯旋。”

张莹莹把手机交还给戴露。

戴露："你的电话语言我看和姬政委同志、秦乘务长同志差不多的嘛。"

张莹莹淡然："那还能怎么说啊？"

戴露："这倒也是。"

张莹莹的这个设问，确是一个真实的问话，只是戴露不可能有真实的答案罢了，她又从柔软的大沙发里弹了出来："莹莹，你和他说的解决困难，是指他的工作吧。"

张莹莹："应该包括，我想罗机长会听明白我的意思。"

戴露："这就好，我看他在公司也太憋屈了。大河这个人，我看做领袖一定很出色，做大臣一定很窝囊。"

张莹莹："戴露，你这句话说得很有水平啊。"

戴露："嘿，不好意思，女才子面前不敢献丑。我听一个电视剧里说过的。"

张莹莹："人的性格不一样，定位定准确了，就能把自己的长处全部发挥出来。"

戴露又从自己的大沙发里弹到了张莹莹的大沙发里，两个人挤在了一起。

戴露："说得好，等罗大河回来，我们再劝他，至于东部还是东海，让他选，怎么样？"

戴露为了她心中的罗大河，说得异乎寻常地真诚。这种真诚，张莹莹当然是真真切切地感受到了，刹那间有一种极为复杂的情绪袭来。张莹莹情不自禁地站了起来。

戴露还陷在柔软之中："莹莹，你怎么啦？"

张莹莹也在刹那间平静了下来："戴露，走吧，我饿了……真的，很饿。"

可能两人都有了很多样的饥饿感。

医院病房，胡英子在床前唱着一段晋调：

相见时红雨纷纷点绿苔
别离后黄叶萧萧凝暮霭
今日见梅开
别离已半载
则说道特地寄书来

婆婆也来到了病房，坐在床边。窗外的天空已经黑了下来。

病床上的公公面容平静。

胡英子一曲唱完："爹，我们今天休息，小酒馆今天也歇业，晚上到这里来陪着你呢，妈说离开家太长时间了，我们的山乡小晋调也好长时间没有听到了，所以让我唱一段给你听。"

公公在床上有了一些笑意："真的好听。你和娃在县里演出的时候，我每场都去看。"

他提到的"娃"，是他的儿子即胡英子的丈夫，一个意外离世的人，结果让在场的三个人都添了心堵。公公意识到了，为了排遣，他的笑意反倒多了一点："英子，再来一段，草桥店那一段。"

胡英子："好。"

胡英子甩了一下手臂，这是戏剧程式化的动作，公公明白，脸上有一丝被吸引的神情。

胡英子嘤嘤而起：

淋漓襟袖啼红泪
比司马青衫更湿
伯劳东去燕西飞
未登程先问归期
虽然眼底人千里
且尽生前酒一杯

床上的公公："好听是好听，可又是离别的。来一段温暖一点的吧。"

胡英子会意，又唱：

不见时准备着千言万语
得相逢都变做短叹长吁
他急攘攘却才来
我羞答答怎生觑
将腹中愁恰待申诉
及至相逢一句也无
只道个“先生万福”

这就唱得有点诙谐了，胡英子看公公的表情放松了不少，这才有点安心地停了下来。

婆婆靠近床头：“孩子他爸，你早点睡吧！医生又有一个很好的新办法了，你一定要按时吃药，饭菜能吃下去就多吃下去，体质本身强起来，可以早点好起来。”

公公抿抿嘴唇，胡英子把小瓶子打开，然后倒了一杯水。

公公：“好，你们也早点回去吧。这里的护工也挺好的，等水凉了，我会吃药。”

婆婆站起来，和胡英子一起走向门外。离开门时，婆婆又回头看看，胡英子把门关上了。

病床上的公公欠起身，拿过小药瓶，把几颗药丸中的白色药片取出放在一个小盒中，然后吞下其余的药片。

小盒中的白色药片已经有十几片了。盖子盖上了，这个小盒子被公公藏到了枕头后的床档上。

也是在医院，脑外科病房内，一个看上去保养得体的中年女人走进病房，她是崔啸的母亲。她轻步走到病床旁，崔啸正昏睡着，有护士照顾着。

崔母从包中取出一个红包塞进护士的手中。

女护士：“我们的医院不允许的。谢谢阿姨。”

崔母：“一点小意思嘛。”

女护士把钱放在床单上，转身就走，又回头：“他醒来时，总急躁，要小心，这对大脑的恢复很不利。”

崔母很担忧，紧咬着嘴唇。

女护士把门关上了。

床上的崔啸还昏睡着，崔母看着儿子，眼泪簌簌而下。

大街上的店门口，林小洁倚着朱运良走到了浓荫深处的红色小花冠车旁，他们又看看一整条大街上的灯红酒绿。然后，林小洁抢先跳上了驾驶座，朱运良本想自己去开车的，但是现在只好走过来，坐上了副驾驶座。

朱运良：“肯定不去我那儿了？”

林小洁：“不去了，姬政委说这几天随时可能有特殊任务，我还是去宿舍待着比较好。”

朱运良：“要是我不愿意呢？”

林小洁：“所以接你过来吃饭，我何尝不想我们俩多待一会儿呵，运良，我们分别的日子永远地结束了，爸爸妈妈也同意我与你交往了，着急干吗？妈妈说的期限一到，我们就结婚，就在你的地中海公园。”

朱运良：“不，分为两段。前半段到地中海公园，后半段到真正的地中海去，意大利的克利娜岛。”

林小洁：“那还是到爱琴海上克特里托岛吧，希腊的。那儿的日出地据说是爱情升起的地方。”

朱运良：“好呵，够浪漫，我们要了两个大海。”

林小洁也有点激动了，她侧过身吻了一下朱运良，朱运良反身抱紧了林小洁，几乎把林小洁抱到了自己的身上。

他的手悄悄地拔掉了车钥匙。

他的声音更加轻柔：“其实两个大海也可以不要，我只要你一个人……”

林小洁肯定想说什么，但只听见了被堵住似的一声尖叫。

躺在脑外科病房的崔啸像在梦中感受到了震动，他在床上摇晃着头，呼喊着什么，崔母吓坏了，一边去抚摸儿子的面庞，一边去揿呼唤铃。

崔啸还在床上挣扎，有朦胧中的呼唤："来吧来吧，大家一起来，鲜花就盛开……来吧来吧，大家一起来，到处有柔软……来吧……"

医生和护士跑了进来，护士和崔母一起，在床头上轻声劝慰着，也轻手轻脚地帮着崔啸安定下来。

医生跟崔母交代："你的儿子看来正在逐渐清醒过来，他现在好像在闹腾什么，正说明手术相当成功。不过，在他似清醒又不清醒的过程中，他可能会有很多要求，也可能很无厘头，你要尽可能地满足他，这样，有助于他的恢复，特别是脑功能的全面恢复。"

崔母点点头。

护士忽然喊了起来："他睁开眼睛了，睁开了，睁……"

崔母扑到了床前，崔啸正喊出了一句"来吧……"便看到了母亲，他的脸上竟有孩子般的羞涩，笑了，但笑得很无力。

崔母："小啸，妈来了。"

崔啸："妈，你知道了？动漫公司通知你的？"

崔母："是呵，我的小啸真的是顶天立地的男子汉了。"

崔啸又羞涩地一笑，看看床边还站着的医生和护士，欲说又止。

崔母："小啸，就是这位杨医生给你动的手术，很成功。你要谢谢他。"

崔啸抬起头，想说谢，可突然又一阵晕眩袭来。他又闭上了眼睛，呼吸急促。崔母大惊："小啸，小啸……"

医师观察了一下："就是我刚才说的，他安静一会儿，会好的。"

崔母："不会有事？"

医师："我们的仪器在随时跟踪，您放心……好，我们走吧，他醒来时，您可以和他聊聊开心的事儿。"

崔母："好，好的。"

崔母看看又昏睡过去的儿子，担忧又多了一层。

一件丝质睡袍从头顶上慢慢地流淌了下来，天青色的，像清晨的水面，有微风滑过。

这是林小洁。浴后，她一身轻松地步进了卧室，慢慢地躺到了床上，她把薄薄的蚕丝被移到了身上，然后闭上了眼睛。

现在，她很美，也很舒适。

秦芸也躺在自己的床上，她没有睡着，或者是根本睡不着，她又起床，走到门口听听外面的动静。

外面很安静，安静得可怕。

秦芸又坐到了床沿，叹一口气。

门外，客厅里成了一幅不变的图画，可以叫作：静夜静物。

健身小间里，李云亭躺在地毯上呼呼大睡。

卧室里，秦芸又打开了手机，上面是李云川前些时发过来的信息，她又阅读："嫂子，非常抱歉，我哥哥当时是地震孤儿，一定坏了脑子，我可以无言以对，可你不能无言以对呀。嫂子，勇敢地站起来，我也会勇敢地站在你的一边。另：张莹莹的邮箱什么时候告诉我呀？"

秦芸只是动了动嘴角，又把手机合上了。

她又无力地躺到了床上。

医院脑外科病房，崔啸突然又睁开了眼睛，崔母正在望着他。

崔母："小啸，你又睡了一觉吧？"

崔啸："没有啊，我又和我的天使在一起了，很温暖，很柔软，很安静，我们刚才又在一起了。"

崔母："你那是在做梦，你现在是和妈妈在一起呢。"

崔啸："哦，妈妈，你是坐玫瑰航空的飞机过来的？"

崔母："是啊，我们那儿过来，只有玫瑰航空吧。"

崔啸："是，玫瑰航空真好，我们是人的志愿者，他们是飞机的志愿者。妈，我就是被玫瑰航空的飞机救到这里来的。他们真好。"

崔母："那都是国家安排的，你都昏迷了，还记得那么多！"

崔啸："我在飞机上的时候，恍恍惚惚的时候有感觉，我听到过玫瑰航空的称呼，我还……还真的不好意思，我好像是一个空姐把我抱在怀里，抱到这里来的，真的，妈。"

崔母："哟，看你还笑了，好甜哦，那肯定是她们怕你在飞机上又受到震荡，抱着你呢。看你笑的，从小到大，就妈妈抱过你，还没有别人……抱过你吧。”

崔啸：“妈，还是一位好漂亮好漂亮的空姐。”

崔母：“你看，抱过你，就这样啊，不怕羞的孩子。你都昏迷了，认得出谁呀。”

崔啸：“在救人的时候，我就看到了一位空姐，很纯很纯的那种姑娘。后来上了飞机，我就感觉是她在抱着我……对对，我的裤子呢，我的裤子呢？”

崔母不知往哪里去找：“这，恐怕他们给扔了吧。”

崔啸：“不，不能扔，不能扔！”

崔母看看四周，什么也没有，她只得又揿了呼唤铃。

崔啸还在喊：“我要我的裤子，我的……”

护士跑了进来，听见了崔啸的叫唤，她去打开了墙上的壁橱。果然，崔啸的所有个人物品都在里面。

护士把崔啸的裤子拿到了床边，崔啸已经伸出了手臂在空中乱晃了。

崔母：“小啸，你的裤子在啊。怎么了？”

崔啸：“给我，给我。”

裤子到了崔啸的手上，他在两个裤袋里掏了半天，但是什么也没有发现。

崔啸的眼睛又定在了一个什么情绪上，一成不变，还是一成不变。

崔母：“小啸，小啸，你怎么啦？你说话啊，妈妈会给你找的。”

崔啸好像还是一成不变的表情。

崔母：“小啸……”

母亲的颤音似乎有一些作用，崔啸的眼珠子动了一下，可是只喊出了一句：“我的围巾，我的空姐的围巾！”

他又昏迷了过去。

崔母站了起来，她的焦急不容置疑。

她转身和护士说：“快请医师。”

她自己急速走向门外，一边走，一边掏出了手机。

门外走廊，崔母已经拨通了电话：“你好，请问玫瑰航空的总机是……”

她的额头渗出细细的汗珠。

秦芸被手机的铃声唤醒。

她接电话，从床上跃了起来。

林小洁的睡容很安宁，还有一丝丝甜蜜。

很好听的手机的铃声也响了起来。

林小洁从蚕丝被里伸出圆润的手臂，摸到了手机，与此同时，床头灯也亮了。

林小洁刚接上电话，就从床上跳了起来：“什么，他又昏了过去？芸姐，我，我知道。”

第十二章

夜的大街。

白色马自达急速驶过。

红色小花冠急速驶过。

夜风中，秦芸和林小洁从不同方向过来，走上医院台阶。

秦芸：“就是那个你一直抱着的伤员，病情有反复，需要你。”

林小洁：“哦。”

她们快步上了台阶。

崔母在等着她们。

医院走廊。

三个人风一般地飘过长廊。

崔母看到了林小洁，立刻双眼冒光，是有了希望，还是惊为天人，来不及想了。

她们迅速进了病房。

护士迎了上来，示意她们不要出声：“嘘，又睡了。”

她们蹑手蹑脚地走到床前，崔啸果然闭着眼睛，面容却有些紧张。崔母示意秦芸和林小洁坐下，自己又俯上床头，充满慈爱又焦虑地观察着儿子。

秦芸松了口气，看看林小洁，林小洁也露出放心的微微笑意。

这是刚换的病房，很大，靠窗的一侧有个休息区。护士引导她们到这边的沙发上坐下。

护士：“崔女士，换病房的手续都办好了，刚才打了镇静剂，看情况都很正常，您放心，有事再呼我。”

护士出门，崔母给两位倒了果汁。

崔母小声地：“他刚才闹腾了好大一会儿呢。飞机上是你？”

她误认了秦芸，秦芸摇摇头，指指林小洁。

林小洁又微微一笑。

崔母：“嗨，真漂亮，要我是男孩子，看见你也忘不了的。谢谢你们深夜赶来，我真怕我的儿子闹一夜，伤了的脑子雪上加霜。”

秦芸也轻声地：“我们姬政委交代了，我陪小洁来了，手术很成功，一定会好起来的。我们都听说了崔啸在震区的壮举，好人一定会有好报。”

林小洁在一旁一声不响，偶尔浅浅一笑。

崔母拉过她的手，轻轻摇着：“太谢谢你了，他们告诉我，飞机上你一动不动地抱着他，就怕颠了他，谢谢你呵，好美丽的小姐。”

林小洁：“不要叫小姐，叫小洁。”

崔母：“呵呵，好。听起来差不多呢。”

一边的床上，崔啸翻了一下身子，嘴里又嘟嘟嚷嚷了：“……呵，又有余震，快跑过去……快……好，好了，不震了，真的不震了……听我说，你的胸襟是安……安宁的世界，你……”

崔啸慢慢睁开了眼睛，他看见了正俯身看着自己的林小洁，忽然眼睛一亮：“妈，她来了。妈，对了，就是……你。”

林小洁：“小崔，是我，我不就在你身边吗。”

林小洁拉住了崔啸的手，笑得很甜。

崔母也笑了。

林小洁在床边坐下来，一直拉着的手想放下来，但是崔啸还是不放。

林小洁：“小崔，你很勇敢，好好休息啊！现在你不要再去救别人了，都救出来了……你要救自己了，知道吗？”

崔母觉得不用自己再说什么了，她拉拉秦芸的手，又走向一旁的休息区，在那边的沙发上坐下来。

崔啸放下了自己的手，用很起劲的手势，也放开了声音说：“不，我是你救的。我一闭上眼到处都是你。”

林小洁：“你轻一点呵，已经是后半夜了……我和你说呵，你到飞机上以后，一直到救护车来把你抬走，你都没有睁开过眼睛，你都没有看过我，我哪儿救过你呵。”

崔啸：“是你，我一眼就看到你了，就是你，你不穿空姐的制服了，我也知道就是你……是你嘛！”

林小洁：“嘻，要穿上了制服呀，你恐怕更认不出来了。我们要求的就是要有统一的形象。”

崔啸：“不管你穿什么，我都知道，就是你，我闻得出你身上的气息。”

林小洁反倒有点害羞了：“你这个人，嘿，像小狗。”

崔啸：“我现在是幸福的小狗，昏昏沉沉的，好舒服。你抱过我，救过我，我不会忘了你。”

林小洁：“嘿嘿，是我们玫瑰航空执行了救助伤员的任务，你已经成功地脱离了危险，是这里的医术高明，你会很快地好起来的。”

崔啸：“我没有危险呵，有你在，我没有危险了。”

林小洁：“你是说傻话呢，我又不是医生。天很晚了，你要好好睡觉呢。”

崔啸突然感觉自己的手已经放开了林小洁的手，又在被子上摇晃着手想去拉林小洁。林小洁知道崔啸的意思，于是她又主动地伸出了自己柔柔的手。

崔啸又拉住了她的手，笑了。

这边的沙发上，崔母收回了望着病床方向的目光，朝秦芸笑笑。

秦芸：“我看你孩子的情况不错，你不要担心，大老远地赶过来，你也要注意身体。”

崔母：“我倒不碍事，在纽约也就在家待着，他爸爸在曼哈顿的电媒公司做CEO，忙得很。小啸学完了动漫的全部课程，说国内对动漫很支持，特地赶来参加什么国际动漫节，结果就碰上了地震，你看这孩子。”

秦芸：“你儿子做得很好呵，等他好起来可以带他去走走，杭州的钱塘江边听说有全国最大的动漫基地，去年我们接过一个很大的欧洲动漫团，就去了那里。”

崔母：“是呵，让该子自己做主吧，我也帮不了他，看他学习很抓紧，能够走一条正路，我也懒得用心了。秦乘务长，你们航空公司好厉害！你看你，还有这位小洁，都是标标致致的，一看就知道是精致的女人。”

秦芸：“夸奖了，也许我们长期在服务岗位上工作，养成了约束自己的习惯吧。”

崔母：“我一定要好好感谢你们的。”

秦芸淡淡一笑。

林小洁轻轻地过来，也轻声地：“小崔妈妈，他说着说着睡了呢。”

三个女人又一起到了床边。

崔啸睡了，面容安详。

早晨的城市，一幢幢现代建筑物很具时代感。

还有一些中国风格的楼宇，非常亲切。

晨光熹微。

在六分部会议室，身着制服的秦芸乘务组的全体成员，笔直地站在两侧。

秦芸：“今天的学习到这里结束，关于‘蹲式服务’的讨论就告一段落，公司决定在头等舱可以开始试行，不作硬性规定，以后看实践的效果。大家注意休息，后天执行967普岛航务。”

戴露和林小洁挤挤眼睛。

大家散去，秦芸拉住张莹莹：“把上次‘爱你的人’都叫上，晚上到温馨小酒馆聚餐。”

张莹莹点点头。

戴露听见了：“‘爱你的人’里有男人。男人呢？”

秦芸笑了：“我看见航班表了，他们下午回来。听说救护任务已经全部结束。”

戴露大声：“好极了！”

张莹莹笑了一下，但很快收住了笑容。

谁也没有注意到，崔母出现在门口。尽管保养得很好，服饰也很时髦，但面容已经略显憔悴。

红色小花冠车内，林小洁驾车。

崔母坐在一旁："真是不好意思，又要麻烦你。大清早醒来，又闹着要你的围巾，后来又闹着要你的手机号码，要问清楚你的名字。我想呵，你们也怪忙的，老打扰你不好，可又不成，我把你的名字小洁，告诉了他，他又要问清楚姓什么。医师查房的时候，又分析了小啸的脑电图，他的情绪很不正常，这样不稳定会影响痊愈，要是留下后遗症就更可怕了。实在是打扰你了。"

崔母说着的时候，悄悄地打量了一下林小洁。

林小洁稳稳地开着车，面容也很沉静，有着不可遏止的美，与青春与安宁有关。

崔母："我这个儿子呵，是个性情中人，不过心肠很好，他知道你那么小心地侍候了他，心里的那个感激呀放不下。小洁呵，小啸还小，他以后要是找个女朋友是你这样子的，我不要太高兴了。"

林小洁："小崔妈妈，我们让小崔的病快快稳定下来，这个要紧。我呢，已经有男朋友了。"

崔母："我想想也是，这么标标致致的女孩，早有男人追着爱了吧。小洁，不过你不要和小啸说，要说也以后说。小啸倒没有提起，我也就一说，怕他又受刺激。"

林小洁："我知道。"

崔母："医生和我说，小啸的痊愈和精神状态特别有关系，拜托你常来看看他，尤其是这一个月里。"

林小洁："好的。"

红色小花冠已驶至医院前的花坛。

医院脑外科贵宾病房，崔啸正侧趴在床上，向护士叫喊着："我妈去哪了？你们去找啊！妈妈去哪儿了，你们告诉我。"

护士转身："看你都这么大了，还整天妈妈、妈妈的，都不知道羞，好羞好羞，你。"

崔啸斜看着护士："你不知道的，我心里的秘密不告诉你，我有事求我妈妈的，我不告诉你。”他突然又加大了声音：“求你了，我的大姐姐，把我妈去找回……”

医院走廊，崔母和林小洁走来，林小洁的神情特别严肃。

地板光可鉴人。

病房里，崔啸还在呼唤：“我、要、见、她！”然后又戛然而止，他看见从门口进来一个熟悉的身影。

林小洁来了，穿着合体的制服，长至膝盖的裙子沿下，一双小腿灵秀圆润。再慢慢看上去，看见了脖子上的祥云围巾和林小洁的微笑。

崔啸翻过身来，平卧在床上。然后很努力地保持平静：“尊敬的玫瑰航空乘务大队六分部208林小洁小姐，早上好。”

林小洁被逗乐了：“哈，未来的动漫大师崔啸同学，早上好。”

崔啸伸出了手。

林小洁也伸出手。

这时从门边悄悄走入的崔母，看看床上的儿子，心里已踏实下来了，她又悄悄招呼护士，然后退出门外。

床边，林小洁已坐了下来：“你怎么连我在六分部都知道呵？”

崔啸却不回答：“你的围巾，能解下来给我吗？”

林小洁却从背着的小坤包里又取出一条祥云围巾：“这也是我的，我们每人一共有半打围巾呢！公司规定每次使用必须烫平洗净的，你看。”

崔啸躺着，打开了叠得方方正正的围巾，然后抓住了一角，拿到眼前看了一眼，又笑了：“乘务大队六分部208林小洁。”

林小洁并不意外：“我们每个人的围巾上都有编号和姓名。”

崔啸：“我的故事就这样开始了。在战火纷飞的战场，对不起，是抗震救灾的战场，美丽的空中小姐从天上飞入人间抢救伤员，漂亮的祥云围巾变成了止血的绷带，然后有个异想天开的男生，对了，这是我创意的一个动漫故事的开始，把从伤员身上褪下来的围巾悄悄藏在了身边。”

林小洁接下去了：“这个藏着围巾的男生英勇救人，自己的头颅也不幸受伤，医护人员及时采取了措施，然后又被祖国的大飞机带上了长空，来到了这个美丽的地方。他的大脑，他的充满想象力的大脑开始了充满幻想的想象……”

崔啸：“你太讲逻辑了，美丽的生活不能太有逻辑。我来补充你的这个段落吧。做志愿者的男生上了飞机以后，受过创伤的大脑不能有丝毫的颠簸，美丽的空姐知道飞机上遭遇气流时人能感受到的狂颠的程度，为了保护这位受伤的男生，唔，受伤的男生，好可怜，她毅然地解开了自己的外套，然后平衡着飞机颠抖时的波动，小心地轻轻地柔软地抱着……”

林小洁被他说得真有点害羞了，她用手去捂崔啸的嘴巴。

崔啸却突如其来地亲了一口。

林小洁又缩回手：“这个男生这么厚脸皮呵。”

窗帘也啪地发出声响。

崔啸索性更厚脸皮了：“就想着这个呢，这是个勇敢的男生呢……后来这个勇敢的男生到了这个美丽的地方，医师在他醒来的时候告诉他，他的伤口在飞行了快三个小时的情况下，只有一点细微的渗血，是救治伤员中的奇迹。勇敢的男生回忆起来了，他的一生中，这样的经历，除了小时候被妈妈抱在怀里，就是这一次被美丽的空姐，哦，不对，是被美丽的林小洁小姐抱在怀里的时候。”

林小洁笑了，很纯洁，也很清朗。在崔啸说到“飞行了快三个小时”的时候，崔母悄悄进来过，但听了几句，就面露笑意地退出了病房。

崔啸：“还没有完呢，这个勇敢的男生太粗心，居然把美丽的祥云围巾弄丢了，但是他记住了围巾上的编号和名字，勇敢的男生还记住了美丽空姐救治伤员的神情，再后来，勇敢的男生知道了在飞机上守护自己的美丽空姐就是这个208林小洁，勇敢的男生很想再勇敢一点点呢。”

林小洁完全明白了崔啸的意思，但是面对术后不久的崔啸，她又不知道怎样尽可能说得妥帖，但还是有必要地说明白一些：“小崔，你的创意是我们共同创造的呢。”

崔啸：“就是啊，我们还可以再创造下去吗？”

林小洁并不直接回答：“当时我为伤员包扎的时候，完全没有注意到你，谢谢你还收起了我的围巾，后来在飞机上我照顾你的时候，看到了你露在裤兜外的祥云围巾一角，我一看是我的，我就收起来了。我没有征求你的意见，非常抱歉。”

崔母又悄悄进来了，看到两人还在聊天，又有点心疼儿子了，她走近床边：“小啸，该休息一会了，要喝水吗？”

林小洁站起来：“小崔妈妈，他好多了。”

崔母笑声连连：“是呵是呵。”

崔啸抓紧了手上的祥云围巾：“现在你不会再收回去了吧。”

崔母又紧张地看一眼林小洁。

林小洁又有一点迟疑，但在崔母热切的目光里，她主动伸过手去，斟酌字句地说：“来，给我吧，我给你叠好。不愿意？叠好了送给你留作纪念呀，我们一起在震区救过地震伤员呢。小崔，好吗？”

崔啸：“好呀，我就是向你要嘛，有你的气息呢。”

他的目光显然有了一点暧昧。

崔母：“儿子啊，看你这话说的！”

崔啸：“妈，我们年轻人的对话，你听不懂的。”

林小洁：“小崔，你是该休息了。你伤在脑子，不要胡思乱想，对恢复身体不好。你学动漫的，好时尚，祝你有更大的进步。”

崔啸：“要跟我离别了，说得一点也不动漫，也就是，不浪漫。”

林小洁：“小崔，你也要浪漫一点啊！学动漫的应该海阔天空地浪漫哟，你今天的故事我觉得讲得过于纪实了，如果你再展开一些艺术的想象，还可以再浪漫一点呢。”

崔母有点听不懂了，她上前理了理被头。

林小洁：“我走了，我会再来看你的，勇敢的小崔。”

崔啸：“是勇敢的男生。”

林小洁：“好，勇敢的男生，再见。”

崔啸紧着喊：“不对不对，我还没有要你的电话呢。”

崔母：“急什么！妈妈已给你要下了。”

崔啸笑了。

红色小花冠车内，手机铃声响了，林小洁接电话：“……是我，刚开机呢，刚才在执行任务呢，怎么啦，在地面就不能执行任务啦？就是……就是执行任务嘛。好，晚上见吧。哦，不对不对，今晚我们组有特别爱心活动，明天我约你……唉，不要问了啊，我都和你这样了……这还不懂吗？哎呀，你还担什么心哪……你看你看，又说快五年，成祥林嫂了啊。好了，那就晚饭前见个面……嘻嘻，我、也、爱、你！”

林小洁靠上了椅背，启动车子。

她想想又笑起来，笑意也甜。

红色小花冠驶去。

六分部办公室，秦芸走了进来。姬水娟示意她坐下，又递上一杯水。看到姬水娟的表情相当沉闷，秦芸不知道发生了什么事情，战战兢兢地坐下，端着水杯看看自己的老师。姬水娟仍然一言不发。

秦芸：“姬老师，我正想着向你汇报呢……”

姬水娟抬一下眼皮，仍然不语。

秦芸：“你支持的‘蹲式服务’，支持的人也有了两种意见，一是中国式的温良恭俭让，一是西方化的根本尊重型，我反复地做了计划，从最近的航班开始，整个六分部先在头等舱自愿进行实验，然后举一反三，在思想上有了共识以后，再看情况推广吧。”

姬水娟站了起来。

秦芸：“在一个如此现代化的世界里，估计像‘蹲式服务’这样的规格和姿态，会让今天的乘客觉得异乎寻常的周到，玫瑰航空的品牌也会名扬天下。”

姬水娟盯住了秦芸。

秦芸：“老师，我？”

姬水娟：“你表述得很好呵，你为什么紧张呢？”

秦芸：“老师一认真，学生心一紧。”

姬水娟坐下：“要你紧张的是另外方面的问题，你不要真的太紧张哦！”

秦芸点点头，神情反倒轻松了一点。

姬水娟：“上次我带你去少体校，你从水池里上来以后，我看你有言归于好的意思……”

秦芸也明白姬水娟的意思了，她无奈。

姬水娟："后来我也知道，晚上你们终于在一个屋了，云亭的衣服你都洗了熨了，还一起去小海鲜饭店吃晚饭，我真的替你们高兴。你们都是严格要求自己的人，如果相敬如宾举案齐眉，一个如司马相如，一个如卓文君，我也就放心了，我也可以交代了。"

秦芸："交代？"

姬水娟："是呵，一个很重要的人物，当然对我而言，他的交代……"

秦芸："哦，姬老师，那你？"

姬水娟："为什么，为什么云亭的弟弟去了你的家，你就关了你的房门？"

秦芸大惊："啊？什么叫他的弟弟……"

姬水娟："李云川！"

秦芸倒有了一点冷笑："呵，我自己知道该怎么做。我关了卧室的门，与李云川无关。"

姬水娟："那云亭又为什么生气呢？"

秦芸："你去问他。"

姬水娟："我问过了，这才知道李云川到了你家。"

秦芸只得苦笑。

姬水娟："你回答我呀。"

秦芸想了很长一段时间，看姬水娟仍等着她回答，也不紧不慢地站了起来，很深沉也很深情地说："姬老师，你是我长大以后最最敬重的人，一日为师，终身为母，你像我母亲一般关心我，我非常感激你。你为我操办了婚事，一直到今天我都深深地感激你。姬老师，你也上了年纪了，我不忍你再为我如此操心了。姬老师，你尽可以放心，你教导出来的学生秦芸，心里自有一面明镜。我不会给你的脸上抹黑的，哪怕我承受再大的苦闷，再大的委屈。姬老师，我走了。"

姬水娟也心软了，她知道自己可能言重了，也站起来拉住秦芸的手："秦芸，我一切都是为你好，为你们好。你可以责怪你的老师，但我的心是热的。今天我把你找来，主要的还不是要数落你，今天中午我得到消息，市委组织部下午要去学校宣布，云亭升任少体校校长了，他一定很兴奋，这是个沟通的极好机会，你要抓住……唉，这个心操到哪一天哪，等我抱了你们的娃娃，恐怕才会安心。”

秦芸惊得睁大了眼睛。

少体校会堂，秦芸看着台上。

台上的领导拍起手掌：“现在，请你们的新任校长李云亭讲话。”

李云亭站了起来：“尊敬的副部长同志，亲爱的全校师生们，大家下午好！感谢组织上的信任，感谢全校老师和学生们的信任，我今天走上校长的岗位，是组织上的培养和师生同志们帮助的结果，我只是在大家的关心下做了一点有益的工作。李云亭就是我，我当了校长后还是李云亭……”

全场哄笑。

秦芸也有点不自然。

李云亭：“我的意思是，当官前的李云亭和当官后的李云亭是一个样的，我会努力，为我们市的体育事业打好基础，为了少体校的美好明天而奋勇拼搏！”

全场鼓掌。

秦芸鼓掌。

台上的李云亭还想说句“谢谢”什么的，就在这当口，他看见了台下的妻子秦芸。李云亭脸一沉。

校长办公室，铁青着脸的李云亭：“是谁让你来学校的？”

秦芸：“我自己决定来的。”

李云亭：“嗨，那是谁告诉你今天宣布我做校长的？”

秦芸：“姬老师。”

李云亭大叹一声，跌坐在黑皮沙发里。

秦芸却站了起来，把瓶中的矿泉水咕隆隆地喝完：“云亭，我知道你努力多年了，你做了校长，我想赶过来早点祝贺你的成功，我何错之有？”

李云亭想说，又看看窗外，听听门外。

起风了，轻柔的杨柳在风中急躁起来。

穿着运动服的学生正跑向训练大厅。

李云亭站起来：“你在玫瑰航空也算是个小官吧，这点规矩你不懂吗？噢，我当了官，还是刚刚宣布的当刻，你这个做老婆的赶来祝贺，像什么样嘛，你叫人家怎么想嘛！”

秦芸：“怎么想呵？妻子祝贺丈夫天经地义，你清楚地知道妻子是来祝贺你的，我的任务也完成了。这又何错之有？你，你到底怎么了？”

李云亭：“你真不懂还是装不懂呵？”

秦芸：“在你面前我干吗要装？”

李云亭：“在这个学校，我待了二十七年，即使从开始上少体校的课算起，也有十九年了，我看着老校长和刚刚卸任的袁校长在校长的岗位上兢兢业业地工作，他们都有过很多值得祝贺的事。当初袁校长主持工作七年后转正，也是组织部的副部长来宣布的，也没见袁校长的老婆来学校祝贺啊！他老婆也是学花样游泳出身的，后来还在体育局资料室工作，本系统的都没有赶过来，你来凑什么热闹嘛！”

秦芸：“你说我凑什么热闹？”

李云亭：“我做校长的风声前几天就刮开了，已经有人在冷嘲热讽了，什么低头拉车的现在吃香了，听话的上面才看得中；还有难听的，说人家老婆是会花样游泳的，前后两任校长的老婆全会花样游泳。秦芸秦芸，你不明白吗？你还偏偏来，你这是向谁示威呢？你又不是不知道，我是低调低调又低调，才有了今天的。”

秦芸：“我倒是明白一些道理了，原来你就是这样的人。”

李云亭：“我做得不对吗？平时我懒得说，你也老不着家，反正你有你的天空，我有我的学校。我又何错之有呢？”

秦芸苦笑：“这么说来，倒也不是错和不错的问题。是什么问题呢？早就摆在我们面前了。也许你只有你的学校，我也只有我的天空。哦，我的天空不是我们的天空吗，我们原本是共同生活的人，你的我的要分得那么清吗？太晚了，我今天才意识到，真是有点晚了。”

李云亭：“那你就在你的天空上飞吧，我在学校里一个动作一个动作地去做出努力就行了。我当了校长了，老婆跑了过来，我何以面对那么多的学校师生？”

秦芸几乎晕眩，她的嗓音已经放低，现在更低了：“云亭，我就那样让你难堪了？”

李云亭一点也没有觉察到秦芸的极度失望：“还不让人难堪？”

秦芸：“云亭，你是为谁活着啊？别人有一点蜚短流长，你要那么在乎吗？”

李云亭：“不在乎别人的议论，我能有校长的位置吗？”

秦芸的心已经掉入了冰窖，但李云亭这样的人确实感觉不到。他还对秦芸流露了一点得意，尽管很隐蔽，秦芸当然敏感地捕捉到了，她的心里，很冷很冷了。

秦芸：“你说过在一点点地努力嘛，你能做校长为什么不看成是你努力的结果？我其实不是为你做校长赶过来，我不看重这些。前不久公司让我做了六分部部长，也就是多了一点工作，我告诉过你吗？况且你的业务能力做校长是绰绰有余的，你这样不是会更快乐也会更进步嘛？”

李云亭：“那不能让人看出来呀！说了半天你还不明白我为什么反对你来。”

秦芸：“我早明白了，我想……”

李云亭：“明白了就好，你回去吧，以后不要来学校了。”

秦芸长长地叹了口气，似乎还想做一些努力：“云亭，那晚云川来过以后，我们又进入了冷战状态，你没有感觉到我今天请了假赶过来，是为了修补一点什么吗？”

李云亭已经打开了门，也重重地回答：“什么修补不修补，冷战不冷战，反正大家都知道你是我老婆，你就不该来学校！”

再一次地摇撼，秦芸低首走过丈夫的身旁，又走出门外，她停住了，慢慢地转着身，语气缓慢但又坚实地吐出几个字来：“那你可以告诉他们，我不是你的妻子了。”

李云亭愣住了。

已经狂风大作、暴雨倾盆了，走出门廊的秦芸急速跑向白色马自达，打开了车门。

李云亭撑着伞赶出来，已经晚了，他愣愣地看着白色马自达急速驶出校门。

粗粗的雨柱，肆无忌惮，白色马自达在暴雨中疾驰。

前挡风玻璃后的秦芸，看不清表情，玻璃上混浊的水流足以说明一切。

雨中的高楼，有一个女人的身影跑上台阶。

她在巨大的罗马柱旁收起雨伞，然后走向大门。

她是张莹莹。

在宽敞的模型展示厅，东海集团的高总迎接了张莹莹。

张莹莹的微笑恰如其分。

高总："欢迎你，这里展示的就是我们的规划，也许我们的野心会让你笑话，但我可以坚定地告诉你，未来的中国的航空产业将两分天下，东海有其一，或者说我们会拥有航空产业的半壁江山。"

张莹莹流露出钦佩的眼神。

高总："玫瑰航空的'玫瑰皇后'张莹莹小姐，希望给我多一点点时间，让我慢慢道来。"

张莹莹："高总，对不起。第一，请不要第三次提起'玫瑰皇后'了；第二，我今天只有四十分钟时间，简略一点；第三，我一看已有感觉，我会在合适的时候，带罗大河过来听你具体介绍。"

高总："很好！快人快语。你看，那儿是航空资料馆。"

张莹莹："你们还在筹备，就已经考虑资料馆了？"

高总给了张莹莹一个饶有意味的眼神："不可以吗？"

这个问题其实并不高明，张莹莹只是点点头，她在那一瞬间又一次感到这位高总的眼神里有一丝不易察觉的其他内容。她心里清楚得很，报之以微笑，继续去看硕大的模型展示。

落地玻璃幕墙外，大雨仍在继续。再看远一点，朦朦胧胧的云空中，有鹰一样的飞机在滑行。

停机坪上，罗大河从机舱里步出，仍然英姿飒爽，面容略显憔悴。小个子机械师紧随其后，也有点疲惫。他们走下舷梯。

罗大河翻开手机，有信息发来："晚上'爱你的人'在温馨小酒馆聚会。”

罗大河和小个子机械师低语。

停机坪上阳光灿烂。

在六分部办公室，秦芸坐着，她的面容显得有些疲惫。

李云川走进：“嫂子，你好。”

秦芸：“等你呢。”

李云川：“嫂子，你累了，脸色很不好呵。”

秦芸：“不会好啊。我恐怕做不了你的嫂子了。”

李云川：“……我知道，这是迟早的事。”

秦芸：“是你希望的？”

李云川：“不，我不希望，是失望。我的哥哥让我失望了。”

秦芸：“你们兄弟俩很不一样，你的哥哥是努力的，努力得无可指责，可是我，我还一直想通过努力挽回……看来我的努力不可能成功。”

李云川：“不是你不成功，是我哥哥不懂得珍惜。他，不知道怎么想的，错了，哥哥真的错了。”

秦芸：“我本想……唉，算了吧。云川，你没有必要去指责你哥哥。我和你哥哥没有婚姻的缘分，是我们的私事，你不必参与。我们俩看来不是错与不错的问题，实在是不合适，我这些年也多次想着改造，不仅仅是改造他，也想着改造我自己。我在想，我是不是也要做一些妥协？我其实也尝试着有过妥协，看来不可能了，婚姻不能是相互的改造，而在于相互的选择。”

李云川：“说得好，在于准确的选择，而不在于准确的改造。想到改造了，这段婚姻已经开始走向失败。”

秦芸：“看你的口气，说得好轻松。没有走入婚姻的人，其实不可能真真切切地感到婚姻的艰难。当然，说到选择，你现在确实需要有准确的判断。”

李云川：“嫂子……”

秦芸看了他一眼。

李云川：“那我？”

秦芸："嗨，现在你也只能这样叫……随便吧。我今天把我的真实心态，或者说把我已经做出的决定先通知了你，是告诉你，没有必要再去你哥哥那里做什么努力了，我的心已死。你们兄弟俩在对待我的问题上，发生过激烈的冲突，我不希望再看到了。不过我仍然要谢谢你，我还会把你当成我的好弟弟。你上次……"她用探询的目光看着李云川。

李云川："哦，我本想……不过，今天我也不想问了，以后等你心情好了，我再来。我愿意把我的寻找和选择告诉你，相信你会给我做很好的参谋。"

秦芸笑笑，很有点意味："你这个鬼精灵，还要人家帮啊！不过选择不等于等待，机会也会稍纵即逝的。"

李云川："嫂子的意思是？"

秦芸站了起来："你说了，我现在的心情不适合讨论此类的问题，回去吧。记住，关于我和你哥哥的问题，你不要再做任何的傻事，你了解你哥哥，今后你还要多帮助他。我还要去一下医院，看望一个病人，你回去吧！"

李云川："那……好吧。"

医院病房，胡英子坐在床边，正轻声地劝慰着自己的公公。公公闭着眼睛，面容平静。一旁的护士收起了打点滴的器具走了出去。

胡英子："爸爸，你这几天要多多休息，刚才我又和医生商量了，他们信心很足。你的胃疼，其实问题不出在胃上，开个刀，把你胃边上的小瘤子摘掉，也就解决问题了。"

公公闭着眼睛点头。

胡英子："我还听医生说，你的胃没有问题，所以要多吃东西，你想吃什么，你就告诉我，我去给你买。上次我就说了，爸爸的体质好，多补充些营养，爸爸就更有体力去应对手术了。我今天给你带来的新鲜荔枝，你要多吃几个啊。"

她说着便取过一颗放在边上盘中剥好的荔枝，轻轻地放到了公公的口中。

公公睁开了眼睛，眼眶很潮湿，感觉得出他在强忍泪水。他把荔枝肉咽了下去，胡英子又把荔枝核接了过来，她又想递过去一颗，公公摇了摇手：“英子，你说的我都明白了，你已经说了好多遍了，我还能不明白吗？我也就是想，动手术的费用太厉害，所以一直不答应。我的病重到什么程度，我心里有数的。英子，我要是起不来，你要照顾好你妈妈……”

胡英子：“爸爸，你又说这种泄气的话，英子不爱听，我要和你一起照顾妈妈，我还要和你们一起唱晋戏。医生都制定了很有信心的方案，你要积极配合才对。”

公公：“我也明白，爸爸还要让你找到一个好老公，配得上我们家英子的，高大正派又能赚大钱的好老公，让你好好享大福。”

胡英子：“爸爸讲话从来不出岔的，我当然会享福，我还要让爸爸享大福。”

她笑出了声，但只是很短促的，她立刻想到公公的病情，再也笑不起来。

秦芸走了进来，看到了胡英子的公公的微笑，她也微笑着走到了床边。

公公的笑，显然勉强。

胡英子的笑，是对乘务长的礼貌。

秦芸有感觉，她显然安慰一番这父女俩了。

宿舍楼下，罗大河的雷克萨斯吉普刚刚停下，戴露就跑了过来。

罗大河：“你，你怎么知道我回来了？”

戴露：“每天每天地等啊。”

罗大河：“也就七天时间，没有那么漫长吧，什么每天每天地等，也就等了七天而已。”

戴露：“早就有人告诉我了，主动追求的一方总要多一点，不对，不是多一点，是多得多的苦难。”

罗大河：“这是别人告诉你的，我可不会。过去不会今天不会将来也不会给你苦难的，我怎么会忍心让我的‘玫瑰皇后’经受苦难呢？”

戴露：“你说了，一辈子记住。没有苦难的我也会用幸福报答你。”

戴露的眼神风情洋溢，罗大河也有点心旌摇荡，但是罗大河明白，宿舍楼下是一个容易产生流言蜚语的地方，他终于把准备拥抱戴露的双臂放下了。

罗大河：“你在这里等我，想干什么呢？”

戴露：“本想看到你安全归来，也想能够得到我的皇上开恩，去皇上的内室看看呢。”

罗大河：“现在为什么不呢？”

戴露：“接到芸姐信息了，晚上有约，所以想得到皇上宠幸的念头又放到以后的某年某月某日了。”

罗大河：“我是皇上？”

戴露：“是呵，你不是口口声声叫我皇后皇后吗，那这个世界上的皇上只能是你了。”

如此热烈坦白，罗大河何以自恃，果然，他不由自主地点了头，然后大步流星走向宿舍大门。他的点头让戴露心花怒放，她也回身跳上了橙黄色甲壳虫。

在楼上的某个窗口，有窗帘放了下来，在放下的刹那，罗大河那个当领导的同学也晃了一下，脸色阴沉。

他为什么要这样，很多年以后，罗大河也没有想通。

医院病房，秦芸正在和胡英子的公公告别：“老人家尽管放心，英子在我的组里，我会让她嫁个如意郎君，一个不会让英子受苦的如意郎君。英子照顾妈妈，我早看出来了，绝对是孝顺有加。你就放宽心，好好养一阵，让医师彻底治好你的病。”

公公期盼地看着秦芸，又看看胡英子，鼻翼抽动着。

胡英子：“爸，芸姐这样讲了，你不用再交代她了。这些事我心里也有数，你就相信女儿吧。别担忧别慌张，能吃则吃，能睡则睡，让女儿早一天来接你出院。”

这样的呼唤在人间，就连草木也该动情。公公心里有着自己的一本账，含着笑意与秦芸和胡英子告别。他挥一挥手，又挥一挥手。秦芸和胡英子也在挥手间退出了病房。

病房内静极了，胡英子的公公从枕头下取出一个药瓶，倒出来一堆相同的白色药片，一片一片地数，数得很缓慢。眼睛里，泪水却如潮涌，强烈喷发，终于发出一声长啸。

药瓶旁有一张纸，纸上隐约显出一些文字。

温馨小酒馆门口，林小洁走来，回头和朱运良反反复复说着什么。朱运良离去了，可走几步又回回头，再离去。林小洁晃入门内。

戴露也走到了门口，她换了大花样的宽松运动衣，倏地一晃，也进了门。

张莹莹走了进来，很稳。她仍然穿着下午见高总的衣服，虽然不是空姐制服，但也属于职业套裙，因为此，与戴露同年的她看上去老练且成熟。

罗大河和小个子机械师也从小巷里向门口走来，换了装的两人显然告别了疲惫，兴冲冲地大步进了门口。

小巷的青石板在暮色里有点阴沉，但又出奇地安静，安静产生的美常常无法表达。

秦芸和胡英子走来，医院的沉闷气氛很难迅速消失，况且今晚的聚会是秦芸倡议的，其目的秦芸心里有着盘算。还有一个特别的原因，下午李云亭给她的巨大刺激，今夜无人可以言说。当然，她也没有打算与人言说，隐约里好像有人是可以畅怀叙述的，秦芸却想不起来是谁。所以胡英子拉着她走上门口的台阶时，秦芸恍若从天上回到了地面。作为有着十多年空姐生涯的秦芸，知道自己眼下最应该扮演好的人生角色是什么。

“爱你的人”全体人员就这样集中在了温馨小酒馆。

夜幕降临，灯火开始有一点作用了。

但是灯火无语，兀自亮着。

温馨小酒馆前间，所有的酒杯举了起来。

秦芸：“这一杯酒，我们隆重欢迎英勇的机组凯旋。”

罗大河：“大家客气了，我们只是执行任务归来而已。在民族的灾难面前，我们的努力其实很渺小。我建议，这杯酒，祭奠那些已经长眠地下的不幸的亡灵吧。”

他把杯中的酒洒向了地面。

大家也跟着洒下了酒水。

戴露看了一眼罗大河，肃穆的神情使罗大河显得格外坚毅。戴露的眼神充满了崇拜。

张莹莹、林小洁、胡英子、小个子机械师也肃然伫立。

秦芸："大家坐下吧，下面进入第二个主题。今晚，我把大家请来，是英子家里的事，老人家的重病已经确诊，我们一起来帮着想想办法。英子也不用回避了，她的心里已经有数，"爱你的人"就是我们几个。至于英子收到过一笔五万元的钱，那是另外一个人，他说也愿意参加我们这个集体。"

胡英子低眉，楚楚动人。

后间，婆婆端着鸡汤走过来。

她的神情也很沉重。

前间，秦芸继续在说："老人家得了胰腺癌，还是晚期。但是如果手术成功，我们还可以为老人家争取更多的时间。英子和她的妈妈决心要尽全力挽救。我是完全赞成的。今天我才知道，老人家得了这么严重的疾病，仍然在家里偷偷地藏了三万元钱，他还在为他的老伴和英子这个孝顺女儿考虑，不肯花大钱治病。多好的老人哪！我在医院了解了一下，手术和术后的治疗，估计也得二三十万元，我们再一起来帮帮英子吧。"

戴露："我完全赞成，我再捐十万。"

其他几位也想表示什么，胡英子站了起来，用手势让大家安静下来，她自己却禁不住抽泣了起来。

林小洁："英子姐姐，你，你不要急不要急，芸姐这不让大家帮你想办法吗。"

走廊上，婆婆已经走到了门旁。

她驻足沉思。

胡英子深情地说："大家把自己叫作'爱你的人'，我真的是被这个爱深深地打动了。可是我，我一直想把我最应该告诉大家的话讲出来，可是，可是我不知道怎么说，面对着大家的真诚，我觉得不应该再隐瞒下去了。我，我不是他们的亲生女儿。"

除了秦芸，大家都震住了。

秦芸："英子。"

胡英子："芸姐，你让我说下去，当初，我不该这样。"

张莹莹："英子，你不是亲生女儿，这样地待他们，那更让人感动了，没有不该啊。"

秦芸："说吧，我们的好英子。"

胡英子："我不该隐瞒，我结过婚了，大前年嫁给了他们的儿子，我们在剧团的时候恋爱了，他对我很好，我们想象着未来，我们也想着要好好照顾两位老人。我打小失去父母，自小也受到了他们的很多关怀，我以为所有的幸福都会向我们走来。没想到，结婚才十多天，一场意外的车祸，他就走了……"

坐在边上的林小洁紧紧地拉着胡英子的手，泪水盈眶。

门外。婆婆已经泪水涟涟，她端着鸡汤推门进去，又用脚跟将门带上。婆婆在桌上放下汤碗，就一把抱住了胡英子，哭着说："孩子，我的苦命的孩子呵。"

几乎所有的人都眼泪汪汪了。

婆婆："我来替英子说了吧，你们玫瑰航空到我们那里招学员的时候，方圆百里的人都说这个唱晋调的小英子最有可能了，我和孩子他爸极力劝她报了名。本来英子离开了剧团就想伴着我们到老，在农家乐里忙着呢。我送英子来这里的时候，见了你们的姬政委和秦乘务长，是我抢在英子前面说了英子没有结婚的。我当时想，她也就一个人了，也算是单身，漂漂亮亮的，说结过婚了，以后怕找不到好对象。结果，这一闷把英子闷在了里面，她也一直不好说明白了。都是我不好。"

婆婆落泪，胡英子过来扶住了她。

没有人注意到，小个子机械师抓了几张餐巾纸，低头走出门外。

秦芸："这件事大娘早和我说了，还要我帮英子找男朋友，我也怕英子面子上下不来，老人家病着，想以后再说呢。其实，英子你要放下这一包袱，大胆地去追求新的爱情，这些年看你拘拘谨谨的，我总以为你是因为生活上的困难，没想到你还有这一段经历。这，这又有什么呢？"

戴露快人快语："是，有什么呢？英子还有老脑筋哪。现在明明白白离了婚，再找新老公的多的是，找得理直气壮。再说了，有大学还调查过，女大学生里好多都不是处女了呢……"

爽快的戴露突然止住了嘴，不知是罗大河的目光，还是秦芸的表情，还是连自己都觉得有点冒失了，她吐一下舌头，自嘲地一笑。

胡英子："真不好意思，今晚本不想说这个的，只是看到大家的热情和真诚，我实在不想把真实的我藏着掖着了，有时候也真的很难受。"

张莹莹："英子，你这一说其实我们更爱你了，你把去世的丈夫的爹妈当成了自己的亲生父母，我们都看在眼里。从你一个人悄悄地在这里打工赚钱，替他们还债，到现在张罗着治病，你多么不容易，英子，我们大家一起来，姐妹们一起来，就好办了。《五月的鲜花》里，有一句歌词就是'大家一起来，鲜花就盛开'，说的就是这个意思。"

林小洁拉着胡英子的手，递过去一张餐巾纸。她的手机有信息声，林小洁低头扫了一眼，闪过一个逗乐了的情绪，不过转瞬即逝。

婆婆："你们快喝汤吧，都快冷了。这样吧，我再去热一下。"

婆婆转身离去。

罗大河："对，大家一起来，不光是姐妹们噢。咦，我们的小个子呢？"

秦芸："也是，人呢？"

胡英子也有点儿诧异。

第十三章

航空城小巷，胡英子悄悄地从巷子深处走出来。她背后长长的小巷里灯火昏黄。胡英子走出巷口，藏蓝的普桑缓缓驶近停下。

不用说，是小个子机械师的车。显然，他在这里有了漫长的等候。

车门从内往外打开了，她跳上了车。

胡英子：“你怎么突然离开了？弄得大家一阵子瞎猜，直到罗机长和你拨通了电话。”

小个子机械师：“我这个人听不得感动人的事儿，尤其还带着那么重的悲伤。小英子，看你像个柔软的杨柳，风中都可以飘起来，你很坚强呵，不得了的坚强。”

胡英子：“都瞒了大家好几年了，有什么坚强！”

小个子机械师：“单说坚强还不够，你还有，还有不得了的善良。我今天有一个新的发现，有善良才会有坚强。”

胡英子：“开车吧，已经很晚了，他们都走了半个多小时了。”

小个子机械师：“有件事我想和你讲清楚。上次‘爱你的人’筹款，他们硬不让我出力，但是这一会儿，我一定要对你有所支持，英子，我跑到街上，是五千元一个机器，五千元一个机器去取出来的，你一定要收下，只有三万元，你莫要推，你收下了，我的心才会好受一点。”

胡英子：“这，这不行，这不行的，大家的意思是对的，你家里也有一个小病人，不能花你的钱。”

小个子机械师：“孩子的病一时半会儿用不了那么多，我比你们多上了十来年的天空呢！这点钱我有，懂吗？我不差钱。”

胡英子：“我不要。”

小个子机械师：“你看看，犟什么嘛，赶紧凑足了给医院送去，给你爸爸用的。拿着。”

胡英子：“不要你的钱。”

小个子机械师拿起这一叠钱，拉过胡英子的手：“拿着，还不听我的话了？白白送了你多少回！好，今天你不收我不送了。”

这是哪儿对哪儿呵，胡英子扑哧笑出了声：“好吧，我暂且收下，今天大家一起凑，都二十万元了，我都记在心里。我明确告诉大家，我以后要还给大家的。”

小个子机械师：“说啥呢，大家会同意吗？”

胡英子：“我是认真的，我不愿意欠大家的。”

小个子机械师：“嗨，这哪是欠不欠的，不是说了，是‘爱你的人’吗？”

胡英子笑笑，将钱塞进小坤包里：“怎么样，可以开车了吧？”

小个子机械师这才一乐：“好，走了。”

晚风吹拂着安静的城市。

传来几声远处江面上的汽笛。

胡英子小屋，从薄薄的窗帘里渗过来的晨光，有点寒意。

躺在床上的胡英子也许睡晚了，看得出面容的疲倦。她沉沉地睡着了。让人心悸的手机铃声在这个静夜里响起。

胡英子被惊醒，她接起电话，大惊失色，从床上跃起。

晚风，吹拂着安静的医院。

有几个窗口还有昏黄的灯光。

公公睡过的床上，白色的床单铺展得非常整齐。

窗外的大树上挂着晶莹的晨露。

走廊上，胡英子低头走过，婆婆低头走过。

秦芸率“爱你的人”所有成员低头走过。

胡英子似乎听到公公的声音：“孩子他妈，英子好女儿，我马上要走了，不和你们告别了，我知道这是你们不愿看到的。只要认真想一想，我的绝症即使花了很多钱，没有多少天我也会走，又何必花钱呢！我更不愿意我不在了，你们还在辛辛苦苦地还因为我欠下的债。我这一辈子最不愿意过的就是欠债的日子。家里的三万元还是我和孩子去煤矿打工攒下来的，你们要花在刀刃上……”

温馨小酒馆楼上，胡英子和婆婆抱头痛哭。

胡英子望着窗外，神情悲苦中也有坚韧。

婆婆站起来，理起了床上的衣服。

胡英子回身阻止着。

胡英子似乎又听到公公的声音：“英子，你到我们家，可我们家接二连三给你的却不是幸福，我们都真是亏待了你。你还年轻，一定要再成个好好的家，你娘会更高兴，我的解脱也算有了点着落。如果将来有了孩子，要早点到我的墓前叫外公呵。英子，你要好好谢谢秦乘务长他们，你在他们中间我放心不少。对不起孩子他妈了，我相信英子会照顾好你，你也还健朗，不要对不起自己，我在那边会保佑你，真希望你有一个幸福的晚年。很晚了，我真的走了，可能清晨你们醒来的时候，我要最后一次吵你们了，真对不起了。”

温馨小酒馆门口，酒馆的主人顾师傅刚跨进门，秦芸也一步跟了进去，顾师傅回头：“哦，你是英子单位里的吧？”

秦芸：“是，我是秦芸。”

顾师傅：“对了，听英子讲过，乘务长大姐，请进请进。”

秦芸步入。

婆婆在胡英子的搀扶下走下楼梯。

胡英子轻声：“娘，你不要再提走的事了，听见了吗？”

婆婆默无言语。

温馨小酒馆后间，顾师傅招呼大家坐下。

秦芸：“大娘，听说你要走？”

婆婆：“他爸爸的事了了，唉，一了百了了，我就带他的骨灰回老家了。英子有你们照顾，我没有什么不放心的了。”

胡英子朝秦芸摇摇头，当然是不愿意的意思。

顾师傅："大娘，我赶过来，就是想留你下来呢，把这一爿小店留给你打理，我放心着呢。你看是不是就顺了英子的意思？她也好照顾你。"

胡英子："娘，你就答应了吧，爸爸也是这个意思，你就让了女儿吧，我……"

她说不下去了，又低头哭泣。

秦芸："英子，你……"

胡英子抱住了婆婆，哭得更伤心了。

婆婆止不住的泪水也哗地淌了下来。

顾师傅看着她的目光充满了关切。

秦芸："大娘，你看，英子怎么舍得离开你？你留下来，我们都爱来这里，我们还想着你煲的好鸡汤呢，英子就是你的亲女儿，你也是英子的亲妈妈，以后英子找男朋友，你还要帮着参谋参谋呢。"

婆婆抹了把眼泪，反过来又抱住了胡英子："唉，小英子，要说舍得，我怎么舍得呢？我怕成了你们的累赘。不用管我了，你们年轻人好好地去过亮亮堂堂的日子，我在山里想着你们呢，以后会来看你们。秦乘务长，英子在你组里，我放心着呢。"

顾师傅："大娘，你就不要再多想了。你在山里放心，他们大家在这里就不放心了，你留下来，是让大家放心的最好办法。我看你们几个女人不要再商量了，我来做主，你就留下吧，在这里打理小店，再找两个帮手。英子呢，在航空公司安心工作，不要在这里帮衬了，把以后的日子踏踏实实地安排好了。英子呵，我看这也是你爸爸下狠心的主意，就这样定了，怎么样？"

秦芸："对啊，大娘，先这样吧，您先回老家替大爷料理后事，然后再回来。具体的，日后还好商量的。"

婆婆还想说什么，胡英子又抱紧了她："娘……"

婆婆含着泪，点了头。

顾师傅看着她，也有点泪花花了。

秦芸看着顾师傅，也点点头。

小巷深处，有温馨小酒馆的灯火，还有沿小巷而去的静静的灯火。

医院脑外科病房，林小洁走进来，床上的崔啸想抬起头来，边上的护士又摁住了他：“别动，你还需要平躺呢。”

崔啸就斜扭着头，看着林小洁，笑得很灿烂。

林小洁：“好多了嘛，未来的动漫家。”

崔啸：“嗯，我是学动漫的男生，你不要老是称我未来的什么什么，那是需要等待的，而且一定会非常漫长，就像这几天，等待，实在是太漫长了。”

林小洁：“这几天？”

崔啸：“是啊，每一次等待你的出现，实在是太漫长了。”

林小洁：“这才多少时间啊，这就叫漫长？”

崔啸：“嗯，漫长。”

林小洁：“好，不叫你动漫专家，叫你漫长专家。”

崔啸：“好，反正都有个漫。”

林小洁笑了，崔母这时走了过来，手里端着水果盘：“小洁，你来了，今天没有任务？”

林小洁：“刚飞了一趟国内回来。阿姨，我来吧。”

崔母看看儿子，看见崔啸的笑，故意逗他，把水果盘递给了林小洁，水果盘里有剥好的枇杷：“我刚才剥了半天呢，他们说这是宁海白，枇杷里最好的品种。”

林小洁接过，在床边坐了下来：“你看你妈妈，多辛苦。”

崔啸：“妈，你不是说打听到了这里有个很好的寺院，你去玩吧！我要和小洁聊天呢。哦，还有，妈妈不是很喜欢这个城市吗？我也很喜欢，你就赶紧去看看房子吧。”

林小洁：“吃你的吧，还管着你妈妈……哦，小心，有核。”

白白的枇杷塞进了崔啸的口中。

崔母明白儿子的意思，看着两人逗乐，喜滋滋地离开了。

崔啸把口里的核儿吐到林小洁的手上：“不吃了，我的动漫故事又有了新发展，我讲给你听，好吗？”

林小洁稍有迟疑，但马上说：“好啊。”

医院走廊，崔母没有马上走远，她停在病房的门口，听听里面的动静，又喜滋滋地笑了一下，然后走去。迎面碰上了医生，她也是喜滋滋地笑。

医生：“这两天好多了吧？看你高兴的样子。”

崔母：“好多了好多了，谢谢你。”

医生礼貌地用笑容回礼，离去。

崔母喜滋滋地大步走去。

病房内，想象的故事在展开。

崔啸：“……在云朵之上的相遇，在怀抱中间的相遇，就给这个故事定下了一个基调：浪漫和美好。小洁，这是一个基本的考虑。”

林小洁斟字酌句：“崔啸，今天你已经第二次叫我‘小洁’了，这好像有点不大对吧，你本来叫我‘林小洁小姐’的。”

崔啸：“‘小洁小姐’的，多拗口，干脆‘小洁’算了。”

林小洁：“这可不能算了，得有个长幼有序啊。我上医生那里看你的病情记录，知道你的年龄了，你还比我小一岁呢。”

崔啸：“那能怎么样，还能改了你的名字？”

林小洁：“我不是这意思，你得叫我姐呢。”

崔啸笑起来：“好办啊，后面加一个字，叫小洁姐。”

林小洁：“嘻，小姐姐，蛮好听。”

崔啸：“行吧，叫小姐姐，嘿，听起来一样的，小姐姐好。”

林小洁笑了。

她的手机响了，林小洁低头一看：“哦，我接个电话，来，再吃个宁海白枇杷。”

林小洁站起，一边接电话，一边走出病房。

崔啸看着她的背影消失在门口，眼神呆滞。突然，他有点不适，一个咳嗽把嘴里的枇杷核喷到了被子上。

医院走廊，林小洁接着电话：“……不着急，我马上就会到的。知道啦，你的新作品，我当然要去的，对了，以后让芸姐她们也一起去看，好了，待会儿见。”

林小洁摁了手机，又匆匆地走回病房，发现崔啸闭着眼睛，被子上有几颗枇杷核，她没有招呼崔啸，一颗颗地把核儿捡回到盘中。

崔啸的手从被子下钻出来，一把抓住了林小洁的手。

林小洁一惊，略一皱眉，旋即又微笑：“干吗，又要玩动漫啊？”

崔啸还是闭着眼：“不玩动漫了，我要真真实实地表达了。告诉你，我爱我的小姐姐。”

这一会儿，林小洁真正地惊了一跳，她看看崔啸，也看到了崔啸头上为了保护头颅的防护罩，当然更看见了崔啸睁开的眼睛和眼睛中热烈的期盼，她轻轻地把崔啸的手摘下来，又轻轻地塞回到被窝里，坐了下来，用餐巾纸去擦崔啸的嘴巴。

崔啸扭开：“听到了吗？我爱我的小姐姐。”

林小洁笑了：“听你说得多好听呵，小时候我们一群孩子中也常有人说我爱雪花姐姐，我爱铁臂阿童木，后来还说我爱狮子王，我爱变形金刚，我爱花木兰，我爱功夫熊猫，哈哈，你说你爱小姐姐？”

崔啸：“你说的全是动画片，我是说我爱一个真真实实的人，就是你。”

林小洁还是婉转地说：“我是你的小姐姐呀，小崔喜欢你的小姐姐，作为小姐姐的我很高兴呀，我也爱你这个大弟弟呀，在纽约学动漫的大弟弟呵，真的很高兴。”

崔啸盯了林小洁一眼，索性闭上了眼睛。

林小洁看看他，眼睛一闪，她用餐巾纸轻轻擦了一下崔啸的嘴，然后在盘子里用叉子剔除了一颗枇杷的内核，送到崔啸的嘴边，她轻声地：“来，大弟弟，再吃一颗枇杷，这种宁海白，肉嫩细腻，味道鲜美，你妈妈亲手剥好的，你要多吃点哦。”

崔啸的嘴没有动。

林小洁又往他的嘴边递了一下，崔啸突然张开嘴，一口吞了进去，但是眼睛还是闭着。

林小洁笑了：“小崔，你现在是手术后的康复期，要平平静静地养病，等到病好了，小姐姐再和你聊很多很多，你知道吗？你伤在脑子里，不宜激动，也不宜多思多虑。未来的动漫家，以后有你展开创意展开想象的时候呢。”

崔啸又突然睁开眼睛：“我要吃宁海白。”

林小洁乐了。

园艺设计演示大厅。

朱运良正在演讲：“我参考了国际上所有沿江城市中心花园的设计，找到了设计的灵感，就是生命、生活和生态的有机结合。市政府已决定从这里出发直修一条大路通往江边。为此，我的设计重心就放在了江边和近江三百米的左翼与右翼。从园艺设计出发，我还建议从此处开始，大路开始上翘，并且挑出江面，用我的这种丝绸缎面的草坪设计，沿截断面予以布局。这个设计已经有了一个名字，叫‘城市阳台’。”

大家鼓掌，有两个养着长发的青年人挤到了朱运良身边，与朱运良耳语：“很棒，有英国大师风范，祝贺你。”

朱运良并不在意这样的评判，看得出三个年轻人是志同道合的朋友。

突然想起了什么，朱运良又踮起脚，透过攘动着的人头望着门口。

旋转大门纹丝不动。所有参加演示活动的人们都在场内了，朱运良又掏出手机。一个领导模样的人步至他的身边：“年轻的设计师，我们上午已去考察了你的地中海公园，很有创意也很有人文性。这个城市阳台确有耳目一新的感觉，只是把一个公园叫作阳台，作何解释？”

朱运良：“刚才我讲到了生命、生活和生态的结合，我想所有的构想全出自这里，你们自己去体会吧。”

这个问话的领导显然不习惯这样的回答，也显然没有听明白，他不再问话，又瞟一眼朱运良，很有派头地点着头转身离去。那个长发小青年赶紧凑近：“朱运良，你真猪脑筋啦，那个人可是掌握着生杀大权的啊，你怎么可以这么说？”

朱运良：“嗨，对不起，脑子关闭了。我和你们说过的，真正给了我灵感的天使下午要出现，可是现在还不来，我心里乱成一团，我会再去详细阐释。”

他说着，又想去拨手机，一个金发碧眼的姑娘来到朱运良身边：“请问朱先生，你的这个创意源自哪里，是伦敦的泰晤士河吗？”

朱运良深吸一口气，他知道又必须认真回答了。

医院大门，林小洁和崔母从台阶上下来。

林小洁：“阿姨，你放心，我会再来的。我对崔啸的恢复很有信心，你不要着急。”

她们已步下台阶，走到了红色小花冠面前，崔母从自己的背包里取出一个小方盒，递给林小洁：“林小姐，我注意到你的手腕上缺一块东西，所以刚从表店里选了一块卡地亚女表，挺适合你的，你戴上吧。”

林小洁没有接：“阿姨，我有表。这是不可以的，你不要为我花钱，你要花在你儿子的身上。”

她这么说着的时候已经跳上了车，再探出头：“阿姨，你放心，我会再来的。你要让你的儿子多一点安静，不要老是海阔天空地多想，先恢复大脑的伤要紧。阿姨，应该是这样的吧。”

崔母：“对啊，医生也这么讲。林小姐，这表你就收下吧，我……”

林小洁已发动车辆驶去。

崔母站在那里，若有所思。

园艺设计演示大厅门外，很多人从大厅里走出来。

大门一侧的停车场里，车辆也纷纷离去。

那两个长发青年也走出了大厅，跳下几级台阶，有一个敞篷车驶来，车上坐着两个时尚姑娘，长发青年跳上，车轮带着笑声驶去。

门前几无人影。

园艺设计演示大厅，有六件作品在大玻璃柜里展示着。

因为是园艺设计，大玻璃柜里生机盎然。

但是整个大厅里已经没有人影，门口站着的两个礼仪小姐，也像摆设，几乎没有人去注意她们。

有一个人影却在角落里蹲着，这是朱运良。

林小洁奔进了大门，愣住了：“结束了？”

空旷的演示大厅。

门边的礼仪小姐：“小姐，演示会已经结束了。”

林小洁愣了一会，突然回转身，却从身后传来朱运良的声音：“小洁。”

林小洁又转过身，她看见了角落里站起来的朱运良，满脸落寞。林小洁喊一声“运良”，飞也似的跑过去，她几乎是扑向朱运良，然后紧紧地抱住了他。

林小洁肯定感觉到了朱运良此刻的木讷，她慢慢地又松开了朱运良，看到了朱运良脸上的别样的神情。

林小洁：“运良，我……”

他们回到了工作室。

朱运良坐在沙发上，林小洁横卧在他的身上，她的卧影在台灯光里性感而美丽。朱运良的表情还不是很放松。

林小洁：“运良，你不要憋气了。下次再做强势推荐，你和你的同伴说，你们的城市阳台设计一定会胜出。”

朱运良：“我倒不想这个了，我们能把握的世界总会把握在自己的手中。可不知道为什么，我一想到你，常常有把握不了的慌张。你讲好的，三点半会到，可是快五点了，你才出现，你都已经落了地，怎么还飘啊飘的？我在想，你辞了空姐这个工作吧，我们一起搞工作室，我们形影相随，我就不会慌张了，我也不会出差错了。”

林小洁：“你慌张吗，运良？”

林小洁从朱运良身上支起了上半身，看着自己完全爱着的人问道。朱运良还真的表示了认同。

林小洁：“运良哥哥，你慌张什么嘛！电话里我已告诉你，在医院看望一个志愿者伤员嘛，是乘务部布置的任务，病人嘛，在医院里总会有一些意想不到的事情，耽误了我欣赏你的演讲才能的机会。你担心我吗？我都和你说过多少回了，我是你的，懂吗，我是你……哦，疼！”

朱运良终于伸开了自己的双臂，一把抱住了林小洁。

朱运良低下头，埋在林小洁耳旁："辞了吧，我们天天在一起。"

林小洁从沙发上，也从朱运良身上跳了下来，却又躺到了边上的沙发上，看着天花板说："这是不可以的，我的心、我这个人可以给你，但我的时间不可以都给你，我的航空生涯才刚刚开始，我不能让国家教给我的学业荒废呀！你不也去英国学了园艺回来成了设计师吗？"

朱运良："这是两码事啊，我心里总是放不下你，怎么办呢？"

林小洁还看着天花板："害爱情饥渴症太久了，你有病。但很快就会好的，爱情饥渴症要对症下药进行治疗，用的药也叫爱情，取个药名吧，可以叫爱情滋润剂。听见了吗，我的运良哥哥？"

朱运良什么也没有回答，站起来，走到一旁，看着林小洁，抿紧了嘴唇。

林小洁也看到他了，动了动嘴唇。

朱运良一把托起了林小洁，水蓝色的衣裙和倒甩下来的长发都在挥洒着年轻人的幸福。

玫瑰航空公司大院，罗大河气冲冲地从大楼里奔出。

他停下来，又回头望望大楼，一脸痛下决心的神情。

他跑到停车场，跳上了自己的雷克萨斯吉普，很快就急速驶去。

两岸咖啡店贵宾间里，张莹莹坐在那里，姿态优雅。

门被推开了，罗大河大步走入，在张莹莹对面坐下。

张莹莹："赴美女的约会，怎么板着面孔？"

罗大河："唉，说来话长……来一杯蓝山。"

一旁的服务员转身离去。罗大河又把桌上的矿泉水咕咚咚地一口喝完。

张莹莹："又见了老同学了？"

罗大河："是，太无聊。回来那一天，我没有马上去报告情况，他就说我和女孩子约会倒是很及时的。冷嘲热讽，很有兴趣的样子。受不了。"

张莹莹："报告还是有必要的嘛。"

罗大河："单子已经填上去了，他们就喜欢形式主义那一套。"

张莹莹：“那约会的事，怎么就让老同学看见了，我们没有人在说你啊？”

罗大河：“谁知道啦，躲在角落里看人的，往往是他看见别人，别人看不见他。”

张莹莹：“谁要看他哦，你……真去约会了？”

罗大河很坦然：“就那天，戴露知道我救灾回来，在门口等我，本想约我上她爸爸的会所为我洗尘，不是我们‘爱你的人’要聚会嘛，就没去。”

服务员端了咖啡上来，又退下去。

张莹莹用小匙搅动着杯中的咖啡：“嗨，一个人老是让别人瞧着，一点点的细处都让人观察着，真是讨厌。你的声名太显，老同学总想着挡你，他的后台硬，你还是‘走为上策’吧。”

罗大河：“刚才我离开他的时候，我特别认真地告诉他，我现在又要和一位美女去约会了，算是报告过你了吧。你知道他怎么说……咳，小心身体。这个人彻底没指望了，坏透了。”

张莹莹：“人家也没有要你报告吧。”

罗大河：“恶心恶心他。好，张大美女，与你的约会，我们要保密，人家贼着呢。”

张莹莹眼一跳：“说谁呢？”

罗大河：“老同学啊。”

张莹莹：“保护你的秘密，我愿意。不过你也要当心，和这个美女约会，和那个美女也约会，让人家把你当成了花心大萝卜。”

罗大河这才大笑了起来：“和你的约会，也是我的秘密。”

张莹莹认真地看着他，好一会儿，又并不确切地收回了目光：“我心中的秘密早已向你和盘托出，等待回音，我有足够的耐心。好，现在应该进入我们今天的约会，应该算是约会吧，我们今天约会的主题。”

罗大河也专注地看着她，等待着张莹莹往下说。

张莹莹：“我又去了一趟东海航空，看了他们所有的远景规划，又和高总商量了，我的主张没有变，你应该‘跳槽’了。”

罗大河：“说具体的。”

张莹莹喝了一口咖啡：“好……”

她正要讲下去，手机响了："喂，我是张莹莹。哎，你呀，怎么这时候来电话？"

东海集团大楼前厅，戴露在打电话："嘻，我上登喜路挑了个小包，看到了东海大楼，听你说起过他们筹办的航空公司不是很棒吗？哎，你在哪里，你能过来吗……这样呵，我也想去看看嘛，倒不是为我父亲的设想偷什么情报，我还是为大河想啦，要是这儿万事俱备，我也想干脆让大河做东风算啦，父亲那儿的事我也不去搅和了，女儿不干涉父亲内政。嘿嘿……"

两岸咖啡店，张莹莹回答着："会有机会陪你去看的，我这里忙完了，晚上要去培训中心讲课呢……是呵，小洁去本来是最好的，她不是掉入蜜罐了吗？芸姐说让他们一对小恋人多一点时间聚聚。是，芸姐总是这样善解人意。好了好了，早点回吧。"

张莹莹关上电话，对面的座位空了，她抬头一望，罗大河又从中间过道走了过来："好了？刚去洗手间参观了一下。"

张莹莹："对不起……一个朋友的电话。"

罗大河好像想说什么，但又改变了注意："没关系，继续说。"

张莹莹："你很绅士呵，还避开约会时的对方电话，就凭这一点，你一定能在新的高地上干成大事。"

罗大河："如果我想通了的话。"

东海航空筹备部廊厅，青灰色的基调，走廊前堂有接待秘书，笑容可掬。

戴露已经走到了大桌子的前面："小姐，我可以进去参观一下你们的规划推演大厅吗？"

秘书："请问，你与那个部门联络的？"

戴露："部门？没有联络过。"

秘书："那，是哪位老总约你来的吗？"

戴露："没有，我只是听说了，想进来看看。"

秘书："对不起，本部不接受外人参观。"

戴露："外人，哦，忘了自我介绍了，我是玫瑰航空的，姓戴，以后我们都是航空界的一家人了……对了对了，我想起来了，你们的高总，很热情的，我可以去见他吗？"

秘书一直有一成不变的笑容："有预约吗？"

戴露有点急了："有预约我还和你磨呵。"

秘书笑容照样一成不变："那好，我给你联系……高总，有一位玫瑰航空的戴小姐希望来见你。"

高总办公室。

高总："我不是说过，没有预约的一般不见嘛。好，就这……等等，你说她姓戴，你问她是戴露吗……对吧，好，请她进来。"

高总抿抿嘴唇，满眼是充满希望的琢磨。

东海航空筹备部廊厅，秘书放下电话，一成不变的面容加了一层热情。

秘书做了一个手势："请。"

戴露向走廊深处走去。

秘书退后一步跟着，尽管看上去已经相当漂亮了，但在戴露身边，还是很明显相形见绌。秘书忍不住瞟一眼戴露的侧影，包括戴露训练有素的步态和恰到好处的臀部运动。

戴露到了高总办公室。高总迎上："欢迎戴小姐，请坐。"

秘书帮着倒了一杯矿泉水，在日光灯的作用下，矿泉水清泠泠地闪着光影。秘书退去，打量的眼光似乎还留在戴露身上。

戴露："高总的门不容易进呵，用一个柔弱的美女替你挡驾，倒是很有作用哦。"

高总："用美女挡美女的驾，就起不了作用喽。"

戴露："我在论坛上听过你的演讲，后来又总是听莹莹说到你，算是神交已久吧。"

高总："戴露小姐果然是快人快语。很好，我愿意与你这样的人交朋友。”

戴露：“我们算是第一次见面交谈吧，听口气好像高总对我已经很了解了？”

高总：“哈哈，何止是了解！我还知道你今天为什么到我们东海航空筹备部来。”

戴露：“哦，把我当成间谍了吧，来竞争对手这里刺探情报来了。哈哈。”

高总：“恰恰相反，刚才我已说了，我们是可以交朋友的。”

戴露：“那你不觉得我今天的到访太突兀了？”

高总：“不，情理之中，你一定会来。为了欢迎罗大河机长的到来，我们在为他做着充分的准备，包括我们很快掌握了你是罗大河的坚定追求者之一，我非常欢迎你的到来并深入了解我们的宏图大略。大家都快人快语吧，我的目的，就是因为你对我们的了解和肯定，有助于罗大河机长最后的痛下决心。所以，我热烈地欢迎你，你来帮助我们了。”

戴露有点惊诧：“厉害呵，想要我给你们做说客呀。看出来你们真是有辽阔的天空意识呵，也很有狼子野心哟！不要笑，狼子野心还真不小。不过纠正你一点，我是罗大河坚定的追求者，而且是唯一的，是大河未来走向的唯一决策者，你可不要怠慢哦！你莫非没有掌握一点其他的什么？”

高总笑笑：“如果你允许我说的话。”

戴露：“不是要快人快语吗？”

高总：“戴露小姐的性格真是讨人喜欢，罗大河肯定要掉入你这个美丽的陷阱，哈哈。戴小姐，令尊当年起步不易啊，叫什么啦，千方百计动脑筋，千辛万苦寻商机，千山万水搞推销，千言万语打天下，一定说得不准确，但令尊确实不容易啊。要搞一个东部航空，不是不可以，令尊的胆略也会在航空界响个冲天炮，我们东海集团也不怕竞争，我们本来就是在竞争中壮大的。不过航空业在各国都是极特殊的行业，而且航空业又必须以规模取胜，有机会，我愿意与令尊交流，而且我敞开我的所有的设想。戴小姐，你想去参观一下我们的规划展示大厅吗？”

戴露在心里也佩服起这位高总了，她站起：“好啊，我就是想来参观的，看起来高总的长袖善舞，是因为心里有一根定海神针呵。”

大楼走廊，高总和戴露一起走向门外，走向展示大厅：“我这也是向令尊学习啊！说起来，我们都是他的后辈。我们也千山万水呵，千山万水地跑。我有个收藏，以后在我公司第一架次的航班升空的时候，我要在这里搞个展览，展出世界上所有航空公司的登机牌。嘿嘿，到了。”

高总摁一下指示铃，门渐渐移开，张莹莹来过的展示大厅出现在戴露面前。

一眼望过去，现代化的气息扑面而来。

天色已暗，张莹莹和罗大河还在咖啡店交谈。

张莹莹：“东海航空的筹备和今后的规划大体如此了，我越来越觉得你应该去。你还有什么可以犹豫呢？”

罗大河：“犹豫从来不是我的性格。”

张莹莹：“是呵，你今天又说了你的老同学让你受的窝囊气。你不觉得多余吗？你可以不去想别的什么，你至少要对自己的生命负责，生命是由连贯的有质量的时间组成的。”

罗大河看着张莹莹，很想表露自己彷徨的真正原因，但他还是克制住了，又呷一口咖啡。

张莹莹：“如果有别的不方便，你可以告诉我，也可以不告诉我，但决定你自己的事情，你要有主心骨，包括对待我的问题上，你也可以暂时放开。我到六分部秦芸乘务组的第一天就幸运地和你的机组飞了三亚。在大海上，我也向你倾吐了我的崇拜和爱恋，你知道我因为你才做出了这样的调动。到了今天，我可以再等待下去，但你不可以不下决心了。你在听我说吗？”

罗大河显然走神了，赶紧回过神来点头。

张莹莹：“还有一件事，我也想直接和你说，我也犹豫了很长很长时间，但我想在你的事业问题上，容不得躲躲闪闪了。戴露你应该非常了解了，我们俩是好朋友，她也在为你受老同学的小鞋之苦而愤愤不平，她也说服了她的大老板爸爸，要让你去办航空公司，可能这些戴露都和你说了，她还和我商量，我真不知在好朋友面前如何表达了。我只说了一句，听说东海航空也在挖他呢，人家筹备了那么久。我没有把我在积极推举并说服你告诉戴露，也没有告诉他我们很少的往来，包括今天的约会。这一点你明白就是了。我必须明确的是，在东海和东部的选择上，你应该毫不犹豫地选择东海航空。”

罗大河：“明白了，最近的几趟航班在编制计划时，我都签字了，不能让这里因为我打乱了计划，我准备在制订冬季计划时提出来。走的方向我已确定。我很想问清楚一个问题，高总也向你发出了热情的邀请，你决定去吗？”

张莹莹想了一下，显然被问得有些突然，但还是想尽可能地说得清楚一点：“这个问题本来由你来做出回答，对我们来说就是一件非同寻常的事了。但是你问了我，我只能这样来说明一下了，我要在你的情况明朗后，所有的情况哦，我会做出认真的且让大家可以接受的决定的。有一点要特别说明，在对待你的态度上，我去还是不去，不存在任何问题。”

罗大河听得出弦外之音了，多少还带着一点进逼的滋味了。他咂摸着意思，端起了咖啡杯。

张莹莹一直望着他，眼眶湿润了。

桌上不知什么时候出现了蜡烛，火苗晃了一下。

窗外有急风吹进，火灭了。

张莹莹暗暗的眼睛里有点惊疑。

罗大河宿舍楼下，戴露坐在她的橙黄色甲壳虫内，又在等待罗大河的出现。她望望门口，不见罗大河的雷克萨斯吉普出现，打开了手机。

她发信息：“我八点后就在这里等你了，你怎么还不回来？本想给你一点惊喜，可是你还不回来。”

发完了，她靠上了椅背。

回信来了，戴露打开手机：“太晚了，你赶紧回吧，明晨要执行任务，改日再约。”

戴露坐直了身子，想了想又打开手机，点到了张莹莹一栏，她正想拨电话，看看表，又合上了手机。

橙黄色甲壳虫急速驶去。

楼前的进门大道上，还有些车辆缓缓驶入。

雷克萨斯吉普出现了，开到了一旁的停车场，罗大河跳下来，环顾了一下四周，然后大步走进了楼门。

宿舍楼群，有晚睡者的灯火。

静静的城市，轻烟淡岚，浮浮沉沉。

秦芸小屋，秦芸已经穿好了制服，径自走向房门，她不再犹豫也没有环顾四周，躺在健身小间地毯上的李云亭也顾自睡着。

秦芸打开房门然后关上，不再回头，走去。

机舱口，秦芸已站在舱口迎接大家了。

方波浪出现在登机的队伍中，他在廊桥里远远地看见了微笑的秦芸。他也轻轻一笑。

秦芸在机舱口笑迎乘客，很显然，她看见了已经走近的方波浪，笑容的幅度有些变化，方波浪却偏偏看出了她那含着笑的忧郁。

秦芸向方波浪这个老乘客致意了："你好，方先生……哦，2A，请这边走。"

走过身边时，方波浪低声地："小英子还好吧？"

秦芸点点头："让她多休息几天。"

方波浪走进了机舱，也与座位边迎候大家的林小洁点了点头。

林小洁："方先生，你好……嘻嘻。"

方波浪："林、小、洁，对吧？"

林小洁："方先生记性真好，不愧为大学者。"

方波浪坐下了，抬头："你怎么知道我是学什么者啊？"

林小洁："看你样子像。"

戴露这时候也走到前面来有事，也看到了方波浪，也听到了他的回答："你这叫以貌取人。"

戴露正好与方波浪来了个招呼："方先生，好呵。以貌取人可是你们男人常常干的事儿哦。"

方波浪可能从来没有碰到过这样的回答，不觉一惊，继而又笑起来。

戴露莞尔一笑，又飘向了经济舱。

头等舱很空，坐经济舱的客人一直往里走着。林小洁为方波浪端来了矿泉水：“方先生，请喝矿泉水，飞机马上就要滑行了，起飞后我再给你上咖啡？”

方波浪：“嘿，你们都这样记得我，让我坐飞机专点你们玫瑰航空的座，像在家一样，谢谢了……哎，你那个设计地中海的小对象还好吧？”

林小洁：“好呵，又在弄什么城市阳台了。”

方波浪：“城市阳台？听起来肯定有新鲜的创意。地中海已经很不错了，我有个朋友要在那里搞山水实景服装演示呢，就在后天。你们在地面吗？要有空，可以去看看，有点意思。”

林小洁：“后天，白天吗？有空有空，我和芸姐去说，我们几个姐妹一起去。”

方波浪：“你和他们说，我也去看的。”

林小洁：“好，方先生，你的安全带……”

方波浪：“哦，好。”

林小洁转身走向操作间。

方波浪又去看机舱口，还有几个乘客正在进入，他看见了秦芸的微笑，当然，还有略略前倾的优雅的身影。

蓝天碧空。

飞机划出一条漂亮的弧线，飞向远处。

蓝天上，白云朵朵。

地中海公园，公园上的蓝天，也有朵朵白云。

大坡度的绿草坪倾泻过来一般，延伸至弯弯的白玉石铺成的公园道路，道路的另一侧，又是大面积的绿草坡，像浪潮一样翻越过去。远处另一侧高坡上是错落有致的白色建筑，它不在公园的范围内，但成了公园的地中海风格的景观。

天空中飘荡着悠扬的音乐，是喜多郎的，按说与这种欧洲特色的景致，不太吻合，但公园里的人们似乎没有注意到。从白玉石铺成的道路上，开始出现着装鲜艳的人群，这不是游人，而是经过石智明精心挑选的模特，这些知道自己在表演而且有很多人特别是很多国际专家在欣赏他们表演的年轻人，在行走中却不太让人看得出来他们在演示。

这就是这场服装演示的特色。

这个特色是石智明精心策划的，而他的朋友，也就是方波浪，功德无量。

地中海公园高处，一个一览无余的地方，有方波浪、石智明的身影。撑着伞站着的江天芳正在石智明身旁眺望远处。

这不，方波浪正在这样说：“江小姐，我今天大概是第五次见到你吧，好像每次见你，你总在眺望什么。”

江天芳：“哪里呀，今天这一场服装演示，要的就是我们的眺望。”

方波浪笑笑：“是，智明设计师的考虑不仅仅在服装自身的形态上，还考虑到了时尚服装的生态，我特别欣赏从生态的布局上来考虑文明的进步。非常好。”

石智明：“总是想走得更远一点。”

方波浪：“其实你走得更近了，这叫生活上更近了，艺术上更远了。”

石智明：“什么叫作知音？这就是知音。”

方波浪也眺望远方了，不过他在眺望远处的公园大门。

江天芳收回目光：“智明，你看那一分队也太做作了一点。”

远处，草坡旁一个碎片似的现代雕塑边上，一群身着浅色长裤、大花上衣的年轻人走过，好像过于煞有介事了一点。

石智明望过去：“是呵，所有的猫步、所有的亮相、所有的T型台要求都没有了，他们反倒不自然了，待会儿黄昏时，再在一号路上集中展示，有表演成分了，他们反而会找到感觉了。”

方波浪笑笑，看看手表，又看了看身旁的七八张藤椅，向公园门口看去。

江天芳：“对了，方老师，你的特邀嘉宾呢？”

方波浪：“快来了。”

地中海公园门外停车场。

秦芸、张莹莹、戴露、林小洁步下车子。

四个美女步入公园，在她们的步调中，可以发现有不经意的柔软的摆动，只有训练有素才可能出现的飘移，有人眺望，也有人低眉，一路移过来是平平常常的生命，又像是汹汹涌涌的青春，哪怕是拢一拢衣领，或者是扯一下拂扬的纱巾的尖尖角，都尽在有韵律的美感和美丽的节奏中。

她们从中间大道走来，公园的某些高处，是设计成一块一块的观众区了，秦芸等人弯过一个酒吧，又走上绿草坡旁的白玉石路，观众区的人们向她们咂嘴称赞。

她们可能不知道自己已经成了风景中人。

地中海公园高处，方波浪看见了她们，微笑着，好像很欣赏，还眯起了眼睛。这位先生眼睛不大，现在俨然成了一条线。

石智明注意到了："发现目标了？"

方波浪："她们来了。"

江天芳也转过身来看过去。

戴露和张莹莹跑在前面，秦芸和林小洁随后。戴露发现了江天芳，惊奇："哟，江天芳。"

江天芳："原来是你们啊，方先生好保密的。"

秦芸已看见了方波浪，两人点头含笑。石智明招呼大家坐下，似乎对几个漂亮女性不着一字，又去看已经走近的一队组合，是穿着大色块套衣紧身热裤的一群美少女。

戴露："你也在这呵，待会儿有你的表演？"

江天芳："有可能吧，这位是设计师石智明，这位是大学者方老师，哦，不用介绍了，是他请你们来的嘛。智明，这就是我说过的玫瑰航空的一导空姐啦。"

石智明对她们笑笑。

江天芳："你们都是好朋友吧。对了，智明，这位戴露小姐你在大赛上见过的，就是缺了那位文文静静、清清秀秀的胡英子。"

方波浪跟过来询问的目光。

秦芸："英子要多陪陪老人，我本想也让她来散散心的。"

江天芳还在忙着说下去："那位胡英子可秀气了，智明我和你说啦，你旗袍系列的革新主张，在胡英子身上能找到这种审美趣味呢。"

石智明这会来了注意力："哦？"

方波浪："我也有这个感觉。"

石智明："你见过？"

方波浪："何止见过，飞机上为我还伤到了肩胛骨……"

秦芸打断了方波浪的回答："江天芳，国际运动会一结束你就过来吧，你可以和胡英子一个组呢。"

石智明："我是赞成天芳去玫瑰航空的。下决心吧。"

江天芳："你下了决心，还能怎样呢？"

石智明一笑，转身去看公园的美景和点缀其间的美服美女。

秦芸也望着远处。

方波浪走向更高的石栏处，阅读风景的目光转了过来，看到了在欣赏风景的秦芸的侧影，雅致，也很有女人味。不过方波浪还是觉察到秦芸脸上有挥之不去的忧郁，不由得把担心留在了蹙眉上。

秦芸问林小洁："方先生不是也邀请了这里的设计者朱运良园艺设计师吗？小洁，你的'猪哥哥'呢？"

林小洁："他的新设计今天在做专家评估，等一会儿会来的。"

秦芸明白了，与林小洁一起看着公园的风景。

地中海公园的最大特色就是海一样的大草坪和白玉石铺成的泛着白莹光的道路，被石智明的欧尚系列服饰包装的美少女们在这里日常化的千姿百态，确实把人与自然的主题演绎到服饰世界中来了，不禁叹为观止。

秦芸侧过身子，下意识地看了看正在交谈的石智明和方波浪。远远看过去，这两个男人肯定与乏味是无关的。

她身边的林小洁手机来了信息："城市阳台进入最佳方案，我快来啦！"林小洁看到了，也开心地冲秦芸一笑："评价很高。"

秦芸有点不明白，林小洁又补上一句："他的方案。给整个城市做个阳台，本身就是一个大胆的创意。"

秦芸笑了，林小洁的手机又响了，林小洁一看来电显示，马上接上了：“我是，阿姨……真的？为什么呢……唉，这个崔啸，好，我马上去。请放心。”

林小洁关上手机：“芸姐，崔啸的病有反复，又昏迷了。他妈妈要我去一趟医院。”

秦芸：“……那，好，快去吧。”

林小洁：“待会儿运良马上要来了。那就说我去执行任务了？”

秦芸：“对，就是去执行任务。”

林小洁的神情很严肃。

地中海公园门口，林小洁严肃的脸出现在驾驶室的玻璃内，她开着红色小花冠急速驶去。

几乎与此同时，一辆出租车开到了门口，朱运良跳下。他似有感觉地看看远去的红色小花冠，又回头望望公园里面，有些担忧之色。

第十四章

地中海公园高处，方波浪发现了正拾级而上的朱运良：“哟，我们年轻的园艺设计师来了。”

石智明还迎前几步：“借用阁下的创造，多谢了。”

朱运良：“彼此彼此，还是石老师的实景演示创意让我惊喜。”

方波浪：“年轻人都很有出息啊，唉，你的美娇娘在那里……咦，人呢？”

朱运良又向高处奔几步，果然只有秦芸和戴露、张莹莹，还有江天芳这个他没有见过的美女。

戴露先凑了上来：“我们的大设计师真的很多情呵，匆匆赶过来。我们的小洁呢？”

张莹莹也疑问地看看秦芸。

秦芸：“来，运良，我来和你说。”

秦芸和朱运良走向一旁。

一旁的岩石上有倾泻而下的菖蒲花。

江天芳低声问戴露：“这个小伙子就是这个地中海公园的设计师啊，好厉害。”

戴露：“还是我们的童话王子呢，小洁等他五年，他寻找我们的小洁也寻找五年，海枯石烂不变心吧。哈！”

江天芳靠上栏杆：“我听过小洁的课，她研究的空中服务课题，是以善良和真诚为底子的，她不会有海枯石烂的遭遇。”

戴露：“说得好，我爱听。变不变心我们先不说，我们先不要海枯石烂，莹莹，你说是不是……哦，真好玩。”

张莹莹看着戴露，似乎在想着别的主题，不觉有些自嘲的神情，她微笑地点兴，又朝公园远处看去。这时，一群美少女正欢笑着簇拥着走上白玉路。

张莹莹：“戴露，你看，好漂亮。”

戴露也被吸引过去。

三个美女凭栏倚望，自是风景。

大草坪间的弯弯白玉路，这一会儿演示的是夏裙系列了。

在这样的景观里，以大裙裾为主要特色的这一系列裙派欧尚，在色彩的作用下，大有让人眼花缭乱之感。

江天芳和戴露低语：“我要下去准备准备了，后面有我的节目。”

戴露：“好，一定很精彩。”

不过戴露看得出来，江天芳并不兴奋。

高处的岩石下，紫色的菖蒲花前，秦芸与朱运良在低语。

秦芸：“小洁走的时候，给了你信息吧。”

朱运良：“刚刚来的，你看。这叫什么。”

秦芸瞄了一眼：“我又要去执行紧急任务了，晚上不能陪你了。”

朱运良忽然意识到后半句意味着什么，又把拿手机的手缩了回来：“呵呵。”

秦芸平静地一笑：“小洁大概和你讲过吧，这个任务意味着帮助地震伤员恢复健康，你要理解她。”

朱运良：“理解！我很理解。”

他踱开去，但又低语了一句：“也怪，三番五次的。”

秦芸听见了，有所思忖。

医院门前台阶，林小洁奔上。

崔母先是在门柱旁望着，这一会儿又拉着林小洁急匆匆地向里走去。

林小洁扶着崔母，看上去崔母又添憔悴。

她们疾步走向病房。

崔啸还没有醒来，医师看见崔母进来，回头就走，护士示意崔母赶紧跟去。

崔母想了一想，拉着林小洁就走。

医生办公室，医生从窗前回过身来：“你们也太不像话了！我早交代了，脑伤病人比不得一般病人，要二十四小时全方位跟踪照顾，不能受刺激。这是志愿者英雄啊！你们太不负责任了……哦，对不起，我都忘了，你是她的母亲啊，你应该明白。那你是谁？”

崔母：“她就是在飞机上保护小啸回来的玫瑰航空的空姐。”

医师：“哦，听说过，很敬佩你。不过你现在来掺和什么，现在是医院治病，医院康复，你们不要掺和了。快回去吧。”

崔母：“唉，这，这……”

医生：“不许再让崔啸有情绪上的波动了。你以为你有经济条件，给他订了贵宾豪华病房，病就好得快啊？关键还是你们家属要配合护理。好了，去吧。刚才给崔啸用了药，要两小时后醒来，醒来后给他喝点薄粥什么的就够了，水果也要少吃。”

林小洁一直在听着，也一道点着头。她看看医生，也不去说明什么，挽着崔母转身走向门口。

医院脑外科病房，崔啸很安静地躺在床上，护工捧着衣物盆步出病房。

林小洁、崔母从床前转至另一边窗前的沙发上坐下。这确是个很少见的豪华病房，对于病人崔啸来说，他最想看到的肯定不是病房里的豪华，现在，想见到的这个人来了，他却昏睡着。

崔母坐下来还拉着林小洁的手：“林小姐，又麻烦你了，你这几天飞行任务多，他算了算今天你会来，等到午觉醒来，他看你还不来，就一直不声不响了，后来又要找你那条围巾，我和护工都忙着为他找，可老半天了，就是找不着。他让我们在床下枕下沙发下窗台下都找了一个遍，最后还是没有发现。他一着急，嘭地坐起来，然后就晕了过去。医生他们就赶来了。”

崔母一边讲，一边拉拉手，一边还打量着林小洁。

林小洁：“那，后来找到围巾了吗？”

崔母："找到了，气死人了。找了半天围巾，其实就扎在他自己的手上，被毯子盖着，我们就他的被窝里没有找，偏偏在那里，在他自己的手上，你说气不气人。"

林小洁："嗨，真是个小孩子，太动漫了吧。"

崔母："你说什么？"

林小洁："你儿子听得懂。等崔啸醒来，我会多陪陪他。等到出院，他的大脑完全健康运转起来，就可以放心了。"

崔母把自己的手放进了手提包里。

林小洁："阿姨，你可不要再塞给我什么东西哦！我打个电话，让我们组的胡英子为崔啸煲个鸡烫粥，她妈妈说补脑子呢。"

崔母流下了泪水。

傍晚的地中海公园，意趣大不同，天边有几抹淡淡的晚霞。

可能是实景演示的最后一幕了，在大草坡中间那很舒适得像流淌下来的白玉路上，几乎是成百上千的模特开始了"最后的旅程"。

几个观众区都激起了一阵喧哗，或远或近。

白玉路上确实美不胜收。

地中海公园高处，"玫瑰双娇"挤在一块儿。

戴露："那边远处过来的，好像是模特大集合了嘛。"

张莹莹："是集合，不过她们不会说集合。"

戴露："嘻，叫模特嘉年华也可以呵，嗨！就这个意思，呜哇，好壮观。"

张莹莹："这个有点震撼。"

戴露："莹莹，说好了呵，晚上去涵碧宫。"

张莹莹："不喊上别人了？"

戴露："就咱们姐儿俩，商量事儿呢。"

地中海公园白玉路上，休闲欧尚系列的模特在白玉路上滚滚而来，最后的章节一改下午的实景自然演示，模特们又像提起了所有的自我感觉，在路上跳跃起伏。即使是平直的前行，她们也提气、收腹、挺胸、甩臀，走得很有生命感，也很有与生活的贴近感。轻盈、娇嫩、性感一类的东西一旦成为规模，视觉冲击力不可想象。大草坡的斜线、白玉路的弯线和模特们身上的曲线几乎汇成了美丽大合唱。

江天芳出现了，她还在远处，但鹅黄的颜色很醒目。

观众席又传来喧哗。

地中海公园高处的一端，朱运良惊呼："哇！"

方波浪："怎么啦？"

朱运良又叹："惊心动魄，一场美的狂欢。"

秦芸和石智明都看了一眼朱运良。

方波浪："智明，看来你成功了。"

石智明并不很兴奋，晚霞中的面孔也很沉着："这是一种形式的成功罢了，服饰内容上有些还是我的早年作品，我的注意力已在别处了。"

方波浪："最传统也是最现代？"

石智明："也可能倒过来说。"

方波浪："哈哈，年轻轻的就在讲早年作品，还不屑一顾似的，年轻人就是厉害。还有这个海归年轻人，朱运良，回来才一年多吧，这个这么大的作品，还是毕业设计作品吧？我们的年轻人很厉害呵。"

石智明："方老师可不要倚老卖老，我看我们的方老师年轻得很哪。"

方波浪笑了："借你吉言。"

不过他的笑容里总有些沉重，现在他又看见了秦芸的神态，似乎产生了一点不着边际的猜想。秦芸应该听到了他们的谈话，但好像没有什么反应。她望着远处，神情上总有着淡淡的忧郁。她也看到了江天芳："哟，江天芳来了，这位校花果然多才多艺啊。"

秦芸看看石智明，石智明看着越来越集中在中央花园区的成百上千的模特们，他不时地点点头，这显然与他的新探索有关。

地中海公园白玉路上，在喜多郎的音乐声中，狂欢的模特开始把常用的面容变成了一张张笑脸。

江天芳旋转着鹅黄的长裙。

地中海公园高处，秦芸淡淡地说着："这个状态下，空中旋飞的是巴赫的《意大利协奏曲》第三章就好了。"

方波浪回头惊奇地看着秦芸。石智明更是呆了半晌，突然拍了一下自己的脑袋："哎呀，重大失误。"

秦芸："这倒谈不上，刚才偶尔冒出这个感觉。"

方波浪："长期积累，偶然得之。嘿嘿，老话了。"

石智明："我今天坐下来，一直觉得有点不对劲，终于找到答案了，选喜多郎错了，欧尚系列，本来就应当属于巴赫。"

石智明的豁然开朗表现得很激动，几乎想起来拥抱秦芸，结果变成了方波浪肩上的两个重重的手掌拳。方波浪大概承受不了，竟然发出从未有过的尖叫，也表达了对秦芸的钦佩。

秦芸只是浅浅一笑。

地中海公园白玉路上，所有的模特完成了造型。

地中海公园的所有风情都成了这些欧尚服饰的陪衬，远处山坡上的白色建筑和紫色小碎花形成的波纹装置浓化了地中海风情，也浓化了欧尚模特的异域情调。

江天芳的鹅黄色是鲜明的，不过她的脸上却突然出现了落寞的神情。

远看过去，高处的看台栏杆上已没有了人影。

地中海公园门口，石智明已跳上自己的黑色宝马："什么时候拉上秦小姐，我们一定要聚聚。"

秦芸正与驾车的戴露和张莹莹一一挥手告别。

方波浪低身："好呵。唉，老弟，有些事还是三思而后行比较好，不要火气过旺，容易伤肝的……不等她了？"

方波浪朝门内晃一晃头，意指江天芳还没有出来。

石智明："纯属私事，不必挂齿。我走啦！"

门口只剩下方波浪和秦芸了，方波浪走近，秦芸笑着挥手："谢谢方先生，今天的视觉享受很新鲜……"

方波浪："你也准备走了？"

秦芸脸上的忧郁是挥之不去的，方波浪的询问中对这一点的惦记有度，敏感的秦芸也感到了："是呵，方先生还不走？"

看得出方波浪内心的冲动："如果可以的话，晚上八点，我们再去夏云山庄茶厅喝茶？"

秦芸："……好。"

地中海公园内侧，江天芳和朱运良坐着电瓶车出来，电瓶车在门内停住了，江天芳跳下，就直奔门外停车场。朱运良没有下来，翻开手机，见信息："我仍在执行任务现场，今晚肯定无法见面了。你这几天很忙，早点休息。"

朱运良盖上手机，满脸的失望。

江天芳站在白色宝马门前，又一次环顾四周，最后跳上了车，车门还未关上，手机就响了信息铃声。江天芳打开手机："我已离开，祝演出成功。石智明"。

江天芳合上手机，稍作思索，关上门，但没有马上开车，又在车内坐着。

朱运良也走到了门口，他还没有私家车，于是走到了公交车的车站牌下。

江天芳驾车缓慢地驶来，在车站前侧停下了，江天芳探出头来："设计师，设计师！"

朱运良一时还没有确定下来，看看从车窗内探出的是刚才见到过的江天芳，他用手指指指自己，见对方颔首后就跑了过去。

满载模特的大巴驶过他的身旁。

朱运良跳上了江天芳的宝马。

宝马车一直开，江天芳和朱运良的交谈也没有间断过。

江天芳："我听说了你和林小洁的传说，好有味道呵。"

朱运良："哈，思念一个人，又不知道这个人在哪里，这样的日子你愿意过啊？"

江天芳："有个人在思念，总比没有人思念好啊。"

朱运良："怎么会有这样的感叹？你比小洁还小两岁吧，你们有五花八门的梦想、猜想、假想、乱想，还会没有人思念？"

江天芳："别人思念我，一大把，我思念别人？想得容易。"

朱运良："哈哈，再加一个狂想，叫美女狂想综合征。"

江天芳："没有那么夸张吧？！"

脆生生烤鸭馆小厅，桌上属于烤鸭馆的各类特色碟盘一应俱全。

江天芳和朱运良都显示出一种特有的轻松，江天芳还一口咬下了面皮包着的烤鸭肉。

朱运良喝下一大口啤酒。

他们对话的声音在继续。

朱运良："不过我不太了解你的情况哦。国际运动大会首席礼仪小姐、名校校花、旅模冠军，还有还有，还有以后也想去争争'玫瑰皇后'，好厉害的大美女。"

江天芳："恭维美女的本事蛮好。怪不得温柔又大方的小洁会苦守寒窑五年整，漫漫长夜到天明……"

朱运良："哈哈，天明以后到处山花烂漫，你们美女的心也是个山花烂漫的世界，有时候也要体谅体谅男人的，不要让男人太辛苦。"

江天芳："男性本位主义。再说啦，让小女子有一点点任性撒泼，种一点点自留地，也可以更加山花烂漫的，难道不依顺你就不是你的女人了？"

朱运良突然意识到什么，放下了正端着喝的鸭骨汤。

江天芳也突然地板正起来。

朱运良站起来就走："谢谢啦，江大美女后会有期。"

江天芳一阵愕然。

宝马车停着，江天芳跳上，没有马上发动车子，她双手放到方向盘上，望着前窗外的人流和车流。和素昧平生的朱运良一顿胡侃胡吃，虽然有一搭没一搭，却都有一些宣泄的东西。刚刚熟悉的一些情况，都成了一种当下焦虑的附载物，或者是发泄的对象。朱运良可能不知道，朱运良只是增强了对林小洁更多的占有欲和控制欲。而江天芳则困惑，母亲教她的一些法则是不起作用，还是不够用呢？江天芳还坐着，眼睛里大面积地涌上一些闪闪的液体。

大颗的泪珠滚落下来。

医院脑外科病房，崔啸在床上慢慢地睁开了眼睛，他看见了母亲笑得很坦然，他又看见了笑容清纯明亮的林小洁。他从被窝里掏出手来，一手被母亲拉住，被抚摸着，一手抓住了林小洁伸过来的小手，紧紧地。

崔啸笑了。

林小洁："你这个调皮鬼，闹腾了一下午，让你妈妈又急又愁的，还说是专门制造快乐的动漫人呢。"

崔啸向着母亲使个鬼脸。

崔母："小冤家呀。"她说完去休息区准备水果盘了。

林小洁："找这个找那个的，围巾呢？"

崔啸移下一点被子，整条围巾盖在自己的前胸。

林小洁有所动容，但旋即平静："好好的在这里，还找什么啊？"

崔啸："……我找你。"

林小洁："我不是在吗？我还要上班，我要去学习上课，所以呀有时候你醒来我不在，你不要急，更不要惊慌，你的创伤要的就是平静，知道吗？如果我不在的时候你又不乖了，我可要生气的，听见了吗？"

崔啸嘿嘿地笑出声。

林小洁："好，给你漱口。"

医院门口，朱运良寻找着走上台阶。

有医生模样的走下来，在灯光下，他的面孔清晰，正是刚才训斥崔母和林小洁的中年人。朱运良上前询问："同志，这是我们市收治地震伤员的地方吗？"

医师："是呵。你来？"

朱运良："我找一个人。"

医生："哦，去医政科，我们专为地震伤员留有值班的……唔，小年轻，要少去，最好不要去病房打扰病人，记住哦。”

朱运良：“哦，哦哦。”

门前的柔和灯光里，朱运良进了医院大门。

温馨小酒馆门口，婆婆和胡英子出来，婆婆将手中的叠式饭盒交给胡英子。

婆婆：“这是保温饭盒，你们慢慢来吧。第三层我还熬了银杏糊，不用嚼了，用小瓢羹喂，补脑的。”

胡英子：“嗯，有客人。你回吧。”

胡英子走来。

路口停着藏蓝普桑。

小个子机械师在车边上站着，见胡英子出来，打开车门让胡英子上车，自己跳上了驾驶座。

医院走廊，朱运良步出医政科，沿走廊走去。

朱运良走上骨科走廊，张望着走来。

朱运良在脑外科走廊走来，也张望着，但没有发现什么，从走廊尽头的贵宾病房里出来了崔母，她迎面走来，朱运良碰上了，但只是擦肩而过。

朱运良看看贵宾病房的门，好像不是，他转身走向电梯。

医院门前，胡英子从藏蓝普桑里打开门，跳下车：“你就上那边等一会儿吧，我很快会回来。”

小个子机械师：“行呵，慢慢来，大河被两位‘皇后’叫走了，我们的业务学习今晚就取消了，你稳着走，我有的是时间。”

胡英子悄声一笑：“我就回来，你还要去照顾孩子的。”

她转身奔上台阶，朱运良恰好从门里走出来：“哟，英子姐。”

因为背光，胡英子一时有点晃脸，再仔细一看：“哎哟，是你啊，海归。你在小洁这里？”

朱运良摇摇头，转身和胡英子一同进入医院。

到了医院门厅，胡英子突然止步，看看朱运良："等等，我也不知道小洁在哪个病房，打个电话。"

胡英子摁手机。

医院脑外科病房，崔母坐在床边，和崔啸在说着什么，手机声响了，林小洁看了一下来电显示，转身走向门边接电话："哦，十七楼右边顶头就是，什么，他来了……好好，你们一起来。"

林小洁转身向崔啸喊道："鸡汤粥马上就到。"

床上的崔啸笑了，笑得有滋有味的。

崔母："你看我们小啸，今天下午醒来后，脸色红润了，好多了。我看你这样下去，很快就可以出院了。小啸，不能再闹腾了，记住哦，恢复了，你生龙活虎的，妈才懒得管你呢。"

林小洁："你听见你妈说的话了吧，不能调皮了，你别把你身上的伤，痛到你妈的心上去。"

崔啸："妈，你听这位小姐姐的话，很深刻吧。我说不出来，她要是做你的女儿就好了吧。"

林小洁："他又想象了。"

崔母："我哪有这样好的福气。"

崔啸："女儿的身份和作用，如果可以，做儿子的可以创造的嘛。"

林小洁一听，想着选择合适的句子回答病中的崔啸。

崔母一听，也听明白了，点点儿子的太阳穴，又去看看林小洁。

恰在这时，胡英子和朱运良先后走进来。

林小洁上前接过饭盒，眼光却落到了朱运良身上："你们来了，好，鸡汤粥到了。"

崔母上前要再接过去，林小洁："我来吧。"

崔母："谢谢二位，谢谢二位。我是崔啸的妈妈。你们这儿坐。"

她把胡英子和朱运良拉到了这个豪华病房的休息区，让他们在沙发上坐下，忙着往玻璃杯里倒果汁，然后又走向病床。

林小洁为崔啸垫好了餐巾，然后打开了叠式饭盒，取过鸡汤粥。崔母走过来："我来喂吧，你去那儿坐。"

崔啸在床上“嗯”了一下。

崔母低声：“她们公司的人，让小洁去陪一下嘛，你不懂啊，儿子。”

崔啸：“我就是这意思。”

崔母：“好儿子。”

这边，林小洁刚坐下，秦芸走了进来，林小洁和胡英子赶紧站起来，朱运良也慢吞吞地起来了。

秦芸先走到床边：“哟，吃得很香嘛，好，好，这就好。”

崔母：“秦乘务长，你也赶过来。”

秦芸：“我来看看一天天活跃起来的动漫家呀，快点恢复吧，以后常来坐我们的飞机。”

崔啸：“我以后天天去坐。”

秦芸乐了，崔母慈爱的眼神瞟了一眼儿子。

崔啸躺在那儿，也把眼光放到了休息区那里。

秦芸走到休息区。

林小洁：“芸姐，你还赶过来？”

秦芸压低声音：“晚上有约，顺道过来看看，马上要走的。下午听说昏迷了，吓了一跳。你们都要支持小洁，这是她执行的特殊任务。”

秦芸特别看了一眼朱运良，看上去这位年轻的园艺设计师好像还心生疑惑。

林小洁：“没问题啦，他们都很支持我。”

秦芸：“好吧，我们都走吧，病房里有太多的人不好。我恰好送送你们。”

胡英子：“不用了，外面有车等着。”

秦芸：“哦……那好，我们走吧。”

他们站起，那边床边的崔母也跟着站起来。

林小洁看看朱运良，低声地：“看见了吧，特殊任务，侦察兵先生。”

朱运良也低声地说：“为什么又是你？”

林小洁一愣又即刻莞尔：“这是命令。”

朱运良无奈地嘟嘟嘴，却被转过脸来的秦芸看见，秦芸善意地也挤了挤眼睛。

胡英子快走几步上前："崔妈妈，第二个饭盒里的是银杏糊，补脑的，要让他吃。"

崔母笑着点头："林小姐，你来吧，我去送大家。"

林小洁看一眼大家，目光的聚焦点显然在朱运良身上，然后走向床边。

秦芸："小洁，你回去后抓紧休息呵，明晨执行 MG962 航班。"

林小洁站在了床边："明白。"

医院门口，崔母送到这里停下了，胡英子和朱运良顺着台阶走下去。

崔母："真是太谢谢你们了，林小姐也特别好，还逗我儿子开心。我本想租她一个月，陪陪儿子，他那么喜欢她，一定会有助于治病的，看你们那么忙，也就算了。"

秦芸："我觉得现在这样做，既恰到好处也顺理成章，你放心吧，小洁是个特别善良也挺周全的女孩子，她会做好的。"

崔母："那个男孩子今天也过来，是不是林小姐的男朋友？"

秦芸停了一下，崔母的微妙神态没有逃过秦芸的观察："是的，你好眼力呵。"

崔母嘿嘿一笑："他好福气。"

她又朝台阶下挥挥手："……谢谢呵，再见。"

医院停车场，藏蓝普桑载着胡英子、朱运良过来。

门窗摇下，小个子机械师和站在白色马自达旁的秦芸挥挥手，后面的两位也在挥手，朱运良马上又去发信息了。

藏蓝普桑驶去，秦芸看着，又有些思忖。

医院脑外科病房。

林小洁："你很爱喝嘛！这几天可以再送一点的，我不在地面，再托别人吧。"

崔啸："不用吧，你来了，心灵鸡汤才会到，鸡汤粥才会到，我的想象力也会到了。"

崔母这时走了进来，看看林小洁，笑得意味深长。

林小洁：“阿姨，他很爱喝呢，小姐姐这几天还给他送。”

崔母：“小姐姐小姐姐，嘿嘿，小啸，小姐姐就长你几个月，你看人家比你成熟多了，你快点好起来吧，也不枉费小姐姐的一片苦心呢。”

林小洁：“崔啸很聪明的，这很好呵，又喜欢那么快乐的动漫。阿姨，这么好的儿子哪里去找呀，我看他在美国长大，一点也没有富家子弟的不良习气呢，我的大弟弟，你说是不是？”

崔母心有另设，跟着又说一句：“你姐姐弟弟地说着，真的让我觉得有你这么一个好女儿呢。”

林小洁嫣然一笑。

床上的崔啸突然冒出一句：“不，我不要小姐姐做妈妈的女儿。”

崔母一愣，和林小洁一起笑了起来。

信息声响。林小洁去看手机。

手机屏幕上出现的文字：“明白你的特殊任务了，病人的面孔我记住了。为什么总是你执行特殊任务呢？明天又要飞，早点回。你的‘猪哥哥’。”

林小洁忍不住笑了起来，也笑着走向床边。

崔啸：“小姐姐笑起来真好看。”

林小洁笑得更可爱了。

崔啸也笑了。

崔母却看了一眼林小洁。

涵碧宫停车场，雷克萨斯吉普停了，罗大河跳了下来，然后大步走进涵碧宫。

涵碧宫女部浴池休息间。手机信息声响起，戴露看了一眼，跳下了沙发，身上的浴巾差点滑下，她急忙扯往：“莹莹，赶紧走，大河到了。”

张莹莹紧扶着胸前的浴巾站了起来：“不是说就我们俩吗？”

戴露：“我想了想，干脆让他一起来，还不是为了他！”

涵碧宫餐厅包厢，门被礼仪小姐打开了。

穿着整齐的戴露和张莹莹走进来。

说是整齐也是聚会时的衣裳，戴露穿了贴身的背心，胸前有银光闪闪的东西在颤动。张莹莹那玉白色的休闲制服，穿在身上倒也潇洒。

罗大河站了起来："'玫瑰皇后'，我的双翼，让我等得久了一点。"

戴露大大咧咧了："美得你了，我们是浴后的皇后，哈哈，吃得消吗？"

张莹莹与罗大河的目光在空中撞了一下。

罗大河："不需要我花力气的，我有什么吃不消的。"

张莹莹："那倒是。"

戴露："真的不要你花力气，你的两个'玫瑰皇后'都给你安排好了，请皇上登基就是了。"

张莹莹："戴露只要一想入非非，便妙语连珠。"

罗大河："说说看，我洗耳恭听。"

张莹莹又瞥了一眼。

在夏云山庄茶厅，方波浪和秦芸在淡绿色的氛围里，已经聊得很融洽了。

秦芸呷一口茶："夜间坐拥夏云茶厅，真的是忘了人间的纷纷扰扰，方先生有眼力，上次我就感到了。"

方波浪："其实纷纷扰扰也甩不掉的。"

秦芸："我一直想知道方先生这些年如何纷纷扰扰了？"

方波浪："三言两语可以说，千言万语也可以说，不过今夜不宜过迟，以后有机会把我的纷纷扰扰告诉你。"

秦芸："现在还早，可以三言两语呀。"

方波浪："也行。"

他也呷了一口茶："年轻时搞过体育，后来业余研究地震，小有收获，调入地震研究所，因不满学霸恶习，又成立民间地震研究所，获得很多支持。我在努力，想建一门学科，叫地震生物学，或者一分为二，叫地震动物学和地震植物学。目前在调研全世界历史上所有的地震，想获得可以信赖的数据。"

秦芸：“果然三言两语，非常清楚。研究型的学者。”

方波浪：“可能要快一点成立，今年西部的大地震，又为我们的政府和研究部门敲响了警钟。”

秦芸：“那你很辛苦啦，飞来飞去的。”

方波浪：“飞来飞去倒不累，况且坐你们的航班。”

秦芸：“谢谢夸奖。”

方波浪又认真地看一眼秦芸。

窗口的淡绿色在飘着。

涵碧宫餐厅，罗大河在认真听着。

戴露：“我也去东海航空看了，莹莹正好有事。”

罗大河与张莹莹飞速对视一眼。

戴露一个劲地夸：“那个高总果然虚怀若谷，设计的规划很成熟了，世界十大航空公司的 CEO 都来论证过了，所以我想，大河啊，你到东海航空的选择应该是对的。”

张莹莹也朝罗大河点点头。

罗大河：“好啊，定下来，去东海航空。保密哦。那么两位‘玫瑰皇后’，我的美丽双翼，和我一起私奔东海？”

戴露站起来，呛一句：“你想得美！”

湖畔夜色和几乎与水齐平的岸，岸边的树影，远处的山峦。

城市的背部风景和美女们的心事融合在一起。

郊外别墅，白色宝马缓缓驶进了别墅大门。

夜光里，江天芳下车，走上台阶。

江天芳在台阶上站住，又转身看看别墅前的郊外夜色。

郊外夜色有些瘆人，江天芳摸一下肩上的纱巾，转身走进客厅，把小坤包和车钥匙一起扔到了沙发上，没有开灯，她又把自己的身体也扔到了沙发上。

江天芳的眼睛里好像又涌出亮晶晶的液体了。

茶几上的灯慢慢亮起，江天芳吓了一跳，纵身跳起。

她的母亲在一旁站着，放下了手中的旋钮开关。

江天芳：“姆妈，你好吓人哦！”

江母：“姆妈嘛，怎么会吓你呢？我也刚来，洗了澡，在那边的美人榻上歇息呢，迷迷糊糊的，你来了。”

江天芳：“嗯，真的吓了一头，好好，我也去冲冲澡。”

她大概害怕母亲看到眼中的泪光，一直避着灯光和母亲说话，现在又往楼上奔了上去。

母亲看着女儿的背影，若有所思。

她的身后是大玻璃窗外的沉沉夜色。

楼上洗漱间，花洒下江天芳的表情模模糊糊。

无数细细的水柱摇晃着，水柱摇晃间的江天芳，神情已安定了下来。

客厅里，江母已躺在美人榻上，望着窗外的夜景。客厅的台灯压到了最低的亮度，使得这个陈设豪奢的客厅有一种压抑感。

江母似乎听见了楼上的动静，抬头欠身朝楼梯口看了一眼，又躺下来。

江天芳下楼，慢慢地走到了母亲身旁，然后在母亲一侧的卧榻上也躺下了。这种软榻都是半倚半躺的，所以正好用来进行比较放松也比较体己的对话。

江天芳：“姆妈，你来这里，怎么也不事先说一声？”

江母：“我青岛的事儿办完了，原本想回上海，都到火车站了，又想着你，干脆上了来这里的火车。反正一个人，也就你一个女儿，来去倒也自由。”

江天芳：“你告诉我的话，我好准备准备啊。下午是一场大演出，刚吃完饭回来呢。”

江母：“本想给你一个电话，但又一想，上次来没有等到石智明，这一次干脆来个突然的，没想到你还是没有带他来家里。”

江天芳看看朦朦胧胧的母亲的脸，稍作停顿：“……姆妈，你到底是想让我带他回家，还是不带他回家？嘿，这里也是他买下的……家吧。”

江母：“错，是你的家。房产证上是你的姓名，你要自始至终地认为，这里是你的家。”

江天芳：“姆妈，那你说呵，我要不要带他回家？今天的大型实景服饰演示，是早几个月确定的，我为此也排了好几个月，我是压轴戏里出现的大花后呢，我很卖力地演，可我今天从一开始就觉得他还是这一段时间来的不温不火的神情。结束以后我本想，他会和我一起回这里，可是他还是这样。”

江母：“从我上一次来以后，一直是这样？”

江天芳：“是，其间我努力过，也试着和他沟通，和他好朋友在一起的时候，我也想和他恢复如初，这个人还是难得的一个人。”

江母：“他就没有一次表露过他现在的真实的意思？”

江天芳：“没有，我也奇怪，也曾想挑明了问，但又一想挑明了反而伤了双方的脸皮，所以有时候只得故意装傻。”

江母：“他是不是看你出众的地方还可以利用，所以没有拉下脸来？”

江天芳：“姆妈，你想得更岔了，我的优势他当然知道，但这种优势天下到处有，他大可不必这样。”

江母：“小芳，这一点你不用自我谦虚，你就是天下最优秀的美女，现在有人讲知性美女，还有人讲品质美女，我看你全都具备了。不过，石智明看上去，当然也包括他为你做的，也不像是个利用人的人。那么，他这么长的时间不来你这里了，是因为他还有别的地方？”

江天芳：“那倒不会。姆妈，你不要瞎猜想了，石智明的职业和他自己的爱好，确实会有更多机会接近美女，但他不是乱来的人。他自从说了喜欢我以后，没有和别的什么人来往过，而且也没有说过不喜欢我的话，他好像有些新的想法了，但一直没有沟通，总是避着我，我想还是要和他好好地直奔主题聊一次。”

江母：“小芳，你不要太幼稚，怎么谈都可以，你们如果都愿意热络起来，继续谈谈看，不是不可以，如果不行了，也没有什么大不了。不过你要切记一点，如果提出分手的主张，你不要率先提出来，你要掌握主动，你明白我的意思吗？”

江天芳当然明白，有点揶揄："姆妈又要给我做报告了。"

江母："我刚才讲了，我只有一个女儿，你只有一个母亲，母亲不还为一个女儿想？"

江天芳在卧榻上动了一下身子："姆妈。"

江母："我为你做着向导呢，我的女儿天下最棒，你爸爸当初也这样认为的。"

江天芳看向窗外。

窗外是黑洞洞的夜天。

涵碧宫餐厅，戴露和张莹莹都看着罗大河，罗大河又看看两位美女，已经酒足饭饱，都有点晕乎乎了。

罗大河："再上杯咖啡吧，得醒醒酒再走。"

戴露："哇，等了你半天，才等到这么一句话呵，我当然不想走啊，来，上咖啡，意大利的。"

女招待应声而去。

张莹莹："罗机长不怕睡不着啊？"

罗大河："按说我早就应该睡不着了，不过大概是机长生涯养成了倒头就睡什么也不想的习惯了。"

戴露："怪不得人家在火里，你却在水里。"

罗大河只得笑笑，也和张莹莹叹一声。

张莹莹："戴露说的是对的，你是应该下决心了。"

这个决心，对于在座的三个人都有不同的概念。戴露要的是罗大河事业上的"跳槽"和爱情上明确爱她的"决心"；张莹莹明白罗大河事业和爱情都处在选择的关口，他必须下决心，张莹莹自己也好跟着下决心了；罗大河自己在心里嘀咕，也许，爱情方面更难下决心。恰好女招待端了咖啡进来，他端起咖啡，避开了两人的目光，独自喝了一口。

张莹莹其实完全洞察了罗大河的心理，不觉轻轻地叹气。罗大河有所感觉，刚看过来的目光又收了回去。

戴露却端起了咖啡想喝，被张莹莹拦住了，她朝戴露摇摇头。

戴露有点想发泄了，正想说什么，罗大河却站了起来："好，就这么定了。”

戴露马上换成了温柔的口吻：“你定了？”

罗大河：“是。”

戴露：“太好了。”

她坐在桌子的对面，否则她会拥抱罗大河的。现在，她只是朝罗大河努努嘴。

张莹莹：“你定什么了？”

戴露这才觉得还没有问清楚呢。是啊，定什么了？她的眼光又有些疑惑了。

罗大河淡淡一笑：“我会选个合适的时间提交辞呈，去东海航空。戴露，谢谢你的父亲了。你们两位是不是跟我去东海航空，我会根据东海航空的实际和我设计的发展状况，做一个全面的评估，再向你们提出我的要求。当然，你们的未来你们自己做主，我想你们也会认真考虑。从工作上讲，我非常愿意和你们俩在一起。”

戴露：“你看，莹莹，这不定了吗？很好，余下的事情我们需要个别交谈了，好，今天到此结束。”

张莹莹露出了基本满意的神情。

古色古香的吊灯下，明亮处特别明亮，昏暗处特别昏暗。

夏云山庄茶厅，淡绿色的窗帘还是飘拂着沉静，更沉静的是此刻的方波浪和秦芸。

方波浪：“所有的人在生活中，都会碰到很多又复杂又敏感的事。谢谢你对我的信任，和我说了这些其实也是很美好的事儿。林小洁和朱运良的美好故事一定会延续下去，林小洁照顾地震志愿者伤员的美丽情怀也很让人感动，她还有什么困惑？”

秦芸：“刚才我看见朱运良自己找到医院去了，看得出是朱运良在犯困惑，也许对一个小伙子的悉心照料，让他这个富有想象力的年轻人有点多心了。”

方波浪：“哦，现在的年轻人聪明多了，相信他们吧，林小洁会处理好。朱运良这小伙子的想象力别人恐怕很难控制，但是他一定会征服生活。但愿他们好。”

秦芸：“是啊，我也常常为他们感动。胡英子的公公去世以后，她的婆婆也在英子的再三挽留下没有回老家，她的婆婆倒是早把英子的经历告诉了我，还让我帮着物色对象呢，英子真是个好姑娘。她的卡上进过五万元，是你汇的款吧？”

方波浪淡然：“不提这个了……胡英子看上去那么清爽、娟秀，她的婚姻情况一直瞒着，恐怕一开始也是公公婆婆的主张，结果越来越不好说了，那么偏僻的地方出来，老观念摆脱不了。我看她的这段经历，恰恰说明了她的纯洁和可爱。她的这种性格和她曾经有过的遭遇，给她一点帮助，还是必要的。”

秦芸：“我们这里的罗大河机组里，有个人一直很关心她，大家也开他的玩笑，看上去好像不大般配，再看看吧。”

方波浪：“你这个乘务长啊，还要当她们的家长呀。”

秦芸：“嘿，都是小姐妹，还有两个大美人呢，我看她们要打架。”

方波浪：“戴露和张莹莹吧。怎么，她们在追同一个男人？”

秦芸：“戴露的性格比较外向，她的追求几乎所有的人都看得出来。戴露是个热情的姑娘，据我的观察，她的热烈追求，恐怕很少有人拒绝得了。张莹莹是个很周全也很稳重的女人，她的爱埋藏得很深，不过我还是看出来了，她调入我们组，我看就冲着和我们搭档的机组来的，这个男人是个机长。”

方波浪：“这也好呀，爱情有了竞争，会更精彩。”

秦芸：“那是旁人看看的，轮到自己就不好办了。戴露和张莹莹还是好朋友。”

方波浪：“还是那句话，让年轻人自己做主吧，她们有足够的智慧和能力。秦芸，说了半天，能让我表示点我对你的担忧吗？”

秦芸：“担忧？”

方波浪：“说担忧可能不太准确，有一点表面上的感觉吧，和你喝了两次茶了，也在一些场合和你有一些交谈，我总觉得你有一些挥之不去的忧郁，不知道怎么能够帮助你。可能我有些多虑了，如果让你不愉快了，就当我没有问吧。”

秦芸："过去你说的是优雅呀，怎么成了忧郁了？"

方波浪："忧郁和优雅有时候好像也分不开，是不是优雅的人才懂忧郁？"

秦芸笑了一下，喝了一口茶。

方波浪："也许正是我强烈地感到了你的优雅，所以很害怕看到你哪怕有一丝丝的忧郁。下午这样的让人愉快的时间里，我还是注意到了你的眉尖上挥之不去的忧郁。像你这样精致的女人，要是老是有不该有的忧郁伴随着你，实在让人太遗憾了。"

秦芸平静的面容，一直在看着方波浪，突然，她有一些不能自持，赶紧用双手蒙住了面庞。她的手掌有一些颤动。

方波浪："秦芸，如果……我们可以不说这个话题。"

秦芸好像重新平静了下来："……对不起，我一时有点恍惚。没事了，我又不是刚才说的这些姑娘，都比她们长十来岁呢，我会安排好的。"

方波浪怀着很复杂的心情："好吧。"

秦芸又喝了一口水："和你聊天到这会儿，我也觉得你真像个深明大义的兄长，有些藏在心里的事儿我还真没有和别人说过，包括我这些要好的姐妹，好像很难向她们启齿。今晚我倒很想和你聊聊，我可能愿意接受你的意见呢。"

方波浪也喝口茶，点点头。

秦芸："其实，我何止是忧郁呵，有时候甚至是一种无法摆脱的悲伤。想起来，分居也快五年了……咳，我嫁给了一个不该嫁的人。"

方波浪有点准备，但还是被镇住了，他没有想到秦芸说得这么决绝，小心地问："有……这么严重？"

秦芸："严不严重，在于从什么角度看。他不坏，在很多人看来，他还是一个很好的男人。但是我们肯定过不下去了，我已经准备提出离婚了。"

方波浪："结婚和离婚都是大事，你都考虑好了？"

秦芸对方波浪产生这个疑问似乎有点意见："何止考虑，都反反复复地努力了，我也不想在这么大的人生问题上折腾。你觉得我会把这个当成儿戏？"

方波浪："我不是这个意思，我没想到你的忧郁是因为这么大的事情。

我刚才说到了遗憾，但我想总还不至于遗憾至此，结果偏偏是。唉！”

秦芸：“……哦，谢谢你。”

方波浪明白秦芸的意思，脸上已充满着关切。

秦芸：“他是我老师介绍的，那时候他也是我的花样游泳教练……”

方波浪听到“花样游泳教练”几个字，有惊异的神情。

秦芸没有注意到：“他的业务很强，带出了一个全国冠军，还创新了不少教学方法。前不久，还当上了校长。”

方波浪脱口问道：“你说的是李云亭？”

秦芸惊异了：“是啊。”

方波浪：“李云亭当校长了？”

秦芸：“是啊。刚刚发生的事。”

方波浪：“你是嫁给了他？”

秦芸：“是啊。”

方波浪：“……你，你不能离婚。”

秦芸更为诧异了。

第十五章

黑色奥迪在大街上行驶，驾车人是神情严肃的方波浪。

奥迪驶上绕城高速。

奥迪驶下高速，开向少体校。

奥迪驶进了少体校，在行政楼前停下。

方波浪下车，看看四周，这是总体上呈现出明亮色彩风格的一所学校，从脸上的神情看得出方波浪对这所学校的感情。他走向二楼的校长办公室。

李云亭站起来，有点惊讶地看着进门的方波浪。

方波浪笑着，张开了双臂，上前紧紧地拥抱了还呆在那里的李云亭。

方波浪："云亭！"

李云亭："真的是你吗？校长。"

方波浪："是我，方波浪，我说过，我会来看你的，我会来看有出息的李云亭的。云亭，你好啊。"

方波浪按着李云亭的肩膀，呵呵地笑。

李云亭的眼里有泪花了。

方波浪："我说过，我们的云亭当教练了，以后一定会成为一个有出息的男人。是这样吧？"

李云亭："校长，我做得还很不够。那么多年了，我好想你，你怎么就不来啊？"

方波浪笑着，又看看四周，坐了下来。李云亭忙着倒茶。

方波浪："我离开这个城市已经十来年了，一年多前又回来了，主要是为了我的研究。但是没有来看你，主要是为了你的独立和健康成长。你忘了当时我和你说过的话？”

李云亭也坐下来：“怎么可能呢！校长的临别赠言是我这十年奋斗的精神支柱，我一刻都不敢忘。”

方波浪：“临别赠言？”

李云亭：“八个字。运动健儿、事业尖兵。很好记。我觉得是你当时和我说的全部内容的精髓。”

方波浪的神情上像有一层雾漫漫散去：“你这样理解也不错，我当时期望之深也主要是这个意思。不过，看来我讲得并不全面。”

李云亭：“校长的意思是？”

方波浪：“哦，不说我当时的话了。看到你，还真是为你高兴，当时有两种原因促使我下定决心不再联系你。一是有很大一批从地震中抢救出来的孩子，由于各种各样的原因，发生了这样那样的问题，性格上也出现了孤僻、自闭或者暴躁、粗疏等现象，学术界把这称为‘地震孤儿’现象。你很好，但我还是看出了你对我太多的依赖。第二个原因是你失散的父亲又重组了家庭，找到你时还给你带来了一个可爱的弟弟，很多应该享受的亲情你都会得到，我就想，我的离开会有助于你的发展。现在想来还是应该这样做。”

李云亭：“校长一直都崇尚美好的、更好的、最好的，我都知道。我多少想念你啊，没想到今天你突然来了，太好了。我当校长不久，才搞了一个少体校新一轮发展的规划，正好向你请教。”

方波浪看了李云亭一眼，又看了看四周的干净和整洁：“我带回去看吧，说说你家里的情况。”

李云亭：“家？哦。”

城中大街，姬水娟坐在车里，面容非常平静。

窗外的生活也一如往常。

方波浪在校长办公室听李云亭讲着，打量李云亭的目光似乎不仅仅停留在李云亭叙述的内容上。

李云亭：“……你离开这里以后，姬阿姨倒是来看过我，后来还从我们的花样游泳一队里挑走了两个学员去做空姐，其中一人叫秦芸，个子高了一点，去了玫瑰航空。后来，姬阿姨让我们牵手结了婚，都是大龄青年了，办得很匆忙，现在看来很不合适。校长，在你面前，我是第一次吐露心事。有什么办法呢？再看看有什么转机，争取解决好我们的问题吧。”

方波浪：“你姬阿姨给你们介绍的时候，她是怎么看的呢？”

李云亭：“姬阿姨对她评价很高，她又曾是我们这儿的学员，我们早就认识了。她后来还很重视学习，做乘务长以后还去大学在职读了心理学硕士，长得也比较出众，我几乎是马上同意了。”

方波浪浅浅一笑：“呵，我刚才说你留下印象的八个字不完全，看来是对的。‘运动健儿、事业尖兵’还不够呵，还要加八个字，叫‘情趣高雅、精神富足’。”

李云亭有些不解：“校长的话从何说起？”

方波浪：“我在想，你这么真诚地和我袒露心事，我也得和你说几句看法。你说的不合适，是不是精神与情趣方面出岔了？你看你，人品、工作、身体、事业都很好啊，有什么不合适呢？你可以和我讲讲你们不合适的细节。要说起来，什么精神什么情趣的，好像很玄乎，可问题往往发生在这里。”

李云亭愣了，愣了好长一会儿，像自语似的：“也许你说的是对的。校长是对的……我弟弟云川也这样说过。也许……是对的。”

方波浪：“什么方面的问题就从什么方面去改进吧！云亭，有努力，总会有成功。我们过去训练时不是常常这样说？”

李云亭：“唉！”

姬水娟走进少体校大院，她停下来，看看校园四周，看到了明亮的色彩，她的面容依然平静。

她向行政楼走去，走得很有分寸。

风，吹过来，这个保养得体的中年女子，两鬓也有些灰白了。

二楼的校长办公室内，方波浪继续关切地问着：“这么说来，有点难度，突破不了？”

李云亭：“咳，比训练难度大多了。这些事想想秦芸是没有错的，可我好像也没有错呵，真是累，校长，真的很累。哦，对了，校长，你还是一个人吗？”

方波浪点头：“是呵。”

李云亭：“为什么不……”

方波浪摆手打断：“过去我向你说过，学生不问老师的私事。云亭，单身也可以情趣高雅、精神富足的。”

这时，门被敲响了。

李云亭：“一定是姬老师，上午她约我的。正好你在，我们一起聊聊，就是为了我和秦芸的事。”

方波浪稍作停顿，神情有些闪烁，不作任何表示。

李云亭打开了门。

姬水娟：“小云亭做校长了，就关上门办公了啊，过去我上你那训练部，可都开大门的呵。”

个子也属于高挑的姬水娟进门就一直说着话，看着办公桌后墙上的花样游泳系列示意图：“做校长了，还捣鼓这些动作吗？交给主教练就行了嘛。”

李云亭侧身在净水柜前倒水，瞟一眼在沙发上坐着的方波浪，又去看姬水娟的背影。姬水娟转过身，傻了，但很快恢复常态：“这不是方校长吗？哟，新校长上任把隐居深山的老校长也引来了呀。”

方波浪：“真是幸会，你好。玫瑰航空公司乘务大队的姬政委。”

姬水娟：“你知道？”

方波浪：“何止知道，有一次坐飞机，还看到了你在给空姐们训话。”

姬水娟：“是嘛，那你不打个招呼？就打个招呼嘛，我还以为你还在哪座山里飘呢……坐，坐坐。都不要站着，你们当年可是义父义子呵，见面不容易，好好聊聊。来，正好我对云亭的一番苦心也向你这位云亭的救命恩人吐一吐。”

方波浪没有坐下，很认真地说：“我和云亭聊了很多了，我是突然而至，不能打乱了你的计划，你是一向来很讲究一笔一画按部就班的，我也有事要办，先走了，云亭，我们再联络。”

方波浪说完转身就走。

李云亭疑惑：“校长，你……”

跟着走到门口的姬水娟拦住了李云亭：“他会再来的。”

她这么说着，眼光一直追着方波浪，直到消失在走廊尽头。

方波浪到了楼下，又回头看看楼上，跳进车，重重地关上了奥迪的车门。

车轮转动，奥迪驶出校门。

石智明时装设计工作室，一侧的衣料大架子上，挂着素色的衣料，有几种面料花样，像青花瓷，像玉琮，像柳叶纸……方波浪慢慢地走进来，只见石智明正与助手在面料前说着什么。

衣料尽头，有软软的卧榻。江天芳倚靠着，翻看着时装杂志，远远地看过去，她正好扭了一下身子，风情自在其中。

方波浪收回了目光，去看石智明，石智明仍在专注于工作。

方波浪上前，拍了拍石智明的肩膀，又朝里边努一下嘴。

石智明放低声音：“知道，就为了她才把你请来的。”

那边，江天芳无意中抬起头，看到了方波浪的出现，似乎预感到什么。她合上时装杂志，脸上又多了一点思虑。果然，石智明和方波浪走过来，从瀑布似的衣料中钻进去，不一会儿，石智明又钻出来，走到江天芳面前：“非常抱歉，方先生来，要为我的新设计破破路子。你先回吧，改日再安排。”说得非常彬彬有礼，而且本来就不准备也不需要等待回答，石智明又钻进了衣料里面。

恍惚间不见了人影，只有色彩素静、图案传统的大面积的衣料瀑布，仿佛从空中倾泻而下。江天芳的脸色一变，几乎成了一种惊悸，但没有人发现，因为神情中的温和好像也没有离开她。在公众场合，她总是这样控制和把握自己。

江天芳就这样从卧榻上站起来，走得有点飘飘忽忽了，不过依然是训练有素的步态。她在几个忙碌着的石智明的助手间走过，走向门外。

江天芳跳进白色宝马，马上关了门。她靠上椅背，重重地叹了一声。此刻的面容是沉郁的，只见她的鼻翼抽动了一下，然后她突然趴上了方向盘，有些纤弱的背竟剧烈地颤抖起来。

她慢慢地抬起了脸，从小坤包里抽出一张纸巾，轻轻地按一按眼部。

她启动了车子。

秘书端着咖啡，撩开斜挂下来的布料，进入。

这里是办公区，石智明和方波浪坐在沙发上。秘书俯身放下咖啡杯，低领小上衣，使得丰润的乳房很扎眼，方波浪把目光抛到了秘书的身后。秘书转身想走，被石智明叫住。

石智明："今天不谈了，请他们都回吧，你把门关上。"

秘书应声走去，走路摆动的幅度很大。

方波浪："你呵，连个普通的工作人员都那么花枝乱颤，叫人家怎么放心！"

石智明："没有心思和你开玩笑，人家层次就这么低？"

方波浪："生活总是要日常化的，小处不谨慎，也要乱大谋的，兄弟。"

石智明："扯得更远了，事情比这个严重多了。"

方波浪："江天芳老像个监工似的。你又冷冰冰地把人家打发走，你打算怎么办？"

石智明："看来你真是把天芳看低了，她从来不会做我的监工，她想着继续做我的长工呢。"

方波浪："长工？哈，你这也太不尊重女性了。不过做长工，不是你曾经的愿望吗？"

石智明："你不了解近来的一些情况，让我向你慢慢道来。"

他喝口咖啡，继续："给她购置了别墅以后，她的母亲出现了，还给我来了三条指示，问题的严重性在于天芳与她母亲的主张本质上是一条河流流下来的，把爱情当成了私人利益。天芳想用她的知性和优雅包装起来，包装得够小心的，但我是一眼看到底了。"

方波浪："别忙着下结论，说具体的。"

石智明一口喝下了杯中的咖啡。

郊外别墅，白色宝马驶来。

掩隐在绿树之间的别墅，安安静静的。

白色宝马驶到临近别墅时，突然一个急刹车，停下了。

江天芳望着不远处的别墅，她放在方向盘上的手，慢慢地抓紧了，越来越紧。

安安静静的别墅，似乎并不那么安静。

她那漂亮的眼睛里，有一层水光，但是她没有让泪珠滚落下来。

她掏出了手机，拨打电话。不通，她又拨了另一个电话。

江天芳："……喂，林小洁吗，你们在地面啊，哦，你留在地面……怪不得找不着秦芸乘务长，我想和你聊个事情，可以吗？好，在同德医院的花园，好啊。"

她又看了看别墅，然后掉头驶去。

医院花园，江天芳穿过用一些绿色植物分隔出的走道，她那淡紫色的衣裙把她的雅致体现得恰到好处，只是，她的脸上浮着淡淡的焦虑。

绿色长廊的那一头，林小洁、崔母正陪着崔啸漫步。

江天芳看见了，加快步子走了过去。

林小洁也看见江天芳了，和崔母低语了一句，回过身迎了上来。

江天芳："小洁，继续当护理志愿者？"

林小洁："好多了。来，就坐这里吧。"

她们在长椅上坐下。

林小洁："他已经快恢复了，医生说，这几天很关键，不宜有任何波动，所以她的母亲又提出来了。芸姐让我调班了，今天没飞。你怎么啦？那么急着见面。"

江天芳："倒不是急，你们在礼仪队中选空姐的计划批下来了，有十来个女孩子报名了，我当然是名列榜首了。"

林小洁："这很好啊！姬政委很支持，我和芸姐一直这样主张的，国际运动会一结束，你就过来吧。"

江天芳："我今天找你，是想，我这段时间很空，能不能有机会就上飞机？跟着你实习实习，将来真到岗了，上手也快一点。"

林小洁："这种做法倒从来没有过。不过你们是百里挑一的，这个特殊情况嘛，也许能行。芸姐回来后，我去说说。"

江天芳："要是行，我就跟着你，在头等舱实习，还有你那个正在试验的'蹲式服务'。"

林小洁："嗨，都行啊！你见过的戴露、张莹莹和英子她们都行啊，经验比我多多了。"

江天芳笑了，笑得很适度："我就跟着你嘛。"

石智明时装设计工作室里，关于江天芳的话题仍在进行。

方波浪："这个江天芳，也逃脱不了她自小生长的环境呵。她母亲和你交代的，是她母亲的情绪，不能把账记到江天芳身上去。可一段时间下来，你明白的其实她就是她母亲那代人的思想在当代的延续和发展。人有时候不能太理智啊！你这样一想，与江天芳在一起怎么融得起来？"

石智明摸着被剃须刀刮得铁青的下巴："是呵，天芳给我带来过很多快乐，也是个有素质和有悟性的女孩，我搞欧尚系列的这一阶段，她也给我带来过很多灵感，我不想对她过于无情，结果成了我的无奈。唉，遗憾哪。一想到她的工于算计，我所有的热情便一下子灰飞烟灭。"

方波浪也感叹："哎，最过不去的往往就是自己。我说也不能太理智，可是能不理智吗？都说将就一下就过去了，可过去了也就是个将就，有什么意思呢？"

石智明："你看，你这一说不就是又在肯定我了嘛，说起来我也是向你学的，你看你，讲情趣讲情趣，讲到现在还是一个孤老头，呵。"

方波浪立即声明："性质不一样，不能混为一谈。"

石智明盯着方波浪看了一会儿，突然笑起来，有些自嘲的意思。

方波浪只是轻微地抽了抽嘴唇。

这个议题在黑色宝马车内继续着。

石智明在开车，气势很猛。

方波浪有点担忧，但也无奈。

少顷，方波浪支起身子："你让江天芳学的车子？"

石智明："是。"

方波浪："她学会了？"

石智明："是。"

方波浪："然后就上高速公路了？"

石智明："是。"

方波浪："错，错就错在这里。"

石智明回头看看，表示不解。

方波浪："你让她学车，在整个过程中，她练就的就是控制力，在你对她实行冷暴力的时候，她可以没有任何反抗的表示，她控制着自己，我看她有在高速公路驾车的能力，当然，看她驾什么车了。"

石智明："我听懂了。你不要扯太远了，告诉我怎么办。"

方波浪："我不出这种具体的主意，说到底还是自己的缘故，你自己惩罚自己吧。"

石智明："看来真正的纯洁和天真烂漫还是属于我们这类男人，这种纯洁，这种天真烂漫，是以我们心底深处的善良和安静为基础的。"

方波浪："讲得好，这是我们认识以来你讲得最有水平的一句话。果然可以成为时装设计大师。"

石智明看了方波浪一眼，加速驶去。

机场大厅，熙熙攘攘的人群中，秦芸乘务组回来了。刚落地的美丽空姐，看上去依然英姿飒爽。她们穿过大厅，像一阵清风，也像某个电影的镜头。秦芸乘务组步出大厅，机场大巴停在那里，秦芸上了车。

戴露、张莹莹、胡英子等空姐也依次上了车。

这一切，全在一个人的视野中。

大巴渐渐驶去。

门外柱子后面的这个人是朱运良。他在这里等候了很久，目的就是迎接秦芸乘务组归来，但是，朱运良失望了，他没有看到他一直在等待的林小洁。

他有点抓狂，跳上出租车而去。

医院门口，林小洁从台阶上下来。

她没有想到，朱运良正在台阶下站着，脸色还不太好看。

林小洁跑下：“运良，你怎么又跑这里来了？”

朱运良拉着她的手就走。

林小洁：“你，你干吗？我的车在那里。”

朱运良又掉头拉着林小洁走到红色小花冠旁，拉开车门，两人坐了进去。

林小洁想发动车子，朱运良抓住了她的手。

林小洁柔声地：“运良，你是不是又多想了？你真是没有必要呵。”

朱运良还紧紧地抓住她的手，突然，他侧过身，两只手紧紧地把林小洁的脸摁在中间，把自己的嘴唇压到了林小洁的嘴上，使劲，再使劲，不知是吻，还是啄。

林小洁呜呜地叫唤着，终于挣脱出来：“运良，你干什么！”

朱运良把支起的身子又坐回到自己的座位上，重重地叹一口气。

林小洁：“说话呀，你到底怎么啦？”

朱运良：“那你说，航行表上你明明是去飞的，今天下午三点落地，可你为什么不告诉我？你既然在地面，为什么又泡在了医院？你说，这一切是为什么？”

林小洁仍柔声地：“能有为什么吗？运良，临飞前才被告知留下来的，你的设计正紧锣密鼓，我也需要在伤员身边，我想就不分你的心了，也没有可以让你多想的内容。就这样啊，就这样简单。”

朱运良：“不，很不简单……唉，我憋死了，我不想看到你了。”

林小洁对他反而微微一笑。

朱运良：“不理你了！”

他突然跳下车，拔腿跑去，跑得踉踉跄跄。

林小洁在车里大叫：“运良！”

朱运良已跑到路边，拦住一辆出租车跳了上去。

林小洁收回目光，从车里伸过手去，关上车门。

她的面容倒还镇静，想了想，还翘翘嘴角。

她发动了车子，驶去。

乘务部大浴室，秦芸从雾蒙蒙的水汽世界里出来，披着大浴巾，走到更衣室。她打开自己的衣柜，正想去取挂在那里的衣裙，小搁板上的手机响了。

秦芸接电话："喂，我是呵，哦，天芳，怎么啦……晚上？喝咖啡？可以呀，好的。"

美容店，江天芳躺在美容床上，脸上还抹着很亮的柠檬精油，她放下电话，想了想又打开手机，找到了林小洁的名字，点了出去。

她躺着，等着电话的接通。

林小洁已回到了宿舍，她打开的电脑上是朱运良发过来的爱情美文，能看见"深深的爱""来日可追"这样的字眼。

手机铃响，林小洁接听："天芳……好呵，我去。哦，我会帮着你说的，你放心吧。"

她放下电话，动了一下鼠标，电脑上出现了屏保图案，是朱运良笑得很可爱也很孩子气的笑脸。

林小洁微微一笑："哼，可爱的小气鬼！"

她站起来。

东海航空大楼展示大厅里，张莹莹和戴露都见到过的模型，预示着东海航空未来的模型。

张莹莹陪着罗大河，在高总的带领下，正从模型城中走过来。罗大河看看张莹莹，有赞许的神色；张莹莹看看高总，有"他很欣赏哦"的意思；高总也在打量罗大河，也许是寻找一种判断上的直觉；他又瞥了一眼张莹莹，神色有点微妙了。

此刻的张莹莹正看着罗大河。陷入人生大事里沉思的罗大河，有着一种成熟男人的神态。张莹莹的赞许当然有自己的特别情绪了。高总显然有所体察。

高总："对不起，我去去就来，你们继续看。"

走廊豁口，高总打开手机，摁了快捷键，望一眼大厅，然后等候。

高总开口了："是我，你不用称呼我，听我说，很重要。"

展示大厅，张莹莹已走在一边："说吧，我听着呢。"

她一边接，一边也看看隔了几层模型窗的罗大河。

走廊豁口，高总说着："……简单明了，三句话你要记住。第一，近距离接触了罗大河后，我完全相信你的判断，我决定只做董事长，由他出任CEO；第二，时间紧，我们有时间表，希望罗大河在一个月内必须做出决定；第三，关于我们之间的一个约定，我看出来了你对罗大河的爱慕，你不用在意我对你曾经有过的动情。从现在开始，我会把对你的欣赏完全作为对你工作中的信任，我祝福你们，我欢迎你们双双翱翔东海。他担任总经理，你做总乘务。好，就这样，现在就明白，为了等会儿的酒席间大家更明白，懂吗？好！"

从大玻璃窗斜映进来的晚霞里，是高总的身影，精明强干，也有睿智灵秀的风采。

张莹莹已经合上了手机，看来她受到了震动，从嘴唇里溜出来一句："好厉害的男人。"

她看看还沉浸在模型间的罗大河。

高总大步走了进来。

涵碧宫，戴露坐在爸爸面前，兴奋地等待父亲的回答。

戴父在沙发上直起身子，一张饱经风霜的老脸，也有真诚执着的精神气儿。

戴露："爸爸，你说对不啦？"

戴父："没想到你这个疯疯癫癫的丫头，这一回可是做了一件正经事儿。涉足航空业，是我一直有的想法，本想有了罗大河，可以开始启动。既然东海到了这样的程度，我可以暂时按下不表。航空业是个讲规模的行业，也是个竞争激烈的行业，说土一点，是个需要拉生意的行业。如果东海有意，将来以规模和质量取胜，我也可以与他合作。市场经济，走合作双赢的道路，最安全。"

戴露不想听父亲的唠叨了，站起来："好，算是又给爸爸贡献一点，该奖励吧，嘻嘻。"

戴父："那套你喜欢的小排屋就给了你吧，精装修的，可以马上住进去。”

戴露：“谢谢老爸啦。”

戴父点点女儿，笑得很开心。

东海大酒楼，张莹莹面若桃花，分外漂亮。

她看看罗大河，微妙的眼光让在座的两个男人都意识到了。

高总：“今天大河要开车，只好让娘子军上阵了，莹莹，不喝了吧！如果有兴趣，我们可以去喝咖啡，或者唱歌？”

张莹莹：“高总，你刚才说什么了，娘子军？嘿嘿，很好，娘子军哦，罗大机长。”

高总也笑了。

罗大河端起酒杯：“我就喝这一杯吧，表个诚意。今晚就不安排了吧，今后我们有机会。”

高总：“这话我听出音来了，好，干杯！”

宿舍区大门，戴露驱车从长长的大街开过来，近了，又近了。

她原本想在这个门口等候罗大河，她不想事先给他发信息，她看见了罗大河的雷克萨斯到了院子里的停车场，她看见罗大河跳下了车，她万万没有想到后面紧跟着的竟然是张莹莹。她赶紧把车熄了火，又看，往宿舍楼大门走去的罗大河后面，确实是张莹莹。

戴露有点惊诧，为什么是自己的闺密？

而且张莹莹没有在门口停住，她竟然跟进去了。

戴露更为诧异了。

罗大河宿舍。门开了，罗大河与张莹莹走了进来，张莹莹脸上很惬意。罗大河却有点紧张。他的选择没有定下来，她怎么可以到屋里来呢？

但是张莹莹从身后紧紧地抱住了他。

罗大河就更为紧张了。他转过身来，他没有低头去表示什么，慢慢地把张莹莹的手从身上扯下来。张莹莹从罗大河的脸上又读到了失望，她甩开手臂，转身就逃了出去。

而且门马上重重地关上了。是张莹莹自己，还是罗大河，还是风？

张莹莹靠在门上镇静了一下，马上逃得更快了。

张莹莹奔出了门外。

这一切都在戴露的目光中。

张莹莹继续狂奔。

戴露在车内，倒有点吓坏了。为什么张莹莹要这样狂奔？她不明白。

她急急忙忙跳下了车，向张莹莹追去。

边上的小弄，很黑暗，但是戴露还是抓住了张莹莹。

张莹莹回头，看见了戴露，突然扑上，紧紧地拥抱。

戴露："莹莹，你怎么啦？"

张莹莹突然大哭，哭得淋漓酣畅。

戴露就更糊涂了，为什么从罗大河处逃出来，会这么伤心？

突然有两个黑影也扑了过来。

一阵厮打。

宿舍区大门，罗大河下来，手里拎着垃圾桶。

他走到一边的垃圾箱，影影绰绰中看见了对街小巷中的混战。

他立刻冲过去，在路的中央差点和行驶中的出租车撞个满怀，他连着说"对不起"，自己已经奔进了小巷深处，一声大喝，两个黑影就奔命逃去。

夺命而去的两个黑影突然间消失得无影无踪。

罗大河回头，看到了蹲在墙角的两个女人，那么熟悉，他再定睛一看，突然上去把两个"玫瑰皇后"紧紧地搂在了自己的怀里。

戴露和张莹莹的哭声像暴风骤雨一般。

罗大河还没有明白今晚怎么啦，戴露突然站了起来，拉着张莹莹就走。

罗大河："唉，你们怎么啦？怎么在我的门口……"

戴露回头喊道："没你事，你给我回去！"

罗大河愣了。

戴露和张莹莹已经跳上了橙黄色甲壳虫。

夜色深沉。

灯火温和，咖啡馆雅座。秦芸、林小洁、江天芳坐在那里，服务员端上了三杯咖啡。

秦芸："哦，你想现在就来熟悉熟悉？"

江天芳点点头。

林小洁："芸姐，天芳是高才生，百里挑一，我看让她早来我们这里看看，会让她更快下决心的。我们需要她。"

秦芸看着江天芳，有点犹豫。

江天芳："其实从某种意义上说，我认识了你们，使我更想了解你们的岗位，如果不是太背离原则，我很想现在就和你们在一起。芸姐，我也这样叫你了，很希望你答应。"

秦芸："……好吧，姬老师也见过你，她对你的印象很好，我去说说。"

林小洁："要姬政委答应？我还想天芳过来，帮我做完我的课题呢。"

秦芸笑笑。

咖啡馆钢琴台上有人在弹钢琴，从钢琴台这里看过去，咖啡馆的右侧旋门里走进了方波浪，他刚想往秦芸那边走过去，可能是看见了三个女性在私语中，也可能为了别的什么原因，方波浪稍作停顿，转身向钢琴台走去。

他穿过几张咖啡桌，恰好在钢琴台边的后窗小座坐下。

一个黑衣女人在弹奏，手臂和面庞有如皎洁的月亮，听琴音，也像是和月亮有关的著名曲子，而且已经进入了曲终的阶段。

方波浪的手中端着咖啡，他意识到一曲将尽，忽然放下杯子，几步就迈上了钢琴台。

黑衣女人刚好送出了最后一个音符，她慢慢地抬起头，看到了方波浪的微笑。

方波浪："可以吗？"

黑衣女人莞尔："当然。"

方波浪坐到了黑衣女人让出的位置上，平静下来，伸出了修长的手指。他送出了第一个音符后便一发而不可收了，在钢琴前似有什么需要宣泄。

黑衣女人听了一会儿，欣赏地一笑，退下钢琴台走去。

方波浪继续弹着。

咖啡馆雅座，三个美女继续聊着。

林小洁："……我在想呵，天芳，你在训练营里接受的魔鬼式那一套，其实在空姐的职业特性里面也有很多相似之处。我上次讲的'尊重'再加上魔鬼训练的效果，对一招一式都会有影响……"

她讲着讲着停了下来，她发现坐在对面的秦芸在抬头看着钢琴台方向。林小洁意识到秦芸可能被美妙的琴音所吸引，正欣赏呢。她又凑近江天芳："唉，我刚才说的，你说对不对？"

江天芳："我想起了你上次在培训中心礼堂的演讲，是呵，尊重非常重要，那些训练的程式化的东西倒是外在的一些东西……我们的生活中，也需要获得尊重，这是最最重要的。"

林小洁："对，你看我当初对职业岗位的研究还谈到了尊重，这会儿自己的生活中也需要去也应该去获得尊重。我倒忘了，太好了，我有办法了。哦，我说的是我自己的遭遇。"

林小洁笑了，笑得很纯情，很可珍视的天真烂漫。

江天芳刚想问什么，她也发现了秦芸向着钢琴台方向，在倾听音乐，而且眼睛里泪光闪闪。

江天芳朝林小洁努努嘴，两人一起随着秦芸看向钢琴台。

方波浪弹着，很出神入化。

也许是一种巧合，钢琴台四周对角摆放的插花组合，都是绿色的基调，琴音渐渐缠绕，沿着不经设计的方向，一圈圈地化开去。

黑衣女子也许是这里的专职琴师，现在不知在哪里了，方波浪的手，在琴键上跳动，也不知试图触摸到什么。

在方波浪的脸上，有一点大致可以确定，他用了心。

方波浪的琴声有一个人听懂了，她是秦芸。

秦芸看到了身边两个姐妹对自己的注意，她笑了："哦，有一点听入迷了，我来过这里几次，听见的也总是那么几只曲子。今天居然听见了巴赫的《意大利协奏曲》第三章，用钢琴演绎，很有些独到的地方。那天在地中海公园，那些日常生活化了的模特，要是在这个音乐背景下就好了。那天我就说了……哦，不对，可能是他？”

秦芸突然悟到了什么，或是有一种灵光一现，她慢慢地站起来，钢琴声此时如潮水般涌来，她清清楚楚地看见了弹奏的男子，是方波浪。秦芸不由自主地移动了步子。

林小洁看着秦芸移过去的侧影，稍有不解。

江天芳也慢慢站起。

方波浪仿佛把所有的琴音都抓在了自己手里，让它们一齐在自己的心里重新集结，又使其在琴键上得以释放。很明显，巴赫的曲子是他精心选择的。

喜欢这首曲子的人在他的背后出现了，她是秦芸。方波浪不知道，此时的他已经进入佳境，完全由自己的十指牵引着自己的情绪。他相信，他也非常沉迷的这首曲子，那个人一定听到了，这不是他的召唤，更不是他的企图诱惑，知音的会意，往往难以表达。

秦芸在他的身后站了一会儿，然后慢慢退下钢琴台，在方波浪刚才坐过的地方坐下了，她仍然面向钢琴，听任琴音在自己的想象里恣意起伏。

方波浪仍陷在对巴赫的沉迷或者说由巴赫而起的向往中。

雅间，江天芳和林小洁都站在那里，望着钢琴台方向。

江天芳拉了拉林小洁，两人坐下。

江天芳：“哦，是在地中海公园见过的方先生嘛。”

她对方波浪的熟悉不容置疑，但是现在，她用了这样的表示。

林小洁：“是他，我们组的人都认识他，是个学者，常坐我们的头等舱，没想到还会弹钢琴。”

江天芳：“何止会弹，基本上是表演艺术家的水平了。”

林小洁：“这个咖啡馆倒好的，客人也可以上去弹琴。我没有看到过。”

江天芳：“这在我们上海已经很多了，尤其是一些特别高雅的地方，这里也有几家，有空我带你去。小洁，我看芸姐好像对这位方先生有一种叫什么呢，敬佩，还是……干脆就是崇拜吧。”

林小洁好像想到了什么：“有可能，他很有学问，好像还很有品位。是不是男人一定要到了这个年龄才有味道呵？”

江天芳：“呵呵，我也说不上来，女人嘛，我看每个年龄段适合的味道也不一样。小洁，我第一次听你上课的时候，就感到了你身上有一种叫什么呢，光叫纯洁还不够，叫有责任的纯洁吧。”

林小洁笑了：“呵呵，分开来说，我想我都喜欢，纯洁，有责任……呵呵，生活得有责任，生活得纯洁，其实有点难的。”

林小洁想到了朱运良怪怪的态度，这使她的神色略带郁闷。江天芳并不知情，还想说什么，就被一阵急如马蹄的遥远回声所吸引，她知道那是方波浪的琴音。

林小洁也转向钢琴台。

方波浪的演奏已经进入了尾声，饱含深情……

秦芸在窗边的小座旁，被什么吸引似的站了起来。

方波浪从最后一个音符中，慢慢地收回神来。在他的身后，响起了掌声。

这是秦芸的掌声。

方波浪回头，看到了秦芸，他笑了，笑得如孩子一般，但他站在那里，没有往前移动一步。

秦芸又鼓掌。整个咖啡馆的四周好像都有掌声响起，这不是大剧院的效果，但从掌声中能听得出来鼓掌人的不同的心跳，当然也包括右侧的江天芳和林小洁。

秦芸还在鼓掌。

方波浪还愣在那里。黑衣女子走了上来，朝方波浪微微点头：“先生！你弹得很好！欢迎常来，请坐。”

方波浪似乎这才想起来该回座位了。

他向秦芸走去。

林小洁和江天芳重又坐了下来。

林小洁：“芸姐今天肯定被这钢琴声迷住了，平时她就爱听音乐，特别是巴赫的。她好像上了瘾，上次去三亚听音乐会，我还没有到组里呢，听说芸姐与她的先生还闹了别扭。”

江天芳：“怎么了？”

林小洁：“哦，说起了听音乐，怎么就扯到这档子事上了！咱们不管别人的私事吧，尽管我们都很同情芸姐。”

江天芳点点头，她本来也不会多问，没有必要多问，冲口而出罢了。

林小洁：“我们空姐中那么多姐姐妹妹，其实也有很多和感情有关的故事，真的还没有重复的。”

江天芳：“是呵，每个人都是以自己名字命名的河流，有属于自己的河道。刚才说了这些属于别人的私事，其实任何人都无法走入其间，你想想人的情感世界有多么丰富呵……呵呵，小洁，今天我们怎么扯起了这个话题？怪不好意思吧。”

林小洁也笑笑，不经意地看看钢琴台方向。是什么原因扯了情感话题，她们心里其实是明白的。

江天芳也瞟了一眼：“哎，我们走吧，别让芸姐心里老挂着我们，让他们好好聊巴赫吧。反正芸姐的车也在这里。”

林小洁想想也对，站了起来。

江天芳从包里抽出二百元人民币压在杯下，然后挽起林小洁走向右侧的旋转门。

咖啡馆后窗前的小桌。

秦芸：“是呵，很长时候没有听到过巴赫了。原来在家里，有自己的带子，也没心思，也觉得妨碍了李云亭在家里备课，所以很少听了。”

方波浪朝右边瞥了一眼，他不知道怎么提醒秦芸，她的两个姐妹还在那儿呢：“……哪，她们都喜欢听吗？”

秦芸：“哦，对了，小洁和天芳在那边呢！我让她们过来。”

秦芸站起来，正好看见了林小洁和江天芳已走到了旋转门旁。只见林小洁回过身，大概也看见了站起来的秦芸，朝这边挥挥手。秦芸没有移动步子，也把自己的手，在胸前摆动了几下，她坐下了。

方波浪：“她们走了？”

秦芸抬头，有点恍惚：“嗯。”

方波浪一时无语。

咖啡馆停车场。

江天芳："小洁，你晚上没事吧？要不，上我家去喝啤酒吧。"

林小洁："你在这儿有家？"

江天芳："嗐，你多问什么！去了就知道了。跟着我。"

她说完就跳上了车，几乎不容置疑地让林小洁的红色小花冠跟上了她的白色宝马。

咖啡馆内，秦芸轻轻地放下了咖啡杯，看着方波浪的脸："方先生，我还是想认真地问你一次，那天我就说了，我是把你当作了兄长，现在想起来，其实即使真是自己的亲兄长，可能我还很难启口呢，但我不知道为什么，偏偏向你端了出来。离婚的事，天大的事，我知道。你好像应该可以理解我现在的情况的，可为什么你偏偏反对呢？"

方波浪："……应该告诉你了。其实认识你们这些漂亮的女人，特别是认识你，我很愉快，但是上帝竟然做出了这么巧妙的安排，我万万没有想到，小云亭是你的丈夫，我更不愿意接受的是小云亭要去面临一个离婚的局面。"

秦芸更感到有点怪了："听你'小云亭''小云亭'地叫，你是云亭的……"

秦芸好像估计到了，但又不敢说出来。

方波浪："你应该听说过，小云亭是当时的地震孤儿，是我收养了他。"

秦芸思索着点头："明白了，你就是当时声名显赫的救了十多个地震孤儿的老师啊，记忆中你当时好像不是这个名字嘛。"

方波浪："想让小云亭，当然……还有别的人把我忘了，所以我改了名。"

秦芸："有二十多年了。你一年多前才回到这个城市的？"

方波浪："这个你已经知道了，我当时就发现了这些被称为'地震孤儿'的孩子有一些心理障碍。小云亭的父亲找到了孩子以后，云亭也已经成了少年运动员，为了他的心理和体魄的全面发展，我才离开他的。”

秦芸：“嗐，他爹后来又结婚了，还给他带来个弟弟，本来是个好事，不过好像也不太融洽。”

方波浪：“我也听说了。哎，过去有一句话，叫‘战争中学会战争’，看来生活也不是教出来的，也只能是生活中学会生活。”

说完这句话，方波浪特别看了一眼秦芸，秦芸没有注意到，很感慨地：“说得好，我想象的生活，李云亭恐怕永远是学不会了，嗐！”

方波浪：“你这个话，对我有新的刺激，看来过什么样的生活，也是个问题。我当年想得有点简单了。这两年，我侧面打听过我当年救出来的十来个孩子，好像生活得都不太如意。看来他们自身也有个如何融入社会、把握生活的问题。”

秦芸：“你到今天还在为这些孩子们揪心，你真是好人。现在，为了你的小云亭幸福的婚姻生活，你还在奋斗。”

方波浪：“这话听起来不太顺耳啊！你们结婚的时候，有人告诉了我，说小云亭娶了个漂亮的空姐，我一直在心里默默地祝福他，当然也就是默默地祝福你们。所以一听到你要和他离婚，接受不了。”

秦芸：“我们结婚的时候，有人告诉你？是姬老师？”

方波浪停顿了一下，喝口咖啡，钢琴台上仍然琴声悠悠。

方波浪：“你说的是姬水娟吧？不是她，她也不知道我在哪里。要是她亲口告诉我，恐怕我早就知道小云亭的妻子就是你了。”

秦芸：“你和姬老师早就认识？”

方波浪很平静地：“我们是在地震救人时认识的，后来我离开这个城市时，找过她，拜托她做的唯一的事，就是帮助小云亭找个称心如意的娘子。”

秦芸：“你们把我当成了花魁，你们也就是罪魁了。就是姬老师给我们牵的线，我当时已经是花样游泳队的主力队员，看李云亭是看教练的眼光，糊里糊涂就同意了。到现在为止，姬老师还在拼命地撮合我们，现在又多了你这个帮凶。”

方波浪笑了：“这么有风度的优雅女士，说出了‘帮凶’这样的字眼，看来气得不轻啊。我……”

秦芸："对不起，方先生，我是不是冒犯了你，请谅解。"

方波浪："不不，千万不要这样想，还不知道谁冒犯了谁呢。婚姻生活我缺乏经验，我又认为云亭总体上不错，你们有矛盾，可以一同克服克服嘛。"

秦芸："不说具体的了，我做了许许多多的努力了，做了你们都难以想象的努力了，现在看来已经没有必要了。"

方波浪："你的心境我已经明了，不过对你的这件大事，我不宜表态。"

秦芸："我没有逼你啊。……对不起，我怎么又这样讲话了，其实你不需要表态的，这事儿其实也与你无关。方先生，太晚了，我该回去了。"

方波浪也跟着站起："好吧，我送你。"

秦芸："不用了，我的车在外面。今天因为聊到了我的这个可恼的婚姻，心情不好，还望方先生多多包涵。"

方波浪摆摆手，他的内心也是五味杂陈，前所未有地心神不定。

秦芸刚走了两步，又回头："刚才你说什么缺乏婚姻经验，莫非你一直是一个人？"

方波浪还站在桌边，抿着嘴唇点头："是啊。"

秦芸还是有点诧异。

第十六章

戴露和张莹莹在丰润美体沙龙室内森林的溪流旁坐下了。

她们坐的是一种竹制的卧榻，再加上身后沿岩壁状墙面而下的水瀑和旁侧的细针类绿色植物，有点冷。

更冷的是戴露。

张莹莹一脸冷静，没有目标地看着远处。

她们面前的室内溪流一侧，是一排无规则而去的珠帘，这样倒给她们两人有了一个可以彻夜聊天的相对私密区域。珠帘美人，森林里有人款款移步，也忍不住朝这边看一眼。

戴露："莹莹，按我的性格可能刚才在车上就要嚷开了，但想到我们无厘头地受到了几个小流氓的惊吓，所以还是带你先来这里安静安静。好吧，洗过澡了，也按摩了，这里还有哈根达斯的冷饮，我们也聊聊吧。"

张莹莹："可以呀，反正明天是休整，再晚都可以。"

戴露："莹莹，你们今晚去了哪里？"

张莹莹："你觉得有必要问吗？我有回答你的义务吗？"

戴露："你是这样在罗大河宿舍跟进跟出的吗？"

张莹莹："戴露，你更没有必要这样问我了。我理解你这样做，但我不能因为你的理解来决定我怎么做。"

戴露："莹莹，我们是同学吗？"

张莹莹："是啊。"

戴露："莹莹，我们是闺蜜吗？"

张莹莹："是啊。"

戴露："你忘了吗？就是在这个丰润美体沙龙，在那边的绿坡白椅这儿吧，我向你表达过我对罗大河的意思，后来你也看到过，我几乎全身心地在追求他……张莹莹，为什么偏偏是你？”

张莹莹：“我记得你在这里说过，你在追大帅哥，但罗大河戴上了你的江诗丹顿，对你并没有态度啊。”

戴露站了起来，身上的宽袍几乎要从一侧的肩上溜下去，她赶紧扯了上来，又摆摆胸前的领子，俯身至张莹莹的面前：“我的好朋友啊，你知道他对我没有态度，你就乘虚而入？”

张莹莹坐起来，让戴露也坐了回去，也是人工风的缘故，珠帘哗哗地响过一阵，又静了下来。

张莹莹：“戴露，不管你怎么想，我仍然是你的好朋友。既然你今天捅破了这层窗户纸，那你就听我从头说起，可以吗？不过戴露，我也不得不先告诉你，免得你这个急性子又瞎七搭八……”

戴露倒真有点急了：“你有什么要告诉我，告诉我的？”

张莹莹的内心与戴露其实又有什么不同呢，她叹一声：“我是想先告诉你，你的机会并没有失去啊。”

戴露有点明白了：“哪，你不是要从头说吗？”

张莹莹：“是。”

月光下，江天芳和林小洁正在郊外别墅的院子里品酒聊天。

江天芳：“我住这儿很长一段时间了，可如果说在这里和一个朋友聊天，你是第一人。”

林小洁：“真是安静呵，你自己选的？”

江天芳：“男朋友给我买的。”

林小洁：“看来你不准备回上海了，很好啊！以后如果你真的落户我们玫瑰航空，我们大家伙儿可以上你这里来玩。这么漂亮的别墅，尤其是这院子里外的田野风光，很有味道呵。”

江天芳：“什么味道？只有听天由命的味道。”

林小洁一惊：“天芳，你好像不开心。有什么情况呢？如果我可以帮助你的话……”

江天芳：“哎，有句古话，凉亭虽好，但不是久留之地。这个地方我一个人住了很多天了，要是总也是一个人，也没有啥意思吧。”

林小洁："学社会学的高才生江天芳同学，你是女生，青春勃发，你怎么有那么沉郁的情绪？男朋友既然给你这么好的别墅住，不会是不喜欢你的举动吧。"

江天芳："人的感情问题是没有一个公式的。在一个豪华的地方孤独和在一个贫寒的地方孤独，又有什么区别呢？"

林小洁抿了一口红酒，望着月光下的江天芳，一时不知从何劝说。

江天芳："你明天不是有个休整吗？小洁，你今晚陪陪我吧。这里不是上海，我在这里，除了买这个别墅的男人外，没有别的朋友了。可以吗？"

林小洁仍然看着江天芳，点了点头："天芳，你可能有些健忘哦，你的男朋友我知道，就是大名鼎鼎的时装设计大师石智明呵，这个男人这个男人的，不太好吧。"

江天芳："是有点对不起人家，情绪不太好，管不了那么多了。"

林小洁："那天在地中海公园我们不是见了他？和方先生在一起，堂堂正正的，也有艺术家的魅力哦！天芳，他给你买别墅也很正常，听说石大师是富二代，全家族是丝绸大亨加时装大亨，力挺他做国际一流大师呢。"

江天芳："你很了解嘛。"

林小洁："咳，听我男朋友说的，他们不是合作了那一场表演嘛，这种山水实景时装演示的发布方式，很新鲜哦。"

江天芳又抿一口红酒："对了，那天我后来去演出了，你的男朋友很棒吧，这么年轻，又很有想象力。园艺设计搞得这么有出息。"

林小洁："嗨，我看他还是青少年时期，很不成熟。"

江天芳："是吗，我们的小洁姐姐说这么老气横秋的话呀！你们……好吗？"

林小洁："很好，但有问题需要解决。"

江天芳："容易吗？"

林小洁："一定能够解决，因为我知道我有钥匙，可以打开他。最根本的是，我们很相爱。"

江天芳："这就好。不过爱情的过程中需要解决问题，还是挺没劲的。小洁，你不这样以为？"

林小洁："也要看是什么问题，问题出在对方，解决起来容易，问题在自己身上，解决就不容易了。”

江天芳：“何故？”

林小洁：“我也不知道，反正我在生活中有这个感受，不光是爱情的方面。”

江天芳：“也有道理，我们的社会学教授也说过，人其实最难认识的是自己。”

林小洁笑笑：“对不，来，我们碰一下？”

江天芳也笑笑，月光下的笑有点冷。

丰润美体沙龙的室内花园，戴露和张莹莹都从卧榻中坐起来，用手臂支撑着身子，两美女在尴尬地交换着意见，让人不忍，但生活给他们的就是这样。

张莹莹：“我调到你们组，就是冲着罗大河来的，我是追他而来。戴露，我们是好朋友，你毫无保留地把对他的感受告诉了我，我怎么跟你说呢？当时你不会这样去想我，其实我很尴尬的。我只有在心里对自己说，我做我该有的表达，听从罗大河的选择，但有一条底线，我决不在罗大河面前，对你有任何的损毁。”

戴露：“哎呀，真是巧，怎么说来，在三亚的那一天，他同时接到了两个美女的求爱喽？美死他了！这个罗大河，他还真说的灵验了，‘玫瑰皇后’真要做他的美丽双翼呵。呸，不能让他那么快活了。”

张莹莹：“不开玩笑了，事情已经发生。为什么我们这一对好姐妹同时爱上了一个男人！”

戴露：“不，你怎么不替他想想？这么两个大美女活生生地站在他的面前，叫他如何去选择，那要难死他了。”

张莹莹：“我确信最初的估计没有错，你爱他爱得很深，爱得无可救药。我怎么办呢？在调秦芸乘务组之前的一年多时间里，我处处留心着他的信息，我暗恋他，暗恋得多久了，我都想不起来了。”

戴露：“暗恋有什么用？要有行动。我今天到宿舍楼门口去等他，就是想突然袭击，去告诉他我父亲的决定，我真诚地希望他去东海航空。”

张莹莹：“今晚在高总面前，我看他有了决心了。”

戴露："这么说，你也要跟着去？"

戴露一直盯着张莹莹，想得到张莹莹的明确回答。

张莹莹眼泪夺眶而出："不要问我，我不知道，我不知道。戴露，现在大河到了一个非常关键的时刻，他需要下决心，我们给他一点帮助吧，好吗？"

戴露不语，很难相信，又很难责怪，这是一种典型的爱情纠结。突然，她站了起来，转身走去，走了两步又停住："莹莹，我早就告诉过你，我爱他，我爱他！知道吗？我死心塌地地爱他。今天我们交了心以后，我仍然这样告诉你，我爱他！"

戴露没有再回头，一直往前走去，像走进了大森林。

郊外别墅院子里的深夜，月光下的这一对美女，也许交往不深，互相表达的内容很有一些交锋的意思。江天芳喝下了杯中最后的红酒，然后轻轻地把杯子放到了桌上。

林小洁的手机有响声，她低头看了一下，又合上了。

江天芳："我明白你的女人准则了。我知道如果有一天石智明不属于我，一定是我自己在什么地方出错了。"

林小洁："有时候也未必是出错，感情问题有时候是合适不合适的问题。他不愿意来这里还有什么原因吗？你刚才说了，像《西厢记》似的，私订终身后花园，这里做过你们的后花园。"

江天芳对林小洁的用语和言语中的某些暧昧是明白的，有一点她立即予以阐明了："小洁，有一个原因在石智明身上绝对没有，希望不要误会他，他的身边没有出现新的女人。他不是一个随便什么女人都可以走近的男人。我妈妈也担心过他，但我不担心。"

林小洁："这我相信，我也看得出来。就像我们刚才说到芸姐的事一样，她婚姻的不幸福被公开化以后，也没有见什么男人在她身边出现。说老实话，没有分量的男人在她身边根本就站不住。如果你真正了解石智明，你应该去化解矛盾，只要他爱你。"

江天芳："问题就在这里，我也不知道怎么办了。"

林小洁也喝下了杯中的红酒："……咳，一把钥匙开一把锁，一家念一家的经，你这么一个聪慧的姑娘，还拿不稳主意啊？好了，不说了，我看河边有一路的灯，我们去走走吧。”

江天芳站起来，林小洁也跟着站起来。

从弯路上射过来汽车的灯光，也摇晃在她们的身上。

江天芳：“咦，他怎么来了？”

林小洁一愣。

石智明的劳斯莱斯驶进了院子，停下，石智明跳了下来。

江天芳：“你，怎么来了？”

石智明：“回家看看。”

江天芳：“哦，哦哦。”

林小洁：“石大师，我是玫瑰航空的林小洁。”

石智明：“我们见过一次，在地中海公园，你是小朱的女朋友。”

林小洁：“你的记忆真好，我走了，刚才和天芳聊天呢。天芳，我走了哦，如果有进展，我与你联络。”

灯火迷离的娱乐城门口，朱运良跑出来，他的两个设计界的朋友也跟着一起出来了。朱运良向他们挥手。

长发者：“你看，又玩不尽兴了，记着小空姐了吧？走吧走吧，再次祝贺你入选圣彼得堡。”

朱运良笑着再挥手，沿着大街急急地走去。有出租车在他身边慢慢地开着，他干脆甩甩手，让出租车快点走。他不想坐车，他想在大街上走，在风里面走。

红色小花冠从后面开了上来，朱运良发现了，赶紧追上去：“小洁，小洁！”

红色小花冠渐渐停了下来。

朱运良追了上去，拉开门就跳了上去。

车继续行走，红色小花冠车内一对小恋人的对话，原本连他们自己都未曾想到。

林小洁：“去哪？”

朱运良：“我都走到航空城了，还去哪？”

林小洁："去哪？"

朱运良："去，去你那里。"

林小洁："不行。"

朱运良："是不是我今晚不来找你，你也就不会来找我了？"

林小洁："是不是我不去找你了，你也就不来找我了？"

朱运良："哼，我才不去找你呢，好像还是你对了。你给我停下！给我停！"

林小洁看一眼就很想笑出来的朱运良，慢慢地将车开到了树荫里。在路灯的浓影中，沥青路面的幽光映在脸上，偶尔驶过的车辆的灯光在他们的脸上晃来晃去。老半天，谁也没有说话。

林小洁："……说话呀，发脾气呀。"

她偷偷看了一眼朱运良，显然，她没有真生气，但直直地靠在椅背上，语气不见了常有的温柔。

朱运良反而很镇静了，慢慢叙述："我已接到通知，城市阳台入选十大园艺创意，组团去圣彼得堡参加国际城市园艺大会，我是中国十大创意中唯一在大会上展示的方案。明天出发，由于要进行业务研讨和巡回展览，可能时间要长一些，还没有最后定下来。"

林小洁："说完了？"

朱运良："想说的还没有说呢。"

林小洁："怎么变得啰唆了。"

朱运良："我不会变，只要某人不变我就不会变。"

林小洁突然横刺里前倾了身子，双手捏紧了拳头，在朱运良胸前雨点似的击着："你变吧，变吧，变吧。谁变啦，谁变啦，谁变啦！"

朱运良一把抓住了林小洁的手："小洁，如果我回来，会不会又找不到你了？"

林小洁叹气了："看来真的要给你上课了，关于尊重，关于保护，关于珍惜，关于信任……"

朱运良这会儿一把把林小洁搂了过来："叫你关于关于关于的，我只需要关于……你。"话还没有说完，他的嘴已经堵上了林小洁的嘴。

支支吾吾中，林小洁的嘴里蹦出几个字："我、送、你、回、家……"

郊外别墅客厅，石智明和江天芳坐在相对的沙发中。

石智明："我今晚来，也算是这一次出远门的告别。意大利的米兰是时装中心，罗马美院又是时装的信息资源中心，我的集中研究是为我的下一系列做准备的，这一点你知道，以后有机会，我们也有可能合作。"

江天芳抬起含着泪光的眼睛看着他，有一丝恐惧，更多的是一种并不慌张的打量。石智明能够感觉到，轻轻一笑。

石智明："当然，我刚才已说了我们俩的许多感受，今晚我来，也是我和你的告别，我觉得不直接这样告诉你，对你很不仁。我们之间没有人做错了事，只是不合适了。请告诉你母亲，她曾经对我的担忧可以全部放下了，用这个方式比较好。我对我自己的母亲这样说过，儿要去外面闯荡江湖了，儿能做到的一点是，就是决不让母亲为我忧愁。希望你一步步走好，你很优秀，你会走好的。刚才我说了，工作上有合作的可能，还可以合作的。"

石智明站了起来，江天芳抬头："今晚可以不走吗？"

石智明："我是来告别的……哦，天芳，这幢别墅和那辆白色宝马就留给你了，那个保姆听说你请她回去了，如果需要，可以请她再过来。你母亲如果来这里，请她不要有任何顾虑了，在这里安享晚年。好，我走了，天芳。"

江天芳竟一时无语，她后来想起来，很后悔在这一瞬间，没有任何表示。

石智明已走到了院子里，跳上了劳斯莱斯，驶去。

影影绰绰的树影中，别墅客厅里的灯还亮着，不至于太形影相吊，但是在屋子里的江天芳，心里有一层寒意翻了上来。

她不知道她的上海母亲在哪里。她坐下了，拨电话，可能是给妈妈的，但已不重要了。

温馨小酒馆后间，罗大河和小个子机械师很久没有一起在这里出现了。现在又很晚了，罗大河仍然没有起身的意思。

胡英子的婆婆还特地端来了两碗小米粥："你们喝了吧，暖胃。"

罗大河："哦，谢谢。"

婆婆转身离去了。

小个子机械师："看来你决意要走，我会奉陪。对待两位'玫瑰皇后'，我至今束手无策，这种事儿看来好朋友无法两肋插刀了。你的事你做主。"

罗大河："唉，悄悄问个事儿，上面那位还等着你送她回宿舍吗？"

小个子机械师："不是在等我，是我让她等着呢。"

罗大河："那不一样吗？你这个精灵鬼，什么时候条件成熟了告诉我一下喽，今晚不能太晚了，你要送她，她现在特需要关心。唉，老朋友，多使点劲。"

小个子机械师笑得很鬼。

温馨小酒馆楼上，胡英子在床边坐着。

她低头翻看着民航杂志，又细心听听楼下的动静。

她站起来，又侧身站在窗前，望着皎月。她在窗前出现的这种姿势有过三次了，曾经为生活的困顿，为焦虑，现在可能是多了一些对以后日子的遥想。她在窗前的身影更为迷人了。

温馨小酒馆后间的谈话在继续。

罗大河："怎么样？问你呢！我看胡英子也不烦你。"

小个子机械师："去去，不是你想象的那样。你自己快点想定了，向着一个目标努力吧，别害了人家一对好好的闺蜜为了你闹腾起来，我看你正式提交辞呈以后，也应该正式采下两朵玫瑰中的一朵了。唉，小老弟，你可别干傻事儿哦，上次是开开玩笑的，你可别把两朵都给采喽。"

罗大河："哈哈，去你的。在你面前不怕说点真话，仅就对一个女人的喜欢和被一个女人所吸引的那种常常要心跳的冲动，我在戴露面前好像要多一些；对一个女人的欣赏和与这个女人一起谈论工作与生活，张莹莹又常常让我感到心可以有一个地方安放。就这样，矛矛盾盾，不可兼得呵。最近她们都为我的处境着急，今晚还在我的门口上演了这一场戏，还不知现在怎么样了，她们不让我管。真被她们感动了，都想一夜之间让我成了航空业大亨似的，谈何容易啊。”

小个子机械师：“先不往下说，你这个事业狂，又要扯到工作上去。我看你对两位的心态表述得比较准确，一说江山和美人不可兼爱，也有一说江山和美人可以兼得。大河，我看你还是齐头并进吧，找准了最佳结合点，一举拿下，连着江山连着美人。”

罗大河：“呵呵，你自己也扯到工作上了吧！好，先把明天读书会上的发言完成了，不管走还是不走，我的话要讲完，其实这话也是针对整个航空界的。”

小个子机械师笑了，对老朋友欣赏的灿烂的笑。

罗大河倒是一脸严肃了。

这张严肃的面孔出现在玫瑰航空会议大厅主讲台上。

罗大河的同学，也是他的领导在第一排坐着，露出不屑的表情。

在台上的罗大河注意到了，也不屑地笑笑。

罗大河：“……综上所述，世界的民航业呈现了三大趋势，一是高科技的引领，天空办公室和云上桥梁理念的提出，是高科技带来的新的生产力的理论表达；二是服务业态的创新，将服务称为一种业态，基于我对服务本质的认识，并且放到了航空业大局中来审视。顺便说一下，我们公司乘务部前一阵子讨论的‘蹲式服务’在心理学层面上有推进，但没有在业态上深入下去，有点遗憾……”

席间坐着的听众中，可以看见在频频点头的姬水娟和她身旁坐着听讲的秦芸。小个子机械师也在席间的一角坐着，他瞄了一眼罗大河那个当领导的同学。

会议大厅门口。

从左边的银杏树小道上，走来了戴露。

从右边的银杏树小道上，走来了张莹莹。

她们都来到了门口，并且相视一笑。

但是戴露马上闪进了会场。

张莹莹轻声问门卫：“可以吗？”

门卫指指边上挂着的喷塑广告，上面有字：“欢迎本公司内部人员自由入场”。

张莹莹微笑。

会议大厅，罗大河仍在讲着，他的目光当然也收到这样的图像：戴露走进来，小个子机械师看见了，示意戴露坐在自己身边的空座位上。张莹莹也跟着走进来，小个子机械师又看见了，他站起来，拉过张莹莹坐到了自己原来的位置上，自己退后两排，又在边座上坐下。

戴露和张莹莹相互点点头，就看讲台了。

罗大河：“现在，我要说第三条了，记得上次在科技委的演讲台上，我初步地表达过，现在可以比较清醒地再重复一次，就是世界民航业的结盟化。这是经济全球化和信息网络化给民航业带来的必须拓展的新视野。这是民航经济的本体发展所致，没有什么这个主义那个主义的事儿，更不要拿什么社会主义和资本主义之类的招牌来界定一种发展产业的技术方法。改革开放都那么多年了，我们不需要危言耸听，我们只需要真知灼见。我再一次呼吁，我们的玫瑰航空必须加入到航空联盟中去，在世界航空界立足，我们中国应当是强者的形象。”

戴露迫不及待地鼓掌了，她完全忘了昨夜产生的与张莹莹的芥蒂，与也在拍手的好友叫了一声：“说得真棒。”

张莹莹也被迷住了一般，只是一个劲地点着头，戴露看见了，又被一种微妙的情绪所淹没，她马上转过头去，朝台上扬起了自己的拍着的双掌。

小个子机械师在后面安静地鼓着掌。

罗大河已经走下台来，他走到戴露和张莹莹面前，和她们握了手：“刚才这里是我们坐的，欢迎两位‘玫瑰皇后’指教。”他说完就走到小个子机械师身旁坐下，这期间还能听见戴露的惊呼：“大河，真的很棒！”

姬水娟和秦芸也目迎着罗大河下来，姬水娟也是抱着赞赏的态度看着他。她看到了戴露和张莹莹与他的握手，与秦芸耳语了一句：“明朗了吗？”

秦芸：“好像没有，我都替罗机长难。”

姬水娟笑得很放松:“他有办法。嘿嘿。”

台上的主持人讲话了:“下面是互动环节,看谁想与罗大河交流一下意见啊?”

有几个人举手,其中有张莹莹的手。但是领导站起来了,就是罗大河的同学。边上另一个领导拉了拉他的衣角,被他甩开了。

他走到台上,看了看席间的罗大河,也看了看前排坐着的戴露和张莹莹:“我先来互动一下吧。罗大河同志又重提联盟,我不得不又要说几句。这个天空不是让我们耍着玩的,是我们国家的天空,民族的天空,未来的天空,当然喽,也是我们应该坚持的社会主义的天空,不要赶时髦啦。我说过‘社会主义’这个字眼,又怎么了?莫非危你言耸你听了?我有我的原则嘛,同志们,原则可以不要吗?我还是奉劝我们的大机长罗大河同志,你比我小几岁,但我们在一个课堂里做过同学,我是了解你并也是爱护你的,我们的研究工作尤其是带有方向性的未来战略研究,是很严肃的,决不是在小姑娘面前耍弄所谓帅哥的风采。”

戴露听到此很冲动,她站起来,被张莹莹硬生生地拉住,又坐了下来。

那个扯过衣角的领导皱着眉头看着这个同僚气鼓鼓地下来。

姬水娟和秦芸也看看罗大河坐的方向。

罗大河“嗖”地站起:“感谢你,我的好同学,我的好领导。我一辈子都会受用无穷。我已经把报告送到了公司总部,但现在有这么好的一个公开场合,我郑重宣布,我向公司提交了辞呈。在未经批准以前,我会服从一切命令,完成每一次的安全飞行。我离开玫瑰航空以后,仍然会非常感谢培养我的玫瑰航空,我仍然会在航空界,为祖国的航空事业效劳。”

众人哗然。在会议大厅里能够看到的熟面孔,几乎都做出了反应。有两个人的表情是截然相反的。罗大河的那个现在可以被称作“对手”的领导几乎鼻孔都要气得冒烟了,不过脸上仍有你不要想得美的意思。戴露干脆站起来拍起了手,与罗大河下台走来的步子几乎合拍,当她发现罗大河径自走向门外的时候,她也拔腿跟去。

张莹莹想走,但又坐下了。主持人已在台上报出了张莹莹的名字。

她又站起来。

罗大河和戴露走到了停车场。

戴露："坐我车还是坐你车？"

罗大河："各坐各的车。"

戴露："我要和你在一起。"

罗大河："不要胡闹，现在是特殊时期。"

他打开雷克萨斯吉普的车门，跳了上去，戴露没有放弃，拉开后门，也跳了上去。罗大河一看，不说什么，"啪"地关上车门。戴露也不说什么，也"啪"地关上车门。

罗大河没有发动车辆，往椅背上一靠："这么重要的关键时刻，不会像你以为的那么轻松，懂不懂啊，戴皇后。"

戴露："我清楚，但你今天表现得很像英雄。你是我心中的白马王子，这就够了。"

罗大河："你觉得我的表达没有问题？"

戴露："非常精彩，我的罗大机长！"

戴露这么说着的时候，情不自禁地从后面扑向驾驶座，双臂环绕着罗大河的前胸，戴露把自己的嘴唇送到了罗大河的前额。罗大河已经无计可施了，他的手臂也反圈过来，在戴露的后脖子上搂了一把："好吧，接受你的祝贺，我就是英雄。"

戴露重又坐下来："不，是我戴露一个人的英雄。"

罗大河大笑起来："做你的英雄？英雄可是要征服人的哦。"

戴露："我愿意被你征服。"

罗大河再一次无计可施了，他的笑容也慢慢地收起来："好，谢谢你戴露，谢谢你的理解。我不是不愿放开来和你谈我们俩的事，只是现在是特殊时期，我要全力以赴地去面对新选择有可能给我带来的所有一切。你现在快回会议大厅吧，既然来了，也不妨替我听听大家的反应。我本人，再也不会走进这个地方了。"

戴露："我明白你的意思了。大河，请你不要总是把我当小孩儿一样地和我讲话，我并不是总喜欢闹的人，而且我觉得，在你遇到麻烦的时候，我应该站在你的身旁，我不想看见你被别人中伤或者被别人捆绑，无法施展你的才华。大河，现在我听你的话，我下去了，好吗？”

戴露说得很正常，但眼睛里明显地涌上了她特别的心情，罗大河的手抓住了她的手臂，又慢慢地将手臂拖到了车边，罗大河狠狠地朝戴露点头，又狠狠地在戴露的手掌心啄了一口。

戴露的胸中热流涌动，她的另一只手紧紧地捂住了嘴巴。

雷克萨斯的车轮急速启动。

会议大厅，张莹莹在台上演讲：“因此，在硬性的比试上，既有量化的可核查标准，也有条件上的不可逆要求。我有一次和非洲某国的航空公司交流，他们的机长说，我们再穷也要搞国际航线，几乎用了国家财政的一半收入，装备了七条国际航线。人家图发展，也叫作交通先行……就这点来说，世界航空业的联合发展是一个趋势。”

她这么讲着的时候，看见了戴露从外面走进来，走到了原来就座的地方。

姬水娟和秦芸耳语了一句什么。

张莹莹：“……那么，软性的比试就摆到了第一位，所以我刚才说的五条特别重要。在这里，我要特别感谢在座的乘务大队的姬政委和六分部的秦芸部长兼乘务长。我讲的乘务员自身的机上心情这一条，可以说是三代乘务员共同实验的成果，我们姬政委有一句名言，叫作带着纯净的空气上天，就是这个意思。大部分空姐的花样年华的历史就是做空姐的历史，花样的年华也一定有花样的心思，所以提高服务水平，保持一个纯净的机上心情非常重要。”

大家鼓掌。

戴露也笑着鼓掌。

姬水娟：“秦芸呵，这个张莹莹原来在一分部表现就很好，到你这里后，我看又有新的进步，你要多培养呵，以后可以接你的班了。”

秦芸：“凭莹莹的素质，现在就能接上了，有人接就好了，我倒是想歇一歇了。”

姬水娟看了一眼秦芸。

到了姬水娟办公室，她在回答秦芸的问题了："这可不行啊！你应该挑更重的担子了，你这个话让我说还差不多。我们的民航到处都在喊救急，国家发展太快了，很多工作跟不上，人才也很紧缺。"

秦芸："放心大胆使用就是，尤其是年轻人，我看林小洁也是一个当乘务长的坯子。"

姬水娟："越说越多了，提拔年轻人可以。可你别自己老说要歇息啦什么的，对你的发展不利。秦芸，是不是与云亭的关系处不好，受影响了？"

秦芸："不，两码事。正如刚才张莹莹说的，我不会影响工作。在岗位上，我也永远会有机上的心情，请姬老师放心。不过我现在正式向你报告的，是我准备离婚了。按我们的制度，空姐的婚姻变化要向组织上报告的。"

说着，她递上了离婚报告。

姬水娟："我最担忧的事情真的发生了，秦芸，没有可能再努力一下了？"

秦芸："我努力了，可是没有效果，其实任何努力都是无用功，婚姻在于合适的选择，而不在于婚后的改造，对人的改造是天下最傻的傻事了。浪子回头金不换的，可有几个呵？哦，这个比喻不恰当，云亭是好人，他应该会找到属于他的幸福。"

姬水娟："你今天和我说这个事，我的心里倒不像以前那样急了，我为你们的事，少不了往云亭那里跑，谈不到一块儿，也难。两个大活人哪。不过，秦芸，人也有豁然开窍，真正懂得了什么的时候，最近有个机会，你是不是再等几天，兴许有转机。"

秦芸并不在意姬水娟说出什么办法来："姬老师，真不好意思了，让你费这么大的劲，不用了，什么都不用了，我们的问题不是谁犯了错，改过了，重新开始就是了。我们的不合拍是无法糅合的，硬扯在一起对云亭也不好。我说了，有合适的人和他一起过，他也可以获得幸福。姬老师，不是为我的离婚找理由，我真是为他着想，这些年一不顺心我就不讲话了，其实也蛮对不起他的。"

这一番话入情入理，两个女人都红了眼圈，让姬水娟本想往下讲的话也卡在了喉咙里。

秦芸："姬老师，那，我走了。"

姬水娟："不不，我刚才没有说完。我前几天去学校，碰到云亭的老校长了，这家伙二十年不见，突然冒了出来，他比我更关心云亭的婚事，他当年托我的事你都知道，云亭也把和你不顺的事和他说了。也许这位老校长的话云亭会听进去，这个人也喜欢云里雾里的精神享受，还改了名，叫什么方波浪，搞地震研究都上了国际讲台，他在找云亭，他是云亭的救命恩人哪，对了，你知道的。"

秦芸没有半丝的信心，她站起来了："我碰到过这个人，坐了好几回我们的头等舱，没有用的。他也不了解我的疼，哦，我的无妨。云亭的痛处我看他也无法设身处地……我走了，姬老师，我搬到胡英子那里了，她那里本来也是双人间。给云亭一段时间考虑吧！他签了字，我们就去办手续。"

姬水娟也站起："好吧，秦芸，对于你，我也不用交代别的什么了，休息好。你们组有去普岛的任务吧。哦，还有三件事，罗大河想'跳槽'的事肯定要乱成一锅粥，告诉大家，不要卷进去，那个戴露和张莹莹也要小心。第二件事，上面又有专机任务下来，让张莹莹准备准备，到专机指挥室去报到。我刚才说过她值得培养。第三嘛，就是你说的江天芳实习的事，这是个人才，要拉住她，让她跟飞几次吧。"

秦芸又来了一点精神："好。"

东海航空筹备部大楼高总办公室，电视屏幕上是罗大河在演讲的画面。

电视里出来的声音："……在一个国家的飞速发展阶段，民航业乃至整个航空业都举足轻重，就业内来说，也就是一个科学布局、市场掌控、科技领先、服务至上的必然发展时期，在市场经济的体制下，竞争一定异常激烈……"

高总频频点头，显然，罗大河的演讲契合了他的理念。

张莹莹提着精气神儿走到小屋的门边，一打开房门，她就像抽壳一样地把薄薄的一手长的风衣从头上脱去，扔到了一边的沙发上。她只穿了背心和白热裤，泄了气一般，懒洋洋地摔到了床上，想了想，她又侧起身，启动一下休眠中的电脑，然后又仰天躺在床上。

她望着天花板，若有所思但也百无聊赖。

电脑上有 QQ 的呼叫。

张莹莹瞥瞥电脑，没有动。

QQ 又叫。

张莹莹这才坐起来，把电脑从桌上转了过来，就这样盘腿坐在床上看电脑，蓬松的头发，宽松的绉丝小背心，放松的姿态，带着一种慵懒的味道。

屏幕上自然是“云上河流”的呼唤了。这个李云川的心思，张莹莹自然明白，在她沉迷于罗大河的日子里，她如何去观察云上的河流？她有过一些迷迷茫茫的东西，在 QQ 上释放释放，但是现在连这个都不带劲了。张莹莹看看，想关了它，可是 QQ 又叫了。

张莹莹看到了文字：“飞翔飞翔，我的软件外包中标了，我取名就叫‘飞翔’，是银行业金融产品的软件，如果成功，我们将把知识产权卖给中为公司，这是现代服务业的重要品种，哈哈，我们的团队要发大财了。其实发财不重要，我们这可是提高了整个人类的生存质量，不要嘲笑哟，年轻人就是这样有理想。这、样、有、理、想。哈哈哈！”

张莹莹想了想，移动了鼠标，只打了两个字：“祝贺”。

张莹莹又翻倒在了床上。

是呵，和戴露点破了以后，她一直是一头乱麻，不知道生活怎么了。

宿舍里，埋在资料堆中的李云川，却是一身的西装革履，因为刚从竞标会回来。不过一直穿得很休闲的李云川，突然西装革履起来，也挺帅气。他显然看见了“祝贺”二字，咧嘴一笑，马上回复：“让飞翔回复一般要有三个条件：一是要在地面上；二是要在小屋中；三是要在伤心时。对吧，飞翔飞翔，怎么又伤心了呢？我好心疼的。我又设计不了能够解开伤心锁的软件。”

李云川又读一边，想了想又加上一句：“对了，我的心就是解你伤心的最好软件。”

他点了“发送”。

张莹莹把电脑抱到了自己怀里，读着李云川的文字，竟忽然悲从中来，两颗眼泪掉了下来，她把电脑放到一边，索性趴在被子上狠狠地哭了起来，本来放在床角的一只手提袋，她也无缘无故地一脚踹了下去。

手提袋里大概有只杯子，立刻发出玻璃碎裂的声音。张莹莹听见了，停止了抽泣，想了想又低声一阵痛哭。

她又抱起了电脑，无厘头地码上几个字：“算你计算机学得精，算你学得一手好计算，计算软件能计算服务业，还能计算人的心？”

泪眼迷离中，她点了“发送”。

李云川读完，表情反倒严肃起来。他想了想，站起来。

他关了电脑，离开了宿舍。

张莹莹懵懵懂懂中倒想有回音了，但是对方离场了。

张莹莹又看看自己发过去的句子，不免有些自嘲，她合上了电脑，然后自己也溜下了床。

手机响起，她接听：“哦，高总，你好。这么快呵，录像都到了你们手里了。是呵，我在现场，我亲耳听见他说了递交了辞呈。上哪儿？他在会上没有说。好，我马上来。”

张莹莹赶紧进了盥洗室。

秦芸走进了胡英子的小屋，胡英子迎上。

胡英子：“芸姐，正好，他们刚走。几个钟点工收拾了大半天，你看，你这间还满意吗？你的东西基本上都放妥当了。你的化妆台在这一角落，你看这样可以吗？哦，这幅你当年在花样游泳队的照片，好美，我挂这儿了。你看行吗？”

秦芸也一连串地说“好”，等到看到这幅二十多年前的照片时，秦芸的脸沉了下来。

胡英子正在向她发出询问：“芸姐，你看行吗，挂这儿行吗？”

秦芸："拿下来吧，多少年前的事了，搁橱后边吧。"

胡英子有些不解："原来我去你家，看客厅中挂着的就是这一幅吧。"

秦芸："放好吧。"

胡英子："哎。"

秦芸："英子，你是头等舱的乘务员，下一趟要飞普岛，有个国际运动会的首席礼仪要跟机实习，由你带吧。对了，你见过一面的，叫江天芳。"

胡英子："哦，是她啊，好的。那我走了，芸姐，晚饭你要是懒得做，上'温馨'去随便对付一顿吧，至少有热汤热饭的。"

秦芸："好，今天就不去了。"

胡英子走了几步，又回头："芸姐，有句话不知当不当说，可不说我又憋得难受，芸姐。"

秦芸："说吧。"

胡英子："我今天是嚷着让大家把这里的安顿摆放尽可能弄得舒适一点，怕芸姐这么讲究的人不喜欢这里。不过我在心里边想，芸姐，你不是住这种宿舍的人，赶紧与云亭哥去谈一谈，一日夫妻百日恩，一谈就通的，还是搬回去的好。"

秦芸笑了："小英子不想和我同屋啊。"

胡英子："你看，我还是不该说呵，可想想又忍不住说。云亭哥做了校长了，对我们也和和气气的，挺好的，芸姐你要早点解决矛盾，早点回家去住。再说了，大家知道你们都分开住了，影响更不好，对云亭哥也不好嘛。"

秦芸："想得好周全哦！好的，我知道了。"

胡英子这才离去。

秦芸轻轻地关上了门。这是两居室的其中一间，外面有一间七八个平方米的共用起居室。

秦芸又打开了门，手中拿着手机，追了出来："英子，英子。"

英子在房门外答应了一声。

秦芸跑过去打开门："英子，罗机长打电话来，说已与大娘订好，晚上我们几个人在那里吃饭，还商量事儿。"

胡英子："都哪几个人呵？"

秦芸："就是咱们'爱你的人'几个。"

胡英子："哦，别又为我，我家里的事吧？芸姐，我们差不多已处理消停了，请大家不必为我多虑了。"

秦芸："哦，我知道。不过今晚可能是别的事……"

张莹莹已经坐在高总办公桌对面的软背椅上，她也低头看了看手机上的信息。

高总坐在办公桌前的转椅上。

很公事公办的样子，高总的眼光也不再有一点暧昧。

高总："我看完了全部录像，当然也调看了罗大河的所有材料，包括从网上搜集到的信息，把这个大任交给罗大河我们完全放心。没想到他还在为玫瑰航空的读书会出谋划策，更没想到的是他这么快递交了辞呈，我们有点措手不及，赶紧启动紧急公关程序。现在，我们只希望罗大河能够尽快到任，早一天是一天。"

张莹莹："这我明白，罗大河正在等待上级批准。他这个人是有原则的，在获得对自己的自由裁决权以前，他决不会来找你们。但我相信他会成功。罗大河的魅力也在这里。"

高总："我完全相信。不过我急于要见到你，是我们还获得情报，玫瑰航空已经紧急磋商，可能会制造障碍，让罗大河难以脱身。"

张莹莹："这一点我们已估计到了，那有什么！兵来将挡，水来土掩嘛。"

高总："事情恐怕没有那么简单，也许是个惊人的数字。"

张莹莹："数字？"

高总："是，数字，可能有三百万元。"

张莹莹："三百万元的意思？"

高总："培养费的赔偿。"

张莹莹："不至于这么无耻吧！那大河十来年为玫瑰航空的贡献呢？"

高总："因为是'跳槽'嘛，很容易一笔勾销。"

张莹莹："确切吗？"

高总认真地点头："罗大河二百五十万元，还有一个机械师五十万元。”

张莹莹站起：“不会动摇他，但会难倒他。国家的企业也会拿金钱来卡人，想不到。”

高总：“这个你倒怪不了人家，犯到我们手里，我们也会这样干。”

张莹莹忽然转身就走。

高总：“哎……”

长长的走廊上，高总赶上了张莹莹。

高总：“请你转告我们未来的CEO，如果要赔偿，资金可由我们承担，条件只有一个，合同上要注明为东海航空服务十年。”

张莹莹一直往前走着，步子很快。她听明白了，很佩服身边这位高总的精明。

高总紧追着：“张莹莹小姐，我曾经讲过的意见完全有效，没有半点变化。非常欢迎你们这样的雄鹰，双双飞入，一展身手。”

张莹莹这一会儿停下了，注视着高总：“我和罗大河都是独立的。最终的决定取决于我们自己，我们不会以别人的选择来决定自己的选择。”

高总看着疾步走去的张莹莹，他尽管风度翩翩，也有点瞠目结舌。这不是恋爱着的两个人吗，怎么又各自独立了？

李云川敲开了房门，开门的是李云亭。

兄弟俩又见面了，李云亭的表情很冷淡。

李云川：“哥，我有事找嫂子商量。嫂子在吗？”

李云亭：“不在。你进来坐吧。”

李云川：“不在？那我走了。”

李云亭：“你进来吧。我会告诉你，你嫂子在哪里。”

李云川倒有点认真了，他跨进了门，在客厅的沙发上坐下，墙上的那张秦芸的大幅照片已被取下，酒柜、茶几等物件的上面也显得有点凌乱。李云川就更疑惑了。

李云亭端过来一杯清水：“看到了吧，搬走了。”

李云川：“你们分手了？你没有留她？你怎么不告诉我？”

李云亭：“冷战都五年了，怎么留？想想也没有必要和你啰唆，你是把责任推到我身上的人。再说了，我想想确也有道理，我是越来越配不上她了。秦芸是一个对生活不将就的人，这一点我比谁都清楚。”

当哥哥的李云亭这样在说，做弟弟的李云川也很难有脾气了，他看着李云亭，突然眼圈也红了：“哥，她真的提出了分手？”

李云亭：“你们都说秦芸优雅，她办这离婚的事儿也很优雅，没有说过半个‘离’字儿，但把报告给了我。她说她不急，都已经搬走了，不会再回来，如果我觉得什么时候该办了，签个字就行。”

李云川：“嫂子这个人，一定会这样做的。唉，哥，事到如今，我也无话可说，你做校长了，本也想来祝贺一下，和嫂子约时间，她是不会答应见我的，所以我撞上来了。哥，你自己慎重考虑，过去我试图劝你改变，但今天我不这样说了，有一句话你再有疑惑我也要说，其实和难以相融的人一起生活，也累。离了得了。”

李云亭的反应很平静，喝下了一直攥在手中的杯中水。

李云川：“哥，那我走了？”

李云亭：“她告诉我了，她现在住在她们组的胡英子那里。”

李云川点头，拉开了门。

傍晚，温馨小酒馆前间，门打开了，胡英子迎候。

秦芸、戴露、林小洁、张莹莹进来了。

小个子机械师走进来，坐下。

当然，这些伙伴走到了这样一个经常聚会的地方，少不了寒暄打趣，不过每个人的命运都在变化，有些内容不太一样了：比如有关秦芸的婚姻的话题大家不敢触碰的，戴露和张莹莹的目光有些闪烁了，林小洁和胡英子在男朋友的话题上变得不敢接茬了，当然各有各的原因。胡英子的婆婆见到他们，有点“见到你们格外亲”的味道。她端茶送水间，罗大河一步跨进门来，带着满脸的怒容。

众人愕然。

罗大河一拳砸在了桌上：“太欺负人了！”

秦芸站起：“罗机长，不着急，你慢慢说。好朋友都来了，不就是和你商量来了吗。”

戴露一脸焦急。

张莹莹已有无奈但决不甘心之意。

罗大河看一眼小个子机械师：“正式通知我了，包括你在内，一起要交培养损失费三百万元，否则休想走人。”

众人皆惊。

秦芸愕然。

第十七章

温馨小酒馆前间充满了异乎寻常的严肃气氛，胡英子的婆婆转了一圈的眼光，也有点诧异。她悄悄出门，又把门关上。戴露也转一下眼珠子，与张莹莹对了一眼，轻轻地把茶杯移到罗大河面前。

胡英子："……芸姐，我，我也说几句吧，大家对我好，让芸姐一牵头，都成了'爱你的人'，一个人在困难的时候，得到大家姐妹般的、兄弟般的帮助，这心里面真是……真是，怎么说呢，我真不知道该怎么说了……"

没几句话胡英子就吧嗒吧嗒地掉泪了，她本想说的意思却没有直接表达出来。罗大河却听明白了，他放下喝空了的茶杯："英子，唉，小英子，我明白你的意思了，我不是紧急求援的，我是憋得难受，想不通很多问题，才约大家的。"

胡英子："我想，这是上面研究定下的，恐怕变不了，我们能凑多少就多少，我爸走了，大家在我这儿凑的二十多万，你拿去吧。"

小个子机械师："你还有很多债务呢，我们的事与你无关。你别多想了。"

罗大河这时候还忘不了插一句戏言："你看，让人家急了，多不好。"

小个子机械师在桌下狠狠踢了一脚。

胡英子："那一些小债，我以后会处理的。"

罗大河："钱的问题我先不考虑，我是觉得冤得慌，也觉得被羞辱了一场。就三百万元可以了，还牛什么似的，我三千万也不卖……国家培养我，又不是一定要为国有企业服务的，为民营企业服务就不是为国家服务了吗，就不是为人民服务了吗，就不是为乘客服务了吗？"

张莹莹看看罗大河，生怕他说出什么离谱的话，赶紧打断："你别着急，大家商量着呢。"

林小洁看着罗大河，一脸地同情也一脸地天真：“罗机长，我在培训中心的时候就听闻你的大名，到乘务组以后，每一次看你从驾驶舱出来，都像英雄凯旋。有些不平的事儿，我们把沟沟坎坎填平，不就得了？罗机长，我们不走了，不就了了？”

戴露：“那不行，坚决不与你那歪肠子同学为伍，他神气什么！”

林小洁觉得自己没说错呀，看看罗大河，又看看秦芸。

张莹莹喝一口水，看看罗大河，也看到了罗大河的苦笑，她刚想说什么，秦芸先开口了：“小洁的说法也不是不可以，但已经不是现在的事了。如果罗机长没有正式提出来，把问题考虑得周全一点，眼下这个大麻烦不至于发生。但现在总部有了这个明确的意见，兴许是留人的办法，但我又觉得不能退回去，不能退，做人最没劲的就是反反复复。既然提出来了，就坚决做，得有点骨气。至于钱的事，也不是不可以去交涉一下的，按着理儿来，我们把事办得明明白白。”

戴露：“对，不能退回去，退回去有点苟且偷生的味道，不爽不爽，和你那狗屁同学去理论理论……”

秦芸阻止：“戴露，我们好好商量。不骂人……莹莹呵，你一直没有意见出来，你说呢？”

张莹莹想了想：“大河，我接到芸姐信息时正在高总那儿呢，他已经获得了情报，三百万元的赔偿这里刚做出决定，那边就知道了。但是高总不是这样看，他认为在市场经济中这个很正常，有人从他那儿挖人他也会这样。三百万元东海航空可以替你支付，但聘用合同增添一条，你对东海航空的服务期要承诺至少十年。我没有表态，只是向你传递这个意思。”

秦芸一直听着，不时地瞟一眼一直在着急的戴露，又看着张莹莹从心底里在为罗大河着想的样子。这时她的手机响了，她站起跑到了外面走廊。

走廊里的秦芸和街头的李云川电话联络着。

秦芸：“喂，云川呵，哦，是搬在别处了。这个以后再说吧，我今晚有要紧事儿呢。你说吧，什么事儿呢？”

李云川：“我找不到你，理由以后当面说吧，我想要你们组 206 号张莹莹的邮箱，你知道吗……有啊，太好了，给我发信息过来，你就别问了，你的这位部下愿意听我的创意了，嘿嘿嘿。承蒙嫂……大乘务长秦芸女士的关照。忙完了再给我发吧。”

站在街头的李云川合上手机，竟跳了起来。

罗大河还在谈着看法，秦芸走进来，坐下后还斜看了一眼张莹莹，有点暧昧的意思，谁也没有发现，她喊了一句莹莹，转而一想，却说出了另一句话：“……明天去专机指挥室报到，抽调到你了，有任务。”

张莹莹：“是。坚决执行。唉，我们听大河说呢。”

罗大河：“执行专机，那你先回吧。”

张莹莹：“没事儿，你说吧。”

罗大河：“……凭高总的精明和高明，他完全会这么做，我已经考虑到了。我的恼火似乎不打一处来，嗐，真是常说的一句话了，不打一处来啊。三百万元，确实是个障碍，但不是我越不过去，而是我不愿意飞越这样的障碍。”

戴露：“当然喽，你是飞越天空的。”

这个话可是说得又当口又冲人心怀，罗大河忍不住一乐：“戴露真是个开心果。”也在他说话的这当口，张莹莹注意到罗大河的剑眉轻轻一挑。

罗大河：“让东海航空来交付，常理上不是过不去，可我有点恶心，好像人家花了三百万元买了我去，这是哪门子的王道，我能走过去吗？”

秦芸：“罗机长，从心态上讲，我真的很欣赏你的这种态度，我们生活着，应当有我们愿意去做到的标准。但我们在社会上的奋斗，也有一个你说的常理，我想不管用哪一种方式解决，只要符合法律法规和政策，不妨去做一做，这无妨我们认可的品性，甚至可以说远一点，包括崇高和理想。”

小个子机械师：“对了，可以通过法律。谁说话算数呵，过去接受命令完成任务听领导的，现在是和领导论理了。他说三百万元就三百万元啊，打官司，对，大河，我们打官司。”

罗大河：“噢，这是一个新主张，我还来不及咨询法律界朋友的意见呢。”

林小洁："我倒是自学过一些法律知识，可是一般来说，打官司，尤其是个人与单位打官司，不要说输赢了，旷日持久是一定的。"

罗大河："是呵，这时间也赔不起呵。"

戴露突然想到了什么，啪地站了起来："对了，我有事，我得走了。大河，你们再商量，挺直腰板做人，哪有被钱困死的事儿，我走啦！"

罗大河一时有点蒙。

胡英子："哎，戴露，别走啊，光顾说话了，还没吃饭呢。"

戴露已大步跨出了门外。

戴露驾着车奔驰着，她满脸放光，为自己突然做出的决定兴奋无比。橙黄色的甲壳虫绕下高架，在幽幽的地灯里，直往一片幽深的树林里开去。

看得出前方是涵碧宫。

涵碧宫小餐厅，戴露父亲饱经风露的脸上露出惊讶之色。

戴露闯了进来，看到父亲独酌，嘻嘻地笑。

戴父："怎么啦？也不打个电话来。"

戴露："爸爸，你哪一天不是杯满盏满的，今晚沦落到一人独饮，嘻嘻，孤独了吧？女儿风风火火赶来陪你了。"

戴父："好呵，来，加一副碗筷。"

戴露："还要加一只杯子，我也喝一盅。"

戴父看着女儿嘿嘿地笑，戴露也挤挤眼睛嘿嘿地笑，家佣在桌上添上餐具。

戴父："来吧，等着你拉一张账单呢！"

戴露："爸爸，这也太直接了吧，我还没吃饭呢。"

戴父："别来这一套，说吧。"

戴露："这回可不为我自己喽，罗大河'跳槽'闹了大动静，公司要他赔偿三百万元损失费，否则休想走人。可我看他多待一天都难受，爸爸，你看……支持一下？"

戴父："这个事儿好办，不用你乱插手进去，你是欢喜他这个人，又不是欢喜他那些折腾的事儿。这应该由他投奔的东海航空的高总去考虑。"

戴露："这个我们早商量过了，高总出了钱，大河过去便矮人一头，不好受，我也不愿意他低三下四地进去。"

戴父："错，不同角度看问题而已，我要花三百万元买个人才进来，我更会高看他一眼呢。"

戴露："喏，你也用了'买'字，人家就不愿意让别人买来卖去嘛，打官司又耗时间，爸爸，你就开开恩吧。"

戴父："你这傻闺女，这要让人家高总去开恩的。懂不懂？不谈这个了，吃饭。哦，先喝一口。"

戴露："哼，不陪你吃饭了，我走啦！"

她一个转身，就旋风一般地走了。

张莹莹已经回到了自己的小屋，她望着窗外的灯火，宛如一幅《静夜思》的图画。

张莹莹打开手机："……大河，今晚大家都表示得很好，我明天就去飞专机了，我的意见也非常明白，再一次建议你与高总商量。刚才戴露突然走了，也不知道她又去想什么办法了，我不便去问她。你要慎重。还有些话等我回来再说吧。"

张莹莹放下手机，仍然远远地望着罗大河住的宿舍楼。

桌上的电脑又有QQ的呼叫声，张莹莹没有再去理睬，走进了盥洗室。

罗大河也站在宿舍的窗前，他伫立着，手上攥着手机。和张莹莹通完了电话，但他眺望的也许不仅仅是张莹莹。天空是黑沉沉的，但是有宝蓝色的光晕。他眺望的也许更远更深。有人敲门了，罗大河像从冥想中回归人间，急匆匆跑去开门，胡英子捧着一只小包站在门口。

罗大河："哟，英子，快，快进来坐。"

胡英子进了房门，她想了想："罗机长，我把门关上吧，这里有……"

罗大河已经明白了胡英子半夜敲门的意思了，他叹了一声，也点点头。

胡英子把门轻轻地关上了。

罗大河把沙发上的衣服往床上一扔："来，英子，坐。"

胡英子把手中的小包往罗大河的枕头下一塞，随手又整理起床上的衣服："我放这里了，我把'爱你的人'都取回来了，本来要派的用场用不上了，不管怎么样，留给你用了。"

罗大河："嗐，晚上我说清了嘛，我怎么可以用你的钱呢！"

胡英子："大家是说了很多办法，我看最终还是要用钱的。你就别推了，我送过来，不会拿回去的。"

罗大河不知道怎么办了："嗨，你看看，怎么一会事儿啊！你赶紧坐下吧，真让人看见了，像个女主人似的。"

胡英子大笑了起来，她放下了叠好的衣服，坐在了罗大河对面的沙发上："你啊，这里就缺个女主人呢，我又不是没有在这里收拾过，才不怕别人说去呢。罗机长，你呀，想当你女主人的不要太多哦，你也快一点定了吧，省得人家整天提着心气儿，还防这个防那个的，都是好姐妹，可不要为了你，伤了和气。我们可不答应哟。"

罗大河："都在说什么呵，你们看到谁了，谁啊？"

胡英子："想要我说呀，就不说，想要过嘴瘾，没你的事啦。好，我走了，免得被人误会成女主人。"

罗大河站起来："别，别别，你坐下，正好有话问你。"

胡英子："怎么？"

罗大河："英子，你倒真应该有个男主人了。你是不是因为自己结过婚，就把这扇门关上了？"

胡英子："那当然不一样啊，要不我当初还不好意思说啊，这事儿，不考虑啦。"

罗大河："唉唉，这可不行的，你那么漂亮，那么水灵，只要你把门打开了，我看想进来的人肯定如过江之鲫，要挤破头哦。"

胡英子："你以为是你啊，美女天下到处有，咱们航空公司更是一排排的。我现在有个妈照顾着，挺好。不想啦。"

胡英子说完就向门口走去。

罗大河追上："小英子，你听我说。"

胡英子站定了，她回头看着罗大河，看着这个比她高出半个头的英俊机长。

罗大河："我的机械师，一个劲地想要照顾你，恨不得时时刻刻和你在一起，只是他的孩子还要他费点工夫。你觉得他怎么样？"

胡英子的面容有一瞬间的恍惚，但很快平静了下来，而且平静得异乎寻常："罗机长，我们一直是好朋友，他也照顾我，很久很久了，我们的事，你就别多操心了。晚安。"

胡英子推门而去。

罗大河愣了一会，又摇摇头，轻轻吐出几个字："什么叫'我们的事'？"

胡英子蹑手蹑脚走进来，回到了自己的小屋。

静夜，她把门轻轻关上。她朝秦芸住的屋子望了一眼，又蹑手蹑脚走进自己的房间。她把自己的房门轻轻关上，走到了窗前，又转身看着小小的房间。没有开灯，胡英子借着航空城的夜光，把这又巡看了一遍。不知道想到了什么，胡英子解开了领口，今天她穿了一件无袖高领的上装，瘦腰、丰胸、圆肩，尤其明显。

她拿起窗前小桌上的一瓶矿泉水，咕咚咕咚地饮尽而止。

在这过程中，水瓶里的丝丝水波和她眼中若隐若现的泪波在夜光里显得更加清冽。

天亮了，在停机坪飞机库房，小个子机械师从机翼下横穿过来，穿着工作服的罗大河也从场道车上下来，两人走到空旷的大飞机修理车间一角停下。

罗大河："休息一会儿吧，明天飞普岛，是个好季节啊。"

小个子机械师："好像有话和我说？说吧，别今天天气哈哈哈了，你不是这种人。"

罗大河："嗨，到底是哥们儿，直话直说，你们的事怎么啦？"

小个子机械师："怎么今天又想起来了，你说，我们有什么事啊？"

罗大河："嗨，跟你说正经的，昨天我和小英子说了，你可要自己把握好了。"

小个子机械师一震："她怎么说了？"

罗大河："她不愿意多说下去，就说你们是好朋友，叫我别操心。"

小个子机械师叹一声，拔拳就在罗大河的厚厚的胸膛上砸了一下："你呀，多嘴，你真他妈的伤了人家了。"

罗大河："怎么说？"

小个子机械师都有点激动了，鼻翼一抽，使他不得不抹了一把眼睛。

罗大河："你说吧，怎么了？"

小个子机械师索性坐到了地上，罗大河也跟着坐下。

小个子机械师："好，我把这事儿说说清楚吧，省得你们这些人再伤她。"

罗大河只得摇摇头，那意思就是：我说什么啦？

小个子机械师："我是和你们一样，后来才知道她结过婚。最初看到她在那个小小的温馨小酒馆打工，又是为了多挣点钱替老人还债，我就挺同情她的，不就是为了替她保密嘛，我才不和你说的。后来才和你们一起知道，她是替公公还债治病，我更是感动得一塌糊涂。你不要这样看我，你们这些俗人。我很喜欢小英子，但我不会娶她。我那口子走得无影无踪，还有一个小儿麻痹症的孩子，我要好好把他带大。我能给英子再添一层负担吗？我能帮她的，我会帮到底的，你们不要管我，听见没有，你不要管我！"

小个子机械师又抹了一把眼睛。

罗大河看着他，眼睛发亮。

小个子机械师："我看她有困难，我就想照顾她，照顾一次是一次，你们就一定要往那里想啊？罗大河，你就是个俗人，知道吗，你就是个俗人！"

罗大河自我揶揄了："是，俗人，俗人俗人。"

小个子机械师："我今天倒还不是为了你们看不清我而生气，我是为你伤了小英子而生气，你知道不知道？"

罗大河真有点糊涂了。

小个子机械师："你不想想啊，你是猪脑子啊。现在大家都知道胡英子是结过婚的女人，我也是一个有残疾儿的鳏夫。噢，你自己不去追求她，那些大帅哥不去追求她，就我一个还矮她半个头的男人在吭哧吭哧地追求她，是不是？你们是不是这样以为的？你叫人家小英子怎么想啊，她当初不敢说自己结过婚的，还真是有个道理啊。罗大河，你说，你是不是伤了她？”

罗大河几乎被说晕了，他好像不得不接受这样的批评了，尽管他主观上对胡英子并没特殊看待，但他突然想起胡英子昨夜的表情，不觉长长地叹了一声：“那怎么办？又不好去道歉的。”

小个子机械师：“要道歉，就要去道歉。”

罗大河：“你也气疯了，那不越描越黑嘛。”

小个子机械师：“什么黑不黑的，你别瞎说了。你自己的事情好好去管管吧，到现在还没有理出个头绪来。”

罗大河一听，又烦了。

他站了起来：“算你小个子厉害，我服了你了。”

罗大河大步走出飞机库房，抬起头，阳光灿烂。

望湖小区门内圆盘的边上，戴露疾步走来，和一陌生人握手分别：“好，到‘我爱我家’，准时哦，过了这个村，没那个店了。”

陌生人笑了。

戴露跳上橙黄色甲壳虫疾驰而去。

橙黄色甲壳虫穿行在湖畔大道。

很生活的城市，很生活的景象。

巨大的波音 777 专机上。门慢慢关上了，移动的人是张莹莹。

在最后关上门的一刻，张莹莹眺望了一下门外的远方。

一览无余的跑道上，波音 777 滑向天空。

中国银行营业大厅，戴露将一页有点分量的纸放入一个银行信封，又将信封小心翼翼地放入小坤包，然后跑出大厅。

戴露从大阶梯上跑下来。

她全然不顾四周的一切，跑下阶梯后，就快速跳上了橙黄色甲壳虫。

橙黄色甲壳虫驶入大街。

戴露很兴奋，开着车还显得特别灵光，左避右让地，很快转上了高架路。

戴露晃了晃头，这才注意了一下自己的服装，一件低胸的泡泡纱紧腰小袄，很妩媚，但是不是太性感了。

有什么关系呢？戴露又晃晃头，加大了油门。

橙黄色甲壳虫驶来，不远处看得见玫瑰航空的宿舍区，天色已近黄昏。

戴露在驾驶窗上的侧影，一直保持着亢奋情绪的侧影。

快要到了，她这样想，减缓车速。

橙黄色甲壳虫驶进宿舍区停车场，车还没有停稳，戴露的眼睛又一亮，在橙黄色甲壳虫的左前方，黑色的雷克萨斯吉普很威风地停在那里。

橙黄色甲壳虫停下了，戴露跳了下来。

泡泡纱紧腰小袄，在各部位都很妥帖的牛仔裤，也许仅仅是因为天热，她一把扎起了头发。这位“玫瑰皇后”耳根通往肩胛的部位，其实是她最为性感的地方，只是，她没有意识到，因此，她比较常见的自我保护动作，是小心翼翼地观察胸前的敏感地带。现在，她又扯了扯胸前的花折领，然后快步奔进了宿舍楼。

宿舍楼是旧式建筑，但质量很好，戴露拾级而上，大概到了第三层，她步向了走廊。她走到罗大河门前，刚想敲门，门却自动打开了。

首先见到的竟是胡英子。

胡英子迎接她的是不太自然的笑，其实此时此刻的撞见，就是一种不自然的遭遇，胡英子笑得不自然，本来倒是一种自然，但戴露的感觉很不好。

接下去见到的才是罗大河，罗大河有点吃惊，因为这是戴露第一次来到自己的宿舍。当然，他很快微笑了，而且笑得很自然。戴露的感觉是：装。

罗大河：“哎，戴露，来呵，我们刚才在窗口见到你进来的，估摸着你要来找我，你看，厉害吧，还有美女亲自给你开门。”

戴露没有回答，和胡英子点了头，走了一步进门。

罗大河："坐坐，你是第三个到我这个房间来的美女了。"

这话说得很轻松，戴露也做无意状，胡英子倒狠狠地瞥了一眼罗大河。

罗大河："第一个就是我们的小英子，醉后换得美人扶归，让小英子陪了一宿，美好回忆啊。第二个是张莹莹，跟着我上来看看，那一天我很清醒，她倒有点醉意，站了一会儿又下楼而去。嘿，你忘了，在门口由我英雄救美还一拖了二。今天你们都来了，你是进这个屋的第三个美人。"

戴露："英子，你看这个喋喋不休的坏小子，我们走，不理他了。"

胡英子："嘻嘻，戴露，你刚来，一定有事，我倒要走了，去温馨小酒馆呢。你们聊。罗机长，谢谢你的祝福。"

胡英子转身走出门外，又轻轻把门关上。

戴露一直没有坐下，这一会儿她倒不知怎么开口了。

在两个人独处的情况下，且面对这个一直狂热地向他示爱的女人，罗大河一时有点窘。

刚才所有的玩笑其实把戴露想了一百遍的开场白全冲走了，她突然转身也向门口走去，想夺门而出。罗大河当然不会让戴露不明不白地走了，他上前一把拉住了她，把戴露转到了自己的身前。

戴露知道在她日思夜想的男人怀里了，她抬起头，望着罗大河，突然反抱住罗大河，把自己的脸贴在罗大河胸前，居然大声号啕起来。

罗大河抽出手臂，也搂住戴露，低声地："不哭了，什么事啊？慢慢说。"

戴露竟哭得像孩子似的。

他将戴露扶到沙发上坐下，然后自己蹲在她面前："怎么啦？戴露，你不要瞎想，我罗大河如果正式决定爱上一个人，我要向全世界宣布的，我不搞偷偷摸摸那一套。你应该知道的。"

戴露拉开小坤包的拉链，取出银行信封，交给了罗大河。

罗大河："这？"

戴露指指封口。

罗大河从信封里抽出信用支票一看，很惊讶："三百万，你这是？"

戴露这一回很平静了："这是我的钱，不是我父亲的。你只要填上公司的账号，你就自由了。大河。”

罗大河拉住了戴露的手：“这不行不行，我能用你的钱吗？不行不行，你哪里有这么多的钱？”

他急于要推辞，拉着戴露的手站起来，戴露也就顺势站起来，并且扑入罗大河的怀中。

戴露：“我把房子卖了。”

罗大河：“别骗我，还拿到支票了。”

戴露：“三百八十万的房子，我三百万就给了人家，人家还不一下子塞给我，我想慢还不行呢。”

戴露这句俏皮话把自己逗乐了，不觉咧嘴一笑。

罗大河笑不起来，但是望着戴露真诚而美丽的脸，他不由得紧紧地吻住了戴露的嘴唇。

戴露也踮起了脚尖，两只脚又踩在了罗大河的脚背上。她还把一直塞在自己耳朵里的两个耳塞，取了一个出来，塞进了罗大河的耳中。罗大河和戴露两个人都有点摇晃，很明显，共同的音乐达于两人的心灵。

罗大河：“迈克尔·杰克逊的《战栗》。”

戴露：“不要响。”

两人又有些摇晃。

俄顷，罗大河抬起了头，望着窗外：“戴露，恐怕不行，你不能给我。”

戴露：“不，我给你。我要整个儿地给你。”

她又抱紧了罗大河：“大河，你不用多想了，把这三百万拿去吧。我要你像个真正的男人，没有人能够难倒你，也没有人能够控制你，我也不愿意东海航空拿三百万来交换，你就要堂堂正正地走过去。大河，我爱你，我在三亚就这样喊，你到今天还没有听见吗？人们常常说我是玫瑰航空最阳光的空姐，也有人说我总是兴冲冲地在这里有滋有味地生活着，你知不知道，就是因为有了你。”

罗大河再一次抽出手来，反抱住戴露。

戴露还在他的怀里向着他：“就是因为有了你，你知不知道？”

罗大河已经把自己的头贴在戴露的颈部。很长一会儿，他移开了戴露的这一美丽的地方，感慨了一句：“戴露，巡视了你的脖子，很美很性感啊！”

秦芸迎进了李云川，在自己新的小屋。

李云川不用招呼便坐在了桌子边的靠背椅上。

秦芸笑笑：“哟，电话才放下，就赶过来了……急性子可不要去碰热豆腐哦。”

李云川：“不急，所以我才会一百遍、两百遍地给她发 QQ 消息呢。嫂子，在这里过集体生活哪？”

秦芸：“云川，尽管还没有办手续，不过从今天开始，你不必叫我嫂子了。”

李云川看一眼秦芸：“嫂子，哦，你的话我记住了，我也去过我哥那儿了。你们的事，从今往后我不会再提一个字。我认你姐可以吧，我就叫你芸姐，可以吧。”

秦芸笑得很淡：“呵呵，有你这么个弟弟，很好。”

李云川：“所以啊，弟弟的大事儿，姐姐一定要管，还要在关键的时候帮大忙。”

秦芸：“大事儿，怎么个大啊？”

李云川：“涉及我整个人生软件的总体设计，我断定‘飞翔 206’就是你们组的张莹莹。自从见过她以后，她的语言风格和语言后面的特有情态都告诉我，张莹莹就是‘飞翔 206’。我们网上联系很久了，现在这么急着找你，是因为我觉得她的情绪最近特别，我必须和她当面交谈。所以，芸姐不要再推了，求求你，把她的邮箱告诉我，我用邮件的方法直达她的心底。”

秦芸：“这么自信？”

李云川：“我是著名的青年软件设计师。”

秦芸又笑，笑得很善解人意的样子。

李云川感觉有戏了：“芸姐，发点慈悲吧。”

秦芸：“好吧，我写给你。如果你们在 QQ 上有过交流，而且你认定了就是张莹莹，掀开这一层面纱也好。凭我对你们的了解，你能够和莹莹沟通的。莹莹是个心气很高又很敏感的姑娘，你可要有心理准备哟。”

李云川接过秦芸边说边写下的字条，脸上已笑开了花：“你放心吧，精诚所至，金石为开。”

秦芸：“你说的情绪特别，是指什么？”

李云川：“感觉到有迷茫和痛苦，用她过去用过的语言，可能是飞翔的方向发生了问题。”

秦芸：“你了解她的感情生活吗？”

李云川：“姐姐给点儿情报吧！”

秦芸：“情报？”

李云川：“不不，你知道了也不要和我说，我不需要她的过去，我需要和她去过未来的日子。”

秦芸又笑了，很欣赏李云川的这种心态：“你啊，这是你和你哥哥最不一样的地方。你会成功的。”

李云川已经站起来：“好，失去的是一个嫂子，得到的是一个姐姐，这叫砸烂一个旧世界，建设一个新世界。全世界姐姐弟弟联合起来，那全世界都可以属于我们。”

秦芸笑得更轻松了：“你瞎说什么呀！”

张莹莹满脸的倦容，在飞专机的落脚地，是一个小小的房间。她躺在沙发上睡了，休眠的电脑发出一声声的呼唤，有点音乐感。张莹莹被唤醒了，睡眼惺忪地坐到了电脑前。

屏幕上出现了来信的提示。张莹莹点开一看，来信的人是李云川。

张莹莹很吃惊，这个人怎么知道自己的邮箱！

张莹莹再一点鼠标，看到了内容：“尊敬的‘飞翔206’，亲爱的张莹莹小姐：我是云上河流，大名李云川。自从见到你以后，我就明白了QQ上的飞翔，总有一天要落地。落地以后一定会有人拥抱你，那就是我……”

张莹莹的脸上有了动容的表情。

屏幕上的内容在继续：“因为我对你‘飞翔飞翔’地喊，从云上而起的河流也倾洒而下，终于到了你的身旁，而你却说，你总在飞翔。你问我为什么总要追逐你的飞翔，我无可清晰奉告，就像雄鹰为什么要飞上那一片白云一样。从地面飞向天空，很久很久了，结果在云上看人间，所以你在云上的时候，我就是你身旁的河流，你为什么让我白白地流淌……”

张莹莹不由得眼泪哗哗，也如河流一般。

李云川的信在屏幕上继续：“流淌可以啊，但到了人与人之间的狭窄的通道，我会咆哮而起，为了你，为了消除你的痛苦。肯定有一天，我会匍匐在你面前。今天的李云川，昨日的云上河流。”

至此，张莹莹知道了，也明确了，罗大河可能不属于自己，但有一个男人在等着他，这个男人叫李云川。

张莹莹倒在沙发里，从背上的颤动里似乎看到她一直害怕的失望和今后可能有的希望。

外面下着大雨，雨丝晶晶亮亮。

秦芸在整理衣服。在橱里一件件被挂起来，琳琅满目的衣裳每一件都是精致的，如她。大概有点累了，秦芸坐了下来，有一阵孤独感袭来，她知道这些孤独的日子要早一点结束，否则怎么叫生活，可哪儿是结束呢？手机的声音在这时恰到好处地响起。

秦芸：“喂，哦，你好……好啊，我也在想要不要联络你，你电话就来了。好的，我会过去。”

秦芸赶紧去了盥洗室，今晚，可能，什么都有可能。

青藤茶馆，江天芳袅袅娜娜进入，引得很多人观看，这么漂亮的女子，而且有一点高傲，白白的美丽面庞让在座的小伙子都伸直了脖子。

江天芳旁若无人地进了贵宾间。

方波浪站起来，握手，然后在凳子上坐下。

女侍应进门，在桌上放下两杯茶，又离去。

方波浪：“天芳，过去我们相见，总在和智明一起的时候。今天为什么单独约我？”

江天芳：“智明去意大利了，时间要很长，是你的主意吧？”

方波浪：“主意从来是自己拿的，智明的主意智明拿，天芳的主意天芳拿。也许今天你有一点孤独，但不说明你的未来就一定不会阳光灿烂。”

江天芳："听话听音，你好像知道我和智明目前的状况。"

方波浪："对不起，朋友的私人生活我一概不发表意见。"

江天芳："不过你还是提到了孤独。我也相信我会去迎接阳光灿烂。托你吉言，我想问的问题是，国际运动会还有一月余，我如何去度过？"

方波浪："这很好办。你是训练有素的首席模特，你和玫瑰航空的空姐们很熟，不妨去向她们学点儿礼仪。再说了，像你这样高素质的美女，在飞机上一定会让人眼睛一亮。顺便说一句，我听智明说过，我也赞同，中国女人中有的被认为苗条，却也干瘪了一点；有的被认为丰满，却也肥胖了一点。丰满而又苗条，你算一个。"

江天芳："在智明不在的时候，你最好不要这样恭维我。这样在女孩子面前讨好的男人，智明曾经说过，一定居心叵测。"

方波浪："心底深处的善意可以化解。"

江天芳："呵呵。去玫瑰航空，说真的，我也这样想过，最好她们能够批准。会不会某一天在头等舱见到你呢？"

方波浪："有可能。"

江天芳："这是我向你请教的一个问题，我还想得到你指教的是关于我和智明的关系。你是智明的忘年交，我听他很多次高调地谈到你，特别是你的品位，常常点拨了智明的才思。我想问，我还要再努力吗？"

方波浪："我刚才已经申明，朋友的私人生活我从不干涉。要不要继续努力，你自己没有把握吗？"

江天芳："我不知道，像一个谜。"

方波浪："那就等智明回来再揭开谜底吧。"

江天芳笑了，有一点点苦涩。生活啊！江天芳在心里一千遍地对自己说。

方波浪："对不起，我得走了，今天我还约了人。"

江天芳："这茶还没喝一口呢。"

方波浪笑笑，打开了门。

医院豪华病房，门打开了，迎接林小洁的是崔啸，今天崔啸就要出院了。

林小洁来到了病房。

在医院门口，朱运良，她的“猪哥哥”在等她。

豪华病房的会客区，崔母从沙发上站起来。

崔啸拉住了林小洁的手，转身向母亲喊：“妈，小洁，嘿嘿，小姐姐来了。”

崔母：“小洁，来，坐下。”

林小洁：“崔妈妈，听说崔啸完全康复了，我们组的人都很高兴，我也一样，接到你电话，我就匆匆赶来了。崔啸，祝贺你重获健康。你看，东西都整理好了，我们走吧。”

崔啸：“妈妈让你坐一会儿，你就坐嘛。”

崔母已经拉住林小洁坐了下来：“坐吧，小洁，我们小啸的病已经基本好了，医师交代他再好好休息一段时间。我已经给他在这里买下了一套精装修的房子，滨江新区的江景房，挺漂亮。这两天呀，小啸要不就想着动漫动漫，要不就想到你，你在飞机上保护了他，住院以后又给他带来了力量，尤其是精神的力量，我们一家，包括他在美国的爸爸都很感谢你。”

崔啸：“妈，你说那么多的客套话干什么！小姐姐，我的愿望，也是我妈妈的愿望，现在我的病治好了，还是希望我们常常联络，欢迎你到我的新家里来。我等会儿把地址发到你手机上。”

林小洁：“好啊，你妈妈说了，你还要注意休息。伤在头上，要多加小心哟。”

崔母：“你有空就来坐坐吧，我们真的感谢你。”

林小洁：“崔妈妈，你不要再挂心上了，崔啸从美国回来不久，就做了勇敢的志愿者，照顾他是应该的。我们走吧。”

崔母：“好吧。小洁，我想表示一点意思，你又不让。有空来坐坐吧，过几天我也要回美国的，他爸爸那儿业务很忙。我和小啸都很喜欢你，欢迎你来。”

他们说着，已提起了东西，往门外走去。

医院大门石阶上，崔母、崔啸和林小洁走下来。

崔啸：“林小洁小姐姐，要不你现在就和我们一起回家，去看看新房子？”

林小洁笑笑：“不了，我还有事。这是你们的车？”

他们已经走到了一辆崭新的沃尔沃旁。

崔母：“刚给小啸买的，看来他要在这个城市扎下根了。”

停车场一侧红色小花冠车内，朱运良看到了这一切。

沃尔沃车旁，崔啸在车的后备厢放进了所有的东西，和母亲一起上了车。

林小洁与他们挥挥手。

崔啸摇下了车窗，突然给了林小洁一个飞吻。

红色小花冠车内，朱运良的面色就不太好了。

他看着林小洁转身走了过来，目不转睛地盯住她看，到了林小洁跳上车的刹那间，他就发动了车子。

林小洁偷偷地斜看了他一眼。

朱运良依然不语。

林小洁：“人家美国长大的，你知道吗？”

朱运良冷冷地：“好吧，就算是美国式的告别，你已经胜利完成任务了。从今天起，我不想再看到他。”

林小洁又瞥了他一眼，笑起来，不知想到什么，又笑了一下，很纯洁也很清朗。开着车的朱运良没有注意到。

红色小花冠向前驶去。

白色马自达车停在街边。秦芸在车内接电话：“我应该基本明白情况的……还是要去你那儿？好吧。”

秦芸在手机上发信息：“我可能要晚一点儿，请见谅。”

发完信息，白色马自达就转向了。

姬水娟办公室，姬水娟站起：“来，坐下吧。”

秦芸进门坐下。

姬水娟："先说公事吧，明天飞普岛，那儿的情况比较复杂，最近还在闹罢工。你们又要在那里驻休三天，所以特别要把握好。和你们搭班的又是罗大河机组，飞行素质上公司没有任何担心的，但是上面特别让我和你个别交代一下，请注意，不用在组里多啰唆。罗大河的'跳槽'是我们航空业开天辟地第一回，震动很大。罗机长自己也一定听说了，所以请你注意他的情绪，要保证安全飞行。"

秦芸："我的工作我知道，其实那天罗机长提交辞呈的时候已经说了，他会服众命令、尽责岗位。凭我对罗机长的了解，我们完全可以信任他。在我看来，即使准备'跳槽'了，他也是一个可以信赖的人。"

姬水娟："你这个秦芸呵，较真儿是好的，像你这年龄时，我比你还较真，可是你较真的不是地方。好了，就这样吧，你组里也有些新情况吧，具体我就不说了，与罗大河也有点关联吧，做乘务长的，姐姐妹妹的事儿也要帮助好大家。"

秦芸点头，桌上的电话机响了。

姬水娟："是我……不会吧？完全做好准备了。谁？哦，他的意思，还在开总裁会议，如果是决定，我可以通知，好。"

秦芸："怎么了？"

姬水娟："又有人提问题了，明天罗大河机组改为飞国内了。"

秦芸霍地站了起来："这，太不妥当了。"

姬水娟做无奈状。

秦芸转身就奔向门外。

秦芸从电梯里奔出，往左刚走几步，又往右疾步走来，一些职员给她让路。

总裁会议室，秦芸推门进入。

有五个男人坐在椭圆形的会议桌边，罗大河的老同学也在列。

老总抬头："你？哦，是我们的优秀乘务长秦芸同志嘛，怎么了？"

尽管唐突了一些，秦芸仍然优雅地欠身："哦，对不起。我还从来没有这样闯过会议室，因为时间紧，我就赶上来了，我以为，临时撤换罗大河机组不妥。"

老总："撤换？"

罗大河的老同学敏感地瞟了一眼秦芸。

其他几个领导如坠云雾。

老总看了眼罗大河的老同学。这位老兄居然很轻松地吐出一句："我刚看见的流程表，我给调整了，罗大河要'跳槽'，和公司不是一条心，我不放心。"

秦芸："按说这也不是我管的事，但我们组与罗大河机组常有合作，我们非常了解他，我们也通了话，要出色地共同完成这一次的任务。如果组织上出尔反尔临时变卦，这会带来什么后果呢？请领导们想一想。信任是极可贵的，但也是相互的，一定要好好地珍惜和爱护呵。同事之间，上下级之间，要是少了信任，那还有什么信心、决心，连一点儿温暖都不存在了。罗大河'跳槽'，和公司可能不是一条心了，但我相信，他和中国的航空业是一条心的！"

老总听了，频频点头。

罗大河的老同学有点无从回答，突然诡谲地一笑："秦芸同志，你们经常性地与罗大河搭班，你们组也有不少女孩子常常去那个飞行大队的七八层宿舍楼吧！罗大河的歪主意……"

秦芸轻轻地吐出三个字："真无聊。"

老总却突然拍了桌子："够了，你还想说出什么来？"

罗大河的老同学镇住。

秦芸："我只是提了一条意见，请领导考虑，我走了。"

老总："等等。秦芸同志，谢谢你。罗大河机组按正常排班执行任务，不必做出更改。再一次谢谢你。"

秦芸优雅不变："我，走了。"

她的背影消失在门口。

老总重又坐下来："……刚才，我可能冲动了一点，请你谅解。不过我们的问题我是越来越清楚了。我们为什么留不住罗大河这样优秀的机长呢？不是老是在口上挂着，要体制留人、环境留人、岗位留人、待遇留人吗？我看还要再加上一条，叫感情留人。我今天才算明白了，罗大河的走，你是有责任的。秦芸同志的意见其可贵之处就在于，要尊重人丰富的情感世界。在精神领域里，尊重和信任也是巨大的生产力。”

在座的领导个个正襟危坐，当然包括罗大河的那个老同学。不过此时他的表情丰富得很，脸上写满尴尬和窘迫。

湖畔茶座，黄昏时分，在悠闲自得的喝茶人中，方波浪和李云亭的面容显然有点特别了。方波浪喝一口茶以后，又看看越过几张桌子后的入口处。

这是沿着湖畔一排儿蜿蜒而去的茶座，有四五十张桌子的规模，颇为壮观。一种生活气息或者叫城市气韵的东西一旦壮观起来，便有点不同寻常了。

李云亭也喝了口茶，他恐怕无心欣赏，还有点战战兢兢：“……该说的几件特别有隔阂的事都说了，我总觉得不至于这样呵。有些事，也比较难以启口，姬老师劝我应该有个孩子了，或许能够改善婚姻，所以我想不能分居下去了，半夜……”

方波浪：“你不必再说了。”

他是有点生气了，这个学生，这个孩子啊！

方波浪：“云亭，过去常叫你小云亭，现在该称你李校长了。学校的规模也这么大了，现代化程度也非常高，进入一个新时代了。与我在的那些年完全今非昔比了。可是云亭，你的婚后生活，你所说的一些差异，你看起来好像都是小小纰漏而已，可是在一个重要的精神层面，别人不这样看。秦芸是个好女人，我现在可以下结论了。我坐飞机，以前就认识她们，只是最近才知道，是姬水娟把自己乘务组的成员，曾经在你的花样游泳队里做过运动员的秦芸介绍给了你。她没有错。我再一次肯定地说，秦芸是不错的女人。你没有把她当成宝贝呵，一个男人爱一个女人，不是别人教她的，只有真把这个女人当成宝贝了，才可能给她在她看起来合适的爱。嗨，云亭，说了那么多，你还会有信心吗？”

李云亭稍作思忖：“我很遗憾，但好像……真是很累。”

李云亭从包里抽出一张纸：“这是有一次吵架以后，她给我的一张纸。上面有林青霞的小诗，我是弄不懂，太累了。”

方波浪接过纸，看去：

人生小语

林青霞

小时候重复做着同样的一个梦，
墙角有一张又平滑又白的纸，
心里感觉很清凉，很舒服，
因为太喜欢这种感觉，
生怕它会变皱，
它却开始有了皱褶，
那皱褶越来越多，越来越皱，
我那清凉平静的心，
也越来越纠缠，越来越绞痛，
就在这个时候我醒了。

方波浪抬头，看看李云亭："……有点明白了，云亭呵，有些看起来很累的事情，其实恰恰是很有价值的事情，问题就在你刚才说的一句话，你说你弄不懂。弄不懂，才累呵。弄不懂，怎么能不累呢？"

李云亭看着方波浪，也有点困惑了。

茶座门廊，秦芸穿着淡蓝色的裙子款款而来，与路人擦身而过之际，她的安静和娴雅总会跳脱出来。

她已走到一排儿茶座边上。

她看见了方波浪，优雅的步子显然有些加快。

她突然发现方波浪的身侧有个人在那里，目光呆滞，表情迟钝。这，这不是李云亭吗？

方波浪知道她看见了李云亭，用目光在召唤她快点过去。

但是秦芸毅然决然地转身走去，步子更快了。这个背影有点仓促，背影上落下的是方波浪的担忧。

方波浪看见秦芸转身而去，深感做了错事，他其实不必"力挽狂澜"的啊。

秦芸走得很远了，才回过头，满面的迷茫。

第十八章

波音 747 头等舱前间，秦芸正在广播：“女士们，先生们，我们是玫瑰航空公司秦芸乘务组，执行 MG968 航班乘务。今天执行飞行任务的是玫瑰航空公司的罗大河机组。机长罗大河有多年飞行经验，曾被民航局评为模范机长。我们的飞机很快就要起飞了，首先我代表玫瑰航空公司，向今天的乘客表示欢迎。感谢大家对我们的支持和关爱。”

接着是流利的英语重复。

秦芸乘务组的空姐们着装整齐地在自己的岗位上向大家鞠躬。第一次穿上空姐制服的江天芳，站在林小洁的身后，果然英气逼人，眉宇间还有一种聪慧之色。

大家又放松下来，忙着起飞前的准备。飞机开始滑动。

林小洁在广播了：“我们的飞机已经开始滑动，请大家在原座位上坐好，系好安全带，关闭手机……”

就在这时，在操作间的秦芸突然想起什么，打开边上的衣柜，从自己的包里掏出手机，果然没有关机。她打开一看，有短信，再点开，她看到了方波浪的短信内容：“经过一夜的慎重考虑，同意你离婚。”

秦芸有惊讶，动动嘴角，把手机关上了。

这时候的机上广播是江天芳用英语在播送刚才林小洁的内容，声音圆润，吐字清晰，可贵的是流利中带着亲切感。

秦芸重又站在操作台前，不觉又陷入深思，但很快就重重地叹一声，端起手中的托盘，向驾驶舱走去。

此时，她的脸上感觉已了无杂念。

驾驶舱内，罗大河坐在驾驶座上，慢慢地引导飞机滑行。小个子机械师紧盯着仪表。

门开了，秦芸把托盘中的茶杯放在驾驶舱内的专属区位，笑着要退出。没有一个机组成员回头，但大家一起发出了一个共同的声音：“我——爱——乘——务——长！”还是没有人回头，不过拖长的音节里显然有笑音。

秦芸笑了：“调皮鬼。”

罗大河也没有回头，不过举起了右手，在自己的肩上做了一个爱心的手势。

秦芸又笑笑，优雅且温暖。她关上了驾驶舱的门。

蓝天白云。

波音747插入天空。

飞机很快出现在白云之上。

舱内，坐在头等舱的客人，在飞机的升空过程中，大都在闭目养神。一个西装革履、下巴铁青的外国青年，看上去精力旺盛，睁着一双大眼睛东张西望。

飞机进入计划中的高度，非常平稳。

坐在各自岗位座上的空姐们站起来，下一个程序是在自己的服务区域内安全巡查。从秦芸开始，所有空姐微笑的面庞在机舱里一一闪现。细致和专业，还有一些必要的警惕，都体现在她们漂亮的脸上。在经济舱的过道上看到了戴露，她的神情里还有某种兴奋。沉浸在爱情中的人一般是这个状况。

江天芳随着林小洁走过来，很文雅。

有人好像要问什么，林小洁俯身去听。

江天芳则被那个下巴铁青的外国青年拉住了手。她也俯身，想等待这个乘客的询问，但是他什么也没有说，只是盯着江天芳笑，笑得很投入。江天芳想收回自己的手，可也是徒劳。

这种男人的笑容和拉住女人手的手劲，使作为女性的江天芳完全接收到了对方发出的信息。这名外国男子看起来很年轻，甚至有点幼稚，好像刚刚开始睁开眼睛看世界。这时的江天芳脑中没有别的思维通道，只有一个服务意识，她以平静的神色用英语轻轻问道："先生，需要提供什么服务吗？"

这名外国男子，虽有些幼稚和青涩，却异常粗猛，他抬起拉住江天芳小手的手臂，往江天芳俯身的肩颈间一弯，使自己恰到好处地在江天芳的耳根上吻上了一口。

缺乏经验的江天芳惊叫一声。

头等舱内大概有几秒钟的秩序失常：林小洁拉着江天芳迅速闪入头等舱与操作间连接处的门帘。胡英子出现在了这名外国男子的面前，笑容平静，递上一张饮料单："先生，请您选用。"

秦芸也出现在头等舱过道，朝乘客们微笑，她的不同凡响的气质似乎有一种使人镇静的力量。

普岛大酒店大堂，秦芸乘务组背着统一的黑色小包，拉着统一的黑色航空箱，穿着统一的制服在大堂里鱼贯而入。

不一会儿，罗大河机组也鱼贯而入。

这个大酒店显然是个海景饭店，巨大的落地玻璃墙外是很多热带植物，更远一点则是海天一色。

在前台旁，江天芳突然看见了什么，扯了扯林小洁的手臂。

不远处的柜台旁，有外国人在登记，身后站着的，就是飞机上那名下巴铁青的外国青年。林小洁和江天芳看他时，他恰好也看了过来，他的眼睛和江天芳的眼睛在途中遭遇了。没有谁感到有什么威胁，尤其是此刻的江天芳。

罗大河已与秦芸站在了一起。

戴露上前一步，轻声说道："听说过没有？这是个产生爱情与浪漫的岛屿。"

罗大河："这里什么都好，就是节奏太慢，你看都登记半天了。"

秦芸笑笑。

戴露贴近一步，更轻声了："哦？那我们加快一些节奏？"

罗大河明显听出了戴露的意思，大笑了起来。

秦芸看看他们俩，露出祝福的笑容。

秦芸到了房间，打开了窗户，窗外的空旷和大自然的得体真的让人心旷神怡。秦芸深深地呼吸了一下，她盼望中的消息如期而至。

这是方波浪的短信：“祝愿平安落地，我即飞东京，带着白先勇青春版的《牡丹亭》，昆曲可以熨平皱褶，有机会可以告诉林青霞。”

秦芸又有被触到的感觉：“这个人哪。”

她低头回了信：“我已在普岛酒店休息，祝顺利。”

秦芸又做了一个深呼吸，窗外的景色让人迷醉。

手机短信又复：“谢谢，国际长途昂贵，我可能经常会给你发短信。如蒙允许，我便自作主张了。”

她又回信：“我不会剥夺任何人的发短信权利。”

秦芸笑了，笑容竟有些调皮。这种瞬间轻松愉悦的心情，久违了。

方波浪也笑了，在头等舱入口处。他关上手机，然后过了检票小姐，走进了有一定长度也有一定深度的廊桥。

廊桥的氛围竟然是玫瑰色的，方波浪的心情与此交相辉映。

普岛纪念品一条街上，在温馨小酒馆常常相聚的所有人，除了张莹莹都在这里了，当然还多了一人，是江天芳。下午的阳光有点吓人，他们在游客中挤着绕着，然后步入一间门面非常精致的商店。

那个下巴铁青的外国青年和一个年龄相仿的同伴也闪入店里。

大家围绕着一些黑木雕塑议论起来。

小个子机械师的声音慢慢取代了大家：“……好东西呵，这种黑木工艺品，珍贵之处在于原材料和工艺水平。这种黑木的硬度胜过多数金属，仅次于钻石，只产生在非洲，数量很少，历史上留传下来的黑木雕精品，现在存在纽约大都会博物馆……”

那个外国青年和他的同伴钻在纱衫工艺品柜台前，借着纱的飘拂和遮挡，一定在关注这一边，可能是语言问题，他的同伴在向外国青年复述着。

胡英子很佩服地看着小个子："哦，很厉害。"

罗大河和秦芸都看了胡英子一眼，他们听出来的结果，好像不仅仅是对黑木雕的赞扬，罗大河给了秦芸一个似乎无奈的眼色，倒让秦芸有些不解。

小个子机械师又拿起一个裸女的雕塑："这种风格的处理和雕塑上的刀法运用，完全是非洲独有的。我关心过一些地方的收藏，普岛算是比较多的，不过价格也是最昂贵的。你看这个也就和筷子差不多高，要三百六十九美元，有点贵了。"

江天芳："不过这个是有点价值的，我看这个岛上的所有纪念品中，这个黑木雕是最有品位的，大家都选一个吧，和大家初次见面，算我送大家的礼物吧。"

戴露："哈哈，我赞成。来，大河，你选个母的，我选个公的，哈哈。"

打趣声中，大家选起来。

外国青年和他的同伴在纱衫处一闪，不见了。

很快，在店门口又出现了外国青年的影子，他离开前回头看看店里，与江天芳的目光接上了。见江天芳没啥反应，他挤挤眼睛迅速离去。

柜台上，七件属于非洲人物造型的黑木雕正在装入纸盒。

店主拿着一张名片走过来，用英语向大家说明，这七件黑木雕刚才已有人付账，并请店主转达，希望用这七件黑木雕作为他送给大家的礼物，同时也希望中国玫瑰航空公司接受他的歉意。

众人一时有点错愕。

店主把手中的这张名片递了过来，秦芸接住了。

据名片上的英文介绍，这位送礼物的人是埃及法品香精国际机构的CEO：穆罕默德·舍尔勒。

林小洁意识到了是谁，看了江天芳一眼。

江天芳也感觉到了，她又望望门口。

普岛上的太阳余晖也通亮通亮，带点儿金子的颜色了。

宾馆室外咖啡廊，下巴铁青的穆罕默德·舍尔勒坐着，他的边上有一排叫不出名来的白色花朵，在夕阳的光芒里却显得色彩丰富。

他的同伴带着江天芳走过来，坐下后，同伴离去，几乎与此同时，女侍应就递上了菜单。

江天芳礼貌地笑笑。

穆罕默德："好吧，我来给你安排。小姐，请点两份极品海蓝套餐，要一瓶小拉菲红葡萄酒。"

女侍应点头，转身离去。

穆罕默德这时出乎意料地使用了汉语："江小姐，先听我解释三条请你和能够请到你的理由吧。"

江天芳："你会说汉语？还说得不错。"

穆罕默德："是的，我会说，而且是在中国学的，我是清华的 MBA（工商管理硕士）毕业生。目前属于游手好闲阶段。"

江天芳："你不是讲三条理由吗？有点奇怪呵，你也会讲三条。"

穆罕默德："怎么啦，不能讲三条？"

江天芳自嘲地一笑："哦，你讲吧，我说的三条是我母亲常常说的话，和你无关。"

穆罕默德特别认真地："我看你们中国人讲话喜欢一二三的。好，第一条，我看见你就爱上了你；第二条，我忘了其实我已经知道的中国人的情爱表达方式，因此我需要向你道歉；第三条，我是跟着你们去商店寻找我向你们赠送合适礼物的机会，这个办法的主要动机也是为了创造一个可以单独约你的时机。我说得很坦白，不知道是不是又会让你惊着了。"

江天芳："我看你有埃及人的诡秘，还有中国式的狡猾。"

穆罕默德："绝对准确，我到中国完成学业用了五年，毕业已半年多了，还没有听到过你这样的评价。"

江天芳："那是因为没有遇见过我这样的女孩。"

穆罕默德："对，太对了！我一见到你就惊为天人，第一个，绝对是第一个。"

江天芳："你还想见第二个？"

穆罕默德："不，不不，不需要第二个……哈哈，你好狡猾，你才有中国式狡猾，不过狡猾的狐狸露出了尾巴，你这么说，也就是接受了我的求爱喽？”

江天芳：“你求爱了吗？你太不懂我们中国人的求爱了。我们姑娘示意对方求爱，那是先要了解清楚对方的，哪可以糊里糊涂接受求爱的！”

穆罕默德：“我们埃及人求爱是不需要对方示意的，也不需要了解清楚对方的。看来是有些差异，不过有差异才有刺激，充满新鲜感，多好。”

江天芳有点笑意了：“你这个人有点好玩，老自说自话、自我陶醉。唉，穆罕默德先生，你得让我了解你呀。”

穆罕默德：“嗯，好……”

他站起俯身又想去吻江天芳。江天芳避开。

穆罕默德：“让你了解我呀。”

江天芳：“用你的汉语语言，不需要你的肢体语言。”

穆罕默德：“看来遇到一个不可以轻易对付的漂亮小姐，唉，我还是喜欢你这样有内容的难人。”

江天芳：“男人？”

穆罕默德：“哈，是想难到别人的难人。”

江天芳：“我看你们这些留学生呵，在北京也学了一些坯子的油腔滑调，好，说吧。”

穆罕默德还用上了京白：“好……你、听、着……”

咖啡廊对侧的酒店餐厅，秦芸和罗大河、小个子机械师坐着，桌上有几碟非洲式小菜。

秦芸：“看来我们是多余的了，不过我总有些担忧，所以约你们在这里吃饭。”

罗大河：“秦姐，我刚才一看，心里就有了底，这个男人不像胡搞的人，只是一下子看不出来是哪一个国家的。原来是埃及人。”

秦芸：“这看得出来的啊。不过他在飞机上和在商店里的举动都有些特别，我说，听天芳的，如有必要我们把钱送还给他。”

罗大河：“我看也没有必要了，这人懂得风流。”

秦芸：“好啊你，罗大河，以前没和你碰撞过男人女人的话题，原来你还果真风流啊。”

罗大河："不好吗？"

这让秦芸有点难以用语言表达了，其实她何尝不解风流呵。她看看小个子机械师，只看见了他故意挤挤眼睛，这种嘲弄似的意思也不是她的本意。然后，秦芸看看远处的江天芳："天芳是经得起风流的。"

小个子机械师："秦乘务长此话有水准，我们罗大机长的风流也上了水准呵，叫不著一字，尽得风流。"

罗大河盯了一眼小个子机械师。

秦芸听明白了："罗机长，那你也要懂得风流呵，不要让我这些漂亮的妹妹也应了一句话，叫'风流反被风流误'呵。"

罗大河："秦姐，你这一指示可让我担当不起呵。其实我也慢慢地明白了，我应该把谁揽入怀中。你们俩也不是外人，我今天可以慎重地通知你们，我准备与戴露确定恋人关系。"

小个子机械师紧盯着罗大河，不是太短的时间，但罗大河没有躲闪。秦芸倒显得平静一点，不过她的眼光似乎又在询问。

小个子机械师突然放松了下来，还长叹了一声。

罗大河明白他为什么长叹，带着点怪意乜斜了一眼。

秦芸："戴露的攻势连我都被她烫到了。她是一个爽朗、向上、心地善良的女孩。都说她是富家女，但富家照样会出好女子。罗机长也中意于她，一定是因为你们有心灵相通的地方。我在这里先祝福你们。"

罗大河："谢谢了，秦姐。"

他大笑了起来，很有男人气概。不过笑眼四溢中，有流光在小个子机械师脸上扫过。小个子机械师的怪怨还更多了一些。

秦芸也想到了什么："不过，据我判断，罗机长，崇拜你的不会是一个两个，我们这儿是美女堆……"

罗大河："秦姐不必往下说了，我罗大河知道该怎么做。"

小个子机械师："秦乘务长不必多虑，他的脑子清楚得很。"

这句话听起来不错，但语气似乎有些埋怨，罗大河听得出来，所以再乜斜一眼。秦芸没有再细想下去了，她又向咖啡廊看去。

穆罕默德在咖啡廊笑得很爽朗："……是啊，我就是著名的香精王子。

在下这厢有礼了。”

江天芳：“你这个埃及人怎么会对中国戏曲感兴趣？一会儿京白，一会儿越白，我是上海长大的，我还会唱越剧呢。”

穆罕默德：“哦，那给唱一段《梁祝》，怎么样？”

江天芳：“你看，连《梁祝》都知道。不过现在还没有到唱的时候，这普岛也没有唱《梁祝》的氛围。”

穆罕默德：“这好办，中国的杭州我去过十几回，那万松书院我也拾级而上拜访过，爱情圣人梁山伯呀，我好崇拜。以后上那儿去唱。”

江天芳：“好你个香精王子！据说你和希腊的造船王子、科威特的石油王子、美国的传媒王子，还有我国香港的地产王子，合称世界五大王子，其他四位都已接上班了，你这位为什么还是，以你的话说还是游手好闲呢？”

穆罕默德：“大概是香精的本性吧，游呵，闲呵，都和香精有关呢！”

江天芳：“又是埃及人的诡秘。”

穆罕默德：“不要老说诡秘诡秘啦，你怎么不说这是法老们传下来的智慧呢。”

江天芳：“有智慧的人才诡秘。”

穆罕默德：“其实呵，我的爸爸也不老，当然他是香精王国的国王，让他再去忙几年吧！我呀，马上不游手好闲了，我要全副精力享受爱情啦。”

江天芳认真地看着穆罕默德，一个外国人突如其来的求爱，确实有点让她猝不及防：“……穆罕默德，我必须认真地告诉你，我还是一个学生，在校期间被选为国际运动会首席礼仪，为了学习接待和服务，到玫瑰航空实习，以后也可能到玫瑰航空工作。你的提议我会考虑，结果在哪一天产生，我不知道，但不是今天。”

穆罕默德：“你讲的一切都和爱情无关，和爱情有关的只有一样东西，那也是爱情。”

这句话与其说打动了江天芳，还不如说震动了江天芳。尽管这样，江天芳也只是让穆罕默德紧紧抓住了自己摆在桌上的小手，仅此而已。

海滩旁的绿荫小道，秦芸和罗大河、小个子机械师散步过来。

秦芸："唉，这三位上哪儿了？"

罗大河："这里的风景太迷人了，她们不会一路看过去，最后迷了路吧？"

秦芸："不会，戴露来过。我和她几乎跑遍了整个岛屿，每一条路都有戴露的影子呢。"

小个子机械师："嗯，美人美景，可惜了美人身旁那时候没有罗大河大机长。"

秦芸似乎发现了什么，快走几步，去寻看什么。

罗大河拖住小个子机械师，在他的后脑勺处紧紧地抓了一把："小个子，你别耍嘴皮子了，你对小英子的好心好意，我是被震撼了，可我对别人也都会好心好意的，你别掺和，懂不懂？"

小个子机械师："我懂，我也是，干吗瞎掺和。"

小个子机械师说着，却扭过了头去。

罗大河在小个子机械师的后脖子处的手掌，顺势推了他一下，小个子机械师略有趔趄，但迅速转身，他没有笑，竟然满眼泪花。

罗大河也一时被蒙住，上前又在小个子机械师的肩头轻轻捶了一拳。

普岛黄昏，远方的落日已在海水中投下了影子。

漫天的火烧云，也烧着普岛上游客们的遐想。

这儿是岛西沙滩，戴露、林小洁和胡英子跑得累了，在沙滩上扑倒了。

戴露："来，转过来，面向大海。"

三个人又一同趴在沙滩上，宽松的休闲裙在风中飘拂。

戴露："你们看，如何？再过一小时，在那太阳已经完全无影无踪的刹那间，就是天地间最神圣的那一刻了。我和芸姐在这里趴过，我当时感觉天就是男人，地就是女人。"

林小洁："你说得真好。"

胡英子："有道理，我们那里的女人，特别高兴或者特别憋屈的时候，常常会对自己的男人说，哦，我的天！"

戴露笑起来："哈哈，我早就听说过，你们那里最著名的叫唤，哦，对了，你们那里的著名作家哲夫写的，那著名的叫唤，就是在床上最美妙的时刻，女人对男人喊：哦，我的天！”

林小洁忍不住笑了。

胡英子：“你这个大嘴巴，臊不臊呵。”

戴露：“且不评价，但来自传说，总有在民间流传的道理。哎，小洁，以后你可以带你的‘猪哥哥’来呵，这里多浪漫啊！对着你的‘猪哥哥’喊，哦，我的天！”

林小洁：“去你的，运良到过这里的。”

戴露：“啊，这样呵，这地方可是容易产生艳遇的地方，你要审问审问他。”

林小洁脸上有忧：“我才不呢！起码的信任都没了，还问什么？他是毕业后把在欧洲勤工俭学攒的钱，全部用在了有园艺设计出了名的地方，为了以后的创意的成功。他说，在每一个美丽的地方，他都在想当时对于他来说，其实已经失踪的我。”

戴露：“哇，好美丽。”

林小洁：“所以我想，艳遇和爱情是两码子事。”

戴露：“你这意思是，艳遇和爱情可以兼而有之。”

林小洁：“错，一个人在心里只要有了爱情，有艳遇也会遇而不艳，或者是艳而不遇。”

戴露：“好经典，我也终于有了答案。”

胡英子也点头，眼里也有憧憬。

沙滩旁小道，秦芸突然尖叫起来：“对了，你们跟我来！我知道啦，戴露应该在那里。”

罗大河、小个子机械师跟着秦芸跑去。

大酒店门厅，江天芳和穆罕默德在道别。

江天芳：“谢谢你，穆罕默德先生，我不会忘记你。”

穆罕默德：“江小姐，晚安，后会有期。”

江天芳挥挥手。

穆罕默德却张开了双臂，江天芳没有动，穆罕默德只是象征性地抱了抱，然后在江天芳的脸颊上贴了一贴。

江天芳笑着，挥手。

她回到了自己房间的窗口，窗户打开了。江天芳出现在窗口，她望着窗外，神情有点恍惚。

在她的视野里，红霞满天。

岛西沙滩，秦芸、罗大河、小个子机械师和戴露、林小洁、胡英子在沙滩上跑着，他们会合了。

秦芸：“你们看，对吧，我想起来了，我知道戴露最喜欢这里。美吧，这里是沙滩，那岸上的远处是大片的绿，然后这弯弯的海岸线就这么绕过来，前边又有窄窄的礁石屏没入海中，尤其是此刻，晚霞里的此刻，美极了。”

罗大河：“嗯，无法表述，太迷人了。”

秦芸：“英子，刚才戴露和你们说过这是什么地方了吗？”

胡英子立刻明白了，但她只是看看林小洁。

林小洁一笑：“很直接，戴露说是容易发生艳遇的地方。”

戴露：“哇，你们不厚道，这个话不可以当着男人的面说。”

秦芸：“你慌什么！你说你那时候有艳遇吗？”

秦芸故意一问，可将戴露逼上了需要表态的地步。秦芸的善意她事后会知道，可此刻她却有些慌张。她看见罗大河对她富有热情的笑，笑得还有些鼓励的意思。

林小洁又来一句：“说啊……”

这倒有点找到回答问题的灵感了。

小个子机械师反倒有点怕出事，打断了他们：“哟，你们看，落日！好壮观……”

戴露立刻打断：“大家看我。我隆重宣布，三年七个月加十六天前，我就开始暗恋罗大河，暗恋是单方面的爱情，单方面的爱情之纯洁的程度比双方沟通了的爱情还要纯洁。林小洁同志刚才说，一个人心底里有了爱，有艳遇也会遇而不艳，或者是艳而不遇。此为我爱情的最好注脚。”

刹那间有一阵宁静，美的震慑有时候也来自心灵。

秦芸突然鼓掌。

大家也举起手鼓掌。

戴露已顾不上什么了，她往罗大河方向跑过来，罗大河也早已激动万分，他迎上前去，把戴露抱了起来。

应该发生些什么了，在场的人都这样以为。

普岛之夜，沙滩上的天空，是暗红色的云层。

翻滚着的海水一直有着动静，一层层的翻越，一片片的波动，一会儿是黑黝黝的藏蓝，一会儿是紫沉沉的赭红。

罗大河的剪影。

戴露的剪影。

他和她慢慢地靠近，他和她感到了彼此的呼吸。

他和她都以一种优美的形体动作，使自己身上的衣服，离开自己的身体，然后又优美地落到了沙滩上。这一些过程中的变化，竟然也在剪影中完成。

天边的一条晶亮晶亮的地平线，通体橙黄。

罗大河与戴露紧紧地相拥在一起。从剪影的变化中，我们可以明白他们在重复着人类最古老也是最纯洁的爱的方式。

罗大河变得温柔起来，他轻轻地把戴露放倒在沙滩上。

戴露也变得柔顺起来，她躺在沙滩上，已经毫无附着物的身体与沙滩的边际线连成了这个海岛上最具线条美的浪漫。

罗大河俯下身来，尽管是剪影，仍然可以感到他的雄健和阳刚。

男人和女人的身体的剪影完全吻合了。

戴露发出从来未曾有过的柔软的声音。

罗大河则发出异常浑厚又极为明朗的声音。

戴露：“你知道众神之父宙斯的故事吗？男人和女人本来就是一个整体，是他老人家硬生生拆成两个的。”

罗大河：“很好啊，所以被拆开的这一半要去寻找被拆开的那一半。”

戴露：“我们找到了，终于找到了。”

罗大河："我们是一个整体了。"

戴露："都怪那个宙斯，让我们分别那么久那么久。"

罗大河："我们现在是一个整体了，我们从来没有分别过啊，戴露，你是我的。"

戴露："拿去吧，我是你的。"

完全合在一起的沙滩上的剪影进入了美梦的狂舞。

远远的天边，最后一丝亮色完全沉没。

就在这最后的光线消失的刹那间，剪影的狂舞也戛然而止。

静静的人体的曲线。

静静的大地的曲线。

在专机驻地，电脑屏幕上荧光一闪，然后什么也没有了。

屏幕前的张莹莹愣住了，她不知道发生了什么，也不知道为什么发生，电脑死机了。

张莹莹好像有一种预感，她站起来，合上了手提电脑。

她步至窗前，窗原本是开着的，遥远的天空，也像电脑死机的屏幕一样，什么也没有，有什么也看不见。

张莹莹把窗户关上了。

普岛大酒店房间，站在窗前的是秦芸。

她也在望着遥远的天空，当然，她也一定望到了并不遥远的海边。她笑了，又低头去看手机上的文字："人间的温暖和浪漫，何曾离开过我们的身边。你放心，我很好。"

这是秦芸写下的短信，接收者一栏上出现的名字是："方波浪"。

秦芸点了"发送"。

她也关上了窗，然后在一张花形的沙发上坐了下来，小桌上有一杯刚泡的咖啡，热气袅袅。

她手上的手机没有合上，她在等待。

是的，手机的屏幕是她此刻的窗口。

东京涩谷酒店，方波浪也坐在沙发上，拿着手机。

电视机屏幕上正在放送青春版《牡丹亭》。杜丽娘和柳梦梅在那里转悠，昆曲的音乐缠缠绕绕。

手机屏幕上的文字：“从《牡丹亭》想到一往而深，情不知所以有时候也要难倒一往而深之人。汤显祖，妙也。”

方波浪点了“发送”。

杜丽娘的一声轻叹，长长软软，不忍的心理被拖了出来，方波浪抬头，泪光盈盈。

普岛酒店房间，秦芸看着手机，一直看着，眼睛里一层层潮湿上来。

她放下手机，把双臂搁在沙发的边沿，花形沙发使她如在自然怀抱之中。秦芸闭着双眼，眼角上出现了细细的水珠。

很久，就这个样子。

东京涩谷酒店，方波浪看着屏幕，柳梦梅正在甩着长袖。

这个《牡丹亭》的男主人公喃喃地吐出几个字来：“小生姓柳，名梦梅，表字春卿，乃唐朝柳州司马柳宗元之后。自小孤单，生事微渺。虽已三场应试得手，怎奈时运不佳，穷困不堪。只得依赖园公郭驼，栽种花果度日。每日情思昏昏。忽然前日，做得一梦。梦一大花园，梅花树下，见立着一个美人。她说：‘柳生啊柳生，遇俺方有姻缘之分、发迹之期。’这梦来得蹊跷，因此改名梦梅。”

方波浪忽然长叹一声，又看看手机，不觉又发出一声长叹。

他在手机上又打下十个字：“本是一柳，何故梦梅？痴也。”

点了“发送”，方波浪端起桌上的红酒，喝了一口。

屏幕上的柳梦梅转身而去，留下一个多情的背影。

普岛酒店房间，秦芸仍然坐在花形沙发上，还是那个姿势，一点也没有变。她读到了方波浪的短信，浅浅一笑，这会儿她不再迟疑，马上回了短信：“梅很安静，疏影且形单影只也可；梅很清高，孤傲且暗自浮香也罢。父亲为我取一单名叫芸，小小芸草，无人顾及，但取一叶夹在书中，保护书籍而已。”

秦芸写完，自己读了一遍，又浅浅一笑，可能觉得这种短信来往，真还有点无厘头，想一想，还是发了。

秦芸站了起来，又打开了窗，一眼望去，夜空晴朗。她又看到了从沙滩方向过来的小道上，有两个人影，秦芸马上认出了这是戴露和罗大河，怕打扰他们似的，她赶紧关上了门窗。手机又来了短信。

还是方波浪的：“我们的短信，取其表有点无厘头；取其质便是真性情。能用芸草来保护的书籍一定是好书籍啊。”

秦芸的笑容也很真性情了，不过她仍然回了这样的短信：“芸草飞入好书籍，且信东风好眼力。另：在我的婚姻问题上，你给了我冷静和鼓励。谢谢。明天你有发言，不再打扰。晚安。”

秦芸发送了以后，稍有犹豫，又关了手机。

她和方波浪现在有了同感：这样的短信再发下去，局面可能不可收拾。

沙滩小道路边的情侣摇椅上坐着戴露和罗大河。

小道和小道旁的热带植物，月光下的柔软沙滩和远处海面的粼粼波光，很典型的赤道风光。

戴露：“我们再坐一会儿吧，我不再缠你了，我想和你说一句话。是关于张莹莹的。”

对于罗大河来说，这时候说起张莹莹，显然有点突然。罗大河稍有诧异，但还是点了点头。

戴露到底是戴露啊，当面就是一句：“张莹莹也非常爱你。”

罗大河也直面戴露：“我已经知道了。”

戴露：“我们是好朋友，我不想找了对象丢了朋友。你说怎么办吧。”

罗大河：“哈哈，这好办，我远走高飞，到太空里去做宇宙飞船的机长。”

戴露：“休想！我同样不愿意交了朋友丢了对象。”

罗大河：“那怎么办啊。”

戴露：“不开玩笑了，这是正正经经的事情。你听着，你回去交了三百万元后，就大步往东海航空走吧。东海的高总是先看上张莹莹，再有了用你的想法。莹莹能力强，有领导才能，就是年轻了些，没人敢用她。但是高总非常欣赏她，我看以后的东海航空的乘务部大概就交给她了。你要坚决支持她去，你们要好好合作。我了解莹莹，我对你也很放心，不不，这话不太准确，我的意思是，信任是相爱的基础，我也支持你们的合作。大河，我们对莹莹要好一点，懂吗？我们对莹莹最好的姿态就是对莹莹要好一点。”

罗大河非常惊讶：“戴露，这一回，我可是，可以这么说，就在这一刻，我是全部、百分百地爱上你了。”

他跳了起来，不容分说地把戴露抱了起来。然后他又跳上摇椅，分开双腿，用他飞行员的平衡力，抱着戴露，在摇椅上大幅度地左右摇晃，几乎可以和热带植物在风里的舞蹈媲美。

摇晃间，听见戴露支支吾吾的声音：“……你的意思，是说……刚才在沙滩上，你还没有，没有百分百，没有百分百啊……没有百分百是不是？”

罗大河大笑。

静静的普岛之夜。

烟雨中的天青色，映衬着普岛的早晨，海面上也飘着一层淡蓝色。

沙滩上有些喜欢赶早的游客，在靠近岸边的水面上，居然也有人在那里沉沉浮浮。

普岛沙滩上，胡英子和小个子机械师在沙滩上伫立，他们脚下的沙滩上有不同方向来的两行脚印。晨风拂扬胡英子的长发和衫裙，一种清新的美在她身上呈现。

小个子机械师看看胡英子，胡英子脸上亮若朝露。

小个子机械师：“英子，你也喜欢早晨散步啊？”

胡英子：“早晨睡不着，起来看海滩。多美啊，就下来走走了。你呢？”

小个子机械师：“哦，我有晨练的习惯，在这里一个人照顾一个人，我更要来散步了。”

胡英子：“照顾一个人？”

小个子机械师："哦，就是自己。"

胡英子一乐："呵，是这意思。挺好，我们再走走吧。"

小个子机械师："走走，嗯，走走。"

两个人默默地走着。小个子机械师先开口了："英子，我觉得你过去和我说的一些困难，很多已经不复存在了。老人家在温馨小酒馆也做得挺顺畅了，你的生活可以有新鲜的日子了，是吧？"

胡英子："是啊，我现在觉得每天每天都是新的。"

小个子机械师："你面对生活的挑战是非常坚强的。我现在的意思是，人的每个年龄阶段都有属于这个年龄段的日子，你应该开始新的生活了。"

胡英子停了下来，捋了捋头发，面容有点放了下来。

小个子机械师："在我们玫瑰航空，在那么多空姐里，大家对你的印象可好了，你那么美，很多人都说有一种特别中国的美。'爱你的人'团队里五六个人，对你的善良和温和更是高度评价的……"

胡英子："你对我还要这样评价一番啊？"

小个子机械师："哦，我的意思是说，像你这样的好姑娘，应该跨出一步，去寻找你的……"

胡英子再次打断："你不要再说了，从你一开始说，我就知道你在想什么了。这个问题，很多人都在和我说，但我不想听到你也说。你知道吗？"

小个子机械师愕然："这……"

胡英子："就是不想听见你说。"

小个子机械师也有点急了："那你总要……"

胡英子："叫你不要说，你就不要说嘛。"

她丢下了这么一句，便加快步子走去。

小个子机械师还是愕然。

普岛酒店大阳台，站着两个凭栏远眺的美人，是秦芸和林小洁。

林小洁托着下颏，望着远处蓝蓝的海和稍浅一点的蓝蓝的天。看着看着，她笑了，还是纯纯的笑，很安静。

秦芸看见了："小洁，想你的园林设计师了？笑得这么甜。"

林小洁："呵呵。看来风浪过去了，我们该打算打算结婚的事了，爸爸妈妈要我们交往一年两年再确定关系，我看没必要了。”

秦芸：“爸爸妈妈是关心，主意你自己拿。你说的风浪一定平静了？”

林小洁：“风源没有了，还有什么风浪可以搅和嘛。崔啸完全康复了，我的任务也完成了，我的身边已经不会出现这个人了，他还担什么心呢？也是的，他生怕我会被别的什么吸引过去。哦，美国富商的儿子，就那么怕啊，嗐。”

秦芸：“也难怪人家，你们久别重逢，可是我们的职业又总是在天上，像这样的驻休四十六小时还算短的，要是去欧洲有时候还不是得花上一周的时间？好不容易在地面，你又要去陪病人，还是一个不错的小伙子，人家不多想啊？”

林小洁：“所以我不怪他，看他那着急的劲儿，我还逗着他玩。”

秦芸笑笑：“这类事，你也不要大意，情感的事开不得玩笑。”

林小洁：“嗯。”

酒店走廊，罗大河大步走来，在房门前停下。他敲敲门，没有反应，又到边上一间敲敲，还是没有反应，他想了想，再敲了一间房门。

门开了，是穿着睡衣的戴露，她一看是罗大河，一把就把他拖了进去。

戴露反手关了房门，跳到了罗大河身上，搂紧了罗大河的脖子，在罗大河的脸上、耳上、脖子上一阵雨点似的狂吻。

戴露：“想我了吧？睡不着了吧？急着找我吧？就要你这样，就要你这样，要的就是这样。”

罗大河不由分说地就把戴露的嘴堵上了，然后他抱起戴露，把她扔到了床上。

罗大河：“戴露，现在的任务是，起紧去换衣服，我们的任务有变，我在找秦芸呢。”

戴露这才明白过来，指指窗外：“刚才我见她在大阳台上呢。”

罗大河转身走去。

酒店阳台，罗大河大步走到秦芸和林小洁身旁，秦芸见罗大河一脸严肃，知道有意外了，她面色一沉。

罗大河："办事处来电话，据科学预测，今晚或者明天清晨将有特大飓风席卷普岛。中国政府决定，今晚八点以前，接回全部中国游客，我们的航班仍然准点起飞，但要用所有空座位接上游客，北京已派来两架波音747，五小时后到达，停留一小时后全部接回中国游客。办事处要求我们提前两小时到达机场待位，要防止一切非正常情况出现。"

秦芸："是。"

普岛机场，穿着整齐的罗大河机组和秦芸乘务组跳下大巴，从候机大厅鱼贯而入。

穆罕默德·舍尔勒看见了江天芳，他像遇见了救星一样地追了上去。

穆罕默德："江小姐，江小姐。"

秦芸等人放慢了步子，他们已认识穆罕默德，都向他致以微笑，不过听到他使用了汉语，也有些惊奇。在秦芸的默许下，江天芳出列，站在了穆罕默德身旁。

江天芳："穆罕默德先生，你也回呀？你不是昨天晚上飞迪拜吗？"

穆罕默德："我的同伴先回去了，我，我想和你一起再回中国，可是刚才去买票，售票处的小姐说，有座位，但只卖给中国人。我，我怎么办？我给她香水，她收下了香水，票还是不给我。"

江天芳："这件事，会不会有点难度？"

江天芳看看在入关处正在安检的秦芸，而且也看见了秦芸在挥手。

江天芳："那你再去商量商量，我要进去了。"

穆罕默德："江小姐，我想去中国，你不会不知道我的心思吧。唉，中国有句话，叫'风雨同舟'，是吧？"

江天芳笑着转身："我去试试看，你不要走开呀。"

穆罕默德·舍尔勒笑了，笑得还怪憨厚的。

玫瑰航空办事处，秦芸和江天芳在等着，门外尽是忙忙碌碌的人。

江天芳急了："还不来啊。"

秦芸："罗机长刚才打了电话了，会来的，还有时间，你不要急。"

江天芳："我倒是不急。"

秦芸挺明白江天芳的心思，笑得有点暧昧。

江天芳不敢对视，又去看门外。

门外，穆罕默德·舍尔勒在角落的长椅上坐着，边上是一大堆行李。

他焦急地等待着，盯住安检口。

江天芳还是焦急："大家应该知道吧，飓风的事。"

秦芸："预告一直有的，但是准确做出登陆判断的是昨夜，听说比原先预测的早了两天。国内已经派飞机来，不容易。"

江天芳有点急了，又看看门外。

秦芸："这位穆罕默德先生要是走得了，你可要做好准备哟，飞机上的偶遇，然后叫一吻定……定什么啦？"

江天芳："芸姐，别开玩笑啦，人家自己决定去中国的。本来飞都飞走了。"

秦芸："天芳魅力无穷呵。"

这时，一个人匆匆走了进来："可以了，你们去通知他。对了，你们出不去，我去用广播。"

秦芸也松了一口气。

江天芳还有点不稳："他不是中国人哪。"

这个人："我不是拨专线了嘛，他是在中国的留学生，刚毕业，在中国境内的签证没有作废，所以和国人同等对待。嗨，都派了两架大飞机来，再加上你们的，座位够用。"

江天芳松了一口气。

普岛机场候机厅，穆罕默德显然听见了广播，喜形于色，推着行李就走向票柜。这位年轻的香精王子，步子也轻盈起来。

飞机头等舱，秦芸忙着做准备工作。长长的走廊，不时晃过戴露、林小洁、江天芳、胡英子的身影。

秦芸想到什么，又掏出手机看看，关了机。

她看看表，又把手机打开了。

戴露走到了头等舱，朝廊桥深处望望。

在一侧忙着的林小洁笑了：“还没到机组登机的时间呢，你要不在这里坐坐？”

戴露朝林小洁“哼”了一声，走回经济舱去了。

秦芸也笑了。

手机响了，她看手机上的短信：“我今日回国，明天计划飞普岛。”

秦芸愕然。

第十九章

机场出口大厅，罗大河机组和秦芸乘务组回来了。

他们本来要穿过大厅，走向门口停着的大巴，但一进大厅就被挤在电视机前的人们阻断了通道。秦芸的手机响了，她低头一看。手机上的文字是：“由于你的及时阻止，我未去普岛，没想到能避过这一场惊天灾难。现在你应该平安落地了吧？”她回了四个字：“平安落地”。

秦芸突然悟到什么：惊天灾难！

她和大家一起拥到了电视机前，电视屏幕上正在播出普岛海啸的消息，画面上滔天巨浪砸向普岛，高大的棕榈树在风与水的肆虐中倒地。昏天黑地完全搅成了无法描述的惨状，普岛的美丽不复存在。电视机前的人们不时地发出一声声惊呼。

画面上出现了罗大河机组和秦芸乘务组住过的普岛酒店的俯拍镜头，罗大河和戴露待过的摇椅及椅边上的大阔叶木，在一层巨浪扑下来后荡然无存，只有沙滩和小道依稀可辨。

电视机前的人群又一阵惊呼。

罗大河机组和秦芸乘务组的成员也挤在人群中，即使是看上去沉着坚毅的罗大河，也露出惧色。无情的海啸！戴露悄悄地移近罗大河，在他的身后，不由分说地抱住了他。罗大河当然知道谁会在这时候抱住他，他把宽大的手掌紧紧地按在了环在自己胸前的这双手上。在他背后的戴露，神情放松下来。

屏幕上又见到了普岛酒店的阳台和呈弧形的一排咖啡座。这是秦芸、林小洁、江天芳、罗大河和穆罕默德·舍尔勒出现过的地方。顷刻间有飓风横卷而过，建筑物犹在，只是风雨中已成狼藉一片。

屏幕前的这几个人都有点吓傻了，林小洁倒抽一口冷气，连连摇头。

江天芳觉得有男人的手抓紧了她的手，她转过身一看，才发现穆罕默德已经在她的身边。看不出来是谁主动了，两人拥抱在了一起。穆罕默德又松开了她，他看到了边上的秦芸，又上前拥抱了秦芸。

穆罕默德："谢谢，谢谢。"

秦芸和江天芳都听懂了他的意思，笑了，笑得很温暖。

穆罕默德靠近江天芳："怎么样？和我打的走吧，我们去雷迪森，庆贺我们的重生。"

江天芳："不行，我有安排。"

"那好，回头再说。"穆罕默德把手放在耳边做了个听电话的动作，然后挤开人群离去。

电视屏幕上，还在狂风大作，不时地传来播报的声音："……这股飓风引起的海啸，据说在普岛百年不遇，原先预测的风向和时间在今天上午完全发生了变化……飓风突然转向，风力也增强为十七级，其诡秘的行踪也为历史上所罕见。这股超强飓风的突然侵袭下，岛上的秩序完全乱了……到现在为止，已有一千七百六十三人失踪，岛西的观看日落的度假村一带，已发现了二十九具尸体，是被倒塌的房屋夺去生命的……"

罗大河过来和秦芸招呼："车到了，我们走吧。"

乘务部大院门口的路边上，沃尔沃停在那里，从前窗看进去，驾驶座上是精神气儿很足的崔啸。

他摇下了车窗，望了一回门口，又摇上了车窗。

乘务部更衣室，林小洁穿上了精致的淡蓝色碎花裙，再背上一个藏蓝色圆角坤包，推开更衣室的门，走去。

林小洁走在乘务部大院里，素颜，湿发，步子轻盈。手机有短信的铃声，她停下来，看手机："林小姐，我与小啸通电话，感觉他情绪还不稳定，今天说你要回来，他说要见你，他说你是他的动画之神。万望理解。崔啸妈于美国。"

林小洁又关上了手机，笑了一下，很甜也很纯。

崔啸在车里看见了林小洁已出现在门口，在门口张望。

崔啸启动车子驶到林小洁身旁，从车上跳了下来。

崔啸：“小姐姐，我来接你回去。”

林小洁：“咦，你怎么知道我今天回来？”

崔啸：“那还不好办？航班是最有时间可寻的，请吧，我的天使。”

林小洁：“小崔，我有约，我们改日再见吧。”

崔啸：“那就去参观一下我的动漫工场，等会儿我送你过去，小姐姐，你就答应嘛，人家一天天算着日子的。”

林小洁：“那，好吧，我吃晚饭要去妈妈那儿的，我们说好啦。”

崔啸：“遵命。”

他们跳上车驶去。

停在门口的红色小花冠车内，这一幕被前来接林小洁的朱运良全部看到了，他先是远远地看见了林小洁的身影，但有点不相信，车近了，他确认了是林小洁，更糟糕的是一旁站着的是在医院里见过的男生。这不是小洁说过的以后不会再见面的病人吗？更严重的情况发生了，小洁居然跳上了沃尔沃！

红色小花冠已经驶近，并且已经刹住了车。但是沃尔沃已经驶离，而且速度很快。

朱运良想了想，又发动了车子，追了上去。

沃尔沃车内，林小洁在后座上发短信。

崔啸开着车：“我中午的时候听到了普岛海啸的消息，心里那个急呵，我知道你飞普岛呵，还在那里休整几天的。打很多电话才问到了情况，你们已经在空中了，哎哟，放下心了。欧文讲过，灾难来临时，在灾难之上是平静的。尽管这里面有哲学层面的意义，但你们连生活层面也站到了灾难之上，下面在海啸，上面在飞行，那是什么感觉？”

林小洁还在低头发信息。

崔啸：“听见了吗？”

林小洁已发出信息，抬头：“听见了，你这个调皮的小弟弟。”

崔啸：“嘻嘻，小姐姐今天素面朝天的样子，更好看了。”

林小洁：“照你这样说，世界上的化妆品全送进仓库算了。”

崔啸：“我本来就不要画出来的漂亮。”

林小洁在他的后背盯了一眼。

红色小花冠车内，朱运良放慢了车速，在看着手机上的文字：“我已落地，公司有事要办，我不在公司大院等你了，晚上你直接去妈妈家好了，我办完事再去。吻你。”

朱运良揿了回复，但又撤了，他关上手机“哼”一声，又加快了车速。

前面开沃尔沃的男人也一定急成什么样子了，车子开得贼快。朱运良离他尽管有点远了，但仍紧追着沃尔沃，弯了个立交桥桥下通道，红色小花冠还是和沃尔沃在同一路线上，朱运良跟得非常精确。

滨江新区住宅，沃尔沃驶进小区，往地下室钻了下去。

不一会，红色小花冠也开到了门口，被门卫客气地挡住了。

朱运良跳下来，门卫客气地又询问，朱运良没回答，只是探身往小区里看，看上去绝对高档的住宅小区的院落里，根本没有沃尔沃，更看不见林小洁和那个男人的影子。

朱运良掏出了手机，看了一眼，重又跳上红色小花冠，开到一边的绿树下，靠着路边熄了火。

车窗里的朱运良，这个年轻的园林设计师显然在忍受着心灵的煎熬。

新楼新房，电梯门开了，崔啸和林小洁走出电梯。

从电梯门到房门的走道，已经可以感到这个楼盘的豪华。

林小洁的眼神里有一些小心翼翼的东西。

崔啸一把拉起林小洁的手，又加快几步，边走边掏出钥匙，到门口也几乎没有停留的过程，直接把门打开了。

眼前是豪华的家居客厅。

精装修的排场非常明显，但室内由各种架子和一些动漫造型形成了与精装修的客厅风格完全不同的艺术氛围。架子上是一些草图，在一排由大而小的系列画架上，也摆着一批由大而小的少女动漫造型，看得出来，这个少女造型的原型就是林小洁。

林小洁已经走到了架子前，看到自己在这里被塑造成在视觉感受上很清新也很亲近的形象，笑了。

崔啸却在盯着林小洁看，看得入迷。林小洁转过脸来看他了，他又嘿嘿地笑：“小姐姐，好吧，我设计了一张，这一些都是电脑的功劳了，由大而小，或者由小而大，再从这里看，由前到后，再由后到前，怎么样，很有动感吧？”

林小洁：“好玩。是我吗？”

崔啸认真地：“是与不是之间。不过，一旦成为公众的动漫形象，她就是独立的了。是你，不过是属于我的；不是你，但是属于大家的。”

林小洁：“听起来，好像很拗口呵，你要设计一个天使的动漫形象，怎么漂亮怎么来，怎么善良怎么来，怎么亲切怎么来就是了，不用讲究跟我像不像的啊，小崔。”

崔啸：“创作是来源于生活的，是你给了我灵感。你不用管那么多啦。而且，而且如果属于我的啦，我就再也不会交给别人了，我要珍藏，好好守护。”

林小洁：“小崔，你在说什么呀！一会儿是你的，一会儿是别人的。现在我是在你的动漫工场，我们说你的动漫作品吧。”

崔啸没有听出林小洁的意思来，还沉浸在自己的情绪里：“我把这个动漫形象取了个你也很熟悉的名字，叫‘小姐姐’。”

林小洁笑出了声：“呵呵，现在的动漫名字很时尚的啦，你还取这么质朴的名字？”

崔啸：“一片时尚中，突然冒出一个质朴的，也成了最最时尚的了。有很多这种成功的经验。况且你这个小姐姐给了这个小姐姐很多精神营养，关于这个小姐姐的动漫故事就可以开始创作了。动漫创作往往是定了卡通形象以后才开始创作的。我一定要搞好。”

林小洁：“精神营养，嗯，这个词用得还不错，我可以接受。”

崔啸：“小姐姐，你来，你看我的书房、我的卧室、我的健身房，嘿嘿。这是钟点工来做饭了。”

他带着林小洁介绍自己的新居，钟点工走了进来，随后走进了厨房。

崔啸指指钟点工的背影，拉着林小洁的手走进了书房：“小姐姐，我们在这里坐吧，你看能不能让我和你说几句心里话。”

林小洁：“要精神营养了，可以啊。”

崔啸：“不完全是，精神营养是给那个卡通小姐姐的，我想告诉你我现在真真切切的感受。”

林小洁意识到崔啸会说出什么，她试图转移话题：“哟，你这儿有《马奈选集》，大草原，真好。”

崔啸：“有太多这样的书了，这都可以属于你的。”

林小洁更觉得已经到了危险的边缘，她看看表，突然尖叫：“啊，不对了，我得走了。小崔，等你有了新作，我再来。”

崔啸：“那，我送你。”

林小洁：“不用了，我妈妈已派车来接我了。”

说话间，林小洁已经走到了门外，崔啸赶着送出来，林小洁把电梯门也打开了。

林小洁：“我走啦，谢谢你。”

电梯门紧紧地闭上了。

崔啸很失望，歪歪头。

小区门口路旁，朱运良从车上跳了下来。

林小洁正好站在他的面前。

朱运良气呼呼地，竟一时无语。

林小洁：“哇，你还真的来接我啦，呵呵。”

朱运良：“我告诉你，今天是全世界都听到了海啸的日子，我也要海啸了！我辛辛苦苦赶到公司大院，却眼睁睁地看着你，不，看着我的女人被另外一个男人接走，来到了这个有钱人的豪华的地方，我又眼睁睁地看着我的女人和一个富家子消失在这一片冰冷的水泥墙里面。我在这里等啊等，你知道我在这里的每一秒都是怎么过来的吗？林小洁，你不是说你是工作任务吗？你不是说任务完成了吗？告诉你，早就该下班了！”

林小洁：“运良，你都在说些什么呀！我真想象不出你会这样对我讲话。运良，你总有一天会后悔这样冲着我喊，污辱我。”

朱运良："污辱？不，是我受到了污辱。要说后悔，我是后悔了，我后悔我怎么会又找到了你，我再也不想见到你了！"

林小洁真害怕朱运良还会说出什么难听的话来："运良，你不要再说了，我们去妈妈家。"

朱运良突然压低了声音："不用了，不用去了。"

他把手中的车钥匙往地上一甩，掉头跑去。

林小洁："运良，运良！"

朱运良仍往前跑去，林小洁捡起钥匙跳上了车，启动车辆，但她看见前面的朱运良拦住了一辆出租车，跳了上去，甚至都没有回头再看一眼。

出租车疾驰而去。

林小洁坐在车内没有动，眼泪却簌簌直掉。她掏出手机，显然是给朱运良拨电话，但她得到的回答是，你呼叫的电话已经关机。

这时，她感觉到身边的车窗暗了下来，像一块云遮过来。

林小洁转脸一看，崔啸笔直地站在外面，林小洁没有闪避，但也没有拉下玻璃来。

崔啸还是站着，用手指轻轻地敲了敲车窗。

没有闪避，但也无心理会，林小洁垂下了眼睛。

崔啸仍然站着。

车子是一直发动着的，现在缓缓地往前移动了，崔啸没有去阻拦，红色小花冠终于加快了车速，往前驶去。

崔啸仍站在那里。

少体校花样游泳训练馆，李云亭和秦芸在游泳池边走过来，他们看着碧蓝的水波，波光晃在他们脸上。

四周非常安静。

然后，他们又走进了教练室，大玻璃窗外仍可以看到泳池蓝蓝的水面。李云亭放下手中的文件夹，示意秦芸一起坐了下来。

看着李云亭平静的脸，秦芸也心平气和："怎么把我叫到这里来了？你不是让我永远不要再到这个学校来吗？"

李云亭："咳，看来你还生气啊，看来我决定在这里和你谈是对的，看来我们真正冷静下来还非常重要。”

秦芸：“说那么多‘看来’干什么！我倒感觉不出你看来怎么样了！”

李云亭打开文件夹，取出一只大信封：“这是你留在家里的协议书，我已经签字了，我打听过了，上午十点那儿才开门，明天我们一起去办了吧。”

秦芸没想到他已经同意，不免有点半信半疑。

李云亭：“秦芸，这里是我们最初认识的地方，那时候你在二队，才十三岁吧。后来姬老师把我们叫在一起的时候也是在这里吧，那是我认识你九年以后的事了。我要打大赛，你的飞行任务又重，又过了两年吧，我们才办了婚礼。一晃又过了九年了，今天我们又坐在这里。”

秦芸显然有点被触动，鼻翼轻轻地抽了一下：“怎么，终于想明白了？”

李云亭：“那天你也看见我和老校长在一起了，是他的开导，真是的，在我的人生的转折关口，总是他的开导让我选择了正确的路。”

秦芸：“是他劝你和我分开的？”

李云亭：“不，刚好相反，他是劝我认真总结一下，寻找到和你共同生活的最佳方式。他对你评价很高，对我这些年来的努力也算满意吧，我不是和你说过的，他故意远离我而去，是为了我能够独立，能够坚强。现在他都是联合国都挂了号的地震学者了。”

秦芸：“不说你的老校长了。那你为什么又决定签字呢？”

李云亭：“其实这也是老校长的清醒让我也清醒了。他问了我们俩的生活情况和分歧的原因，当然也有我的态度。看来，秦芸呵，我们俩不是谁对谁错的问题，我们就只有一个问题，不合适。老校长说了，如果谁做了错事，倒都是可以理解和原谅的，照样可以做夫妻，做得有声有色。所以他本是来劝和的。我也想过了，把这些日子一件事一件事地回忆起来想，看来真是不合适了。不合适的毛病是没有药可治的。秦芸，我们都还年轻，老校长看我也想通了，也讲人生到处有芳草，只是要适合长在你这个季节里。”

秦芸：“哦，听你这么平静地说来，我还真的为你，也为我们俩高兴。云亭，今天你还把我们的就算是分手的谈话安排在这里，也让我有点意外，要说不合适，可你今天的举动对于我来说很合适呵。大家都下课了吧，多安静呵。唉，那些日子，想起来，婚后的这些年里，你今天的设计最有意义了。唉，好吧，你的老校长的心意你要明白，也要相信，愿你的季节里有你喜欢的芳草。”

李云亭又从手上解下江诗丹顿手表：“秦芸，这个你还是拿回去，听说很贵，我没必要戴这样高级的，平时上训练课，都用运动表。”

秦芸有点沉下了脸色：“留个纪念的东西你都不想要了？”

李云亭：“我连人都可以放弃了，要这个表有何用？这表像你，你也，也像江诗丹顿……”

秦芸打断了他：“云亭，你不必说了。好，再见。”

秦芸刚刚好起来的心情又被弄坏了，她站起来，转身就走，不过还是回头勉强笑了一下。

李云亭捏着手表，有点愣了，他看着秦芸出门，看着秦芸从泳池边走过去，也看到了秦芸剪裁得体的素色衣裙和优雅从容的背影。

李云亭重又坐下来，他伸手把墙上的开关摁了一下。

大玻璃窗外的游泳池，灯灭了，窗外夜幕已经落下，泳池的水面在夜光里有了一些沉重的波纹。

朱运良宿舍楼前，红色小花冠在一幢旧楼前停了。

林小洁跳下，奔进门口。

林小洁奔上楼梯。

她转过楼梯，又上一层。一个清纯的女孩，在这样的大运动量的奔跑中，好像很不协调。她有点跑不动了，靠在楼梯栏杆上喘口气儿，胸前的绯色蕾丝抖得厉害。在楼道里感觉到的简陋与刚才滨江江景房里的豪华舒适完全不是一回事了。但这与此时林小洁的思绪无关。她沉浸在焦虑中，刚歇口气，又往上奔去。

林小洁到了朱运良宿舍的门口，她自我平静了一下，开始轻轻地敲门。敲了一会儿了，但是没有反应。

林小洁又敲了无数次门，擂鼓似的一直敲着。但是，房门的里面，就是没有反应。

林小洁走到房门边上的楼道窗前，这里有一个小小的凹口，刚好可以让林小洁靠在那里，从楼梯上走过的人看不到她。

林小洁又取出手机，打了一次又一次电话。就是不接。

林小洁只得长叹一声，她转出凹口，向楼下走去。清纯的脸上呈现出痛苦的神色。

涵碧宫餐室，这里有一场彬彬有礼的宴请。但是只有三个人，罗大河、戴露和东海航空的高总。

刚刚碰了第一杯，高总放下了高脚的红酒杯，浅浅一笑。

戴露：“高总，第一次一起吃饭，不知道你的口味，还望不要介意哟。”

高总：“我对吃最没有要求了，和你们的张莹莹小姐倒是吃过三四次饭了，唉，我以为她今天也来的。”

罗大河：“哦，她飞专机去了。哪一天回来，我们也不知道，估计快了吧。”

高总又看看罗大河和戴露之间的感觉，还看见了戴露移过手去，轻轻地抹去了罗大河小手指上的一小点沾染物，高总意识到什么，神情反倒有些疑惑了。

高总：“罗机长，这位戴露小姐对你的起义，哦，不对，不能这样说，她对你的弃暗投明，唉，也不对，不对不对，不能这样说，反正这位戴露小姐那天问得很仔细呵，差点儿让我以为是精明的戴老板派来的间谍呢。听说戴老板家的戴小姐最终还促成了这件事？”

戴露只是一笑，但笑意是兴奋的。

罗大河：“哦，高总，对不起，刚才就应该正式介绍了，戴露是我的女朋友。”

高总愣住，旋即又放松地笑起来，只有瞬间的变化，不过罗大河捕捉到了。他也坦然一笑，很有一点可以应对任何提问的自信。

高总：“哦，那你们真应该早点说，来，那我就敬你们俩一杯，你是英雄机长，你是玫瑰皇后，很般配。不过你们做得够保密的，我可是有卧底的哟，没有人跟我汇报呢。”

罗大河："我们俩的关系是前夜确立的，在普岛。"

戴露："大河，这个倒是可以保密的。"

高总和罗大河听了，不觉都大笑起来，笑得很亮。

戴露也甜滋滋地乐，把一只剥好的虾肉扔进了嘴里。

高总："非常感谢戴露小姐对大河的支持。现在，你排除了所有的障碍，我们会寻找一个日子，设计一个隆重的上任仪式，你要早做准备。哦，戴小姐，你也要来参加哟。"

戴露还在甜滋滋地乐，她点点头。

高总："看来我要加紧启动第二个方案了。"

罗大河："吸引张莹莹夜奔梁山，是吧？"

高总："你看出来了？"

戴露赶紧跟上："我们不用卧底，也能看出高总对莹莹的欣赏。高总，有些情报是写在脸上的哦。"

高总与罗大河对视一眼，又大笑。

戴露："我和大河前夜的谈话主题，就是如何劝说莹莹到东海来。我和莹莹是好朋友，大河知道，大学里我们上铺下铺的，有时候还钻上钻下地混了三年，我太了解她了，莹莹的思维方法、组织能力和自我约束力，我是望尘莫及啊。唉，高总，告诉你，张莹莹同志善解人意的能力可是胜人一筹的，当领导的，这一点很重要吧。再加上她丰富的飞行经验，做一个乘务部部长什么的，绰绰有余。"

高总："英雄所见略同呵，但愿张莹莹能够下这个决心。"

罗大河不敢确定："是啊，要听听她怎么说。"

高总看罗大河有忧色，转而感慨："是呵，英雄所见略同可以，英雄醉相扶归可以，英雄要携美女鹰击长空，有点难度了？"

戴露："没有难度。我要去积极说服。有什么难度？"

高总看一眼罗大河，两个男人再一次大笑起来。

戴露："就看高总对莹莹有没有诚心了。"

两个男人都没有接茬，仍在大笑中。

云朵之上的夜航。

张莹莹在飞机舷窗边上的空姐伸缩座位上坐着。

正是机上休息的时间，她望着窗外宝蓝宝蓝的天空，脸上是深思的表情，也许是望着透透的夜空，很想望到一点什么。

静静的夜航。

涵碧宫贵宾休息间，罗大河和戴露都穿着宽大的睡袍，躺在卧榻上。两位按摩技师收起了毛巾等，互相做了一个不要打扰的手势，悄悄地出门。

罗大河和戴露显然在按摩的过程中睡去，他们累了。

现在，是他们的静静的梦乡。

温馨小酒馆后间，秦芸和胡英子已经用餐完毕，坐在那里聊天。

秦芸："英子，我们再聊一会儿？外面不忙吧。"

胡英子："还好，你管自己坐就是了。"

秦芸："我们待会一起回去就是了，你不用让他来接你回去了。"

胡英子："等会看生意情况吧，你也不用搞得很晚。如果需要，他让我打电话。"

秦芸："我们这位经验丰富的机械师现在接你也接出经验来了吧。"

胡英子笑笑，不语。

秦芸："英子，在你周围，关心你的男同志很多，你也有一些老乡同学的吧，说起来也是这也好人那也好人的。我不是针对某一个人说，英子你自己的事，该重视了。你就没有发现一个有感觉的？"

胡英子摇摇头："没有。"

秦芸："哦，那我就不多问了。感情的事情说复杂真的很复杂，也摆脱不了社会的生活的责任，还有方方面面的干扰；说简单也简单，一定要有感觉。有感觉的就有成的可能，是吧？"

胡英子："芸姐说得太对了，我知道芸姐就是一个特别要感觉的人。"

秦芸："嗨，所以也难呵，自己给自己出的难题，自己做，做成高中水平了，不满意，做成大学水平了，还不满意，还要做硕士、博士的。英子，我是这样想的，没有感觉的，决不凑合。"

胡英子："其实我心里的东西有，我们那儿的晋调里有唱的，叫高山流水觅知音。虽然我那已经逝去的爱情很短，但是就像你说的，感觉我是得到了的。芸姐，你今晚对我说的这一些真好！坦白告诉你，原来对你与你先生的分开，我还想不通呢，那个李云亭不是很好的吗？现在我明白了，芸姐，现在我理解了。"

秦芸抓住胡英子的手摇了摇，又放开了："小英子，看你这文文静静的漂亮女人样，你真是应该沉浸在爱情的波涛汹涌中，相信你一定会的。英子，如果命运降临了，你要勇敢地迎上去。我相信这么一句话：男人可能是战胜了世界才能战胜爱情，女人却是获得了爱情才能获得世界。"

胡英子显然有些激动，一把又抓住秦芸的手。

四目相对，竟都泪眼迷离。

"浪漫依旧"KTV 包房里，《广岛之恋》的音乐如泣如诉。

朱运良在这里出现了，他显然已喝得酩酊大醉，瘫在沙发上醉眼蒙眬。他的身旁是两个在地中海公园和园艺展示大厅出现过的同行，梳着小辫子的男人笑容已不太正常了。而瘫在他们身旁的还有几个喝得不少的年轻女性，衣着的暴露和歪歪斜斜的醉态，可以看出是一些职业的欢场女子。

朱运良很艰难地睁开了眼睛，糊里糊涂地扫了一遍四周，竟拍拍身旁的女子，傻傻一笑，然后又瘫翻在沙发上。

辫子男："看来他一时半会儿醒不过来了，我看到上面开个房让他休息得了，看来这小子受的刺激不轻。"

另一伙伴："好吧，来，这个姑娘，你把我这个小弟扶好了，我去办手续，你今天也不要走了，把我小弟照顾好呵。可以吗？"

"这个姑娘"点点头。

林小洁父母家，母亲已在门口送行。从里间传出来林父的声音："我不出来啦，小洁再见，我的指令性意见不变。"

母亲朝女儿挤挤眼睛："你看，他是一言出口铁定不变的，你呀不要再提了，就这点考验的时间，差不离，反正你们常常见面的。"

林小洁低眉点头："怎么办呵，只能这样了，现在人还不知道在哪呢。"

林母："快回去，再打打电话吧，这么个大小伙子，也不至于有啥事儿。以后再安排一次让他上门来的机会，让你爸见见他，不要再耽误了哦。"

林小洁打开了门："我都知道了，妈，再见。"

林母摇摇手。

静静的大街，林小洁驱车驶过。

街人尽是一些夜归人，不乏情意浓浓的情侣。

温馨，是大街上的基调。

红色小花冠里的痛苦和慌张没有人知道。

地中海公园，痛苦和慌张写在林小洁脸上，她从车上下来，走进了地中海公园，这是个开放的场所，夜间的设计也非常有意境，林小洁走进来，往坡上走去。

这里是欣赏过石智明时尚系列服饰的地方。

夜间的缘故，可以凭栏远眺的地方，成了一些人坐而论道的地方，果然有几人在喝茶聊天。他们一下子弄不明白，怎么来了一个穿着淡蓝色衣裙的高挑美女，而且还朝他们寻望半天，然后又飘然离去。一个问题引起了几个茶客的注意：她为什么是一个人？

有一个茶客感叹的声音比较清晰："……演《聊斋》哦。"

林小洁坐到了离服务台较近一些的茶桌旁，有一个男人也走过来，但只是站在不远的阴影处，一动不动。

林小洁眼角的余光，瞥见了这个站在不远处的男人。

她取出手机，又发短信："运良运良到底在哪儿呵，我在地中海公园茶廊高处，你快来呵，我一直在寻你等你啊。"

她点了"发送"。

宾馆的房间里，朱运良已披着浴巾躺在床上了。

他睁着眼睛，但是目光呆滞，呼吸声好像很粗重。

“这个姑娘”已经扎起了长发，弯腰在朱运良的额头啄了一口：“帅哥，你歇一会儿，我去冲一下，很快哦。”

朱运良好像什么反应也没有。

地中海公园，林小洁还坐在亮处，不过整个茶廊已灯火阑珊。

比较奇怪的是，在暗处的那个男人还是一动不动地站着。

林小洁又打开手机，寄希望于可能予以联络的短信系统，只是，这个短信系统并不眷顾此刻孤独的林美女，一条回信也没有。

站在暗处的那个男人动了一下，有一点大概可以肯定，这个黑影和灯光里的美人有关。

林小洁再一次失望了，她合上手机，放进小坤包，站起来慢慢地朝坡下走去。

茶廊这边出现两个反应：

一是仅剩的一桌茶客中有人站起来，听声音，是刚才说《聊斋》的那一个：“地中海和《聊斋》，哪对哪啊！”

有人讪笑：“那是你想狐狸精想疯了。”

二是在暗处的男人开始下移，显然随林小洁走向门口了。

公园门口，林小洁在门廊下踽踽独行。

那个男人尽可能地在暗处随后而行。

最后她还是出了门口，走向红色小花冠，打开车门后，林小洁没有马上跳上车，感觉身后的那个男人的影子犹在。

林小洁也不回头，跳上车，小花冠很快驶去。

暗处的那个男人快走几步，走向亮着灯的门房，在门口时，他把腰间的警棍放到了桌上。灯光里，发现这是一张善良和敬业的面孔。

也许，一个美女深更半夜独闯空旷的公园太危险了。

林小洁现在已不考虑危险的因素了，她又走上了朱运良宿舍楼的楼梯。夜半时分，她就这样一层层地摸黑上楼，至每一层楼梯口时，有感应灯倏地亮起，反倒有点让人害怕。林小洁走到了朱运良房间的门口，又伸手敲门。很轻，很轻，已经不需要重了，夜深人静的，敲门声，连续的敲门声，已经很扎耳了。

但还是没有反应，林小洁又转到了窗台前的凹口处，几乎是瘫下去似的蹲坐在墙根，她用手紧紧地捂住脸，拼命地抑制住哭声，而她的身体却颤抖着。

今夜，月光居然出奇地明朗，但是此刻的月下窗台，此刻的窗台边的倩影，全没了欣赏美的心情。林小洁又打开了手机。她写下这样一句话："运良，我现在在你宿舍楼的走廊窗台前，你在哪里啊？我今夜就不再寻找了，我在这里等你。"

宾馆房间，拂动的窗帘间隙，也有明朗的月光。

朱运良躺在床上，这一会儿是呼呼大睡了，在他的背后，有搂着他的女人，就是他的朋友安排的"姑娘"。

"姑娘"也入睡了，露着圆润的肩背。

斜洒进来的月光照在他们身上，明明白白。

朱运良宿舍前，林小洁靠在窗前的凹口处，望着窗外的圆月。

好像还有深夜归人，走楼梯的声音有点瘆人，绕到四楼了，好在没有停下来，又上楼而去。

林小洁吐出一口气来。

林小洁从包里取出口香糖，抽出一片，剥开包装纸，塞入口中。她把包装纸又叠整齐了，放在窗台一侧。

她的嘴唇也好像没怎么动，望着圆月的身影也好像没怎么动，但是大颗大颗的泪珠落了下来。

城市之夜，圆月依然明朗。

城市依然安静。

宾馆房间，朱运良睁开眼，他突然从床上跃了起来。窗帘上映着早晨的阳光。

他惊了，有惊奇、惊诧，也有惊恐。

从卫生间里走出来陪了他一夜的“姑娘”，她已穿戴完毕，又取过桌上的包：“醒啦，宝贝儿，醉得这么厉害啊。”

朱运良想从床上下来，但他很快意识到自己不能站起来，尤其是在这个姑娘面前。

朱运良：“你是谁？”

“姑娘”：“不要问，你也不必问。”

朱运良：“你从哪里来？”

“姑娘”：“你也无须知道。”

朱运良：“那我干吗在这里，你又为什么在这里？”

“姑娘”：“那要问你的朋友，我不会无缘无故向一个陌生的男人敞开怀抱。”

朱运良：“我的朋友……怀抱……这么说，啊！我们在这里过夜了，你说，你昨夜干了什么？”

“姑娘”：“那要问你昨夜干了什么啊？”

朱运良盯着她看，看得让自己几乎陷入了恐惧。他没办法跳起来，只得让自己的喊叫声跳了出来：“滚，你滚！”

“姑娘”不慌不忙走向门口，然后回头：“我走了，你不喊，我也走了，你朋友交代的，等你清醒了我才可以走。好，再见，帅哥，你还是很温柔的。”

朱运良傻了，关门的声音又把他惊醒。

他打开了手机，接连进来了短信，他先翻到收件箱，内容还没有展开，但是发信人林小洁的名字已经成排。

朱运良再打开，目光中再一次惊讶、惊疑、惊惧、惊恐……

他的口中也喃喃出声：“地中海……宿舍前……凌晨三点……”

朱运良甩掉了手机，往床上一躺，随之是一声大喊。

候机厅，秦芸乘务组又一次鱼贯而入，今天她们飞国内线。

秦芸低声问林小洁：“你脸色不好，身体怎么样？”

林小洁支吾：“……没事，我行。”

江天芳趋前：“小洁要是累了，我来。今天我还想尝试‘蹲式服务’呢。”

林小洁笑笑。

宿舍楼，朱运良在楼梯上一步步移着，他住的四楼到了。朱运良跑到窗台前的凹口处，已经没有了林小洁，正如他估计的一样，转身间突然看见了窗台一角叠着一堆口香糖的包装纸。他显然知道林小洁的爱好，伸手把这一叠包装纸放到了自己的手掌上，一共有七八张吧。

这时，有一股风在走廊里穿过，朱运良手掌上的包装纸突然飘了起来，一直飘向窗外。

绿绿的小方纸在空中无依地飘浮。

朱运良目瞪口呆。

接机大厅，专用通道上出现了一支机组和乘务组合成的队伍。

英姿和英气并重的张莹莹出现在这支队伍中。

她执行专机任务回来了。

六分部工作间，姬水娟与张莹莹握手。

张莹莹：“谢谢政委关心，我当然应该全力以赴。”

姬水娟：“总局马上来了信息，你们五个人都非常优秀，感谢你们。”

张莹莹：“领导上让我有了锻炼机会，也有一些空余的时间想想问题，这几天过得很好。姬政委，这些天在飞机上为首长服务的时候，我使用了林小洁设计的‘蹲式服务’模式，我觉得效果不错，其实不仅仅是在服务，也在服务中保持着交流的快乐心情，更是从乘客那里获得了一种价值的认可。现在航空业竞争激烈，服务的转型升级还是很重要的。”

姬水娟：“嗯，张莹莹，我早就看出来了，你这个‘玫瑰皇后’呵，不仅外面的脸蛋漂亮，里面的脑袋也很漂亮。你说得好，我们共同来推进吧。唉，莹莹，洗洗澡，轻松轻松，你们组今天飞国内，下午就会回来。好好睡一觉，晚上姐妹们再快快乐乐聚一聚，她们也好悬哪，从海啸的上面飞回来的。”

张莹莹：“我知道了。”

姬水娟：“我走了，哦，莹莹，你要安心哦……飞行大队的罗大河‘跳槽’事件可在航空界闹了地震，现在他可以走了，但恐怕会有一些人不稳定。罗大河不是还带走了他的铁哥们小个子机械师吗？哎，现在的思想工作不是那么好做了。”

张莹莹听着，脸上的思忖显然加重了。

乘务大队淋浴房，花洒下的张莹莹，水的作用还是气雾的作用，她的面庞润泽而生动，从脖子到肩头，亮出的雪肌也泛着一种高贵的玉白色的光泽。

张莹莹的脸上又漾开来一层放松的神情。

张莹莹已回到化妆室镜前开始化妆，本来就顾盼有神的眼睛，在镜中更显出美丽的神采。

很少看到张莹莹精心打扮，这一会儿她的细心琢磨似乎久了一点儿。

张莹莹站起来，又趋前在镜子里端详，这种自我欣赏的状态也带着对别人欣赏自己时的猜想。她穿的银灰色衣裙，很端庄，式样却很时尚。

张莹莹一步步走向停着的银灰色帕萨特车旁，打开了车门。

她坐进驾驶室，深长地呼吸了一下，然后开始拨手机。

罗大河宿舍，手机的铃声响，罗大河看了看来电，有一种“果然来电话”了的神情。他有一点迟疑，听着铃声响了好几遍，终于，他接了：“喂，莹莹，是我。你回来啦……你们执行的任务又不能打听返航时间的，所以只能等你的电话。飞了一个夜航，好好去睡一觉吧……”

帕萨特车内，张莹莹回答：“要是我不想睡呢？……嘿，大河，别担心，我精神着呢！刚才又冲了凉，化了妆，自我感觉良好。怎么样？大河，出来吧。”

罗大河宿舍，罗大河回答：“看来不行，我要去总局……今晚的约会非常好，就在温馨小酒馆，我们一起闹一闹，多好！我们还会有时间的。总局规划司定下的时间，我改了不太好。”

罗大河的另外一只手已把桌上的一张纸攥成了一团。

帕萨特车内，张莹莹有点失望：“哪，只能这样了，晚上见吧。你的决心下得非常坚定，我赞成。见到总局的领导，千万不要又犹豫了，知道吗？”

罗大河宿舍，罗大河回答：“明白，罗大河明白，请你放心，机长罗大河一定安全飞行，胜利返回。哈哈，晚上见。”

他笑着放下了手机，但笑容很快就消失了。

他知道他的难题终于到了摊牌的时候了。

他还没有想好办法，看看窗外的树影，他突然把手中已经攥紧的一团纸，向远处抛去。

罗大河又站起：“哎呀，不好意思。”

他的目光中，院子里有个老人捡起他甩过去的纸团，扔进了一旁的垃圾箱。

帕萨特车内，张莹莹紧握着手中的手机，靠在椅背上。

她的很多种猜想，在精致化妆以后的脸上成了一种迷茫。

她可能在预测着什么，突然，她把头上扎着的发带解开了，开车驶去。

电脑修理店，张莹莹拿着手提电脑的黑包进入。

张莹莹：“师傅，只有亮亮的白屏，什么也没有了。”

师傅打开屏幕，接通电源，张莹莹焦急地等待师傅的判断。

师傅：“……哦，需要调试一下，看看需要什么。”

张莹莹：“晚饭前可以完成修理吗？”

师傅看看漂亮的张莹莹：“急着用？好吧，我给你开个绿色通道。”

张莹莹笑笑：“谢谢大师傅啦，我去睡一大觉，再来取。”

师傅只是看着张莹莹笑。

云空下的停机坪，波音 747 潇洒地弯了一个转身，往停机坪慢慢地俯冲而下。

机身下的巨轮放了下来。

波音 747 在停机坪上无声地滑过。

胡英子的小屋，门推开了，秦芸和胡英子走进来。

胡英子把包往自己的屋里一放，转身就走向门外：“芸姐，我先过去了，他等在下面呢，我们先去准备准备，晚上好好为罗机长送行。”

秦芸：“好吧，我歇一会，也就去了。”

胡英子出门而去。

秦芸走进自己的房间，听见了手机的短信声音，她打开一看：“普岛机场已恢复，我今日转道曼谷而去，海啸以后的地质情况为地震的研究提供了新资料，联合国组织我们去一下。回来再联络。有个昆曲《琴挑》，不妨找个碟片看看。”

秦芸的面容非常平静，回了几个字：“刚飞回，才看到。祝平安，看《琴挑》。”

她放下手机时，听到了外面有人敲门。

秦芸打开房门一看，竟然是不修边幅、面容憔悴的朱运良。

秦芸一脸疑惑。

第二十章

朱运良很疲惫地坐在秦芸的对面，面色沉重。

这是在客厅里，秦芸倒是满脸笑容：“我们小洁的‘猪哥哥’呵，怎么啦？今天你好像特别疲乏嘛，小伙子，得精神点。”

朱运良抬眼看看秦芸，一时不知如何言语。

秦芸：“运良，怎么啦？你愿意和我说的话，你尽管说。我们刚飞回来，你见小洁了吗？”

朱运良摇摇头：“不敢见，不不，也不想见。”

秦芸：“你这更不应该呵，前一次去普岛，小洁还老是念叨你呢。哦，今天早上我就看小洁脸色不好，你看你又是这样邋邋遢遢的，还是那个受伤的志愿者的事吧。”

朱运良：“是，她昨天还去了那个男人的家。”

秦芸：“你得说清楚啊！什么叫‘还去了那个男人的家’？这崔啸是个在美国长大的华人青年，现在学了动漫想回国发展。小洁是接受了乘务部的安排，去照顾一下这个脑袋负伤的地震志愿者，现在病好了，就行了呀。你有想法吧，你也算去过国外的啦，还那么保守吗？小洁会遇到很多很多帅哥呢，你这么不放心，她怎么做空姐啊？”

朱运良：“我看她照顾得也太……那个了。”

秦芸：“那情况也有点特殊。一个回来没几天的华人青年参与救人救灾，很勇敢，大家很钦佩。他受的又是脑伤，经不得刺激，小洁在飞机上护理过他，后来又悉心照料，都是为了帮助他康复，没有别的呀。唉，都怪我没有认真地和你说一次，小洁大概也很难和你细说。噢，对方是一个帅哥，就有疑问了，假如是个姑娘呢？我们还不一样地去救护。”

朱运良：“那个叫崔啸的小伙子，我在医院里打过一个照面，凭我的直觉，他有花脑筋，我就是不放心。”

秦芸笑了：“就算是吧，那也是人家的事。小洁会花吗？你深爱的小洁会花吗？你们的故事我们组的姐妹都知道，都说是让人羡慕的现代童话呢。当然，你们互相寻找的日子是寂寞而痛苦的，本来不应该这样。但今天看起来，反倒是多么让人珍惜的岁月呵。运良，这不是我说的哟，是小洁这样说的。你担心什么呢？”

朱运良是乱成一锅粥的心情，他低下了头，口中喃喃自语：“那该怎么办，我怎么办……”

秦芸也有点纳闷了。当然，她也明白这其中一定有不为人知的隐情：“运良，没有那么难吧？要不，你说说，有什么情况，需要大姐去帮你和小洁做做工作的。”

朱运良抬头间，眼眶里已满含泪水。

秦芸刚想再劝，又响起了敲门声，在门外喊着“芸姐”的是林小洁。

朱运良霍地站起，赶紧低声求秦芸：“秦姐，你千万别说我在你这里。”说完就闪入秦芸住的里间。

秦芸去开了门。

林小洁：“芸姐，我进去坐一下吧。”

秦芸：“好呵，等一会儿正好我们一起去‘温馨’。”

林小洁坐了下来。

秦芸侧耳听听里间，也看看林小洁，反倒有了主意。她提高了一点声调：“小洁，今天怎么不去园艺师那里‘急吼吼’了？”

林小洁：“芸姐，你怎么这么大嗓门啊，让人听见了多不好。”

秦芸：“哦，大白天的边上没人呢。”

林小洁：“其实我烦恼的正是他呢，今儿一早你说我脸色不好，就是因为他呢。昨天本来说好见我爸爸呢，可他不理我了，我等了他一夜，他关了手机，不理我。”

秦芸顾及里间，声音还是高一些：“为什么呢？他这样对待你啊，那你走开得了，我们的小洁还怕什么？”

林小洁又闪了秦芸一眼，她也觉得有点异样，这芸姐平时不这样讲话的嘛。

里间，朱运良站在门边，他倒反安心下来，正好听听林小洁如何吐露心曲。

不过他攥紧的拳头垂在那里，还有一些微微的颤抖。

外间，林小洁站起，几乎走到了通往里间的门口，秦芸过来又招呼：“小洁，你坐，坐坐。在芸姐面前，你尽管说呵，咋办呢？”

林小洁在门边上的沙发软椅上坐下了。秦芸朝里间方向瞥一眼，心想她的声音一定会更清晰地传入里间了。

林小洁：“我看他对我总是去照顾崔啸有看法了。昨天回来后，我接到崔啸母亲的短信，崔啸自己也开车到了机场，他家里给他置了房买了车，就算落户这里了，还开设了动漫工作室，一定要我去看看。他妈妈这样要求，我想这位志愿者终于得以恢复健康，还在动漫上有所收获呢，他想把我们飞机上救护他的内容加入他的动漫创意，多好。结果运良就不理我了。”

秦芸：“你这个‘猪哥哥’太不讲理了吧。”

林小洁只是浅浅一笑。

秦芸又侧眼看了一下里间，眼珠子一转，换了一个说法：“那你有没有感觉这个动漫帅哥，哦，恐怕只能算你的弟弟吧，对你是不是真有了别样的感觉？”

秦芸故意把“别样的感觉”说得拉长了腔调，林小洁还以为秦芸在开她的玩笑：“芸姐，你这又何必？崔啸有可能产生的情绪，你也能估计到的。”

里间，朱运良几乎是贴在门边上的墙壁上。

他的双手也很激动，用攥紧的拳头在敲着自己的胯部。

外间，林小洁还在说：“我心里都有数的。看到崔啸的恢复，我高兴，你也高兴，姬老师也会高兴的。他母亲，那么一个养尊处优的美国富翁的太太，也很感激我们。”

秦芸："是呵，这么好的一件事情，你那'猪哥哥'干脆叫他回高老庄，你还怕没有你的白马王子啊！"

林小洁："芸姐，可别瞎说呵。你今天怎么怪怪的，像戴露的讲话风格了。这也不能怪运良，他一个人在外快五年，我们苦苦守望也快五年，不，都快六年了，他回国后一边在园艺上创意迭出，一边也在找我，大概想念一个人太久了，把心胸也想窄了。他见我去照顾另外一个男人，受不了了。芸姐，你莫怪他，他是爱我的，我也不顾一切地在爱他，昨天想去见爸爸，也是为了让这个爱能够顺利落地。我想和你聊聊，也是想解开他的疙瘩，得有个什么办法解开他，我也不想让他难受，看着他难受，我也受不了，真的……"

里间，朱运良已经泪流满面。

他的双手从脸上一直抚到胸口。

他在心里一定连着在喊："怎么办？怎么办……"

突然，他转过身，变成趴在房门上的姿势了，他似乎想打开门出去，但结果还是不敢打开。

朱运良眼睛里的痛悔变成了一种痛恨。

外间，秦芸笑嘻嘻地拉起林小洁，然后向通往里间的房门靠近了几步："小洁，已经不用想什么办法去解开他的疙瘩了，你刚才表达的所有真情，特别是你对朱运良的理解，应该是最好的钥匙了。如果还是解不开，那就让这个疙瘩疙瘩去吧。"

林小洁有些不解，尤其对今天秦芸的对话方式，她真的有些不解。

秦芸还要为他们创造气氛呢，她又提高了一些声调："好，现代童话继续开始，童话王子出来吧。"

林小洁愣住了。

秦芸拉开了通往里间的房门，朱运良泪流满面地站在那里。

秦芸："运良，'猪哥哥'，明白了吧？"

朱运良看一眼微笑着的秦芸，又看一眼愣在那里的林小洁，突然大叹一声，低头穿过两人中间，穿过客厅，推开房门，冲了出去。

林小洁还愣在那里。

秦芸追过去几步，门外已经安安静静了。秦芸关上了门，转过身来看着林小洁。

完全没有，也不可能想到朱运良另外一个层面的心思，林小洁这会儿是真正地放下芥蒂了，她笑了，笑容里还带一点羞涩。

秦芸大姐般地上前搂了一把林小洁："我们这些漂亮的姐妹呵，爱得好不容易。小洁，不管他了，他会来找你的。我们晚上开开心心庆贺罗大河。"

温馨小酒馆前的弄口，罗大河从雷克萨斯吉普上跳下，神清气爽的样子。

恰好橙黄色甲壳虫和银灰色帕萨特先后驶近停下，戴露和张莹莹先后跳下，在罗大河面前晃动的这两个美人，依然光彩照人。对罗大河来说，面对着张莹莹，多少有点尴尬。

张莹莹有着敏锐的感觉，她从罗大河看戴露的目光里就知道了一点什么。这时戴露大咧咧地上前了："大河，你和莹莹先进去吧！我在这里等一下天芳，她没来过的，我这个亚军迎接一下冠军，嘻嘻。"

戴露对罗大河说话亲昵的神态，张莹莹也感觉到了，她又往罗大河脸上瞥了一眼。

罗大河："好呵，张莹莹，我们走。"

这当口，秦芸的白色马自达和林小洁的红色小花冠也到了，她们停车后都跳了下来，然后笑着走了进去。

温馨小酒馆前间，胡英子和她的婆婆在屋内摆着餐具。

一阵欢声笑语卷了进来，很快就见到了"爱你的人"中的大部分人，林小洁似乎一扫脸上全部的忧虑，也和胡英子一起来招呼大家了。罗大河坐下了，秦芸坐下了，小个子机械师也一步跨了进来，坐下了。

张莹莹选在靠近门边的位置坐下了。

林小洁："莹莹，坐这里吧！我们的'玫瑰双娇'还是在罗机长边上一边一个，美丽的双翼嘛。"

秦芸知道单纯的林小洁不太会体察这些复杂的心绪，她瞟了一眼张莹莹。张莹莹显然有感觉了：“大家随便坐吧。”

罗大河也瞥一眼张莹莹。

张莹莹：“今天是庆祝罗机长和我们的机械师重新选择的成功，我看芸姐坐主位，罗机长坐主宾位，其他的先来后到，坐着就是了。没有那么多讲究吧。”

罗大河在主宾位坐下了，小个子机械师看了一眼张莹莹，他也是知情的人，想了想，就挨着罗大河坐下了。

胡英子却唤了一声：“唉，你就别坐这里了吧！来，坐我边上，那个位置给戴露留着。”

秦芸已拦不住胡英子的话了，只得偷看一眼张莹莹，小个子机械师坐了过来，也斜看了一眼张莹莹。

张莹莹肯定有些不自然了，但她极力保持着平静：“……唉，这瓜子儿，是山西的，上次我们吃过，可香了，来……”

秦芸：“对的，来，抓一把。”

胡英子看着林小洁甜甜的、纯纯的笑：“今天忘了把你的‘猪哥哥’请上了。”

林小洁轻声道：“不用。”

胡英子：“想起上次模拟‘蹲式服务’，那还有方先生呢，讲话可有水平了！本来也可以请他来的，罗机长可能没见过吧，以后你可以请他做高参，真的，可有水平了。”

秦芸倒被点中了似的：“呵呵，人家不在国内。”

林小洁：“那就不知又在哪个头等舱了，‘要杯咖啡，外加一杯矿泉水’，哈哈……对了，芸姐，看来方先生与你有专线联络？”

秦芸轻声吐出三个字：“什么呀！”

胡英子：“小洁，你说什么呀？你那‘猪哥哥’在不在国内啊？”

林小洁：“在呵，不过今晚他有很重要的总结经验教训的任务，叫他，他也不会来。”

秦芸听懂了这句话的含义，很欣赏地看看林小洁。

林小洁又笑得甜甜纯纯的了。

谈笑间，屋外的走廊里已传来戴露和江天芳的笑声。

张莹莹又看罗大河一眼。

这一桌好朋友，就这样让生活一层层地丰富了起来，比如现在，罗大河注意到了张莹莹的眼光，却问了林小洁一句："听说你那位伦敦回来的园艺师很不错呵。"

朱运良宿舍，外间的地上已经有两只又大又饱满的箱子了。

朱运良又走进了里间。

这是卧室，他到边上打开了橱门，林小洁的睡裙豁然在目。

现在，这是对朱运良的精神产生刺激的物件。想起林小洁穿着这件睡裙站在床前的微笑，想起这件睡裙伴着小洁在床上的缠绵……他呆呆地看了一会儿，突然抓过了睡裙，压住了自己的脸。

他终于大声号啕，男人的撕心裂肺的号啕。

温馨小酒馆前间，张莹莹端起了红酒杯，站了起来。

所有应该来的人都在座了，大概是张莹莹有点严肃的表情，使大家都有点小小的异样，罗大河还特别认真地看着张莹莹。

有着比较准确判断的秦芸，似乎知道张莹莹会说出什么来。

张莹莹："请大家允许我先敬了这杯酒吧。我今天刚飞专机回来，不知道有这一安排，所以已经答应了别人的约请，等会儿我还必须去。但为罗机长送行，我认为也很重要。我们原先这些人，在英子的老人面前叫'爱你的人'，今天在一起，在即将成为东海航空 CEO 的罗大河先生面前，也是'爱你的人'了吧。请你记住我们每一个人哟。好，罗机长，我敬你一杯。"

罗大河站起来。

东航酒店，一双女人的小腿下了车子，然后立了起来。

东海航空的高总在门口迎候了张莹莹，一起步入大厅。

他们走上了自动扶梯。

他们走在光可鉴人的走廊上。

他们走进贵宾包厢。

他们的对话声一路伴随。

张莹莹："对不起，多有打扰，我突然给你电话，怕你有应酬呢。"

高总："有你的相邀，有应酬也推了。"

张莹莹："我的邀请呵，等会儿我来付账。"

高总："那不行，我从来不吃女人付账的饭。"

张莹莹："看不起女人呵。"

两人的笑声。

旧宿舍楼下的门口，朱运良拖着两只大箱子停下了。

一辆出租车驶来停下，朱运良和司机一起把箱子抬上了汽车。

朱运良上车。

司机也跳上车。

很快，出租车消失在暗处。

温馨小酒馆前间，林小洁在笑着，她相信一切都很美好。

罗大河看着戴露的笑，注意力有点不太集中。

秦芸也笑着，在一片笑闹声中，她总有一种平静的力量。

酒店包厢，相碰的酒杯。

张莹莹："高总的新发现，有助于你的发展？"

高总："是的，我坦率地和你说个周全吧，可以吗？"

张莹莹："当然。"

高总："好。我最初在航空展上见到你的时候，就被你的风采所折服，后来听到你的演讲也准备齐了你的所有资料，我相信你是两颗明珠，一是未被玫瑰航空发现的管理型的明珠，二是我发现的我想应当是属于我的明珠。"

张莹莹："高总，这已经不重要了。"

高总："不，非常重要。你给我们介绍的罗大河已经全部就绪，剩下的，对于公司，对于我个人，都非常重要。"

张莹莹："说吧，继续说。"

高总："事情还是要怪我的误解。我曾经误认为你和罗大河是一对恋人，所以我放下了我的打算，并希望你们在东海航空双翼齐飞。前几天我才明白，罗大河和你们的戴露是一对儿，唉，这不全拧了吗？戴露对他很支持啊，看上去也很般配……"

张莹莹："高总，你不用评论别人，继续说你的主题。"

高总："噢，这绕不开的啊。既然你，对了，那一天你说过你和罗大河都是独立的主体，真是的，我怎么没有认真听进去呢！所以，现在罗大河已明确，出任我们这里的CEO，你的乘务部部长的职位给你留着，你已经没有忌讳了，欢迎你前来。"

张莹莹："正是从你的这种考虑里，我可能不再重新选择了。"

高总："为什么？"

张莹莹："不用我给你寻找答案。你还有话没有说完，可以继续。"

高总："顺便给你提个建议，你的这种咄咄逼人不是很多人，特别是很多男人喜欢的哟！不过，我恰恰欣赏你这种干练和爽朗。由于刚才说的误解，我本想在爱情上做个从来没有说出口又主动离开的高尚者，现在没必要了。张莹莹小姐，我欣赏并喜欢你，请允许我从现在开始，成为你的追求者，可能不是唯一的，但一定是唯一的成功者。"

张莹莹笑了，笑得也比较温和："高总，谢谢你的欣赏，也谢谢你对我推荐的罗大河的信任。不过我只能让你失望了，我不会具体地说原因，因为那样可能会让大家都感到懊丧。第一是我不会'跳槽'，第二是你不用启动你的追求，没有可能。"

高总："你这……"

张莹莹："我刚才已经说了，不要问具体的原因。来，干一杯。"

高总托住了葡萄酒杯，但一直没有举起来，在张莹莹的又一次要求下，他才举了起来。

张莹莹的眼中已溢上泪光，但她忍住了。

酒杯上方的吊灯，透亮闪光。

航空城之夜。

街道很安静了，洒水车是一种更安静的流动。

远远地，能看见温馨小酒馆淡淡的灯箱，影影绰绰中，也看得见一辆辆车离去。

航空城宿舍区，飞行大队宿舍区的楼房，银灰色帕萨特在路口弯了过来。

张莹莹驾车，神情有点茫然。

她的车速很慢，有警察过来示意停车。

警察："小姐，你的车是到那边玫瑰航空的空姐宿舍楼吧？我看你已在这里转了好儿圈了，这里是飞行大队宿舍楼附近。需要我们帮助吗？"

张莹莹："哦，不用不用，天黑看错路了，谢谢你。"

警察："你快回吧，你的灯、你走的道，都不对，懂吗？"

张莹莹："哦，谢谢。"

罗大河宿舍楼前，银灰色帕萨特移近了，这幢宿舍楼是张莹莹曾经渴望过也到过的地方，不知为什么，她把车开进了暗处，停了下来。

车窗里的张莹莹，在朦胧的夜色里看不清什么表情。

就在这时，雷克萨斯吉普和橙黄色甲壳虫先后驶进院子里。不一会儿罗大河和戴露先后跳下车，然后相搂着奔进楼里。

这幢楼的哪一个窗口属于罗大河，张莹莹是熟悉的。现在，这个窗口亮了，窗帘也随即被拉上了。

这个窗口里面会发生什么，已经用不着想象。

帕萨特车里，张莹莹终于趴在了方向盘上，放声大哭。

哭声很快被压抑住，但是张莹莹的抽动，说明着她的巨大痛苦。

还能怎样呢？

朱运良的旧宿舍楼前小广场，红色小花冠驶到了楼底下停了下来。

林小洁没有跳下来，她探头望望四楼的窗口，又靠上了椅背。

罗大河宿舍楼前，张莹莹还在帕萨特车内痛哭。

刚才那个警察又过来了："……小姐，小姐，你在这里停很久了，你如果去这里的宿舍楼看人，请你把车子停进院子里。要不是，就走吧，这里不能久停。"

张莹莹已经控制住自己了："好的，谢谢。我就回去了。"

幸亏夜色朦胧，张莹莹像是很正常的样子。

车慢慢移动，警察还热情地帮着她指引。

张莹莹的神情已平静多了。

旧楼前小广场，红色小花冠车内，林小洁在打电话，显然没打通，她无力地垂下手臂，一脸无奈地又靠上了椅背，眉尖上挑起一个疑问。

手机里来了短信，林小洁急忙打开，她低头看去。

手机屏幕上的文字："小洁，你们该结束了吧。在你看这短信的时候，我已离开这座城市，我配不上你神圣的爱，我远走他乡了。你不用来找我，这个手机号我也不用了。我的'城市阳台'方案已被采纳，我也不参与具体的建设了。房子的租金我已付了一个季度，你把它退了吧，钥匙在房门的上沿右侧。别了，小洁。我爱你，但我已配不上你，愿你得到你的快乐。"

林小洁抬头，大惊失色。她马上又拨电话，果然又关机了。

林小洁跳下车来，往旧楼里冲去。

她的速度快得惊人。

她冲到了四楼，在朱运良的房门上摸到钥匙，然后把钥匙伸进锁孔。

门开了，林小洁打开电灯，她的吃惊难以形容。她跑进卧室，开灯，又跑进盥洗室，开灯，再跑回小客厅，四周看。看着满地的狼藉，她突然想到什么，又奔进厨房，开灯。她打开电饭煲，锅内的米饭升腾起了热气。

林小洁一声嘶喊："运良哥哥，你在哪啊……"

她不可遏止地哭了，泪眼迷离地看看厨房四周，边哭还边收拾了一下。她又哭着走到卧室，看到了橱门里自己的睡裙，她关上门，看看床上的一切，又出来倒在了低低的沙发上。这些自己曾有过无尽缠绵的地方，林小洁都是泪眼相看，哭声连连。她伸出去的手臂碰到了朱运良用来做沙盘演示的彩沙，突然又跳起来，捧起一把沙子往自己身上慢慢撒着。

林小洁的颤音：“运良运良，你去哪啦？去哪了？你是怎么了……”

她坐起来，又打开手机，发短信：“运良，我在我们的小屋了，我不会退掉的，我等你回来。”

她点了“发送”。

林小洁想了想，又打开手机，再发短信：“你瞎说什么配不配的，我们已经相配了，我们是不能分开的，我们的童话还要写下去，回来吧，运良。”

她又点了“发送”。

张莹莹的小屋里，主人已经洗完澡，穿着睡衣走到桌前坐下，她看看电脑上网用的专线，又只得放下了。没有了电脑，她好像也有点怅然。

静夜里，响起了轻轻的敲门声。

张莹莹走到门前：“谁呀？”

门外的声音很轻：“是我，戴露。”

张莹莹：“哦。你一个人？”

门外戴露的声音：“是啊，一个人。”

她有瞬间的慌乱，但很快转为镇静，她打开门。

戴露一步跨了进来。

张莹莹：“这么晚啊，你怎么了？”

戴露：“你怎么了？”

张莹莹看着戴露，慢慢地坐下来。戴露也看着张莹莹，在她面前默默地蹲下。

张莹莹的嘴抽了一下。显然，再周全的女性，胸中也会涌动起一种复杂的情绪，也许是委屈，也许是突然而至的温暖，也许……

戴露突然扑了上去，紧紧地抱住了张莹莹。

戴露：“莹莹，我没办法，我只能，我……对不起……”

张莹莹说不上什么，也说不出什么，她紧抿住嘴唇，不住地摇头。

戴露一把拉起张莹莹：“走。”

张莹莹：“……上哪？”

戴露：“走，跟我走。”
张莹莹扯扯自己的衣服。
戴露：“快换呀。”

涵碧宫 KTV 包厢，电视屏幕上是如泣如诉的林忆莲式的悲悯。
戴露和张莹莹来到了这里，需要唱歌，需要宣泄。
张莹莹换上非常休闲的宽松衣服，正在歌声里调整着自己的情绪：

赶在夜里出发
如此繁华又怎需要半点星光
寻找一个地方
感觉黑夜还晒,还晒得到太阳
紧紧抓着不放
你的人你的心和你说过的谎
寂寞悄悄张望
缓缓穿梭穿梭或左或右心房
让一让,心在飞翔,要将你遗忘
唱一唱,多情眼光,你不必惊慌
关上记忆的窗
谁的人谁的心在暗夜里喧哗
不许待到天亮
感觉会在,会在那一瞬间溶化
……

张莹莹在唱，戴露在听，也许都在唱，都在听。
现在是戴露在唱了：

我在这里啊
就在这里啊
惊鸿一般短暂

像夏花一样绚烂
这是一个多美丽又遗憾的世界
我们就这样抱着笑着还流着泪
我从远方赶来,赴你一面之约
痴迷流连人间,我为她而狂野
我是这耀眼的瞬间
是划过天边的刹那火焰
……

戴露把朴树的《生如夏花》唱出了她的一种心态，唱着唱着竟搂住了张莹莹，进而成了一种哭音，哭得一塌糊涂。

音乐已经停住，一片寂静。

张莹莹把戴露的眼泪一点点擦净。

张莹莹："怎么这么安静呵？"

戴露："都睡了，就我们俩，我们姐俩好聊天。"

张莹莹："戴露，你又何苦呢？你应该好好高兴啊。"

戴露："我，我见了你，怎么高兴得起来？我只能这样啊。"

张莹莹："所以说，像夏花一样绚烂，这是一个多美丽的世界。"

戴露："还有遗憾的世界。"

张莹莹："你只要美丽，不要遗憾啊。"

戴露："看来还是对我有意见？"

张莹莹："不，是我与遗憾有缘。"

戴露："现在很安静，你听我说。罗大河去了东海航空，你也一起去吧！那个高总对你也很有兴趣。"

张莹莹："我一直说要去的啊。"

戴露："那太好了。"

张莹莹："现在我已通知对方，我决定不去了。"

戴露："为什么？"

张莹莹："为了我们。"

戴露："为了我？你一定要去。"

张莹莹："戴露，你听我慢慢说。至于你说的高总，根本不在我的视野里，可以忽略不计。我想说，大河去了，那里确实是可以翱翔的世界。但是我不能去了，他们找个乘务部部长，满世界都是，但我只有一个，我不能去。不是他不欢迎我，一般的理儿，我也可以和他一起奋斗。戴露，我们姐俩，有一个和他确定了关系，另外一个就应该在他面前消失。"

戴露："不，没有必要。我要你去。我和大河说过，他也觉得非你莫属。你，去吧。好吗？"

张莹莹看着戴露，眼泪一层层涌上来："……戴露，其实我不是一个坚强的人，我如果去了，每天每天在他的面前，我真的怕控制不住自己……戴露，我已经失去了一个恋人，尽管从来没有拥有过。我不能再失去一个好姐妹……戴露，你明白吗？"

戴露极为震惊，她呆呆地看着张莹莹，突然一声长号，紧紧地抱住了张莹莹。

她的一声长号，是静夜里的雷鸣。

山区的静夜，从小小的火车站走出的是拖着行李的朱运良。

他想着什么，打开了手机。

很快，手机的短信呼叫声接连响起。

他点开"信息"，一连排的发信人："林小洁"。

短信内容基本上是："运良哥哥，你在哪里，你到底在哪里啊……你快回来吧，我在我们的小屋等你……我爱你呵，你到底在哪里？"

朱运良不停地摇头。

他拖着行李，往暗处走去。四周是黑沉沉的峭岩陡峰，和在夜风里婆娑的古树名木，像是个已经有人类文明痕迹的地方。

突然，朱运良想起什么，他停下来，打开了手机，抽出了 CM 卡片，扔向了群山之中。

朱运良宿舍，林小洁和衣躺在床上。

手机突然响了一下。

看上去睡着了一样的林小洁从床上跃了起来。

她急切地打开手机，是一个中国移动的通知：“你呼叫的电话现在已处于服务状态。”

林小洁大喜，干脆从床上跳了下来，站在吸顶灯的灯光下，摁起了电话。她把手机紧贴在耳旁，很快，失望重归她的面庞。她怎么也不相信，为什么又要说：“您呼叫的电话已关机。”

林小洁望望四周，她不能置信她的运良哥哥居然就这样消失得毫无踪影。

她走到外间，看着内侧凌乱的彩沙，也再次看到了这一张她和朱运良曾一起翻到在上面的长沙发，林小洁几乎摔倒似的趴到了上面。她的脸陷在柔软的沙发里，嘴里又一声轻轻的呼喊：“运良，你到底在哪啊？”

黑夜，漫长的黑夜。

林小洁已经来到了乘务部的秦芸办公室。

秦芸站起：“小洁，我已经请示了姬老师，这三天你休息吧，看看有什么指向，或者有什么地方可以打听，我想，朱运良听了你在我面前的真情流露，也听了我再一次地把真实情况告诉他，可能有点觉得委屈了你，不好意思了。也许躲两天，他自己就出来了。”

林小洁递上自己的手机：“芸姐，这是他留给我的最后一条短信，看起来他好像真是那么一回事。”

秦芸看着手机：“什么叫‘我爱你，但我已配不上你’，你的‘猪哥哥’还真是有真性情呵。”

林小洁：“芸姐，昨天深夜，他的手机打开过，一定能看到我给他的无数条短信，但当我得到了他开机的通知，再拨过去的时候，他又关了。”

秦芸站起来，又走到林小洁身旁，抚住她的肩头：“小洁，过去你们的真情相守，大家把这个叫现代童话，其实是很正常很应该的事，所以在培训中心发生培训长的事，我非常支持你。对于朱运良这个人我并不很了解，我是通过认识你来认识他的。现在看来，这个朱运良还真值得你好好爱他，他知道对你误解的严重性，这种误解其实已经使爱有了一些质的变化，朱运良意识到了，他需要时间考虑。会不会他在误解你的时候还出了什么差错，现在都不得而知。凭我的直觉，朱运良的人格很有力量，他会回来的。小洁，你要找他，但不要急。”

林小洁的眼睛里有了一层新的亮光，她紧紧地抓住了秦芸抚在她肩头的手。

地中海公园，阳光下的欧式风情。

白房子墙沿上的紫色小花，远远地，蜿蜒着一种透彻的美丽和清新。

又有美人凭栏远眺，这是林小洁，大色块的重彩衣裙使她在绿坡高处显得很有分量。

很清楚，她在眺望的是什么。

电脑修理店，张莹莹把修好的电脑塞进了包里。

她朝服务生礼貌地笑笑，走向店外，门外的阳光炽热耀眼，她走出了门，像快融化在阳光中。

张莹莹小屋，窗台前的阳光搅在风中飘拂的窗帘里。

张莹莹打开了电脑，点出了自己的“信箱”。她浅浅一笑，她知道李云川的信件一定排成长队了，果然。

张莹莹点开最近的一封信，在电脑上，出现一封伴有音乐的彩色邮件，音乐是周杰伦和费玉清的《千里之外》，图案是青山白云和柳枝河流的重叠，很有意境。张莹莹有了一些淡淡的愉悦。

李云川的邮件：“张莹莹小姐，你如果继续不回信，我会继续写下去的。我无法设计出爱情软件，但可以研发程序，得到路线图和生成最后的结果。今天我打听过，你飞专机回来了，应该有休息的时候了。你可以还是不回信，但你不可以不读我的邮件，这是我的唯一要求。我坚信我曾经在‘飞翔206’上获得向往，也一定会在你的身上平安着落。我的心中有我自己可以操作的软件。”

张莹莹在此刻还是抱有一种面对一个痴情男子追求的常态心理，不反感也不介入，不过，李云川又一次提到‘飞翔206’，使她多少有点动容。可是，她真的有点累了，她捧着电脑倚靠在床上，继续看下去。

接下去的内容使她猛然一惊。

“请允许我进入我的第六个猜想，如果前五个都不着边际的话，那么，你肯定失恋了。”

张莹莹怎会不震惊呢？这封信发自昨天早晨，而意识到自己真正失去了罗大河，是昨夜。

张莹莹当然要认真读下去了。

音像店，秦芸终于在柜台的角落里，找到了昆曲碟片《琴挑》，上面有点灰了。她从包里抽出一张薄薄的小纸巾，轻轻拭去碟片上的灰尘，然后站起来，正想到试听室去，李云川出现在她的面前。

秦芸：“哟，云川，这么巧，你也来这里啊？”

李云川：“不是巧，我是找过来的。”

秦芸疑问：“找？”

李云川：“我去六分部了，见你不在，有人告诉我说你上街了。后来，我就上哥哥那儿去了，我想还是应该去看看他，结果哥哥说，你如果在地面，上街有可能去音像店，你喜欢买交响乐，或者昆曲的碟片，我就试着来看看，能买昆曲碟片的音像店，全城也就两家，你看，果不然。”

秦芸：“我那时候老烦他，怪他不陪我上音像店，算他有记性。”

李云川：“咳，分手了，也不用再骂他，但也不用再夸他了。去听听？”

秦芸：“好。”

音像店试听室，屏幕上出现昆曲《琴挑》的画面：道姑操琴，书生徘徊，咿咿呀呀的曲调渐起。

秦芸轻轻地晃一晃头，嘴角浮起一丝笑意。李云川看她一眼，也有赞赏，也有点小小的怜意，意思是：“你这个嫂子呵。”

秦芸的精致在于，欣赏这样的艺术精品，她可以极为安静，偶有一丝满足的感觉，比如眼角一扬，嘴角一翘……这一些小小的变化。

书生在唱：“雉朝雊兮清霜，惨孤飞兮无双，念寡阴兮少阳，怨鳏居兮彷徨。”

李云川：“呵，高级调情啊。”

秦芸斜看他一眼：“算你听懂了。”

张莹莹小屋。

张莹莹现在是认真地坐在桌前，读李云川电脑上的邮件。她用双手托着自己的下颏儿，显然被信的内容吸引了。

李云川的邮件继续：“……在我看来，你有丰富的内心世界，你对恋人的标准很高，在外表上一定要英俊高大有男人味（顺便自我表扬一下，这一点我恰如你的标准，我也赞成你这一标准，潘金莲身边站着武大郎，总是不合适），在才华上一定要腹有诗书气自华，在情趣上一定要春眠也知晓，所以一般情况下你不会失恋，因为你能恋的人实在太少。问题的严重性可能就在于，你偏偏看见了符合你标准的一个男人，巨大的考验就开始了……”

从点开李云川的来信以后，周杰伦和费玉清的歌声就一叹三绕地一直在陪伴着张莹莹。

张莹莹真的是动容了，从鼻孔里吐出一口闷气来，还喃喃一声：“这小子。”

音像店试听室，秦芸收起碟片，走到门边：“云川，你今天不会是来看我买碟片的吧？”

李云川：“说得好，正合我意。秦姐留步，弟弟有要事相问。”

秦芸笑了：“你才听了几分钟昆曲啊，也昆腔昆调了。”

李云川：“请坐，这叫昆白。嘿嘿。”

秦芸：“昆白啊。”

李云川：“刚刚学会。”

秦芸笑了，笑得比较惬意。

李云川：“我要问的是，我都第六封邮件了，张莹莹为什么不回信？”

秦芸：“那你要问张莹莹呀，她也刚飞专机回来。”

李云川：“哦。”

小屋内，张莹莹还在饶有兴趣地读李云川的邮件。她又捧着电脑窝在了床上。

邮件上的文字："对你最有可能发生的考验在于，这么优秀的男人已经有了属于他的优秀女人，那么，你应该合理地调试，为什么还要朝他的方向飞翔？既然他爱上了别人，你何必苦苦等待？"

张莹莹又喃喃地："原来如此。"

张莹莹干脆躺了下来。这个世界应该有属于她的地方。

城市之夜，静静的。

所有该静静的都静静的了。

胡英子小屋，秦芸回到了自己的房间。

她从小包里取出《琴挑》碟片，塞进 DVD。

道姑在那里愁肠百转："烟淡淡兮清云，香霭霭兮桂阴，叹长宵兮孤冷，抱玉兔兮自温。"

秦芸点开了手机，正准备发短信，发现方波浪有消息过来："我现在在看《琴挑》。"

秦芸大感动，为什么会这样默契？她又重复一遍道姑的愁肠百转。

方波浪又来一条短信："常常自比嫦娥啊，道姑姐姐动春心啦。"

秦芸没有办法对抗了，其实，她已经没有对抗了。她只回了一个字："爽！"

秦芸翻倒在床上，尽管很孤独。

她以为方波浪还在普岛。

阳光灿烂的机场，从头等舱出来的石智明，神清气爽。

他出国游学归来，回到这个他创业的地方，有熟悉，好像也有陌生，恐怕还有情感上的飘忽。

所以，看上去他不慌不忙，却也有莫名的浅浅的茫然。

接机厅，石智明出来。

完全是焕然一新的面貌。

他走出来，江天芳在那里等候。

石智明很礼貌地朝她点点头。

江天芳也笑笑。

白色宝马车内，江天芳在开车。

石智明坐在后座，很安静的感觉。

他明白，这个世界，对于他这个男人来说，处处有芳草。

江天芳感到了从背后传来的冷冷的祝福。

六分部办公室，秦芸乘务组的一行十一人整齐伫立。

秦芸看看张莹莹，眉清目秀，很精神。秦芸再看一眼戴露，知道了她和张莹莹已经不再有芥蒂。确实，戴露和张莹莹都是目光流盼，也有很微妙的小表情，可以感觉到她们内心已与从前不同。

生活就是这样。

白色宝马车内的对话。

江天芳："智明，去工作室，还是郊外别墅？"

石智明："郊外别墅是你的，我去工作室。"

江天芳明白了。她明白已经无法挽回了。那么以后呢？

现在在开车，必须注意安全。江天芳保持着平静的神情。

乘务部办公室，姬水娟来到这里，她来做战前动员。

秦芸乘务组一行伫立着，都提着气儿。

姬水娟："姑娘们，你们马上要执行国际航班了，这次去巴塞罗那，是最好的季节，那个地方非常浪漫，大家珍重。"

秦芸点头。

姬水娟："咦，江天芳呢？"

石智明工作室门前，江天芳送石智明到了门口，她准备回身，石智明拉住她："谢谢你。"

江天芳欲言又止，但是石智明紧接着就礼貌地说："再见。"

江天芳再一次明白，她一直在等他的回来，也许也在等他最新的心情，但看来确实一切都不会回到从前了。

石智明回到工作室，边上瀑布似的布料依然如故。

石智明看看，往事历历在目。

回忆，是人类摆脱不了的，类似猴子的尾巴。

石智明在布料上躺下了。

秦芸办公室的会还在进行。

秦芸："姬老师，江天芳会跟我们一起走的。这一趟回来，国际运动会就开始了。"

姬水娟："这是个人才，要注意保护。"

秦芸："明白。"

戴露、张莹莹、胡英子、林小洁等也都点点头。

波音 747 的廊道口，乘客鱼贯而入。

秦芸和胡英子在门口迎客。

尽管有过悲悲喜喜的很多事了，但她们仍然很精神。

乘客中出现了一个人，胡英子认识，林小洁也认识，戴露认识，张莹莹也认识。他就是方波浪。

秦芸惊奇，他不是在普岛吗？

第二十一章

在波音 747 头等舱，方波浪含笑坐下，望望在机舱口的秦芸。胡英子给他送上小毛巾和矿泉水。秦芸、林小洁、江天芳站在门口迎候客人，看见了两位显然是专程来坐这一趟飞机头等舱的乘客：崔啸和穆罕默德·舍尔勒。秦芸用遇见了熟人的亲切目光与他们行注目礼，林小洁和江天芳便有点惊奇了。两个男人都露出有点诡谲的眼神，当然都是给他们各自认识的不同的女人。

林小洁和江天芳先后说出了“欢迎”。

他们则是在胡英子的招呼声中入座。

在波音 747 经济舱，戴露和张莹莹，这一对“玫瑰双娇”在走道上巡视，客人已经上得差不多了。从走道上望过去，罗大河机组一行步入了机舱。戴露看见了，眼睛一亮。她朝张莹莹一看，见张莹莹正在帮助一个小孩系安全带。看面容，张莹莹专心致志，别无杂念。

在头等舱前间，罗大河向秦芸行礼：“这是最后一次与你们合作了，我们一路愉快。”秦芸回答：“我们总还是在天空共同飞翔。”走在前面的小个子机械师回过头：“我们的大乘务长就是有水平。”

林小洁端着矿泉水来到崔啸面前，崔啸也笑笑：“很好，我们也共同飞翔。”

林小洁平静一笑，又端水到穆罕默德面前，穆罕默德的眼光却跟着江天芳的背影，林小洁不由得笑了，笑容里多了一点别样的意味。

说话间，机组成员已进入驾驶舱，在门口时，罗大河回望了一眼远远的经济舱过道，过道上有“玫瑰双娇”的倩影。

天空中，波音747在云朵之上。这是一趟平常的国际航班，但也是罗大河机组与秦芸乘务组的告别飞行，而且飞往美丽的巴塞罗那。

现在他们已经到了，具有浪漫异国情调的音乐突然袭来。这是在巴塞罗那佛拉门戈舞曲表演厅。半圆的屋顶，故意处理成粗糙效果的土黄色墙壁，映着温和的灯光。西班牙著名的民间舞蹈在这里表演。

观众席间出现了已换成便装的秦芸一行，罗大河和小个子机械师也在其间。戴露还是和张莹莹坐在一起。穆罕默德也坐在观众席。

狂野热情的舞蹈、自由不羁的灵魂、香艳性感的服装，一如节日的欢庆，也如某种情绪的宣泄。在舞蹈和音乐之间，也许可以感受到吉卜赛人的那份忧伤。

在观众席的一角，我们还看到了已经沉浸在舞蹈中的方波浪。

佛拉门戈最有代表性的舞步以踢踏的形式一阵紧似一阵的，此起彼伏，歌女在舞台一侧仰头吟唱，也如痴如醉，裂帛似的歌声直往人的心田上横扫过去。

夹杂着狂放也夹杂着忧伤的佛拉门戈打动着来自中国的观众。

佛拉门戈的演员的表演很投入，无懈可击，每个人内心的涟漪也许会不一样，但是一定都被打动了。

在巴塞罗那的街头咖啡座，桌上摆放着新鲜的扎啤，大家坐了下来。

秦芸一直站在街边看着有“佛拉门戈”霓虹灯广告的楼房，现在她转过身来，走到张莹莹身边坐下。方波浪坐在边角的暗处，他一直看着秦芸，秦芸走过来时，方波浪再一次地感受到了那种成熟女人的风韵和她自身的优雅。

张莹莹瞟了一眼在罗大河身旁坐下的戴露，她和秦芸轻声说：“芸姐，我想回去了，看这个舞蹈有点累，我就先回房吧。”

边上的林小洁听见了：“我也想回，正好我们俩一起走。”

张莹莹：“你就再坐一会吧。”

戴露看一眼张莹莹，她很想表示一点什么，但什么也没有说，和罗大河对了一下眼神。

秦芸向林小洁点点头："也好吧，小心。"

张莹莹和林小洁向大家告别，没走几步，秦芸追上来，拉过林小洁："那个崔啸去哪儿了呢？"

"晚餐后他特地在房间给我拨了电话，说晚上不和我们来看佛拉门戈了，他有事。"

"小洁，崔啸跟我们出来，看上去有点文章哟。你要有策略一点，最好大家都平平安安回去。"

林小洁点点头。

秦芸又轻声加上一句："朱运良那儿还没有消息？"

林小洁摇头。

张莹莹在等着林小洁，街上的风让她的长发飘飘，风情绰约，但她的神色并不轻松。林小洁上前几步，拉着张莹莹走去。

秦芸刚走到座位边，江天芳又站起来向她提出要求："芸姐，刚才穆罕默德先生向我提出要求，希望我这一会儿去看看他们家埃及法品香精集团在这里的专营大厦，他说这是专门为我准备的，我想……"

秦芸："你，有把握吗？"

江天芳："我心里有数。"

秦芸看着她，把所有的交代都放在了自己的眼光里。这时，一辆劳斯莱斯驶来，穆罕默德和江天芳跳上了车子。秦芸看着劳斯莱斯远去，若有所思地转身走到咖啡座旁，现在在座的只剩下罗大河、戴露、胡英子、小个子机械师，还有微笑着的方波浪了。

秦芸刚坐下，戴露却又表示要离开这里了："芸姐，本想大家喝一通啤酒的……你看，这样的话，我们想去宾馆底层的游戏乐园玩，你们慢慢聊，我们走啦。"这个请求几乎不等秦芸的回答了，罗大河和戴露站起便走。秦芸没想到的是，罗大河还拉起小个子机械师和胡英子一起走了。

秦芸朝方波浪笑笑："你看，这些人，这一大堆啤酒，我们俩喝啊？"

方波浪："你的同伴们都很可爱啊。"

大家的先后散去，尽管目的不太一样，但是对于方波浪的随着飞机而来，以及方波浪看秦芸的目光中，大家很可能都读到了点什么。这一层意思秦芸怎么可能没领会呢？她浅笑："呵呵，大家对你这个地震学者也跑到巴塞罗那来，还和我们住到了同一个宾馆里，有一些别样的解读吧。”

方波浪：“但愿如此。”

如此的回答，秦芸倒没想到：“嗯？”

方波浪：“秦芸，我想我们应该有一些较深入的了解了吧。前天我就从普岛返回，我从你的信息里，也获悉你几乎和我同时在欣赏《琴挑》，我真的不知道这是不是一种天意。不过，真实的情况是，葡萄牙的里斯本是史载因地震而严重损毁过的地方，我和几位国外地震学家已跟踪研究了二十多年，有一个植物谱可以拉出来了，对我的地震植物学很有意义。明天下午我们要在那里聚会。我只是提前两天到葡萄牙的邻居西班牙来做客了。”

秦芸：“我初当空姐的时候，我们乘务组是不可以单独行动的，哪像现在，就我们俩，坐在街头喝酒。”

方波浪：“空姐的生活，我可能比你了解得更早，不过总体上你们是这个时代中比较幸运的女人。”

方波浪再次提到了早就了解了空姐，但被秦芸再次忽略掉了。她处事往往不愿深究打探，对眼下的事却又细致周全，简单地说，她对今天更看重：“要看怎么看啦，像我们组，最近半年来发生了好多事，其实也与我们这些人的工作性质有关。”

方波浪：“你们常常比较头痛的是什么呢？”

秦芸看一眼方波浪询问的模样和灯光中抖动的两鬓银丝，有点恍然，她似乎打算认真说个看法了，稍稍喝了一口啤酒……

假日酒店海景楼有灯光的窗口，出现了熟悉的身影。

张莹莹站在窗前，前面只有深邃的大西洋。

窗前的林小洁转身走到床前，她在拨电话，可没有说话，她又放下了。

楼下通往大厅的斜坡上传来笑声，是戴露的声音。

张莹莹在窗前往下望了一望，戴露、罗大河、胡英子和小个子机械师相继进入了大厅。显然，他们去底层的游戏乐园了。

酒店底层的游戏乐园里，有很多世界各地来的游客，不同功能的灯光闪耀着，还有时不时地响起的各种短促的音乐声。

戴露拉住了罗大河：“这里还真是好玩呢，我去把莹莹拉下来。”

罗大河：“戴露……今晚就不必了吧，走。”

戴露：“也好。”

他们几个人迅速消失在游戏的人们中间。

张莹莹在自己房间的桌前坐下，早已打开的电脑在她的面前出现了收件箱一栏。毫不意外，李云川的新邮件又出现了。

张莹莹也毫无反感，嘴角还挑起了一丝轻松。

林小洁在自己房间拨了电话，只有四个号码。在电话边上，一页小纸上有字：“崔啸 1201。”电话没有人接。

林小洁又用手机拨电话，她点出的是“朱运良”，然后点了“发送”。

依然是：“您拨打的电话无人接听。”

林小洁可能没有想到，这一晚有两个失踪的男人，怎么都要她去寻找！

埃及法品香精集团展示大厅灯光通亮，设计精到的一些法品名牌在透明的柜台里摆着，墙体也全用玻璃相隔，美女的广告画及香精产品的招贴图在一些恰到好处的位置出现。

穆罕默德领着江天芳一路观赏过来。由于是深夜为江天芳开放的专场，穿着性感时尚的美女职员时不时地出现在柜台的内侧，她们也亭亭玉立，与江天芳含笑示意。香精王子带着中国美女的出现自然引人注目，况且这位下巴铁青的香精王子身材修长，眼睛深邃，动作干练，遇到转弯或有障碍物的，他还抬手轻轻地扶一下江天芳的腰部。

看得出来，江天芳很受用这种殷勤。

穆罕默德的得体是真实的，整个大厅的员工并不意外，不过谁的眼睛中都有惊奇的一闪，因为香精王子带来的美女太漂亮了。

街头咖啡座，秦芸和方波浪还在交谈，周围已几无人影。

秦芸："还有一个特征，也是因人而异啦，不一定让人感到头痛，有的恐怕也是心态上的。那就是流浪。"

方波浪眼睛一亮："流浪？你们很多人都有这样的感觉吗？"

秦芸："不一定，有的人还觉得走来走去也不过在一个地方打转。"

方波浪："真的是因人而异了，你呢？"

秦芸："不瞒你说，真的是怪了，我在你面前总是会流露最真实的东西，告诉你，我常常有流浪感，特别怪的是，我还喜欢流浪。而且很多人看不出来。"

方波浪："其实我早就看出来了，你的某些宁静或者说静逸，与流浪并不矛盾。今晚，我请大家看佛拉门戈，每次来，我都要看一次，听一次，看来你能看出点名堂，听出点东西。"

秦芸："先是莫名的震撼，后来有了一种说不出的感觉，对了，现在找到这个词儿了，怪不得今晚有着强烈的流浪感。"

方波浪笑了，他看一下四周："秦芸，很晚了，如果我们还想聊，去我那儿的小阳台，面对着辽阔的大西洋，很有情趣的一个小地方，我们可以继续谈佛拉门戈，谈流浪。"

秦芸看着方波浪，并不忌讳什么，一直看着，然后点头。

张莹莹正在自己房间读着李云川的邮件。

房间内的灯光非常柔和。

屏幕上的文字："秦姐告诉我你这几天在巴塞罗那，我还没有去过那里，很多人讲那里是个发生艳遇的地方，我想既然可以这样，也一定是个疗伤的好地方。其实我说了一些猜想，而第六个猜想是最残酷也是最可能在你身上发生的，我这人就这样，软件的程序每一步都必须精确无误，说真的，其实说了半天，所有的猜想猜出的都是我自己的狰狞面目，希望不会吓跑你。莹莹，只有我是可以爱你，也能爱好你的男人，请相信我。"

张莹莹又动了动嘴角，笑意溢出。

她在屏幕前深长地呼吸了一下，然后第一次点下了"回复"。

她又停下了，复归一种难以抑止又必须克制的自我调节的神态，有清泪悄悄淌下。

张莹莹稍作镇静，打上了几个字：“云上河流即李云川先生即李云亭的弟弟即秦芸的前小叔子即‘飞翔 206’的 QQ 网友即现在的信箱好友……”

张莹莹自己读了一遍，颇感有趣，神情才稍显轻松。

她又开始码字：“我不知道这个时候真实地出现在你面前是否合适，但是我来了，谢谢你在我最艰难的时候给了我勇气和方向。有一些是要补充谢谢的，在‘飞翔 206’的呼唤中，你给过我足够的力量。现在，一段旅程已经结束，因结束而落地的刹那间，惊慌和茫然也许不可避免，但对于我来说，太过了一点。你的猜想都让人感到了你在浪费才华，但我仍然被你频频击中，我想我们应该真实地见一面了，我决不掩盖自己，现在的我真想软瘫在一个人的怀里。我想你。（这时候是你那儿的凌晨，你醒来时也许我已入梦，梦中会有你。）”

张莹莹写到最后已经泪流满面，当然已经和前几次不一样了，在落泪的过程中，她倒有了一种挥洒的感觉。

屋外的走廊上有一些人声，听起来有戴露和胡英子的声音，也有罗大河和小个子机械师的，张莹莹神情只是稍闪了一下，又入神地看着屏幕，又读了一遍自己的邮件，终于，她慢慢地把鼠标移到了“发送”上，点了上去。

宾馆走廊，罗大河、戴露、胡英子、小个子机械师四个人都走近了自己的房前，四个人一起挥挥手，静寂的走廊里有无声的盎然生机。一会儿就没有人影了，走廊上复归宁静。

戴露又悄悄出来，赤着脚跑到了罗大河门前，推门进去，就在门道里和罗大河紧紧相拥，踮起脚尖热吻。

罗大河好不容易挣脱了戴露火一般的热情：“我就知道你肯定要来。还不好好休息？”

戴露：“我不想走。”

罗大河用热吻示意戴露对热情的克制。

戴露：“……那好吧，明天去海洋馆要把莹莹带上，还有你的任职典礼我们要邀请莹莹，好吗？”

罗大河：“当然。戴露，你真是个好姑娘。”

戴露有点犹疑："你的意思是？"

罗大河又吻她："我好爱你！回屋吧。"

戴露这才退出房门，一溜烟地钻进自己房间。

胡英子在房间，她已穿上了睡衣，伫立在窗前，望着大西洋。

好像有点凉，她双臂抱在胸前。

小个子机械师在自己房间，他已躺在床上，就着床头灯看杂志了。

睡意袭来，他干脆关了灯睡了。

胡英子从窗口看过去，楼侧转面的一长溜房间的小阳台上，有一对看上去大概是情侣的人坐在那里，在聊着，一直在聊着。胡英子不经意瞟了一眼，她似有发现，那不是芸姐和那位方先生吗？他们回来了还在聊？她又瞟过去一眼。

远处小阳台上的两人，真有点像他们。

胡英子又抱紧了自己，是凉了，还是别的。

方波浪房间的小阳台，在星光下，大西洋岸边，夜风里。

方波浪和秦芸确实聊在了兴头上，也聊在了默契中。

秦芸："我想，佛拉门戈是吉卜赛人的音乐，流浪的吉卜赛人一路走着，一路就用音乐和舞蹈伴随着自己艰辛寂寞的旅途，所以，佛拉门戈是旅人的乐舞。大部分人在途中并不是常态，偶然的旅行，还是要回到家里，安定下来，因此这旅途就并非真的旅途，因为有目的地，有结束。"

方波浪听着，很入神。

秦芸："吉卜赛人的旅途是一辈子的，从生到死，结束旅途意味着结束了生命，所以对他们来说，一切都是短暂的，甚至是虚幻的，他们的生命中没有永恒，或者对他们来说，永恒不变的只有漂泊。大概忧伤就来自流浪，来自漂泊。我意识到的流浪还真不敢和这些吉卜赛人比。从另外一个层面上说，精神上的漂泊流浪，包括属于精神意义上的爱情，如果没有了目的地，也就没有了旅途，如果像吉卜赛人这样，无需目的地，旅途就是目的，漂泊就是永恒，会怎么样呢？”

方波浪含笑作答：“刚才你已经说了，要学会忧伤。”

秦芸再一次地看着方波浪，这个男人怎么总是点准自己的穴位：“莫非这是爱情的真谛？”

方波浪：“有了真谛的爱情，会另外一个样吧。”

秦芸：“但是我现在，很忧伤。”

方波浪：“学会了忧伤，也会有佛拉门戈。”

秦芸内心有些冲动，多少年了，与一个男人之间的精神默契，很罕见了，但她还是只用两只手在膝上搓了搓。

朦胧中，胡英子拉上了窗帘。

最后的缝隙被拉紧的时候，可以看见月色里的眼光，迷茫而企盼。

这当然是胡英子的眼睛。

卧在床上的林小洁用宾馆的座机和自己的手机再拨了一遍又一遍，依然没有人应答。

林小洁只得再次躺下。

方波浪房间的小阳台上，一场促膝长谈还在进行。

方波浪：“我每次对佛拉门戈的穿越和沉浸，都为这种流浪的诠释感到沉重和痛苦，其实他们比我们更诚实，更勇敢，更接近生命的真实。生命本身就是漂泊的，所谓安定，所谓永恒，不过是自欺欺人的假象而已。真正的人应该像吉卜赛人这样面对生命，既然知道注定流浪，就不如欢唱流浪，虽然这欢唱中还透着沉重的忧伤。但是他们的忧伤是与快乐水乳交融、不可分开……”

秦芸完全认可，频频颔首。

方波浪：“你可曾注意佛拉门戈的舞者极少看台下观众？他们的目光大多要么看着地上，要么看着自己心里。所以这舞蹈就是完全沉浸在自己的世界里，挥舞生命，挥舞自由，这忧伤也因此带着几分骄傲和无畏：就是无常与流浪，又如何？面对死亡与流浪的宿命还能欢畅的快乐才是真的自由，也只有将死亡与流浪的淡淡忧伤写入快乐的忧伤才是真的忧伤。和佛拉门戈一起，我也这样去快乐，我也这样去忧伤，我也这样去流浪。”

秦芸情不自禁地拉住了方波浪的手：“方先生，如果是这样，请你带着我，这样去快乐，这样去忧伤，这样去流浪。”

方波浪的手反转过来，又加上了另外一只手，四只手不知道是谁在缠谁在绕了。

方波浪：“秦芸，叫我波浪吧。”

秦芸：“好凉。”

方波浪：“我们进屋吧。”

秦芸的声音都有点抖颤：“不不，我回自己屋去。”

方波浪：“晚风是凉爽，如果还想坐一会，那就再聊一会儿？”

秦芸其实没有站起来的意思。

法品香精集团巴塞罗那会所，是夜色下树影里的一幢北非风格的建筑。

穆罕默德·舍尔勒和江天芳坐在贵宾间里。

江天芳：“你们在全世界有多少这样的会所呵？”

穆罕默德：“有很多，但这里是最重要的，据说是我的曾祖父的决定。西班牙人用我们的香精增强了国力，我们今天也知道了用香精在这里赚他们的钱。世界经济全球化的浪潮里，我们这些从古老国度出发的年轻商人，要用今天的头脑去生活。哦，说远了，江小姐，这些情况，也在你对我的了解范围吗？”

江天芳笑了，笑得有点失控：“你这个王子啊，还记得这啊？你说得很好啊，我钦佩，真的很钦佩你。”

穆罕默德站起：“江小姐，如果是这样，今晚在这里，我就准备好了隆重的订婚仪式，请你入席。”

原来只感觉是板壁的地方慢慢移开，门开处，灯火辉煌。

穆罕默德不再征求江天芳的意见，直接挽起了她的手臂。

两边的交响乐队阵容之宏大是江天芳从来没见过的，低台上站成了心形的唱诗班也是江天芳从来没见过的。

江天芳几近晕眩。

穆罕默德牵着江天芳走上了镶着图形边线的绿色地毯，很埃及很北非很古老很端庄的氛围中，他们走到了台前的特定位置，穆罕默德从礼仪小姐托着的金色盘子上，取过六克拉钻戒，戴到了江天芳的手指上。

音乐声突然响起，恍若天籁。

小阳台上，秦芸有点倦意了，倚靠在椅背上。

方波浪注意到这一点："休息吧？"

秦芸："我还想问，你突然又赞成了我离婚，为什么？"

方波浪："其实从我们谈起昆曲的时候，我意识到你的命运有陡转的可能。但当我知道了他是云亭的时候，我自然表示了反对，要知道，从我把云亭救出来的那一刻起，我就下决心让他一辈子幸福的。"

秦芸："现在他签了字，你的决心呢？"

方波浪："我劝他的时候，才更深入一步地在你的精神世界里有了更多的发现。而且，他无法明白的事对于他来说，其实也无须明白。人哪，有些明白这个，有些明白那个，大概也是有分配的。云亭能够明白的基本都掌握了，这就足够了。对于云亭，离婚了才会有他的幸福。"

秦芸："所以你的赞成也延续了你最初的决定，让他一辈子幸福？"

方波浪："你不觉得我还……"

秦芸："了解了这一点我已经足够，很纯粹。谢谢你让我获得了解放。"

方波浪："我们之间要言谢吗？"

秦芸："是的。我获得解放以后，对你又有了新认识，我不会说感谢了。"

方波浪："讲得好！我，不，是我们再开始新的流浪吧。"

秦芸："我也有足够的准备，迎接新的忧伤。"

方波浪很想再跟上一句。有风起，还有点急，放在桌上的餐巾纸都被吹起。

方波浪："真凉了，进屋吧。"

秦芸："嗯。"

劳斯莱斯车内，穆罕默德和江天芳坐在后座。穆罕默德抓着江天芳的手。

穆罕默德：“今晚一定要回？”

江天芳：“是，必须归队。”

说话间，江天芳戴着钻戒的手反过来抓住了穆罕默德的手。

窗外的灯影在他们身上闪过。

方波浪房间内，方波浪和秦芸都站在那里，凝视良久，突然紧紧拥抱了，看不出来是谁的主动。他们的姿势不再年轻，他们的神态反倒有更真的投入。耳鬓厮磨间，方波浪喃喃：“我说过，为什么第二位又是一位空姐，是这样的不一样。”

秦芸：“第二位，有第一位？”

方波浪还沉浸在情意中：“是的，就在你们的玫瑰航空啊。”

秦芸突然有点感应，她离开了方波浪的怀抱，但自己仍然环抱着他，抬头轻轻地问：“你的最初的恋人？”

方波浪：“是，我的一切都不会向你隐瞒，我的第一位恋人，也是遇见你前唯一的恋人，是姬水娟。”

秦芸松开了手：“不会吧？这不，不会吧，我的老师？不，不会吧……”

方波浪：“就是，过去二十多年了，我已经遗忘。你不必介意呵……”

秦芸：“不，不能。”

她几乎是靠喊才出来了这么一句话，然后夺门而去。

方波浪呆呆地站着。

壁灯幽幽，映着方波浪脸上的忧伤。

酒店大厅，秦芸从一侧跑入，又往另一侧的电梯跑去。

大门口恰好进来了江天芳，与秦芸不期而遇。

江天芳：“芸姐，你们也这么晚呵。”

秦芸停步：“哦，天芳，你也刚回来啊，赶紧上楼吧。”

电梯门打开，江天芳让秦芸进入，用手上的外套遮住自己手指上的钻戒，再进入。

楼层走廊，她们一起出了电梯门，沿走廊走来。

江天芳：“芸姐，你是不是不舒服？脸色不太好。”

秦芸：“可能晚了吧。到你房间了，早点睡。”

江天芳：“嗯。”她还是看了一眼秦芸的背影，觉得有点怪异，然后开门进去了。

秦芸走到了自己房前，四周一片静谧。

她稳了稳自己，开门。

秦芸一进了房，就跑到了窗前，这个窗口位置和胡英子房间的窗口差不多，看出去恰好望得到方波浪房间的小阳台。

现在，远远的小阳台上有孤独的人影在移动。

不用说，肯定是方波浪了，只是形单影只的感觉更强烈了。明朗的月光下，他还好吗？

秦芸靠上了窗台，她想到了什么，回身走到门边，伸手去摸开关，可是她又犹豫了。

秦芸重回窗前，远远的小阳台上方波浪伫立着，这一会儿一动不动，像月光下的雕像。

整个夜空里，似乎又有什么东西缥缥缈缈的，秦芸在听，那个小阳台上的男人好像也听到了，到底是什么这样缥缥缈缈的，莫非是佛拉门戈的裂帛似的吟唱……

秦芸忽然转身，几步就上前打开了房门。

秦芸跑过走廊，进入电梯门，走出电梯门，步入大厅。

大厅里似乎还有刚才江天芳的声音：“芸姐，你们也这么晚啊？”

秦芸止步转过身去，重回电梯门，重新慢慢地走过走廊，轻轻地打开自己的房间。

她几乎是以扑的姿态，倒在床上。

她很长时间没有动，但也只是静静的，这样。

手机的信息声响了，秦芸坐了起来看手机：“我明天赴里斯本，一切回国再说，可以流浪也可以忧伤。保重。”

秦芸又倒在床上，两侧的眼角，泪水潸然。

静寂的大西洋。静寂的海岸线。静寂的巴塞罗那。静寂的酒店。一切，似乎都很静寂。早晨降临了，有几抹轻岚，飘拂在很有当地建筑特色的酒店楼房上。

橙色的光亮渐渐涂过来。

宾馆走廊，林小洁开门出来。

她快步走到了秦芸门前。稍有犹豫，但还是抬手敲门。一下，又一下，在安静的清晨。

躺在床上的秦芸终于醒了过来，她起身，裹着睡袍到门边，轻声问：“谁呀？”

门外有林小洁的轻声回答：“是我，林小洁。”

秦芸开门：“小洁呀，不是让大家早晨多睡会儿吗？”

林小洁走进来：“我就眯了一会，刚才又向总台问询了，芸姐，崔啸一夜未归。”

秦芸完全醒了，在沙发上坐下，也示意林小洁坐在一边。

秦芸：“那是什么原因呢？”

林小洁：“我想遍了听他说过的每一句话，也想不出崔啸和我们一起来这里，和我们住一个酒店，可是又彻夜不归的理由呵。”

秦芸思考着，昨夜的彷徨好像了无踪迹。

窗外的晨光透过窗帘，又亮了一点。

秦芸：“他的手机还是不接？”

林小洁：“嗯。”

秦芸：“那你可以和他妈妈联系上吧？”

林小洁：“应该可以，现在他们应该还没有睡吧。”

秦芸：“还是应该联系上，告诉他妈妈，一起找一找。”

林小洁：“好，我先发一个信息过去。”

秦芸："试试看吧。"

度假酒店门外，朦朦胧胧的晨色里，过来了六辆货车，在酒店门前的半月形广场上停了下来。有工人跳下来，从车上搬下来足有五六米见方的花插木板，看上去，一辆货车运载一块，一共有六块。插花构成的画面一时还不在清晰的可供观赏的角度。

又有一辆大众吉普驶来，也在门前停下，跳下了一个小伙子，远远地看过去，有点像崔啸，他好像在指挥着工人们，调度他们手中的巨幅插花木牌。有一块木牌正在转过来，上面好像有一个巨大的"我"字。

这一切，都在一个人的视野中，他是站在小阳台上的方波浪。

方波浪从阳台走进了房间，他回身又看看小阳台，阳台上秦芸坐过的凳子，他又在房间站着，兴许在想起昨夜的秦芸，想起耳鬓厮磨之际秦芸的突然抽身而去。他拎起了拉杆箱，再看看房间的四周，缓慢地步至门边，然后再次回身，从房间内看向小阳台，终于开门走向电梯。

在秦芸的房间，林小洁一跳："好，崔啸的妈妈来信了。"

秦芸已经换好了衣服，也施了淡妆，便凑前和林小洁一起看手机上的短信："小洁呵，小啸没有失踪，他说马上会出现在你的面前，他要我保密。祝你们幸福。"

林小洁一头雾水："怎么了？"

秦芸也有些不解，不过她做出了判断："解铃还须系铃人。"

林小洁没有半丝的轻松："这个崔啸，做什么都那么像动漫呵。"

秦芸倒有点被逗乐了，年轻人就是这样。也许又想到了什么，她的笑容马上消失了。

林小洁的手机又响了，她一看："戴露的。这么早，又想出什么疯主意了。"

林小洁："唉，戴露……什么，我不在房里，我在芸姐这里呢……哦，我下来，马上下来。"

林小洁拉起秦芸的手出门。

秦芸："到底怎么啦？"

林小洁："崔啸回来了。"

秦芸："那不是好事儿吗。"

林小洁："他又弄出好事儿了。"

宾馆大堂，秦芸和林小洁从电梯出来，穿过大厅，门口已经有许多人，戴露、胡英子还有罗大河、小个子机械师等都已经在了，秦芸和林小洁冲到了人群的最前面，她们也愣了。

林小洁几乎完全惊呆了。

宾馆门前广场，清晨出现过的那六块巨大的插花木牌上，是六个醒目的中文大字："林小洁我爱你"。

这是用玫瑰花缀成的六个大字，呈现在铺满白槿花的巨大木牌之中。更让人忍俊不禁的是，在"我"和"爱"的两块巨大木牌中间，崔啸笔挺地站在那里，右手紧紧地按在左胸膛上。

晨光已经把火红的朝霞带到了这里，广场上因为六块插花木牌和崔啸的伫立，某种震撼人的东西迅速在周围蔓延。

崔啸看见林小洁出现了，立刻做出更惊人的动作：崔啸单腿下跪，头微微抬上，右手继续紧紧地按在左胸膛上。

林小洁傻了："芸姐，怎么办，怎么办呢？"

秦芸看了看两边，戴露在前面了，罗大河在前面了，胡英子在前面了，张莹莹也来了，挤在了最前面，小个子机械师也在。秦芸还真看到了一个人，在人群最外围的已经拖着拉杆箱的方波浪。用她的眼光扫过去，这些人的脸上不无动容，从真正的意义和程度上讲，最为动容的竟是张莹莹和方波浪。

秦芸当然来不及想这些了，她轻声地告诉林小洁："小洁，你回自己的房间，等会儿我带崔啸上来，你自己和他谈。怎么谈，是你的事儿，你把自己想定了的主张明确告诉他。注意，我只给你一个态度，崔啸是一个有情有义的男人。"

林小洁很干脆："明白，芸姐。"

她转身穿过人群，往大堂深处跑去。

秦芸下了台阶，她知道自己在一个人的注目中，她本不想转身去看，但是她听见了鼓掌声。大堂门口的人群里，许多不懂中文的老外渐渐散去，但这种仪式般的含义所有人都看懂了。那个鼓掌人是懂中文也懂所有仪式含义的人，他是方波浪。

秦芸还是循着掌声回了头，她看见了方波浪。方波浪也看到了秦芸的回头，他们的目光在空中相遇，似闪电，他们俩也一定都看见了。

方波浪不再鼓掌，拎着箱子跳上了已停在他身旁的出租车，在他上车的刹那间，他还挥了挥手。

秦芸明白，现在她是越明白越手足无措呵。你为什么是李云亭的义父？你的初恋为什么偏偏是姬老师？姬老师的第一个倾情对象为什么偏偏是你？秦芸无法接上昨晚的思绪，她又向崔啸走去。

崔啸喊了："秦乘务长，我不想见你，我想见林小洁！"

秦芸已走到崔啸身边："我来和你说，小洁在1225房等你，她也要见你。"

崔啸站起："真的？我去。"

秦芸："崔啸，我们年轻的志愿者，我向你表示敬意，你是有风度的男人，你应当告诉你妈妈，你已经成熟。"

崔啸向大堂走去："嗯。"

秦芸的手机响起了短信的铃声，她就站在崔啸站过的地方，身后是巨大的"我"与"爱"两个字。她打开手机，来信者是方波浪。

手机屏幕上，赫然冲出四个字："情何以堪！"

林小洁在自己的房间里腾地站起。

崔啸已经站在她的面前。

林小洁："很有创意呵！让全世界都知道呵。"

崔啸："我，我可以坐下吗？"

林小洁乐了："哦，累了？"

崔啸已经坐上了沙发："也没什么，只是一句憋了太久的话，一定要用一个壮丽的形式表达出来。而且我告诉过你，小姐姐的动漫造型已经完成，应该进入第一章了。”

林小洁也坐在了崔啸侧对面的沙发上：“崔啸，你在讲你自己还是讲创作呵，你真实地也简单地告诉我你怎么想的就是了。”

崔啸：“小洁，我爱你，不可遏止地爱上你了，这就是我的全部。”

林小洁知道她得到的肯定是这样的回答，一阵短暂的沉默后，林小洁认真地说：“崔啸，你上午没有别的安排吧？我想和你讲个故事可以吗？”

崔啸看看林小洁，这个看上去又清纯又可爱的小姐姐这会儿这样严肃起来，真像遥不可及的月亮。

崔啸：“你不要这么认真严肃像上课一样好不好？我要听，你轻轻松松说来便是，我最爱听故事了。”

他没想到，林小洁严肃的面孔上，还淌下了无声的眼泪。

崔啸：“唉，小姐姐，你怎么啦？如果碰到了你的痛苦，你，你就不要讲罢了。”

林小洁：“不，不痛苦。那时候，他们很甜蜜。还是在他们读高三的时候，一个要设计美好的人间，一个要登上美丽的云空，他们把未来的生活想象得非常、非常地……”

崔啸：“非常地可爱。那你肯定是说一对恋人的故事了，是你自己的故事，还是别人的故事？”

林小洁：“我自己的。”

崔啸的神情显得有些沉重了：“哦，那这个故事是不是与那天在我家楼下出现过的男人有关？”

林小洁：“是。”

崔啸哑然。

林小洁：“怎么啦？”

崔啸：“我本不想听的，但你既然想讲，就讲吧，不让你今天讲，你以后还是会讲的。”

林小洁：“以后倒不会和你讲了。”

宾馆花园小道，秦芸和胡英子在散步。

胡英子：“看来这个崔啸是来真的了，不知道小洁如何对付他。”

秦芸：“在医院里，我就看出点名堂来了，当时他受伤的大脑在恢复，小洁也不敢刺激他。不过这个崔啸在美国读书长大，他的思维，尤其是关于情感方面，和我们这边的男孩子不太一样，小洁面临这样的追求者，可能有点棘手。”

胡英子：“我看崔啸不像是个不讲理的，小洁和她的‘猪哥哥’这么如胶似漆，崔啸会知情而退的。他还不知道吧？”

秦芸：“应该还不知道，小洁不就是怕刺激他嘛。”

胡英子：“面对一个多情的男子，但是心里面又不可以归属于他，而且小洁纯洁善良，她绝对不会让别人难堪，这下可要难死她了。”

秦芸看看说得很动情的胡英子，不免有些想开去，她体察身边姐妹的心思又几乎一看一个准，也有忧有虑：“英子，我又想提起这个话题，上次说了要轻松一点面对生活，你是不是也有这样的难题？”

胡英子显然绕了开去：“今天不说我啦！小洁碰上的还是这么冲动这么时尚的求爱，她怎么办呢！”

秦芸也不再说下去了，她抬头看看酒店的房间窗口，担忧的神色更浓重了。

在林小洁房间，崔啸抬头，很被吸引也很有点疑惑的样子。

林小洁：“……就这样，时隔五年以后，我们又重逢了，当时他带我去地中海公园，那爽爽朗朗的一片，让我终于看到了我们的守望真有意义。”

林小洁的讲述显然动了真情，崔啸能够意识到，他的表情很复杂，但还是对这种真情很认同：“应该祝福你们，这样的重逢。你的父母太不了解自己的女儿了。”

林小洁看崔啸这样的评述，她一直悬着的心放了下来：“有些事回过头来想，很多因素一起在产生作用，我们在一起以后，刚才我说了，反倒有了更甜蜜的理由。他设计的地中海公园，就有他许多的期待。”

崔啸：“我去了地中海公园，我当时还想，这个地方也可以放飞我的动漫梦想，没想到还安放着你们的现代童话。”

林小洁：“你看，你也用了‘现代童话’四个字，知道这个故事的都这样说。”

崔啸：“你的这些漂亮的姐妹都知道你的爱情遭遇？”

林小洁点点头，看着崔啸微微一笑，依然是她那特别有味儿的清纯。

崔啸做了个双手抱空的姿势，然后又无力地垂下，叹出一声来。刹那间，年轻光亮的面孔上，竟掠过一丝沧桑。

林小洁看看他：“……不知道该不该对你说一声‘对不起’。”

崔啸站起：“不，不能说，不能对我这样说。”他泪光闪闪，想说什么，可又无力地坐在沙发上。

林小洁：“还是对不起呵。”

崔啸极力控制住自己：“……小洁，我想问一个问题。”

林小洁：“可以呵。”

崔啸：“那天在我家楼下，你说的这位朱运良先生为什么突然跑掉呢？”

林小洁突然愣住，她觉得完全无法回答或者说不知该不该回答，她看了一眼崔啸的关切，又马上闪开了，心里对朱运良的担忧还是一下子冲了上来，她突然悲从中来，双眼冒出了泪水。林小洁赶紧双手捂脸，结果反倒泪水决堤。

林小洁哭得很猛但还能控制，没有声音，但身体颤动不已。

崔啸反不知怎么办好了，他不知道发生了什么，也不知道该怎么去抚慰。

他从茶几上抽出几张餐巾纸，走到林小洁坐着的沙发前，单腿跪了下来，悄悄地塞进林小洁一直捂住脸的手里。林小洁松开了手，让人无比怜爱的神情也暴露在了崔啸的面前，崔啸无可克制了，他伸开双臂，就这样跪着一把抱紧了林小洁，又怜又爱的情绪让他抱得越来越紧。

林小洁没有挣开，也没有动，她靠在崔啸肩头的脸慢慢地平静了下来，然后轻轻地推开崔啸，站了起来，同时也把崔啸扶了起来。

崔啸也泪光闪闪，林小洁手中的餐巾纸现在轻轻地擦净了他眼角的泪花。

崔啸站着，高大俊朗，他这么近地面对着他不可遏止地爱上的女人，脸上的柔弱和清纯让林小洁越发地楚楚动人，崔啸控制不住地又伸开双臂，想再次拥抱林小洁。

林小洁用双手架住了崔啸，还使了点劲。崔啸感觉到了，双臂垂了下来。

林小洁："崔啸，坐吧，我现在很平静，我把最近发生的一切再告诉你。"

崔啸："那你不要哭啊。"

林小洁："我不会了。"

张莹莹房间的门敲响了，张莹莹听见了，想了想，走到门边："谁呀？"

门外有罗大河的声音："是我，罗大河。"

张莹莹一愣。

第二十二章

张莹莹在自己房门前，迟疑了一下，有点慌，但还是打开了门。

罗大河笔挺地站着："我可以进来吗？"

张莹莹有瞬间的恍惚，但她很快控制住了自己，侧过身，伸开手臂，像在机舱口迎候客人似的："可以，请进。"

罗大河大步进门，走过张莹莹身旁，像一阵旋风，张莹莹又有一些晕眩，这个男人为什么又来到自己的身旁？

罗大河坐了下来，他看到了张莹莹站立不稳，赶紧又站起来。张莹莹扶住桌子，也看看罗大河，好像有一点冲动，但是她还是忍住了，不过眼睛里的惆怅藏不住。罗大河明白，他一步上前，搂住了张莹莹。就这样，张莹莹的脸紧紧地贴在了罗大河的胸膛。张莹莹有瞬间的幸福感，好像是第二次。罗大河的脸上，也好像有万般无奈，他只能给予这种拥抱。

很安静，窗帘的拂动也是无声的，似乎也有有意。给他们一点时间，很可能他们马上就要分别。果然，张莹莹一个激灵，逃出了罗大河的怀抱。

张莹莹："大河，谢谢你让我在你的怀抱里完成了整个儿的爱，已经完成了，也可以说已经结束了。懂吗？我很满足了。"

罗大河："嗯。"

张莹莹："我们以后不要单独相见了，一定记住。"

罗大河："为什么？"

张莹莹："我怕控制不了自己。我不能对不起朋友。"

罗大河："明白，现在是戴露让我来邀请你一起去海洋公园游玩。"

张莹莹一听，几步上前，在罗大河胸前砸下了一拳："我告诉你，带着戴露的时候，再也不能想到我，你知道吗？你知道吗？你知道吗！戴露是我的朋友，我不能对不起我的朋友。”

罗大河明白了，上前又来了一个大拥抱，仅仅几秒的时间，罗大河放开了张莹莹，开门大步而去。

张莹莹空落落地站在那里，神情慢慢地平静。她扑到床上，她不知道这个时候为什么要去捧住电脑，像捧住自己的心安理得。

在林小洁房间，林小洁刚刚说完了自己的郁闷，脸上的神情看上去还算平静。

崔啸却大为感动也大为惊讶。

崔啸：“那这个朱运良现在在哪里，你一点儿也不知道？”

林小洁默无言语。

崔啸：“你说话呀，你的等待怎么突然又失踪了？”

林小洁：“……我的预感，他还在，还在等我。”

崔啸：“明白了，我会帮你在网上搜索。我对你的爱，就是去寻找你的爱。再见。”

崔啸说完，开门而去。

林小洁看着他的背影，终于松了下来。

她的脸上，有圣洁般的纯洁，也许圣洁比纯洁高一点点，就像蓝天总在云朵之上。从窗口斜射进来的阳光，也显得特别清亮。

在海洋博物馆互动区泳池，罗大河和戴露穿着泳衣，在水里畅游。

他们毫无负担地游着，姿态无比美丽，面容如痴如醉，几乎在水里又完成了一次如梦如幻的相爱。蓝蓝的水和蓝色的泳衣，一如他们的梦幻。

如在空中一样。

在秦芸房间，秦芸带着胡英子回到了这里。

从窗口看过去，林小洁房间的窗帘在那里飘啊飘。

秦芸终于放心了。

胡英子在床上坐着，神情黯然。

秦芸转过身来，看着胡英子，知道还有一个女人的心事要她去关心。

她感到当乘务长的辛苦，有了一点疲倦。这种感觉她第一次有。

在海洋博物馆互动区走道，罗大河和戴露从路上走来。

他们已经换上了自己的服装，罗大河是水蓝色的衬衣，戴露是淡黄色的衣裙。

罗大河："……我们相遇相爱，原来这样简单。"

戴露："谁简单啦？我可是忍受了多少煎熬！你这个没良心的大男人。"

罗大河："我就是你的大男人，你不要吗？"

戴露突然跳了起来，紧紧地抱住了罗大河，然后骑在了罗大河的身上。很快，她哈哈大笑着又滑了下来。边上的人，不同国籍的人，全部不由得朝他们看去。

小个子机械师在展区内张望着什么，然后走出展区，在过道上向前走来。

他迎面碰上了罗大河和戴露。

戴露："哟，老哥，在这里独自打发时间哪。"

小个子机械师："什么叫打发，看博物馆是我的爱好之一。"

罗大河："她不知道。你也不要见外。"

戴露朝罗大河哼一声，小个子机械师也睨一眼他，搞得罗大河只得抖抖肩。

戴露："那你要带带别人，让人家也喜欢上博物呀动物呀植物呀什么的，那有多好！"

小个子机械师故意狡猾："可以，只要罗大机长同意，可以常带你去看这个物那个物的。"

戴露："去你的！哎，老哥，我们姐妹们总在议论，你可是天下最大最大的大情圣呢。"

小个子机械师又睨一眼罗大河。

罗大河明白他的意思："哦，她不知道，我还没有和她说过，你也别太介意了。"

戴露："什么我不知道，大家都在这样说，你们这对好兄弟也别太自作聪明了。哎，老哥，这一趟回去你们就去了东海航空，这样双宿双飞的事儿就再也轮不到了。你还一个人飘飘荡荡在这博物馆，哎哎，你要是不好意思开口，我去和小英子说，多好的英子小妹妹呵，哎哎哎，老哥，你倒是说啊！”

小个子机械师已不是斜看一眼了，干脆狠狠地瞪了一眼罗大河，掉头大步向博物馆大门走去。戴露无辜地一叹。

罗大河：“你尽说些啥了，人家不是你想的那样，你们把他叫情圣，倒还有点靠谱。来，我和他深谈过一次，我把他对胡英子的真实情怀告诉你吧。”

戴露：“嗯。”

她头靠在罗大河的肩头走去。

在秦芸房间，秦芸询问道：“英子，你说话呀。”

胡英子：“我当然感到了他的无私帮助，我也认识到他非常非常好……”

秦芸：“他恐怕不仅仅是帮助上的无私吧？”

胡英子：“是，芸姐。我这几年先是为丈夫的突然离去，后又为了照顾多病的公公和婆婆，几无空余时间。现在我是应该为自己的事打算打算了，谢谢芸姐的关心，我会认真考虑的。”

秦芸：“那你能告诉我你的真实想法吗？”

胡英子站了起来，眼眶已经潮湿：“……芸姐，我们回国后，我再和你说吧，我想我自己来做决定，也许需要时间。如果不行，我再请你帮忙。”

秦芸感到了她的内心活动，为了不让胡英子难堪，她点点头。

她送胡英子出门。

秦芸关上门，手机的短信铃声响了。

谁的短信？是不是她愿意听到的短信呢？她没有把握。

她战战兢兢地打开手机，果然是他，方波浪。

屏幕上的文字：“你完全没有必要啊，我的秦芸。”

秦芸一看，仰躺在床上，大喊了一声：“姬老师，我该怎么办！”

风太大，窗户“啪”地关上了。

秦芸又坐起来，呆呆地看着关紧了的窗户。

张莹莹趴在自己的床上，电脑屏幕上的文字："莹莹，尽管你是第一次把你真实的容颜和你的文字统一在一起，但我从那天在飞机上见到你的一刹那起，就固执地坚持'飞翔206'就是你了，没有别的理由，只能用爱来解释。"

张莹莹看着，出奇地平静。

张莹莹看着屏幕上的文字，像听到了李云川的声音："……后来在QQ上，你作为'飞翔206'，感慨了那么多那么多对飞翔的忧伤和恍惚，更是让我产生了那么多那么多的猜想。人的情感是可以被人猜想的，不像我现在的软件设置，一旦设为程序，就与猜想无关了（顺便说一句，以我为第一作者的客户服务软件，可能要为国内的大银行所采用，哈哈，要发财了）。"

张莹莹从床上滑下，又踱到镜子前，耳畔还有着李云川的声音："……你说的惊慌、茫然和掩盖，这些词儿有点让我心惊肉跳。不怕你见笑，我们都还没有拉过手，但是我只想看到你安静地在我的怀里，哪怕只是静静地睡去。有什么可以惊慌呢，有什么可以茫然呢，有什么可以掩盖呢（当然你说了你不会掩盖）！你已在我面前显现了真实的容颜，我反倒不敢瞎猜呢。盼早日见到你，请你相信我的强大和自信。"

张莹莹又回到了电脑屏幕前，面对邮件的落款"云川"，原本平静的面容，现在却有两颗清泪滚落。

又起飞了。

在波音747客舱内，此刻，身穿制服的张莹莹显得精神饱满，正和戴露推着饮料车在过道上前行，戴露是退着走的，她注意着后面，又抬头看看张莹莹，张莹莹莞尔，戴露放松地报以一笑。这一对"玫瑰双娇"，基本上消除了情谊上难以逾越的障碍，还是这样完整和美得无可挑剔。

林小洁和江天芳，秦芸和胡英子在头等舱两侧过道为客人们服务，饮料移桌上品种非常丰富。有一点可以肯定，有着不同情感遭遇的这些空姐现在正全神贯注地忙碌着。

波音747驾驶窗，从窗口望进去，全神贯注的还有罗大河机组成员。

天空中移动着全神贯注的波音747。

波音747头等舱内，穆罕默德·贝尔勒微笑着接过江天芳端上来的红酒。

林小洁看着他们，也报以微笑。

江天芳有点走神了，移动桌前行了几步，她突然靠前低声问林小洁："那个崔啸不回去吗？"

林小洁："他那天下午坐法航班机回国了。"

她也轻声回答一句，然后用手指按了一下嘴唇，又微笑着去面对下一位头等舱的客人了。

地中海公园大面积的绿色草坪，有一个人的影子在移动。

这是崔啸，他行走在草坪间的白色小道上，远处的高坡上，白墙紫花格外醒目，衬在这些后面的是蓝天。

蓝天上有民航大飞机在驶向目的地。

崔啸从空中收回目光，他今天的目的地是地中海公园的办公室。

在地中海公园办公室，一位慈眉善目的长者接待了他。

长者："呵呵，又是一位寻找设计者的，我这里没有更新的东西，只有三条消息，对你有没有意思我就不得而知了。设计师朱运良是海归派，从伦敦回来的，这是一条……"

崔啸打断："老先生，我想问的是这个朱运良现在在哪里？"

长者："哦，他隔一段时间总要来这里看看，别的时间他就去看别的了，我们不知道的，住哪里也不知道。我们问过，他从不告诉。这是第二条。第三是听说他最近又有突破了……"

崔啸："对对对，他最近，他最近，怎么样？"

长者："听说他有个'城市阳台'的园艺设计，艺高一等，技高一筹，在六百多个竞争方案中夺标，与他一起竞争的有很多美国的德国的英国的澳大利亚的大师呢。"

崔啸："哦，他夺标了，那么他人呢？"

长者："那我不知道，我说了，他隔一段时间要来这里看看，来了我就告诉你，你可以留下电话吗？"

崔啸："可以可以，谢谢你老先生。"

崔啸递上名片。

长者慢条斯理地戴上眼镜，看名片还读出声："动漫设计师崔啸……嗯，很好，简洁明了，不像有些名片，密密麻麻的很多字，看不清楚。"

崔啸急着要走了："是，是是，有劳先生了，再见。"

长者："不要急着走呵，我这里还有个东西，也许你会有用。"

他拿开抽斗，找起了东西，嘴里还在念念叨叨："我看你也是真心真意找他，我看你们俩还有点像，设计师和动漫师，好小伙子呵，不要急呵，我找……"

崔啸却更急了，他问一句："老先生，你是公园的？"

长者低头找着什么，回了崔啸一句："这里的拆迁户，在这里做志愿者呢，搞接待。我可是从小在这里长大的，没想到一个臭水塘和一个小荒坡变得这么漂亮了，所以我也来帮……好，找到了，你看这是当时开园的画册插页，有这小伙子的介绍，你看需不需要？"

崔啸扫视了一眼，很真诚地谢了一下长者："很好，谢谢志愿者老先生。"

他忍不住又去看画页。

崔啸动漫工作室。

崔啸坐在沙发上看着画页，画页上，朱运良的照片赫然在目。画页上的文字对他已没有什么作用，但是第一次撞上朱运良的笑容，崔啸还是有一点悸动。他看着照片上的朱运良，突然冒出两个字："混蛋！"

他看看手表，霍地站起，想了想，又无奈地坐下了。

他又拿起画页，朱运良的笑容却一成不变。

玫瑰航空公司大院门口，航行归来，罗大河机组和秦芸乘务组从大巴下得车来，本来便一哄而散了，今天，谁也没有先走，机组一队，乘务组一队。罗大河与秦芸紧紧地握手了。

秦芸："祝你在东海航空一切顺利。"

罗大河："祝你们永远美丽。"

他一眼扫过去，在戴露和张莹莹的脸上停留的内容，当事人都清楚。

队伍散了，大家在笑语中往大院里走去，江天芳的声音有点清晰："罗机长也别洒向人间都是爱了，有戴露永远美丽就够了。"

一片哈哈哈的笑声。

公司停车场，在一大批停着的车辆里，丰田车并不显眼，但在车窗里晃着的人影很显眼，他是李云川。

他看见秦芸一行走进了乘务部，往椅背上一靠，他知道还要等一会儿。

秦芸走进办公室，很累，她坐下来，开了一瓶矿泉水，喝一口，然后打开了手机。很快，铃声接连响起，她再点"短信目录"，显示有方波浪短信四条。

她没有马上看，站起来，走到窗口，看看对面的大楼，那里是姬水娟办公的地方。

乘务大队盥洗室，一长溜淋着晶亮晶亮的细水珠子的花洒下面，是空姐们享受温水冲洗的美妙时刻，超过十二小时的空中飞行，再加上准备及登机前后的时间，将近一天没有休息了。她们几乎都闭着眼睛，任密密麻麻的水珠子从脸上淌下去。

从她们脸上的细微表情上，还是可以读到她们不同的情感遭遇，也许享受温水的毫无阻挡的抚摸，是她们每次执行任务归来的惬意时刻。

她们的乘务长呢？

秦芸已经坐回办公桌前的椅子上，点开手机上的"短信框"。

方波浪的短信一条条地展示着。

第一条："命运的捉弄真是太蹊跷，但为什么不可以把命运的捉弄变成命运的安排，这个安排是，现在我们可以相爱。”

第二条：“佛拉门戈的忧伤用撕心裂肺的歌唱和信马由缰的踢踏表现，那是他们太久太久的流浪。我们不想撕心裂肺了，我们也不必信马由缰。我只想滋润地由你牵着我，可以的话，我也这样地牵着你。”

第三条：“好像是到了你们归国的日期了吧，我的考察和国际联合分析队的意见基本一致，地震植物学不久会落地。曾经的历史是为了今天的发现，情感何曾不是这样？”

第四条：“翻开《牡丹亭》第一章第一句，迎面就是一句话：‘情不知所以，一往而深。’其实我们都是知所以的，莫非反而不能一往而深了？”

秦芸关上手机，长长地叹一声，又往窗外的大楼看看，靠在椅背上闭了闭眼睛，眼角上滚落了泪珠。

秦芸又打开手机，回方波浪的短信：“还记得《琴挑》的唱词吗？这些花荫月影，凄凄冷冷；照他孤零，照我孤零。我已回国。”

秦芸站起来，解开了制服的领口，准备去盥洗室了，手机铃响，她再察看。

方波浪的短信：“还有一句：‘只怕露冷霜凝，衾儿枕儿谁共温。’我的归期是后天。”

秦芸用手扶往了桌面，她再次有被击中的感觉，但只是镇静了一下自己，把手机放入了包中。

在乘务大队化妆室，戴露和张莹莹已经差不多穿戴整齐了，正准备出门，张莹莹看看四周：“咦，今天芸姐怎么还没来？”

戴露：“芸姐还有六分部的一摊子事哪，说不准给姬老师叫去了。”

张莹莹看看戴露：“就你最没有心事。”

戴露也特别认真地看看张莹莹：“莹莹，我现在可是一身轻呵，谢……”

她最后一个字还没有说出口，张莹莹已用手堵上了她的嘴巴。

两人开门离去。

江天芳穿好了衣服从更衣室推门进来，沐浴后的她穿了一套绿色的休闲服，很活泼很鲜润的样子，她刚一进门，像被什么吸引住了。

在化妆台前，几个空姐在描眉涂唇。

从镜子里，江天芳看到了胡英子的背影。她穿着无袖旗袍式的连衣裙，坐在那里，从颈到肩，从腰到臀，美极了。

江天芳看着，像有新的发现。

胡英子这时站了起来，又俯身凑近到镜前看自己的眉梢，月白色和淡紫色构成色彩主调的裙子，勾勒着她的绝佳身材，江天芳的目光主要落在了胡英子且直且圆的脖颈，似溜非溜的双肩。

江天芳上前拍了拍胡英子的背，胡英子转过身来。

大概是无袖旗袍式裙子的缘故，胡英子的前胸、前腰、前腹都恰到好处，美不胜收。只是她的细眉细眼的瓜子脸上，有诧异的神情。

她诧异的是，江天芳像不认识似的在观察着她。

江天芳："哎呀，英子，我怎么没早点发现你呀，最早在美容院初次见你的时候，我闪过这念头，后来就忙忙乎乎的，怎么不多看你一眼？"

胡英子已完成了所有工序，拿起了放在化妆台上的小坤包："天芳，你尽说些什么呀？"

江天芳拉住她圆润的手臂："英子，今天你的这条裙子我是第一天看到，可我看到的是对你的第一次发现。你太美了！英子，你是旗袍式的大美女。"

胡英子："尽说这些干吗？收拾完走吧。休息要紧。"

江天芳低声地："英子，我有重要事和你商量，明天是连休，我会给你电话。"

胡英子还是讶异。

江天芳拉门的时候又回头看看亭亭玉立的胡英子，她笑了，笑得很妩媚。突然又上来，抱紧了胡英子："英子，你真的很美丽，我怎么到今天才发现呢？"

她转身旋风一般开门而去。

胡英子不知何故，呆在那里，望望门口，也看看自己，还踮了踮脚，自己对自己笑了。

公司大院停车场，戴露跳上了橙黄色甲壳虫驶去。

江天芳跳上了白色宝马驶去。

从乘务大队里走出来张莹莹，向着自己的银灰帕萨特走去，边上的丰田车鸣响了喇叭声。

张莹莹侧身，只见摇下车窗的李云川正使眼色招呼自己呢。

张莹莹凑上前，李云川也探出一点。

张莹莹："你怎么在这里？"

李云川："等你呢，跟着我走。"

李云川下达指令似的，马上又摇上车窗，启动了车辆。

张莹莹低首一笑，赶紧跳上了帕萨特。

于是，丰田和帕萨特先后离开了大院。

乘务大队化妆室，林小洁从更衣室出来，她穿了线条简洁的白裙，湿湿的长发，看到了准备出门的胡英子："英子，我们一起走，等会我捎你过去。"

胡英子："我先走了，去组里，待会儿我和芸姐一起走。你还是再弄一下吧。"

林小洁看看胡英子，自嘲地一笑，看着胡英子出门，她轻叹一声，在镜前理了一下头发，好像并没有坐下来化妆的意思。果然，她转身提包便走向门口。

门开了，进来的是秦芸。

林小洁："芸姐，你拖了这么晚？"

秦芸："不晚，你怎么了？没化妆嘛。"

林小洁有一丝苦笑："……算了，回去睡觉。"

秦芸："小洁，任何情况下，都不能忽略自己的美，就像不能没了自信，没了希望。"

林小洁顷刻间便泪花花了。秦芸牵起她的手，让她在化妆台前坐下，镜子里出现了坐着的林小洁和站着的秦芸，两个好心肠、好品性的美人儿。或许，幸福一点的还是林小洁，她有秦芸姐姐般的知心关怀，而秦芸的内心，还不知道一片孤芳向谁诉。

果然，秦芸不敢看一眼镜子，突然转身步入了更衣室。

林小洁疑惑地看看更衣室的门，然后看着镜中的自己。

公司大院，胡英子从过道中走来，停车场方向驶来了藏蓝色普桑，在胡英子身边停下。

胡英子有所预料似的，她停下来，然后退回几步，拉开门，跳了上去。

藏蓝色普桑驶出大院门口，却开往城区方向。融入了滚滚车流。

普桑车内，胡英子在后座坐着，她注意到了车子前行的方向。

胡英子：“怎么，要去哪里？”

小个子机械师：“英子，今天可能是我们最后一次一同飞行归来，我想一起到湖畔茶室去吃个饭吧。”

胡英子笑了，显然是故作轻松的笑声：“这没必要吧，搞得要永久别离似的，你们还是飞在蓝天上的嘛。”

小个子机械师：“我可没用‘永久别离’的词儿哦，只是这样的编组飞行没有了，吃个饭嘛。”

胡英子冷静而认真地：“回‘温馨’吧，我娘等我回去的。明天我们是连休，明天晚上我们一起吃饭，也不用到外面去费钱了，就在‘温馨’的后间吧，你和罗机长不是常在那里用餐吗？”

小个子机械师：“……好吧，我明白了，我把大河也叫上吧？”

胡英子出人意料地否定了：“不用了。”

小个子机械师一愣，去看后视镜，镜中的胡英子好像很平静。

沸腾的大街，像大家身边的生活。

车流中的私家车，像生活中的大家。

宝蓝色的丰田和银灰色的帕萨特一前一后行驶着。

丰田车窗里有李云川自信的面容侧影。

帕萨特车窗里，张莹莹的侧脸在飘柔的长发下，煞是好看。

沸腾的车流。

涵碧宫门口，丰田车和帕萨特先后停下。

跳下来李云川和张莹莹。

李云川："一位银行老总带我来过这里，戴老板的涵碧宫，很优雅。"

张莹莹看着"涵碧宫"三个字，突然记起来了，她突然转身走向帕萨特，边走边说："不在这里，不在这里。"

李云川追了过去："你怎么了？"

张莹莹："不在这里……跟你说了，不在这里。"

李云川："好，我看去……"

张莹莹在车边转过身来："云川，我想去你的工作室看看。"

李云川："我的工作室就是我的宿舍。"

张莹莹："好呀。"

李云川兴奋了："那更好了，我本来还不敢带你去呢。"

张莹莹："原来也是胆小鬼。"

李云川："谁是胆小鬼啦，走！"

李云川几步飞跑过去，跳上了丰田车。

张莹莹转身打开车门的时候，透过车的顶部，两辆车子在树荫处赫然在目，那是她再熟悉不过的两辆车子，她不想再多看一分钟，跳进车，疾速驶去。

树荫里是雷克萨斯吉普和橙黄色甲壳虫。

涵碧宫贵宾房卧室，大床上，果然是缠绵的罗大河和戴露。

戴露完全沉浸在巨大的满足和忘却一切的晕眩里。

罗大河看着戴露，突然又俯下了身子。

吻，还是吻。

缠绵，还是缠绵。

戴露在罗大河的身上支起来，幸福洋溢在美丽的脸上。丝质睡裙贴在她的身上，从光滑的丝质延续到她光滑的肌肤上。这真是美丽的日子，戴露这样地感受着。

罗大河躺在床上，突然让戴露翻了过来，然后用自己的双臂把戴露托了起来，粉红色的丝质睡裙开始滑落。

戴露一声尖叫。

接着是罗大河爽朗的笑声。

粉红色的丝质睡裙向地板滑去……

李云川宿舍，门打开了，李云川站在门边，示意张莹莹进入。

张莹莹进门，看着四周，软件设计师的天地，对于她来说，很新鲜，不过这里的杂乱无章，张莹莹可能没有估计到。

李云川竟有些口讷了：“没想，没承想，哦哦，没想到你今天就来到这里。我都……没有来得及收拾。”

张莹莹一笑：“我就喜欢这样，未经修饰过的这样，很真实。”

李云川一下子兴奋了：“不愧为‘飞翔 206’，所以我认定了你是我的全部。来，再看看我的窝。”

李云川拉起了张莹莹的手，绕过硕大的办公桌，碰翻了桌上叠得很高很高的纸质资料，哗哗的声音像瀑布倾泻而下。

李云川拉着张莹莹的手，跑过长长的沙发，又撞翻了沙发边上的落地台灯，被碰响的声音像晴空里的雷鸣。

他们居然没有顾及这些，跑动间，张莹莹手上的小坤包也掉在了那些纸质资料上。

李云川推开了卧室的门。

这里倒并不杂乱无章，只是简单到只有放在地上的一张特大型的席梦思，然后就是一面墙的衣橱。

真正的震惊开始了，顺着李云川所指的方向，张莹莹看到了蓝蓝的天花板，看到了蓝蓝的墙，甚至还有蓝蓝的窗帘，在所有的蓝色上面，都有着以潇洒俊逸的字体写着的白色的大字：“飞翔 206”和“张莹莹”，和这些文字交错和叠加着的，还有一些白色的等号。

转过来看，又转过去看，张莹莹有点晕，所有的白色的字像在蓝天上飞翔。

就这样，张莹莹倒在了李云川的怀里。

李云川拥紧了她，俯下头，这一对“网恋”（也许仅仅是李云川对张莹莹的网恋）许久许久的年轻人，吻到了一起。

张莹莹的手围住了李云川的脖子，然后又用自己的额部顶住了李云川的额部，梦呓般的对话在两人间进行，不太看得清楚两人的表情。

张莹莹：“这些字……什么时候写的？”

李云川：“很早了，也许是从古时候开始的。”

张莹莹：“古时候是啥时候？”

李云川：“有人的时候。”

张莹莹：“哪，河姆渡时代了。”

李云川：“不，还要早吧。”

张莹莹：“那你写上去的日期呢，啥时候呀？”

李云川：“我第一次在飞机上见到你的时候，去三亚的那一次，想起来了吗？”

张莹莹：“我当然记得，那也是我调到秦芸乘务组后第一次执行任务。”

李云川：“那时候我开始把‘飞翔 206’与张莹莹画上了等号。”

张莹莹：“为什么？”

李云川：“上帝给我的感觉。”

张莹莹：“你是上帝派来的吧！‘飞翔 206’和张莹莹画上了等号，那今天的李云川与张莹莹之间该是什么符号呢？”

李云川：“等，不不，你等一等。”

张莹莹咯咯地笑了。

李云川：“李云川和张莹莹之间应该是叠加号，呵呵。”

张莹莹：“叠加号怎么写，我从来没有看到过呢。”

李云川：“我来教你吧。”

李云川抱起了张莹莹，步向席梦思，张莹莹使了猛劲制止了他。李云川放下张莹莹，看着她的脸：“我们的符号是叠加呀。”

张莹莹已经绯红了脸，她没有回答。

李云川明白了，这个女人是无比浪漫和高度精致的统一，他是悟得很清楚了。他放开了张莹莹，奔进盥洗室。

张莹莹几乎是摔一样地倒在了席梦思上，又坐起来，把高跟鞋脱下，轻轻地放在一旁。

她躺下去，上面的蓝底白字，越发有飞翔的蓝天白云之感。

盥洗室里的流水声加重了这种通感。

还有一种流水不合时宜地出现了，但是它不可遏止。在张莹莹的眼角边，泪水突然喷涌而来。

四周像有更多的蓝天白云在旋转，没有哭音，但张莹莹哭得很畅快，她把自己的手从额头往下顺下来，于是，眼睛里不再有泪水。

张莹莹闭上眼睛，又把自己的手反伸进自己的身后，轻轻地拉下了自己身后的裙子拉链，她把手又伸了出来，但是她没有去动半点胸前的衣裙。

蓝的，白的。

李云川披着浴巾出来了，他走到席梦思边上，扑通一声，像跪了下来一般。张莹莹倒被吓着了，她腾地跃起，结果已拉开拉链的衣裙褪了下去。在她闪避间，李云川已经连抱带扑地成了在张莹莹之上的男人。

李云川："知道叠加的符号怎么写吗？"

张莹莹做个怪脸。

涵碧宫贵宾房客厅，罗大河和戴露已经在沙发上正襟危坐了。

女侍应给他们端上了茶杯，然后离去。

罗大河："戴露，从普岛海滩到今天的涵碧宫，我是每一个细胞里都感受到了你的青春气息。"

戴露："这话不太对吧，我的青春气息很多人都看得见呢。"

罗大河稍有一些失落："哦，我是说你给我的全部青春。"

戴露："这还差不多。"

她朝罗大河笑着，确实很青春。

戴露："爸爸等会儿要来，我们的关系确认了，爸爸很高兴，他要见见你。"

罗大河："这，我完全没有准备呵。"

戴露又笑了："准备什么呀！全国闻名的英雄机长就是最好的准备了。哈哈。"

罗大河："见大商人戴老板，还是要有点准备的好。"

戴露："那你每次与我单独在一起的时候，都做了准备没有？"

罗大河一听，知道是戴露的调侃，大笑了起来："哈，你觉得有准备吗？"

戴露做了一个怪相，如果没有戴父的闯入，她可能又跳到罗大河的腿上了。

戴父一步跨了进来："露儿，哦，大机长呵。"

罗大河站起："伯父好，不敢不敢，哪敢应您的称呼。"

戴父一下子就坐到了戴露让开的沙发上，并招手示意罗大河坐下。戴露也在一旁用眼神让罗大河快坐下。

罗大河坐下了。

戴父："那就直呼你的名字了。大河，小女露儿就交给你了。她娘死得早，她又长得漂亮，我本来就不想她在外面乱晃，可她不同意，从小就迷上了空姐，与她娘走上了一个工种，我也挡不住。"

罗大河："戴露的妈妈也是空姐？"

戴露："爸，你说什么呵，我说从此再也不要提起娘的死了，你又说。"

戴父："这是对你以后的老公说，又有什么不可以。我当年也是在飞机上认识了她妈，比她漂亮。呵，整个八十年代就那么一次空难，偏偏她妈就在其中。你看露儿，她偏偏不怕，她偏偏要上天，还说这样才感觉和妈妈在一起，我都给她说怕了。"

罗大河这一会儿倒用了一种异样的目光，是佩服，也是敬意，看了一眼戴露。

戴父："也好，上了天，也从天上抓来了你这个大机长，否则她八辈子也碰不上你呵。"

罗大河笑笑："戴露很优秀，不碰上我，也会碰上别人的。"

戴露："不，就只想碰上你一人。"

戴父："你看，小女倒是一心一意的。好吧，露儿，你去玩吧，我和大河再聊点正经事儿，晚上一起吃饭。去吧，去呀！"

戴露支吾着退了出去。

李云川宿舍卧室，李云川和张莹莹已经盘腿坐在席梦思的两个角上，面对面地在聊天了。

张莹莹脸上的亢奋好像还没褪去，她看着李云川，居然把坚定和羞涩统一在一起了。李云川也看着她，欣赏爱慕的神情，天色已近黄昏，朦胧的光线中，张莹莹更美了。

李云川看着看着，歪歪头。

张莹莹："云川，之前我真的很有一种感恩的心理，尽管这与爱情无关。我现在的真实情怀就是，你是值得我去好好爱的，我心里又因了你那么长时候的惦念而好温暖，你那么多的猜想，是一支又一支箭呵，我真的被你击中了。"

李云川："我就不再用丘比特之类的字眼了，显得太落俗套。从你对飞翔的变化多端的情绪中，我能触摸到你的情态，我在那时候不曾有一丝一毫的拥有你的念头，我只想能不能有机会和你沟通。你那么美，你飞翔的姿态也应该是美的。"

张莹莹充满深情地看着李云川，眼里泪花闪闪。

李云川："有个韩国专家研究过美女，提出美女幸运两大法则，第一是终身爱美，不能有任何不美的东西，哪怕是以一个不美的姿势出现在众人面前……"

张莹莹觉得有趣："第二呢？"

李云川："第二是终身有一个兴趣上的爱好。我想你也会有。"

张莹莹："嗯。"

她没有说出来，也许她还不知道自己的终身爱好应该是什么，摄影吗？

李云川："不要把这个爱好想得太神圣，只要是兴趣上的，比如钓鱼、女红什么的都可以。"

张莹莹："云川，你讲得真好。在我的情感经历里，已经有过的东西总在心里的一块地方，放在那里了，想拿也拿不掉。听你这样说，又想起你在 QQ 上那么多那么多的对明亮世界的描绘，我真觉得配不上你。"

李云川又把张莹莹搂在了怀里："莹莹，心灵的世界很大很大，甚至是无止境的，心上的有些东西挪不出来了，就不必挪了，放在那里。你用情感攒下的财富，是你的，你好好收藏就是了。不要扔呵，也不要阻挡你的眼光。我爱你，莹莹。”

张莹莹蜷缩在李云川的怀里，她醉了，醉在李云川情的浓酽和爱的纯真里。张莹莹眯着眼，喃喃地：“云川，这是不是也是叠加的符号？”

李云川俯下身子，用嘴唇去堵张莹莹的两片颤动的红唇，也吐露了自己的心声：“那就叠加，还要叠加。”

蓝天白云的旋转中能看清“飞翔206”和“张莹莹”几个字。

涵碧宫贵宾房客厅。

戴父：“我说了那么多，归纳起来，还是为了你的发展，当然也是为了戴露未来的好日子。我讲话从来都很直率的，你不要介意。”

罗大河：“我喜爱伯父的直率，在东海航空的问题上，伯父放弃自己独家筹办的打算，支持我去那里发展，也有大投入的安排，很有眼光和魄力。”

戴父：“中国的经济在未来三五十年，是可以想象的高质量发展期，我们中国人扬眉吐气的新时代真正地开始了。合作双赢也是现在这个时代的特征，想独吞搞垄断啦，已不可能了。你出任CEO了，也要多多钻研这一套。”

罗大河：“谢谢伯父。”

戴父：“至于露儿，有点脾气哟，你多担待点。她从小缺娘的关心，你就接受她的任性吧，嗨，男不与女斗啦，哈哈！”

罗大河：“伯父错怪你女儿了，戴露只是比较有个性，伯父尽管放下心来。”

戴父：“放心放心。”

他从怀里掏出一串钥匙，交给罗大河：“这是东溪风情的别墅，你从玫瑰航空出来了，也得搬出他们的宿舍楼吧，就住东溪风情吧，拎包入住的，再选个日子，把事儿办了。”

罗大河：“这，戴露知道吗？”

戴父：“这种事儿，我们男人来当家。走，去餐厅，到了晚餐的时间了。”

意大利风情咖啡厅，相对而坐的是林小洁和崔啸。

崔啸："我想，去你那里，或者到我的工作室都不太适宜了，所以在这里把我这几天的努力向你通报一下，大概就这些了。小姐姐，你觉得朱运良还有一些什么特别的地方吗？"

林小洁："特别的，我也说不上来，他在业务和创作方面的事情你也了解得很清楚了，关于园艺上的创新设想与他可能的失踪方向，我倒是没有去产生联想。运良去英国的时候，他曾对那里修道院的园林很感兴趣，说在国内的重要佛事地点，缺乏对园林设计的重视，有佛教风格的园林，也是他想攻下来的目标。"

崔啸："这么说来，朱运良的园艺世界有三个方向，一是公园化的主旨，一是城市化的装点，一是宗教式的庭院，是吧？"

林小洁："还是你说得清楚，是这样的。"

崔啸："我学的动漫其实和朱运良学的园艺有相通的地方。我们找他，可以多开几条线路。"

林小洁："那要多大的范围啊！漫无边际的。"

崔啸："我倒想看看，和你的'猪哥哥'躲猫猫，究竟谁玩得过谁。"

林小洁浅浅地笑，崔啸的打趣也就是想让林小洁轻松一些，但只一会儿，林小洁又放下了浅浅的笑，她还是忍不住有了哭音："那他究竟在哪里啊？运良，你真的好狠心。"

崔啸吓坏了，不知道怎么劝了。

林小洁站起来，她极力控制住了自己，把手中的餐巾纸攥成了团，然后也背起了小坤包。崔啸的嘴唇嗫嚅了一下，还是不知道说什么好。

林小洁："崔啸，你也早点回吧！你妈妈不在你身边，你要照顾好自己，我走了。"

崔啸还是想说什么，但迟疑间，林小洁已经步向门口。

门口已华灯初上。

崔啸追了上去，忽又退回来，掏出两张百元大钞，压在咖啡杯底下，再跑向门口。

门外停车场，崔啸追上了站在红色小花冠车旁的林小洁。

林小洁今天穿着普通的衬衣长裤，像一个清纯的大学生。崔啸只是拉了一下林小洁的手，然后又放掉了，林小洁看着他，询问的目光。

崔啸："小姐姐，据我的分析和我在地中海公园的感悟，朱运良是一个对生活充满热爱和有着强大生存能力的男人，你要有信心。我还想了一些路子，我们共同努力。"

崔啸伸出了手掌，林小洁还是浅浅的笑，带着点感激，她用自己的手掌与崔啸击掌告别，然后跳上了车子。

崔啸看着红色的小花冠淹没在车流中。

乘务大队化妆室，秦芸在化妆镜前站起来。

她已梳洗完毕，穿上了青莲色的衣裙，然后推门离去。

通往办公室的走廊，大玻璃墙外已看得见夜幕降临。

秦芸不紧不慢地走过去，看得出她有重大的心事在忖度，在思量。

她的步子是稳重的。

她的脸上，化了妆，就像她和林小洁说的，什么时候都不能不美。

她走到了办公室，打开电灯，坐了下来。她又打开手机，看到了方波浪的短信："我们所要经受的考验也许还不仅仅是我的第一个恋人的出现，你应当坚强。"

秦芸托着自己的下颏，露出思索的眼神。

她从窗口看向外面的大楼，几乎全部黑了的窗户前，有一扇窗，灯亮着。

桌上的电话突然响起来，秦芸吓了一跳。

秦芸接起了电话："喂，哦，你好，姬老师。"

姬水娟在自己的办公室："我看你办公室亮灯了，给你打电话，本想明天找你的。晚上有安排吗？那好……你本来也想找我，那好啊，你来我这里吧，晚上这里清静。有些事儿和你聊聊，秦芸呵，有些事的发生，你要警惕，我想向你提个醒儿。好，过来吧。"

秦芸放下电话，手却没有拿起来。

她的神情有些紧张。

她的手慢慢从电话机移到了桌上的手机，刚才打开的还没有合上，她又点一下，方波浪的短信复又出现：“我们所要经受的考验也许还不仅仅是我的第一个恋人的出现，你应当坚强。”

秦芸的神情好像并不坚强，她倒抽了一口冷气，不过，嘴唇紧紧地抿住了。

第二十三章

秦芸步入姬水娟的办公室，姬水娟示意秦芸坐下。将已经倒好的水杯移至秦芸桌前。她的语气有点责怪：“林小洁的情况怎么闹成了这个样子？”

秦芸：“怎么了？小洁现在很平静，她不会闹的。”

姬水娟：“听办事处的同志反映，人家还追到了巴塞罗那？闹出那么大的动静，把整个宾馆都吵醒了，还不是闹吗？”

秦芸这才明白姬水娟的生气，她倒不知如何回答了，叹一声，很沉重。

姬水娟：“怎么啦，委屈你们了？”

秦芸抬头看看自己一直尊敬的老师，真有点不寒而栗。个中原委，眼下姬水娟并不知情，只是她隐约感到事情可能并不简单。

姬水娟：“秦芸，你说吧，再复杂的事儿我们都处理过，怕什么？空姐这个队伍，集中了多少漂亮女子，情感问题上的岔子，我们要有足够的能力和足够的定力去处理好。我们都曾经年轻过，像我和你，二十来岁的时候，怕也是千里之外都是有名的大美人吧，有怎样的局面不可以应付的！不说这个了。你说吧，林小洁的事有多么复杂啊？”

姬水娟突然意识到眼前的秦芸也离婚不久，看着秦芸面露不快，也不便扯开去了，直接又回到林小洁的事上，她没想到秦芸做了这样的回答：“姬老师，不复杂，很简单，小洁处理得很好。不像他们说的。”

姬水娟不信似的看着秦芸。

秦芸：“你说，这是美人成堆的地方，我们这些姐妹长得美总没有错吧。”

姬水娟怪怪地瞥了秦芸一眼，像在说：我没有这样说啊。

秦芸:“我很喜欢小洁呀,英子呀,组里的这几个女孩,大家都很美,但她们的心里有更美丽的地方。”

姬水娟语言板板的:“秦芸,你说具体的吧。”

秦芸:“真的,姬老师。当初我们同意小洁去医院照顾崔啸,我们是很放心的,现在还可以这样放心。像小洁这样的美女,在很多男人看来大概还很性感的女人,用拥抱的方式救护了人家,人家动了情,也没有做什么出格的事,以认真的方式求爱,没什么啊!崔啸是在美国长大又回国发展的华裔,他喜欢上小洁,我看是他有眼光,很简单呵。至于小洁,她自己有男朋友,也入情入理地理解和说服了崔啸,有啥可以说闹出了那么大的动静?姬老师,我还真被他们感动了呢。这些‘80后’的孩子,我看他们的爱情观比我们强。”

姬水娟:“哦,是这样。秦芸,你现在是一个人,不用回去做饭吧,我们上小食堂吃饭去,我们继续聊。”

秦芸:“那你家的部长先生?”

姬水娟很有优越感地站起来:“他刚退下来,可又背上了巡视大员的重任,全国跑呢。”

秦芸:“那也好,晚饭后我们去培训中心的湖边走走吧,我还有些事儿要向老师请教。”

姬水娟:“好啊。”

已经打扫得很整洁的朱运良的小书房里,林小洁呆呆地坐在那里。

墙上挂着的一些资料画,全是美的景色,美的园林。

地上的彩沙被一个个木框框起来了。

林小洁大概第一万次地又去查看了手机。

很失望。她站起来,大概嫌屋内的台灯光过于暗淡,她打开了顶灯,又把长沙发旁的活动型拉杆灯揿亮了。墙上的风景图现在显得更清楚了,林小洁在画前看着,似乎没有想更多的东西。突然,她看见一张看上去稍嫌模糊的山西五台山的图片、一张是浙江普陀山的图片、一张是温州雁荡山的图片,而她新发现的是在这些图片的某一角,都有朱运良蹲在那里的留影,显然,这是照片做成的大图片。这几个佛教圣地,让林小洁想起了什么。

林小洁拨了手机，然后等待对方接听。

崔啸坐在自己工作室的桌前，手提电脑打开着。

他接电话："你好，亲爱的小姐姐，是否又要我聆听你的痛苦？不是啦，不就是为了你的笑容，我正在为你至情的朱运良先生在全国撒网呢！好，你说。"

林小洁平静地："崔啸，下午听你提到了园艺设计的宗教风格问题，这会儿我在运良的工作间里看到了一批他在一些佛教圣地的留影，他没有拍庙宇拍菩萨什么的，也没有选什么特别适合拍照的角度，看来都是一些空旷的佛教景点，好像可以寻找到一些思路呢。"

她打着电话，起初是站在图片前，后来又陷在了沙发里，她的眼睛里透出一层晶亮，很疲乏的样子。

美人倦容，更加楚楚动人。

崔啸站起来，身后的墙上是一大排动漫造型："对头，下午我就在这一点上跳了一下，深山大川，也符合隐匿的需要。你现在的位置在哪里？我马上过去，我们一起推敲推敲……喂……"

崔啸已经离开桌子，在门边套上了鞋子。

电话里却没有了回音。

崔啸："喂，小姐姐……"

林小洁握着手机，站在窗前。

窗外是闪烁的霓虹灯和彩色的车流，再远处，是被灯火勾勒出外形的宝塔，同样精致玲珑。

林小洁深长地吸了一口气："崔啸，谢谢你，过来就不必了……这样吧，我把他的图片上的地点收集起来，一起发到你手机上。"

林小洁好像也听不到回音了。

崔啸又踢掉了刚刚套上的皮鞋。

崔啸："……那，好吧。小姐姐，我理解你。你一定要振作！我已经说过，我从他的园艺设计里看到了他旺盛的生命力，我们一定会找到他……小姐姐，我再说一句老三老四的话，你这样一个美女孩，应该受到爱的滋润，而不是爱的惩罚。"

崔啸刚刚踢掉鞋子时的一丝泄气好像又荡然无存了，他坐到了电脑前，平静地说："好，祝你今夜平安。"

林小洁已经在朱运良卧室的大床边坐着，这个应该受到爱的滋润的女孩，现在却慢慢地放下了手机，无力地倒在床上。

她的美丽的眼睛暗淡无光，但看得出她还在思索着什么，寻觅着什么。

爱的滋润在这里却大行其道。李云川和张莹莹平静地躺在巨大的放在地上的席梦思上，看得出此前的激情奔放。张莹莹眯着眼看看李云川："……该休息了吧？"

李云川没有马上回答，蓝顶和蓝色上的白字在他们的上方，依然倾泻着属于他们的爱情的浪漫。两个人躺在床上的位置刚好成了"T"字形，张莹莹的身体顶在李云川的腰部，李云川稍一抬头，正好看到了张莹莹的脸："莹莹，无法休息呵，那时候你在飞翔，我是云上河流，我感觉从来没有过滞塞和封冻，很冒险呵，我一直预感我赶得上飞翔……"

张莹莹："哦哦，今天我是真正地飞翔在云上的河流之中了。"

李云川凑过来，两人又深深相吻。

张莹莹坐起来，平静多了："云川，我该走了，明天我得去出席一个重要的仪式。"

李云川也坐起："你可以不走的。"

张莹莹笑笑："也可以走？"

李云川："哇，我们忘了一件重要的事了，你走，得去办，你不走，也得去办。快，快起来，马上去办。"

张莹莹："忘了什么啦？"

李云川：“吃晚饭！哈哈，跟我走，我们去吃小海鲜。”

李云川说着，一把拉起了张莹莹。

舒畅的笑声。

姬水娟和秦芸在湖畔小道上走着。

姬水娟：“……听说罗大河明天就要正式出任东海航空 CEO 了，这件事上头还是蛮恼火的。你和组里的那些姐妹也打个招呼，不要掺和进去，明天我们公司有几个代表去参加他们的仪式，这是行业上的礼貌，你们就不要去赶热闹了，于你，于大家都有利。”

秦芸：“为什么？多年来大家与罗大河他们也结下了很深的友谊，明天恰好是我们组连休的日子，去捧捧场又有何妨？”

姬水娟：“你呀，你在很多方面很细心，可有些方面你一点脑子也没有。你们秦芸乘务组和罗大河机组经常搭班飞行，还经常飞国际线在外驻休，有友谊不假。不过这件事上，你们也去，在全国民航界影响不好啊。”

秦芸：“姬老师，没那么严重吧，其实罗大河的‘跳槽’，我也一直持保留态度，不过既然成了现实，我们还是应该给他一点祝贺。”

姬水娟：“建议你们不要去凑热闹，倒也不是组织上下了通知，是我个人的意思，多半也是为了你。好吧，你自己做主吧。那个戴露据说已明确了和罗大河的关系？”

秦芸：“是。”

姬水娟：“那你也要做好戴露的工作，她不仅漂亮，而且一直热情开朗，我跟过班，机舱里需要她这样的姑娘，对了，罗大河没有提出来带她走？”

秦芸：“我不知道，不过戴露明确表示过不走，理由还很让人感动，她舍不得离开我们这个组。”

姬水娟：“这个我相信。”

秦芸：“早先有消息说，张莹莹可能要走，人家那里说是乘务部经理虚位以待。我之前在观察，以为还真有可能，现在也明确了，张莹莹自己明确告诉我，她不会走。”

姬水娟：“这就好。不过要细致地做好工作，张莹莹是个好苗子，要说你们组，她是最为成熟的一个，到时候了，可以接你的班。”

秦芸点点头。

她们在湖畔的长椅上坐下，夜色朦胧。

姬水娟：“罗大河不会带走你那里别的什么人吧？”

秦芸：“我倒想不到谁了。”

涵碧宫餐厅里，罗大河正在表示自己的意见：“我看可以调用林小洁。”

戴露一怔：“哇，这很大胆，林小洁比我还小一岁哪。”

席间还有东海航空的高总也在座，坐在戴父的右侧，他是今晚的主宾。

高总：“我们的首席执行官是如何考虑的呢？”

罗大河：“林小洁是赶上了一个民航界高度重视机上服务的好时代，她从学院毕业后，在我们那，呵，就是玫瑰航空的乘务大队六分部见习了大半年，后来又作为研究生专门抽调到培训中心搞乘务工作的课题研究，跑过世界的八大航空公司，也在国内四面八方地带着研究任务飞，现在又在玫瑰航空最优秀的乘务组执勤头等舱。这说起来还是一个经历。我还知道她有一个‘蹲式服务’的科研成果，由于有争议，还搁置在那里，我看可以在东海航空实行。刚才戴露说了，就是真的很年轻，不知道镇不镇得住。”

戴父：“那倒无妨。你罗大河做CEO，难道人家就不会说你是个还没有娶媳妇的大帅哥？关键看人。”

高总：“戴老板说得好，大河，你我今后就是东海航空的主心骨，不也就三十来岁嘛，我们不要止步于年龄的障碍，能挑起担子的，年龄再小，我们也会重用。相反，年龄再大，只要是人才，我们也照样用他，一切为了我们的发展。”

戴露：“小洁这个人，心特别纯正，还有一副很善良的心肠，她要来领导一帮叽叽喳喳的美女，说不定也成。”

罗大河：“听你这么说，还有点不太自信？”

高总：“我倒是从来都这样以为，正直和善良是成功的必备条件，好事啊。”

罗大河：“戴露的意思也就是她还嫩一点喽。那怎么办？你不可能来，张莹莹也表示不会来了，我们就培养一个小美女，高总有这个意思了，人才有时候也是压出来的。”

戴父举杯：“你们的这些话我听起来特别顺耳，来，我敬敬两位，祝你们马到成功。”

高总也举杯：“前辈，还是我再敬一杯吧！阁下雄才大略，取合作之路与我们共谋天上的道路，创新创到了天上去，不容易呵，很见气魄。选一个黄道吉日，把我们的合约也签了吧。”

罗大河：“好，举杯，戴露你也来一杯。哦，对了，你也去林小洁那里侦察侦察。”

大家碰杯。

空中，有一轮圆月。湖畔的长椅上，姬水娟和秦芸还在长聊。

姬水娟：“多好的月亮呵，我们俩在这里有点好玩吧，我吧，虽有个老头子，可回去呵，也是一个人。不瞒你说，我跟他都有快三十年了，可在一起的日子恐怕三年都没有，闹得孩子也没有怀上一个，现在也，不不，早不想那档子事了。秦芸，你一个人了，我们反倒有可能这么晚了还一起聊聊。嗨，你才三十四吧，你可不能就这样一个人过下去哦！你这个岁数，再要个孩子完全可以……嗨，今晚怎么啦，还老说孩子孩子的，真的是老了。好，不说了。秦芸，你不是说有事吗？说吧。”

秦芸一直在姬水娟的说话中调整着自己的情绪，她这会儿看着姬水娟对自己的关切的目光，知道是得说了，这是一个无法绕开去的问题。

秦芸：“姬老师，其实我想问你的，与你刚才的主题还真有点关系。我说了，姬老师，也许我有错，也许很荒唐，你怎么去想都可以，但我还是想去做，这几天，我犹豫过，害怕过，我很长时候都手足无措，不知道怎么一回事儿，就在准备向你汇报的刹那间，我突然觉得我可以决定下来了。”

姬水娟听得云里雾里：“你这是想说……嗨，想说什么啊！”

秦芸：“姬老师，这一次去巴塞罗那，我又一次和他相遇，我们一起去看了佛拉门戈的舞蹈，我发现，我爱上他了。”

姬水娟：“什么，佛拉什么？”

秦芸：“哦，佛拉门戈，吉卜赛人的歌舞。”

姬水娟：“吉卜赛人的舞蹈，佛什么戈，我想起来了，我年轻时飞西班牙，是禁止我们看这种歌舞的。”

秦芸：“很有生命感的节目呵，我和他都有同感……”

姬水娟：“唉，看一个唱唱跳跳的节目，同感不同感的也没有多少意思，你倒是说，你和谁啊？”

秦芸却不像在回答姬水娟：“……问题是我沉迷在这种共同的感受里，我好像等待了很多年，我知道，我们俩的这种情感，也就是说我们恋爱了。”

姬水娟：“你说的这个人是谁呀，可以告诉我吗？我不反对你恋爱呵，刚才我还在劝你不能老是一个人下去了，虽然你与云亭分手不久，但我赞成你马上去恋爱，我相信你的眼光。发改委一个丧偶不久的司局长，前几天有人让我替他介绍介绍，我还想到过你。那个人的条件不错呢。你现在自己恋爱了，又不是大闺女处对象羞羞答答的，很好啊，有困难吗？”

秦芸：“是很好，我完全没有准备，在我这样的人生阶段，遇上一个知己，能遇上这样的人，是一件非常艰难的事。可是更艰难的，是我万万没有想到，这个人和你有关。”

姬水娟立刻有了预感，但她不愿意相信，只是盯着秦芸看。

秦芸犹豫着把挂在嘴边的名字吐了出来。

一个不明真相的声音嘭地炸开来。

球场边上，隐隐约约，飞行大队的学员在打夜球。

可能是球砸在了学习长廊的玻璃门上。

长椅上的姬水娟还是问了出来：“说吧，他是谁？”

秦芸：“他叫方波浪。”

尽管有预感，但姬水娟还是希望不是这个人，结果偏偏是。姬水娟霍地站了起来，又低头看看秦芸，难以置信地摇摇头，移开步子，但还是停下来，又转过来看秦芸。

秦芸也站起来，走近几步，湖边的这两个女人，也算是“上了年纪”的，月光下的身影却娟秀依然。

秦芸：“……姬老师，一定让你感到很突然。可我，我也一样啊，方波浪一说出你是他的第一个恋人也是他曾经有过的唯一恋人时，我便蒙了，我到现在一直在回避着他，但是越回避我越明白，我是不可救药地爱上他了。”

姬水娟稳了下来，拍着秦芸的肩又坐在湖畔长椅上。

姬水娟：“秦芸，他和你说了我们是怎样认识的吗？”

秦芸：“没有。”

姬水娟：“那他和你说了我们为什么要分手吗？”

秦芸：“也没有。”

姬水娟：“那他为什么要和你提到我？”

秦芸：“其实在很多方面，我们像孩子一样天真，谈着很深奥的问题也一样天真。我们互相不设防，他很简单也很冲动地告诉了我和你有过恋爱史，他还说‘为什么你们都是空姐’。可是我，我知道他和你……我一下子有点晕了，为什么是你啊，我是把你像母亲一样对待的啊……”

姬水娟略作思忖：“傻孩子，不能这样说话……这个方波浪，还真和空姐扯上了。好吧，有这样一些情况，真实的情况，供你参考。”

秦芸点头。

姬水娟：“你知道方波浪的年龄吗？”

秦芸又点头。

姬水娟：“知道就好。唐山大地震以后，他收养孤儿的事迹风靡半个城市，他当时是少体校校长，又风度翩翩，难得的是人格高尚。后来他走了，也因为我们交往过，他才把云亭的婚事托付给我。我以前和你说过，是云亭的一个领导委托我的，指的就是他。”

秦芸：“大概是方波浪刻意中止了这一层特殊关系，李云亭后来在我面前从来不提起他。”

姬水娟：“那倒是方波浪为了云亭这孩子好，希望他各方面都有个健全的发展。现在看来，地震孤儿的心理问题还是避不开。”

秦芸：“姬老师，我们不说云亭了吧。”

姬水娟：“好，再说这个方波浪，哦，顺便说一句，他原来叫方坚强，后来才改名叫方波浪的。”

秦芸：“方……坚强，好傻的名字。”

姬水娟：“什么傻，方波浪才傻呢！他是下乡知青，好游泳，那年头也讲拼第一拿奖牌的，结果让他到少体校当了头，带着李云亭那几年，他不仅把李云亭练成了运动员，也把少体校弄成了全国前三名。那会儿，全国到处提年轻干部，他是省体委主任的后备人选了，我非常赞成他就此努力下去。可从他从接触地震开始，就为研究地震着了魔。我劝了他好多次，他就是不听。戏曲地位恢复以后，他又迷上了昆曲什么的，苏州杭州的跑过很多次，跟他谈提拔的事儿，他不要。嗐，后来我不跟他了。最可气的是，我们都分手一段时间了，他听说我和副部长快结婚了，还跑来阻止我，被我撵出去了。后来听说他的研究成果联合国都注意到了，倒也要为他高兴。”

秦芸：“姬老师，我很认真地听了你说的这些内容，你说得很平淡，我听着，心里面像在过惊涛骇浪。你和我说了那么多，你的意思是？”

姬水娟：“只是告诉你罢了，告诉你他的年龄，告诉你我为什么和他交往又为什么分手而已。一切你自己做主，我知道我的观念赶不上趟了，但我必须关心你。”

秦芸：“怕不是观念的问题，姬老师……命运为什么又把这个人送到了我的面前，唉，为什么啊？”

姬水娟借着月光也借着灯光打量了一下恍惚的秦芸：“这样吧，我要找方波浪谈一次。”

秦芸：“你去找他？他还在国外，要不我去？你找他，不太合适吧？”

姬水娟：“不用你去，我会找到他的，这个方波浪。”

秦芸想阻止，又担忧，又怕老师生气，什么感觉都有，如同五味瓶打翻一样。

朝霞铺满了停机坪，也铺满了法航的空客300，机舱门打开了，出来的是精神抖擞的方波浪，他深深地吸了一口气，和客人们一道步下舷梯，然后走进摆渡车。

霞光里，摆渡车向航站楼驶去。

黑色的劳斯莱斯驶上弯坡道。

石智明驾车停到了靠近门厅的路边。

方波浪步出门厅，拉开门放进拉杆箱又关上了门，然后跳上了副驾驶座。

门关上，劳斯莱斯又弯下坡道而去。

劳斯莱斯车内，方波浪低头在拨弄着手机，发信息。

石智明："老兄，这辈子接你接了千万次了吧。"

方波浪没有抬头："夸张。"

石智明："一下飞机就发信息是第一次吧，这是重大情况啊，怎么不报告？"

方波浪："别瞎扯，让我发完再说。"

石智明："呵，听声音有点像重返青春啊。"

方波浪只是摆摆手，然后像再读一遍信息的全文，最后点了"发送"。

秦芸房间里，窗帘紧闭着，床上的秦芸显然还在熟睡。

手机信息铃响，秦芸迷迷糊糊翻开手机，点开信息"目录"，"方波浪"三字跳了出来。

秦芸唰地坐了起来，浅绯色的睡裙上云鬓蓬松，她靠在柔软的床背上读方波浪短信："云蒸霞蔚心如归箭，落地时分有扑入你怀抱之感。可不可以不问情不知所以但一往而深；可不可以共煮青茶把所有的流浪细细数来；可不可以让我轻轻解开你身上的所有负担；可不可以随我们的心缘去圈定属于我们的方圆。"

这样的短信对于秦芸来说，就是一柄无法抵御的爱情利剑，她突然直起身子，然后重重地叹了一声。

这是清晨啊，秦芸的一声惊叹，把自己吓着了。她听听四周，静寂无声，然后又瘫软地靠上床背。

也许是想起了昨夜的谈话，秦芸又打开手机，开始回短信："再次被惊到。应该承认，我们真是天生一对啊。怎么你一切的一切都那么熨帖我的心呢，没有一处不让我爱……”

在劳斯莱斯车内，方波浪继续看着：“……你莫非真是我的冤家？我还不敢相信啊，自己圈定自己，可以吗？今天你的任务是，姬水娟可能会打电话找你谈话。”

方波浪一愣，紧盯着前方。

他似乎预感到什么，又关闭了手机。

这一切，全部在石智明的眼角余光里。他又笑了：“方先生，该说些什么了吧！你今天表现的这一套程式性动作，很像情窦初开的小青年呢。”

方波浪轻轻一笑，已经回过神来：“你的猜测完全正确。”

这还真把石智明点醒了，他已把车子开到了时装大楼，然后停下，和方波浪先后跳下。

时装大楼似乎也显得温情脉脉。

还是早晨时分，石智明和方波浪步上前厅，走入电梯门，弯过走廊，进了设计大厅，然后在工作室边门里的餐间坐下。

一路上石智明在和方波浪逗趣：“……这么说来，果然有重大情况，我们可有重大情况报告制度的哟……哎，我和江天芳的确立关系和最后我决定分手，都是蒙老兄同意的哟……今天上午的时间你必须归我了，我也有我的发现……”

这时，方波浪坐下了：“出去多少天啦，又有收获？”

石智明：“你可别想岔了，我是国内的分析比较，国际的消化吸收，决心全力以赴推出东方复古现代系列。等用过早餐，再请你这位高人指点。”

方波浪：“哦，是这样。不过我今天头脑有点不太清爽，也许评点要出位。”

石智明点点方波浪：“早有人说了，人最愚蠢的时候是陷入爱情的时候，你居然也会这样，要祝贺你呀。”

方波浪：“那我就放开点评了。”

石智明：“你别打岔，重大情况到底报不报告？”

方波浪："情况已经发生，目前尚无新的情况。"

两人笑了起来。

从窗外斜穿进来的晨光显得特别友好，秦芸和胡英子在小客厅里用早餐，牛奶面包是她们常见的朝食。

胡英子放下了奶杯，看看秦芸。

秦芸也正好用毕，抽出一张餐巾纸。

胡英子："芸姐，今天一天都安排了事儿，我想趁早间这一点时间向你求教一点事，你看可以吗？"

秦芸："可以呀，你随时都可以说。这不，我们还住在一个宿舍呢。"

胡英子："在巴塞罗那的时候，你其实提到这档子事了。我本想选个宽松的时间再好好说清楚。没想到罗机长他们走得那么快，听说还给他们安排了很好的公寓，我想是个了断的时候了。"

秦芸马上听出了意思："你是说机械师大哥吧。"

胡英子："是的。他照顾我都一年多了，最近，只要有可能他还是来接我，我想……尽管大家开着玩笑，罗机长原来更是直截了当，最近他倒不说了，可我心里面从来没有冒出过这种心思。不知道什么原因，我把他当大哥，当好人，当恩人，可就是没有那种，那种什么呢，那种感觉吧。"

秦芸："我明白你的意思了。英子，现在你怎么想呢？"

胡英子："他去了东海航空，万事开头难，要忙死他们的，我想让他放下我这边的记挂，我呢，心里面也不想再纠结如何回报他这些年对我的好。这样可能对我们俩都好。我想明确告诉他，包括晚上也不要去'温馨'接我了。芸姐，他家里有负担，我想把大家捐给我的钱，你知道的，我一点都没有用，再凑上了三五万，有三十万了，我本想交给他，又怕他不肯收。对他的感激，我想这样来表达，你说好吗？"

秦芸："英子，你想得够周到了，我理解你。唉，爱情与恩情是不能混在一起的。他照顾你那么久，也从来没有开过口，我想他也是明白这个理的。只是这钱，恐怕他不会收。什么时候我和罗大河商量商量，看看怎么办。"

胡英子："谢谢芸姐，今晚我本来约了他来'温馨'吃饭的，想办这个事儿，就是怕他不肯收。”

秦芸：“缓一缓吧，我们想个办法。”

胡英子：“也好。芸姐，天芳上午约我去一家时装公司，说那里很时尚呢。”

秦芸：“好啊，英子，你也好好去选几套。即使是漂亮的姑娘，每个人情况也不一样，有一些特别需要风格化的打扮，你就是属于这一类。”

胡英子腼腆一笑，看不清眼神，不知想到什么，又嫣然一笑，这会儿却顾盼有神了。

秦芸：“我带戴露、张莹莹、林小洁去给罗大河捧捧场，中午就回来。”

胡英子：“我也很想去的。”

秦芸：“你随天芳吧，她后天就去运动会上了。哟，英子，你今天这身天青色的旗袍裙，很别致。”

胡英子还是静静一笑。

早上，姬水娟在自己的办公室打电话。

姬水娟：“……云亭啊，上午没有会议吧。我想问你要个电话，哦，你的老校长的，他这次和你接上联络以后，给你留下手机号码了吧？好，告诉我一下，等等，我记一下……好，你要注意身体啊，听说新官上任三把火，全都烧起来了，听说教练员记运动员日志的做法不太受欢迎……对，坚持做下去，你是业务一把手，要强硬一点。好了，再见。”

姬水娟放下电话，按照记下的电话拨了，然后接听，耳机里的声音：“您拨打的电话不在服务区。”

姬水娟戴上老花镜，又看着记录的号码再拨一遍，耳机里又重复了刚才的声音。

姬水娟又拨电话：“……喂，云亭，刚才的号码我可能记错了，你再说一遍……哦，就这样。”

姬水娟再认真地一个号码一个号码地拨了出去。

她拿着话筒等待，还是同样的内容：“您拨打的电话不在服务区。”

姬水娟决定放下了，自言自语：“还要到什么服务区……”

方波浪安静地守在时装设计工作室的客厅。

石智明从外面兴致勃勃地推门进来："找到了，我找到他们了……方兄，你怎么不接电话，本来我想让你下去看看视觉展示馆的。"

方波浪在沙发上睁开眼皮，好像刚打了一个盹儿。听到石智明说电话，下意识地摸了摸自己的裤袋。

方波浪："哦，关了，刚回来，图个清静。"

石智明又有点奇怪地打量一下眼前的这个老朋友："哼哼，不老实交代，看来陷得很深呵。好，等一会儿他们调试好了，你可得把我的东方复古系列看了。"

他的手机响了，翻开手机，见来电显示是江天芳，他稍有犹豫，但还是按了"接听"。

时装大厅底楼，江天芳在打电话，胡英子静静地站在一旁。

江天芳："智明，我是天芳，我到你工作室来吧，我有重要发现要告诉你……真的，你刚回来，有什么可忙的！向方先生请教？那更好了，我的发现需要向你们二人一起汇报……不要推辞了，我都在你楼下了。好吧，好，我们上来了。"

胡英子："人家忙？"

江天芳："再忙也得让他见你。"

石智明关了手机，淡淡一笑："你看，处处有心眼儿，人都到了楼下了，才打电话，你帮我一起应付一下吧。"

方波浪："人家上海姑娘心细。你呀，不喜欢了，也不要对人家不礼貌。"

石智明："我不会，只是不想再被打扰。我把别墅也留给她和她的娘了，我不想也不会做对不住人家的事。"

方波浪："哦哟，认真了？我还不知道你？不过感情上的事，你要以我为榜样，决不凑合决不含糊决不投降，做几十年光棍又怎么样！那个属于你的女人，照样会出现在你的面前。你想想，在你完全沉醉其间的女人身上，有一个晚上也等于有一千个晚上。”

石智明又认真打量起眼前的这个忘年交来：“……呵，你自己的爱情宣言吧，方先生。现代版的《千年等一回》吧，再次祝贺你。”

方波浪沉着地一笑，眉宇间还有一丝忧伤。

门被推开了，江天芳领着胡英子进来。

江天芳在石智明和方波浪惊讶的神色中，带着胡英子款款而至，站在他们面前。

石智明的惊讶可说是被惊艳到了。他万万没有想到，他一直想找的一个能够在旗袍服饰上有出众表现能力的模特，现在就在眼前，他知道江天芳今天的用意了，为此，他投给江天芳的眼神有了一些温暖。

方波浪的惊讶很容易理解，这不是在飞机上救过自己的小英子吗？

所以胡英子一见，也就很自然地向方波浪点点头。

石智明和江天芳对了一眼，都惊讶了。

方波浪：“哦，她就是在玫瑰航空救我避险的空中英雄胡英子啊。”

石智明：“哦，这样……来来来，今天不讲英雄，我们一起去视觉展示厅。”

江天芳：“智明不要着急嘛……英子，他就是我跟你说的时装设计界的青年才俊石智明，年纪轻轻已被人封为大师，他父亲就是江南第一服装大亨。”

石智明：“天芳，哪有你这么介绍的，把人家吓跑啊。本人只是一个有志于服装创新的米兰博士而已。”

胡英子显然被石智明言语间的才子风度感染了。

方波浪：“英子呵，你们前天回来的？”

胡英子：“是呵，那天上午见你在门口晃了一眼就不见了，芸姐说你去里斯本了，还说你是个敢于冒险的大学者。”

方波浪：“过奖！被你们这些小女孩夸过头了。家里可好？那个温馨小酒馆可好？”

胡英子：“都好，方先生有空可以再度光临呵，或者再参加我们小姐妹的聚会。”

方波浪：“非常乐意。秦乘务长可好？”

胡英子："好啊，我们住在一个宿舍，早上还一起吃了早饭呢。"

方波浪："请你带个信，向她问好。"

胡英子："方先生没有她电话？我告诉你。"

方波浪："哦，不用，我有她的电话。"

方波浪自嘲地重新落座，这几句问话实在是不见水平，他突然觉得自己还真的是好愚蠢，恋爱中的人呵。

石智明一直在观赏着胡英子的每一个细微的动作，还走远一点，靠在窗上静静观赏，频频露出满意的神情。江天芳却在观察着石智明的表情，明白了她今天的举荐没有错。

江天芳走近石智明："怎么样，是她吧？"

石智明向江天芳笑得很开心："嗯，你倒是听进去了，养着一大堆模特，我缺的就是这一个。"

他话还没有说完，又朝胡英子看去，天青色的女人身影正好侧了身子，朝这边看来，由于胡英子一只手轻轻地搁在沙发边上的钢琴上，另一只手也轻轻托了一下脑后的发髻，从窗口斜射过去的日光把她的曲线恰到好处地勾勒了一遍。石智明几乎看呆了，他走近胡英子身边，问了一句，却把胡英子问呆了。

石智明："英子小姐，你学过戏曲吧？"

胡英子呆了，完全不认识自己的这个男人，怎么看得出自己学过戏曲？那曾经是自己的梦呵，魂牵梦萦过多少岁月，包括那个魂牵梦萦的人。戏曲对于现在的她，已离去甚远，那个人也离去甚远了。很长时间了，她连想都不想了，眼前的这个英俊男人怎么看得出来，难道是他的艺术气质？胡英子说不上话来，也因为这一句话使得她的胸脯发生了一阵颤动。但是她终究稳住了自己，点了点头。

江天芳几步冲过来，大声说："太对了！小英子演过花旦，哦，也演青衣。"

方波浪看着石智明的一定程度上的失魂落魄，很有意味地笑着。

石智明："我知道英子小姐的这一身中国女子的素质，绝非仅仅是自然条件的优越。"

方波浪很肯定这一判断。

江天芳："好，英子，过关了。你就听从石大师的发落吧。我走了，我得去一家集团公司看看。"

胡英子："天芳，那我？"

方波浪："英子，你就在这里待一会儿吧。我们去看看他的视觉展示厅，如果方便，我可以送你回去。"

江天芳瞥了方波浪一眼，似乎在说："有你事吗？"

胡英子："那好吧。"

江天芳与石智明示别，石智明读得懂江天芳的目光，他笑得很礼貌。

江天芳转身走去。她很快跳进了楼下停车场上的白色宝马车，一身轻松似的驱车轻驰，神采飞扬。

她马上要见到穆罕默德·贝尔勒了。

视觉展示厅里有温和的融融的光亮。

大屏幕上显示着一幅幅穿旗袍女人的白描图像，风格上的东方特色，色彩上的淡雅基调，染色上的晕染方式，都一一呈现。接着又出现了一组改造过的旗袍服式，时代和时尚意味的领口、袖口、衣襟裙边等部位，突出地显示出来，最后定格在一件青花瓷图案的旗袍上。

灯亮了一点。

胡英子几乎是沉醉了："哦，太美了。"

石智明笑笑："还要加工。原来我的第三系列准备，方兄，你是清楚的，这一趟欧洲游学，更坚定了我的主攻方向，在灿若春光的时装名牌大世界里，中国的时装名牌恐怕唯从己出，从我们自己身上去穿出来。"

方波浪："你的设想是对的。"

石智明："今天发现了英子小姐，我夸点海口了，她于我是如虎添翼，助我翱翔时装的天空。"

胡英子："我有这么大作用吗？"

石智明："专属模特，就是品牌的象征。"

胡英子："我是空姐，我不会做模特表演。"

石智明笑了："哦，你只要抽点时间稍微再培训一下即可，我看中的是你的天生丽质，呵呵，素质啦，包括刚才讲的中国戏曲对你的熏陶。专属模特……”

方波浪：“再看下去，今天你就不要上课啦。”

石智明看一眼胡英子，竟有些羞涩的意思，他又向操作间招招手。

胡英子略有思忖，对一个男人表情的直觉和敏感，她当然不会缺少。

东海航空大楼的办公厅里，第一次穿上西装的罗大河，在报告席上很挺拔地站着，面朝大家微笑着，鼓掌声一浪接一浪地响着。

罗大河摆摆手，大家又静了下来。

秦芸、戴露、张莹莹和林小洁也都穿着裙子坐成了一排，很引人注目，她们放下了手，看着台上。

正中坐着的高总看着台上，面露满意的神情。

罗大河：“我在公司内部的管理纲领基本叙述完毕，接下来我就公司的国际形象和在国际合作方面再谈一点看法。尽管我们成立伊始，但必须现在就开始考虑加入国际联盟的事宜。一个开放的社会，一个高度交流和融合的世界，航空也必须是开放、交流、融合的。人无远虑，必有近忧。我们东海航空必须从高起点出发。”

又是一阵响亮的掌声。

罗大河：“以服务征服世界，已经成为国际航空界的共识。在座的张莹莹小姐，曾经考虑加盟我们东海航空，现在她未能前来，但是我希望把她的观念留给我们。下面我们欢迎张莹莹小姐。”

很多人把目光射向在座的四个美女。

鼓掌声。

高总站了起来，伸出邀请的手势。

张莹莹看看秦芸。

秦芸露出鼓励的眼神。

张莹莹站了起来，鼓掌声更热烈了。

戴露也使劲鼓掌。

张莹莹下了决心，走向边上的过道，步上台阶，走到台前。轻盈而青春的步子，让整个会场灵动起来。

张莹莹：“你们的 CEO 一上台就搞突然袭击啊。好厉害。他管不得的人，不属于他的人，他都要让人做贡献，厉害吧。我可以回答大家，我愿意！”

戴露几乎跳了起来，但马上坐下了，和大家一起鼓掌。

罗大河有瞬间的或得意或尴尬，但很快就把欣赏的目光投向张莹莹。

秦芸也满意地看着台上。

她感觉到自己的手机在振动，取出了手机。

视觉展示厅的一边角落。

方波浪：“秦芸，你在哪里？我想见你……哦，等一会儿电话联系。刚才打开手机，看到了姬水娟的一条短信和三个未接来电……也不是，很想见到你。我中午要送胡英子回温馨小酒馆，对，我现在和她在一起。可以在那里见吗？好，就这样。”

方波浪放下了手机，他坐在后座的角落，想一想，又去看手机。

手机屏幕上有姬水娟短信的内容：“我是姬水娟，见短信给我回个电话，我有重要事情要和你谈，请一定安排。”

方波浪叹一声，看看大屏幕前低语着的石智明和胡英子，心生感叹。他站起来，走到了他们身旁。

石智明：“方兄，今天，你可是一系列的神秘动作，还不交代啊？”

方波浪：“你们看完了？”

石智明：“刚完。”

方波浪问胡英子：“还喜欢吗？”

胡英子：“嗯，很漂亮。”

石智明：“我刚才和她说了半天的专属模特的意思，结果把她吓坏了。”

方波浪：“为什么？”

石智明看看胡英子，神情里有点心疼的意思。

方波浪也看着胡英子，想听她的意见。

胡英子：“……专属模特的意思，我懂了。也就是我成为他们公司的旗袍模特，不能再给任何产品做形象代言人。他们公司的旗袍模特，我也是他的，不不，他们的唯一。我听懂了。石先生，我真的听懂了。我也愿意。”

方波浪：“这不很好吗？石老弟，她哪儿吓坏了？”

石智明又朝胡英子翘翘下巴。

胡英子：“是这样，他说专属模特是有报酬的，我说我不要，如果可以，我只要几件我喜欢的旗袍。”

方波浪：“合情合理的报酬为什么不要啊？”

胡英子：“他说给我的报酬是二百万元，我真的是吓了一跳。”

石智明：“完全正常的开支，英子小姐，你尽管心安理得地领了去。”

方波浪看看石智明，有点明白石智明的意思，他的嘴角抬了一下。

石智明故意不看方波浪，等着胡英子的回答。

胡英子却又看看方波浪，有点询问长辈的意思。

方波浪：“英子，他的做法倒是完全符合现在市场经济的规则，公司愿意给你的价位，你可以接受的。”

胡英子：“方伯伯，我把你当作长辈的，你可要负责的，不要让我出了岔子。”

方波浪和石智明一听，都笑了起来。

胡英子：“我也不是不缺钱，其实真要签合同，你签十万元就够了，我正想买一辆小型轿车，我会开车的。”

方波浪和石智明这一会儿都笑不起来了，白璧无瑕一般的胡英子真把这两个男人感动了。石智明已不是一般意义上的怜香惜玉，他几乎已经产生了疼爱的感觉。

石智明：“英子小姐，那也成。报酬的事再谈。我送你一辆车就是了。”

胡英子：“方伯伯，这行吗？”

方波浪饶有兴味地瞥一眼石智明，回答胡英子：“当然可以，但不要接受他的馈赠，这应当成为你的报酬的一部分。”

胡英子好像没有完全听懂，又看看石智明。

石智明：“是，报酬，就是报酬。”

方波浪：“……英子，你要记住，漂亮女人不能随便接受男人的馈赠。”

石智明盯一眼方波浪。

胡英子："方伯伯……"

方波浪："英子，你可不要老叫我伯伯、伯伯的了，我有那么老吗？"

石智明大笑起来。

胡英子："那叫什么？你总是我的长辈嘛。"

石智明收住笑："行了，就这样定了。你没有开车来，我等会儿送你。"

胡英子："不用了，刚才方伯……伯伯和我说好了，他送我。"

石智明："好。"

胡英子指指洗手间："我，我去那儿一下。"

她起身走去，方波浪看着石智明，还是饶有兴味地一笑。

石智明见胡英子进去了，凑近方波浪："你这家伙，我的什么心思你都猜得出来！"

方波浪："你也太猛了一点，小心真的把人家吓跑了。钱，有时候的的确确不是万能的。"

石智明："我没有这个意思，你这样说，把我和英子小姐都看低了！"

方波浪："倒也不是这个意思，人家小姑娘还没有见过大世面。"

石智明："你和她们熟，好像听你说起过，你和她们的头也很熟，哎，你要多照顾哟。你是她们的长辈嘛。"

方波浪："去你的长辈。"

石智明哈哈笑了起来。

掌声又淹没了东海航空大楼。

张莹莹在台上进入了收尾阶段："……所以，紧紧抓住服务的本质，以服务质量作为联盟的枢纽，联盟的力量就一加一大于二了。东海航空应该有这样的气派，我相信你们会做到。"

鼓掌声很震撼。

张莹莹："……你们的罗 CEO，准备把我们培训中心的科研成果'蹲式服务'拿过来了，我相信你们会成功。对了，'蹲式服务'的学科带头人，就是今天在座的，我们培训中心自己培养出来的研究生林小洁同志。小洁，站起来，我们的才女，来个精彩亮相。呵呵，谢谢大家。”

林小洁在自己的座位上站起来，向大家示意，腼腆是少不了的。她看看走下台来的张莹莹，神色有点微妙。

在鼓掌声里，张莹莹走回座位，戴露扑了上去，紧紧地拥抱。

秦芸很为张莹莹的精彩演讲而兴奋。

罗大河很激动，但脸上避免不了淡淡的遗憾。

遗憾也在高总的脸上。

秦芸已经安静下来，她看看手表。

秦芸已经在开车了，手机的铃声又响了。

秦芸把车驶向路边停下，看了看手机的短信：“我送胡英子到‘温馨’，希望在那里见到你。”

秦芸马上启动了车子。

黑色奥迪车内，方波浪驾车，胡英子坐在后座。

方波浪：“这个专属模特的事儿，我建议你答应下来。石智明是我多年的朋友了，他是认真的人，事业上也是个狂人，决非一般意义上的‘富二代’，你可以放心。”

胡英子：“我也有同感。当然，你应该比我更了解他，我听你的。”

黑色奥迪驶到了温馨小酒馆的弄口。

温馨小酒馆内，胡英子的婆婆从后间出来，身后的门悄悄关上。

胡英子和方波浪从走廊里走进来。

婆婆：“哟，刚说你们就回来呢，秦乘务长在后间呢。”

胡英子：“好，方……先生，你也去休息一下，我上楼去一下。”

方波浪：“好。”

秦芸站在窗前，捋一下头发，听到门被推开，回过身来。

方波浪站在面前，身后的门慢慢关上了，他终于又看到了秦芸，显然有一种重逢的冲动。

秦芸也百感交集，看着方波浪，竟一时无语。

方波浪跨上前几步，一把搂住了秦芸。

秦芸没有再推开，静静地被方波浪拥入怀中。她闭上了眼睛，好像这是等待许久的事情，她愿意这样，深深地被眼前这个男人牵着自己的呼吸。

温馨小酒馆走廊，婆婆端着茶水过来，正要上楼的胡英子又转过身来："娘，我去。你让他们多弄点蔬菜，方伯伯和芸姐都爱吃，嘻嘻。"

胡英子今天特别高兴，端着茶，天青色的衣裙飘向后间。

温馨小酒馆的这个发生过很多温馨故事的后间里，方波浪和秦芸都忘了时间和地点，耳鬓厮磨之间感叹着重逢和相知的不易，秦芸的呼吸已经很急促了。

喊声和推门的声音一起到来："芸姐！"

胡英子立刻愣住："……方伯伯？"

秦芸推开方波浪的拥抱，显然慌乱不堪。

第二十四章

航天城大街上，黑色奥迪潇洒地转个大弯，往绕城高速的辅道上开去。

高架路的远方，是很辽阔的停机坪。

很快，黑色奥迪飞奔在绕城高速上。

方波浪在开车，思想上的严峻和情感上的激动，使他没有言语，但好像整张脸又充满了语言。

秦芸坐在副驾驶座上，望着前方。她几乎不敢看方波浪，她只能望着前方说话："我们去哪里？"

方波浪："我家。"

秦芸："今天不能去。"

方波浪把一串钥匙从车上的盒子里取出丢给秦芸："那你拿着，以后任何时候都可以到家里。"

秦芸接住，在手上掂着："……还很霸道咧，今天，不去！"

方波浪："你比我更霸道。"

秦芸："在问你呢，去哪？"

方波浪："听你的，去哪？"

秦芸："我是坐上了你的车。"

方波浪突然刹住车，窗外有郁郁葱葱的湖畔的林子。

方波浪这才转过身来，紧紧地盯住秦芸的脸，从秦芸的神情上，可以读到这个精致而又柔软的女人心里面在准备着什么，渴望着什么。甚至，有一种做出了人生重大决定的庄严。他什么也没有说，又发动了车子，加速驶去。

透过林子的枝干，能见到阳光下波光粼粼的湖面。

林子中间有不太宽的道路。

茂密的叶子挥洒着绿荫。

路旁，有指示牌："禁止车辆驶入"。

但是，黑色奥迪在这个炎热的午后，做了这里的闯入者。

黑色奥迪车内，方波浪再一次刹车，又转过身来紧盯着秦芸。

方波浪突然发现，秦芸已经泪光盈盈。

不只是眼睛里的变化，秦芸的脸上、脖子上都在泛起少见的色彩，都在颤动着一层层涌上来的激情。

方波浪不由分说地侧身过去，搂着秦芸的背颈和肩部，在秦芸的脸上，耳上和鬓发之间又一番爆发和探索。

秦芸也回应了，她也侧过来，相吻，长长地……

树林旁的城中湖，清波清浪，远远看过去的湖对岸，是别致的青云山庄和更别致的青云茶楼。

双双擦过水面的白鹭又消失在远处。

车内，相吻着的方波浪和秦芸。

方波浪的手悄悄揿下了放倒后背的按钮，秦芸在缓缓平躺下去，方波浪却没有离开过，也跟着吻了下去。

窗外的绿荫温和地沁人心脾。

此刻的秦芸似乎并不在意任何身体之外的变化，她已经沉醉。

他们接下去的探索内容被一个老年协警看到了。

他从小道上走来，看到路上居然停着一辆奥迪，很惊讶，大概他的巡视生涯里，从未见到过。

他已经走到了车后，看看四周没有人，他又从车的侧后看过去，驾驶座上也没有人。他有点奇怪了，看看车，又走到车的前面，也许在看车牌，也许在察看车的外观，在他稍稍抬头的刹那间，他看见了车内有模模糊糊的人影，一个女人的手臂在车窗内特别清晰。

老人善意地笑笑，想转身走开。但老人还是停下了，把手臂上的协警袖套整了整，又走了回来，到了车边，他倒没有再走到车前去，只是在后面用手指轻轻地敲了几下车窗。

老人再退几步，把背在后面的工作包移到了前面。

奥迪的车门打开了，走下来的是方波浪，他含笑走到老人面前："对不起，老先生，惊扰您了。"

老人这一会儿又惊讶了，从车里出来的竟然是一位两鬓花白的文质彬彬的男子。

老人一语双关了："……都这把岁数了，还不知道这里不能吗？"

方波浪："不，不能什么？"

老人："不能通车。"

方波浪："是的，不能通车，我怎么把车开到树林里来了。"

老人从包里取出罚款单，撕下两张："罚款，两百。"

方波浪："好，认罚……喏，两百。"

老人接过钱塞进包里，转过身走了，没想到他回过身又扔过来一句："完事了，就赶紧走。"

方波浪被惊了一下，然后笑了。

他走到奥迪前，看看前边的湖面和湖的对岸，突然摆了摆手，打开车门，跳上了驾驶座。

方波浪："嘿嘿，树林里的梦幻童话，白天鹅碰到了黑老瞎，没想到黑老瞎是个好心肠。唉，你听见没有？"

秦芸低头在发信息："哦……好了，发了几个信息。"

方波浪："挺抓紧时间呢。"

秦芸捋一下头发，也整了整衣领："我们就准备在树林里把童话写下去？"

方波浪故意地："可以吗？"

秦芸："你多不容易啊。"

他们都笑了，好像忘了烦恼。

秦芸："我们得商量一下呵。"

方波浪："我刚才突然想起来了……你看，其实我们很早就做了选择，青云茶楼啊。”

湖对岸，水光上的情怀。

影影绰绰的青云山庄。

影影绰绰的青云茶楼。

温馨小酒馆门口，两个工人抬着一只大箱子走上台阶。

胡英子走出来，把工人接进门内：“就放这里吧，谢谢你们了。”

胡英子签了送货单，工人随后退出。

胡英子认认真真地看着纸箱的四周，婆婆从里面走出来：“这么大的一件东西呵……电动轮椅。”

胡英子：“是呵，晚上他来，放到他的车上去。”

婆婆点点头。这时，温馨小酒馆的主人顾师傅走了进来，胡英子迎了上去：“顾师傅。”

婆婆也笑脸相迎。

顾师傅：“你们好，英子今天休息？”

婆婆：“是是，他们叫休整，刚过来呢。”

说话间，顾师傅和婆婆往里走去了，还听到了顾师傅的笑声：“呵呵呵，就来一碗家乡的臊子面，你做的，就是好吃。”

胡英子看着他们的背影，若有所思。

她的手机短信铃声响起，她打开一看，是秦芸的短信：“英子，关于我和方波浪的事，晚上我和你谈。晚饭请你再在前间安排一桌，我和方波浪请姐妹们吃饭。”

胡英子眉头一蹙。

青云茶楼，绿衣茶艺师端上来两杯清茶。

秦芸和方波浪在青云茶楼相对而坐，这里的摆设是他们所熟悉的了。

方波浪摆摆手，绿衣茶艺师款款退去。

今天的感受对他们来说可是新鲜的。

秦芸看看方波浪，竟怪怪地笑了一下，也许她现在才想起问，为什么是这个人？这个怪怪的笑，她是给自己的，也是给他们共同的未来的。

方波浪："你注意到中午英子的情绪了吗？一顿饭她没说几句话。"

秦芸："我也注意到了，我还想到了其他人。你看，姬老师这边还没有调停，小鬼们莫非又想不通？"

方波浪："我看是正常的，主要在于我。"

秦芸："你也别想太多，只是姬老师要找你谈，你为什么要关手机？"

方波浪："那一夜我说了姬水娟的名字以后，你可是半夜出逃呵，现在，我还要去听这个女人的谆谆教诲，我能不紧张吗？"

秦芸笑了："你别夸张了，你还会紧张？你去问问这个青云茶楼的老主人。"

方波浪："不要吓人呵，人家青云姑娘是蹈湖而去的呢。"

秦芸呷一口清清的绿茶："人家姬老师没有发表意见呀，她只是说要找你谈一次，我认真地向她说了我内心的想法。"

方波浪："谈的效果我完全可以估计到，我倒是没有估计到你的反应，当我向你敞开我的怀抱时，我已经把这个因素抛在后面了，但是，你的情绪包括你的一切，我会在意。"

秦芸："我明白你的意思。生活也不能完全由理性控制啦，姬老师和我的师生之谊不能一般而论。我从花样游泳队到玫瑰航空以后，就一直在她的身边。不能不顾及呵。"

方波浪："我已经理解了，只是巴塞罗那分别后，度日如年。"

秦芸的手臂从桌上移过去，方波浪的手也放了下来。

手指的纠缠。

秦芸："后来我想定了，也是我做事的一般原则，我认真地向老师汇报，结果是我越发不可救药地想你……姬老师把你的过去、你们的相识和你们的分手，很平静地告诉了我，她并没有贬你呀，有些方面还有很高的评价。当然，她不很欣赏你后来所做的一些选择，恰恰是你的这些很难让人想通的决定，我倒是百分百地欣赏。波浪，我爱你。"

纠缠的手指，不远处是淡绿的花朵。

方波浪当然是有冲动的，秦芸也一样，但是他们现在有着异样的平静。

秦芸："波浪，姬老师那里你不妨去谈一次，历史是摆脱不掉的。我们可以有自己的主张啊，如果说服了人家，岂不更好？"

方波浪："她是你的领导，怕你有压力。"

秦芸："我想过了，你没有回来的这些天，我天天想呢，我在想我们可能要经历的风浪。你看今天的英子。"

方波浪："是呵，你能顶住吗？"

秦芸："我担心的是你。"

方波浪笑得很坦然。

秦芸紧紧地看着他，抽回了自己的手。

方波浪："我们共同去体验吧，秦芸，你会更不容易一些。"

秦芸："不说了，有你给我力量呢，刚才在路上我在手机上写了几句顺口溜，发你手机吧。"

方波浪："好啊。"

他喝口茶，笑眯眯地看着秦芸传他的手机短信。

方波浪看屏幕上的文字：

非为和氏璧，
何幸遇知音。
此生全心报，
以谢伯牙情。

方波浪没有说话，他知道秦芸在看他，站起来，在手机键上让手指飞快跳跃。

秦芸知道他在回信了，她笑了一下，打开了屏幕：

知音有音追，
幸运是我辈。
云既绕高山，
雨也入流水。

秦芸抬起头，泪光盈盈。

方波浪却平添诗兴，大步跨前又一把拥紧了秦芸：“秦芸，这手机胜似一柄古琴啊！”

在方波浪肩头，秦芸的脸上，热泪滂沱。

几乎在同一时间，罗大河和戴露来了，张莹莹和林小洁来了，胡英子领她们走过温馨小酒馆走廊，进了前间。

该来的几乎都来了。

戴露就快人快语了：“芸姐怎么回事呢？原来把我们几个都叫来了啊，早上我们还在一起呢，看我们大河就任 CEO 很过瘾呵。莹莹，你也很精彩，叫那帮航空界的新人领教领教。”

张莹莹：“戴露，你这说的……”

罗大河：“让她说吧，她爱说，要我们这些航空界的新人领教什么啊？”

张莹莹：“戴露，你看。”

戴露：“噢，大河，你也、是、新、人吧。哈哈，我是说你带的那帮新人，我们一心一意为了你的成功哦，罗大 CEO，可记住了哟。”

罗大河看看张莹莹：“你看，是吧。我当然知道你们的一心一意，今天我就准备在秦芸面前，正式提出我们对林小洁的邀请。”

林小洁一愣。

张莹莹：“我赞成。”

戴露：“我也赞成。”

林小洁：“原来有这个意思！我总觉得你会去的嘛，你看你讲得多好，他们那个高总，直愣愣地看着你呢。”

张莹莹：“是……”

罗大河紧着跟上一句：“我们觉得你更合适。”

张莹莹：“就是啊。”

林小洁：“这些事儿，你们也总是这么突然地宣布。这是多大的改变啊！我想想吧。眼下，我还有更突然的事儿要处理呢。”

大家还真的有些愕然了，胡英子接过婆婆端来的茶水，把茶杯放在大家的面前。

罗大河："小洁，你说的是……"

林小洁突然眼泪涌上来，忙用手掌捂住脸，跑了出去。很多累积已久的情绪，往往在这样的时候，顷刻爆发。胡英子看到了，也跟着跑出去。

屋内只有罗大河和戴露、张莹莹了。

罗大河："林小洁一定遇到了什么大事。"

张莹莹："有可能。在巴塞罗那时，我就有感觉，我也不敢多问。芸姐可能知道一些。"

戴露："他的'猪哥哥'有什么事？"

张莹莹也不甚了了。

罗大河："你今天会上把她这一抬，我们董事会就决定了要争取她来。"

张莹莹："我是想，你不是需要她吗？今天这么好的机会，就顺水推舟了。"

戴露："你们原来商量过，想要林小洁？"

张莹莹警觉地忙作解释："哦，我决定不去后，我们闲聊时，他提到过这一主意，我挺赞成的。"

戴露："我倒没听大河说起过……大河，我都帮你劝过莹莹，其实莹莹到你那儿最合适，可是莹莹又不肯了。"

戴露的这几句话，要是换一个人说出来，恐怕要让人想开去，想得很严重都可能。

罗大河听着戴露的话，却不介意："是啊，张莹莹同志，可以叫学者型乘务员了吧，我不敢要她了，就要林小洁了。"也说得很得体。

戴露接上："小洁也好。可她有什么事呢？"

张莹莹叹出一口气来。罗大河看了她一眼，明了张莹莹真正的心思，也只得紧了紧眉尖。

胡英子这时走进来，也叹一声坐下了。

戴露："英子，小洁是？"

胡英子："果然是她的'猪哥哥'，又失踪了。"

张莹莹一惊。

戴露："哦，为什么？"

胡英子："为了那个志愿者。"

罗大河明白似的："那我们赶紧帮着她找找。那，林小洁呢？"

胡英子："很难，想了很多办法了，包括那个志愿者崔啸，也在帮她想办法。"

罗大河："我说，林小洁人呢？"

胡英子："哦，我让她到楼上休息了，吃饭时再叫她。"

张莹莹站起："所以我有感觉，看佛拉门戈舞蹈的时候，她的神情就好忧伤……我们得帮帮她。对了，有办法！我去找人，现在不是可以人肉搜索吗？我去找他，人家是电脑专家。"

胡英子："不是芸姐约你们的吗？你不等了？"

张莹莹："是，她怎么还不来呢？"

秦芸和方波浪下得楼来，走出青云山庄，走上湖边小路。茂盛的杨柳枝条已经垂临湖面，暮色里的杨柳岸，走着身材修长的方波浪和步子轻盈的秦芸。

方波浪："我们这一会儿去温馨小酒馆，见你的好朋友们，你也得事先跟我打个招呼呀，我也好准备准备。哎，我一早下飞机，还没有睡一会儿呢。"

秦芸："我下午悄悄决定下来的。不让你犹豫。我中午看到英子的态度了，我在想，我们的事，在朋友们中间，还是快刀斩乱麻的好。"

方波浪："好吧，听你的了。我还没有想好如何去见姬水娟，现在倒要先去见见你的这些朋友了，以你的男朋友的身份，真是……"

秦芸："怎么，还不好意思？"

方波浪："有点，毕竟和小年青不一样了嘛。"

秦芸："不许这样说，记住，以后不许这样说。"

方波浪："嗨，我没泄气呀。这叫重返青春的日子。"

秦芸又提意见了："这和刚才的话不是一回事吗。"

方波浪恍然大悟，大笑起来："哈……来，来来，往这里走，良辰美景奈何天……"学昆曲《牡丹亭》唱了一句。

温馨小酒馆前间，所有的人已经知道了。

胡英子：“……我想我们都是好朋友，我还是把中午的这个……告诉了你们。我也没有想到，他们好上了，可总觉得怪怪的。”

戴露：“怪不得，我想这个方波浪，为什么要在一起请客，芸姐会这么浑？刚刚摆脱了婚姻的痛苦……”

罗大河：“戴露，你也不要瞎猜。在巴塞罗那，我好像见过他一次，感觉很有型啊，就是这岁数……”

张莹莹：“我看不行，我们的芸姐，再找一个对象，才能、财富、品位都必须是第一流的，没有弄清真实面貌的情况下，我决定暂时不见他们，我要先见过芸姐再说。正好，我去想办法，为小洁去‘人肉搜索’了。”

胡英子：“莹莹，你现在走，合适吗？”

张莹莹：“我是为芸姐考虑。英子，你放心吧。好，我走了。”

戴露：“大河，我们也走吧，见了面，我不知道会说出什么来呢！”

罗大河：“也好，英子，他们可能也快到了，你就说我们有事分不开身，先不说他们的事儿，好吗？我们走了。你不用送了，这里还要收拾收拾呢。”

胡英子一个人站在那里，反倒紧张起来了。

她想了想，又追出去。

温馨小酒馆门口，张莹莹几步就跨出门而去了。

罗大河和戴露也走出来，门旁放着的电动轮椅的纸箱，引起了罗大河的注意。

胡英子正好赶上来。

罗大河：“英子，你这是？”

胡英子：“哦，我自己的事儿，你不要费脑筋了。”

罗大河：“……英子，你这……好吧，我是他最好的朋友了，我只能告诉你，真实地告诉你，他是真心真意地心疼你。”

胡英子：“我明白，罗机长，你放心。”

戴露在边上，一时不知如何表达，刚想说一句什么，被罗大河拉着走了。

胡英子又一个人站在门楼口了。

手机短信铃响。她打开来，见到石智明的短信："今晚可否见一面？有事商量。"

胡英子想想，还是回了一信："晚上有事，明天我们有国内航班任务，回来后联系。"

胡英子刚想进门去，短信的召唤又来了："明天是什么航班？"

她再回："MG6288。"

胡英子往里走去。

温馨小酒馆巷口，暮色四沉。

秦芸的白色马自达还停在那里。

黑色奥迪稳稳地在边上停下来。

秦芸和方波浪下来，向温馨小酒馆走去。

前间，胡英子忙着收拾桌上的茶杯和果盘。

门一直开着，胡英子把果盘端起来，转身准备出门时，秦芸和方波浪出现在门口。

胡英子："芸姐……方伯伯。"

秦芸看着屋内的一切。

桌上的茶杯和桌边上的椅子模样，很快明白了。

桌边的胡英子穿着天青色的衣裙，端着大盘子，还真有点戏曲人物的味道，方波浪看着她，抿嘴而笑，看上去倒像在欣赏。

秦芸的脸色慢慢地放了下来。

胡英子有点害怕了，她放下果盘，走到门口："芸姐……"

秦芸摆摆手："……他们都走了？"

胡英子点点头："哦，小洁在楼上睡觉呢，刚才在说东海航空看上她什么的，她突然哭了起来，大家才知道了她的'猪哥哥'失踪的事儿，她昨晚一夜未睡，我让她在楼上休息了。"

秦芸："哦，我知道。我问你呢，他们都走了？"

胡英子看看秦芸，也看看秦芸身后的方波浪，只是颔首相应。

方波浪：“秦芸，你看，这说起林小洁在休息，我更想睡了。我在飞机上也一夜未睡呢，我先回了？”

秦芸：“……好吧，我送你。”

胡英子：“那，方伯伯，再见。”

温馨小酒馆门口，秦芸和方波浪走出来，恰好碰见小个子机械师走了进来。

小个子机械师：“哟，秦芸乘务长，对不起，晚了几步，家里一时走不开。”

秦芸：“呵呵，不晚不晚。”

擦肩而过，小个子机械师突然感觉有点异样，回头看方波浪的背影。

方波浪和秦芸向着巷口慢慢走去。

方波浪：“是不是有压力？”

秦芸：“倒是有准备的，只是没想到来得这么快。”

方波浪：“《长生殿》里有句话……”

秦芸：“嗨，我就不用你来劝解了吧，快回去休息吧！休息好喽，有你花精力的事儿呢。”

方波浪：“我有信心。”

秦芸：“那就……同事的事儿我自己解决，老师的事儿由你解决。”

方波浪稍微怔了一下，旋即笑了。

说话间，他们已来到了巷口，站在晚霞里的这一对忘年恋握手分别。

夕阳下的大街。

方波浪驾着车，神情肃穆。仿佛，真正的人生现在才开始。

航空城的街道。

白色马自达前行着，仿佛，前行着的是新的人生。

秦芸开车，进到了宿舍区。

秦芸推门进了和胡英子合住的房间，她还没有关门，就打开手机，给胡英子发短信：“我也先回了。你不着急，慢慢谈，祝你顺利。”

然后，她一屁股坐在沙发上，她没有倦意，看看四周，脸上还有一种迎战新生活的亢奋。

胡英子看完了手机上的短信，抬起头来。

小个子机械师放下了筷子：“你看，就我一个人，你何必准备那么多菜！”

胡英子：“本来就是为你准备的，晚上的聚会本来是芸姐临时定的，后来又临时撤了。我是昨天约你的吧。”

小个子机械师：“我都快吃饱了……英子，你刚才说的我都听明白了，你说得客气了。我只是看你有困难，有办法就帮帮你，我也确实很喜欢帮帮你。我虽然去了东海航空，有空我还是可以腾出手来的。”

胡英子：“我就是要你断了老是挂念着我的担心，我知道你对我晚上回宿舍的路上特别不放心，现在你也不必担心，我这两天就去买车了，你知道的，其实我在老家就会开车了。”

小个子机械师：“是应该有个车了。”

胡英子：“一个人接受别人的帮助，还是很愉快的事情，你也有困难，大家要帮助你，你也不要……”

小个子机械师：“我倒没有看出你的愉快哟。”

胡英子：“哪里！我不太会笑，但你们的‘爱你的人’都让我幸福得晕了。”

这一会儿，小个子机械师一个人看着她的笑，神色的深处，有着很复杂的内容。

生活往往就是这样。

温馨小酒馆楼上，手机铃声响起。

林小洁睁开眼，一看手机的来电显示，从床上跳了起来，她本来就是和衣而睡，现在是站在床前打电话了：“喂，你好！崔啸啊，我在航空城这里呢……不方便吧，对，你可以到我现在的地方来，真有重大情况啊？那好，我告诉你地址……”

温馨小酒馆走廊上，胡英子和小个子机械师走出来，在电动轮椅的纸箱前停下了：“就是这，来，我和你一起抬。”

小个子机械师：“英子，孩子还小，你何必花这个大价钱。”

胡英子：“也快了，等要用了，也轮不到我来买了。”

小个子机械师：“好吧，让我和我的孩子都记住你这个阿姨，来，我背上就是了。”

胡英子：“不不，我和你一起抬。”

小个子机械师：“你给我托一把，就行了……对，来吧。”

他扛着大纸箱，走向门口。

浓重的暮色里，小个子机械师就这样扛着，往小巷外走去。

他身后的门楼前，胡英子站着，在挥手。慢慢地，越来越远。

小个子机械师还这样扛着，一路走出来。

小巷旁的照明灯突然亮了。

继续往外走着的扛着大箱子的小个子机械师，步子略有踉跄。他扛着，走着，他的眼睛直视前方，有泪光泛起。

每当这样的时候，似乎总有佛拉门戈的歌手在远方歌唱。

到了停车处，小个子机械师把电动轮椅的纸箱放到了后座，他知道，这个东西安装起来，就是一个平稳的世界。

他坐上驾驶座离去，在远方歌唱的佛拉门戈的歌手的声音也渐渐离去。

小个子机械师目视前方，驾车前行。

他的车旁，是车的彩色河流。

小个子机械师的脸上，有异常的坚毅。

他的眼睛里，泪水终于滚落。

很大的泪珠，大颗大颗地落在方向盘上。

佛拉门戈的音乐也砸在方向盘上，异常强烈。

温馨小酒馆前间，林小洁奔了进来：“咦，他们人呢？”

胡英子也进来了：“都走了，看你睡得好，我没有叫醒你。小洁，你不要太苦了自己，身体要当心。”

林小洁：“没事儿的。刚才崔啸的电话把我吵醒了，他等会儿会来这里。”

胡英子：“噢，有情况？”

林小洁：“有可能，等他来吧。他让我去他那儿，我总觉得不太合适。”

胡英子：“……也是。”

李云川趴在自己工作室的大沙发上，在电脑上寻觅着。

张莹莹也趴在那儿，半个身子几乎压在李云川的身上。她也紧紧地盯住电脑的屏幕。

李云川用自己的手臂反圈过去，在张莹莹的脸上摸索。

张莹莹把李云川的手抓起来，搁在自己的下颏儿：“注意力集中，把这个‘猪哥哥’找出来。”

李云川：“他的‘城市阳台’的项目消息公布以后，就再也没有东西了，他有别的网名吗？”

张莹莹：“不知道。”

李云川：“他有工作实体没有？”

张莹莹：“我也不知道，下午突然知道林小洁的男朋友又一次失踪，我就赶过来了。和林小洁也没有沟通过，对了，现在她该起来了，我打电话去。”

李云川还在网上搜索，他在搜索引擎上点了“园艺师”。

张莹莹从沙发上，也可以说从李云川的身上下来，给林小洁拨电话。

林小洁接上了张莹莹的电话：“……莹莹，嗨，把你们弄忙乎了，我很难确定原因，他最后见我的时候，就在芸姐这里，他应该明白真相了……不知道……啊，我还在‘温馨’呢，不好意思，刚起来。大家都走了，芸姐也回去了。啊，你过来，你们过来……”

胡英子在一旁坐着：“好啊，好啊，叫她来，来！”

林小洁：“啊，你的新朋友？”

张莹莹冲着李云川眯着眼笑：“……是呵，我的新朋友，你们的老熟人，来了你就知道了，我不是带他这个人哟，我是为你带去高科技的寻人路径。好，待会儿见。”

李云川已经换好了衣服：“啊，这样的，我可不要什么高科技低科技的，我只要你这个人。”

张莹莹：“哟嗬，生气啦，小洁的男朋友二度失踪，我们都为她急呢，我说我带男朋友了，显摆啊！你说合适吗？”

李云川：“反正我要你这个人。”

说完他在张莹莹脸上啄了一口。

两人出门。

夜的巷口，崔啸从停车场走过来，林小洁接上了他。

林小洁：“辛苦你了。就在里面，你见过的胡英子的妈妈在这里有个店，我们常来。”

崔啸：“噢，是这样。”

说话间，银灰色的帕萨特也在停车场上出现，张莹莹和李云川走过来。

林小洁看清了，有点发愣。

温馨小酒馆厨房里，胡英子在帮着收拾。

外面传来林小洁的喊声：“英子，他们来啦。”

胡英子：“哦，知道啦。”

婆婆交给她五杯五谷茶，胡英子端着走来。

胡英子端茶进入前间，也有点傻了：“咦，这不是芸姐的……”

李云川：“哦，我叫李云川。”

李云川：“看来我的出现，大家都有点奇怪，今天不是合适的时候，以后有机会，我和大家说我和张莹莹网恋的故事。”

张莹莹：“李云川，你的故事命名不准确。今天不说这个了，把你的建议和小洁说说。”

李云川："我想得到朱运良的所有资料。"

崔啸："这个容易，我这里有全套的。先听我的发现吧，我找到了最接近朱运良的两个男人……"

胡英子："大家先喝口茶吧！慢慢讲，这事儿太重要了。我给大家准备夜宵去。"

林小洁："崔啸，你说，什么人？"

崔啸："他们是朱运良'城市阳台园艺设计'的合伙人，我通过'城市阳台'的链接找到的，并且发现他们已有记载的最近记录，是'城市阳台'竞标成功以后在 KTV 举办的小型庆功会。另外，他们三人在这个方案的创意阶段，一起去过浙江杭州，参观过杭州的'城市阳台'建设，就说在国内是唯一的。在浙江期间，由于朱运良的提议，他们还去过普陀山和雁荡山。"

林小洁："我们小时候去过那里……这些，与现在找到他，有关吗？"

崔啸："当然，人在焦虑之中智慧往往突然闭塞啊。我现在的判断是，这是重要的阿里巴巴之门。而且，我还联系上了这两个人，但是，他们在电话上说，不愿意见我，也不愿意谈论朱运良。"

张莹莹拉住林小洁的手："小洁，有戏。"

林小洁："被你说得这么神神道道的，我好害怕。"

李云川："这些线索很重要，我们可以综合分析。林小洁，你沉住气，我们大家帮你呢！这位小伙子有脑子，你再说下去。"

崔啸："小姐姐……哦，大家不要奇怪，她是我的救命恩人，我一直这样叫的……我想问，朱运良的这两个合伙人，你认识吗？或者说，他们知道你和朱运良的关系吗？"

林小洁："按运良的个性，他们应该知道。我们重逢以后，运良是到处带着我亮相的。那两个人，也许我见到过。"

崔啸："好，我给出的建议是，你必须亲自见这两个人，一定会有更重大的发现。给，这是他们两人的电话。"

李云川和张莹莹对视一眼，颇为赞同。

林小洁也默默点头，看着纸上的电话号码。

李云川："崔啸，你提到他们去浙江，好像没有提到别的地方，普陀山、雁荡山，朱运良对佛教的名山大川特别感兴趣？”

崔啸：“你的思维和我的合上了，历史上佛教和园艺也有深厚的渊源。但是现在没有新的线索。”

李云川：“这样吧，明天他们要飞国内。我们俩找个地方，把所有的信息综合一下，会出新的成果。”

崔啸：“你是谁？”

林小洁：“哦，忙着说事儿，都忘了介绍了，他是张莹莹的……”

张莹莹：“我的男朋友。”

崔啸：“哦，祝贺你！我们明天聊。”

张莹莹：“小洁，你们俩过去的童话故事，我很感动，也满心希望你们能够真正享受爱情。现在的意外，也许马上会柳暗花明，你要挺住。我们大家在帮你呢。”

林小洁的眼眶又潮湿了：“这两个人，我要马上见到他们。”

这两个人在隧道咖啡厅出现了。

果然是林小洁在园艺展示厅见过的两个男人，其中一个还扎着小辫子。

他们很认真地坐在林小洁的面前。

整个咖啡厅有着强烈的乡村风格。

小辫子：“对不起，我们挺喜欢这里，这是我们和运良设计的。”

林小洁的神情有所放松，也许这里也有朱运良的气息。

小辫子：“这么晚了，你一定要见我们，我们马上想到了怎么回事。林小洁小姐，运良把你们的事告诉过我们，我们非常尊敬你。”

边上的男人不修边幅，他一直没有说话，神情倒有些飘忽。林小洁看了他一眼，感觉到了这个男人的飘忽，有些可疑。

深夜的车灯灯光扫过来，看得见两辆小车的前座上，坐着担忧和焦急的胡英子和崔啸，张莹莹和李云川。

边上的真正的隧道里，深夜才能通过的大货车隆隆地前行着。它们的车灯像探照灯似的。

一辆车内，张莹莹问李云川："喝咖啡该是清静的地方，怎么在这里有一个中不中、洋不洋的咖啡厅？"

李云川："恐怕是'90后'的聚集地了，玩儿酷。"

张莹莹："小洁'猪哥哥'的这两个朋友，一定很时髦。"

另一辆车内，胡英子在和崔啸说："你找他们无计可施，小洁一个电话，这么晚了，他们照样老老实实地来了。"

崔啸："美女呗。"

胡英子："去你的，肯定是'猪哥哥'的童话公主震到了他们。"

崔啸："那还是美女的意思。"

胡英子："是美女的心灵美感动他们了。"

崔啸："这我百分百赞同，我已经被感动一千次了。"

胡英子打趣了："你也够感动人的，在巴塞罗那……"

崔啸："打住，我可没想感动你。"

胡英子大声笑起来。今夜，她有些异样，也许和小个子机械师的告别谈话比较顺利，也许和石智明的接触让她感觉良好。按她过去比较内向的性格，表现得的确有点异样。

隧道咖啡厅的对话继续进行着。

小辫子："我们的最后一次，不不，不能这么讲，我们还会见面的，这是这次分手前的最后一次，是他邀我们喝酒。他很闷，我们问他，他什么也不说，后来我们又邀他去唱歌……那天以后，我们就再也没有见过面了，我们找他，也再也找不到了。"

林小洁："你说的日期肯定没错？"

小辫子："肯定不错，因为那天有一件对我们仨来说是至关重要的大事，我们的'城市阳台园艺设计'成功了。可是就这，那天也无法让运良高兴起来。"

林小洁几乎是哭音："……都怪我，应该和他交代清楚的，嗐，就缺了一个深入的沟通。都是我不好。运良运良，你究竟在哪啊？"

小辫子："林小洁小姐，你自己多保重，有什么困难，告诉我们，运良暂时不在，我们可以帮你做的，你尽管说。"

林小洁又去看小辫子身旁的男人，这一会儿这个男人的眼神真的有点忽闪了。

林小洁：“按说第二天运良应该是完完全全清楚了事情的原委，但他为什么当天晚上失踪了呢？我说你呀，他都说了半天了，你怎么一声不吭呢？”

这个男人：“哦，有一个细节，那天晚上的第二天一早，我接到过朱运良的电话，他责问我，为什么把他留在了酒店。可那天晚上，他实在是醉得太厉害了。”

小辫子：“这个电话你没有跟我说过嘛。”

这个男人只是瞟了一眼，没有说话。

林小洁有点疑惑。

小辫子倒是直截了当，一拳砸在他的肩上：“……你小子，是不是那天干了什么？”

这个男人支支吾吾间，林小洁站了起来：“好，谢谢你们了。我走了，如果有消息，尽快通知我……不用送，外面有朋友送我。再见。”

她转身走来，远远地，她身后的小辫子又砸了那个男人一拳。

那个男人纹丝不动。

停车场这边，几个人一起下来，迎上了林小洁。

晚风的吹送中，林小洁很清楚地和大家说了一段话：“让你们辛苦了。人还是没有线索，不过我明了了一些事儿，我想，有些还需要我的努力。就这样吧，大家请回吧。”

在场的人可能谁也没有听清楚，只有李云川仍然大声地：“崔啸，我们不管那么多了，找时间理我们的思路，走。”

远处的咖啡厅门口，有两个男人的身影。

咖啡厅的灯光熄了，两个身影还是纹丝不动。

林小洁静静地步入朱运良的宿舍。

她没有开灯，坐了下来。

窗纱很透，夜光里的美女显得很清冷。

她打开手机，找到了朱运良失踪之夜的那一条短信。

屏幕上的文字再度出现："小洁，你们该结束了吧。在你看这短信的时候，我已离开这座城市，我配不上你的神圣的爱，我远走他乡了。你不用来找我，这个手机我也不用了。我的'城市阳台'方案已被采纳，我也不参与具体的建设了。房子的租金我已付了一个季度，你把它退了吧，钥匙在房门的上沿右侧。别了，小洁。我爱你，但我已配不上你，愿你得到你的快乐。"

林小洁站起，打开了落地台灯，走到窗前，移开纱窗，望着夜空。

她又重回沙发，想了想，就在刚才的短信上点了"回复"："什么叫'神圣的爱'，什么叫'我配不上你'？不管发生什么事，我们的爱永远神圣，我们俩永远相配。快回来吧，运良，我已经撑不住了，快点回来吧。"

她大概也觉得这可能是个无人接收的短信，很无助地把手机往沙发扶手上一摆，一声长叹。

但她还是支起了身子，在手机的屏幕上点了"发送"。

胡英子也回宿舍了，她轻轻地打开门。

客厅的灯亮着，秦芸从凳子上站起来："英子，你回来了。"

胡英子注意着秦芸的脸色："哟，芸姐，这么晚了，你还不睡啊？"

秦芸："呵，睡不着，等你回来，聊几句就睡。明天要起飞。"

胡英子已经把自己的包放在桌子上，也在凳子上坐下，又小心翼翼地看了看秦芸。

秦芸："晚上又出去了？"

胡英子："嗯，小洁的事我们今天才知道，大家挺为她着急的，一起在努力。莹莹把她刚认识的男朋友也带来了，是电脑专家，想在电脑上搞'人肉搜索'，找小洁的'猪哥哥'呢。"

秦芸："这件事是有点蹊跷，大家帮帮她，想想办法，要注意让小洁保有信心。"

胡英子："我也这么想。"

秦芸："你说张莹莹带来了他的男朋友，是电脑专家？"

胡英子："是。"

秦芸："搞软件的吧？"

胡英子："差不多吧。"

秦芸："哦，那就是李云川了。"

胡英子："是，你知道啦，我还不敢说呢！大伙儿也认识他，过去戴露还开他玩笑，他要不改改油腔滑调，没有人做我们芸姐的妯娌呢。"

秦芸看了一眼胡英子。

胡英子意识到："哦，对不起，不过今天看他是很聪明，鬼精灵鬼精灵的。"

秦芸："他是不错的，和莹莹会处好的。"

胡英子点点头，又看看秦芸，似乎在问：就这些？

秦芸："嗨，英子啊，今天中午你见了，你有什么看法吗？为什么会那么冷淡？听说你们上午在什么时装公司，谈得不是很好吗？"

胡英子："哦，不是对他冷淡，太突然了，我……我觉得芸姐应该有一个更……更优秀的男人。"

秦芸淡淡一笑："你们还不了解他，怎么就知道他不优秀呢？"

胡英子："不，不是说他不优秀，方伯伯很有水平的，可是有些条件，是硬……硬条件……"

秦芸又淡淡地笑："你无非是说年龄嘛。"

胡英子紧着点头。

秦芸："嗨，一时半会儿说不清楚了，不过，你以后不要叫他伯伯、伯伯的，还真的显老了。叫方老师就行了。那晚上我的邀请，大家为什么集体造了反？"

胡英子："没那么严重吧，大家看你身边突然出现了一个……他，大家有点不习惯。"

秦芸："他们都反对？"

胡英子："好像……是。"

秦芸的脸上突然升腾起莫名的悲伤。

第二十五章

秦芸乘务组又一次执勤上岗，看上去个个神清气爽。

她们都在自己的值机岗位上，正准备迎接客人。

秦芸带着林小洁从经济舱往头等舱走过来，一路上和自己乘务组的成员用眼睛打着招呼，在她和张莹莹、戴露、胡英子的招呼中，可以看到对方不易察觉的闪避，秦芸明白她们的内心活动，笑容里带着淡淡的问候，也感觉得到对这些闪避的回答。秦芸笑得很平和，同林小洁一起走到了头等舱的准备间，她又看看林小洁，林小洁静静一笑，与往日的执勤上岗并无二致。

秦芸满意地笑了，她很想对姐妹们有个表达，不由得拿起了广播的话筒："姐妹们，在客人到来之前，我想对大家说几句。我们空姐这个职业，有人叫青春饭，我并不欣赏这个说法，但是我承认。我甚至觉得这正是我们的价值所在。因此，我们要把最美的青春贡献给机舱，贡献给客人，贡献给国家的航空事业。除了我之外，大家都二十多岁，青春年华的美妙用美丽、美好这些字眼儿都说不尽。大家也会对自己的情感生活特别敏感，也包括我在内。我们都是有足够的能力去赢得生活的人。我们组的姐妹很珍惜自己的情感，一段时间来，大家一定真真切切地感受到了，有波折，也有幸福。我们有些姐妹，还帮助别人去实现珍惜情感的愿望，我真的很受感动，也很为大家骄傲。好好地珍惜属于你的难得的情感吧，我祝福大家。今天一大早，我在这里发表这么一通话，相信大家一定不会认为我是无厘头。最后请大家和我一起在心里重复姬水娟政委的嘱咐：只带着纯净的空气上天。"

秦芸这么讲着的时候，机舱里静极了，胡英子、张莹莹、林小洁和戴露她们更是露出各自的丰富表情。胡英子和林小洁，张莹莹和戴露还不时地交换会意的神情。秦芸的声音有时候出现一些颤音，这让她们更有所触动，谁都知道了她们的乘务长心里真正的东西，似乎还听见了佛拉门戈音乐中最为柔软的部分。

秦芸结束讲话的时候，整个机舱里响起了掌声。

机舱门打开了，客人们开始登机，长排的航空椅上有柔柔的光亮。

石智明时装视觉展示厅，凳子上闪着清冷的光。

门也被打开了，方波浪和石智明走了进来。

石智明没有开灯，去拉开了窗帘，从窗口斜射进来的晨光，使得屋内显得温和安详。

石智明："昨天本来是要好好听你意见的，结果换了主题，这个江天芳就做了这一件有价值的事情。"

方波浪："昨天见的胡英子，你对她的判断是对的。老弟是不是把自己的专属模特和专属爱人也一起判断进去了？"

石智明："我知道逃不过你的眼睛，不过，这个是双方的。我对她还什么都不了解。开始努力吧。"

方波浪："她的情况我倒是还比较了解，她在飞机上给我挡过一次嘛。今天我们讨论你的方案，从这个专属模特身上，我还就传统和时尚又有了一些新的想法。其实对我们每一个人来说，都有一个传统和时尚统一和不统一的切身体验。"

石智明："看来你一定有遭遇。近段时间来，你发表一些意见，总是往人生啊、经历啊、情感啊、体验啊引过来，你在考虑，你也在经历，还不……如实招来？"

方波浪："哪里腾出时间了，昨天回去睡了一大觉，醒来了又睡不着，这一会儿昏昏沉沉倒又想睡了。"

石智明："哈哈，这是典型的恋爱综合征。"

方波浪："那是你们小青年的毛病。"

石智明："哎哎，这个恋爱起来的毛病，可是不分年龄的。我看你啊，很难爱上一个人，一旦爱上了，你会发疯的。"

方波浪："话说得不太中听，倒是正经话。爱是不分年龄的。也怪了，智明，我们俩怎么都绕着空姐跑？”

石智明：“你说，怎么叫绕着空姐跑？”

方波浪：“你说会让我发疯的人，就是胡英子的乘务长秦芸，你见过，在地中海公园。”

石智明：“哦，就是那个温文尔雅的女人？”

方波浪点点头。

石智明：“好啊，你在飞机上做了多少文章，你是不是故意在飞机上遇个险什么的？我怎么从来没有遇到过。”

方波浪：“胡说，你倒是去遇遇看。”

石智明：“好，那你快说下去。”

方波浪：“是说秦芸，还是胡英子？”

石智明：“都要说，都要说，我让他们煮咖啡去。”

石智明跑进了自己的办公室。

方波浪看着他，脸上浮起一片阴云。

在郊外别墅，江天芳准备好了自己的行李箱。

她的母亲端着茶杯走到女儿的身旁：“都好啦？”

江天芳：“哟。姆妈，把我吓一跳，你起来啦？”

江母：“要走得这么早呵，你过去以后，都是集体活动了，还是要注意集体纪律。”

江天芳：“姆妈，你太劳心了，我知道的。”

江母：“你走后，我就在这里看你的电视啦，他会不会来找我们呵？”

江天芳：“不会啦，姆妈。我还要跟你说几遍呢，石智明明明白白告诉我了，这幢别墅就是我的了，你又不是不知道，当初不就是你要我坚持把户主写成我的名字的。”

江母：“……唉，不就是有点不太相信嘛。好，听你的。”

江天芳：“姆妈，是我听你的。”

江母：“是呵，听我的没错吧。你把那个保姆也辞了吧，我现在也不需要人服侍，省点钱吧。”

江天芳：“已经办了。”

江母："哦，女儿有出息了，还是挺会安排的。你倒没有想想就留个人在这里，也照顾照顾姆妈？"

江天芳："我还不知道姆妈呀？给你留了，你也会退的。"

江母："这倒也是真的。"

外面院子里，有轿车驶近的声音。

江天芳："姆妈，有人来接我了，你就不要出来了，以后条件成熟了，我再让你们见面吧。"

姆妈："……好，也好，那你自己要多多注意啦。"

江天芳："好嘞，放心吧！"

江母转身从楼梯跑上了二楼，又冲到阳台前，往下看着。

院子里，穆罕默德·贝尔勒走下车子，把江天芳的行李放到了车里。

然后，他看着江天芳坐上了车，自己再绕到前面，上了驾驶座。

一辆超大型的荷色轿车驶去。

楼上的江母不免惊讶："……哇，是老外……"

她又去看看窗外，远处的弯路尽头，车的影子刚好消失在一片云水之间。

江母走向卧室，隐隐约约听见屋内有窸窸窣窣的声音，她有点紧张，蹑手蹑脚地走到卧室门边，仔细地听听里面，确信屋内没有声音时，她才推开门。

一声更响的"嗖"的声音，着实把江母吓了一跳，她扶住门框，定睛看去，才看见是一只大鸟飞出了窗，也消失在云水之间。

江母落寞地跌坐在沙发里，一向精明的脸上有些恍惚。

石智明很有意味地笑着，老朋友的聊天，也是聊天如戏，戏如聊天。

方波浪："你也不用笑我，我应该说是有准备的。我明白，一个人有一个人的生活方式，一代人有一代人的生活方式，不过我坚信，人类的情感生活，任何人，任何性别，任何种族，任何时代，任何社会，一定有一种共同的东西，是可以被大家共同接受的。为什么汤显祖的"情不知所起，一往而深"，柳永的"衣带渐宽终不悔，为伊消得人憔悴"会被人们一再地提起。我和秦芸并没有隔代的感觉，她应该也承受得了，只是风浪好大，好像她周围的人基本都不理解，包括她最要好的朋友，我真怕难为了她。”

石智明：“你的认知是有道理的，但是人又是生活在环境中的，环境有时候会强迫人，改变人，诱惑人，江天芳就是这样的。”

方波浪：“人本身的各种修养所形成的趣味，还是会让自己站稳脚跟的。”

石智明：“是呵，尽管江天芳有了变化，我还是相信自己的第一感觉。你这段时间的返老还童，我就有感觉，被我察觉了吧。你说的秦芸，虽然我没有更多的了解，但凭第一感觉，你们能成。”

方波浪：“借你的吉言，不过还是怕伤了她。”

石智明：“你该关心关心我了。你说起秦芸，有那么多的内容啊。”

方波浪：“嗨，要说胡英子，也简单，更丰富的只有你自己去了解。我告诉你两件事，第一，她结过婚……”

石智明：“什么，结过婚？”

方波浪：“我是很平静地告诉你的，需要这么惊讶吗？”

石智明：“是是，说下去啊。”

方波浪：“胡英子的先生在婚后十多天，因车祸离去。她到玫瑰航空做了空姐以后，把公公婆婆也带来了这里，给公公治病，给婆婆找了工作。后来公公病亡，她和婆婆在一起生活。很多人把她们当成了母女俩。”

石智明脱口而出：“……好人哪。”

方波浪：“是个好女人，我一开始就这样告诉你。”

石智明：“……真遗憾，这个小英子。”

方波浪很认真地看着他，这位好朋友他是了解的，但是他也把握不了在明白全部情况以后，他会怎么办。

石智明的表情，可以说有着巨大的悲悯，也很容易被看成是一种巨大的失望。方波浪看着他，一时也无从判断。

石智明：“结束了……今天结束了，我们不谈我的创意了。”

石智明站起来，顾自走向办公室。

方波浪望着他的背影，也悄悄站起，他感觉到了由他的背影牵出来的佛拉门戈音乐的一咏三叹。

温馨小酒馆厨房里，胡英子的婆婆在洗菜，顾师傅走了进来。

婆婆："哟，顾师傅，你又来啦？又想我做的臊子面啦？"

顾师傅笑得不是很自然："是，是……也不是的。"

婆婆注意地看看顾师傅，发现了这个好心的餐饮老板的异样。

顾师傅还一个劲地往里走去，婆婆也快步跟了进去，边上的两个帮工瞧了瞧他们。

两个老人进了温馨小酒馆库房，这里原来是顾师傅的账房，他熟门熟路地坐到了一把古色古香的靠背椅上，婆婆把一杯热茶放到他的身前。

顾师傅："你也坐吧，歇会儿，我也和你商量一个事儿。"

婆婆觉得有点异样，不过还是坐了下来。

顾师傅："近来都好吧？"

婆婆："好啊，生意还过得去，最近机场的一些人也喜欢我们山西的口味儿，一群群地过来，有时都不够用了，哦，我说的是座位呀。"

顾师傅："不是这些啦，你在这里，我放心。你，还好吧？"

婆婆："……噢，这个……很好呀，托你的福，都稳了下来，英子也满意，我们会打理好这里的，谢谢你。"

顾师傅："要谢谢你，你来了，我很放心。只是现在岁数大了，我想把我的这一块餐饮连锁分割成三块，交两个儿子各承担一块，我就集中力量管管城里的中心店。你看有没有可能把这个店关了，你就上我那里，我们一起做，大家也有个照应。英子年轻着呢，也不要让她分心了，她该有她自己的生活。你看怎样？"

婆婆："这……我没有这么想过，这……"

顾师傅："我替你想过，我看你身体好多了，也从一些变故中走出来了，以后的日子也可以有滋有味地过，小英子真是个好闺女，原来在这里打点工，想为你们贴补点家用，没想到让我认识了你。"

婆婆听出点名堂来了："……是呵，我刚说了，托你的福了。"

顾师傅："嗨，不要老这样说了，你帮了我，我们岁数差不多，我想我们可以沟通呢。你，你看你明白我的意思吗？"

婆婆其实是明白了，但一时无法回答，她看着顾师傅，神态是可以把握得住的。顾师傅有了信心，从自己的包内取出用信封装着的小盒子，交给婆婆："这样吧，你再想想，也和小英子商量商量。如果可以，你就收下这个，其余的事我去安排，我会操办得顺顺当当，让你一百个满意。"

婆婆接在手里，神情里还是有一些突然而至的恍惚。

外面有帮工的喊声，顾师傅站起来："要忙中午了，我先走了，我其实早一阵就想和你说说我的心里话，几次晚上来，英子也在，在小辈面前不好意思说，这是我们老辈的大事，我们自己做主吧。"

说得再明白不过了，顾师傅猛地拉住婆婆的手，使劲地摇了几下，然后放开，转身大步走去。

婆婆望着消失在走廊尽头的这个实实在在的男人的背影，不知为什么，脸上竟有着一种突然而至的悲怆。

方波浪从门外悄悄步入石智明的时装工作室。

石智明在自己硕大的办公桌前，几乎仰躺在硕大的转椅上，闭目沉思，手搁在自己的额头。

方波浪已步至他的身旁，近距离俯看石智明的面孔。

石智明突然睁开眼："干吗，吓我呀？"

方波浪："我吓到你了，还是我说的吓到你了？"

石智明又从椅子上蹿起："你才吓到了呢！我只是想不通，太残酷了，哪叫苍天有眼呵，瞎了，全瞎了。"

方波浪："这不还是给吓到了吗，老兄还在乎什么处……"

石智明："什么处不处的，你才是处呢！不跟你这老朽捣鼓了，你快去喝，这咖啡是给你煮的，你给我喝下去。"

方波浪："我干吗喝？没心情，我找个空姐，很多事让我猝不及防，艰难险阻不知道又从哪里冒出来，你倒是也发现了一个值得倾心的人，可你又这个样子……爱情就与我们无关了？"

石智明："你给我住嘴，你的嘴现在只有一个功能，就是把这杯咖啡给我喝下去！"

方波浪："我真的要喝了，再不喝一点咖啡，这脑子要给你搅浑了。"

他端杯像喝酒似的将杯中咖啡一饮而尽。

石智明："清醒了吧！这么残酷的事情发生了，你一点也不同情，你也太残酷了。"

方波浪："你越是这样，我越不同情你，我干吗同情你，我为什么同情你？"

石智明："我干吗要你同情，我为什么要你同情？你给我走，你好走了，让我清静清静。"

方波浪："好吧，有一句话，风口浪尖见真心，你呀，也就这样了。我告诉你，品格最终会决定你的一切。再见，不，不跟你再见了。"

方波浪说完大步向门口走去。

石智明："……回来，你给我回来！"

方波浪站住，慢慢回过身，竟双眼盈泪。

石智明看见了，他应该明白这位老朋友的心底世界，他走上前去，双手拍在方波浪的肩上，还没开口，已经泣不成声。

石智明："……你真忍心离我而去呵，你看着我忍受痛苦甩手而去，你还算是我的至交吗……你想想，这老天怎么不长眼睛，让这么一个清纯娟秀的小英子去经受这么大的苦难。一个乡村里长大的教师的女孩，一个在县剧团醉心戏曲的花旦，才结婚十来天呀，她那时候经历的是什么样的日子呵……认公公婆婆为亲爹亲娘，漂漂亮亮的空姐到厨房里去做下手，怎么可以让她这么苦……不公，太不公了。"说着，竟一拳砸在了设计桌上。

方波浪很欣赏也很佩服地看着自己的朋友。

石智明："好了，你可以走了。这件事你也不用管了，我知道我该怎么做了。"

方波浪："你是性情中人，也不能性情得让人丈二和尚摸不着头脑。我知道了，其实我看你对胡英子动了心，就知道她的过去应该不会成为你的障碍。"

石智明："障什么碍！我应该迅速扫除生活带给她的阴霾。"

"你会有办法的，我相信。"方波浪重又坐下来，叹一声，"唉，清除历史留下来的苦难容易，解决现实生活中的困惑反而更难呵！智明，你说是不是？"

石智明："我前面已经说过，你或者说你们，有足够的智慧。"

方波浪："今天你的表现，很好地教育了我。杜拉斯说过，爱，就是人类极度疲乏极度恐慌时产生的英雄的力量。太对了。如果因为爱一个人而让一个人为难，那就消除了爱，也就消除了为难，这也是一种形式的英雄吧。"

石智明："错，爱本身就能消除为难，失去了爱的一切努力都是与爱本身相违背的。"

真正的振聋发聩。方波浪猛一抬头，双眼又饱含泪水。

劳斯莱斯车内，坐着充满期待的石智明。

车窗外，显然是机场外的坡形车道。

机场接机大堂里，秦芸乘务组又如一道风景，斜穿过熙熙攘攘的接机人群。

这是归航，她们照样神清气爽。

航空公司的大巴停在门口。

后面不远处，停着黑色的劳斯莱斯。

秦芸乘务组一行走出门来，依次上车，玲珑的腿和精致的航空箱一起跃上车门口的阶梯。

劳斯莱斯车旁，石智明站在那里。

一行空姐中，胡英子出现了，制服形象的胡英子，石智明是生疏的，却让他觉得有一种说不尽的俊秀。

空姐们在上车，完全是刹那间的灵光一闪，也像是某个方向的神灵一现，胡英子就这么神使鬼差般地朝石智明站立的方向看了一眼，她愣住了。紧接着，没有石智明的召唤，她却几乎不由自主地朝这一边跑来。

她后面的林小洁和秦芸看见了，一时有些不解。

石智明含笑迎上胡英子。

胡英子："是你，你怎么来这儿？接人吗？"

石智明："接你。"

胡英子："骗人，你怎么知道我这时候回来？"

石智明："你昨天告诉我的。"

胡英子已经清醒过来："哦，那我得回大院，上面不允许穿制服上街的。"

石智明："好啊，我跟过去。"

这边的大巴，排在最后的秦芸一步跨了上去。

胡英子快步赶过来，也跳了上去。

大巴启动，驶去。

机场高架上，航空公司的大巴行驶着。

在大巴的后面，劳斯莱斯行驶着。

大巴驶上坡道，劳斯莱斯也驶上坡道。

大巴内，秦芸和胡英子、张莹莹、林小洁、戴露正好坐在后两排，胡英子从后窗收回视线。

秦芸也看了一眼，然后冲着胡英子笑，笑得很善意也很有鼓励的意味。好像什么也没有开始嘛，胡英子不明白自己为什么脸颊飞红，她想笑笑，结果在笑中透出了羞涩。

林小洁坐在胡英子身旁，她拉住了胡英子的手，手掌也一定传递了善意、鼓励还有祝福的意思。不过当她再一次地回头看车后的劳斯莱斯，脸上又浮起了一层阴云。显然，她想到了自己和这差不多的遭遇。

坐在她们前一排的戴露和张莹莹上车时并没有注意到这一幕，只顾着低声聊天了。

戴露："莹莹，什么时候你把你的那个'云上河流'叫上，我们聚聚。"

张莹莹："好啊。"

戴露："唉，要不把芸姐也叫上？你们做不了亲戚，不过她的这位前小叔子是蛮可乐的，老想往我们这里挤，油腔滑调的。现在明白了，为了你这个大美人呵。"

张莹莹不想接这种在她看来不够有趣味的话茬，她很平淡地："不开这种玩笑吧，戴露，在我们俩之间，涉及情感的话题都要说得认真一点为好。"

戴露回答得颇有意思："我们俩的区别就是在于你太认真，我呢，不认真。嘻嘻。"

张莹莹还是平淡地"嗯"了一声。

黑色劳斯莱斯，石智明驾车跟行。

他的脸上很兴奋。

航空公司的大巴和黑色劳斯莱斯先后驶下坡道。

坡道的前方绿树葱郁。

航空公司大院，姬水娟从办公楼出来，走到院子里。

有人过来招呼："姬政委，忙呵。"

姬水娟："有一个组回来，接一下，嘿嘿。"

这时，航空公司的大巴驶进了大院。

秦芸乘务组依次而下，胡英子下车时恰好看到黑色劳斯莱斯驶进大院，在停车场停下。她没有犹豫什么，赶紧快步向楼内走去。

秦芸最后走了下来，姬水娟招呼了她："上你办公室坐一下吧。"

秦芸在办公室坐下来："一回来，就找我呀？"

姬水娟："为你的事焦心呢！空姐的感情问题我想本来就不用我再多管了，没想到还要第二次来管你，还真的是从来没想过。"

秦芸："我也这样想，本也不想再让你为我操心了，可偏偏遇到的是方波浪，我必须征求你的意见。你还没有找到他？"

姬水娟："昨天几次电话都没有联系到他，我想也算了吧，你都那么认他了，我还有什么话说。我不明白，他什么地方吸引了你？"

秦芸："我都已经说了，一种心气上的吸引，情感上的呼应，我说不准一个准确的概念。和云亭的冷战，让我多少年呵，几乎断绝了和异性的交往，放下了云亭以后，我偏偏遇到了一个这样的男人，他霸占了我心里的角角落落，我恐怕只能属于他了。"

姬水娟："秦芸，生活是实实在在的。你要跟他了，他搞那些虚无缥缈的东西，你能在其中跟着虚无缥缈吗？他现在有联合国的项目，满世界地跑，想发现什么地震的秘密，到头来也很难落地，你的职业又是在空中，老也不着家，那个家还是个家吗？”

秦芸：“姬老师，你也不用劝了，我会慎重的。我不想改变你的想法，但我要向你报告。有一点你最好不要这样讲，他的地震研究决不是虚无缥缈，这样讲他就是侮辱了他，尽管这不是你的原意。波浪是在青春年少时，还只是少体校的教练时，就亲历了大地震的残酷，是血淋淋的真实召唤了他，才放弃了本可以很顺的体育生涯。他是大善良，大慈悲呵，否则干吗奔波快三十年了。”

姬水娟：“我是替你考虑呵，看来我还是要和他见一下，我和你说过，我没有子女，我有时候是把你当作女儿看的呀。”

秦芸：“姬老师，我，我让你伤心了……”

姬水娟：“这个就别管它了。秦芸，我们都是女人，有句话我一直想问，又怕有什么忌讳。你尽管刚离了婚，可你漂亮雅致，女人味儿十足，现在的女孩子不都讲这个吗？你有这个，再加上成熟女人的味道，你就没想过方波浪的年龄吗？”

秦芸：“姬老师，我们不能再谈这件事了，否则我说出来的话真要让你不高兴的。好吗？姬老师。”

姬水娟：“……那就这样吧，我走了。”走之前，又觉得言犹未尽，再补上一句：“接下去的飞行中，还要注意带着纯净的空气上天。”

秦芸好像无法开口说话了，她又不愿意哭出来，一个劲地点头。姬水娟也似乎不能再看一眼她极为欣赏和器重的秦芸了，掉头走去。

秦芸还是坚持没有让泪水涌出来。

姬水娟快速走出楼道，向自己的办公楼走去。

她猛然间看到一个穿着明黄色衣裙的姑娘走到停车场，然后又见黑色劳斯莱斯的车上跳下一个很精神的男人，打开门，让姑娘上了车，自己又走到驾驶座前，上了车。

姬水娟定神再看，发现上车的姑娘是胡英子。

姬水娟怔了一下。

劳斯莱斯驶出大院。

姬水娟叹了一声，又回头看看秦芸办公室的窗口，然后沉重地走进自己工作的办公楼里。

秦芸还穿着一身制服，站起来准备去洗澡换衣服了，她已平静了下来，打开了门。

门前站着已经梳洗完毕的戴露和张莹莹，都带着不太自然的表情，秦芸又退回室内，让进了两位。

戴露："我们刚完，见你没来，就想着来看看你。"

秦芸："我们不在一起吗？还看什么？"

戴露："刚才我们又合计呢，芸姐，你干吗，干吗要和那个半老……哦，方先生在一起呢？"

秦芸："你直接说呵，人家就是半老头嘛。"

张莹莹："戴露，我来说。芸姐，还是要先向你道个歉，昨天一听到这个消息，我们全愣了，我们接受不了，我们很粗暴地一走了之了。现在想想，你兴致冲冲地带着方先生过来，我们给你带来多大的难堪啊。"

秦芸："不说这个了，都是自己的姐妹，我今晨上飞机破天荒地和大家广播交心，含有这个意思的。"

张莹莹："我也听出来了，不过我们眼下的真实心情还是想告诉你，供芸姐参考。"

秦芸："说吧。"

戴露："是呵，快说吧，别拉前奏了。"

张莹莹："芸姐，我们几个姐妹是把你当偶像的，你原来和李云亭冷战的时候，我们没有一个姐妹是保守的，我们恨不得让你赶紧把李云亭赶走。我们大家在议论，芸姐现在多好呵，你有比我们更多的经历，经历就是财富，你又天生精致的气质，优雅品性一枝一节都有显露。芸姐，你知道不知道，我们这些姐妹们平常老研究你的一颦一笑，老学你的一招一式，最要命的是连我们女人都认为芸姐女人味儿十足。"

戴露："就是就是，芸姐，你要是敞开了胸怀，还不迷倒一大片呵。"

张莹莹："这么说也不是要把对方贬下去，我特别地建议芸姐，你完全应当提升标准，高位操作，精品目标，终身伴侣。必须有一个与你门当户对、才貌相当的人，才能和你牵手一生。”

秦芸：“……我就不和你们论战了吧！莹莹说得对呵，‘提升标准，高位操作’之类，我就是这样在做啊。”

戴露：“芸姐，一定要这样，你看，胡英子也是结过婚的，她一落地，三下五除二就收拾完了，早早地被劳斯莱斯带走了。有劲吧！”

张莹莹又看她一眼，她觉得这位心直口快的好友总是表达得粗粗糙糙和词不达意。戴露也反盯她一眼，她觉得她才说得一语中的呢。秦芸看到了两位“玫瑰”的这个样子，脸上挂了重铅，好姐妹的如此不理解，比姬水娟的隔膜更让她遗憾。她只得吁出一口气来。

秦芸：“……那，小洁呢？”

戴露：“她的心里还不好受呢，小洁的‘猪哥哥’还是没有消息。她慢吞吞的，还在里面呢，恐怕就她一个人了。”

张莹莹：“刚才大家想统一意见劝你的时候，她倒是支持你的。”

秦芸一震：“哦！她也知道了。”

张莹莹：“今天的更衣室里，议论的主题就是芸姐的事儿，小洁好像才知道，看来她是你最彻底的支持者，你所做的一切在她看来全是对的。”

戴露：“小洁有时候比我还简单，你看她说的，芸姐要的是和爱有关的东西，你们讲这讲那，都和爱不着边儿。你看她在我们几个中，年纪最小，偏偏是她冒出来一句，年龄有啥关系呵。”

张莹莹在戴露前拼命朝她使眼色，可戴露无所顾忌地全部倒了出来。

秦芸闻言，猛地冲出门去。

林小洁刚穿好裙子，突然听到了喊声，她转过身来。

秦芸站在她的面前：“小洁！”

林小洁：“唉，芸姐，你才来？”

在更衣室里，秦芸看着林小洁，这个素面朝天的纯情姑娘，尽管是浴后，仍然掩饰不了疲倦和沉重，她也看着秦芸，她想秦芸或许会对她说什么。她的柔弱和善良尽被秦芸收入眼中。

但是秦芸没有说话，却上前紧紧地拥抱了林小洁，也在这刹那间，秦芸的泪闸终于打开，几乎哭得全身颤抖。

林小洁有点紧张了，她不知道或者不能确认这是为了什么。

林小洁："芸姐，芸姐，你怎么啦？"

秦芸更紧地抱住林小洁，静静的更衣室里，只有她的抽泣声。

许久，秦芸抬头看着林小洁："小洁……谢谢你……她们都告诉我了。"

林小洁恍悟，反而一把抱住了秦芸，她也哭出声来。

从石智明时装工作室的窗口看去，能看见广场上的宝石蓝保时捷跑车，异常漂亮。

有人在窗前观看，是石智明和胡英子。

胡英子："好漂亮！不过这不太好吧。"

石智明："这是我替你做的主，我怕你还下不了决心。我会从你的专属模特报酬里扣除车款的。"

胡英子："那……好吧。谢谢你。"

他们说着，已走回到硕大的办公桌前，石智明示意胡英子在桌前的椅子上坐下，自己也在边上的另一张椅子上坐下，转到了与胡英子面对面的位置上。

石智明："英子，什么时候学会开车的？"

胡英子一愣，她又不愿说学车的经历，也不会说谎："……反正会开呗。"

石智明注意到了胡英子的回避，也不再追问，他能猜到十之八九："哦，这车子性能好，安全系数也高，但还是要小心。"

胡英子："嗯。"

石智明："我认真地观察了你的妆容，作为对空姐形象的特别设计，我以为是合适的。当然，底子在起着最为重要的作用。英子，你是中国女性美的集大成者……"

胡英子扑哧一笑："什么'集大成'，你是大话，过分了吧……"

石智明："哈，我是大话要说，'集大成'也要说，但决不文过饰非，敷衍了事。喏，这里有一批平面模特的资料，我让秘书找来的，你有空时看看，这些模特的姿势都是有道理的，一个基本的东西你要把握准，所有的姿势风格要从时装的风格出发。你是我的旗袍时装系列的专属模特，所以你可以从我的最终设计定稿出发，去考虑自己的选择。你还需要做三件事，我的模特形象设计师会对你的妆容做出很多规定，你必须遵守，比如眉梢的细，细从哪一段落开始，眉梢上翘的幅度，定在多少度，等等，你可不能随意更改。”

这话说得胡英子不由自主地去摸了一下眉梢。

胡英子的动作很有戏曲味道。石智明笑了：“英子，可能这个动作就是你的一个特定姿势，嘿嘿。”

胡英子：“这么容易呵？”

石智明：“恰恰相反，要有艰苦的创作，从生活中来的典型姿势最有生命力。”

胡英子听起来，很敬佩眼前这个有着独特风度，岁数也比她大不了多少的时装设计师。

石智明：“第二件事，是还要给你做点培训，做模特是有模特的专业知识的，要学好。”

胡英子点头。

石智明：“第三件事是要读书。我给你准备了两套书，一是研究旗袍的系列丛书，一是研究中国女人的十专家系列文本，有两位是欧洲专家，很有意思。你多读读，对你很有帮助呵。当然，别的书也要读，修养是成功的外婆。”

胡英子又笑了：“外婆？”

石智明：“我本想说的是妈妈，可有人说了，‘妈妈’是‘失败’，说‘失败是成功之母’。而我做事是不愿提‘失败’二字的。顺便说一句，英子，以后我们在一起，不说失败，更不会失败，好吗？”

有言外之意了，胡英子心里有涟漪，脸上很平静：“是，失败不好。”

石智明站起来：“好了，不和你面对面说话了。这样吧，我请你去青云餐厅吃晚饭，我们再聊聊。”

胡英子：“……不了，我还是回去。”

石智明：“是不是不太合适？这样吧，我请波浪兄来，他更是个大聊家，我们一起聊。”

胡英子："波浪兄？"

石智明："是呵，方波浪呀。"

胡英子一听，反倒急了："不用了不用了，我得马上回去。我娘一个人在那里。"

石智明还想说什么，但还是止住了，他上前替胡英子拿过她的小坤包，然后揿了桌上的呼唤器。

一个模特一样的秘书走进来。

石智明："小苏，这里的资料和书你捧上，送这位小姐下楼。英子，改日见。"

时装大楼广场，黑色奥迪缓缓驶近停下。

与此同时，秘书小苏一步三扭地送气清质雅的胡英子到宝石蓝的保时捷旁，小苏打开了车门，把书和资料放进了车里。

胡英子和小苏示别，钻进了驾驶座。

方波浪已站在奥迪旁，看到了胡英子驾着一抹宝石蓝驶去。

楼上的窗口，石智明在窗前，一直注视着保时捷，竟然没有注意到停车场上的方波浪。

石智明的脸是沉着和亢奋的结合体，一个善于驾驭生活的男人。

方波浪朝窗口看了一眼，脸上有一种思忖，他转身又跳上了奥迪，启动后朝大街驶去。

黑色被暮色淹没。

城市大街上，宝石蓝的保时捷也在车流中。

簇簇新的亮光和移动中的恍然。

秦芸理着自己的头发，看着镜中的自己，更衣室内已无一人，顶上的灯也已经亮起。

镜中是痛哭以后的女人。

镜中是沐浴以后的女人。

秦芸这样地看着，竟微微地翘了翘嘴角。她的眼睛在告诉自己，属于自己的爱终于来临了，有什么可以阻挡呢。

手机铃声响了。

她拿起放在化妆台上的手机，接听：“哦，英子，不麻烦你了，我在这里随便弄点，早点回去。你那里一打烊就回来哦，在我们自己的屋子里聊，聊得更透呢。”

她放下了手机，又拿起，写信息：“波浪，我此刻无比想你，知道了你有重要事务，但我想告诉你，我此刻无比想你。深刻地感悟到了你的情怀。爱莫非也是一场拯救？”

方波浪很快回了信：“互为拯救，爱之真谛，呵呵，艰难的是拯救自己。”

秦芸又回：“那就要勇敢面对现实，姬老师说打不通你的电话，你应该坦然相见。”

秦芸放下手机，感觉有一种猝不及防的担忧突然袭来。

贝尼尼咖啡馆的小包间里，方波浪一个人坐着，桌上是咖啡馆的便当，盒子里精致的食物摆放还没有破坏。

他专心致志地在看手机屏幕。

方波浪长长地吁一声，是一种赞叹，又有点忧虑。

他在手机屏幕上写下：“荷马的《奥德赛》里奥德修斯的归家之旅如此艰辛，但也终于如愿，我读时无数次潸然泪下。想到我们的归家之旅也是如此，典雅的你会不会因为我的出现而倍感憔悴，多保重。”

方波浪发送了短信，抓过桌上的便当盒子，一筷子下去，盒子里摆得很精致的图案就乱了。

换了一身休闲服的秦芸到了自己的办公室，进得门来，还没有坐下，就忙着打开手机，很显然，她看清了内容，担忧之色更重了。

她写短信：“你在哪里？”

屏幕上回信很快：“与一熟人见面谈事，快来了，回头再联系。”

秦芸沉思。

她还是站了起来，把制服挂到了衣橱里，也把自己的背包拿了出来，无意间一串钥匙掉了下来。秦芸往地上一看，竟有点惊讶似的，盯住钥匙看着。

这就是方波浪在车上交给她的，方波浪叫作“家里的钥匙”。

秦芸蹲了下来，慢慢地捡起钥匙，看了一会儿，她的面容竟慢慢地漾开来一种柔软的期待。

秦芸站了起来。

她几乎不做一丝一毫的迟疑，背上包转身就打开门。

白色马自达的车门打开了。

秦芸跳了上去。

行驶中的白色马自达。

秦芸开着车，神色清朗，从姬水娟到几个姐妹的“关心”对她的影响，现在在她的脸上已找不到痕迹。

贝尼尼咖啡馆，方波浪还坐在小包间里，神态安详，看得出已经过自我调整。桌上已收拾干净。他看看表，又呷一口咖啡。他知道那个时刻就要到了。

果然，门开了，姬水娟站在门口。

方波浪站起：“你来了，请坐。”

姬水娟：“我想你也肯定在了，过去我们约会都很准时的。”

方波浪倒有点吃惊：“这个你没忘？”

姬水娟：“为什么要忘？”

方波浪：“倒是，唉，你喝什么？咖啡？”

姬水娟：“你倒忘了，我从来喝不惯咖啡。”

方波浪：“那……还是白开水？”

姬水娟：“岁数大了得有点味儿了，就要个龙井茶吧。你选了这个地方，我不太熟悉。不知有没有好茶？”

方波浪：“有，有好茶。”

他摁下呼唤铃，女侍应便马上进门了。

方波浪：“一杯龙井茶。”

女侍应点头离去。

方波浪又看看姬水娟。

姬水娟："我们都坐下吧。"

几句寒暄，方波浪越发感到了姬水娟的一成不变，他索性做出洗耳恭听的样子，等待姬水娟发话。

姬水娟并不回避什么，盯着方波浪看着："多了一点细的皱纹和白的头发，好像脸上的'傲慢与偏见'还没有去掉。"

方波浪："你的没有变化我也看出来了，可见我当初的见解是有道理的。对于成年人来说，你可以选择他，但基本不要奢求改变他。"

姬水娟："今天是我想与你摆点道理，你收起你的'傲慢与偏见'吧。"

方波浪："我过去没有，现在也不会对你使用'傲慢与偏见'。今天有这个机会与你见面，我还是先要把我的谢意表达了。我离开这里的时候，云亭虽然已经成人，但他心灵上的阴影真的挥之不去，我当时就确定两个原因，一个是对我的依赖，一个是情窦未开。我远离，你再帮助他恋爱，云亭会走出来。"

姬水娟："可能你当时的决定是对的，后来云亭全身心扑入教练工作，对他的亲生父亲也理解了许多，包括他父亲后来给他带来的弟弟李云川。"

方波浪："想起来都是有理由的，存在就是理由。云亭的母亲和他父亲后来续弦的事，我当时没有和你说，也没有和任何人说，就是不想给云亭弄出新的压力来。地震时，他的母亲当时顷刻间就被埋在地底下了，而一个年轻的女教师则压在了预制板下，他的父亲救出了那个女教师，还背着她逃出了恐怖。问题总是纠结在很多表面上看来很合理的地方：他的父亲为什么不救同在一个学校的妻子？他的父亲后来又娶了这个被救的女教师，要命的是这个女子当时就有人说她艳压群芳，还才情过人。这些情况被云亭知道了，他也和大多数人一样，对他的父亲持谴责态度，这个心结无法解开。我后来找到他父亲问过，他父亲一句话就点了我的穴位，我愣了。"

姬水娟："说了什么？"

方波浪："云亭的父亲后来做了大学校长，你听说过一个大学校长半夜一个越洋电话，搞定十个留美博士回国创业的故事吗？就是他父亲干的。"

姬水娟："你呀，改不了老毛病，说话总是喜欢各种信息集中爆炸，我问你他父亲说啥呢？”

方波浪：“我是为了让你能够准确理解他父亲的话。”

姬水娟：“好了好了，你说吧。”

方波浪：“他父亲说，历史往往就是由误解写成的，没必要解释。”

姬水娟：“你这个家伙，我明白你这样不厌其烦地给我讲述这个故事的原因了。可是不一样，我今天不和你谈历史，要与你说的恰恰是今天。”

方波浪已经端到嘴边的咖啡杯又放下了。他知道，永远觉得自己义正词严的姬水娟要发威了。

果然，姬水娟站了起来，小小包间不允许她大幅度走动，于是，她站在方波浪的对面，挥着自己的一只手臂说话：“那你想过没有，云亭娶了秦芸，后来又离了，但是又是你，云亭的恩人在和秦芸眉来眼去。对不起，我为你们两个人的事急成啥样了，讲得不合适。但是你们这个样子，叫云亭怎么想？叫人家怎么想？”

方波浪抬头，有坚定也有些恍惚：“这个结，我曾经解得很痛苦，你还想来重新结上吗？这也是你当初说过的交朋友要稳扎稳打的意思吗？”

姬水娟：“大道理总要管小道理的。”

方波浪：“我告诉你了，我这个结已经解开了，我不想再结上了。我回来后，大概也是我第一次知道云亭要离婚的事，我真诚地表示过反对，当我了解到深处时，我才明白云亭需要解脱的是什么。我想，我和云亭现在都是光棍，我们都需要爱的拯救，我没有权利爱秦芸吗？”

姬水娟：“再叫你一声波浪吧，你能不能听我一句劝，爱是最软弱无力的东西，所谓难以割舍的东西最不堪一击。”

方波浪轻轻地吐一口气：“那是你把爱当成了东西。”

姬水娟：“好，你可以爱，你可以去爱，我更没有权利管你的爱，那你总得有一点合适不合适的考虑吧，你都这个年纪了，找一个三十出头的干什么嘛！太年轻了，让人笑话。”

方波浪猛一抬头，眼神里的些许恍惚变成彻底恍惚了。

老城区的街道，秦芸驾着白色马自达在窄窄的道路上慢慢行驶。

这是有着明显明清风格的老城区，不时地能见一些青砖青瓦、白窗白柱的 20 世纪 30 年代风格的坡顶房。车开得很慢，像是在寻找门牌号码。路灯的光亮不够，秦芸有时只能下车，上前在门楣上一再端详。

秦芸从大街弯进了一条青石小街道。

小街道的转弯抹角处，能时时见到一丛修篁，几棵绿桂。

白色马自达在一幢青砖楼前停下了。

秦芸下车，确认了这是她要找的方波浪的家。

楼前的小空地，有各种各样的山石不规则地摆放着。

方波浪家，门被轻轻移开，秦芸走进来，摸到了墙上的开关，打开了顶灯。

眼前的情景让秦芸犹如进了一个如梦似幻的地方。

她其实只是想找到方波浪的家，没想到是这样一个可以仔细欣赏的地方，秦芸几乎不能移动自己的步子，惊得眼睛都发亮了。

第二十六章

在方波浪家，秦芸有了新的发现。

方波浪家一层是个大间，中间有一圈沙发和有一张大画桌，上面堆满油画颜料、调色板一类的东西。老式地板上有些未经收拾的迹象。大桌边上有画板架，画板上有未完成的油画。东西两面大墙上，一边是规格不一的摄影作品，互相镶嵌着贴满了整面西墙。另一边也是大小不一的油画作品，都用了镜框，几乎挂满东墙。

秦芸从没有见过一个家的第一层是这个样子的。她又打亮了一排灯光，这是从东侧挂镜线上端射灯里出来的亮色。秦芸走到挂满摄影作品的西墙前，内容更让她震惊了。

所有的照片全部是地震灾难的现场，有断壁残垣，有破楼漏窗，有遍地的瓦砾，有被巨石阻挡的道路，更令人心颤的是，等待着救援的成千上万的灾民，乱石拥堵的小河里流淌的血水，还有飞扬的尘土，还有亡命的逃难步履，还有惊恐的眼睛……显然都是记录世界各地大地震的照片。

秦芸能够想到方波浪的这种布置是出于什么样的目的。她也被这种自然灾难所触动。

秦芸回过身来，走向东墙，顶上的射灯使得墙上的画面受到“灯下黑”的影响了，她又揿亮了一排灯，这是从西侧墙上端射灯里出来的光芒。

秦芸看清了，全部的油画都是风景，风格大体相似，看上去有熟悉的和不太熟悉的，有滔滔远走的伏尔加河，有青翠的东非大裂谷，有撒哈拉沙漠，有山顶上的湖泊，有清幽的山峦，还有一些城市风景，如塞纳河畔的建筑、约翰内斯堡的街道、迪拜海市蜃楼般的景象、吉隆坡的双子高楼……还有几张特别美的风景小品，如：沙漠中的一棵绿树、海岸线上的瞭望塔、绿荫中的小道，等等。

风景是赏心悦目的，不由得引发秦芸的一些联想，看得出来她又在读着方波浪其人。

她走到画架旁，一幅油画已基本完成，秦芸认出来了，是南方的群山，出现盆地的地方，还有着一座小镇的描绘。秦芸看见了边上的桌上有一帧照片，背后有一行铅笔字：映秀镇全景。

秦芸自然明白了方波浪的用意，微微一笑。

至此，她看完了一层，步上楼梯。

她站在楼梯口，又惊讶了一回。二楼也是大间，竟整齐、干净，所有生活设施一应俱全。开放式的厨房，一面墙的书柜和前面的大书桌，靠向一侧的卧室，其实就是一张旧式大床和一个有着精致木雕工艺的五门橱。让秦芸惊讶的就是，这里收拾得几乎无可挑剔。

桌上的照片吸引了秦芸的注意，相框里是放大了的方波浪和秦芸乘务组的几个姐妹在温馨小酒馆的合影。在边上的大相框里，方波浪和秦芸竟微笑着在同一帧照片上。秦芸仔细一看，原来是将前一张照片里她和方波浪坐在一起的局部放大以后构成了一个两人世界。

秦芸又笑了，笑得有点甜蜜。

她站起来，走到床边，看着这一边书房的感觉，不由自主地坐到了床上，她似乎在期待着什么，这个外楼看上去像上世纪的遗存，而室内又兼具现代和传统的风格。这是她的方波浪的家呵。她的神情越来越兴奋，似乎有点闷热了，秦芸又站起来，去打开窗户。

窗外是一条静静的小街，有月光，有行人无声地走过。最为奇怪的是，轿车驶过，竟也无声，像轻轻滑过一般。

在贝尼尼咖啡馆，激动的姬水娟似乎刚讲完，叹了口气坐了下来。方波浪只是看看她，没有说话。

姬水娟喝一口龙井茶，语气和缓地说：“我也不知道为什么，可能太看好秦芸了。我可看了她十多年了，她太优秀了。我呢，和你有一段过去，你对我有意见我也清楚，但我和你说话，讨论这一件事情，反倒无所顾忌，我想我没有半点隐瞒自己的观点，甚至和你一样爱秦芸……当然当然，这不……一样，不是一回事儿。”

方波浪："我明白我都这个年纪了，还动了这样的心思，真是有点老不正经了。你的意思是说，我应该取消去爱一个女人的权利？"

姬水娟："不不，不是这个意思，我是觉得秦芸不适合你。"

方波浪："是秦芸不适合我，还是我不适合秦芸？"

姬水娟："不都是不适合的意思？"

方波浪刚想讲话，手机短信声响了，他打开看："该结束今天的工作了，我们应该在废墟上去恢复美丽风景了。"

方波浪似乎觉得秦芸的这条短信有一个他也可以明了的出处，现在也无法追寻了，他抬头："对不起，我回个短信。"

他的手机上迅速出现的文字："突有疲乏之感，我这个奔六之人，一旦深入爱的腹地，可否继续疯狂？"

方波浪发送后，再说下去："我想过，一直在想，这么挺拔这么优雅这么精致这么飘然……"

他这么说着的时候看到姬水娟有点嘲讽的神情，又转换了一下话题："……我在评价你宠爱有加的秦芸呢，在她身旁，我有没有信心和条件走下去，我不确定。"

姬水娟："你有这样的认识，很好。"

方波浪："你不必评价，我也不在意你的评价。你的话有助于我的思考罢了。"

姬水娟："你只要思考就好了……"

方波浪手机的短信声打断了姬水娟的话，方波浪略表歉意，又打开看："无限风光需要领略，有经历的人更有领略的能力。这是你的观点吧，你都忘了，再告诉你一声，我现在无比想你。"

方波浪无语，靠上椅背，闭了一下眼，又睁眼望着姬水娟，目光里有一些冷冷的东西。

姬水娟："年纪太轻了，要让人笑话……顺便劝你一句，年龄适合的女人有，我们玫瑰航空公司就……"

方波浪"嗖"地从椅子上跳起来："你，请你不要再说下去了，我不是找女人。你呀，现在我更庆幸当初的分手了，那时你还没有这样，这样……"

姬水娟："你就直说吧，还没有这样俗气。"

方波浪："欢迎自觉。费孝通老先生讲过，自觉是最可贵的。我很后悔今天的见面呵，我是回避过你的电话。一是与秦芸的路怎么走下去，我希望有一段时间的考虑；第二也是怕对你的仅剩的一点点的好感也会荡然无存。你还是有点残酷啊，当初你说走就走了，今天你所说的一切，有丁点儿为我考虑吗？我不需要你的同情，更不需要你的拯救，你要学会对别人的情感起码的尊重。你恐怕已经习以为常了。你懂不懂啊，为什么总是要对别人的情感世界这样粗暴地践踏？"

姬水娟也"嗖"地站起："我们本不在一个方位上。谈到这里为止吧。接下来再说一句，与你的情感世界无关，我就违反一次组织纪律吧，本想下个月再进行考察的。我已到龄，已决定转岗去培训中心做主任，乘务大队政委已内定由秦芸接任，你在这个节骨眼上进入，小心毁了秦芸的前程。"

方波浪提高了嗓门："践踏，还是践踏……呵，真有点哪儿对哪儿啊！"

姬水娟听不明白："好，我走了，我的建议全部说完了。顺便再告诉你，不是为了秦芸，我不会做这样的安排，保重！"

姬水娟转身就跨出包间，门复又关上。一会儿又悄悄移开，女侍应悄悄进来："先生，你还需要什么？"

方波浪："你，你来吧，陪我坐一会儿。"

女侍应："对不起，我们不陪坐的。"

方波浪惊醒："对，对了，我一时犯迷糊了，我再坐一会儿，谢谢你。"

女侍应出门后，方波浪自嘲地一乐，又去看手机上秦芸的短信，自言自语："有经历……的人……更有能力，能力……"

方波浪直起身子，又在手机上发短信。

秦芸这一会还站在方波浪家的窗前，看着窗外静静的小街和小街尽头的湖畔，远远地有霓虹灯光映着的水面，变换着梦一样明明灭灭的幻光，有时候几种色彩叠加在一起，远远地，更像在遥不可及与触手可及之间。

秦芸今晚穿着水莲色衣裙，蓬松的头发，素面朝天，但保养良好的皮肤，有丝一般的光亮。她可能在咀嚼刚才方波浪手机上的短信内容，嘴角突然轻轻一翘。

手机又响了，还是短信："能力有大小，意志更重要。我的意志今晚出现三不忍：不忍你的优秀被步履蹒跚的我霸占，不忍典雅的你身旁我来白发苍苍，不忍你前程似锦被我阻塞。呜呼，天要屈我否？"

秦芸一边看着一边惊骇，倒退着到了床边，一头倒了下去。

她这么躺着，把在手中紧握的手机拿来看了一下，突然她又蹿起，奔往楼下。

她打开了房门，外面很安静，她的步子却并不安宁，在小院子里打转，在那些不规则的山石前寻觅。

秦芸又疾步返回屋子里，把门关上了。

她从楼下奔到了楼上，从床上取过手机，发短信："你现在在哪？快回家。"

黑色奥迪已经开近了自己的青砖小楼。

车突然停下，驾车的方波浪发现，自己的小楼内灯火通明。他明白了谁在那里。

奥迪迟疑了一会，然后后退，到大街后疾速驶离。

在石智明时装设计工作室，方波浪推门进来，石智明从设计桌上抬头。

石智明："你准备和我夜战旗袍了？我已准备好视觉展示厅，三名助手已经到场。"

方波浪走到沙发旁就坐下了。

石智明："今天又见了胡英子，我突然又有了灵感，旗袍的时尚感还要从传统进入现代的鲜活中去寻找，既不是属于过去的，也不必拴死在现代的时髦上，只属于我的，我的旗袍时尚系列。"

方波浪慢慢抬头："小英子也属于你了吧？我下午来过，不便打扰。"

有手机的提示音，方波浪没有注意到，还在调侃自己的朋友："服装设计来源于人的生活，明明白白的道理呵。"

石智明这才听出来方波浪今晚的奇怪，他认真地打量了一下方波浪，不觉大惊，起身走到方波浪身旁，摸了一下方波浪的额头：“你身体不适？”

方波浪：“什么都不适了。”

石智明：“有那么严重？”

方波浪：“我和秦芸的事公开以后，她们乘务部大概起了轩然大波，各方力量一起来了。”

石智明：“很厉害？”

方波浪：“风浪大得很。”

石智明：“你都是踏遍青山的人了，还怕什么风浪！是秦芸退缩了？”

方波浪：“好像不会，从她给我的短信里看……糟了，刚才有声音，我都没看。”

方波浪打开手机，信息有三条：

第一条：“你现在在哪？快回家。”

第二条：“你在哪？快回信。”

第三条：“我现在可以和你通话吗？”

石智明看看方波浪沉重的脸色，他不知道这位好朋友遇到了什么情况，等待着他的回答。

方波浪没有抬头，赶紧回信：“与熟人的谈话已完，现在在石智明这里，今晚谈他的设计。你保重。”

方波浪点了“发送”后，往沙发上一躺，神色憔悴且恍恍惚惚。

石智明：“我看出来了，是你自己动摇了？”

方波浪：“不是动摇，是我打乱了秦芸的平静，我不知道是不是真的是我犯了错。”

石智明上前，扶住沙发扶手，仔细看着方波浪的脸，突然大笑了起来：“好一个大学者，好一个崇尚精神自由、精神富有的大学者，好一个苦苦寻觅大爱之本质的大学者，你以为你很高尚，是吧？你以为你很英勇，是吧？你以为你是把‘忍’字写到家了，是吧？”

方波浪直愣愣地也看着石智明，不回答。

石智明：“……错，错了。知识分子的软弱性和摇摆性在你身上暴露无遗！秦芸倒可以承受她心灵上比你多得多的负担，应该为女人遮风挡雨的大男人就你这个样子？”

方波浪：“说呀，再说下去……”

秦芸坐在床沿上，看着手机，她决定拨通自己的老师姬水娟的电话。

很快，姬水娟接了电话。

秦芸：“姬老师，对不起，这么晚了，打扰你。我想问一下，你们今晚交换过意见了？”

姬水娟躺在床上，靠着床背，一人在家看电视。

姬水娟：“……我与方波浪谈过了，有没有效果，我难以把握，我对你谈时是什么观点，对他也是什么观点……你们都错了，方波浪与我的过往不是你们的障碍，你不必在意，障碍在于我对他的了解，顺便说一句，他一点都没变，我也凭这种了解，从保护你出发，也讲个合适不合适的条件吧。我明确表示了反对……秦芸呵，最终是你们自己的事，我不再讲话了，你要三思又三思呵。好，再见。”

姬水娟长叹一声。

秦芸慢慢放下了手机，她已坐在桌前。

她又看见了桌上的照片，泪眼花花了。

没有流下来眼泪，她拨起了方波浪的电话。

秦芸：“……波浪……”

她一直忍着的悲伤突然聚集在胸前，竟一时不能组织起言辞。

方波浪已经站起，走到了窗前，接着秦芸的电话。

方波浪：“我是呵，你说吧……说啊？”

大桌前的石智明看着方波浪，也走上前来。他与方波浪做着手势，仿佛在说“要不要我来说几句”。

方波浪赶紧摇手。

秦芸还坐在桌前，声音很稳很轻：“……方波浪先生，你很能忍地丢下三不忍，准备远离我了，是不是？”

她等待了一会，没有回答，眉头一蹙。

秦芸站起来，慢慢地下楼来，在成片的摄影作品和油画作品中走着：“……你不方便说话吗，那好，你听我说……”

方波浪还站在窗前：“……我是，我现在心里很乱，几十年的空白一下子给堵上了，我要透透气。秦芸，你莫激动……这无关世俗不世俗，你的发展、你的前程，她向我交了底，我可以不在乎我自己，但我不能不在乎你，能够这样吗？我……”

石智明在桌前坐下了，竟在后面喊：“唉，你浑呵。”

在一楼的油画前，秦芸打着电话，她一会儿摇晃着，一会儿也很坚决地走几步，她实在想倾吐很多很多。

秦芸：“……我们一起在乎的是什么，你不知道了吗？谁说我们的相爱就妨碍什么了呢？你知道我这几天是怎么过来的吗……不，这不要紧，我知道会来的，我也惊慌过，就如同你知道李云亭和我的关系时，你的反对是你的心肠慈悲，我更敬重你呀，你现在干吗手足无措了呢……”

她在急促地讲话，泪水开始哗哗直淌，但是语言中没有哭音，甚至每个字都没有发生颤抖。

她几乎决堤似的一泻而下：“……你说过人的精神境界，你说过等了很多年，你说过‘人间深契合、上界无缝天’，你说过‘情不知所起一往而深’，你说过‘一旦结合便明了前世今生全为了这一天，不用理由不用路径全为了我们的同在’。你从不说我们的年龄从不说我的姿容从不说我的前程，为什么现在什么都要说？你现在怎么也变俗了，变俗变俗变俗，整个的一个大俗人！你呀你，你要这样，不是为了让我离开，小心你是在毁了我们的爱，小心我们最终走向一出闹剧……波浪呵，我们是为了谁的前程吗？不是呵。是为了谁对谁的崇拜吗？不是呵。是为了乏善可陈的门当户对吗？不是呵。都不是啊，我们只是为了我们自己，很虔敬而干净地爱着……只是爱着。如果不是爱，所有的才华都是灰尘一般黯淡无光。我也不是盲目的才华崇拜者，我爱的是和我贴心的懂我的爱人。需要那么多的与爱无关的东西干吗呢？我们相互的心疼和骄傲，足够足够了。你不是说过，在满目疮痍之中去踉跄地铺陈伟大的爱情才是有质感的爱情。你怎么就这么一点力量也没有了呢……”

电话突然断了，秦芸看看手机屏幕，黑了，没电了。

她在画板前的软椅上坐下了，她累了。

此刻的方波浪却表现出一种高度的亢奋。

他站在窗前，凝视夜天。

石智明悄悄地站在了他的身边。

方波浪转身间，两个男人四目相对。

方波浪重重地在石智明的胸上击了一掌：“骂得好！”

他转过身大踏步走去。

楼下广场，方波浪跳上了黑色奥迪。奥迪急速驶去。

佛拉门戈的音乐与歌声又似在远方回响。

青砖小楼前的空地，奥迪停下来，方波浪跳下。

他看看自己的小楼，今晚，他第二次回来，对自己的家竟还要端详一番。夜风袭来，方波浪觉得很凉爽，又很兴奋。

一层二层全部灯火通明。

方波浪疾步奔上楼前的台阶，好像有着佛拉门戈的节奏。

方波浪推门进来。

秦芸已在画板前的软椅上睡眼蒙眬，她靠在椅子上，以这样的方法来迎接方波浪。

她知道，这个应该属于她的温热的怀抱现在把她托了起来。

方波浪就这样抱着她，一步一步上楼去。

整洁的大房间，明亮的灯光。

秦芸的头枕在方波浪的臂弯里，她想说什么，方波浪却俯下头去，用自己的嘴唇堵了上去。秦芸的双臂紧紧地搂住了方波浪的脖子。

远方的佛拉门戈似乎又在遥不可及的地方撕心裂肺。

方波浪托抱着秦芸，走到了床前，他把秦芸轻轻地放到了床上，他想站起来，可是圈在方波浪后背的手臂用了一下暗力，随即又放开了。方波浪站着，看着床上的秦芸。

秦芸的手臂摊在床上，她突然觉得松松软软的，她想卸下所有的负担，她一点力气也没有了，她此刻眼里的方波浪，好像特别地高大。

方波浪毫不犹豫地解开了自己的外套，他都不想离开一步去放置衣服，他把脱下的衣服重重地往身后一扔。

窗开着，米色的外套飞出了窗外。

城市之夜，很静。

从窗口飞出的外套，在夜空里竟飞翔了一会，确实如云如絮，浪漫的曲线在夜空里尽情展现，又像飞机似的慢慢滑落，有着一种到达的舒适和翱翔归来的满足。

豪放和忧伤的佛拉门戈音乐声渐渐远去。

也是在夜色里，胡英子走出来，跳上了宝蓝色的保时捷。

车渐渐移动，宝蓝色的保时捷驶进停车场，在一个车位上小心翼翼地停好。

胡英子走下来，有夜归人看见了，好奇地看看车，又在身后看看她。

胡英子抬头看看自己的窗口，灯没有亮着，她略感奇怪，快步进了宿舍楼门口。

胡英子进门来，揿亮顶灯。

她走到秦芸房间门前，轻轻推了一下，门竟开了。

光亮也进了屋内，秦芸呢?

胡英子有点发怔。

她想了想，给秦芸拨电话了，已经没了电的秦芸的手机不可能听到她的呼唤了。

胡英子不仅是发怔，还有点害怕。

她又推开了秦芸的房间，好像没有异样。她返回小客厅坐在沙发里，又开始拨电话。

胡英子："石先生吗？对不起，这么晚和你通电话，我想问一下，我们秦乘务长现在和我住一起，今晚她说好了在家等我回来的，可是她现在不在家，我有点怕。你知道她今晚在哪里吗？"

胡英子的眼里满是期待。

石智明还在自己的工作台前，桌面上铺着一批西方时装的样本。他握住手机在听："……哦，你很聪明呵，这个电话打到了我这里……我只能告诉你，你不用等她，更不用找她，她与方先生在一起，不用担忧的。方波浪这个人是精良制作的男人，大可放心的……什么，怕，哈哈，真是个清纯善良的小女孩！要不这样，我今晚肯定通宵达旦了，你上我这里来……"

在他打电话的时候，那个模特般的秘书送进来一杯咖啡和一碟杏仁。可能她听到了"精良制作的男人""清纯善良的小女孩"这些字眼儿，瞟了一眼她的老板。

胡英子接着电话："……哪，恐怕也不行，我怕……不不，不是，不是怕你，我从来没有半夜三更离开过自己家……你给我讲方波浪的故事，好啊，就明天吧，明天上午我有空。那你得早点休息了，你要是闹通宵，那我就不去了。也不是啦，你顶不住的。"

石智明舒适地在大沙发上坐着："呵，知道心疼人了，好吧，我现在就去睡。不过，还真的睡不着……你还怕吗？要不我现在过去你那里，在你那里给你说故事，怎么样？啊，等秦芸回来？呵呵，真是一个清纯善良的小女孩，我很欣赏你这个样子。哦，对了，在一件无袖直领的旗袍上，如果在心形领扣上做点出人意料的设计，一定会点活整件衣裙，显得清爽活泼……不是啦，突然又有灵感，你给我带来的。小英子，你过来，你不会，我过去，你不许，那我只能听你话了。你也尽管去歇了吧，秦芸有人照顾着呢，一百个放心吧。"

胡英子慢慢地放下电话，喃喃自语："叫我清纯善良的小姑娘，呵呵。”

她一歪嘴，竟笑得有滋有味。

胡英子站起来，走到窗前，轻轻一叹。

夜的城市，清朗朗的星空，透出一些夜的层次。

有几棵长着密匝匝叶子的树木陪伴着青砖小楼。

方波浪家的大床上，亦如窗外的夜空，复归平静。

只能看见脸，方波浪看着脸上微微泛着红晕的秦芸。

秦芸看着神采飞扬的方波浪。

一个饱含修养的男人和一个富有情致的女人。

方波浪：“噢，爱的拯救，我回来了。”

秦芸：“这一会儿不想和你讨论问题啦……波浪，你好年轻！”

有一些朦朦胧胧的图案，灯光大亮，那些美丽风景的油画，似乎鲜活了起来。

那些让人心寂的照片在一片片地沉落。

宽敞的软椅上，方波浪和秦芸的肢体交融在一起。

悄悄的对话，在夜深人静的时候进行。

秦芸：“晚间进来的时候，我从这些图片上面，读到了你的灵魂的挣扎和飞翔，还听到佛拉门戈的音乐在回旋。”

方波浪：“知我者，秦芸也。”

秦芸：“在巴塞罗那，你对佛拉门戈的解读，让我找到了对你探寻的路径。”

方波浪：“我说过，佛拉门戈把爱与死，崎岖与平坦，灾难与温馨，放进如此激烈的冲突中，把痛苦和欢乐相抱的矛盾，拉扯和绷紧的纠结变成了神秘的力量，多么地不平常。”

秦芸：“所以你把美丽和残酷安放在这同一个屋里，也是多么的不平常。人间的事儿，就这样，释放和压抑在一起，灾难和美丽在一起，狂奔和静谧在一起，污秽和圣洁在一起，就是这样的让人震撼了。”

方波浪：“讲得好！所以呀，放纵是容易做到的，约束也是容易做到的，放纵和约束在一起，就很难做到了。我在地震灾难的现场，悟到了很多的东西，就像欣赏佛拉门戈的舞蹈，绝不是仅仅看到灿烂的技艺，飞一般的音符。秦芸，我们对佛拉门戈的理解，几乎成了我们相通的钥匙，你真的是上帝派来的，那么多年的等待，我有如此的幸运，也许是前世修来的。”

秦芸：“前世？”

方波浪：“这个屋子，是我爷爷在这里开设教馆时建的，爷爷的理念很明白，就是教人以善良和健康。后来房子被没收了。上世纪我开始研究地震时，又归还了我家。我逐步地收集地震灾难的照片，也把我考察世界各地地震发生地的风景印象用油画的形式固定在这里，上面有我的理想。”

秦芸：“我觉得这种结合，就是你和你的历程，没有大情怀，没有大理想，这一切都不会有。你的家学渊源让你，不不，让我感到你更真实了。哦，我的波浪。”

方波浪再一次地拥紧了秦芸：“你呀，是个上帝派来的鬼精灵，解了我的密码。秦芸，我这几天的慌张、摇摆、懦弱和迷茫，真的是还没有从这些废墟飞翔到这些美丽的目的地。羞愧呵，羞愧。”

秦芸用手堵住了方波浪的嘴：“这几天的经历我们永远不要再提起。波浪，你是我的了，从深渊跃上巅峰，也是瞬间的事情，我们不再下去了，我们要在我们的巅峰上，俯瞰我们的人生风景。”

方波浪移开了秦芸的手：“喔，我有如此如此的幸福……”

他说不出来了，因为这一次是秦芸的嘴堵上了他的。

残酷的图片一张张地飞走。

美丽的风景一道道地出现。

夜的城市，依然很静。

凌晨时分，有早行者的脚步。

天边透出来的是新鲜的信息。

李云川软件工作室，在这里，新鲜的信息在汇总。

电脑前是李云川、张莹莹和聚精会神的崔啸。

他们的寻找似乎有眉目了。

李云川："我可以下这样的结论了，他在雁荡山。"

崔啸投以赞成的目光。

张莹莹："那么多的山，你怎么就剑指东南呢？"

李云川："崔啸的贡献很大，崔啸，真的呢！"

崔啸笑了，还打了个哈欠，脸上好像还没有摆脱乳臭未干的痕迹。张莹莹看着李云川，有继续询问的意思。

李云川："崔啸从林小洁提供的设计素材里，也是从朱运良的设计思想里，看出了他的宗教关注，佛学园艺是朱运良提到过的他要开辟的空间。现在从网上的链接来看，想用园艺改变寺庙面貌的地方还有不少，如五台山、九华山等，为了躲避，也为了园艺上的突破，朱运良很可能遁入山林。"

张莹莹："他倒好，让我们的小洁难受，他自顾自寻他的清净，真找到他了要找他理论理论，哪有这样做男人的。"

李云川："那是，真正的男人是茫茫人海寻知己，哪有躲知己的。"

张莹莹看了他一眼，有一种心有灵犀一点通的感觉。

崔啸："最为重要的，是后来的新发现。朱运良的手机信息最后是消失在浙江温州，雁荡山就在温州的乐清。还有一个从移情说出发的考量，我反复请林小洁回忆，他们在少年时代已经萌发'维特之烦恼'，那时候是不是去过什么地方，她说是温州雁荡山。"

张莹莹："哦，那就完全有可能是在雁荡山了。"

李云川："我又查过了，那里有几十座寺庙，现在很难确定他在哪一个庙里。我看，还要一个庙宇一个庙宇翻一下，看看有没有有用的信息。"

张莹莹："要不要把你们的最新成果告诉林小洁，让她也高兴高兴？还可以让她再深挖一下记忆，有可能再有突破。"

崔啸："我看不必了，她大致也全部倒完了。主要的还是每次提朱运良，我看她都要痛苦一次，我看我们还是先不提了吧。等到我们有了确实的消息，再给小洁一个巨大的惊喜，如何？"

张莹莹："哇，好感动，你这么心细呵，美国人教你的？"

李云川抢着回答："哪里！中国人才心细呢，比如像我，心很细。"

张莹莹又盯他一眼，有点揶揄的意思。

李云川："好，开动机器，继续搜索。"

崔啸："李哥，就是太晚了吧，你们要休息了吧。我先回了，我也去搜索搜索。"

张莹莹看看表："哇，什么太晚了，是太早了！已经快五点了……那你，年轻的软件大师，把我接来，再把我送回去喽？"

李云川的不愿意显而易见。

张莹莹："早上八点，是八个国家的机上服务研讨会，我们组是小洁和我参加，我得回家一趟……整理呵。"

李云川好像没听见似的，一直在拨弄电脑，屋内一下子没声音了，李云川才抬头瞟一眼张莹莹。

站在一旁的崔啸一下子悟到了什么，转身就去开门，同时也把话留了下来："我走啦走啦，有好消息马上联络哦。"

话音还在，人已无影。

李云川马上站了起来，一把搂住了张莹莹。

张莹莹："你看，还软件呢，这么硬的动作啊。"

李云川："对你就要实行硬的政策，要不，我现在送你回去？"

张莹莹故意愣愣地："好啊，走吧。"

李云川把张莹莹抱了起来，走向里间："由不得你了，我们共同回家喽，我们共同……飞翔。"

楼下空地，崔啸打开了车门，上车的刹那间，不经意地往上眺望了一下大楼的窗口。凌晨时分的格子般的窗口，有一扇窗亮了。

崔啸深深地呼吸，上了车。

沃尔沃穿越在崔啸已经熟悉了的城市的清晨之中。

洒水车刚刚经过的路面，油亮亮地承托着这座清净的城市。

崔啸开着车，面部表情充实而平静。晨归，也很惬意呵。

城市的清晨的轮廓，有远山的清岚和街树的吐绿，显得滋润而生动。

时装大楼楼下广场，宝蓝色的保时捷穿入了宁静的广场。

穿着淡黄色衣裙的胡英子步下车子，姣好的体形和剪裁得体的服饰，使她显得越发娟秀。她穿过这件衣裙，但是今天有着与以往不太相似的美，没有别的理由可以解释，一定是她思想着的东西在起作用。

胡英子走进门厅。

模特般的女秘书轻轻开门，迎进了胡英子，然后弯来弯去地绕过铺在地上的一些服饰彩图，走到大台面旁的沙发旁，女秘书的游移和肢体的摆动与胡英子风格迥异。

胡英子没有看到石智明，有点疑问。

女秘书："哦，他刚躺下，他倒交代了，你很早要来，让我一见你就叫他。他昨晚让那位方先生在这里耽搁了太长时间……"

胡英子："哦，那就让石先生再睡一会儿，我可以看看这里的设计图，蛮好看的。"

女秘书："你用过早饭了吗？"

胡英子："吃了，你不用客气，你也去歇一会儿吧。"

女秘书："哦，我后半夜睡过一会儿了。我们石总创作时不愿意有人在旁边的。那我去给你弄点喝的，牛奶、豆浆……或者，茶？"

胡英子："就要杯矿泉水吧，常温的。谢谢你了。"

女秘书："好。"

地上有一些手绘图，大书橱的前面也用夹子挂着一些草图，用线条勾勒出来的旗袍款式的女性时装，很生动地用了多个角度。

胡英子观赏着，她特别注意到，有一些是在已经成型的图纸上做出的新鲜改动，有一件设计图上，心形领扣果然引人注目。

突然，她注意到了草图上的人的笔墨，也是一些线条的组合，使得这些画中女模的形象像一个人，各种各样的角度，都像极了一个人。

突然，胡英子的身后响起了石智明的声音："……像谁呢？"

胡英子被惊了一下，回头就灿烂地笑了。

石智明指指沙发，让胡英子坐下。

胡英子："你，你不是刚睡吗？"

石智明："是啊，睡醒了。"

胡英子："骗人！"

石智明："哈哈，好一个小姑娘，不骗你，对于我来说，见到了你以后，睡了醒了，都是梦。"

胡英子："你们艺术家讲话好夸张呵，我可不敢。过去在剧团里，有个导演也做梦，我的师姐成了他的梦中情人，后来她却嫁给了乡长，把导演气昏了。"

女秘书进来了。

石智明："哎，她来了，你怎么不叫我？"

女秘书看一眼胡英子。

胡英子："是我不让她叫醒你。"

石智明看着胡英子："说了吧，就是一个好姑娘。好吧，去准备一点点心，我们去餐间喝点东西。"

胡英子想推辞，石智明已站起来示意她一同前往。

国际会展中心，红地毯一直铺到了会议室门口。

边上的门打开了，在礼仪先生的引领下，从八个国家来的十六名漂亮空姐，袅袅娜娜地沿着红地毯走向会议室。这中间，就有林小洁和张莹莹。

张莹莹竟然毫无倦色。

林小洁神采奕奕。

八国空姐都很有职业感，穿着自己国家的空姐制服，步入会场，并且一律看向右边的听众席，轻盈地步上高一台阶的会议区。

这个会议，其实是空姐风采和品格展示。

半圆形的沙发上坐下了十六名来自世界各地的空姐。

会议主持人竟然是新近成立的东海航空的 CEO 罗大河，他西装革履地站在主持台的鲜花前，气宇轩昂。

有个人一直专注地欣赏着他，是坐在听众席里的戴露。

罗大河："女士们、先生们，在如此漂亮如此华丽的入场式后，我宣布会议开始。我们知道，朴素的名字，才能衬托出她们来自天空的风采。这个会议，叫机上服务研讨会。”

有一些笑声，很友好。罗大河又用了流利的英语复述了一遍，不知道为什么，还有着一些特别的磁性。

张莹莹坐在半圆形的北边，恰好看到了他的半侧面，她带着欣赏一个有才华的男人的目光。

林小洁平静地坐着，有心事的女人端坐在如此正式的场合，很不容易。

英语复述完毕，掌声四起。

黑色奥迪从小街弯上湖畔大街。

小街的深处，青砖小楼。

绿荫、波光，用小石子铺成的行车道路。

车内，方波浪驾车，秦芸坐在副驾驶座上。

秦芸看看方波浪的侧面，她还沉浸在一种人生的满足里。

秦芸：“很感谢你同意了我的想法，我想在青云茶楼里，由你去表述这个历史的遗存，姐妹们会立即明白你的。”

方波浪：“是你的情怀感动了我。”

秦芸：“唉，是我说坏了。也许降临的东西太快了，我是不是还没有确信啊。”

方波浪：“一切都真实地发生了，你没有做错，更没有说错呵。”

秦芸：“我说了感谢，你说了感动，就生分了。我们不要再这样讲了。”

方波浪：“嘻，我认真领会你的精神实质。”

秦芸：“这话还更生分了。”

方波浪：“实际上是我不敢相信。”

秦芸伸过手去，在方波浪的脖子上慢慢摩挲。

方波浪：“这样要罚款吧？”

秦芸：“醉酒才要罚款呢。”

工作室餐厅，石智明用餐巾纸轻轻地压了压嘴：“……方波浪才是最最懂得生活的人，你们一般化地考虑问题了。而且他把尊重，别人对他的尊重，哪怕是对一个送奶工的尊重，都看得很重。”

胡英子：“坏了，看来我们不应该那样呢。”

石智明：“他的业余爱好也是绘画，我们是在上海国际双年展上认识的，没想到我们其实在一个城市。后来，方波浪给了我很多帮助，我特别想告诉你，我们俩在情感生活上的自我施压是非常相像的。”

胡英子：“什么叫自我施压？”

石智明：“没有人向我们提出具体要求，我们却很少自我妥协。可以坦率地告诉你，我曾经爱上过一个出众的女孩，就是你们认识的江天芳，在常人的眼光里，我们绝对是天上一对地下一双了，但是一经交往，我发现自己很难忍受的她的缺点，或者叫弱点。很多人劝我，说她是一个很优秀的女孩，只要和我在一起，她的缺点弱点也不复存在了。可我容不下，很遗憾。”

胡英子：“她有什么让你接受不了？”

石智明：“这个就不说了吧！人家其实很优秀，不必苛求，她也正在追求她的幸福。”

胡英子点点头，露出赞赏的神色。

石智明：“方波浪也是自己对自己要求极严，决不退让半分。他的研究引起联合国重视，他的修养也是纵横捭阖，四面八方皆可揽入怀中。有一次，他在日内瓦的讲台上，用英语发表长篇演讲，主题是对人类的拯救，把一个外国政要的大公主给镇住了，追他追到了我们这里。不是嫁不出去的女人哟，金发碧眼，还是一个电影明星，人家国家足球队的明星球员追得她很紧，可是大公主死活要追方波浪。洋美女也学会了小鸟依人，方波浪不为所动。”

胡英子：“他肯定不会喜欢喽。”

石智明：“是呵，你们也看出来了。我一直怀疑他离开里斯本的研究室，和这个有关。”

胡英子：“他没告诉你？”

石智明：“我看到过那位大公主追他，跟着他要周游东方古国，后来不见提起，我倒是问过，他只说已经没有联系了。他只是表扬了这位大公主的安静和好学，要说理由，他也只是淡淡地扯过一句：蛮难沟通的。我刚才说了呀，这也基于尊重。”

胡英子：“你说的这些我相信，我们几个认识他的姐妹都有这个感觉，连飞机上他往往仅有的一句话也被大家拿来与他打趣呢，‘来一杯咖啡，再加一杯矿泉水’，嘻，是个好老头。”

石智明：“老头？”

胡英子：“就是因为这，当我和我们几个朋友一听说他在追我们的芸姐时，全傻眼了，现在还没承认他的合法地位呢。”

石智明：“哈哈，你们一群疯姑娘！错了错了。”

胡英子：“什么疯姑娘！你不是说了我几回好姑娘了？”

石智明：“那是，当然好姑娘，现在说另一档子事嘛，爱情是个人的事情，旁人一般不要干预。你们要相信你们那么爱戴的秦芸乘务长，相信了她，就应该相信她爱上的男人。你们可是秦芸的好姐妹呵，你们这一起哄，就不怕伤了你们的好姐姐吗？”

胡英子：“咳，都是我不好，我，我先知道的，我跟大家一提起，就全不答应了。也是闹了一个措手不及。事后我想想也不好意思，又看到了芸姐心里搁着这个事儿，昨天等她回来，就是想和她道歉呢。”

石智明：“嗯，及时觉悟还是好姑娘。哈，开个玩笑，你们要用一个特别的仪式，让你们的芸姐开心起来，我的这位忘年交也才开心得起来。”

胡英子：“你就为了你的忘年交。”

石智明的目光开始闪光：“哈，很好，我也为了我们的芸姐？”

胡英子故意地：“我和我姐妹们的芸姐。”

石智明目光炯炯：“我们为了他们这一对嘛。你要记住，两人世界的精神契合才是爱情世界里的常青树，要栽就栽这样的常青树。”

胡英子：“种这样的常青树，是很难很难的。”

石智明：“是呵，也得等到一颗好种子。”

胡英子：“很难很难的。”

石智明看着胡英子渐渐黯下来的面色：“那就一直等下去，大不了像方波浪一样，年过半百终于碰上了你们的芸姐。是吧？”

胡英子：“晚了点。”

石智明又笑了起来："你看，根深蒂固的东西，不容易变啊。"

胡英子："人家关心你呢。"

石智明："英子，你，等到了吗？"

胡英子的面色更沉了："……你说呢？"

石智明突然悟到问了一个太敏感的问题，可眼下又不宜细说，他准备永远不提及胡英子伤心事的。石智明看看表，突然站起："哟，时间到了，摄影厅的工作开始了，我们走。"

他们从办公室到走廊，又推开厚厚的隔音门进入摄影厅，一路上还有石智明在和胡英子打趣的声音："……这会儿，得让方波浪和秦芸请客了，我们俩多愚蠢呀，这么珍贵的大好时光，在为他们干着急，哈……"

时装摄影厅是聚光灯的活跃之地，一群女模特在特定的氛围里，摆着与之相融合的姿势，有人在指挥。整个摄影厅里，有三组人马在同时开始。有群像，也有单照的。胡英子跟着石智明在灯光不及之处边走边看。

石智明："今天特地从巴黎请来的造型师，喏，那个瘦高个。把我的欧尚系列、南洋系列和海滩系列拍下来，以后的旗袍系列就由你来做了，我今天让你看，也就是让你先熟悉熟悉这专属模特的事儿。"

胡英子："哦，我是要先看看。"

从更衣室里拥出来十来个穿着飘逸服饰的女模特，走向欧尚系列拍摄区。有人大概认识石智明，远远地尖叫："哇，大师亲自到场呀。"

石智明朝那个方向摆摆手，又去看近处的灯光下。他突然发现了海滩系列的一个单照，模特的样子有点别扭，于是他也进入了聚光灯下。

石智明："是我们模特队的？"

女模特："不，是他让我来的。"

石智明看向模特指着的那个人："怎么回事？"

相对黑暗处的人群中有人答："有人临时病了，从新丝路借来的，是去年的亚欧赛季军呢。"

石智明："这也不行，经过培训的，三类系列风格不同，她不适合。小姐是专做裙式服装的吧。"

女模特提了一下宽松的海滩休闲服，尽管很有姿色，却完全不对劲：

“是。”

胡英子看着石智明在灯下的工作状况，眼睛里有欣赏之光。

石智明：“你看，这个系列要有体形的特殊要求，而且要拍出阳光下的健康，不要光顾着反映服装了，模特的精神表达，包括一笑一颦，都要统一在这个主题下。对不起了，小姐。”

胡英子看着石智明大步走出这个摄影区，走向欧尚系列的拍摄处。石智明走得自信和投入，彰显出艺术家的风度。

胡英子看着石智明，近乎有点崇拜了。

欧尚系列在聚光灯下多姿多彩，这是一组群像，在造型师的指挥下，伴随着一声呐喊，她们一起跳了起来。

城市大街的斑马线上，一些穿着漂亮服装的年轻人穿行而过。

停在街口的沃尔沃启动驶去。

沃尔沃驶进东海航空大楼广场停下，跳下了李云川和崔啸，一起走向台阶。

从东海航空大楼大堂里走来了方波浪和秦芸，在门外的灿烂阳光里，他们好像看到了什么。

秦芸看到了疾步行走的两个小伙子，在晃进了大堂的时候，她看清了，果然是李云川和崔啸。

秦芸一愣，那神情仿佛在问：他们怎么在这儿？

第二十七章

东海航空大楼大堂，李云川和崔啸走了进来，迎面碰上秦芸和方波浪。

秦芸注意到了两个年轻人兴奋的神情。

李云川看了一眼方波浪，方波浪颔首微笑。

秦芸："云川、小崔，你们这是？"

李云川："秦姐，我们想见一下林小洁，她的'猪哥哥'有重要线索了。"

崔啸："嗯，很有把握的发现。"

秦芸："哦，那是好事儿呵。她们在里面，会议正在进行呢……哦，我给你介绍一下，这位是方波浪先生。"

李云川又看了他们一眼，有所悟察。

会议大厅的台上有一位阿拉伯空姐在讲话，操着流利的英语。

阿拉伯空姐："……所以我非常赞成刚才中国空姐林小洁女士的观点，从准确的乘机旅客的机上心理出发，于细微处给予满足，这就是有效服务。张莹莹女士从服务程序的管理角度来分析的服务质量，也是我们阿拉伯民族比较愿意使用的方法。因此，就服务来说，存在各国通用的普遍价值，罗大河总裁提出的'服务全球化'完全符合国际航空界的发展方向。当然，我们非常明白，事物总是有普遍性和特殊性……"

罗大河和高总认真听着，饶有兴致。

林小洁继续以略有设计感的坐姿在那里听着，张莹莹贴近林小洁的耳边，悄声地："很理性呢。"

林小洁："比我们考虑得细呢。"

戴露在观众席看了一眼罗大河，为他安排这样的论坛投去了欣赏的眼神。

罗大河似有感觉，与戴露做了一个眼神交流。

张莹莹注意到了，她望着罗大河，眼神有点黯淡。

阿拉伯空姐：“……就特殊性来说，我想提供两个思考和大家分享……”

秦芸和李云川、崔啸已坐在大堂会客区，方波浪在一侧坐着。

秦芸：“这么说来，崔啸的想象力加上云川的搜索能力促成了这一发现。”

方波浪：“我看就是呵，两位小年青了不起啊。”

李云川：“还要请方老师和秦姐多加指教，我们也想与林小洁一起再进一步推断一下。朱运良寺院园艺的研究和他从前对雁荡山的熟悉，使我们确定了范围，这个云尚寺的网页里突然出现修葺山坳缘艺的信息决非无缘无故，他把公园的‘园’换成了机缘的‘缘’，设计者写着‘洁禅’，网页上特别介绍为海归，所以我们可以肯定这个人就是朱运良，取‘洁’字入名，其用意显而易见……哎，林小洁里面快结束了吧？”

秦芸看一眼会议厅的门：“……你们不用等她了，快，跟我来。”

方波浪没有站起来，笑眯眯地看着三人离去。

大楼前的停车场，秦芸在沃尔沃前叮嘱李云川和崔啸。

秦芸：“小洁的情绪还是受到了影响，看得出她心情沉重，这两天我们大家也尽量不在她面前提这个事儿。我看哪，不必与她再做什么分析研判了。你们的分析很有道理，我估摸着也差不多，而且你们俩对朱运良情况也非常了解了，我看你们今天飞一趟温州，尽快说服朱运良回来。崔啸，你去也会有特别的作用。”

崔啸：“你不必交代，我明白。我是拯救他们的志愿者。”

李云川笑出了声。

崔啸还有点挺身而出的意思。

秦芸也乐了，却有一种带着伤感的温暖：“好，等你们凯旋。”

崔啸松了口气，仍然瞟了一眼大楼门厅。

李云川把秦芸悄悄拉到一旁："……秦姐，'飞翔206'已经和我一起从陆地上带着纯净的空气继续飞翔了，嘿嘿。"

秦芸："知道啊，需要我的祝贺吗？"

李云川："不，是你需要我的感谢，嘻。秦姐，莹莹听我说了一些哥哥的事儿，她倒是有了兴趣……"

秦芸："兴趣？"

李云川："她有个堂姐，名字很相似，叫张晶晶，刚跨进三十岁的大门，热爱教育工作，就喜欢做孩子王，把自己的事儿给耽搁了，莹莹说是第一类的'剩女'。秦姐，她说她堂姐和李云亭的性格志趣有点相似呀。"

秦芸："你们这些年轻人，'剩女'还分一类二类呵，真是新鲜哦。莹莹倒是好心好意，你怎么看？"

李云川："没想过太多，要合适当然行。"

秦芸："如果是这样，你们联络时不要提及我知道这件事，你最好也不要直接向他提出。让莹莹和她堂姐商量商量，有个妥当的办法让他们相互了解，云亭也算半个教育界的人，兴许他们会有共同语言。云川，反正你要小心一点，不要伤及云亭的半点自尊。你哥哥的自尊还是有一定的正面意义，不能全部否定。"

李云川："姐，你真好。"

秦芸："我想如果由你提出，不不，也不一定合适……"

李云川："姐，这你就不要操心了，喏，里面那个人，你要多操心操心，嘿！"

秦芸："鬼精灵。"

李云川眨眨眼。

秦芸笑得很平静。

林小洁出现在台阶上，她清晰地看见了沃尔沃的离去，有些疑惑，但很快想到了什么。秦芸在台阶下笑眯眯地看着林小洁和林小洁身后出现的张莹莹、戴露、罗大河、小个子机械师他们。

在散会的人流中，方波浪已经走到了林小洁身边。

林小洁回转身，看到了方波浪走来，她上前轻轻地："方老师，你好。”

方波浪：“……小洁，你和张莹莹穿着制服出席论坛，别有风采啊……我们的公主还会把童话写下去，写得更有风采呢。”

林小洁觉得方波浪的话有所指，刚想问，大家已经走到了一起。

秦芸：“好，正好都在一起了，刚才我也给英子打了电话，走，我们去个地方，我和方波浪在那里请大家。”

林小洁：“好啊。”

其他几位无法回避了。

秦芸特地拉紧了张莹莹的手，这个表示暗示了刚才李云川说的内容：“有个做老师的堂姐呵。”

张莹莹有点明白了：“是，为人师表。”

小个子机械师迎上来：“秦乘务长，我先回了，家里做饭去。”

秦芸只得答应了。

时装大楼门厅，石智明和胡英子从电梯里出来。

胡英子：“你也去？”

石智明：“我也去，他也给我打了电话，那个地方是我和他共同发现的。而且我要在那里宣布我的一个重要决定。”

胡英子：“……那，好吧。你要进行你的时装新闻发布啊？”

石智明：“对对对，新闻发布。”

他们已走到了门外，沐浴着水一般的阳光。

大楼前的停车场，黑色的劳斯莱斯和宝蓝色的保时捷排在一起。

石智明：“你就坐我的车去吧，回来后我送你来这里，你再开着它走。”

胡英子看看石智明，石智明也在看着她。

很温暖的目光啊，胡英子感觉到了，而她的眼光里，也有了石智明读得懂的内容。他轻轻地拍拍胡英子的肩，打开了车门。

胡英子坐了上去。

青云山庄小餐厅门口，大家走了进去。

方波浪和秦芸走在最后，停了下来。

秦芸："不到上面去？"

方波浪："我说过，那儿是我们俩的地方。"

秦芸一顿，旋即漾开了舒适的笑容，小声地："……你这个人哪，还会有一些小小的设计。"

方波浪："美丽是需要设计的。"

秦芸："真好，波浪，我也会精心呵护的。"

有汽车的特别清脆的鸣响声，在不远处的地方，劳斯莱斯停了下来。胡英子跳下，一眼就看见了餐厅门口的秦芸："芸姐。"

餐厅内，大家已经坐了下来。

林小洁："我估计芸姐和方先生做这样的安排，是要向我们公开他们的关系了，莹莹，还有戴露你们俩，我们就衷心地祝福他们吧。"

罗大河："那天匆匆忙忙，我也没有弄仔细，当然应该祝福他们。"

张莹莹没有应声，与戴露飞了一眼。

戴露："那我们只能相信芸姐的眼力了。"

张莹莹轻叹一声："其实我对方先生也不是太了解，我会尊重他们的选择，我只是觉得像芸姐这样精致的女人，在她的身旁，应该是这样的一个男人……"

戴露："什么样的啊？"

罗大河也注意地盯住了张莹莹。

张莹莹肯定感觉到了："那我就说不上来了，又不是我找男朋友。"

戴露："哈哈，你还想找啊，那个调皮的李云川就很像你身旁的这样的男人哦。"

快言快语的戴露是真心真意的恭喜，可是罗大河就有些尴尬，以为不太适合此时此刻说。张莹莹不反对这样的表达，但也接受得并不顺遂，她笑笑："是的，云川很可爱。"

罗大河正要说什么，门开了，方波浪和秦芸、石智明和胡英子一起进来了。

罗大河站起来："秦芸乘务长、方波浪先生，祝福你们。"

秦芸一听，有点发怔，她看看大家，林小洁在甜甜地笑，戴露索性鼓起掌来，张莹莹和大家也一起拍起了手。秦芸有一些冲动，她回头又看胡英子，胡英子眼中竟噙着泪花了。

胡英子："芸姐，我听石大师说了方先生的故事，他……哦，对不起，方先生，你们真是太般配了。"

秦芸和方波浪对视一眼，都被感动了。

秦芸："哦，大家熟悉吧，这位就是那天我们在地中海公园见过的时装大师。"

方波浪："跟大家介绍一下，我的朋友石智明先生。"

石智明："大家好。"

戴露："欢迎欢迎，石先生，听说我们的小英子成了你的专属了。"

胡英子："什么专属！是专属模特。"

戴露："就是专属嘛。"

石智明笑得很开心。

戴露："你要小心翼翼哦，石先生。"

胡英子盯了她一眼，扯了扯她的手，转脸又和秦芸抱歉地一笑："昨晚没有等到你，本想道歉的。真的要怪我，冒冒失失的，让大家有误解了……"

秦芸："英子，你这……"

还是方波浪沉着一点："大家坐，坐坐，我们请大家来，实在是我的自私呵，本想我的出现，打扰各位小姐妹了，特地选这个纪念神圣爱情的地方，想与大家一起求一个心境的安宁。我从心底里谢谢大家了。"

戴露："哈，不用谢大家，你要好好谢谢我们的偶像秦芸姐姐吧。哈哈。"

她在罗大河身旁，笑着倚上了他厚实的肩头。

张莹莹："你说什么，纪念爱情的地方？"

秦芸："这里的青云蹈湖而去的故事，你们听说过吗？"

张莹莹："听说个大概……"

戴露："对对对，听说她跳了水，说不清楚，方先生，想当我们的姐夫，先把这个故事讲清楚了。"

罗大河抓了一下戴露的手臂。

方波浪和秦芸又相视一笑。

方波浪当然是在座的人中间的年长者了，但眼中满是青春的光芒。

他们可能都感到了精心准备的一些过程都不需要了，不过秦芸还是注意到了张莹莹的沉闷。

罗大河也瞟了一眼张莹莹。

张莹莹看向了窗外。

窗外柳枝依依。

湖畔大街，沃尔沃行驶在静静的林荫道上。

车速突然加快，音乐也加快了节奏。

车内，崔啸驾车。

李云川坐在副驾驶座上。他放下电话："好，下午四点有飞往温州的航班。"

崔啸："我们赶紧回家，把电脑和有关资料带上。"

李云川："对，把朱运良的照片也带上。"

崔啸："不用，我见过他。"

崔啸驾车弯上城市高架。

城市，阳光下的城市。

节奏很快的音乐，也许是佛拉门戈，覆盖了整座城市。

看得见湖水的地方，音乐声淹没其间。

湖畔的青云山庄，清雅依然。

临湖的绿草坪，绿得安安静静。

餐厅内，所有听故事的人都陷入了沉默。

方波浪："……这个当年的书生，按照青云的品位，监造完了这个临湖阁楼，没住上一晚，就流浪四方，没有再回来。"

秦芸的目光在眺望窗外的远方。

林小洁的眼睛里已经泪花盈盈。

胡英子的神色很纯净。

戴露拉紧了罗大河的臂膀，想说什么。

张莹莹已经感叹了：“我想象得出书生的心境，青云没有白白地消失在这一片云水之间。”

戴露：“咳，青云也是的，没有在那个约定的日子见到书生，她怎么就不想法去寻找呢？”

张莹莹：“你以为那时候有手机啊！”

戴露无语。

罗大河：“书生有事儿耽搁了，但书生的心没有变，这是最重要的。”

林小洁：“……可是，有手机又有什么用呢……”

她还没有说完，已泪水涟涟。

一旁的秦芸轻轻地搂住了她，谁都知道林小洁悲伤的原因。

秦芸：“不着急，不着急。”

方波浪：“在我看来，青云和书生的爱其实已经完成了。人们对他们的想念，他们两人之间的想念，都在这一片山水之间了。我们这些当代俗人，在这样的地方，我想已无法伪装自己，只能追求真实。你爱上的要好好地去爱，你想念的要从心底里好好地去想念。”

胡英子喃喃地自语一般：“……心里有一个人在想念，总是最幸福的。青云也好，书生也好，小洁，你也一样。莹莹、戴露，你们都有一个人在想念，很好啊。还有，芸姐，真是要好好祝福你，现在，你也有了这么有情有义的方……方大哥了，我那天，真是不应该呵……”

秦芸：“英子，你又说，我在我们姐妹中间，我一直相信大家会理解我的。以后可不要再说了。”

胡英子点点头。

张莹莹可能自己也说不清楚，她还是把目光在罗大河和戴露的身上走了一遍。

石智明站了起来：“各位，刚才胡英子说了，大家都已经心有所属，在座的男士，你，方波浪，还有我今天刚刚认识的罗大河总裁，都心有所属了。现在，我也想，不不，是我已经计划好了，要在大家面前，隆重宣布我心所属了。”

方波浪看看石智明，又看看胡英子，已经会意。

胡英子竟有点害怕的神情。

石智明："我的心之所向是这位安安静静的英子姑娘。"

在座的还是有很多人始料未及，都齐刷刷地看向胡英子。

胡英子也仿佛有了一种飞翔的感觉，然后又从飞翔之上回到了地面，她的声音很轻很轻，带着点颤动，所有的人都听见了："……这，这怎么可能呢？我，我是结过婚的……"

石智明轻轻地扶起胡英子："……英子，我知道的，我知道啊，波浪兄已经告诉我了。这有什么呢？你现在是一个人，我更是从你的婚姻里看到了你的至亲、至爱、至善。英子，刚才戴露没有说错，你不仅是我的专属模特，也是我的专属，我心里的专属爱人。英子，我爱你。"

胡英子："……不，不可以，不可以的。"

方波浪："小英子，可以的。你应该放下这个包袱了。我们都为你深深地感动着，智明我了解，他是感动得一塌糊涂了。中国的旗袍美本质上是中国女性的内在美，他把你作为他的时尚旗袍的专属模特时，我已经明白他看到了你的内在世界了。你可以的，只要你也喜欢他。对了，石智明先生，你还没有征求英子的意见，你就这样宣布啊？你这个可有点大男子主义了。"

石智明："我虽然没有碰过英子的肌肤，但我已经摸到了英子的脉搏，呵呵。"

方波浪："你们俩的悄悄话，回去说吧。英子，当初你为了我的安全，那纵身一跃的勇敢，就是出于你的善良。后来，我知道了你的家庭情况，才相信了一句古话，叫作'止于至善'。"

张莹莹投在方波浪脸上的目光，温暖多了。

戴露："英子，敞开你的胸怀，冲！"

石智明："我宣布的是我的决定，我爱她。方先生说得对，英子的外部条件是我的专属模特的水平，更重要的是她的善良。我能够遇见你，真的很幸运啊，英子。"

胡英子："其实，石先生，我是看懂了你的目光的，可是我一直不敢相信，我，真的……可以？"

秦芸：“如果是这样，英子，你不用犹豫呵。”

石智明明白了，他一把就紧紧地搂住了胡英子。

胡英子贴着石智明的胸膛，一种从未有过的放松和沉醉，像电击一般几乎袭击了全身。

全场很安静，似乎没有人想打扰此间的温馨。

林小洁悲从中来，再也控制不住，又一次地哭出了声。

胡英子从石智明的怀间回过头来，泪眼蒙眬，望着林小洁。

张莹莹：“小洁，刚才说了，你也是幸福的。我听云川和崔啸他们说了，昨天后半夜到今天上午，他们一直在搜索，很可能快了，你的‘猪哥哥’他们会找到的。”

秦芸也赶紧补一句：“是的，小洁，他们会找到的。”

张莹莹的手机响了。她打开手机：“……你看，说曹操，曹操就到……喂，什么？你们要去雁荡山……”

林小洁顿时跳了起来。

客机的经济舱，后排的座位上有一位女性斜倚在那里，一顶遮阳帽盖在她脸上，从她的身姿上，能够看出一些熟悉的气息。

果然，她动了动遮阳帽，这是林小洁。

头等舱内，李云川和崔啸坐在那里。

崔啸的手里在翻着雁荡山的画册，画册上的雁荡夜景，有一些很特别的轮廓。

暮色中的云尚寺。

崔啸和李云川在僧人的食堂前看着什么。

有寺院的僧人前来，双手合十：“施主见谅，前面的山门就要关闭了，请。”

崔啸与李云川对视一眼，明白了僧人的意思，转身走去，崔啸突然又回过身，扯住僧人的衣袖：“我想打听一下，里面有朱运良吗？”

僧人：“阿弥陀佛，我们这里不用俗名的。”

崔啸：“云川，那，那他的那个正式……叫……”

僧人已步入屋内。

里面几百人聚在一起，僧人和居士都很肃穆，这是一个感恩的时刻，他们都低着头，大厅里非常宁静。

几乎看不清任何一张面孔。

崔啸和李云川想要张望的那一张面孔是否在其间，很难说。已步下寺院台阶的他们，又回头望了一下合上的寺门，神情不免茫然。

他们在山路上拾级而下。

雁荡山之夜，山对面的小旅店，几乎每一扇窗都闭了灯。

只有一扇窗的灯还亮着。

窗里有一个女子在仰望对面山峦的身影。

很熟悉的影子。

雁荡山的小路，晨雾飘飘。

这里是一片奇特的山峦，有青峰刺天，也有浅山逶迤，有百丈瀑布，也有细水长流。更绝的是，那些青峰是由寸草不生的石岩组成，可在山峰之间的深坳里，又森林茂密。偏偏在这样的地方，会突然望见黄色的庙墙一角，或寺院的屋檐。在峰峦之间的山间小道，像从山上的林子里挂下来的云梯。

李云川和崔啸拾级而上。

可供欣赏的景致到了他们的眼中，都成了重要的发现。

李云川："山坳缘艺，这里果真如此，朱运良的'缘'有佛的意思，也有化缘的含义吧。"

崔啸："还有，他一定有'缘'在修中、修中有'缘'的意思。否则，就一点意义也没有了。这个人不够汉子吧，玩失踪，嗨！"

李云川："还难作定论呢，但愿他在此山中。"

崔啸："哈哈，还要识他真面目。"

山路上，有常见的旅游项目，滑杆上架着一个躺椅，有个女人在蒙头睡觉似的坐着。

轿夫很有节奏地数着台阶，其实他们清楚，到两千八百六十步就到云尚寺了。

这顶轿椅转过弯来，经过了李云川和崔啸身旁，一路向上而去。李云川和崔啸避让了一下，笑着送过两位轿夫。

轿椅上酣睡的小姐也在他们的目送中。

崔啸："嘻，我在艾芜的小说中见过呢。内地现在也时兴了。"

李云川："从来都有坐轿的人，当然也有抬轿的人。"

崔啸："也挺好，走不动的也可以上去朝拜一下。"

李云川："这里走吧，去看看他们划定的园艺区域，说不定会碰见朱运良。"

崔啸又看了一眼渐渐远去的轿子和轿椅上的人。

远处，轿椅已停了下来。

有女人的身影，远远地。

雁荡山，云雾缥缈的山峦。

园艺修葺区的两个山坡之间，规整的园林有明显的人工痕迹。

有些灌木类的树木，竟成了齐齐整整的绿色方块，沿山间的底线顺势而上。仅这个设计，使岩层多姿多态的雁荡山，仿佛多了一抹扎实又清朗的佛意在。

崔啸和李云川走到这里，停了下来。

崔啸感叹："很好，这个设计与地中海公园的设计有异曲同工之妙，那边大草坪的大片大片的绿直接没入湖中，这里的绿方块一整块地接入云间，可以说都得大俗大雅之真趣也。"

李云川："你别陶醉在欣赏中了，动画大师，我们是来找人的。"

崔啸："我现在的判断，更可以百分百确定了，朱运良就在此山中。"

他的话音未落，李云川已经拉紧了他的手："嘘，你看那里。"

路前侧的青松下，有一块平滑的赭黄的岩石，有一个人躺在那里，穿着一身土红色的布衣，头上盖着一顶斗笠。

崔啸看看李云川，点点头，两人悄悄地走过去。

雁荡山景区，这是一片供游人浏览的奇岩奇树奇峰奇水景区。

那个挑着神秘檐角的庙宇，在远处横着自己的院墙，是很沉着的朱红色。

滑杆上的轿椅在小路上远去。

崔啸在园艺修葺区的岩石旁蹲下来，从斗笠的下面清晰地看见了一个男人的侧面，是朱运良，就是朱运良！

崔啸和李云川点头示意，从他的惊喜神色里，李云川能够确定：终于找到了。

崔啸在边上坐下来，他准备等待朱运良的醒来。

李云川已经按捺不住了，上前一把掀开了斗笠。

迷迷糊糊的阳光里的飞虫和闪闪忽忽的水一样晃荡的白光袭来，朱运良有一阵子的恍惚，不过立刻清醒过来，坐直了身子。

他先是看见了李云川，似乎并不认识："你是谁？"

他转过脸来，又看见了崔啸，不觉大惊，从岩石上跳了下来，定定神，或者说从梦中清醒过来："你来干什么？"

李云川走近一步。

崔啸站了起来。

雁荡山的云雾突然缥缥缈缈。

朱运良却突然从缥缥缈缈的感觉中顿悟过来，他索性不问一二，转身就往密林中跑去。

李云川和崔啸也拔腿追去。

身手敏捷的李云川很快就手到擒来，将朱运良摁在了一棵大树前。

崔啸随后赶到："朱运良，你这个孬种！"

他们两人都没有想到，朱运良竟点头称"是"。

李云川松开了手，朱运良也不再回避了，他这才认真地看看突然出现在他面前的这两个年轻的男人。

李云川："朱运良，也和你通报一下大名，我乃不请自来的小侠客李云川，是林小洁同组的空姐张莹莹的男朋友。他是从美国归来的动漫大侠客崔啸，声称此趟潜入雁荡山是他的报恩行动，小伙子鬼精灵呢。你不要东避西闪，我们俩执行陪你回家的任务，下任务单的是秦芸乘务长。怎么样，跟我们走吧？”

朱运良：“二位兄弟，感念你们的侠肝义胆，可你们多此一举了。朱运良已不存在，我是云尚寺入斋居士洁禅，请二位回吧。”

崔啸想冲上去说什么，被李云川拦住。

李云川：“朱运良，你得重新考虑你的决定。我都为你的犯傻感到羞耻。你们的‘现代童话’，她们组的几个小姐妹都能说得声情并茂，莹莹干脆说你们是冰清玉洁的一个当代传奇。你有一些想不通的事就这么一走了之，很不像园艺师，很不像艺术家，也很不像朱运良啊！林小洁至今还天天守在你的那个小屋里，你就这样狠心？”

朱运良：“我……你不要再说了，我，我已不是朱运良了，我是这里的……洁禅……嗯。”

他的声音有些抖颤。

崔啸几乎是怒吼一声：“朱运良，你浑！”

朱远良的嘶喊：“你不要说，如果，如果你真为小洁着想，请你好好照顾她。”

崔啸的重拳几乎在同时毫无预兆地落在了朱运良的右胸，朱运良被击倒，李云川赶紧扶起他。

李云川：“崔啸，别莽撞。”

崔啸：“他糊涂，你知道吗？”

朱运良：“是，我不能再糊涂了。你说的冰清玉洁只属于林小洁了，我已不敢奢望。”

崔啸：“你糊涂呵，你们快五年的期盼，期盼的是什么？莫非你就让人家期盼你玩跟踪，期盼你玩失踪？你在伦敦那些年头的期盼，莫非就是期盼今天这样的日子？你，你莫非已经不爱你的林小洁了……朱运良，你回答！”

朱运良拍了一下衣服，拍下几根松针来，他抬起头，眼睛里已经潮湿：“佩服两位大侠，有大海里捞针的功夫。人世间有多少风云骤变，仅用人心已不可测量。我爱她，但我的爱已经没有意义，我不能把我的爱交给她了。”

朱运良这样说的时候，崔啸又一阵气上心来，他的重拳再一次举了起来。

三个男人的身后突然冲上来林小洁，以及她的断喝：“住手！”

朱运良大惊。

李云川愕然。

崔啸却松下一口气来。

林小洁逼视着朱运良。

朱运良的眼中，大颗大颗的泪珠滚落。

有紧紧的山风，也有紧紧的音乐。

雁荡山的云雾飘散殆尽，一如清晰的绢绣。

朱运良的宿舍内，他低着头坐在沙发上。

林小洁站着，很沉闷的气氛，她面无表情，让人有点害怕。

朱运良仍低头看看左右，只见整齐的彩沙和柜上整齐的图纸。他又悄悄抬头看看林小洁。

林小洁是平静还是滞想，朱运良一时不敢揣度。

朱运良：“……小洁，我本想自己惩罚自己，也永远不再进入你的清净世界。现在，我只能，不不，我愿意接受你的任何惩罚。”

林小洁这一会儿有少许的动容，她走前几步，伸出了手，朱运良难以置信地看着她，慢慢地抬起自己的手，放到了林小洁的手掌上，手心里有情意在传递，朱运良慢慢地站起来。

他们面对面地站着。

林小洁突然泪如泉涌：“……运良，你到现在为止，都还没有抱我一抱，抱我……运良，你真的……”

朱运良已紧紧地抱住了她。

在自己日夜期盼的男人的怀里，林小洁终于放松了自己。朱运良是有感觉的，他不知道是应该抱得重一点，还是轻一点，才能把怀里的女人抱得恰如其分。

林小洁抬脸，泪眼迷离：“……运良，这些天，我真的把对你的思念变成过怨恨，见过你那两位设计界的朋友以后，我在心里已经有了数……我几乎疯了，你知道吗？尽管我的工作要求我必须平静，必须和纯净的空气在一起，可我心里放不下你，日子一天天地过去，我心里也一天天地更加明白，你隔绝了你自己，正好说明你没有改变。可我怎么办啊？”

朱运良抱紧了林小洁，拼命地摇头：“不说了，不说了……”

张莹莹一步跨进了秦芸办公室。

秦芸在整理着报刊，微笑着迎接张莹莹。

张莹莹：“芸姐，他们带着林小洁的‘猪哥哥’回来了。”

秦芸：“我已经知道了，今天下午就让小洁在家里陪陪他。”

张莹莹：“我还是挺佩服小洁的，在她身上发生的事情很多人可能承受不了。小洁会获得幸福的。”

秦芸站了起来：“莹莹，你今天还有点工夫？”

张莹莹：“嗯。”

秦芸：“那，我们上后面去走走？”

张莹莹：“好啊。”

玫瑰航空公司花园区，秦芸和张莹莹从柳枝下走来。

秦芸：“……莹莹，你说的其实也包含你自己啊。你看，你和戴露，还有胡英子、小洁，我看你们都遇到了很不简单的爱情，都把握得很好嘛。”

张莹莹：“芸姐，你鼓励我们几个小姐妹，我们一般能听进去这个话，不过心里面自己对自己的较劲，并不那么容易。”

秦芸：“这，我明白啊。莹莹，我问你个事儿，你可以不回答我。你和云川怎么样啦？”

张莹莹看看秦芸，没有回答，望着远方。

秦芸：“如果不方便，那就算我没有问。”

张莹莹：“不不，其实和对云川的评价及我与云川的关系无关。我们很好，特别是这次他和崔啸为林小洁解开‘猪哥哥’之谜，我更是发现了他身上的可爱。过去在QQ上和他匿名网聊，我一下子都想起来了，他的精神状态很好。我有点犹豫的是我自己的心态，芸姐，其实你心里早看出来了，我知道的。罗大河总是在我的心里挥之不去，较劲也好，纠结也好，反正我不免时不时地要受一些刺激，情绪还是会受一点影响。有时候觉得对云川也挺不公平的。”

秦芸：“云川有感觉了？”

张莹莹：“岂止是感觉！他知道的，我告诉他的。”

这话让秦芸惊了一下：“你自己告诉他的？”

张莹莹：“是啊，我无法隐瞒，我必须告诉他。”

秦芸：“他怎么说？”

张莹莹：“云川说，世界上最大的容器是什么，他说就是人的心脏，太大太大了，有一个人进去过，还值得收藏，就放在那里呗。在这个大得不得了的地方，他和我照样可以飞翔。”

秦芸几乎紧接着跟上去一句：“说得好。”

张莹莹：“是啊，我也被感动了。把一个曾经深爱的男人放在一旁，还可以狂热地去爱另外一个男人，我以为是可以做到的，云川和我在一起，我知道他是很轻松的，只是我有时候轻松不起来。”

秦芸：“我能够体味你的感觉，你也是一个单体啊，你会有你自己的感觉。不过我相信你。我要向你们学习。”

张莹莹：“芸姐啊，戴露都说过啦，你是大家的偶像呢。”

秦芸：“偶像要倒下，生活往前跨。”

张莹莹大声笑起来：“呵呵。什么人编的词儿啊？”

秦芸：“没有道理吗？”

张莹莹：“……嗯，有点有点。”

秦芸：“……莹莹，不早了，最后我想再问一个问题，我决定和方波浪相处了，好像就是你态度还不太明朗嘛。”

张莹莹不笑了：“芸姐，现在看来，方波浪这个人应该给予高度评价，但我仍然反对。任何一个时代的女性都有一些共同的特质，比如感性浪漫，憧憬和向往爱情，希望和某个男人相亲相爱，共同寻找爱的归宿。在感情上的相互依存很重要，但‘有情饮水饱’的时代已经过去。人们最希望的是鱼和熊掌兼得，爱情与金钱同在。这使得很多人不得不变得现实。感情、物质，还有，嘻嘻，生物规律必须尊重，不尊重也要受惩罚。你们相差二十几岁，不行不行。”

秦芸没有想到这个话从张莹莹的嘴里说出来，不禁大笑起来。

生活就是这样复杂。

罗大河和林小洁在温馨小酒馆静谧的后间。

桌上只有两杯清茶。

罗大河："小洁，先要祝福你呵，可以续写'现代童话'了。"

林小洁："谢谢，我会写下去，但恐怕要改一个字，叫'现实童话'，我是真真切切地感受到了。什么安徒生啊，什么格林兄弟啊，他们的童话背后都有着生活的艰辛，这要等自己长大了，才会明白。"

罗大河："嘿，我们的小洁真正长大了。"

林小洁："不好意思，你是有点嘲讽吧。"

罗大河很严肃："不是，你的纯洁和善良我早看到了，大家都看到了，你在现实中写成的童话，实际上还是你的底色上调成的。我觉得你很坚强。"

林小洁："夸奖了，差一点就下不来了。罗总，不喊你罗机长了吧，你今晚找我不是为了表扬工作吧？"

罗大河："当然，而且确是以罗总的身份与你商量。"

林小洁抬眼，认真地看了一眼。

温馨小酒馆楼上，胡英子和她的婆婆在小声地说话。

窗外远处有几盏霓虹灯。

婆婆："这会儿人少，就后间有罗机长和小洁在。"

胡英子："就他们俩？"

婆婆："是。"

婆婆以为罗大河的身上又冒出什么怪事了，诧异地朝门口楼下处瞟了一眼。

胡英子："罗机长一定是想要她。"

婆婆："哦，真是的呀，那这个罗机长也太花心了一点吧。"

胡英子笑起来："什么呀！娘想哪去了？人家罗机长是新组建的东海航空的老总了，他在挖我们的人呢。"

婆婆："挖人？"

胡英子："是呵，他们需要航空界方方面面的熟手啊。"

婆婆："哦，这个呀。不过也不好，你们玫瑰航空的几个小姐妹在一起有多好，不要让他挖走。"

胡英子："我觉得也是，罗大河自己跳槽就跳槽吧，不能让他一个个地都带走。我们玫瑰航空也要大发展呢。"

婆婆："说到挖人，也有人来这里挖人呢，不过人家是有原因的。"

胡英子："……娘，你的意思是？"

楼下传来了顾师傅的喊声："英子她娘！"

婆婆："喏，说到他，他就来了，我下去看看，你别走。"

婆婆出门下楼。

胡英子不觉转了一下眼珠子，站起来。

楼梯口，顾师傅等着婆婆下了楼，在临近最后一级台阶，还搀了一把。

顾师傅："嘿嘿，在楼上啊，我好一顿找。"

婆婆："怕我走了啊，不会走。英子刚来，在楼上呢。"

顾师傅："哦，是这样啊，那我走了……哟，你们商量了吗？"

婆婆："不着急，慢慢商量呗。"

顾师傅："急着呢！主店那里缺一个人呢！"

婆婆："我还管主店缺人不缺人啊？"

顾师傅："哦，是我缺……嗨！你真是的，真……好，好吧好吧，我刚从内蒙古回来，给你带个羊来，尝尝，给小英子尝尝。"

温馨小酒馆楼上，胡英子站在门口，掩着嘴一乐。

她看看自己的旗袍式月白裙子，又一乐。

胡英子拨了手机："……芸姐吗，我是英子。明天飞上海回来后，我们去石智明的时装大楼，要试装了，我想让你陪我去，我想听听自己姐妹的意见……好呵，戴露也去，她对穿衣有自己的见解。好，说定了呀。"

她放下手机，听听楼下已无动静，又看看窗外。

窗外，天空月白。

温馨小酒馆后间的“挖人”战还在继续。

罗大河哈哈笑着：“小洁开玩笑了，在航空公司开夫妻老婆店是万万不可以的。”

林小洁：“我看这也是保守，只要合适，个人之间的关系算什么？”

罗大河：“又太纯洁了吧，人家不会这么想。”

林小洁：“你们总这样讲，难道我这样的‘纯洁’是不好的东西？”

罗大河：“不是，是环境不允许这样的纯洁存在。”

林小洁：“好累，还要想着允许不允许。戴露可一心成全你啊。”

罗大河：“……是呵，戴露做老婆可以，做搭档不行。”

林小洁：“那我们这里也有一大批经验丰富的啊，你怎么就想到了我？”

罗大河：“刚才，我向你说了一大通我们发展的理念，我觉得你合适，也有人说你合适。”

林小洁：“谁？”

罗大河：“这不重要嘛。我找你，没有别的原因，就因为你合适。刚才说了环境，那是可以创造或者叫可以改变的，你的纯洁和善良是我们合作最好的基石。还有，是你的研究生学历，你在公司里提出的许多主张，我都非常赞成。我们不可以合作吗？”

林小洁认真地：“这我相信，我也了解你的主张。只是我还年轻……”

罗大河：“年龄不是问题，我当总裁的，也只比你长六岁。”

林小洁：“我的意思是，我还缺乏实战的经验，在管理上更是少一根弦，一根很厉害很泼辣的弦，我自己心里明白的，我做不了官。我倒是可以向你推荐张莹莹，从用年轻人和适合工作发展的角度看，张莹莹是最合适了。”

罗大河：“嗨，你也说到了张莹莹。”

林小洁：“别人也说吧，张莹莹太合适了。对了对了，你不是老在说‘玫瑰皇后’是你的美丽双翼吗？一个做老婆，一个做搭档，你不要太得意哦。”

罗大河只得苦笑了："这是不可以的。"

林小洁注意到了罗大河脸上淡淡的遗憾："是不可以，还是不可能？"

罗大河："一样的结果。我想过，我们公司的高董事长也很想拉张莹莹过来，她说不可以，我这儿就成了不可能完成的任务。"

林小洁热心地："要不要我去说？"

罗大河："你能劝得动她？"

林小洁："应该可以吧，咦，戴露和她是铁姐们，戴露会去劝吧？"

罗大河："她从一开始就嚷着让张莹莹过来，没用。"

林小洁："那就有别的原因了，兴许也对玫瑰航空依依不舍，或者是她同李云川谈上了恋爱，不迷航空迷软件了？"

罗大河笑笑："我今晚是找你，怎么尽说张莹莹了！小洁，天空是宽广高远的，在哪儿都一样飞翔啊。"

林小洁："这话是张莹莹说过的。"

罗大河："嗨，怎么又说张莹莹。"

温和的灯火。

李云川软件工作室内，台灯被摁灭了。

从窗口透进来的夜光让天花板上原本是蓝天白云般的蓝底和"飞翔206""张莹莹"的白字隐约显现，显现的还有铺在地上的宽大席梦思上的翻滚。这样，朦朦胧胧搅成了一片迷幻的气氛。

张莹莹的声音："……你，你真是会让人飞翔呵。"

李云川的声音："我要你落地呵，我的206，我的莹莹。"

灯打开了，张莹莹从毯子里钻出头来："又继续刚才的话题呵，从QQ时代起，我不是一直强调在飞翔吗？"

李云川的脑袋也钻出来了："你飞翔失去过方向，现在你的飞翔已有了方向，你平安地降落在目的地。莹莹，不需要那么辛苦了，你不必再飞来飞去嘛，有我在，你就有你的生活软件在，我们天天厮守在一起，多好呵。"

张莹莹抱住李云川的头啄一口："你小子自私呵！我有'三不变'原则，美丽不变，有钱花不变，有事业不变。知道吗，事业对女人同样重要。”

李云川叹气：“哎，拿了三百万元专利费，想与你周游世界，又要泡汤了。”

张莹莹：“周游世界呵，天上的飞翔，你看……”

李云川：“有美丽，有钱花，有事……我看有事干就可以了嘛。”

张莹莹：“云川，我们不争论了吧，相爱的人千万千万要少一些争论，最好没有……现代人，或者他们说我们年轻人，我看创造精致的爱就得有宽广的胸怀、宽裕的生活条件、明确的工作目标。你说我们只要去做喜欢的事，还奢望什么呢？”

李云川稍作停顿，做一怪脸：“我又有奢望呢！”

张莹莹也做怪脸：“啊？”

灯又摁灭了：“我，我又要飞翔了。”

这是李云川结束争论的方式。

白色马自达和宝蓝色保时捷一起开到了石智明时装大楼前面。

橙黄色甲壳虫也随后驾到。

胡英子和秦芸、戴露先后步入大厅。

石智明笑呵呵地迎上来。

石智明：“欢迎大家，英子的主张很好。你们是美女中的美女，来帮帮英子出出主意。刚才方老师也打来了电话，秦姐，你给了他电话吧？他有个接待任务，完了就过来。”

秦芸笑着点头。

石智明：“今天见了你们俩，我突然有了主意，秦姐，你要做我和英子的证婚人，戴妹妹，给我的英子新娘做伴娘，如何？”

戴露哈哈笑起来：“你们动作如果快一些，哎，英子……你快快验明正身啊……石大师，我和英子要双双做新娘。”

胡英子睨她一眼。

秦芸：“一起办婚礼，这个主张好。”

石智明：“哈哈哈，我巴不得明天就办啊。”

扭腰甩臀的女秘书又过来了，与此同时，设计大厅的门打开了，江天芳盛装出现在门口。

石智明盯一眼女秘书。

戴露迎了上去，胡英子仍然笑着。

秦芸稍有一些意外。

第二十八章

江天芳含笑步入时装设计大厅。

戴露："冠军回来啦！"

胡英子："天芳，太好了！你是我的介绍人，也来指点指点我呵。"

石智明也迎上来："天芳驾到，欢迎国际运动会首席礼仪。"

江天芳频频点头，她看到了秦芸："芸姐，你也来啦。"

秦芸："是啊，你回来了，还跟我们继续飞吗？"

江天芳："我想再飞几回，然后去学校办毕业手续。"

秦芸："好啊，我们就把你当作玫瑰航空的人了。"

石智明："好吧，英子，你们去试衣间吧……来，天芳，我和你说个事儿。"

胡英子看看石智明。

石智明也向她递了眼色。

秦芸注意到了，拉着戴露，跟着胡英子走进了试衣间。

设计大厅试衣间里挂着一排漂亮的旗袍式衣裙。

三个美女都有点看傻了，戴露取下一件试试，马上明白了："这都是按照英子的尺寸做的，英子，先穿这一件深色的，我们由深到浅，怎么样？"

胡英子："好呵，真是漂亮。"

胡英子解开了自己的衣扣，褪下了淡紫色的绉纱裙，接过戴露递过来的藏蓝色新式旗袍。

边上有两个穿衣娘在帮衬。

戴露："哇，我们英子的身材真是没得说，圆圆润润的，哇，好像哪儿都是圆的。"

胡英子：“戴露，你别疯了，来，帮我把这里拉上。”

戴露帮着她：“真适合你，抵住下颏儿的领子，哇，绝在这里——形态基本是古典中式的，这个开叉却用了西方的标准。”

戴露退后几步：“芸姐，你说呢？真的好有味道。”

秦芸一直在打量着：“是，我看是石智明这位设计大师选对了他的专属模特。旗袍是女人穿的，不是女孩穿的，能把旗袍穿出感觉的一定是有故事的女人。旗袍的美不是一张青春的脸庞可以表达的，它需要内在的厚度和生活的积淀去衬托、体现，不能单单从外在形态上寻找旗袍美。英子内心世界的丰富和生活上的积累，都为演绎旗袍的内在美找到了感觉。”

胡英子穿着旗袍，不时地摆着一些姿势，寻找合适的角度，听秦芸这样说，腼腆是少不了的，但谈及生活积累什么的，她的眼神里也少不了忧郁，还不时地流露一点戏曲人物的味道。她眯了眯眼，结果引来戴露的尖叫。

戴露：“哇，就这样去拍，那些男人要不得了啦。”

秦芸笑了：“……英子，来，再穿这一件。”

胡英子：“他，他还没看过呢。”

秦芸：“可能有事儿在商量吧，我们先欣赏了。”

胡英子看看设计大厅的方向。

设计大厅的餐间里，石智明和江天芳在一对单人沙发上对坐着，桌上的咖啡杯热气袅袅。

江天芳尽可能保持着矜持，礼仪训练起了作用：“还真心急呵！就这样当众宣布了？”

石智明：“那天在青云山庄，大家为一个古代女子的故事感动了，在座的几乎都有了很适合她们自己的爱情故事，说起来你对方老师和芸姐都有了了解，他们的相爱在我看来可以惊天动地。”

江天芳：“想着倒也合适。姐妹们都这样看？”

石智明：“我看差不多，就张莹莹看上去不完全赞同。”

江天芳：“这是可能的。哦，那个林小洁的‘猪哥哥’回来了吗？”

石智明：“昨天才回来呢。所以我是带着英子去参加这次聚会，想起来真要感谢你，让我认识她，后来知道了她的身世，深感她的不容易，也为她的善待长辈和善待他人所感动。她的美有着一种特殊的质地，我想与她的心肠有关。那天我很激动，也来不及征求英子的意见，就当作我们俩的新闻发布了，我明白英子的心里在想什么。”

江天芳：“的确是你做事的风格。”

石智明：“所以我想，你刚回来，我也和你特别通报一声，意思嘛，我想你也清楚。”

江天芳翘起了嘴角：“呵，你想过没有，我把胡英子带到你这里来，我的内心活动是什么？”

石智明：“这就是我们的不同了，你带过来的动机与我无关，我干吗去费心思揣度呢？以后发展的效果当然是我自己的事了，我会认真去做，所以我不必去想你的内心活动。天芳，还是作为老朋友的身份劝劝你，生活中有很多东西我们可以弃之不顾的，都去想这想那的，累不累啊。人生苦短，把精力用在真正的生活上。”

江天芳有点迟滞，好像无法回应了。

石智明：“好，天芳，你的审美有水平，我们去看看试装去。”

他们走到了试衣间门口，石智明让江天芳进去了，自己在门外的沙发区坐下。

试衣间，江天芳推门进来。

胡英子穿着藕色的低胸旗袍衣裙正好转过身来。

胡英子也看到了进门的江天芳，从江天芳略显沉闷的脸上读到点什么。胡英子抿抿嘴，但她很快看到了江天芳突然漾开来的几乎可以称为热烈的笑容。

戴露：“天芳来了，冠军来评价评价。”

江天芳：“太棒了。你们看到过那年巩俐在戛纳电影节的服饰吗？与这件有异曲同工之妙，设计师让那种含蓄腼腆的东方美与西方人的利落大方有了激情的碰撞，演绎了这种颠覆性的服饰革命。我看有如盛唐般的落落大方，也可以显现东方古国的千年韵味与历史积淀形成的霸气，还能为今天的西方所接纳。石大师的设计太棒了。”

秦芸："天芳，你说了半天，尽说设计师了，现在也不是巩俐试装，你看穿这件旗袍的英子怎么样？"

胡英子倚在橱门旁，侧影，正脸，胸前颤动着温柔。

江天芳："那还用说，英子是我带到这里来的，女人嘛，要听男人的评价。来，英子，我们去外面，设计师要一件件过一遍的。"

胡英子突然捂住自己的胸前："不不，我再换一件。"

戴露和江天芳对视一眼，大笑起来。

设计大厅，方波浪很沉着地走过来。与他擦肩而过的是石智明那个善于扭腰甩臀的女秘书。

石智明站起："请坐，咖啡刚给你端过来。"

方波浪："哎呀，会开完了。地球的心里总有个规律可循，德国的本格森对宇宙的射线与地球岩层的结构包括生物的生长规律有很好的发现，对未来的地震预报有意义。玄吗？其实也不玄。可人的心里倒变幻莫测，难测啊。"

石智明："怎么啦？"

方波浪："各地的实验者谈起地震生物，结果也带来一些地震后人物的故事，难哪。"

石智明："我看你收养了孤儿，好像还收养了孤独。快快放弃吧，一心一意研究你的地震植物学、地震生物学，多好。"

方波浪："是啊，这次回来又见着了小云亭身上的一些性格缺陷，还是有点坐立不安。我不会人物画，只画得了一些美丽的风景。好，不说了，她们在里面？"

石智明："是，马上会出来，看看试装。你正好一块儿看看。秦芸嫂子通知你的吧……哦，江天芳也回来了，在里面呢。"

方波浪："哦？"

石智明明白方波浪的意思，叹道："我已经向她说清楚了，你干吗呀，这眼神不正常。"

方波浪嘿嘿一笑："要小心哟，千万不要伤及胡英子。"

石智明："那是。"

试衣间，胡英子又穿上了一件看上去比较特殊的旗袍，长及膝盖，两袖却是紧箍式的，还启用了面料上的大块搭配体现人体的凹凸感，在戴露的惊呼声中，胡英子含笑做了一个姿势。

秦芸："真美。"

两个穿衣娘最后扯扯旗袍的裙角。

江天芳："怎么样？专属模特可以亮相了。"

穿衣娘打开了大门。

四个美女鱼贯而出。

设计大厅，女秘书正好走到石智明和方波浪坐着的沙发前，看见了款款步出试衣间的胡英子，也惊叹："好漂亮哦！"

石智明的目光中看得出满意，他满意的内容当然还包括此刻被旗袍裹着的女人。

方波浪："天人合一。"

石智明还想听下去，方波浪却站起来和秦芸拉了一下手。

秦芸微笑，轻声地："你来啦。"

方波浪："刚落地，也不休息一会儿？"

秦芸笑笑。

石智明早已顾不上方波浪说什么了，径自走到胡英子面前："太好了！英子，都试一遍了吧，尺寸没问题？"

胡英子摇摇头做了回答。她看着石智明的神情，是一种被幸福包围了的感觉。

戴露和江天芳也在一旁笑着，确实看不出江天芳有任何异样。石智明转身注意到她们俩："二位，你们可是冠亚军呵，怎么样？有何观感？"

戴露："每一件都穿了，一件比一件好。你太厉害了！怪不得连小英子也手到擒来。"

石智明哈哈笑起来，还向方波浪丢了个神气的眼神。

江天芳也丢了一个眼色给石智明："不能说一件比一件好吧，我们的设计大师石智明先生设计的时装每一件都是好的。智明，对吧？"

江天芳特别放慢了语速，把“一件又一件”和“每一件”说得特别清晰，显然有别意在其中了。

方波浪飞速地看了一眼石智明。

石智明听出音来了：“承蒙夸奖。”

继续围绕关于旗袍时尚的主题，石智明让大家坐到了沙发上，又扶一般地让胡英子站到了钢琴旁，然后回头：“应该是方波浪美学行者做一番评价了吧。”

方波浪会意：“现在看来，没有一种服装可以像旗袍一样体现女人独具的韵味。旗袍给了女人也给了男人太多的遐想，能穿出旗袍的极致美也是无数中国女人的期望，现在也是世界上很多女人的期望。话说回来，不是所有的女子都适合穿旗袍，特别纯真的不适合，特别魅惑的也不适合，最适合的应是一种混合体，既东方又西方，既现代又古典。这样说太空泛，落到了女人身上，就是不要或纯真或魅惑的单一状态，应是成熟和纯真、性感和纯情相糅合的混合感，一个女人可以像少女般纯情又有中年女子的性感。你们想想，这样的女子穿上这样的旗袍，岂不是对同性和异性都有着致命的吸引力？”

石智明拍手了：“讲得好。”

戴露：“你这个观点与刚才芸姐说的差不多，什么不是女孩穿的，是女人穿的，什么有故事的女人，什么女人的内在美啦。”

方波浪和秦芸会心一乐。

胡英子倚在了钢琴旁，一只纤手慢慢地从光亮的盖板上滑开去，使得娇美的形体外侧，竟有水一般的流淌之感。

石智明：“都说得好，我的小英子正是如此，哈哈，如此呵。”

戴露接着说：“石大师，我们几位姐妹对你这个系列的设计都赞不绝口呵，说说你的构思让我们分享分享。”

石智明：“可以，我正想说呢。”

钢琴旁的胡英子又转一下身，牵动着柔柔软软的美。

石智明：“我在意大利考察的时候，Roberto Cavalli 也以中式旗袍为灵感，推出黑底金花的改良式旗袍，该品牌的‘粉丝’‘贝嫂’维多利亚穿着它在风尚人物颁奖礼上亮相。旗袍的不老魅力在西方掀起了一波高潮。我仔细分析过，其实得旗袍真意味者还是中国的设计师，当然还有中国女人，高贵的、怀旧的、端庄的、时尚的……说起来还得感谢你们女人的启示，启示我的灵感……”

江天芳：“你是指在座的所有女人吗？”

石智明心里完全明白，调侃地：“还包括没在座的哦，比如林志玲，比如很有气质的‘贝嫂’。”

江天芳的笑容收了起来。

现在，江天芳神色沉闷地驾着车。白色宝马车内似乎运行着她眼睛深处异样的痛苦。进了郊外别墅，江天芳跳下。

楼上窗前，江母在窗前收回目光，转身穿过屋子，奔下楼梯。江天芳也步入了客厅：“姆妈，我回来了。”

江母：“哟，宝贝女儿回来了，我在电视上看见你好几回呢。”

江天芳把一只大包往沙发上一甩，坐进了宽松的大沙发里，她的整个身子像陷入了一个什么地方，看着母亲的脸仍然标致，只是自己略显疲倦，还带着点忧伤。

江母看出来了，从冰箱里取出可乐，打开盖插一根吸管，递给了女儿。

江天芳马上吸了起来，松开吸管的时候也松了一口气。

江母：“芳芳，你好像很累？”

江天芳：“不累，像度假一样的，不过管得挺紧，不会客不逛街不打牌。”

江母：“那是对你们好。”

江天芳：“是是，是好，好啦。”

江母：“芳芳，你好像不对劲，你有什么心事？”

被母亲一提，江天芳手中的可乐罐突然落了地，她也没去捡，直愣愣地看着一个什么点，很快，泪水涌了出来。

大颗大颗的泪珠掉了下来。

江母急了：“你这是……谁委屈你了？”

江天芳突然站起，冲上楼去。

江母没有跟上去，她想了一下，向外面走去。

院子里，江母在白色宝马前转了一圈，还朝里面张望了一下。

江母又朝院门外的路上望望。

她退了几步，不远处便是静谧的绿树绿湖。

江母深深地呼吸了一下，朝别墅楼上看去。

别墅楼上女儿房间的窗口，江天芳在眺望着什么。

江母又匆匆走向别墅台阶。

她跨了上去，匆匆赶上楼梯，步入江天芳房间。

江天芳已经坐在了圆桌前。

江母慢慢走到了桌前坐下。

江母："芳芳，你怎么了，谁欺负你了？"

江天芳摇摇头。

江母："首席礼仪获了大奖回来，怎么不高兴？"

江天芳平静地："姆妈，我们这套别墅退给石智明吧。"

江母："你在说什么？"

江天芳："退了。"

江母："别墅？"

江天芳："是。"

江母："你是不是有病了，尽说糊涂话！"

江天芳："没有，姆妈，退了吧。"

江母认真地看着女儿，也在想着如何与女儿就这个问题对话，她一直很奇怪地看着，江天芳很平静，只是长叹一声。

江母："芳芳，你一直很听姆妈的话，你要听姆妈做主。这个别墅现在是你名下的财产，他石智明和你分手时，也没有提出要回去嘛，再说了，这套别墅你也不是白来的……芳芳，这是你漂漂亮亮的……青春换来的，说白了吧，是你漂漂亮亮的身子换来的，你……"

江天芳用了在母亲面前从未有过的声调："姆妈！"

江母："事情的本质就是这样。"

江天芳复归平静："姆妈，我今天回来，也不知道什么原因，我直接去了石智明的设计大厅，也许想看看他新的设计吧。我看到他很兴奋，新推出的时尚旗袍非常好。他也找好了这个时尚旗袍平面宣传的专属模特，是个空姐，非常合适。”

江母：“你去他那里了？”

江天芳：“是。”

江母：“为什么不先回家？”

江天芳：“我也不知道。”

江母：“那你看到的这一切，与这里的别墅无关啊。”

江天芳：“他已经明确，那个专属模特也已经答应，他们已经是一对了，那个女人也非常合适，人很好。”

江母：“我说这个石智明是个花心萝卜吧，他在这里留下的味道都还没有退干净呢，又重新找上了？”

江天芳：“姆妈！你最好不要这样说人家。”

江母：“好好好，不过那也是石智明自己的事情，也与别墅无关啊。”

江天芳：“我面对他们的时候，我的心里很乱，我不知道我怎么了，现在到了这里，我突然明白了我该怎么办。”

江母：“石智明和你分手以后所有的一切，都与你无关了，你要把和他的一切统统扔掉。”

江天芳：“姆妈，这句话你说对了，所以我要退了别墅。”

江母：“不不，别墅是你的财产了，别墅早就和石智明没有关系了。”

江天芳无言以对。

江母：“芳芳，你还是要记住三条……”

江天芳：“又三条？”

江母：“是。第一，这套别墅永远是你的，这在法律上是站得住脚的；第二，再也不要和石智明接触了，免得他再扰乱你的心思；第三，你也不能落后，我们的首席礼仪，要嫁给世界上最出色的男人。”

江天芳：“天哪，姆妈，又是三条。当年做你部下的人，一定被你整苦了。”

江母：“不，是被我带好了。芳芳，你听姆妈的。咦，上次我看到一个老外接你，是……你的朋友？”

江天芳：“姆妈，今天我想休息了，不说这些了。”

江母："好，记住我的三条。"

江天芳看着自己的母亲很长很长时间，轻轻地吐出了三个字："你不懂。"

青云山庄餐厅。秦芸和方波浪、石智明和胡英子一起坐下了。

石智明："留不住戴露了。"

秦芸："她不会留下的，大机长那儿去了呢。"

胡英子也笑笑。

方波浪："天芳走的时候，我也没有注意到，她……"

胡英子："哦，她和我打了招呼的，刚回来，挺累的。"

石智明："好，不说人家了。我们两对今晚尽兴，反正你们俩住在一起，一块儿回，有个伴。"

方波浪和秦芸对了一眼。

胡英子注意到了："哦，我晚上还要去'温馨'，看我娘呢。"

石智明："我陪你去。"

胡英子："你？"

方波浪："我赞成。想起你们这些温馨的故事，我的心情好多了。"

秦芸看他一眼。

方波浪："早上会上，那些地震中的人物故事，还是挥之不去啊。"

石智明："高高兴兴吃饭！英子，回头看你娘。"

温馨小酒馆走廊，闪着温和的光，顾师傅笑呵呵地走进来，胡英子的婆婆迎了出来，忙不迭地接过顾师傅手中的水果袋什么的。

顾师傅："我们到后间聊一会儿吧。"

婆婆："……好吧。"

温馨小酒馆巷口，藏蓝普桑驶近弄口停下了。

小个子机械师从车上下来，向小巷里走去。

暮色已经降临。

温馨小酒馆后间，胡英子的婆婆和顾师傅坐着。

顾师傅：“……英子她娘，你想好了吧？我想告诉你的就是我这边已经和儿子商量好了，他们也很赞成你过来和我一起过，还是两个儿子眼睛尖，说当初见到你，就觉得你和和气气的，说咱爸要有这样一个老伴就好了。你看这孩子们说的。”

婆婆：“依你想的办吧……恐怕现在不行，英子也一个人，她老想着照顾我。我呢，身子骨硬朗着呢，我倒想着好好地照顾照顾她呢，那么俊的一个好闺女，跟了我们家还没有过一天安耽的日子。我已托秦乘务长她们帮忙寻思寻思，英子有个家了，我也放下了，还想早点抱个外孙呢。”

顾师傅：“我想着你可能是为了这个，你看，说得还真是。你想的也在理。不过呀，年轻人总有年轻人的想法，说不定呵让我来照顾你，当然啦，我们是相互照顾，她英子呢，还真放下了心，轻轻松松地去过她快活的日子。你这样想想呢。”

婆婆：“也是的，我可别再变成拖累她的了。不过，英子这孩子，不会这样想。唉，我也是想想这想想那，还没有和英子商量，我看我与英子挑明了说说，如果有个定，我们再合计合计吧。”

顾师傅站起来：“……也好吧。我呢，十多年一个人过了，这会儿想着遇见你这个好人，还老是在心里谢着英子呢，我一个家三分天下已经搞定了，盼着你早点过来呢。”

婆婆也站起，抬眼看看站在她面前高出一个头的壮壮实实的男人：“我寻思清楚了，也快。你不坐一会了？”

顾师傅：“你忙着，我那儿也离不开，就走了吧……英子她娘，要是你们舍不得这里，要不我把那边的店盘了，我到这里来？”

婆婆被打动了：“不不，你那里生意旺，还是我过去的好。”

顾师傅拉住了婆婆的手：“那好，我等你过来。”

婆婆没有抽回手，却说：“走吧走吧，快回那里吧。”

温馨小酒馆厨间，小个子机械师张望着，除了几个人忙碌着，不见英子婆婆的身影，他转出来，步至走廊的过道口，婆婆送顾师傅出来。

小个子机械师：“大娘。”

婆婆：“哟，是你呀，好久没见你了。”

顾师傅：“你有客，我先走啦，回见。”

他说完快步走向门口。

婆婆挥挥手：“不送啦。”

小个子机械师：“大娘，多有打扰。”

婆婆：“坐前间，还是后间？”

小个子机械师：“哦，不坐了。大娘，英子还来吗？”

婆婆：“来啊，今天她在外面吃饭，晚一些回来。”

小个子机械师：“那就好。大娘，我们的新公司马上要开张了，以后我不能常来了，跟你告个别。看你很健康，我们几个都很开心，以后有什么好时间，干脆关了门歇几天，坐我们的飞机出走转悠转悠。嘿嘿，真的。我这里有一封信，英子回来后，请你交给她。我，走了。”

婆婆：“哦，你们两个单位了，也碰不上。我就说嘛，罗机长和你不跳那个槽有多好。”

小个子机械师：“嘿，有信息相通的，我们还在同一片天空上嘛。小英子你也放心，听说她比原来开心多了，有人在拼命追她呢，好人有好报啊。”

婆婆：“你听到什么了？”

小个子机械师：“哦，小英子没和你说什么？那她兴许还没打定主意，你就安安心心保重吧，英子，有好运呢……好，我走啦走啦。”

婆婆望着小个子机械师的背影，若有所思。

青云山庄门口，胡英子和石智明在送方波浪和秦芸。

石智明：“快点上车吧，急着呢。”

方波浪：“你还开我的玩笑，毛脚女婿第一次去见丈母娘，要和你的时装一样精彩哦。”

石智明：“天生就会。”

胡英子不免有些羞涩，很清纯，也很女人。

秦芸笑了，笑得很欣慰。

石智明为秦芸打开车门：“请，嫂子。”

秦芸还真有点不好意思了。

方波浪上了车，关上门，又探出头：“智明，那可是个温馨小酒馆哟。”

石智明哈哈笑起来。

温馨小酒馆前间，笑着的石智明在这里坐了下来。

胡英子：“智明，我还没有和娘沟通过呢，你这突然……”

石智明：“放心吧，她也是我的娘了，我……”

婆婆端着水进门了，石智明缩回了话头。

婆婆：“不知道该怎么称呼呢，大贵客，请喝茶。”

石智明站了起来，一声轻喊：“娘！”

婆婆在下意识“嗯”的同时，看看胡英子，胡英子已经飞红了脸，只是点点头。

石智明高高大大地站着，一脸地真诚：“娘，我和英子还没有明确关系的时候，我就听说了你们一家的故事，我很责怪自己这么晚才认识英子，本来，我可以早一点儿为您老人家做点事儿的……娘，让你受苦了！”

婆婆：“你岔哪里去了！你这大兄弟，坐吧坐吧。”

石智明坐了下来，却没有注意到，胡英子在一旁哭了。

婆婆：“英子，你这又怎么了？你带着人家来，要高兴才对，他大兄弟，你说对吧。”

石智明：“对对，娘，你叫我智明就是。”

婆婆看看胡英子。

胡英子止住抽泣：“……娘，智明今天一定要来看看你，他有话要对你说。”

石智明：“是是。娘……你也坐下……我好对娘说……对对，娘，我和英子商量过了，想风风光光地办个大婚礼，我们也有岁数了，就想在今年办了。想听您老的意思。我们想啊，您也操劳一辈子了，我们把您接过去住，让我和英子伺候伺候您，您看呢？”

石智明说话间，胡英子已经拉着婆婆坐了下来，石智明说得很慢，也说得非常真诚。

婆婆抹起了眼泪。

夜色里的航空城，静静的。

温馨小酒馆巷口温和的小灯箱，也静静的。

大街，奔驰着白色宝马。

从车窗里可以看见，是江天芳在驾车。

法欧“闻香识女人”专卖店里，江天芳急匆匆地穿过店堂。

她推开一扇厚重的银光闪闪的大门，进了董事长办公室。

穆罕默德·贝尔勒站了起来：“哇，我的天芳，你回来怎么不早点通知啊，我可以去机场接你的。”

江天芳像老熟人似的跌坐在大沙发里：“机场那地方已经熟悉透了，不劳香精王子啦。”

穆罕默德走向前来，俯身询问：“是否可以肯定地说，王子钟爱的公主从天上飞回来了？”

江天芳：“王子钟爱的，可以说啊，公主飞回来了，也可以说啊。”

穆罕默德这时注意到了江天芳的手指上并没有他留给她的六克拉钻戒。他略微沉了一下：“中国公主的高傲，自古有之，我就专门等待高傲的公主呢，我还就喜欢女人的高傲，不高傲的女人就不像是我的女人。天芳，在这里等待你的日子里，我突然读懂了你的名字……天、芳，天芳天芳，就是天上的芳香，你本来就是为香精王国而生的，天上的芳香啊，你快快地铺盖下来吧，我要吮吸你的甘露，我要挥洒你的芳香。嘻，对不起，我把我家乡的民谣改了两个字，献给你。”

江天芳的神情轻松多了：“改了两个什么字呀？”

穆罕默德：“‘天上的公主’改为‘天上的芳香’，凑你的‘天芳’二字。”

江天芳：“哦，是吗，我能成公主吗。”

穆罕默德：“哦，天芳，用你们中国人常用的词儿，叫‘折腾’二字，你是不是不要再折腾了？”

江天芳笑眯眯地："我折腾谁啦？"

穆罕默德站直了："穆罕默德·贝尔勒。"

江天芳大笑起来："贝尔勒王子呵，你可是王子呢，获取一个姑娘的芳心，不能用求饶的办法。"

穆罕默德："我不是求饶，我是求婚。"

江天芳更是笑得前仰后合，她站起来："好了好了，今天我不是来和你谈情说爱的，告诉你，我后天飞意大利，听你说过罗马的西班牙广场有你们法欧的专卖店，规模很大。你飞罗马吗？"

穆罕默德："告诉你，你飞哪里我就飞哪里。不过你还飞啊？"

江天芳："看不出来我为什么飞吗？"

穆罕默德打量着。

江天芳："看不出来我现在想干什么吗？"

穆罕默德还是打量。

江天芳："看不出来天上的公主要铺盖下来了吗？"

穆罕默德："哦，我的公主，你还折腾啊！"

江天芳已经上来，在穆罕默德的脸上啄了一口。

温馨小酒馆巷口，胡英子送石智明上车。

石智明："你快回吧，然后早点回家。不用等秦芸了，我看她不会回来了。"

胡英子点点头。

石智明："看来你娘她觉得有些突然，不过她看我的目光很稳定，你就尽管按我说的去办吧。"

胡英子："哎呀，快回去吧，你今晚不是还要修改设计吗？"

石智明："是，好吧……唉，不用等秦芸啊。"

方波浪家一层的大间。

秦芸正和方波浪陷在一张大沙发里，神态肃穆。

他们的背后是满墙的优美的风景油画，他们面前是那些记录地震的历史照片。

方波浪："……噢，说起来这个结系了几十年啊，看来需要几代人的努力。刚才说的宇宙射线和地震的关系，又是一种新的视角，我们都不敢轻易否定。今年还有三个国际间的交流，地震的频发，使得地震的学术研讨会也频频举行了，我原本想我们俩这么不容易发现了对方，我们就多一点时间在一起吧，可是一听到那些地震孤儿的难以回暖的心理障碍，我还是着急，看来，后天还要出发。秦芸，你看，可以吗？"

秦芸："我……当然理解你的心情，前次你说到李云亭后来对自己生父的隔阂，他还从来没有对我说起过，你执意不说，也没有和姬老师交代，是你对他的保护，可是他也从来不愿提及，就是心理上的结了。波浪，原本我是为了研究空中服务的需要，修了心理学的研究生课程，你说的地震孤儿的特有现象，我倒是理解。你想解开地震之谜的理想很好，但可不要成为你的心结，要跳得出来，或许反而离真相更近。"

方波浪拉过秦芸的手，在自己的手中摩挲："你真是上帝给我派来的仙子，什么事儿都被你说得妥妥帖帖。你讲得好，你的心理学，是从自己的心理出发的，你要是搞心理研究就更棒了。"

秦芸似乎没有接这个话茬，还在想着刚才的主题："……要相信现代文明，无处不在的现代文明，那些经受了地震灾难的人，也有个敞开胸怀接受现代文明的问题，他们是可以人格健康的。至于我们的社会应该做什么，做好什么，是社会学的范围，我一下子也考虑不过来了。"

方波浪抓紧了秦芸的手："不考虑了，不考虑了，有心理上的就可以了。秦芸，考虑多了，心里就沉重了。"

方波浪深情地看着秦芸，这样说。

秦芸竟娇嗔似的一笑，缩进了方波浪的怀里。

方波浪的手在秦芸的脸上慢慢摩挲。

突然，秦芸又钻了出来："对，你刚才说什么了？"

方波浪一时不知道秦芸问的是什么了："你是指，我在说我们应该多一点时间在一起？"

秦芸："不是，我比你更想说这个呢，我是说你……说了'你要是搞心理研究就更好'，是吧。"

方波浪："我说'就更棒了'。"

秦芸："对嘛。哎，有地震心理学吗？"

方波浪："有这个说法，没听说有这个学科。"

秦芸："那你们研究所有研究这个，就叫地震心理学的吧？"

方波浪："一定会涉及，我不是常常被它雷鸣电击似的？不过专门研究地震心理学的，没有听说过。"

秦芸从沙发上跳了下来："太好了，我有主意了，好主意啊。来来来，我们上楼去说。"

她一把就拉起了方波浪。

温馨小酒馆楼上，一个大箱子打开了，胡英子婆婆的手伸了进去，取出一个用布包着的小盒子，放到桌上，然后她走向窗边站着的胡英子。

婆婆："还在看人家的背影啊。"

胡英子："娘……你觉得行吗？"

婆婆："我看你的精神气儿，能不行吗？英子，认识多久啦？"

胡英子："有过几次接触了，看他真的喜欢我。有些事，他也真的不较劲，你看他也口口声声叫你娘，我们中也有些人认识他。对了，芸姐的方先生和他是好朋友，对他的评价也很高。"

婆婆："噢，是方先生介绍的。"

胡英子："倒也不是，大家还是觉得不错的。"

婆婆："秦乘务长怎么看？"

胡英子："她特别赞成，今天还赞成他和我一起来看你，娘。"

婆婆："我的感觉看来还不会错啊。这个石智明，我看说他好还不够，是很好。他的条件不必说了，英子，是你修来的好福气啊。我看他人好，有本事，又有情有义，很不容易啊。他想快着办事儿呢，什么时候啊，英子？"

胡英子："这个倒还没有说过。这个人，有点莽莽撞撞的，突然跟我说，决定让我做他的旗袍模特了，后来，又突然宣布他爱上我了，今天也是突然提出要和我一起来看你了，说不定哪天，他又要宣布，我们要结婚了。"

婆婆嘿嘿笑起来："现在城里的年轻人，都这样吧。"

胡英子却想着什么，没有笑。

婆婆又有点担忧了："那，英子，你觉得心里踏实吗？"

胡英子："刚说了人挺好，不过他老是这么突然、突然的，我总觉得一惊一乍的，挡都挡不住。"

婆婆："这么说，有点不牢靠？"

胡英子："我也说不好。"

婆婆看了一会，母亲般的眼光。她转过身，把刚才取出来的小布包又放回了箱子。胡英子看着她的动作，有了一些猜想。

方波浪家楼上，西式砖楼的落地窗户，有半掀开的百叶门，室内的灯光非常柔和，窗外街道尽处是繁华大街，有特别强烈的光束在晃动。

这样，他们俩的影子，一会儿是剪影，一会儿只有轮廓光，两个人像全部陷入了一种无以言表的境地，不只是如梦如幻，似乎还飘飘欲飞，不知道是不是不愿这样飞去的缘故，渐渐地，方波浪拥紧了秦芸。

方波浪很轻的声音，照样磁性浓重："……秦芸，你这样想，真是太为我考虑了，我已经是第三回这样说了，你真的是上帝给我派来的。"

秦芸抬起头："波浪，你不能这样想。我从爱上你的那一刻起，就在想，你不能再流浪了，你已经流浪了大半辈子。我可以肯定，你不会没有情感的饥渴，你多么多愁善感呵，你有些时候比女性还敏感细腻，你不能再漂泊了。在爱情的园地里，你是一个流浪的侠客，你可以丢下你的十八般兵器了，你该回家了，你的家就在我这里。我想做你的全职太太，我跟着你奔波东西。我愿意。"

方波浪："我怎么能如此自私，占有你的一切呢？"

秦芸："你不觉得爱就是占有吗？我想，爱本应有两个核心内容：一个是要美的、善的，一个是要属于我自己的，而且永远属于。我爱你，一个如此完美，且永远属于我的男人。我愿意。"

她踮起脚尖，与方波浪深情相吻。

方波浪："心理学研究生说起内心世界的物质晶体，就是不一样呵！不过我不能下这样的决心，你有着如此浩瀚的天空，不让你去飞行，太残酷了。"

秦芸又踮脚吻了方波浪的嘴："……不许你这样说。其实我自己也一直在犹豫，我要做了你的全职太太，肯定会有很多提问要我回答。你的工作呢？你的事业呢？你是一个独立的女人吗，你是成功的白领吗，你上天的心理研究呢？你机舱里的心理发现呢……种种这些，我没有想过吗？今天你又一次提到了地震人物的灾后心理修复问题，我突然来了灵感，所以把你拉到了楼上，我做出了决定。这样吧，叫作方波浪全职太太兼地震心理学研究者，如何？"

方波浪认真地看着秦芸，他的呼吸一层层地急促上来，他突然弯腰，想一把抱起秦芸来。

秦芸："等等，波浪，我还没有说完呢！其实这是很真实的考虑，如果我的手上没有一项专心致志的工作，可能我过去的学习积累反倒闲置成了累赘，成了我以后新的生活中的异类，不是相向而是反向。我想好了，你看这样有多好，你们这些在有些人看来可能是疯疯癫癫的人，拿着联合国几十万元，甚至上百万元的盘子，去搞地震生物学啦，地震植物学啦，地震射线学啦什么的，哦，还有日本仅从气象来研究的地震气象学。我呢，研究后地震学，怎么样？关于地震后的人的学问。嘿嘿，也就是地震心理学。我们真正的夫唱妇随，这不是很好吗……波浪，你同意吗？"

方波浪还是没有回答，他转身走近了窗前，望着外面，突然有了声音。秦芸没有听到任何回答，冲上去从背后抱住了方波浪。

方波浪发出一声长啸。

窗外传来沙沙的风声，一阵淹没了方波浪内心激荡的沙沙的风声。也许，是铺天盖地的佛拉门戈。

非常不合时宜的是，秦芸还听到了自己手机的鸣叫。

是胡英子发来的短信："我娘今晚想见你，我劝老人家改天，看她有话和你说，实在不忍心，请答复。"

看短信的是方波浪和秦芸，秦芸抬头看看方波浪。

方波浪："应该去。"

温馨小酒馆门口，紧闭的门打开了，胡英子迎进了秦芸。

门又关上了，胡英子和秦芸停住了脚步。

秦芸："效果好吗？"

胡英子："他还不会弄精彩啊，像你说的。"

秦芸："那你婆婆？"

胡英子："其实我也有点心惊胆战的，娘心里不踏实，看上去对他的人印象还好。"

秦芸："什么叫'他的人'？"

胡英子："嗨，我也是，心里乱了，他这个人嘛。反正让娘有个安心呗，石智明要接她过去，不要在这里操劳了。"

秦芸笑笑："他有这个性格，什么事儿都急。是好人哪，你说是不是？"

胡英子低头一笑，在温和的灯光下竟有了一点妩媚。

很少见到胡英子的这种神态，秦芸心里更有数了。

方波浪家楼上，坐在书桌前的方波浪拨通了石智明的电话。

桌面上有一套《汤显祖戏剧全集》，也有一大叠关于地震的书，压在最上面的是一本意大利语的书籍，封面是一幅山崩地裂的照片。桌的前侧，方波浪从那张合影中截取的自己和秦芸笑脸依然。

方波浪："……智明，今晚毛脚女婿有否毛手毛脚啊？你嫂子被叫到温馨小酒馆去了……哈哈，你这个人乖乖地坐在那里，大家一定看好。还表现得不错？不见得吧，你这个人不表现还好，一表现保管过了头……"

石智明几乎是半躺在自己设计室的大沙发上，他拿着手机，一边说话一边挥着手示意。

有几个助手和那个扭腰甩臀的女秘书离去。

石智明："波浪兄，你还不了解我呵，英子一家我要全副身心地去照顾好的。我太想照顾好她们了，今天才刚刚开头，莫把开头当过头，像英子这样的女人，要不像我这样铺天盖地地去爱她，太亏待她了。"

方波浪家楼上，方波浪仍然坐在书桌前："……不要在我面前豪言壮语了，我还不知道吗？这个世界上你是怜香惜玉第一人……"

方波浪这么说着的时候，眼睛一直看着桌上的相框，后来干脆把相框攥在了手里。

方波浪：“……宝哥哥？不不，你比宝哥哥进步多了，哈！”

石智明这时倒正襟危坐在自己的设计桌前了，神态居然有一种从未有过的认真。

石智明：“怜香惜玉有什么不好？这个世界上我看懂得怜香惜玉的人太少了。你要是承认你算一个，那我就是第二人。为什么不怜香惜玉……小英子啊，我看是香中上品和玉中珍品，这辈子我可以不要所有的江山，也要陪着我这位美人。”

方波浪拿着手机踱向窗口，窗外街道尽处现在已经灯火阑珊了。

方波浪：“还温莎时代呢，智明。我们的时装界冒出个大情种，我乐见其成，愿你成功。作为老朋友，我隐约地有个感觉，你恐怕对小英子，你如此地爱着的这个女人，还要给她两个字：尊重！”

窗外，空中的明月分外皎洁。

石智明的手机已经离开了耳边，但还握在他支在桌上的手中。他看着前方，嘴里喃喃：“尊重……尊重！”

突然，他抓起桌上的车钥匙，快步走到门边，脚步声都比平时响了一倍，他又停下来，看看手表，又回到了桌前，扑通坐下。

门开了，女秘书颔首问询。

石智明：“泡一壶大红袍来。”

女秘书：“晚上？”

石智明：“啰唆。”

女秘书关上门。

温馨小酒馆楼上，秦芸正在表述自己的看法：“英子感到的突然、大娘感到的担忧，是有道理的，大娘你和我交代过，我都感到突然和担忧呢！幸好石智明是波浪的好友，我知道了他这些年来的情况，刚才都说了，所以我很赞成的。当然，我最后认可，是因为英子的态度。”

婆婆：“我是这么想的，他的条件要比我们英子超出了多少倍都不知道。但要是平时想冷淡就冷淡，想支使就支使，那我们宁愿不要。我们英子能过粗茶淡饭的日子。”

胡英子紧闭着嘴唇，朝自己的婆婆重重地点头。

秦芸：“我非常同意大娘的意见，只是石智明不会这样。波浪最欣赏的也就是他心善心热，有时候热得发烫，都有点夸张了。他这个人也心如止水，波澜不惊的。”

胡英子也重重地点头。

秦芸：“英子，大娘也说了，归根结底你自己拿主意呵。”

胡英子：“我……娘，我会嫁给他。”

秦芸笑了，这个实诚的小英子呵。

胡英子：“娘，我在想的是你要高高兴兴地看着我嫁人，看我嫁给了什么人，然后你也可以高高兴兴地和我们生活在一起，我是一定要做到这样的。娘，你知道的，这也是……他，他最后闭上眼睛的时候，嘱咐我的最后一句话。我一定要做到的。看你还满意，我心里也有了底，我说的他一波一波地让我一惊一乍的东西，大概是他的性格吧。”

秦芸：“石智明的这种做法，也太艺术家了一点，我也觉得……嗨，大娘，他们相处久了，会和谐的。”

婆婆：“这个我也相信，啥事儿没个磨合呵，只要料材好。我们乡下就有这个话。看你们这样说，我就心放下了。英子，你有个着落了，娘就要走了。”

胡英子：“咋啦？”

秦芸也有点愣怔。

婆婆：“你爹走了，我答应你留在这里，其实也是想能照顾到你，现在看到有了这么喜欢你的人，我真的是放心了。年轻人还是应当有年轻人自己的日子，我一个老婆子夹在中间算什么？我也该走啦。”

秦芸：“大娘，你没听见她连找对象也希望是你能接受的人，不就是为了以后两口子都能孝顺孝顺你？谁不会老啊！你就不要走啦。”

胡英子的眼里冒出了泪花：“娘，走干吗啊！我要是哪里没做好，你尽管提出来，我改了还不行吗？”

婆婆“咯咯”地笑起来：“我们的小英子多好呵！秦乘务长，原来拜托你帮她物色一个，今天再拜托你帮我监控那个。那个石智明要敢欺负英子，我老太太照样赶过来。”

胡英子哭出声了：“娘，说了半天你还走。”

婆婆连着笑声一字一句地：“秦乘务长面前我们也不用见外，英子，你要嫁人了，娘高兴。娘今天也学学石智明，我也来个新闻发布会，娘也要嫁人了。”

胡英子一愣，旋即有了思忖。

秦芸也惊讶不已。

第二十九章

温馨小酒馆楼上，温和的灯光。

那只褪了色的箱子又被打开了，婆婆又从里面取出黄黄的小布包，放到了桌上。

秦芸和胡英子都好奇地在一旁看着。

婆婆转过身来："好了，英子，娘要跟你说件事儿了，本来我还想不好怎么说，这一会儿，我觉得该是说的时候了。秦乘务长不要笑话，这件事儿我也是搁了很多天才想通了。"

胡英子："娘，你这是……"

婆婆扯开桌上的布包，里面是个首饰盒，打开了，是个镶着绿宝石的白金戒指。婆婆递到了胡英子面前："你看，顾师傅送来的，我还没有想好要不要收下。"

胡英子瞬间有点疑惑，但她很快就平静下来了。

秦芸："英子，顾师傅是这个店的店主吧？"

胡英子点头，还朝自己的婆婆瞥一眼。

婆婆："我把他的意思和他们家的情况和你们慢慢说来，都到这个岁数了，还来说这样的事儿，真有点臊得慌，秦乘务长莫见怪呵。"

秦芸摇摇头，笑得很甜。

石智明时装设计厅灯光明亮，助手们在忙碌。

石智明在图纸上描着什么，突然又抬起头，出神地望着一个地方，不知不觉间手中的笔掉了下来。

他倏地站起，抓起车钥匙走出去，一直走向了门外。

有助手的声音："今天老板怎么啦？"

温馨小酒馆楼上。

婆婆："……他的产业一分为三了，他和他两个儿子各一份。他准备把这里停了，城西的那一爿店我们俩去打理。"

秦芸一直笑着："……大娘，英子的事你说英子定，你自己的事你也自己拿主意呀。"

婆婆："嘿，英子怎么看呢？"

胡英子："……我，我听娘的。"

秦芸："对了，大娘，当年你儿子说要照顾好你，我想也不全是要在你身边转的意思，你的晚年有个好的归宿我看是最好的照顾，也是你儿子和英子最愿意看到的。还有个……嘿嘿，你也这么看好的老伴，多好呵。"

婆婆："英子怎么一直没有话呵？"

胡英子："我和娘对顾师傅的判断是一致的。"

秦芸朝胡英子笑笑，对胡英子的分寸把握表示欣赏。

婆婆："他在心里转了很久了，早些日子来挑明了。他这么说开了，我……嗨，最初来的时候，我就觉得他有副好心肠，留我们英子做帮工，后来又把店交给我们打理，他也不是为了赚什么钱，是动了恻隐之心，能不是好心吗？这阵子他也没有少费心思，从有些事看起来，他还很细心。看来缘分……英子，我就过去吧。拖着个老太婆总不会轻松的，你就跟那位设计大师，海阔天空去吧。"

胡英子一声"娘"叫出了口，就什么也说不下去了，她扑进了婆婆的怀抱，竟抽泣不止。

婆婆拍打着胡英子的肩头，抬头向着秦芸微笑，很快，在她的笑脸上，却有泪珠儿翻滚下来。

秦芸站起来，深长地呼吸着从窗外进来的晚风，她很满足似的微笑了，仿佛有无边的宁馨包围着她。

她走到她们的身边，低声地："大娘、英子，我看我就先回了，明天做准备，我们后天飞罗马。英子，你今晚就在这里陪陪大娘吧。"

胡英子从婆婆的怀间伸出头来，泪眼迷离。

秦芸疼爱地朝她一笑。

温馨小酒馆巷口空地上，秦芸发动了白色马自达。

白色马自达驶去，突然，车又减速，车窗内的秦芸显然发现了什么。

停车场的右侧前头，劳斯莱斯停在那里，当然等在那里的还有时装设计师石智明。

秦芸在车窗里晃晃头，仿佛满大街流淌的都是无边的宁馨。

白色马自达急速驶去。

劳斯莱斯车内，石智明一直盯着白色马自达驶去。

他开始在手机上发起了信息。

温馨小酒馆楼上，婆婆站在门边："我看，你还是回吧。"

胡英子："明天不用起早的，娘。芸姐不是说了嘛。"

婆婆："可这里脏呢。"

胡英子："我不，就这儿，我们睡一头说话，嘻。"

婆婆："好好，那我下去拾掇拾掇，到后头冲个澡去。"

胡英子："嗯。"

婆婆下楼去了。

胡英子的手机鸣响，她翻开一看，有些吃惊，做了一个深呼吸平息下来，脸上已有惊喜快速地浮上来。

她转身就出门下楼。

胡英子疾步跨出门口，向小巷的口子上奔去。

温馨小酒馆巷口停车场，胡英子止步的地方恰好在劳斯莱斯的旁边，可是她只顾着朝四处张望，偏偏忽略了身旁的车辆。

劳斯莱斯的后门悄悄地打开了，石智明半侧着身出来，一把就把胡英子拉进了车内。

胡英子的尖叫很快变为娇喘。

有胡英子低声的求饶："……喔，我没有力气了……"

玫瑰航空宿舍区，白色马自达驶近，很慢很慢。

车窗里的秦芸，想着想着，好像再也无法平静了。

白色马自达又转了一个方向驶去。

城市夜街，白色马自达静静地滑过街面。

夜间的洒水车驶过。

车两旁的丝帛般的水帘里，白色马自达仍在浪漫地滑行。

方波浪家楼上，窗前的方波浪在伫立眺望。

他上前一步，准备拉上窗帘了。突然，他看见了窗前的小街尽头，弯进来一辆白色的小车，好熟悉呵。方波浪有点自嘲地笑了，想拉起窗帘，但他很快又停下了。现在可以看清了，已经驶近的白色小车，正是秦芸的白色马自达。

方波浪转身就往楼下奔去。

方波浪穿过大厅,奔向门口。

青砖小楼前的空地上，白色马自达悄悄驶近停下。

秦芸从车上下来，她很快就陷入了晕眩之中。

因为，方波浪从小楼里奔出来了。

因为，方波浪的有力的拥抱来了。

因为……

不可否认，第二天清晨的天上也成了仍在晕眩之中的脸膛。

早晨的城市已经市声鼎沸。

东海航空大楼，明亮而安静的小会议室。一边是高总和罗大河，一边是张莹莹和林小洁。

现在看起来，这四个人都明亮而安静。

高总：“二位可以再考虑一下，我们最近得到情报，玫瑰航空要动一大批干部。大河，你的出走，可能引起了他们的警觉，所以务请二位考虑，一个千载难逢的好机遇。”

罗大河：“我们把两位请来谈，是告诉你们高总和我的最新决定，希望你们俩干脆一起过来，嘿嘿，省得你们互相推荐。张莹莹出任乘务部总监，林小洁出任乘务部副总监。”

林小洁：“总监？这名字不好听。”

高总笑了：“让你们二位去管起来，我看你们俩有互补性。”

张莹莹在他们对话间一直盯住罗大河，她的眼睛不敢眨下来，因为里面有晶亮晶亮的东西。罗大河注意到了，迅速避开她的眼睛。

高总：“如何？张莹莹，你是我们两家人才争夺的推手，你就不能把自己也贡献了？”

张莹莹放下刚刚看完的手机，站了起来：“再次感谢两位兄长的垂青。有些事冲破不了，是用一辈子的努力也冲破不了的，请你们谅解。”

高总与罗大河互看一眼，他们也许知道张莹莹的决定，与他们这两位优秀男人有关。

林小洁也站起：“罗机长，真抱歉，没有更沉重的东西呵，我就是舍不得离开这些姐妹。”

张莹莹：“两位新锐，祝贺你们开张顺利！如果需要我们以其他方式的帮助，我们愿意。公司通知我们十点开会，我们得走了。”

高总和罗大河看着两位气质美女走出门口。

高总已经放下面孔：“紧急启动第二套方案：海归方案。”

乘务大队会议室里，所有参会者都是成熟且漂亮的女人。

她们是乘务部所有的分部主任和乘务长以及准备担任这些职务的富有经验的空姐。

姬水娟：“……下面宣布六分部的部分职务的变动。秦芸出任乘务大队政委助理，张莹莹出任六分部主任兼张莹莹乘务组乘务长，林小洁出任乘务长，六分部组建林小洁乘务组。”

秦芸闪过急速的思虑，但没有表示任何异议。

张莹莹很平静，手上的签字笔却攥得很紧。

林小洁稍稍有点吃惊。

姬水娟："这个月按照原飞行计划和原岗位执行，下个月执行新岗位安排。"

波音747头等舱内，秦芸在岗位上迎客。

座位上有两个男人使得一对漂亮的空姐有了一些别样的内心活动。这对空姐是胡英子和江天芳，不用说，那两个男人就是穆罕默德和石智明了。

穆罕默德和石智明并排坐着，礼貌地一笑。

秦芸走过来，朝穆罕默德微笑，又与石智明会心一笑。

石智明凑近，低声地："……打扰嫂子了。"

秦芸："做护驾将军？"

石智明："在意大利时装中心也有一个研讨活动。"

秦芸翘翘嘴角："噢，捎带自己的研讨了。"

石智明也得意地翘翘嘴角。

江天芳在过道口子上和穆罕默德摇摇手。

穆罕默德飞吻。

胡英子看见了，用笑容向江天芳表示祝福。

戴露从经济舱走过来，和林小洁低语："你的'猪哥哥'躲在后面呢。"

林小洁："我知道，他有事。"

戴露："嘻嘻，小心他飞走了。"

林小洁："'猪哥哥'没有翅膀的。"

张莹莹刚好走到她们身旁："……但是一定要……是在飞翔。"

戴露又与张莹莹打趣："嘿，飞翔在云的河流之上？"

张莹莹盯她一眼，恰好手机响了，她打开看屏幕上的文字："206飞翔到天上，云上河流又流淌。"

张莹莹微微一乐。

胡英子走到她的边上："张乘务长，手机还不放进去呵？"

张莹莹："就放，不许瞎喊。"

戴露和胡英子压低了声音又喊："张主任吧。"

张莹莹转身走向了经济舱。经济舱的座位上果然有朱运良的笑容。乘客已上得差不多了。

胡英子突然发现头等舱里有一位老人想站起来，赶紧过去扶他。老人抖抖索索地："对不起，我有点病，还没有滑行呢，我又想上卫生间了。"

胡英子："老大爷，没关系，有需要，你尽管招呼我们。"

看着胡英子扶着老人的背影，石智明眼珠一转。

飞机上传来林小洁的纯纯的声音："女士们，先生们，欢迎你们乘坐玫瑰航空公司的航班，今天我们将飞往意大利的古城罗马。我们的机长是周成威，乘务长是秦芸，我们将竭诚为你服务。现在我们播放机上服务须知……"

意大利罗马，美丽的古城。

坡形的石子路，油光锃亮。

一辆房车从弯道口急速而上。

驾车人是石智明，副驾驶座上坐着朱运良。林小洁、秦芸、戴露、张莹莹、胡英子都在后座上，很像电影《罗马假日》里的某个镜头。

石智明大声地："怎么样，过瘾吧？前面不远处就是西班牙广场，那是格里高利和赫本邂逅的地方……呵呵，我们这里没人有邂逅任务吧。"

戴露喊一样的声音："石大师还想邂逅啊，那好，我们让英子先邂逅邂逅去，哈哈哈！"

大家都笑了。

罗马高地，房车在一个高处的平台停了下来。

在戴露的笑声中，大家下车。

秦芸的手机响了，是信息。是谁的信息呢？秦芸明白。

果然是方波浪的："自认识你以来，好像第一次我在国内，你在海外，很想你。"

秦芸低头回信。

戴露拉着张莹莹走开去："我们姐俩去那边喝杯咖啡吧，你的男人顾不上你这个软件啦，我的男人已忙得不见人影了，玫瑰皇后很孤独啊。"

张莹莹："看你，说啥呀！"

说着，她又看看秦芸的背影。

朱运良已拉着林小洁来到了一个更高处的大树下，望着远处一个幽静的庭院："小洁，你看，那里是当年拿破仑来到这里的时候，给他的情人修建的私家花园，我在那里观察了很久，当时我就想啊，我一定要找到小洁，我要为小洁修这样的私家花园。后来想想还真不可能。我想现在又有可能了，我的地中海和城市阳台的知识产权，使我的理想有可能实现了，我要在我们的城市找一块合适的地方，我要在我设计的私家花园里，看着你走来走去。对了，我还要认崔啸做个弟弟，我们请他来，配合他的动漫思维，弄个天下第一创意，如何？"

林小洁被朱运良描绘的未来打动了，但却冒出了一句："那以后你可不能远走高飞了。"

朱运良默不作声了，他透过林小洁的脸看着远处清晰可辨的私家花园，心爱女人的皎洁如月和绿茵之上的静谧如月一起融合了。

朱运良："小洁，你也别'远走高飞'了好吗？我的意思是你不要做空姐算了，和我一起打拼园艺工作室，这样你在我设计的私家花园里漫步，会更有感觉的。好吗？"

林小洁完全没有当回事，也没有注意到朱运良的特别严肃，她扭头一笑："这是——不——可——能——的！"

朱运良："那，那就以后吧。"

石头屋前的露天咖啡座，戴露和张莹莹坐在这里。

戴露："看来天芳的穆罕默德在这里也有产业，他追天芳追得真紧呵。"

张莹莹："天芳这个人蛮难猜的，不过现代人中这种人对待物质和精神的态度，还是蛮典型的。"

戴露："看重钱呗！我看我们俩好，两个都要。"

张莹莹："又扯上自己了。我看呀，江天芳也未必只看重钱。不过有一点可以肯定，当金钱和爱情必须舍弃一样的时候，即使曾经山盟海誓，她也会把爱情放下，不过也会一步一回头，甚至于会在若干年后仍对着弯弯的月亮流着遗憾感伤的泪水。她会沉迷情感，但更享受由金钱铸就的锦衣玉食的生活。她不会像王宝钏那样，守着寒窑等爱情。”

戴露：“不过，江天芳这个校花，还是有点复杂的。虽然现在很多人认为女人变坏就有钱，但有很多事也说明，没钱的男人未必不会变坏。何况，有钱的男人当中，也不乏重情义、有责任感、懂得疼爱女人的。那位穆罕默德先生看上去不坏呵，尽管他在飞机上的‘袭击’让人好害怕。”

张莹莹：“我们祝福她吧。”

戴露：“对了对了，不说江天芳了。我们有了爱情也很有钱，可是爱情很忙，钱一直闲着。”

张莹莹：“嘿，这话说得有趣。你刚才说罗大河忙得没影儿了，我想在现阶段一定是这样的，航空业，容不得半点差错。”

戴露：“是啦，你又不肯过去帮帮他。”

张莹莹：“戴露，我不过去的理由已和你讲了。你就不要再提了。罗大河既然很忙，你就多照顾着点呗。”

戴露又大笑着说：“我才不管他的正事呢！我只管他的除了正事以外的所有事儿。哈哈！”

这个爽朗的戴露真有点没心没肺，张莹莹看她一眼，没有回答，已悄悄步向高台的崖边。

石智明和胡英子走到了一处石栏杆旁，石智明挽住了她的肩：“没有把江天芳叫出来？”

胡英子：“被穆罕默德拉走了。”

石智明：“她们早就认识？”

胡英子：“前不久吧，听说是香精王子。”

石智明：“哦，好上了？”

胡英子：“这么有兴趣？”

石智明：“哦，挺好。我在想啊，我也要带你去一个地方，我真正起家的地方。”

胡英子：“哦？”

石智明："在那里，我学习了三年，在那里，我了解了时装的奥秘，在那里，我下决心要找一个我真正心仪的女人，用我的时装去装点她。你出现了，我知道我的女人出现了，我要带你去。"

胡英子笑得很甜蜜："哪里呀？"

石智明："米兰。"

米兰公寓，精致的阳台。矢车菊恣意开放。

从阳台上看进去，西装革履的石智明正把一件青花瓷图案的旗袍交给胡英子，看着胡英子把身上的藕荷色衣裙褪去，又让青花瓷旗袍在她姣好的身材上慢慢地立体起来，中国服装、中国气派在胡英子身上体现得淋漓尽致。当然，这专属石智明独家欣赏，石智明再一次沉醉。

石智明走到胡英子身旁，衣镜中的一对就很有"新人"的感觉了。可能正是这种心理，胡英子又一次飞红了脸，镜中的石智明也情不自禁地贴了一下胡英子的面庞。

石智明的话题却仍然在时装上："我在想，我的设计要跳出任何物质层面的精雕细琢了，青花瓷对服装的启示意义，应该不仅仅是图案上的中国结构和色彩上的中国意蕴。面料的选择和布局上的调整，包括这些地方的走线，我以为还是在物质层面上。英子，青花瓷旗袍的吸引力，最终恐怕要出奇制胜，还得在东方美学的精气神上下功夫。哇，太好了，何止是一件服装的功能，有生命意义上的东西。英子，这是你穿上这件衣服以后，我才感受到的。"

胡英子："……我没太听懂呢。"

石智明："不需要懂那么多，你觉得舒适就行。我再从这边看看……噢，真是这样的。一个专属模特不可能引发我这样的联想，大概一定要我的专属模特再加上我的专属女人才有这个可能。时装设计师在自己心爱的女人身上获得灵感是最灵验的。呵呵，英子，你好美。"

胡英子："你的青花瓷吧？"

石智明小心翼翼地拉着她，走到阳台的栏杆前，在一张精致的软背椅上坐下。他自己也拉过同样的一张软背椅，也朝着大阳台的栏杆坐下。

石智明看着前方："英子，你知道我在想什么？"

胡英子也看着前方："你在想你的青花瓷呗。"

石智明："你知道我在看什么？"

胡英子："你在看米兰的天空。"

石智明："两个问题都回答错了，不过这是肯定会错的。"

胡英子："为什么？"

石智明："因为你说的青花瓷可能单指我的时装品种，而我心目中的青花瓷是一个人了，那就是你。方文山的歌词说'天青色等烟雨'，我很愿意跟上他的后半句'而我在等你'，英子，你真太像青花瓷了，如方文山所说'如传世的青花瓷自顾自美丽，你眼带笑意'。"

胡英子："我说的你在想青花瓷，错了吗？"

石智明："哦，果然。方文山说'浓墨处你独自隐去'，真是有理呵，你为他印证了这句话。好，我的青花瓷，你是圣洁的，但是在人间的，青花瓷旁得有痴迷小生扇摇日月晃晃悠悠，嘿嘿，过幸福的日子。英子，此小生便是我石智明。现在，我不是在望米兰的天空，是在望我们的将来。"

胡英子："将来我也会在米兰的天空上的呀。"

石智明："不，这正是我现在特别要和你说的话，英子，你干脆辞了空姐吧，做百分百意义上的我的专属模特，当然，更主要的是我的专属女人。"

胡英子笑了。

石智明："你想想，要是这样，我们以后到米兰，飞罗马，去巴黎，进东京……"

胡英子："不用再想象了，还是飞来飞去的……还是老在天空上嘛。智明，你真这样想？"

石智明："绝对。'天青色等烟雨'，而我在等你。"

胡英子："智明，如果你确实也认可青花瓷很像'天青色等烟雨'，真是让你把我给说对了。我到了玫瑰航空以后，非常喜欢这个空中的岗位，只有天上才有青色，如果让我离开，就像不许天青色等待烟雨一样，我恐怕也不是青花瓷了。"

石智明："哟，英子，你这可说得比我的设计还有东方美学呵。你的意思是，不会辞去空姐？"

胡英子："嗯……智明，你是不是很失望？"

石智明："不会，英子，我是向你提建议，如果你认为不妥，我不会再提。你是我的专属女人了，你愿意做的一切，也专属于我。"

胡英子站了起来，向石智明侧过身。

石智明站了起来，向胡英子侧过身。

米兰的晚霞仿佛这时才发现了这一对东方恋人，在天边舞蹈。

他们拥抱了。

胡英子的娇音："……你怎么不再突然下决定，命令我了？"

石智明轻轻地回答："我该突然下决定的时候，还是会的。我该命令你的时候，还是会命令的。"

他抱起了柔软的胡英子，走进屋里。

江天芳正在法欧香精专卖店大班桌前仔细看着一个窈窕女郎。

金发碧眼，但很职业的神情使得这位专卖店的女店长因为职业而美丽。

江天芳伸出手用英语打招呼："非常高兴认识你，提香女士。"

店长含笑点头。

穆罕默德从外面进来："天芳天芳，我们走吧。"

他朝女店长撇一下嘴，拉着江天芳走去。

女店长看着他们的背影，莞尔。

穆罕默德和江天芳穿过店堂。

与巴塞罗那的专卖店几乎一模一样，让江天芳恍若昨日。

她想到了什么吧，神情恍惚地跟着穆罕默德走出店堂的旋转门。

火红的加长型保时捷跑车停在店堂前，很醒目。

穆罕默德和江天芳快走近的时候，仆人已打开车门，穆罕默德让江天芳上车，自己转到另一侧上了驾驶座。他启动了按钮，保时捷顷刻间变成了敞篷跑车。

穆罕默德点了一下江天芳的红唇，然后驾车离去。

保时捷在海岸公路上飞速行驶，车上的对话也显得简洁明快。

穆罕默德：“这样的专卖店，欧洲有二十一家。”

江天芳：“穆哥，为什么不向店长宣布，我将来会负责他们的工作？”

穆罕默德：“哦，我从来不在这种随意的场合处理工作。”

江天芳：“随意？”

穆罕默德：“是，不能随意。明天全欧专卖店的店长将集中在佛罗伦萨，我将隆重宣布你出任欧洲大区营运总裁的决定。”

江天芳：“穆哥，我是不是打乱了你的……所有的计划？”

穆罕默德：“哈哈哈，我明白你的意思，打乱原有的计划正是我的进步。哈哈哈！”

他们到了海边古堡别墅。

穆罕默德：“……天芳，你不觉得是你让我实现了我的进步？”

他们已沉浸在浓厚的欧洲古风里，江天芳躺在褐色的巨大的铜床上，身上却盖着雪白的被巾。穆罕默德支着身子笑眯眯地看着江天芳说话。

江天芳从一场畅快的心醉意迷的遨游中回来，她还没有睁开眼睛：“当然啦，我们俩是最古老文明的碰撞，我们共同实现了进步，你在哪呵？”

她从被巾下伸出圆润的手臂，像在空中晃动着她内心深处的渴望。穆罕默德轻轻地挽住了，从手指开始，一路吻了下来。

江天芳还闭着眼睛，声音越发有一些娇嗔：“……干什么啊，你要寻找什么？你，说话啊，你在干什么？”

穆罕默德沉浸在肌肤之亲的迷乱中，没有回答。

江天芳睁开了眼，穆罕默德的进程正好游走到了江天芳的肩头，兴许是触摸间的兴奋，江天芳笑了起来。

穆罕默德又支起身子，看着确实美得天下无双的他的意中人，江天芳又嫣然一笑。

穆罕默德：“……天芳，你的美再怎么挥发，还是属于东方的，也是很中国的。你为什么一定要把岗位选择在欧洲？”

江天芳：“你不是说不要在随意的场合谈工作吗？”

穆罕默德低身啄了一口：“小傻瓜，这是我们俩之间的事了，不是谈工作，是谈我们俩。”

江天芳当然明白，她不愿意触及这个话题罢了，尤其在这一时刻：“穆罕默德，就我们俩呵，我，我还想……我在欧洲献给你不好吗？”

说着，她钻进了穆罕默德的怀里。

宾馆屋顶咖啡座，江天芳和秦芸坐着。

秦芸：“你选择去欧洲大区工作？”

江天芳坐在秦芸的对面：“是的。”

她们显然已谈论很久，江天芳的神情非常平静，倒是秦芸的感觉有点不相信似的：“天芳，你的条件……”

江天芳：“芸姐，你不用劝了，我和你讲那么多，真是我把你当成了最可信赖的人。我这一生中还没有如此彻底地把我的所有遭遇和盘托出，以后也不会有了，芸姐，希望你理解。”

秦芸：“从最初在训练营时发现你，我是一直对你抱有很大希望的呵。”

江天芳：“现在没有希望了？”

秦芸：“不不，我不是这个意思。我仅就玫瑰航空来说。”

江天芳：“芸姐，你总是这样执着地转在自己的事业里！”

秦芸：“转在事业里？哦哦，自己在努力做的事还是重要的，不能无事可做，那样到头来，包括自己的感情生活也会觉得无处安放。建议你以后重视这一点。当然，怎么样地转在自己想做的事业里，有很多种方法，确实不必一条道走到黑，我也在常常考虑这一问题。天芳，某一天你听说了什么，不要奇怪哦。”

江天芳：“不会的，芸姐这样的精致女人，你做什么我都相信你一定深思熟虑过。好吧，我过去了。穆罕默德在海边的古堡别墅很好，我会休息一段时间，然后回国处理一些个人事情后，就来欧洲正式上班了。”

秦芸：“天芳，听我再说一句，你仅仅因为石智明吗？”

江天芳：“不完全是。石智明的清醒和对我的礼貌实际上让我自己掉入了巨大的冰窟里，我重新游了上来，我非常感谢他。石智明是有才华有情义的男人，我祝福他，也祝福英子。英子也是苦尽甘来，她是善良人生的成功。还有，我的母亲，还有我的周围……有很多很多遭遇呵，有些遭遇只能变成糟糕，只有极少的遭遇才能变成机遇。芸姐，不烦你了，我记住了你的交代，其实这一点上我们非常一致。本来我是可以只做全职太太的。”

秦芸：“呵，你也说了全职太太。”

江天芳疑问地：“你是……哦，你也想……你是为了你的那个学者？”

秦芸站起来，向着屋顶的边沿走去，江天芳看看她的背影，也站起来跟着走过去。远处有一大片土黄色的古建筑和墨绿色的古松柏，罗马的圣彼得大教堂、斗兽场、公共大浴池、大市场和古市政厅等一些她们已非常熟悉的建筑的影子依稀可见。

屋顶上的风把两个美女的衣裙和头发造型呈现很飘逸的剪影。

秦芸的声音：“人生的角色和你愿意为之奋斗的事业是可以融合的。”

江天芳的声音：“芸姐，我本想是和你做一些说明，但是你给了我信心，谢谢。”还有一种说不出的声音在鸣响。

宾馆房间的窗前，鸣响的是方波浪的呼唤。

秦芸已回到自己驻地的房间，她打开的手机屏幕上，方波浪的劝告再一次出现：“你恐怕要为自己身边的姐妹们着想一下吧，政委的接替者飞走了，她们会作何感想？”

秦芸走到窗前，稍作凝思，又回信。

她的心声在回响：“波浪，我会安排好这边的一切，你只需要为你的美丽山水去添新的图画就可以了……”

青砖小楼一层，方波浪果然在一层的画架上作画。

秦芸的心曲在流淌：“……陪伴你，是一个女子深思熟虑后的决定，你的所有劝告都可以停止了。我也不知道为什么，想起你的每句话都像爱的魔咒，都让我更加无法自拔地爱你。真是要命啊，你真是我的冤家，那么，陪伴你为什么不是我人生选择的辉煌呢？想起你的收放自如，想起你的娓娓道来，我只有一个念头，在我的身上放牧你的爱情。波浪，尽情释放你的疯狂吧，我是你的沃野，任你撒欢。呵，波浪，是《琴挑》的词儿吗，情儿意儿哪些不动人哪！”

方波浪甩下了画笔：“天哪，我方波浪何德何能……”

他在发短信。

秦芸的声音又响起：“……是我们俩的功德修到了，天意作合。波浪，我爱你。你的美丽山水你可以去保护去营造。那些地震后的恐慌、焦虑、孤独和苍凉，我也会去用我的心理学去修复去激荡，这个人间给了我们爱，也让我们用爱去回馈这个可爱的人间吧。”

方波浪站在那些灾难照片的面前，他眼中的照片模糊了，一直模糊到一片温润。

他知道自己再一次幸福地得到了泪水的访问。

宾馆房间，秦芸也泪眼迷离。

她的面前坐着张莹莹、戴露、胡英子、林小洁，当然还有石智明和朱运良。几乎所有的人都面露惊异之色。

秦芸：“说起来，在座的几个女性，曾一起叫作‘爱你的人’，我离开玫瑰航空以后，我想我们大家都是‘爱你的人’，还会像玫瑰一般，还是在一起的，还是有那么一股沁人的馨香。”

胡英子却突然有点抽泣了。石智明紧紧地抓住了她的手，摇晃几下。

秦芸是哭的眼，笑的脸：“莫难过呵，英子，我的决定只属于跟我自己有关的后半生，你们仍然可以在蓝天飞翔。对了，我是这次临行前向组织上提出辞呈的，在没有批准前，请大家替我保密。我不想事情还没有做成就弄得沸沸扬扬。莹莹回去后就要出任六分部主任兼张莹莹乘务组乘务长了，小洁也要在新组建的林小洁乘务组出任乘务长了。戴露和英子，你们以后在哪个乘务组呵？”

戴露：“当然在张莹莹……哦，或者林小洁乘务组的其中一个了。”

石智明和朱运良也都笑了。

秦芸：“本来‘爱你的人’里有两个男子的，他们离开了‘玫瑰’，去了‘东海’，有他们飞翔的广阔天地了。但今天在我向大家说明时候，也有两个男子在场，两个帅哥都快做我们空姐的如意郎君了，你们对我的主张有什么看法吗？”

石智明和朱远良对视一眼。

胡英子的手反过来抓紧了石智明。

林小洁紧紧地盯一眼朱运良。

石智明："什么看法呵，我在嫉妒波浪兄呢，流浪了几十载，竟然碰上了如此多情多义多……多什么啦的你……你这个爱情至上主义者。"

秦芸："倒还不能这么说，就像你与胡英子一样，我们的相爱有太多的人生意义了。我近来常常有一种甜蜜的感觉往胸口袭来，爱着，真好。"

石智明："我在这时候和我的小老弟朱运良同时宣布，对不起，英子，我又要突然宣布了，来不及向你征求意见了。就在昨日，我们两个男子都向自己深爱的女人提出了同样的要求。我们也希望她们离开空姐的岗位，一个是做时装设计师的太太，兼做专属模特；一个是做青年园艺师夫人，兼做园艺欣赏家。呵呵，但两个女子还是把她们的岗位定在空中的飞翔，我们都接受了，我想爱一个人，就要爱一个人的选择。"

胡英子再一次拉住了石智明的手，她依偎在他的身旁。

林小洁和朱运良相视而笑，朱运良又加上一句："我还是会为我的小洁设计私家花园，我的大型作品呢。从空中欣赏园艺作品是最佳的角度，小洁可以做一个空中园艺欣赏大员。"

秦芸："多好呵！我的离开和你们的不离开都对，我想是这样的。莹莹，今后的担子压在你身上了，你们大家也要帮衬她。"

可是在座的还是有人有点提不起情绪。

张莹莹认真地盯着秦芸，秦芸的决定似乎在她的意料之中也在她的意料之外。

石智明："秦姐，你的主张方老师接受吗？我怎么没听他说过。在你即将出任更高岗位的时候离去，他同意吗？方老师是很有责任感的。"

秦芸："是，你的判断很对，波浪一下子接受不了，但我相信我会说服他。"

戴露凑近张莹莹，悄声地："要不，我也这样？"

张莹莹："问问你的大河去？"

戴露："他也是干航空的，恐怕不会同意。"

张莹莹："就是啊。"

张莹莹拍拍戴露的肩，然后站起来："芸姐，我支持你，我曾经以为你深爱的男人方先生还不够格呢，看你做出这样的决定，我真的很佩服，佩服方先生能够获得你的爱，佩服你这样地去看方先生。我祝福你们。"

石智明带头鼓掌，大家也热烈鼓掌。

机场停机坪，波音777俯冲下来，平稳地驶上跑道。

飞机轮子在移动。

机场出口处，行李车轮子在移动。

崔啸在门口接上了自己的母亲。

崔母："你不是让我来看你的得奖作品吗？为什么让我飞到这里？"

崔啸："哦，我这段时间一直在这里，这里是当年唐僧师徒四人取经路过之地，我获得了很多动漫素材，我在整理的时候突然发现，在这个城市建立我的动漫工作室更好……"

崔母一直微笑地看着自己痊愈的好儿子。

他们在出租车上了。

崔啸："……这是我请你直接飞这里的一个原因，请妈妈看看这个地方，我觉得在这里，连生活也动漫化了，你看那些楼盘的依山而下或绕山绕水蜿蜒过去，一抽象出来就是动漫。更重要的是，这里流传的许多古代传说，正好回答了我在学校提出的一个命题，最传统的和最现代的是有着相通的路径的。"

崔母："妈下来没见你停过，滔滔不绝呵。快喝口水吧。"

宾馆房间的大阳台。

崔啸："妈，你看，多好的一个地方。我想离开那儿，你把那房子卖了，在这里重新建立一个……"

崔母用毛巾捋着自己的头发，显然刚洗完澡："小啸，你想离开是不是为了林小洁？"

崔啸："妈，这就是我为什么让你飞这里的第二个原因。她的故事你都知道了，她的男朋友我们也把他找回来了。我的脑子里还是甩不开她，所以我想离开，离开得很远很远，可我又不想回美国去，我要留在中国发展。”

崔母：“那座城市多漂亮呵，小洁他们知道吗？”

崔啸：“以后会知道的。那个朱运良要认我做兄弟，我也没有接受，我只有选择离开。”

崔母：“你，这是对的。”

崔啸：“妈，说来也巧，我在玫瑰航空打听到，秦芸乘务组飞国际航班，明天回来，要经停这里再飞回去，所以我让你到这里，我们明天回去，也算是我和她的一次告别飞行。”

崔母眯眼笑了：“傻孩子，坐飞机不兴说告别的。不过我赞成你的做法，像个大男人了，大男人做事就要有情有义。”

波音747头等舱，崔啸的笑脸已在飞机上了。

崔母坐在他的身旁，在他们周围，还看到了穆罕默德·贝尔勒、石智明和朱运良。

飞机已在飞行。

林小洁巡舱过来，崔母拉了拉她的手，林小洁很甜地一笑。旁侧的崔啸凑过来：“小姐姐瘦了。”

林小洁还是一乐，又侧过脸向朱运良也甜甜一笑。

江天芳也走过来，与穆罕默德微笑间，也似乎把微笑交给了整座客舱。身着空姐的制服在她是最后一回了。

这个实习生了不得。石智明可能有这样的想法，但他的注意力马上转到了为他端茶过来的胡英子身上。

胡英子给了他一个静静的微笑。

蓝天白云。

蓝天白云上的飞翔。

飞翔之上的云空。

波音747头等舱操作间，秦芸从驾驶舱的门里出来，然后又把门闭上了。

她抬头间，突然看见了一双鹰眼和阴狠的目光，她微微一震，这个目光的焦点就是驾驶舱门的把手处。

秦芸没有转过身，用手在身后确认了门已闭紧反锁，才向操作间走来。

那双鹰眼还没有离开，突然，他又转身向后望望，经济舱头排的两个座位坐着养着胡须的男人，在鹰眼的目光注视下抱紧了胸膛。突然，他们站了起来，又在鹰眼的目光注视下坐下来。他们身旁，张莹莹正好走过来。

空气顿时紧张起来，秦芸快步走到操作台边，悄声和林小洁、胡英子、江天芳交代："注意七排 C 座，这个人的眼神不正常，防止意外。"

大家默默点头，江天芳的眼角溜出一丝惊恐。

秦芸又在操作间，斜着门向第一排中间的一个男人招招手，男人迅即起身走过来。秦芸低声地："你们两个进入一级警戒，特别注意七排 C 座。"

这时，江天芳过来，秦芸又与她低语一阵，后者的神色稳定下来。

从波音 747 驾驶舱看出去，窗外的云絮温和地铺洒开去。

机长全神贯注。有铃声响起，他接电话，电话里是秦芸的声音："执行一号任务。"

机长："明白。"

机长又拿起另一个电话："塔台塔台，我是 MG958 机长周成威，据秦芸乘务长报告，舱内有严重情况预兆，正在密切关注，请全程跟踪。"

对方的声音："明白，保持联络。"

波音 747 经济舱，张莹莹在过道上走来。

她沿路与值勤岗位上的空姐打着招呼，现在已到了后舱的操作间，她又凑近戴露："芸姐要求执行一号任务。"

戴露惊了一下："啊？"

戴露回头朝飞机舱内看去，这一会儿叫得更响一点："啊！"

果然，歹徒发动了袭击。在波音 747 头等舱，那个鹰眼没有任何动作，在他的后面是连接经济舱的口子，这样他只要往右一缩，就有了一个独立的空间。林小洁好像在收拾着什么，正在靠近鹰眼。

发动袭击的是在经济舱前排的两个男子，他们突然往驾驶舱冲去，但是在头等舱口子上，被刚才秦芸打过招呼的两个安全员紧紧地攥住了。

崔啸、崔母、穆罕默德·贝尔勒、石智明和朱运良大惊。

两个歹徒拼命挣扎，但很快就被镇住了。

歹徒挣扎中扯开的外衣里，能见到绑在身上的炸药。

秦芸正在头等舱操作间中，听到这一阵杂乱的声响，也扑向驾驶舱的通道口子上，在两个歹徒被控制的时候，她已站在了驾驶舱门前。

胡英子紧跟着冲上来，秦芸向她使了眼色，胡英子会意，退到一侧拿起电话："机长……"

波音 747 驾驶舱内，机长一脸严峻："明白。"

他拿起另一个电话："你好，我是 MG958 机长周成威，果然发生了……僵持中……"

波音 747 舱内，所有的乘客都知道了。

但一个沉稳的声音在此刻响起了："女士们，先生们，我是机长周成威，本次航班现在飞行在正常的航线上，有乘客刚才用不正常的方式提出了不正常的要求，我们正在积极协商中，请大家在原座位坐好，不要走动，我们会全力保护大家的安全。"

机长的声音里，张莹莹把头等舱和经济舱的隔帘拉上了，与后舱的戴露遥遥呼应。

林小洁站在过道上，她显然在悄悄注意着鹰眼。

胡英子在操作间口子上与石智明对视了一眼。

崔啸向母亲看了一眼，一只手压压母亲的腿，好像在安慰着妈妈。他又去看一旁隔着中间排座位区的林小洁，与此同时，朱运良几乎要从座位上站起来，林小洁用眼神压他坐了下去。

江天芳本来就在穆罕默德座位旁与他说话，情况发生时她就被穆罕默德紧紧地拽住了。两人都很紧张。

这时，被安全员控制住的两个歹徒，突然又挣扎起来，想去咬身上的领子。

安全员使着劲，胡英子已从小柜门里取出了捆人的绳子。

突然，有人发出歇斯底里般的叫声。

与此同时，七排 C 座的鹰眼跳了起来，一把搂过了林小洁，退至头等舱右侧角落，钢笔尖抵住了林小洁的喉头。

秦芸大骇。

第三十章

波音 747 头等舱内。

林小洁满是惊骇的神色，但她很清醒。

她的脸在鹰眼的臂弯里，眼睛却拼命地想制止什么。

头等舱座位中的朱运良和崔啸几乎在同时跳了起来。

他们看明白了林小洁的眼神，没有进一步的表示，崔母拉着儿子的手，示意他坐了下来。与朱运良隔座的石智明反倒笑眯眯地把朱运良按了下来，他自己却站了起来，胡英子很想让他坐下去，石智明却挥了挥手。

石智明："我说三位大哥，大家都不要激动，我们都是坐飞机的人，懂得在空中的飞翔，要的就是平静，什么事都好商量嘛。还有什么比命大的吗？"

三个歹徒的脸上都没有反应似的。安全员控制住的两个歹徒，看看紧搂着林小洁的鹰眼。

石智明明白了情况，估计三个歹徒听不懂中文，他换成了英语又说了一遍。

鹰眼准备说话了，他用力紧了紧臂弯，林小洁此刻没有考虑如何挣脱的问题，尽可能地转过脸来，似乎还有点配合鹰眼，她说话了，声音依然又纯又脆："是呵，先生，我们可以商量的。"

秦芸拦在通往驾驶舱的通道口上，她向两个安全员使了继续控制歹徒的眼色，然后沉稳地说："你们哪个是头，我是乘务长，你们有什么要求可以提出来。"

鹰眼又听到了来自他臂弯间的声音："是呵，先生，你莫要心急。"

头等舱通往经济舱的帘子略微掀开一些，张莹莹给秦芸送过来一个眼色。

波音 747 经济舱的两个过道，张莹莹和戴露分别站在过道的连接口，过道旁已排着十多个年轻一些的男乘客。他们的手上都有些家伙，有的是餐具中的刀叉，有的是笔记本电脑，有的握着矿泉水瓶，还有抽下自己的皮带当武器的。

他们的动作都很轻，也似乎都明白，没有这两个空姐的示意，他们是不能贸然冲过去的。

波音 747 头等舱内，鹰眼开口说话了，却是很难听懂的英语："请你们的机长出来。"

秦芸听懂了，她看看三个歹徒，想弄清楚他们是何方"神仙"，这会听到了声音，仍然无法判断。鹰眼急了，用笔尖划了一下林小洁的颈部，有鲜血渗出。

朱运良和崔啸几乎要跳起来，但都被拉住了。

鹰眼："如果是这样，我只能下手了呀。"

秦芸："等等，我与驾驶舱联络。"

鹰眼扯着林小洁走上了过道，他手中的钢笔一直抵着林小洁的喉口，过道口的乘客也没有人敢动。

秦芸在电话里低声报告了，她听到了机长的声音。

波音 747 驾驶舱内。

机长在电话上讲着："……好，机长会出去，现在已到机场上空，请尽量拖延时间，我要以不让歹徒察觉的方法降低高度，盘旋落地。地面已全面部署。"

地面停机坪上，用于处理紧急情况的各种车辆飞速赶到。

人群相对集中的地方，有指挥者在着力部署。

所有人的脸上都只有两个字：紧张。

驾驶舱门打开了，出来一个身材高大的人，但不是机长。

他镇静地："我是机长，说吧。"

鹰眼没有说话，在安全员双手控制中的两个歹徒挣扎了一下。

秦芸："他们说英语。"

出门的机组成员用英语说道："说吧，我是机长。"

鹰眼夹着林小洁已经移到前排一侧："把我的两个兄弟放了，放！"

秦芸与高大的机组成员交流了一下眼色，又向两个安全员使了眼色。她的目光扫向林小洁，然后又向两边的隔帘处扫一眼，她看见了缝隙处张莹莹和戴露明亮的眼睛。

这一切几乎是在瞬间完成的。

秦芸居然还微笑着："你是头呵，好呵，头，你好机灵呵！那好，我放了你这两个弟兄，你也放了我的这个姐妹啊，我们坐下来，有什么不好商量的？"

鹰眼与两个歹徒掠了一眼："行呵，让机长过来，我们谈。"

秦芸拦住。

鹰眼的笔尖又抵住林小洁喉间。

波音 747 驾驶舱内，除机长在操纵飞机以外，另外两个机组成员警惕地盯着舱门，手中都有工具，准备应对随时都有可能发生的危险。

机长沉着驾驶，额头有细细的汗珠。

波音 747 舱内，秦芸稳稳地上前："你这位先生，慌什么？我和他一起过来，走。"

她走过来，站在了鹰眼的面前："怎么样，先放人吧？"

鹰眼："好，我们同时放人。"

几乎在一刹那间，只听鹰眼一声大吼，松开了林小洁，两个安全员也以一种有利于自己的方式松开了两个歹徒。也几乎是在同时，鹰眼推开秦芸，往驾驶舱舱门扑去，两个歹徒也试图往同一方向扑去。

秦芸也是一声大吼。

刚刚转过身去的林小洁发现了鹰眼的企图，又以跌倒的方式，把鹰眼绊倒在地，但也在此刻，笔尖刺入了林小洁的颈部。

人们扑上来了，扑上来的有高大的机组成员，有朱运良、崔啸、石智明、穆罕默德·贝尔勒，有拥进来的经济舱的年轻人，还有胡英子、戴露、张莹莹、江天芳和吓坏了的崔母。

安全员很快再次制伏了两个歹徒。

秦芸瞬间转身，就与别人一起把鹰眼制伏。她站起来，站稳了，但也看到了躺在血泊中的林小洁，她撕心裂肺地大喊："小——洁——"

云在翻滚。撕心裂肺的喊声在揪人心尖似的音乐声中淡去。

机场停机坪上，所有人都没有走，包括机组成员、乘务组成员、机上的所有乘客。他们的对面是机场的人员，有塔台指挥人员、救护人员。一辆大巴刚刚赶到，从车上跳下来姬水娟和玫瑰航空公司的领导。

站在前列的秦芸晃了一下，一旁的张莹莹赶紧扶住了她。

他们旁边的朱运良和崔啸陷入了巨大的痛苦之中。

大家都往舷梯车的顶端看去。

舱门口，担架出现了，四名武警战士抬着担架下来。

担架上，洁白的毯子盖在林小洁身上。

与林小洁同组的姐妹们完全控制不住了，发出呼天抢地的哭声。

林小洁听不见了，但是她所熟悉的所有的面孔都在苦痛中向她致敬。

担架已到了地面上，英雄回来了。

姬水娟和秦芸走到担架的两旁，姬水娟俯身轻轻掀开了白布毯，面色苍白的林小洁安详地躺着。

强忍着悲痛的两名空姐前辈也落下大颗大颗的泪珠。

秦芸转身过来，朝朱运良挥挥手，示意他过来。朱运良移动了一下步子，竟不听使唤了，一旁的崔啸赶紧扶住他，一起靠近了担架，靠近了逝去的林小洁。

朱运良已经泪流满面，他把颤抖的手掌贴在林小洁的脸旁，整个身子不可遏止地佝偻起来。秦芸挽起了他的胳膊，他的手也慢慢地离开了林小洁。

秦芸自己又摇晃了一下，朱运良扶住了她。

张莹莹走到了秦芸身旁，也扶住她："芸姐，你的腿？"

秦芸摇摇手。

巨大的停机坪上，人们默默地为林小洁送行，厚厚的云层出现了透透的缝隙，像从天上倾泻下来成排成排的灵光，有一缕在林小洁的脸上，闪亮着她的圣洁。

站在朱运良一旁的崔啸泪如雨下，他从西服的口袋里突然掏出了祥云围巾，扎成了一个圈子，放在了林小洁的脖子旁。

微风拂动着围巾的一角，能见到"林小洁"三个字在飘飞。

"林小洁"三个字成了电脑屏幕上的文字了。

朱运良在自己的工作室，坐在桌前码字。

他身后的墙上有两张贴满了墙的大照片，一张是林小洁的制服照，微笑是主要表情；一张是林小洁的生活照，清纯是主要风格。

屏幕上的文字："小洁，这是我在伦敦时给你写信的信箱，当时我给你写信我自己收信，你是我当时巨大的精神寄托。现在，我又要以这种形式给你写信了，而且这是注定到永远了，小洁，莫非这是你留给我的最神圣的永恒？小洁，我爱你……"

朱运良又泪流满面了。

崔啸动漫工作室的电脑屏幕上出现的是林小洁的动漫造型，从一般动漫造型艺术上讲，这是一个清纯善良的动漫女郎。

崔啸的心绪自不待言，动漫女郎的眼睛，竟是异乎寻常的温和。

他身旁的崔母泪水涟涟。

医院走廊，姬水娟走着，表情严肃。

她走到一间病房前，病房的门自动打开了。

秦芸躺在床上，看到门口的姬水娟，便支着手掌撑起自己的身子，一旁的方波浪上前帮着她坐起来。

姬水娟疾步走进："躺下躺下，好点儿了吗？……你好，你也来啦。"

方波浪微微点头。

秦芸："姬老师，我没太大事儿，小腿上有点骨裂，躺几天就好了。你就坐床边儿上吧。"

姬水娟坐下来："那天你坚持到最后才倒了下来，不容易呵。你是我们的空中勇士呵，你要接受这个称号。"

秦芸摇摇头："姬老师，请你一定要向公司党委汇报，我不会接受的。我们虽然取得了胜利，但我没有保护好小洁，小洁是真正的勇士，她已不在了，大家的情绪还是有影响的，我劝领导上不必搞什么表彰活动，我觉得那样反而不利于稳定大家的情绪。这帮歹徒想把我们的飞机当作他们的凶器，袭击我们的美丽城市。通过努力，我们阻止了，只是我们为此付出了生命的代价……不过我想，必须让我们的乘客，也包括让我们的航空公司相信，我们的天空充满着和谐。我甚至想，我们对于这件事，是不是应该尽快遗忘。当然，遗忘这件事并不等于遗忘林小洁。"

姬水娟很惊讶，她又马上发现回应不了什么，转脸问方波浪："你以为呢？"

方波浪："我也刚进来，第一次听秦芸这么说，但我赞成。"

姬水娟："我明白了你们俩为什么会走到一起。"

秦芸和方波浪交流了一下眼神。

方波浪："还是你们公司的功劳，让她进修了心理学的硕士课程。"

姬水娟："咳，说到这个，我今天来的另一个话题，就是来与秦芸谈谈，为什么这次临飞前你让六分部的行政秘书给我送来了辞职报告。"

方波浪一惊。

秦芸笑笑，有点故意。

姬水娟："党委、行政两套班子所有的人都表示惊讶。又是你的主意吧？"

方波浪只好摆摆手。

秦芸："倒真的不是。我自己决定的，他还在劝我。不过，这个话题姬老师你今天不必再劝我了，我收回辞职报告。这样……我为什么辞职的心理状态也不必向你陈述了。"

秦芸与方波浪又对了一眼。

姬水娟："这就好了。我在想，这个节骨眼上你怎么想走呢……上次和你说话的时候，我就说了背离组织原则的话，你是明白的，你该劝劝秦芸……秦芸哪，你在玫瑰航空快十七年了，那么多年的心血，怎么能离开呢？”

秦芸：“姬老师，我还是会在某一天离开的，但眼下不行。发生了这件事以后，空姐们的心理状态需要调整，我想和姐妹们再飞一段时间，医生说我只要积极配合，二十多天后就能落地走路了。我可以接受做你的助理，你就把大家的心理疗伤的任务交给我吧。张莹莹完全可以挑起重担来。”

姬水娟：“这么说，你在你认为合适的时候还是要辞职的？为什么？”

秦芸飞快地又扫一眼方波浪。

秦芸：“姬老师，我刚才说了，我不必说为什么了吧。”

姬水娟：“那不行，还是没有打消你的念头。那以后谁来接我的班呢？”

秦芸：“我就不说了吧，姬老师。”

姬水娟：“秦芸，我看着你一步步过来，一点点地进步，有什么不好说的啊？”

秦芸看着方波浪：“因为，只有一个理由，我爱他。”

姬水娟惊疑不已。

方波浪重重地点头。

东海航空大楼门前广场上，礼花腾空而起。

东海航空的开张典礼在隆重举行，高总和罗大河将一个特大型的飞机模型举起来，在他们身旁，立着一大块蓝布盖着的牌。

飞机模型被两名英俊高大的机长接过，架到了一旁的高台上。

两名身材高挑的礼仪小姐引导高总和罗大河掀开了牌上的蓝布，看见了牌上刻着的用浪涛抽象出来的东海航空的logo。

白鸽飞向蓝天。

台下的人群中，有一些人的神情特别庄重，有戴露，也有张莹莹，李云川也坐在她的身旁。

突然，从东海航空的大楼顶上飘下来一块巨大的蓝绸，把整座大楼都遮盖了，蓝绸上有白色水印的二十个大字：“从东海起飞，向天空飞翔；争全国第一，冲世界一流。”

这种气魄着实把大家镇住了。

停车场上，戴露站在橙黄色甲壳虫前，焦急地望着大楼的台阶。

张莹莹也在银灰色帕萨特前，李云川已坐在车内，低头看着手机。

罗大河终于从大楼里奔出来了。

戴露一乐，先跳上了甲壳虫。

张莹莹也想上车，罗大河已经跑到了她们的身旁：“张莹莹，又想让你帮忙呢。”

张莹莹愣了一下。

罗大河：“戴露，又去不了啦，我们海空联盟的盟主赶来啦，下午必须会谈，你看，是不是改日？”

戴露趴上了方向盘：“呜，你都答应三回了，可回回都落空……”

罗大河冲着她傻笑一下，回头又邀请张莹莹：“我们要向海空联盟提交整套空中服务计划，两个海归空姐对国内的实际不够了解，高总的意思是，请你今天帮我们完善一下？”

张莹莹：“这么急？”

罗大河：“他们提前来了。”

张莹莹看看车中的戴露。

戴露：“好吧，自己的罪只好自己受，谁让我心急火燎地把你推上CEO，歇不下来啦。莹莹，你去帮帮他吧。不过我有个要求，今天把你的李云川让给我，呵呵，把你的云上河流让给我。”

张莹莹笑了起来：“哈哈，亏你想得出来！好吧好吧，我这里完了，就追过来。”

戴露：“哈哈，不放心啊？我都放心了，你还不放心什么！”

张莹莹已回身把在帕萨特车上的李云川叫了下来，他一直在车上摆弄着手机。还没有完全弄清楚怎么回事的李云川被张莹莹推上了甲壳虫的后座。

戴露：“大河，你要是有可能，和莹莹一起赶过来呵。”

罗大河点点头，又去看张莹莹，不知道为什么，他又看看已在甲壳虫里的李云川，然后又把目光落在了戴露身上。

戴露话音一落，已启动了车子。

张莹莹和罗大河穿过车子之间，上了台阶。

戴露的橙黄色甲壳虫转出停车场，驶上大路的时候，恰好能看到罗大河和张莹莹笑谈着步上最后一级台阶的背影。

戴露突然感觉有点异样，边上的李云川还在玩手机，戴露歪歪头，加大马力驶去。

医院幽静的花园，秦芸坐在轮椅上，方波浪推着她，在遍地落叶的银杏道上。

方波浪："……智明回来后，和我说了你在大家面前表露的心迹，一迭声地说我有福气，叫我如何消受啊！"

秦芸："我做全职太太，大家意见还是有点不一致的。张莹莹倒是真正理解了。那个石智明呵，包括你，我看还是没有完全摆脱男权社会的意识。"

方波浪："我有……这个意识？"

秦芸："你没觉得吗？"

方波浪认真地推着轮椅，很认真地思索着："秦芸，我听明白了，我接受你的批评。在你为了爱而舍弃你可能得到的一切时，你却发现了我心底深处丑陋的男权意识，我真是要拜倒在你的石榴裙下了。你已经超越了当年青云的境界。"

秦芸笑了："你也不要老往深处去想，我们现在总把最基本的当成遥不可及的东西了，也怪。"

方波浪："是呵，我们现在很多事情是把本来不是理由的东西当成了理由。姬水娟要你留下来的理由，工作需要是可以的。她却说，你辛辛苦苦十七年，那么多年的心血怎么可以不要呢？这听起来挺像她当年劝我不要离开少体校，应该留下当体委主任似的。"

秦芸："是呵，为我想，姬老师当初说过，你呀，也动摇过。可我越听姬老师这样说，心里面越像有抹不掉的自私似的。好像你在玫瑰航空应该做好的服务，都是为了对自己的回报，想想都觉得不安心。”

轮椅停下了，方波浪转过来，认真地看着秦芸，他的无比的爱恋中带着十分甜蜜的敬意。他一说出口，却“言他”了：“有些人，改也难。姬水娟就是这样的人。不过我的动摇另当别论。”

秦芸：“这个我当然知道。”

秦芸的会心一笑让方波浪释然了。

他又推起了轮椅：“智明还说起了江天芳，还说到了那个‘香精王子’，智明还是有点忧虑。”

秦芸：“忧虑倒不必了。玫瑰航空要不来她有点可惜。天芳虽摆脱不了一些通常的都以为是正确的观点，但她是有思想的，能把事情做得出神入化。我们可能接受不了，她照样可以出神入化呀。女人天生缺乏安全感，都希望找一个强大的男人为自己遮风挡雨，给自己幸福安逸。在没钱寸步难行的今天，没有女人不知道没钱就没有房子，就没有起码的安全筹码。就像那些在海边沙滩上到处爬行的螃蟹，为了找可以寄居的壳而居无定所，居无定所注定要奔波劳碌，何谈安逸幸福？很多女生认为，单单形体高大的男人在现代社会已经给不了她们安全感。男人有足够的实力才称得上强大，而构成实力的最终仍然是金钱。俗话说财大气粗，按现在的解释，它已经不是飞扬跋扈的暴发户嘴脸，而是一种力量，一种气度。试想想，同样是情人节，在一个青春靓丽的女生面前，是你骑着自行车在价钱昂贵的玫瑰花面前犹豫买几朵送女友和吃一餐麦当劳哪个更合算的爱情令人心动，还是他开着高级轿车捧着九百九十九朵玫瑰邀请她去高级西餐厅更有吸引力？很多女孩子爱虚荣，爱虚荣的结果无一例外是跟着金钱走。”

方波浪：“你的这一番表述是替这些人辩护呢，还是承认了这些东西的合理？”

秦芸：“我也只是由江天芳的选择谈一谈自己的看法而已，当然也是一种理解吧。我，包括我们这一代人就有些区别了。很难说她们一定是错的。在这之上，对待感情和一个男人的基本判断，我倒是相信江天芳的眼力。”

方波浪：“如你所说，是可以理解这一代的，有些与人生、与爱情亘古不变的东西，如至善至美之类，生活会告诉他们。”

秦芸转过脸来，方波浪也弯腰凑近一些，两人又凝视了一番，然后又都默默地点头，也都动了一下嘴唇。

银杏树梢上有几只灰鸽，这会儿扑棱着飞了起来，在医院的几幢白楼间留下一串鸽哨。

秦芸：“到那一天，我离开航空公司了，我们就……”

方波浪：“我们还是在飞翔，在一起生活的每分每秒里，我们在一起飞翔。”

该回病房了，秦芸和方波浪在银杏道上前行着。

郊外别墅的窗外，也是落叶飘飘。

江天芳站在窗前，满脸落寞。

窗前的景色在秋天的色彩斑斓里显得成熟和沉稳，远处的一泓湖水收集了秋阳的许多丰饶，是值得赏玩的时候了。

江天芳的注意力不在这里，她的面容里确实多了很多成熟和沉稳，落寞只是暂时的，她转过身来时，面对着自己的母亲，她异常平静。她的姆妈在沙发旁的长背软椅上坐着，一旁有航空箱和黑色大旅行袋。

江母：“天芳，在你做出决定以前，为什么不征求姆妈的意见？”

江天芳：“姆妈的意见讲得够多了，就今年以来，姆妈先后和我讲过三次三条，加起来有九条，我一条都不会忘。”

白色宝马车内，江母坐在副驾驶座上，瞥一眼女儿。

江天芳：“姆妈，我今天仍然给你安排了头等舱，我在飞机上做实习空姐那么久，觉得头等舱就是不一样。如果你仍然愿意住到这座城市来，我也会安排好的。”

江母一直看着前方：“女儿不在的地方，对于我来说没有任何意义。”

她的眼里已满含泪水，但是她控制着没有让它流下来。

江天芳：“姆妈，女儿在呵，整个世界对你都有意义。”

江母：“既然你决定了去欧洲参加他们公司的经营，看来你还是有心的，为什么不带他来别墅里见个面呢？”

江天芳：“那个地方我不想带别的男人进去。再说他可能很不适应你的审查，我记住你的条件了，还不够吗？”

机场安检口，人很少，江母从柜上取回自己的身份证和登机牌。

江母：“那好吧，我走了。我有一个估计，不久你会回来，如果这里也不适合你，你还是回上海来，大上海最欢迎你了。”

母亲向女儿投来的还是信任和怜爱的微笑。

江天芳突然有了冲动，扑进了母亲的怀抱。

女儿在怀间的抽泣没有催落江母噙在眼中的泪花，她轻轻推开女儿，转身走向安检处，没有回头。

江天芳：“姆妈，保重。”

江母还是没有回头。

回到了郊外别墅，江天芳终于真正地平静下来了。

她关上了门，又关上了窗，然后拉上了窗帘。

她看看自己曾经的卧室，退出屋外，关上了房门。

她从大转弯的楼梯下来，光可鉴人的红木楼板映出她的影影绰绰。

移动着的丽人，终究还是一种悲伤的移动。

她从楼梯下来，步向右侧的大玻璃窗，已经垂下的百叶帘在微微摆动。江天芳转了支杆，百叶帘也闭上了。

她又绕过大沙发，步至门口，再回望了一眼。

这幢别墅被清扫得像没有人住过一般整洁。

江天芳走出门外，回身锁上了大门，取下钥匙扔进了肩上背着的小包。

她步下台阶，走向院子的门口，她停下来，再一次回望。

看着整幢别墅及灰墙边的白色宝马，江天芳脸上有过的落寞又一次出现了，这一会儿似乎时间久一些，但她很快迈开了坚定的步子，跨出院门，又把沉重的院门锁上了。她取下钥匙，也扔进了肩上背着的小包。

走到郊外路口，江天芳坚定的步子没有停下来，她走得很精神，秋风吹拂着她的长发。

这都落在穆罕默德·贝尔勒的目光里，他从加长型的豪华福特车里迈出来，伸开双臂。

江天芳和穆罕默德紧紧地拥抱。

然后，郊外的公路上，这辆豪华福特车隐在了一片突然而起的水雾之中。

东海航空大楼门口，张莹莹和罗大河走出，从台阶上下来。

罗大河："还得说谢谢你啦，你这是为友军做贡献哪。"

张莹莹止步，看看他。

罗大河："不对吗？"

张莹莹："那就算是友人吧。"

罗大河："呵呵。你从中国发展航空业的国情出发，为两名海归提供了许多客观的意见。我，更有信心了。莹莹，我想想还是你过去吧，我真的很忙。"

张莹莹认真地："大河，我觉得你再忙也得放一放，差不了多少时间。我们一起过去，你不用驾你的吉普了，坐我的车去，回来你坐戴露的甲壳虫，我送云川。再说了，我们不是说好一起去看芸姐的吗？"

罗大河也认真地向张莹莹点头："明白你的意思了，莹莹，什么事儿到你手里，总变得很周全。"

张莹莹："不需要你夸了，等着，我去开车过来。"

张莹莹跑几步，又变成了快步走向停车场。

罗大河站着，目光一直跟着张莹莹的背影，这个漂亮女性的周身律动的韵致，赏心悦目。

温馨小酒馆的木楼梯上有幽幽的光亮。

胡英子和石智明一起抬着一只大箱子步下楼梯。

楼上的婆婆把门锁上，也下了楼梯。

他们走过走廊，到了门内的小天井。

婆婆："刚才交给机械师大兄弟的信封，你放好了？"

胡英子拍拍背着的包："放心吧，娘。"

婆婆："你要想法儿还给他。"

胡英子："会的，我一定会的。娘，你放心。"

温馨小酒馆小巷，顾师傅提着巷口原本挂在墙上的小灯箱走过来。

他到温馨小酒馆门口了，又踮起脚尖，摘下了门一侧的小铭牌，然后跨进门去。

门内，四个人在一起了。

顾师傅："累吧，最后一只箱子了？"

婆婆："是啊，我们这就走吧，都理干净了。"

石智明："伯父，这个，我来拿进去？"

顾师傅："不用了，了结了，新租户会马上来的。你们过去吧，我马上来。"

石智明和胡英子抬着箱子跨出门槛弯上了小弄，婆婆在门口等着，看看门外也看门内，眼睛有点酸了。顾师傅很快转了出来，也跨出门槛，关上了大门。

两个老人下了台阶。

巷口，胡英子和石智明把大箱子放进了劳斯莱斯的后备厢。

宝蓝色的保时捷停在劳斯莱斯的边上。

胡英子直起腰来，回身间，她看到了从小巷里走来的两个老人，步履还很健朗，整条小巷里浓烈地盛着酽酽的夕阳，使得两个老人的肩上挑着金灿灿的喜悦。

胡英子顿时有一阵感动，或者是一种温润从四周漫溢开去又聚拢而来的感怀，还包括一种甜蜜的酸楚突然向心头袭来，她的眼里忽然地，就哗哗地涌出泪水，竟一发不可收拾。

石智明很明白胡英子的内心，他没有去打扰胡英子，而是走向前去迎候两个老人。

小巷上空的夕阳，像一颗橙子。

沐浴在晚霞中的城市。

天边有很亮很透的橙黄色的云带。

入夜了，华灯初上的璀璨街景。

车流，缓缓的。

帕萨特车内，张莹莹驾车前行。

李云川坐在副驾驶座上。

后排坐着李云亭和一个陌生女子。

李云川回头看看自己的哥哥，又朝陌生女子笑笑。

李云亭和陌生女子也相视而笑。

张莹莹："姐，你今天的衣服好漂亮呵。"

李云川："呵呵，情侣衫。"

李云亭和张莹莹的姐姐张晶晶相视而笑。

张晶晶在后面瞟了一眼她的妹妹，这是一个很矜持的女子。

医院门口，张晶晶从车上下来，李云亭也随后跳下。

李云川下车后，跑到了他们的前面："走，呵，太好了。"

张莹莹锁上了车，和大家一笑。

李云川："莹莹，你先进去，通报一下。"

他还眨了眨眼睛。

秦芸倚在病房的床背上，她看到了推门进来的张莹莹。

秦芸："哟，莹莹也来啦。"

所有的人都在了，方波浪在，罗大河和戴露，石智明和胡英子，还有小个子机械师，婆婆和顾师傅，连穆罕默德·贝尔勒和江天芳也在。

戴露回头："咦，你的云上河流呢？"

张莹莹笑笑，走近床边，与秦芸耳语。

秦芸的表情有一个人看懂了，就是方波浪。果然，方波浪没有询问什么，就向秦芸点了点头。

秦芸："好呀，快请他们进来呀。"

张莹莹刚跑到门口，李云川已推开了门，李云亭和张晶晶跟着进来了。

方波浪迎了上去。

李云亭："方校长，你好。"

方波浪和李云亭拥抱了。

张莹莹拉着张晶晶走到病床前："芸姐，这是我的姐姐，张晶晶。"

秦芸："我听说了，和妹妹一样漂亮呵，来，坐吧，在床边上坐。"

李云亭也走过来，扶着已经坐下的张晶晶的肩："秦芸，我和晶晶商量好了，下午去办了登记。也特地来看看你，希望你早日痊愈。另外，我也特别感谢你，我听莹莹和云川说，你很赞成让我认识晶晶。"

张晶晶的手也放到了搁在自己肩上的李云亭的手上。

秦芸："祝福你们。"

方波浪："我们可要去喝你们的酒哦。"

戴露靠上前来："太好了！莹莹，我看你们姐妹俩一起办了算了，我们一起去大闹一场。哈哈。"

李云川："要不，你们也一起来？"

戴露："行呵，不过，得听他的命令。"

罗大河："命令？不必了吧，只是我新官上任，一下子忙不过来。"

张莹莹急速地闪了罗大河一眼。

秦芸看着大家的笑，也很欣慰地叹了一声，很舒适地靠上了床背。她发现了张莹莹的瞬间恍惚，她还注意到，罗大河在这瞬间也用目光把张莹莹和戴露联系了一下。好像不太合时宜，秦芸还是再挑明了一句："罗大河和戴露的酒，我们是一定要去喝的。"

罗大河很挺拔地站着，这会儿又挺了挺腰，用了一个笑容算是回答。戴露一连串地应了："当然啦，当然啦。"

小个子机械师笑道："一切听从罗总的安排。"

胡英子突然走到病床前，面对着小个子机械师，从包里掏出一本红色证书样夹子："东海航空的优秀机械师，请你再一次接受我的敬意，这是我给你的致敬信。"

小个子机械师有点发愣。

罗大河呵呵笑着，善意而略有揶揄。小个子机械师悟到点什么。秦芸也善意地笑着。婆婆看了胡英子一眼，很有一点慰藉感。

胡英子："我和芸姐及罗总商量了一下，今天我要在这里公开宣布一件事情。"

石智明："啊，你也会突然宣布了。"

胡英子盯他一眼，很纯地笑："今天机会很好，当初'爱你的人'都在了……"

戴露："哦，还有小……"

她突然闭住了嘴。谁都明白了戴露的意思，但谁也不愿提起。

秦芸鼓励胡英子继续说下去。

胡英子："……还多了几个好朋友，我想告诉大家，他曾经给了我很多的照顾。我在料理了公公的后事以后，就把大家的捐款放到了一张卡上，我交给了他，我想大家都知道他家里的困难，我们应该帮助他。可是他又偷偷地送了回来，怕我不肯收，就装在信封里交给我娘了，今天我再一次当着大家的面，把我们乘务组的心意献给你。"

小个子机械师只得接过，一时口讷："这……"

罗大河上前，抢过夹子，又放入小个子机械师的口袋里："这，这什么，不准再推来推去的，男子汉要能拒绝，也要学会收下。"

小个子机械师："这算什么……男子汉？"

罗大河："唉，啰唆什么！收了得了。无非给孩子买点吃的穿的嘛。"

小个子机械师："那么多美女的心意我如何受用得起？"

戴露上来打趣："好你个小个子，说清楚了，哪个美女你受用了？"

小个子机械师："哎，你说啥呢！"

众人大笑，病房里一片快乐。

婆婆和顾师傅笑得甜蜜而安详。

秦芸这时看到了江天芳和穆罕默德在一旁说着什么，突然喊了一声："天芳，该正式上班了吧？"

江天芳："哦，听说你要走了？"

秦芸："有这个打算，不过我和波浪商量了，我暂时不会走，张莹莹乘务组成立了，我再和大家飞一阵。我已经和姬老师说定了。"

江天芳："……哦，这样。可是我真的要走了，正好大家都在，我会想念和大家在一起的日子的。"

石智明打探的目光，江天芳感觉到了。她也想说明什么似的，但穆罕默德先说了：“哦，我也非常感谢大家，大家很理解我，特别是秦芸乘务长。天芳要嫁给我了，我现在很幸福，谢谢大家。”

江天芳：“是的，我要去法欧香精公司欧洲大区上班，今天就算向大家辞别了。”

方波浪飞快地掠了一眼石智明。

石智明拉过胡英子，认真地说：“天芳，穆罕默德先生，我和英子祝福你们。不能算辞别呵，哪天走？我们上机场去送你们。”

江天芳看着石智明，流露出石智明能够懂的神情。

戴露又嚷开了：“我们一起去，穆罕默德先生你好勇敢啊，我们向你致敬。哈哈！”

秦芸和大家一起，笑得很宁静。

机场候机厅，神气十足的穆罕默德·贝尔勒和装束精致高贵的江天芳已经站在登机口了。

张莹莹乘务组制服、行李一应俱全，胡英子、戴露等都在队列中。现在，她们是在为这两个新人送行。在她们这列队伍的前侧，秦芸也在，带着微笑。

这列队伍的后面，方波浪、李云川也在。

送行时应该有的程序大致进行完毕了，可是江天芳好像没有进廊桥的意思，好像一个应该来的人没有来。她抬头看去，果然，石智明急匆匆地跑了过来：“哎呀，路上堵得慌。”

江天芳上前一步。

石智明：“哇，感觉国宾待遇嘛。”

江天芳从包里取着什么东西：“智明，谢谢你们来送我。这是我在你公司时的钥匙，现在应该归还给你了。”

放到石智明手里的是郊外别墅和白色宝马的钥匙。

石智明：“你……”

江天芳很平静地笑着，很快，她转过身，挽着穆罕默德·贝尔勒的手臂，向大家挥挥手，走进了廊桥，很快消失了。

候机厅门口，一行机组人员下了大巴。

水蓝色制服的东海航空的机组人员进入候机厅。

有格外俊朗又显得更为霸气的罗大河。后面跟着的还是小个子机械师，好像是水蓝色制服的缘故，他也显得眉清目秀。

候机大厅，早晨的阳光透透亮亮。

玫瑰航空的张莹莹乘务组和东海航空的 CEO 罗大河机组在此间相遇，让很多人颇有感慨。

秦芸看着罗大河机组迎面走来，放缓了脚步。

张莹莹和戴露都看见了水蓝色制服的罗大河，眼睛一亮。

几乎擦肩而过的两支队伍都停了下来。

罗大河："向兄弟的玫瑰航空公司致敬。"

秦芸："愿东海航空和玫瑰航空像姐妹一般。"

罗大河的目光扫到了张莹莹和戴露的脸上："是，有秦姐的愿景，我们会努力。今天是我们公司的第一次国际飞行，目的地是埃及开罗，可惜了，我的美丽双翼不在身旁。"

他笑得很友好，小个子机械师乜斜了一眼。

戴露看了张莹莹一眼，哈哈一笑。张莹莹笑得有点勉强，但是一直保持着。

秦芸："相信罗总照样有漂亮的飞翔。"

罗大河身后的小个子机械师拍了一下他的肩："好了好了，走吧，还想你的美丽双翼呢，骑着戴露这只玉鸟飞翔吧。"

戴露："小心我揍你。"

男人的友好哄笑声中，罗大河机组走向刚才江天芳和穆罕默德·贝尔勒走过的廊桥。

MG2860 航班登机口，等候登机的头等舱队伍中，有方波浪、李云川和石智明，朱运良走过来，被眼尖的李云川看见了。

李云川："哇，运良，你也坐这班呵，今天可真是巧了。"

朱运良："你们也是？"

李云川："就是呵，方波浪先生去做演讲，石大师的时尚大军英姿飒爽地开拔到那里去一展风采，你看那边一大排美女哦。"

经济舱的队伍中，果然有一支三十多人的模特队伍，平均身高一米八的女子队伍煞是壮观。

朱运良："那么，你呢？"

李云川："我呀，MG2860对我至关重要。"

他放低了声音："我就是在这个航班上发现我曾经的网恋对象'飞翔206'的，故意选这个航班，去验收我的外包软件工程。"

朱运良："张莹莹？"

李云川点点头。

朱运良拉紧他的手："祝福你们。"

张莹莹乘务组和秦芸这时一起走到这里，朱运良看见了，突然泪湿眼眶，但他坚强地忍住了。这一列漂亮的空姐正想进入廊桥，朱运良从一旁的人群中走出，站到了秦芸身前。

秦芸："运良，你……"

朱运良："秦姐，我特地打听到这一天，你，和你交给张莹莹的乘务组又在一起飞翔的这一天，我给你们送来这个。"

秦芸："这是？"

朱运良把一个精致的盒子放到了秦芸的手上。

张莹莹乘务组的所有成员整齐地排成一列，也都注意到朱运良肃穆的神情和他递给秦芸的盒子。

朱运良："秦姐，这是一个优盘，里面是小洁研究机上服务的所有文章、演讲稿和她收集的这一方面的资料，我把它集中在这里，交给你们，也许你们有用。至于选在这个时候，我是想，让她和你们继续一起飞翔。"

秦芸的鼻翼翕动了一下："好，谢谢你，运良。张莹莹乘务长，请接过去，这是一个美丽的嘱托。"

张莹莹出列接过了这个装有优盘的盒子。

秦芸："你今天？"

朱运良："秦姐，我本想今天和这个优盘一起，再和小洁共同地在天上飞翔，可是就在刚才见到你们的这一刻，我改变主意准备回去了。我怕我在飞机上受不了，影响你们的工作……秦姐，我的新设计已经开始了，我已选好了一个地方，我也有一个非常圣洁的创意，是献给小洁的，也是小洁献给公众的。我会给大家一个清爽而又缥缈的公园，一定让所有的游客感到人间的美好，男人也好，女人也好，生活也好，爱情也好。秦姐，还有莹莹、戴露、英子，你们以后一定要来呵。”

秦芸紧紧地拉住了朱运良的手：“一定，一定的……”

她已无法再说下去，又拉一下朱运良的手，她当然感受到了因为善良因为纯真而在人们心里骤然的涌动，但是她的脸上依然是她常有的柔和与淡雅。

秦芸转过身，往廊桥深处走去。

泪光盈盈的张莹莹乘务组跟着走去，依然挺拔，依然飘逸，依然轻盈，依然美丽。

朱运良转过身，看到了旅客队伍中的李云川、石智明和方波浪。

李云川紧紧地拥抱了朱运良。

李云川：“运良，好样的。”

朱运良：“祝你们一路平安！”

他大步穿过候机厅，一直进了大玻璃窗外的阳光之中。

蓝天白云，非常晴朗的天空。

玫瑰航空的 MG2860 航班在平静地飞翔。

像是《一路平安》的歌声，也像是佛拉门戈音乐中的抒情部分，在蓝色天空中从四面八方慢腾腾地飘荡起来。这是一种述说，更是一种期许。

在波音 747 的飞翔之上……

图书在版编目(CIP)数据

飞翔之上 / 程蔚东著. —杭州:浙江文艺出版社,2019.10
ISBN 978-7-5339-5834-3

Ⅰ. ①飞… Ⅱ. ①程… Ⅲ. ①长篇小说—中国—当代
Ⅳ. ①I247.5

中国版本图书馆CIP数据核字(2019)第211545号

责任编辑　冯静芳　谢园园
装帧设计　吴　瑕
责任印制　张丽敏

飞翔之上

程蔚东　著

出版发行　浙江文艺出版社
地　　址　杭州市体育场路347号
邮　　编　310006
网　　址　www.zjwycbs.cn
经　　销　浙江省新华书店集团有限公司
制　　版　浙江新华图文制作有限公司
印　　刷　杭州杭新印务有限公司
开　　本　710毫米×1000毫米　1/16
字　　数　618千字
印　　张　41.5
插　　页　2
版　　次　2019年10月第1版
印　　次　2019年10月第1次印刷
书　　号　ISBN 978-7-5339-5834-3
定　　价　**89.00元**